मानवाधिकार एवं दलित चेतना

मानवाधिकार एवं दलित चेतना

डॉ॰ कृष्ण कुमार शर्मा

अर्जुन पब्लिशिंग हाउस

मानवाधिकार एवं दलित चेतना

संस्करण : 2026

ISBN 978-81-8330-349-1

प्रकाशक :

अर्जुन पब्लिशिंग हाऊस

4831/24, गोविन्द लेन

अंसारी रोड, दरियागंज

नई दिल्ली—110002

फोन : 23242541, 23272541

e-mail : arjunbooks2001@gmail.com

टाइपसेटिंग :

डिम्पल कम्प्यूटर्स

दिल्ली

प्रिन्टर्स :

मिलन इंटरप्राइजेस

दिल्ली

नहीं किया जा सकता। अपशब्द, जो जाति सूचक हों, का प्रयोग निषेध कर दिया है। सार्वजनिक स्थानों के उपयोग को अनुसूचित जाति व जनजाति के लोग स्वतन्त्र हैं। इस प्रकार यह अधिनियम काफी मददगार साबित हुआ है।

दु:ख की बात है-कहीं-कहीं इस अधिनियम का दुरुपयोग हुआ है, जिसे कम करने की आवश्यकता है। पर दुरुपयोग की आड़ में अधिनियम को ही समाप्त करने की माँग अनुचित है। भारत में आज तक ऐसा कोई कानून नहीं बना जिसका दुरुपयोग नहीं हुआ हो। दहेज विरोधी कानून, उपभोक्ता संरक्षण अधिनियम, नार्कोटिक व ड्रग एक्ट सभी का दुरुपयोग हुआ है पर इसका यह मतलब तो नहीं है कि इन्हें समाप्त कर दिया जाये। अधिनियम के दुरुपयोग की दूसरी तस्वीर भी है। पुलिस पर्याप्त तफतीश नहीं करती व कई बार एकतरफा रवैया अपनाती है और जान-बूझकर मुकदमें को कमजोर करके अभियुक्तों की मदद करती है। इसी चक्कर में बड़े-बड़े तस्कर/माफिया छूट जाते हैं। इस प्रकार इस अधिनियम में दोषी लोगों को सजा दिलाने के लिये पुलिस मेहनत नहीं करती। मुकदमा खारिज हो जाता है इसलिये दलित अधिनियम को समाप्त करने की माँग की जाती है। झूठे मुकदमे अगर बनाये जाते हैं तो वे खारिज ही होंगे। पर हमें इस सम्बन्ध में सोचना होगा कि क्या इसके लिये प्रशासन तो दोषी नहीं है? अनेकों स्थितियाँ ऐसी हैं जहाँ सरकारी गवाह निहित सामाजिक, आर्थिक बेबसी के कारण पक्षद्रोही हो जाते हैं। ऐसी हालत में पुलिस एवं न्यायपालिका की कार्यवाही अभियुक्त को दोषी करार देने में असहाय हो जाती है। इस कमी को तो सामाजिक, सांस्कृतिक बदलाव, राजनैतिक संरक्षण और आर्थिक सम्बल से ही दूर करना सम्भव है। इसलिये हिन्दू समाज की एकता, मानव अधिकारों की रक्षा व समानता-स्वतन्त्रता के मूल अधिकारों की रक्षा के लिये यह अधिनियम बहुत आवश्यक है जब तक कि अनुसूचित जाति व दलितों को बराबरी का दर्जा नहीं मिल जाता।

लेखक

भूमिका

मानव से ही मानवता का, अर्थात् इंसान से ही इंसानियत का जन्म होता है, जो सभी धर्म, दर्शनों का सार है। जाति, भाषा, धर्म, सम्प्रदाय, क्षेत्रीयता, वर्ग, भेद आदि के संघर्ष प्रत्येक युग के इतिहास में मिलते हैं। दम्भ एवं मिथ्याभिमान किसी भी व्यक्ति समाज के पतन का कारण बनते हैं। अपनी श्रेष्ठता का मिथ्याभिमान और दम्भ ही जर्मनी को ले डूबा। जातीय संकीर्णता एवं विविध अंधविश्वास मानवता के विकास के मार्ग पर बाधा बनते आये हैं। समय-समय पर इन अमानवीय प्रथाओं के विरोध एवं खण्डन हेतु अथक प्रयास होते रहे हैं। आज अनुसूचित जातियों, जनजातियों एवं पिछड़े वर्ग के लोगों के मौलिक अधिकारों का शोषण हो रहा है। शोषण का मुख्य कारण उनका अशिक्षित होना है। भारत के संविधान में इन जातियों के लिये विशेष प्रावधान है। संविधान के अनुच्छेद 341 व 342 के प्रावधानों के अनुसार राष्ट्रपति द्वारा समय-समय पर इन जातियों की सूचियाँ प्रकाशित की गई हैं। राज्य के नीति निर्देशक तत्त्वों में भी इनके लिये दिशा-निर्देश दिए गये हैं। ''राज्य जनता के दुर्बल वर्गों के, अनुसूचित जातियों एवं जनजातियों के शिक्षा और अर्थ सम्बन्धी हितों की विशेष सावधानी से अभिवृद्धि करेगा और सामाजिक अन्याय और सभी प्रकार के शोषण से उनका संरक्षण करेगा।''

हिन्दू समाज की एकता के लिये यह अधिनियम आवश्यक है। आज भी उच्च जातियों का एक वर्ग दलितों को दोयम दर्जे का मानकर उनके साथ अनुचित व्यवहार करता है। इसका दुष्परिणाम यह हुआ कि ईसाई मिशनरियों ने अपमानित वर्ग के कई लोगों को अपनी ओर आकर्षित करके उनका धर्मान्तरण कर दिया। इस प्रकार वे ईसाई बन गये। पिछले 20 वर्षों में जनजातियों से ईसाई धर्मान्तरण की गति जोर पकड़ रही है और पूर्वोत्तर इलाकों में हिन्दू कई स्थानों पर अल्पमत में आ गये हैं। यह सत्य है कि अनुसूचित जाति/जनजाति के लोग हिन्दू समाज के अभिन्न अंग हैं। जब कभी समाज में एकता की बात होती है तो कुछ रूढ़िवादी असामाजिक तत्त्व इन्हें अछूत मानकर इनके साथ गलत व्यवहार करते हैं। यह स्पष्ट है कि ऐसे लोग आसानी से अपनी गंदी आदतों से बाज नहीं आते। अत: उन्हें हिन्दू समाज को तोड़ने की इजाजत नहीं दी जानी चाहिये। ऐसे समाज पर चौतरफा प्रहार करने की आवश्यकता है। समाज के सभी वर्गों को इस कुरीति के निवारण में योगदान देना चाहिये। दलित अधिनियम इस बारे में व्यवस्था करता है कि जिससे दलित को मैला ढोने पर मजबूर

अनुक्रमणिका

1

मानव चेतना : मानवाधिकार

सृष्टि के इतिहास का एक ऐसा काल बिन्दु, जब प्राण का एक यंत्र विशेष, जिसे मानव कहा जाये, यह वह बिन्दु है जिसे एक क्षीण-सी विभाजन रेखा द्वारा उस मानव प्राण को अन्य जीवधारियों से पृथक् कर सकें। एक सामान्य धारणा है कि निम्न क्षुद्र पशुप्राण से मानव प्राण की रचना हुई और मानव प्राण कुछ संश्लिष्ट यौगिक तत्त्वों का एक उत्कृष्ट संघात है अथवा यह प्राण के विकास की चरम अवस्था है। डार्विन आदि विद्वानों की अवधारणाएँ कुछ इसी प्रकार की हैं कि सघन जल प्रदेशों में सूर्य के उत्ताप से और जल में उसके विकिरण के प्रभाव से कुछ कोशिकाओं के समूह से प्राणियों की रचना जल में प्रारम्भ हुई। संसार के अनेकों दर्शन जल को जीवन की मूल सत्ता मानते हैं। यूनान में दर्शन का प्रारम्भ थेल्स (585 बी.सी.) से माना जाता है और थेल्स ने जल को सृष्टि का मूल तत्त्व माना है। ये नितान्त सम्भव है कि जिस मूल सत्ता को जल माना गया हो वह पेयजल न होकर जल की कोई पूर्वावस्था या और भी पूर्वतर व्यवस्था रही हो। वेदों से सम्बन्धित शास्त्रों में नारायण की कल्पना जल की मूल सता के रूप में की गई। नारा का अर्थ जल है तथा जल का नियमन करने वाली सत्ता का नाम नारायण है। अयण शब्द

प्रदेश, क्षेत्र या विभाग का अर्थ रखता है। अत: जलीय तत्त्वों की आदि शक्ति नारायण के रूप में प्रतिष्ठित है। पौराणिक अवतारों के प्रसंग में मत्स्य, कूर्म, वाराह और नृसिंह अवतार स्पष्टत: जलसृष्टि से प्रारम्भ कर पृथ्वी पर अर्द्धमानव तक प्राण की शृंखला का इतिहास है। वैज्ञानिकों ने भी यही स्वीकार किया है कि जल सृष्टि और थल सृष्टि में प्रथम चतुष्पादों की सृष्टि हुई और इस बिन्दु तक की यात्रा में भी अनेक जैविक योनियों की कल्पना की गई है और की जा सकती है। जल और थल सृष्टि के संधिकाल में अनेकों रेंगने वाले और अनेकों दोनों क्षेत्रों में प्राण धरने वाले जीवों की कल्पना सम्भव है और तार्किक भी। चतुष्पादों में विकास होकर उस बर्बर प्राणी की रचना सम्भव हुई होगी जिसे नृसिंहावतार का अर्द्धमानव और अर्द्धपशु चरितार्थ करता है। ये नृसिंहावतार जैविक विकास में होम्यों सैंफ्यिन कहे जाने वाले प्राणी का वर्णन है और यह स्वाभाविक है कि इस बिन्दु के पश्चात् मानव का विकास उसकी बुद्धि का विकास रहा है और बुद्धि के विकास के कारण ही तत्पश्चात् उस नृसिंह जैसे प्राणी के स्वरूप और स्वभाव में शनै:-शनै: विकास हुआ। बुद्धि ने उसे हाथों से काम लेना सिखाया और वह श्रम का अभ्यस्त हो गया। यहीं से वह प्राण की एक नयी परम्परा बनकर प्रतिष्ठित हुआ और मानव कहा जाने लगा।

शताब्दियों तक यह मानव अव्यवस्थित रहा होगा। किसी संयोग से परिवार की स्थापना हुई होगी और श्रम की जिज्ञासा और बुद्धि के उपयोग ने निश्चित आवास में जीवनयापन करना प्रारम्भ किया होगा। संविदा सिद्धान्त के तीनों विद्वान (हॉब्स, लॉक, रूसो) इस पर सहमत हैं कि मानव का यह जीवन प्राकृतिक अवस्था में था जहाँ मानव स्वावलम्बी और सम्पूर्ण था, अपनी समस्याओं का स्वयं ही समाधान करता था और अपने विवादों का स्वयं ही निर्णायक था। इस प्राकृतिक अवस्था के स्वरूप के विषय में तीनों विद्वानों में मतभेद है। हॉब्स के मत में मानव की यह बर्बर अवस्था थी और जीवन क्षुद्र, अल्प और कुत्सित था, लॉक के मत में मानव का यह सौम्य और शान्त जीवन था। रूसो का विचार इन दोनों विचारों के मध्यमार्ग को स्वीकार करता है, रूसो ने माना कि मानव का यह जीवन अज्ञान का जीवन था, विधि से उसका कोई परिचय न था, विधि के अभाव में अनैतिक और नैतिक जैसी अवधारणाएँ विद्यमान नहीं थी किन्तु मानव जीवन रक्षा और उदरपूर्ति के साधनों के भटकाव में अवश्य था। आत्मरक्षा के लिए अन्य व्यक्तियों अथवा जन्तुओं पर आक्रमण करना आवश्यक हो जाता था और अन्य जन्तु न केवल सुरक्षा की दृष्टि से वरन् क्षुधा की दृष्टि से भी मानव पर आक्रमण किया करते थे। भारतीय सिद्धान्त इन तीनों के मिश्रित स्वरूप को स्वीकार करता है। मनु, महाभारत और कौटिल्य तीनों ही सन्दर्भों में इस अवस्था को मत्स्य न्याय के रूप में लक्ष्य किया गया है। किन्तु

यह अर्थ एकरूपक है। जल सृष्टि में तो वस्तुतः यही होता है कि छोटे मत्स्य बड़ा मत्स्य को निगल जाता है किन्तु मानवीय सन्दर्भ में इसका अर्थ केवल बल की प्रधानता है। बलवानों ने निर्बलों को पराभूत करना प्रारम्भ किया और तभी आचार के नियमन और सामाजिक व्यवस्था की ओर ध्यान आकृष्ट हुआ। राज्य नामक संस्था का उदय इसी बिन्दु से हुआ और राज्य संस्थाओं के उदय से ही व्यक्ति की गरिमा का बोध होने लगा। अराजक अवस्था में व्यक्ति की कोई गरिमा न थी। व्यक्ति की दृष्टि में व्यक्ति का कोई मूल्य न था। जीवन और सम्पत्ति की सुरक्षा से यह मूल्यबोध हुआ और मूल्यों के संरक्षण के निमित्त शासन व्यवस्था का जन्म हुआ। जिन व्यक्ति विशेषों को शासन धारण करने के निमित्त निर्वाचित किया गया। वे राजा कहलाने लगे और वे प्रजा में व्यक्ति के जीवन और सम्पत्ति की सुरक्षा करने लगे। जीवन और सम्पत्ति यही उस युग के मौलिक और प्रारम्भिक मूल्य थे। अन्य मूल्यों का विकास नहीं हुआ था और इसी प्रकार इन प्रारम्भिक राज्यों का स्वरूप और कार्यकलाप संक्षिप्त रहा होगा।

स्मृति साहित्य में, विशेषतः अतिचर्चित मनुस्मृति में, धर्म के विशाल और विशालतम ग्रन्थ रामायण और महाभारत में तथा राज्यतंत्र के अमरग्रन्थ अर्थशास्त्र में राज्यविहीन अवस्था को मत्स्य न्याय की संज्ञा दी गई है। जहाँ प्राणीमात्र भयभीत रहता है और उस अवस्था में प्राण ही एक प्रथम और अन्तिम मूल्य होता है। यहाँ किसी भी निर्बल को प्रबलतर प्राणी से, प्राण का भय सदैव ही बना रहता है। मात्स्य न्याय कहकर इसे जलचर जन्तुओं के व्यवहार की उपमा दी गई है। प्राण ही प्राण का भोजन है, यह उक्ति जल जगत में ही सबसे अधिक चरितार्थ होती है। वहाँ सबल मच्छ निर्बल को निगलकर ही जीवित रह पाता है। इस आतंक की अवस्था को समाप्त करने के निमित्त राज्य संस्थाओं का जन्म हुआ। राज्य का व्याकरणिक अर्थ शासन से है। शासन को धारण करने वाले अथवा शासक ही राजा कहलाये। इसके समानान्तर पाश्चात्य दर्शन की इसी के समकक्ष यह मान्यता है कि यह अवस्था प्राकृतिक अवस्था थी और यहाँ जीवन की संज्ञा पतित, क्षुद्र और क्षणभंगुर थी। हॉब्स ने इसे नैस्ट्री, ब्रूटिश और शार्ट कहा है। यह बर्बर युग था। इहिास में इसे पूर्व-पाषाण से भी पूर्वतरकाल के रूप में लक्ष्य किया जा सकता है। इसकी काल गणना असम्भव होने के कारण पाश्चात्य राजनीतिशास्त्र में इसे स्टेट ऑफ नेचर कहा गया है। हिन्दी व्याकरण में जो प्राकृतिक है वही दैविक है। देव संज्ञा प्राकृतिक तत्वों के लिए ही प्रयुक्त होती है। स्पष्ट है कि यह प्राकृतिक अथवा दैविक अवस्था ही शासन व्यवस्था की जननी है। अतः पश्चात्य और भारीतय चिन्तन में ये समान रूप से स्वीकार कर लिया गया कि राज्य व्यवस्था प्राकृतिक होने के कारण एक दैवीय व्यवस्था है।

ऋषियों और मुनियों ने शासन व्यवस्था में देवत्व का पुट होने के कारण शासकों को भी दिव्य अलौकिक गुणों से मण्डित कर दिया। सूक्ष्म दृष्टि से देखने पर राज्य के दैवीय सिद्धान्त का अर्थ उसका कालातीत बोध है। अनादि व्यवस्था को ही दैवीय व्यवस्था इसलिए मान लिया जाता है कि वो अज्ञात होती है, अज्ञात का ही अर्थ देव है। दैवीय व्यवस्था वह केवल इसलिए है कि इस व्यवस्था के मानवीय कृत होने का केवल अनुमान है कोई प्रमाण नहीं है। भारत में कौटिल्य ने और पश्चिम में सामाजिक संविदा के विचारकों ने यह अनुमान तो किया है कि यह व्यवस्था मानवीय सहमति के आधार पर चलित हुई है। स्वयं मनु ने भी स्वीकार किया है कि उनके पास एक शिष्ट मण्डल आया और उसने उनसे व्यवस्था के विषय में जिज्ञासा की। कौटिल्य ने यहाँ तक स्वीकारा है कि उस शिष्ट मण्डल ने इन्हीं मनु को प्रथम राजा नियुक्त किया। यहाँ तक दैवीय व्यवस्था के विषय में भारतीय और पाश्चात्य मत में कोई विरोध नहीं है। यह व्यवस्था मानवीय व्यवस्था है। अतः मानवों द्वारा ही सम्पन्न हुई होगी, तथापि इसके वास्तविक प्रारम्भ का बिन्दु काल में अज्ञात होने के कारण इसे अनादि या दैवीय स्वीकार कर लेने में कोई आपत्ति नहीं है। इस विचार में भारतीय और पाश्चात्य चिन्तन में जो भेद का बिन्दु है वह यह कि पाश्चात्य देशों में इस सिद्धान्त ने राजाओं को निरंकुश बनाया वहीं भारत में इस दैवीय सिद्धान्त का अर्थ राजा द्वारा प्रजा का रंजन माना गया है।

पाश्चात्य और भारत दोनों ही सन्दर्भों में राजा की दैवीय उत्पत्ति की धारणा धर्म से संयुक्त हो गई और दोनों प्रकार के दैवी सिद्धान्त धर्म से अत्यधिक प्रभावित रहे। दोनों ओर के इस व्यावहारिक भेद के कारण पाश्चात्य देशों में धर्म लगभग राज्याश्रित हो गया ज़बकि इसके विपरीत भारत में राज्यधर्म के आश्रित रहा। भारत में दैवी सिद्धान्त का केवल एक अर्थ रहा है कि व्यवस्था स्वयं एक दैवी पद्धति है और अन्ततः सब कुछ निस्सार और केवल व्यवस्था ही अनादि अनश्वर सिद्ध होती है। इस संसार में सब कुछ नश्वर है। जो जन्म लेता है उसकी मृत्यु निश्चित है, जिसका निर्माण होता है उसका नाश निश्चित है किन्तु इस सार्वभौमिक सत्य का प्रमाण ही व्यवस्था है। जन्म-मृत्यु, उत्पत्ति-विनाश, रात्रि-दिवस, ग्रह-नक्षत्रों की सन्तुलित गति, ऋतु परिवर्तन, वार और तिथियों की स्थिति, सब कुछ सुनिश्चित और व्यवस्थित है। यह एक स्वयंभू व्यवस्था है, एक स्वचालित व्यवस्था है। मानव की शक्ति और स्वेच्छा से पर होने के कारण यह दैवीय है। व्यवस्था के इस दैवीय स्वरूप के अनुरूप ही राज्य व्यवस्था की अवधारणा ने जन्म लिया और भारतीय चिन्तन का निरन्तर यही प्रयत्न रहा कि राज्य व्यवस्था और सामाजिक संरचना विश्व में परिचालित दैवीय व्यवस्था के ही सर्वथा अनुरूप और अनुकूल हो। यम, इन्द्र, वरूण,

वायु, कुबेर, सूर्य, चन्द्र आदि-आदि सृष्टि की व्यवस्था के प्रमुख तंत्र हैं। इन्हीं तंत्रों की स्वनिहित ऊर्जा और इन्हीं की केन्द्रस्थ शक्ति से विश्व की व्यवस्था में सुनिश्चितता वर्तमान रहती है। भूगोल की व्यवस्था को खगोल की इस व्यवस्था से अनुकूलन के महान् मन्तव्य से प्रेरित ऋषि-मुनियो ने राजा में दैवीय व्यवस्था के उन संचालक तत्त्वों का सन्निवेश किया। इन शक्तियों के सन्निवेश से राजा उन्हीं गुणों का अनुसरण करने में साधक बना और जिस प्रकार ये शक्तियाँ संसार की सेवा में रत हैं उसी प्रकार राजा भी सामाजिक व्यवस्था के प्रति समर्पित रहा। भारतीय चिन्तन में धर्म और राज्य में न कभी कोई समझौता हुआ न साझेदारी। इस चिन्तन की प्रधान विलक्षणता यह रही, यहाँ राजा और प्रजा दोनों को ही धर्म का भय रहता था। पाश्चात्य देशों में इस अवधारणा का दुरुपयोग इस सीमा तक हुआ कि जन्मजात नरेश स्वयं को ईश्वर ही मान बैठे और सर्वशक्तिमान होने के गर्व में प्रजा पर अन्याय करने लगे। वहाँ धर्म राजाओं से सहयोग करता रहा और अन्ततः समाज दो विपरीत वर्गों में विभाजित होकर रह गया। एक वर्ग सम्पन्नों, सबलों और सम्भ्रान्तों का दूसरा वर्ग निर्बलों, विपन्नों और दरिद्रों का।

इस मौलिक भेद का एक प्रभाव यह हुआ कि भारतीय दर्शन में मानव की गरिमा एक सुचिन्त और सुनिश्चित तत्व के रूप में सदैव प्रतिष्ठित रही। इतिहास और पुराणों ने, स्मृतियों और शास्त्रों ने मानवीय गरिमा को शासन व्यवस्था का एक मूल मन्तव्य माना। दूसरी ओर पाश्चात्य देशों में धर्म और राज्य की दुरभि सन्धि के कारण वर्गभेद ने समाज को झकझोर दिया और विश्व में प्रख्यात क्रान्तियाँ हुईं। इन भीषण क्रान्तियों और भयंकर रक्तपातों के पश्चात् वहाँ मानवीय गरिमा को प्रत्याभूत किया गया। राज्य सत्ता और धर्म, ये दो तत्त्व, पाश्चात्य सभ्यता के इतिहास में मध्ययुग की दो प्रबलतम अनीतियाँ थीं। राजा मानवीय गरिमा के प्रति नितान्त उदासीन हो गये और धर्म ने इस विशृंखल व्यवस्था का कभी विरोध नहीं किया। भारत भी दुर्भाग्य से विदेशी शक्तियों से शासित और पराधीन हो गया और विदेशी शासन ने मानवीय गरिमा की भारतीय मान्यताओं को ध्वस्त कर दिया। विश्व की प्रमुख क्रान्तियों से प्रेरणा ग्रहण कर भारत में भी लगभग एक शताब्दी तक स्वाधीनता के लिए क्रान्ति होती रही और स्वाधीनता के पश्चात् जिस नये संविधान ने जन्म लिया उसमें मानवीय गरिमा को पुनः प्रतिष्ठित किया गया। मानवीय गरिमा का आधुनिक परिवेश और मानवीय गरिमा के राजनीतिक आयाम इन विश्व क्रान्तियों की ही देन हैं। इन विश्व क्रान्तियों की वैचारिक पृष्ठभूमि का निर्माण वैज्ञानिक चेतना से हुआ। विज्ञान ने जीव-जगत के विकास में रुचि लेकर विकासवाद के नाम से एक वैचारिक क्रान्ति का सूत्रपात किया। विश्व की अन्य गतिविधियों में भी इसी प्रकार अनुसंधान

हुए और सृष्टि में जैविक विकास के दो सिद्धान्त स्थिर हुए—गति और शक्ति। गति और शक्ति के समायोजन और सन्तुलन से ही सृष्टि की समस्त वस्तुओं और संसार के सभी प्राणियों की रचना सम्भव हो पायी। शनैः-शनैः यही सिद्धान्त सामाजिक विकास के इतिहास में लागू किया जाने लगा। जैविक और भौतिक संसार के समान ही समाज को एक परिवर्तनशील सत्ता के रूप में लक्ष्य किया जाने लगा। इस प्रकार भौतिक विज्ञान से गतिशास्त्र का सिद्धान्त समाज विज्ञान में प्रवेश कर गया। सृष्टि की परिवर्तनशील सत्ता में विज्ञान ने जिस प्राकृतिक शक्ति का अन्वेषण किया, समाजशास्त्र में राज्यशक्ति को उसी का प्रतिमान मान लिया गया और सामाजिक व्यवस्था में भी सामाजिक गति और राज्यशक्ति के सन्तुलन और समायोजन की अपेक्षा होने लगी। वैचारिक क्रान्ति का जन्म वैज्ञानिक अनुसंधान के कारण हुआ और वैचारिक क्रान्ति का सूत्रपात राजनीतिक क्रान्ति का आधार बना। वैचारिक क्रान्ति के फलस्वरूप, दार्शनिक और समाजशास्त्री मानवीय जीवन, मानवीय मूल्यों और मानवीय समस्याओं के प्रति आकृष्ट होने लगे। कल्पनाओं का स्थान तर्क ने ले लिया और समाज में नयी चेतना आ गयी।

सामाजिक गति और राजनीतिक शक्ति के सन्तुलन की आवश्यकता ने विकासवाद के सिद्धान्त को राजनीतिशास्त्र में विस्थापित कर दिया और यह माना जाने लगा कि जिस प्रकार जैविक और भौतिक सृष्टि एक क्रमिक विकास का परिणाम हैं। उसी प्रकार राज्य संस्थाएँ भी सामाजिक विकास का परिणाम हैं। राज्य का सामाजिक संविदा सिद्धान्त इसी वैचारिक क्रान्ति की देन है। इस वैचारिक क्रान्ति का सूत्रपात मूलतः इंग्लैण्ड में हुआ और तत्पश्चात् फ्रांस इस वैचारिक क्रान्ति से प्रभावित हुआ। इंग्लैण्ड में थॉमस हॉब्स और जॉन लॉक तथा फ्रांस में जीनजैक्वी रूसो ने राज्य संचालन में समाज की साझेदारी के सिद्धान्त का प्रतिपादन किया। यद्यपि इन तीनों चिन्तकों के मत में न्यूनाधिक भेद हैं किन्तु तीनों की मौलिक प्रस्थापनाओं में अन्तर नहीं है। इन तीनों ने ही विज्ञान के गति सिद्धान्त के आधार पर सामाजिक परिवर्तनों का आकलन किया और शक्ति सिद्धान्त के समीकरण से इन्होंने राज्य सत्ता के वास्तविक स्रोत का अनुसंधान किया। क्रान्तियों का जन्म इसी वैचारिक पृष्ठभूमि में हुआ। इस वैचारिक क्रान्ति के प्रवर्तन से जो राजनीतिक क्रान्तियाँ हुईं, उनमें दो मान्यताएँ स्थिर हुईं—प्रथम यह कि क्रान्तियाँ ही मानवीय गरिमा की अग्रदूत हैं और द्वितीय यह कि मानवी गरिमा की मूलभूत शर्त राजसत्ता में मानव की भागीदारी है। राजनीतिक क्रान्तियों में इस द्वितीय सूत्र की महत्त्वपूर्ण भूमिका रही और यह इसी सूत्र से स्पष्ट हुआ कि राजनीतिक शक्ति का स्रोत कोई राजपुरुष नहीं वरन् जनता जनार्दन है। राजा शक्ति का अधिष्ठान हो सकता है किन्तु शक्ति का अधिनायक नहीं।

सामाजिक संविदा सिद्धान्त के सभी विचारकों का समान रूप से यही मत है कि शक्ति का अधिनायक प्रजा वर्ग है। प्रजा गण में व्याप्त शक्ति ही शासक को प्राप्त होती है और इस प्राप्त होने की एक प्रक्रिया को इन विचारकों ने सामाजिक संविदा का नाम दिया। मान्यता यह हो गई कि शासन की संरचना संविदात्मक है और इस संविदा के आधार पर शासक के प्रति शासितों द्वारा सत्ता सम्प्रदान होता है। संविदा सिद्धान्त की मान्यता से नरेशों की दैवी उत्पत्ति का विश्वास समाप्त हो गया। वैज्ञानिक चेतना ने यह सिद्ध कर दिया कि राजा न कोई देवता है न ईश्वर। 1588 से 1688 तक इंग्लैण्ड में चली गौरव क्रान्ति, 1775-1783 तक चली अमेरिका की स्वाधीनता क्रान्ति, 1789 से 1799 तक चली फ्रांस की राज्य क्रान्ति का लक्ष्य प्रधानतया: नरेशों के दैवी उत्पत्ति के सिद्धान्त का खण्डन करना और उनके निरंकुश अधिकारों की आस्था को छिन्न-भिन्न करना था। इस सभी क्रान्तियों का राजनीतिक लक्ष्य एक नवीन सामाजिक दर्शन की स्थापना था और इस नये सामाजिक दर्शन का आधार मानवीय गरिमा था। जीव जगत से मानवीय गरिमा तक के इतिहास की यह दार्शनिक पृष्ठभूमि है। इन क्रान्तियों के मर्म में अन्तर्भूत प्रश्न यह था कि मानवीय गरिमा के आधुनिक सन्दर्भों की सुरक्षा के लिए राज्यसत्ता जनता में निहित होनी चाहिए और राज्य शक्ति का संचालन जनता द्वारा निर्वाचित प्रतिनिधि मण्डल के द्वारा होना चाहिए और तृतीय यह कि इस प्रतिनिधि मण्डल का वचन अन्तिम वचन के रूप में मान्य हो। इन प्रश्नों को एक वैचारिक और वास्तविक क्रान्ति का लक्ष्य बनाकर, इंग्लैण्ड में ट्यूडर वंश के राजाओं और संसद में भयंकर संघर्ष की स्थिति आ गई और गौरव क्रान्ति के नाम से यह क्रान्ति 1588 से 1688 तक सम्पूर्ण शताब्दी तक प्रचलित रही। मानवीय गरिमा के आधार पर चलायी गयी यह क्रान्ति 1689 में बिल ऑफ राइट्स के अधिनियम से अपना उद्देश्य पूरा कर पायी। मानव की गरिमा का प्रमाणीभूत यह दस्तावेज मानव की गरिमा के वर्तमान लोकतांत्रिक स्वरूप का एक मूर्तिमत्त सिद्धान्त है। मानव की राजनीतिक चेतना ने उसकी गरिमा का विस्तार किया और गरिमा के वृक्ष को शाखा-प्रशाखाओं में विभक्त किया। गरिमा के लोकतांत्रिक स्वरूप में गरिमा बहुमुखी हो गयी और उसके नितनूतन विभिन्न स्वरूप प्रकट होने लगे। इंग्लैण्ड की क्रान्ति का एकमात्र साध्य सामाजिक संविदा सिद्धान्त में जनता की निर्वाचकीय शक्ति को सर्वोपरि स्थान प्रदान करना था। सामाजिक संविदा सिद्धान्त के दो महान चिन्तक इस क्रान्तिकाल में सक्रिय थे—थॉमस हॉब्स और जॉन लॉक। 1689 के बिल ऑफ राइट्स का अधिनियम स्वयं के स्वरूप में था तथा संसद और सम्राट के मध्य यह प्रथम संविधानिक अनुबन्ध था। इस क्रान्ति की चरम उपलब्धि यह थी कि राजाओं की दैवी उत्पत्ति का सिद्धान्त आपादमस्तक ध्वस्त हो गया और

मानवीय गरिमा राजनीतिक गतिविधियों में जगमगाने लगी। इसी वर्ष जॉन लॉक के **'सिविल गवर्न्मेंट'** नामक ग्रन्थ के दोनों खण्ड प्रकाशित हुए और इससे भी पूर्व हॉब्स का 'लेवियाथन' 1651 में प्रकाशित हो चुका था। हॉब्स ने यद्यपि सामाजिक संविदा के दर्शन को जन्म दिया तथापि इसके सामान्य सिद्धान्त सम्राट पक्षी थे। मूल्यांकन की दृष्टि से यह ग्रन्थ गृहयुद्ध का प्रणेता न होकर गृहयुद्ध की आशंका से ग्रस्त था। उस समय हॉब्स, लार्ड हाड़विक नामक सरदार का शिक्षक था। 1640 में चार्ल्स प्रथम के शासन में संसद का एक दीर्घ अधिवेशन चला और संसद का एक दीर्घ अधिवेशन चला और संसद ने सम्राट पक्षी व्यक्तियों को बन्दी बना लिया। हॉब्स के पूर्व प्रकाशित ग्रन्थ 'थूसी डाइसिस' जो सन् 1628 में प्रकाशित हुआ में हॉब्स ने लोकतंत्र की निन्दा की थी। अतः वह इस क्रान्ति से भयभीत था और कुछ काल के लिए फ्रांस चला गया। यह नितान्त सम्भव है कि फ्रांस में सोशल कान्ट्रेक्ट के प्रणेता रूसो के सिद्धान्तों के मूल बीज हॉब्स ने ही अपने फ्रांस के प्रवास काल में बो दिये हों।

1588 से पूर्व इंग्लैण्ड में संसद की शक्ति नगण्य थी। परिणाम यह था कि मानवीय गरिमा कुण्ठित थी और राजा लोग उसे विकसित नहीं होने देते थे। उस समय संसद पर ट्यूडर वंश के सम्राट की ही आज्ञा चलती थी। 1588 में एक विख्यात युद्ध हुआ था जिसमें स्पैनिश आर्मडा की पराजय हो गयी थी। जनता द्वारा सम्राट की सत्ता को नकारना वहीं से प्रारम्भ हो गया था। जेम्स प्रथम की संसद से कभी बनी नहीं और 1625 में अपनी मृत्यु तक उसने किसी संसद को अपना कार्यकाल पूरा नहीं करने दिया और लगातार संसदों को भंग करता रहा। 1628 में चार्ल्स प्रथम के समक्ष संसद ने पिटीशन ऑफ राइट्स के नाम से एक याचिका प्रस्तुत की जो उसने स्वीकार तो कर ली किन्तु संसद को तत्काल भंग कर दिया। परिणाम यह हुआ कि वह 1629 से 1640 तक बिना किसी संसद के ही राज्य करता रहा। परिणामस्वरूप गृहयुद्ध छिड़ गया जो एक वर्ष चला और 1649 में चार्ल्स प्रथम का सिरच्छेद कर दिया गया। इसके पश्चात् भी 1688 तक स्थिति में कोई सुधार नहीं हुआ और जेम्स द्वितीय की निरंकुशता ने स्थिति को हीनतर बना दिया और उसके समक्ष भी लगभग वही स्थिति आ गई जो चार्ल्स प्रथम के समक्ष थी। अतः वह प्राण रक्षा के निमित्त फ्रांस की ओर पलायन कर गया। 1689 में सर्वप्रथम पिटीशन ऑफ राइट्स को बिल ऑफ राइट्स के नाम से अधिनियमित कर दिया गया और अन्ततः 1701 में एक्ट ऑफ सैटिलमेण्ट के द्वारा संसद ने राजसत्ता पर पूर्ण अधिकार कर लिया। तात्पर्य यह है कि संसद को राजा के मनोनयन और राजा को पदच्युत करने का अधिकार भी प्रकारान्तर से प्राप्त हो गया।

1775 ई. में अमेरिका के 13 उपनिवेशों की जनता ने इंग्लैण्ड के शासन के विरुद्ध स्वाधीनता अभियान प्रारम्भ कर दिया। इस अभियान का प्रारम्भ 1620 में ही हो गया था। 1620 में इंग्लैण्ड के नरेश ने कुछ धर्मगुरुओं को निर्वासित कर दिया था और उन्हें अमेरिका के किसी उपनिवेश में एक पोत में भेजा जा रहा था। इस पोत का नाम 'मेफ्लावर' था। इसी पोत पर उन धर्मगुरुओं ने पारस्परिक निष्ठा से ईश्वर को साक्षी मानकर एक संविदा का गठन किया और मानवीय गरिमा सामाजिक संविदा सिद्धान्त का एक मौलिक सिद्धान्त बन गयी। वर्तमान लिखित संविधानों की प्रस्तावनाएँ इसी 'मेफ्लावर' पोत में ली गई शपथ के प्रारूप का शब्दभेद से अनुकरण मात्र होती हैं। लिखित संविधानों की परम्परा में मानव की गरिमा इस संविदा का निमित्त और इस संविदा का प्रतिफल है। इन प्रस्तावनाओं में उन मूल्यों का प्राय: समावेश और उल्ले़ख रहता है जो कि उस देश और काल में मानव की गरिमा के जाने माने आयाम हों।

अमेरिका के इन 13 उपनिवेशों में स्वाधीनता के लिए प्रथम युद्ध इंग्लैण्ड के सम्राट के विरुद्ध 1775 में हुआ और 1783 तक चलकर वार्साय की सन्धि में समाप्त हुआ। उसी वर्ष प्रथम लिखित संविधान, संयुक्त राज्य अमेरिका का, निर्माण होने के क्रम में आया और एक अधिवेशन के पश्चात् उसी वर्ष पारित हो गया। इस संविधान की प्रस्तावना का प्रांरूप लगभग वही है जो 'मेफ्लावर' पोत में निर्वासित धर्मगुरुओं ने निर्मित किया था। यह संविधान 4 मार्च, 1789 को प्रभाव में आया और उसी वर्ष फ्रांस में क्रान्ति प्रारम्भ हो गई। क्रान्तिकारी फ्रांस के नरेश लुई 16वें के महल में घुस पड़े और रानी एण्टोइनी सहित उसकी हत्या कर दी और उस संविदा पर, जो वे साथ ले गये थे, राजा और रानी के राक्त से उन क्रान्तिकारियों ने हस्ताक्षकर कर दिए। 1791 में फ्रांस का प्रथम संविदात्मक संविधान प्रभाव में आया। यहाँ ध्यातव्य तथ्य यह है कि रूसो का '**सोशल कान्ट्रेक्ट**' 1762 में ही प्रकाशित हो चुका था। हॉब्स और रूसो के सामाजिक संविदा सिद्धान्त में भेद का मूल लक्षण यही है कि जहाँ हॉब्स का ग्रन्थ सम्राटपक्षी होकर गृहयुद्ध की आशंका से ग्रस्त था, वहीं रूसो का ग्रन्थ प्रजापक्षी होकर क्रान्ति का प्रणेता था। सम्राटपक्षी हॉब्स की यह मान्यता थी कि सामाजिक संविदा सिद्धान्त में सत्ता का हस्तान्तरण केवल एक बार और सदैव के लिए होता है और संविदा के सम्पन्न हो जाने के पश्चात् सत्ता के सम्प्रदान को निराकत नहीं किया जा सकता तथा रेश को सत्ताच्युत नहीं किया जा सकता। रूसो ने सामाजिक संविदा में नरेश की न कोई आवश्यकता समझी और न कोई उपयोगिता बताई। सामाजिक संविदा मूलत: और अन्तत: नागरिकों का समझौता, नागरिकों के लिए और नागरिकों द्वारा किया हुआ समझौता है। इस सिद्धान्त का

यह है कि मानवीय गरिमा के निर्णायक किसी देश के नागरिक हैं और ये नागरिक स्वयं ही अपने शासक हैं और स्वयं से अन्य उन्हें और किसी का शासन स्वीकार्य नहीं। मानवीय गरिमा के इसी स्वरूप का बज्रघोष करके अब्रहाम लिंकन ने गैटिसबर्ग में दिये गये अपने विश्वविख्यात भाषण के अन्तिम शब्दों में प्रजातंत्र को परिभाषित करते हुए यह कहा था कि, "प्रजातंत्र, प्रजा का, प्रजा के लिए, प्रजा द्वारा शासन होता है।" मानवीय गरिमा का प्रथम सूत्र राजनीतिक स्वाधीनता इन्हीं क्रान्तियों की देन है। इंस शताब्दी में रूस की क्रान्ति 27 जनवरी, 1905 को अपने प्रखर स्वरूप में आयी। उस दिन धर्मगुरु गैपन एक विशाल जनसमूह को लेकर गोलियों की बौछार का सामना करते हुए जार के महल में घुस गये और रूस की यह बोलशेविक क्रान्ति अन्तत: 15 मार्च, 1917 को सफल हो गई और उस दिन रूस के प्रतापी राज का पद समाप्त होकर रूस का प्रथम संविदात्मक संविधान अस्तित्व में आया।

1857 से 1947 तक भारत में स्वाधीनता के लिए संघर्ष किया और अन्तत: अंग्रेजों के शासन से मुक्त हो स्वाधीनता ग्रहण की और दिसम्बर, 1946 में संविधान सभा में संविधान के निर्माण का कार्य प्रारम्भ हो गया और 26 जनवरी, 1950 को इस संविधान को अधिनियमित, अंगीकृत और आत्मार्पित घोषित किया गया। मानवीय गरिमा का प्रखरतम रूप इस संविधान की उद्देशिका में निखरा है और इसमें विश्वक्रान्तियों के परिप्रेक्ष्य में समाकलित मानवीय मूल्यों का स्पष्ट निरूपण हुआ है।

उपर्युक्त जिन क्रान्तियों का सन्दर्भ है वे क्रूर और रक्तपातमय क्रान्तियाँ थीं किन्तु इनका लाभ यह हुआ कि व्यक्ति की गरिमा ने अपनी एक संवैधानिक पहचान बना ली। व्यक्ति की गरिमा राजनीतिक जगत में सत्ता का मूल आधार बन गई। गरिमा के विषय में जनमत प्रबुद्ध हो गया और तत्पश्चात् बिना क्रान्ति और बिना रक्तपात के भी व्यक्ति की गरिमा के नाम पर स्वाधीनता प्राप्त हो गई। क्रान्ति के इस दौर में अनेकों देशों ने सम्प्रभुता प्राप्त की और संविधानों का निर्माण किया। उन संविधानों में सभी में व्यक्ति की गरिमा के मूल्य को संविधान की उद्देशिका में, राज्य की निर्देशक नीतियों के प्रसंग में अथवा राज्य के विरुद्ध नागरिक के अधिकारों के रूप में प्रकट किया गया है और इसे अन्तर्निहित मान लिया है। विश्व के सभी राष्ट्रों द्वारा इसकी मान्यता वर्तमान में इसे अन्तर्राष्ट्रीय स्तर तक ले आयी है। जीव-जगत से मानवीय गरिमा के इतिवृत्त की इस पृष्ठभूमि में गरिमा के शास्त्रीय स्वरूप की विवेचना में सुविधा रहेगी। प्राकृतिक विज्ञानों में मानव का गरिमा के सन्दर्भ में कोई अध्ययन नहीं हुआ और सम्भवत: यह अध्ययन उन विषयों का क्षेत्र भी नहीं है। भूगोल और इतिहास में भी मानव का गरिमा के सन्दर्भ में अध्ययन करने का कोई अवसर नहीं है। अत: जो विषय समाजशास्त्र में संगत हैं उन्हीं विषयों में मानव का

अध्ययन गरिमा के सन्दर्भ में करना सम्भव है और वर्तमान युग में प्रायः सभी समाजशास्त्रीय विषयों में मानव का गरिमा के सन्दर्भ में अध्ययन आवश्यक हो गया। अनेकों राजनीतिक अधिकारों का मानव की गरिमा से अटूट सम्बन्ध हो जाने के कारण यह अब संवैधानिक विषय बन गया है और इसके सम्बन्ध में अनेकों विधियों का निर्माण होता रहा है। इस प्रकार मानव का शास्त्रीय स्वरूप अधिकाधिक संवैधानिक और विधिक बनता जा रहा है।

संविधान की दृष्टि से 'मानव' की शास्त्रीयस्थिति को तीन प्रकार से आँका गया है। इसके प्रथम शास्त्रीय अर्थ में 'मानव' उन लोगों का बोध कराता है जो किसी राष्ट्र के स्थायी घटक हों। 'मानव' उस समूह का बोध कराता है जहाँ उस राष्ट्र की सम्प्रभुता निवास करती है। इस अर्थ में मानव गरिमा का मूलस्रोत है। द्वितीय अर्थ में 'मानव' से उन पृथक्-पृथक् इकाइयों का बोध होता है जो किसी राज्य के नियमित नागरिक हों और उन्हें अपने ही राज्य के विरुद्ध कुछ विशेष अधिकार प्राप्त हों। इस नागरिक अर्थ में मानव के अनेकों प्रकार के दैनिक समव्यवहार सम्मिलित हो जाते हैं और संवैधानिक अधिकारों से पृथक अनेकों वैयक्तिक अधिकार मानव द्वारा राज्य के विरुद्ध प्रवर्तनीय होते हैं, जबकि ये अन्य अधिकार मानव द्वारा मानव के विरुद्ध प्रवृत्त किये जाते हैं और उनकी प्रवर्तनीयता में राज्य की सहायता और राज्य के बल का ही प्रयोग होता है। व्यक्ति के जिन कार्यों को राज्य ने अपने हाथ में ले लिया है, उन कार्यों को करने में राज्य की स्थिति एक व्यक्ति के समान ही होती है। सुरक्षा और न्याय व्यवस्था से पृथक् राज्य का अन्य कोई भी कार्य व्यक्ति द्वारा किये गये कार्य के समान ही होता है। अतः जहाँ व्यावसायिक अथवा जनसेवा सम्बन्धित कार्यों में राज्य का हस्तक्षेप हो जाता है, वहाँ राज्य सम्प्रभु होने के नाते किसी विशेष अधिकार का पात्र नहीं माना जाता और वह व्यक्ति के समान व्यक्ति की ही कोटि में माना जाता है। इन विषयों में व्यक्ति राज्य के विरुद्ध जिन सामान्य अधिकारों का प्रयोग करता है, वे संवैधानिक अधिकारों से पृथक् अधिकार होते हैं। संवैधानिक अधिकार तो इन सामान्य अधिकारों के केवल संरक्षक होते हैं।

तीसरे शास्त्रीय अर्थ में प्रत्येक मानव एक मौलिक प्राणवान सत्ता है। इस चिन्तन में मानवीय गरिमा में प्राण को सर्वोपरि सुरक्षा प्रदान की गई है। प्राण के क्षेत्र में गरिमा का महत्त्व इस सीमा तक जाग्रत हुआ है कि अनेक देशों की न्याय व्यवस्था मे प्राणदण्ड को समाप्त करने का विचार पनपा है। प्राणदण्ड की उपादेयता और इस विधि पर अन्तर्राष्ट्रीय चर्चाएँ हुई हैं और मानवीय गरिमा का प्राण पक्ष इतना अधिक पुष्ट हो गया है कि समाजवादी, सुधारवादी और उपयोगितावादी तर्कों पर प्राण दण्ड का खण्डन किया जाने लगा है। प्राण का प्रादुर्भाव राज्य के कारण नहीं होता । अतः

यह तर्क सार्थक प्रतीत होता है कि राज्य को किसी नागरिक के प्राण लेने का न कोई अधिकार है और न कोई औचित्य। दूसरे पक्ष में प्राण की महिमा में अब नवीन से नवीन आयाम प्रस्तुत होने लगे हैं। वर्तमान अन्तर्राष्ट्रीय संगठनों द्वारा अपनायी गयी नीति के आधार पर प्राण का अधिकार अब मात्र श्वास लेने का अधिकार नहीं है, प्राण के अधिकार का अर्थ एक स्वस्थ और सम्भ्रान्त जीवन माना जाने लगा है। जीवन की सामान्य सुविधाएँ और एक सुखी और सन्तुष्ट जीवन जीने के लिए जो मूलभूत भौतिक आवश्यकताएँ हैं, उनकी आपूर्ति भी प्राण के अधिकार के अन्तर्गत मान्य हो गई। आजीविका का अधिकार शनैः-शनैः प्राण के अधिकार का ही अंग बनकर गरिमा के क्षेत्र में वृद्धि कर रहा है। जिन मूल्यों का मानव जीवन और जीवन की उत्कृष्टता से सम्बन्ध है, उन सभी को प्राण के अधिकार के अन्तर्गत मान्यता देने का मार्ग प्रशस्त होता जा रहा है। इस प्रकार मानव और मानव की गरिमा ने राजनीतिक, संवैधानिक और विधिक विषयों में अपना प्रधान स्थान बना लिया है और न्यायालयों द्वारा भी गरिमा की शास्त्रीय व्याख्या करने के अवसर प्रस्तुत होने लगे। दर्शनशास्त्र में मानव सृष्टि का एक अद्भुत कौतुक है। मानव का जन्म सृष्टि का एक विलक्षण रहस्य है। दार्शनिक चिन्तन में मानव को प्रायः प्राण से भी परे सृष्टि की एक सत्ता के रूप में स्वीकार किया गया है। भारतीय चिन्तन में इसे आत्मा के रूप में परखा गया है। विदेशी चिन्तन में भी 'प्राण' जिसकी 'लाइफ' के नाम से व्याख्या हुई है, उसमें 'सेल्फ' नाम की सत्ता को 'प्राण' से पृथक स्वीकार किया गया है। इस क्षेत्र में मानव की गरिमा को बुद्धि, मन और अहंकार की दृष्टि से परखा गया है। मानव को सृष्टि की एक स्वायत्त इकाई स्वीकार किया गया है। प्रत्येक प्राण सृष्टि की एक पृथक और स्वतन्त्र घटना है और उस प्राण का स्वतन्त्र वर्चस्व है तथा उसका पृथक् इतिहास है। संवैधानिक और विधिक विषयों में मानव का स्पष्टतः इस भाव में चाहे अध्ययन न हुआ हो तथापि मानव का यह पक्ष मानव की गरिमा से सम्बन्धित होने के कारण मानवीय अधिकारों की व्याख्या प्रत्येक मानव को स्वतन्त्र स्वायत्त इकाई मानकर ही की जा रही है।

मनोविज्ञान मानव को मन अथवा 'माइन्ड' के रूप में लक्ष्य करता है। मानव चेतना का एक ऐसा संघात है जिसमें ज्ञान, इच्छा शक्ति और भावना तीनों का समान वेग होता है। मानव के राजनीतिक अर्थ को मानव के इन तीन मनोवैज्ञानिक अर्थों ने भी भली प्रकार प्रभावित किया है। ज्ञान को व्यक्ति की गरिमा का प्रधान तत्व मानकर, विचार, चिन्तन-मनन और अभिव्यक्ति के अधिकार को प्रायः सभी राष्ट्रों में मूल अधिकार के रूप में प्रतिष्ठा प्राप्त हुई है। इच्छाशक्ति से सम्बन्धित मनोवैज्ञानिक पक्ष का अपराध विधि में अपराधों और उसके दण्ड विधानों में

महत्त्वपूर्ण योगदान रहा है। आवेग और अवेश में किये गये अपराधों के लिए दण्डशास्त्र में पृथक से विचार हुआ है उन्हें अपेक्षाकृत लघु अपराध माना गया है। इसके विपरीत नियोजित, सुचिंतित और इच्छापूर्वक किये गये अपराधों के लिए विधिशास्त्र में विचारण की व्यवस्था अपेक्षाकृत कठोर है। भावना के मनोवैज्ञानिक पक्ष को भी विधि जगत में एक निश्चित मूल्य मान लिया गया है और अनावश्यक और अनाधिकार किसी की भावनाओं को पीड़ित करने के दुष्कर्म पर प्रतिकर और क्षतिपूर्ति की व्यवस्था विधिबल से करायी जाती है। मानवीय गरिमा का यह मनोवैज्ञानिक पक्ष भी विधिक मान्यता प्राप्त कर चुका है। ज्ञान, इच्छा और भावना के संयोग से चेतना का जो स्वरूप बनता है उसे नैतिक विषयों में अन्तःकरण की संज्ञा दी जाती है। अन्तःकरण के मूलभूत नियत लोकनीति के सिद्धान्त बन जाते हैं। लोक नीति के विरुद्ध किये किसी कार्य या समव्यवहार की कोई विधिक मान्यता नहीं होती है। अन्तःकरण के भाव का मानवीय गरिमा में इतना नैसर्गिक महत्त्व है कि उसे विधिक शब्दों में कहीं परिभाषित करने की आवश्यकता नहीं मानी जाती है और अन्तःकरण सम्बन्धी विवाद स्वयं अन्तःकरण के प्रमाण से ही निर्णीत किये जाते हैं। अतःकरण के विरुद्ध कराये गये अनुबंध अथवा किसी को विवश करके कराये गये समव्यवहारों को विधिजगत में निराकृत किये जाने की व्यवस्था समुचित है। अन्तःकरण के विरुद्ध किये या कराये गये दानपत्र, मृत्युपत्र, विक्रयपत्र आदि अवैध घोषित कराये जा सकते हैं। गरिमा का नैतिक पक्ष भी वर्तमान युग में व्यावहारिक उपादेयता प्राप्त कर चुका है। धर्मशास्त्रों में भी गरिमा के सन्दर्भ में मानव का पर्याप्त अध्ययन हुआ है। विश्वास, आस्था और मानसिक शान्ति के अन्य किसी भी प्रकार का अनुष्ठान और अपने मत के प्रचार और प्रसार की प्रायः सभी राष्ट्रों में समान स्वतन्त्रता है। गरिमा के द्वारा धार्मिक पक्ष ने अपना वर्चस्व इस सीमा तक सिद्ध किया है कि धार्मिक विषय राज्य के हस्तक्षेप से प्रायः पृथक् रखे गये हैं। लिखित रूप में गरिमा के इस पक्ष को सर्वप्रथम संवैधानिक मान्यता संयुक्त राज्य अमेरिका में प्राप्त हुई। संयुक्त राज्य अमेरिका के 1787 के संविधान में प्रथम संशोधन 1791 में इसी ध्येय से लाया गया कि राज्य सत्ता धर्म से तटस्थ रहे और धर्म का आधार किसी भी राजनीतिक कार्य में या किसी भी राजनीतिक कार्य में या किसी भी राजनीतिक पद के लिए आवश्यक न माना जाये। साम्यवादी देशों में राज्य की धर्म के प्रति यह तटस्थता इतनी अधिक है कि वहाँ ईश्वरवादी प्रचार के साथ-साथ अनीश्वरवादी प्रचार की भी पूर्ण स्वतन्त्रता है। एक तीसरा वर्ग उन राष्ट्रों का भी है जहाँ राज्य धर्म से तटस्थ न होकर धर्म के अधीन रहता है। इन राज्यों में किसी धर्म के अनुसरण की तो स्वतन्त्रता रहती है किन्तु राज्य द्वारा स्वीकृत धर्म के विरोध में

किसी भी प्रकार के प्रचार की स्वतन्त्रता नहीं होती। नितान्त धर्म निरपेक्ष कहलाने वाले राज्यों में इस व्यवस्था का स्वरूप अधिक सन्तुलित होता है। ऐसे देशों में किसी भी धर्म को मानने की स्वतन्त्रता तो रहती है किन्तु किसी भी धर्म का विरोध करने की स्वतन्त्रता नहीं रहती। रूस की क्रान्ति के फलस्वरूप विश्व के रंगमंच पर समाजवाद लोकप्रिय होने लगा। समाजवादी दौर में मानव के शास्त्रीय चिन्तन में मानव की गरिमा के अन्य सामाजिक और आर्थिक पक्ष प्रकट हुए।

विश्व की प्रमुख क्रान्तियों का मूल परिवेश यद्यपि राजनीतिक तथा तथापि इनके आधार में मानव के अन्य सामाजिक और आर्थिक प्रश्न थे। मानव ने राजनीतिक गरिमा की उपलब्धि के पश्चात् उसका सामाजीकरण और आर्थीकरण किया। राजनीतिक क्रान्तियों का ध्येय अन्ततः सामाजिक और आर्थिक प्रश्नों में उलझ गया। एक प्रकार से ये प्रश्न इस क्रान्ति की ही देन थे। क्रान्तियों के परिणामस्वरूप मानव राजनीतिक गरिमा का धनी हो गया और अन्ततः एक व्यक्तिवादी सिद्धान्त वैचारिक क्रान्ति का नया विषय बन गया। राजनीतिक गरिमा की स्थापना का मानव से यह अर्थ लगाया कि राज्य को व्यक्ति के कार्यकलापों में हस्तक्षेप का कोई अधिकार न हो। यह सिद्धान्त राजनीतिशास्त्र में 'लैसीफेयर' के नाम से प्रसिद्ध है। क्योंकि यह सिद्धान्त राज्य के संविदा सिद्धान्त के पालन से प्राप्त हुआ था। अतः इसका प्रथम परिणाम हुआ—स्वतन्त्रता। स्वतन्त्रता के बोध से अज्ञान का आवरण हटा और ऊँच-नीच का भेद असहनीय होने लगा अतः इसका द्वितीय परिणाम था—समता। विश्व के एक भाग की घटनाएँ जब विश्व के अन्य भाग को प्रभावित करने लगीं और कुछ मौलिक अवधारणाओं पर विश्व के वैचारिक मत में एकता आयी तब इसका तीसरा परिणाम हुआ बन्धुता। स्वतन्त्रता, समता और बन्धुता की यह त्रिवेणी फ्रांस की राज्य क्रान्ति से बही। अन्ततः इन तीन मूल्यों का लेसीफेयर के सिद्धान्त से संघर्ष प्रारम्भ हुआ। स्पष्ट शब्दों में लेसीफेयर के सिद्धान्त ने अधिकांश देशों की व्यवस्था को पूँजीवादी बना दिया। पूँजीवाद लेसीफेयर का स्वाभाविक परिणाम था। इन क्रान्तियों में इंग्लैण्ड की गौरव क्रान्ति 16वीं से 17वीं शताब्दी की घटना है। एक संयोग यह हुआ कि इसी युग में वैज्ञानिक खोजें हुईं, कोपरनिकस, केप्लर, गैलीलियो और न्यूटन जैसे वैज्ञानिक इसी युग में हुए। वैज्ञानिक खोजों का व्यावहारिक उपयोग होने लगा और विश्व के अर्थपटल पर मशीनें आ गईं। लेसीफयेर के सिद्धान्त पर व्यक्ति उपार्जन में स्वतन्त्र हो गया और अर्थतंत्र पूर्णतः निजी हो गया। इन सभी क्रान्तियों की एक विशेषता यह थी कि ये क्रान्तियाँ शोषित और पीड़ित वर्ग के द्वारा शोषक और पीड़क वर्ग के विरुद्ध अस्तित्व के लिए संघर्षरत थीं। क्रान्तियों का तात्कालिक लक्ष्य केवल राज्य व्यवस्थाओं में परिवर्तन तक सीमित रहा। फ्रांस और रूस में दो प्रबल राजवंशों

का उन्मूलन हो गया। सं.रा. अमेरिका के 13 उपनिवेशों ने ब्रिटेन की राजा की सत्ता को नकार दिया और इससे पूर्व स्वयं गौरव क्रान्ति ने स्वयं इंग्लैण्ड में ही राजा को पंगु बना दिया। तात्पर्य यह कि परिवर्तन केवल शीर्ष पर हुआ। मध्यवर्ग के सामन्त और जमींदार इत्यादि तब भी सम्पन्न और सम्भ्रान्त जीवन व्यतीत कर रहे थे और उनके पास भू-सम्पत्ति होने के कारण धन की प्रचुरता थी। ऐसे व्यक्तियों ने लेसीफेयर का लाभ उठाकर वैज्ञानिक खोजों पर अधिकार कर लिया और मशीनें लगाकर बैठ गये। उत्पादन में वृद्धि होने के कारण श्रम का मूल्य गिर अया और समाज जो अब तक क्रूर राजाओं और पीड़ित प्रजा के दो वर्गों में विभक्त था, लेसीफेयर के कारण अब उद्योगपतियों और श्रमिकों के दो विरोधी वर्गों में विभक्त हो गया।

विश्व के सर्वप्रथम लिखित संविधान 1787 के सं.रा. अमेरिका के संविधान में ही पूँजीवाद के बीज विद्यमान थे। इस व्यवस्था में जमींदार और भू-सम्पत्ति के स्वामी मशीनों के भी स्वामी बन जाते हैं। परिणामस्वरूप मालिक और मजदूर के बीच की दूरी और भी अधिक बढ़ जाती है। कारखाने का मजदूर मशीन का सिर्फ एक किर्रा बनकर रह जाता है और उन प्रबल आर्थिक ताकतों के हाथ में असहाय हो जाता है। मुक्त व्यापार के न्याय और नये पूँजीवाद से जंगल का कानून प्रारम्भ हो जाता है। कार्लाइल ने इसे 'शूकर नीति' का नाम दिया है। मशीनों के लिए कच्चे माल के क्रम में और श्रम के क्रम में मोल-तोल प्रारम्भ हो जाता है। धन के बल पर पूँजीवान व्यक्ति उत्पादन, वितरण और विनिमय के प्रधान केन्द्र बन जाते हैं और श्रम और वस्तुओं दोनों के ही मूल्यों का नियमन और बाजार का उतार-चढ़ाव इन्हीं व्यक्तियों की कला पर निर्भर हो जाते हैं। इस व्यवस्था में एक खुली स्पर्द्धा और निजी लाभ के सिद्धान्तों की प्रमुख भूमिका होती है। लेसीफेयर के बन्धन के कारण राज्य इन गतिविधियों को नितान्त वैयक्तिक मानकर इनमें हस्तक्षेप नहीं करता। समाजवाद इस व्यवस्था के आन्तरिक विरोध के ही कारण जनमा और यहीं से गरिमा के सामाजिक और आर्थिक पक्षों का प्रसार होने लगा।

राज्य क्रान्तियों के युग के पश्चात्, इस प्रकार औद्योगिक क्रान्ति आयी। राज्य क्रान्ति का लक्ष्य राजाओं से सत्ता को छीनना था, किन्तु लेसीफेयर के पश्चात् उद्योगवाद का बोलबाल हो गया और उद्योगवाद का सीधा अर्थ यह हुआ कि राज्यसत्ता उसी वर्ग के हाथ में आ गयी जिनके पास पूँजी या पूँजी के उत्पादन के साधन थे। परिणाम यह हुआ कि अब समाज शोषक पूँजीपतियों और पीड़ित श्रमिकों के दो वर्गों में विभक्त हो गया। पूँजीपति वर्ग निठल्ला रहकर भोगविलास में लिप्त रहने लगा और श्रमिक वर्ग दिन-रात पसीना बहाकर भी जीने की आवश्यक सुविधाएँ जुटाने में असफल रहा। हस्तक्षेप की नीति ने राज्य के कार्यक्षेत्र को नितान्त सीमित

कर रखा था। हस्तक्षेप की सैद्धान्तिक व्यवस्था में राज्य का स्वरूप मात्र पुलिस राज्य का होता है। पुलिस राज्य का अर्थ ऐसे राज्य से है जहाँ राज्य का कार्यक्षेत्र मात्र पुलिस के कार्य तक ही सीमित रहता है अपराधों की रोकथाम और अपराधी को दण्ड देना तथा अपने देश की सीमाओं की सुरक्षा करना यही तीन प्रधान कार्य राज्य से अपेक्षित थे। औद्योगिक क्रान्ति ने पुलिस राज्य के सिद्धान्त को अमान्य कर दिया और राज्य से मानव के अन्य सुखों और सुविधाओं की व्यवस्थाओं की भी अपेक्षा की जाने लगी। इस विचारधारा से दो परिणाम फलित हुए। प्रथम, राज्य के कार्यक्षेत्र का विस्तार हुआ और जनसाधारण के स्वास्थ्य, शिक्षा, आवश्यक वस्तुओं और सेवाओं की उपलब्धि तथा मानव के लिए एक शिष्ट जीवन की अन्य सुख-सुविधाओं की व्यवस्थाओं का दायित्व भी राज्य पर आने लगा। राजनीतिक चिन्तन अब 'पुलिस स्टेट' से 'वैलफेयर स्टेट' की ओर अग्रसर हुआ और लोक कल्याणकारी राज्य के सिद्धान्त को समान प्राप्त होने लगा। औद्योगिक जगत में इसका दूसरा परिणाम औद्योगिक विधायन (इण्डस्ट्रियल लेजिसलेशन) के रूप में प्रकट हुआ। अनेक देशों में श्रमिकों के हित में नयी-नयी विधियों का पारण होने लगा और उद्योगपतियों की स्वतन्त्रता पर अंकुश लगने लगा। उद्योग-धन्धों पर इस विधायन के द्वारा राज्य की पकड़ होने लगी और उद्योगपतियों द्वारा श्रमिकों का शोषण घटने लगा। इस युग के विचारकों के लिए यह स्वाभाविक था कि लेसीफेयर के सिद्धान्त में कुछ सुधार किये जायें। अत: बेन्थम, जेम्स मिल, जॉन स्टुअर्ट मिल जैसे विचारकों ने लेसीफेयर के सिद्धान्त में परिष्कार किया। अब लेसीफेयर उपयोगितावाद बन गया। व्यक्तिवादी दर्शन अब उपयोगितवादी दर्शन बन गया।

उपयोगितावादी दर्शन ने व्यक्तिवाद को बहुव्यक्तिवाद का स्तर प्रदान किया। बेन्थम, जेम्स मिल और जॉन स्टूअर्ट मिल अपने उपयोगितावादी दर्शन को अहस्तक्षेप नीति की विरासत के रूप में ग्रहण किए हुए थे। इस दर्शन का मूल आधार व्यक्तिवाद की अवधारणा से नितान्त भिन्न नहीं था। व्यक्तिवादी दर्शन पर इन चिन्तकों ने मनोविज्ञान का मुलम्मा चढ़ाया और इन मनोवैज्ञानिक सिद्धान्तों को विधिक और संवैधानिक जामा पहनाने का प्रयत्न किया। इस दर्शन का प्रारम्भ इस मान्यता से हुआ कि प्रत्येक व्यक्ति जीवन में अधिकतम सुख की इच्छा रखता है। सुख के इस गणित को इन्होंने जब राज्य पर फलित किया तो अधिकतम की इच्छा रखता है। सुख के इस गणित को इन्होंने जब राज्य पर फलित किया तो अधिकतम मात्रा में इच्छित सुख अधिकतम व्यक्तियों का सुख मान लिया गया। राज्य की भूमिका प्रजा के अधिकतम भाग के अधिकतम सुख को सुरक्षित करने में निहित है और ऐसा तभी सम्भव है जबकि व्यक्ति के कार्यक्षेत्र में राज्य का हस्तक्षेप भी अधिकतम हो। इस प्रकार प्रकट

में तो यह दर्शन **बहुजन हिताय बहुजन सुखाय** के बल-पर एक सुखदर्शन था किन्तु इस दर्शन में कुछ मौलिक न्यूनताएँ थीं और इन दार्शनिक चिन्तको में विश्व क्रान्तियों की उपलब्धियों के प्रति उदासीनता थी। रूसो का यह सिद्धान्त कि व्यक्ति जन्मतः स्वतन्त्र है, इन चिन्तकों को स्वीकार था तथापि व्यक्ति को सुपरिभाषित रूप में मौलिक अथवा नैसर्गिक कहे जाने वाले अधिकारों की छूट देने के पक्ष में ये नहीं थे। इस दर्शन में समानता का स्वरूप विशेष महत्त्वपूर्ण नहीं था। समानता सुरक्षा में ही निहित थी। अतः यदि व्यक्ति स्वतन्त्र और सुरक्षित है तो समानता एक स्वयंसिद्ध तथ्य हो जाती है। सुरक्षा से इन चिन्तकों का अर्थ व्यक्ति के कार्यकलापों की सुरक्षा था। व्यक्ति के कार्यों में राज्य का अहस्तक्षेप स्वयं में ही स्वतन्त्रता का एक घटक है। जॉन स्टुअर्ट मिल ने 1859 में स्वतन्त्रता पर एक निबन्ध प्रकाशित किया। किन्तु इस निबन्ध में स्वतन्त्रता को अभिव्यक्ति और व्यवसाय की स्वतन्त्रता तक आँका गया था। आधार में हस्तक्षेप की नीति होने के कारण यह स्वतन्त्रता का एक ऋणात्मक पक्ष था। इसमें कोई धनात्मक भाव नहीं था। परिणाम यह कि प्रकट में स्वतन्त्रताओं में बाधा का अभाव था किन्तु उनकी प्रत्याभूति या उनकी प्रवर्तनीयता की कोई अवधारणा इस दर्शन में नहीं थी।

इस दर्शन में गणित के दृष्टिकोण से भी एक गम्भीर त्रुटि थी। लोकतांत्रिक व्यवस्था में अधिकतम का गणित केवल 51 प्रतिशत का अंक रह जाता है और न्यूनतम की मात्रा 49 प्रतिशत पर अधिकतम के ही टक्कर की बैठती है। कल्याणकारी राज्य के सिद्धान्त में यह गणित सर्वथा तिरस्कार के योग्य हो जाता है। कल्याणकारी राज्य की अवधारणा में **बहुजन हिताय बहुजन सुखाय** के सिद्धान्त में कोई आकर्षण नहीं रहता। कल्याणकारी राज्य का लक्ष्य सर्वसुख और सर्वहित रहता है—**सर्वे भवन्तुः सुखिनः, सर्वे सन्तु निरामया**। मनोविज्ञान के दृष्टिकोण से भी यह सिद्धान्त दुर्बल था। माना कि प्रत्येक व्यक्ति अधिकतम सुख की कामना करता है किन्तु अधिकतम सुख जीवन के अल्पमत काल में ही सम्भव है। इसी सिद्धान्त को यदि बहिर्मुखी कर दिया जाये तो इसकी असफलता और भी अधिक स्पष्ट हो जाती है। जनसामान्य पर लागू होकर इस सिद्धान्त की पोल खुल जाती है। क्योंकि किसी भी देश में, किसी भी काल में और भली से भली शासन व्यवस्था में भी सुखी व्यक्तियों की संख्या अल्पतम होती है। अधिकतम सुख को सर्वसुख की ओर लाने का प्रयत्न ही उपयोगितवादी दर्शन को समाजवादी दिशा प्रदान कर देता है। प्रत्येक व्यक्ति का अधिकतम सुख समाज का अधिकतम सुख है। सुखी समाज में ही व्यक्ति की सुरक्षा है और सुखी समाज में ही उसका सुखी होना सम्भव है। इस प्रकार सुख के मानदण्डों में व्यक्ति की भूमिका गौण और समाज की भूमिका प्रधान होती है।

उपयोगितावाद की इस त्रुटि को अर्थशास्त्रियों ने तत्काल लक्ष्य किया। इस काल में बेन्थम, मॉल्थम और जेम्स मिल जैसे चिन्तकों में रुचि लेने वाले इंग्लैण्ड के एक सज्जन रिकॉर्डो थे। रिकार्डो ने अपना सिद्धान्त 1817 में प्रकाशित किया और यह प्रतिपादित किया कि वस्तु के मूल्य का निर्धारक तत्व वस्तु के उत्पादन में लगाया गया श्रम है। इसके आठ वर्ष पश्चात् थॉमस हाडस्किन ने एक प्रत्युत्तर, पूँजी के प्रभाव से श्रम के बचाव के पक्ष में प्रकाशित करवाया। इस प्रत्युत्तर में मूल तर्क यह था कि यदि वस्तु के मूल्य का एकमात्र निर्धारक तत्व श्रम है तो उसके मूल्य पर श्रमिक के अतिरिक्त और किसी का अधिकार ही नहीं है। इस तर्क से पूरा उत्पादक वर्ग ही चोर सिद्ध होता था। समाजवाद के बीज इसी तर्क में विद्यमान थे।

उस काल में रॉबर्ट ओवन नाम के एक उद्योगपति इस सिद्धान्त से अत्यधिक प्रभावित हुए और समाजवाद शब्द का सर्वप्रथम प्रयोग 1827 में रॉबर्ट ओवन के ही अनुयायियों द्वारा किया गया। जब यह सिद्ध करने का प्रयत्न किया गया कि वस्तु के मूल्य पर केवल श्रमिक का ही अधिकार नैतिक सिद्ध होता है और उद्योगपतियों द्वारा कमाया गया लाभ अनधिकार है तो स्वाभाविक प्रश्न यह उत्पन्न हुआ कि फिर इन उद्योगपतियों का क्या किया जाये? इसका उत्तर कदाचित् कार्ल मार्क्स और फ्रेडरिक एन्जिल्स के दर्शन में ही सम्भव था। इनका दर्शन प्रारम्भ ही इस मान्यता से होता था कि पूँजी के समस्त स्रोत और सम्पूर्ण साधन, भूमि, प्राकृतिक सम्पदा, सभी प्रकार के उद्योग और सभी मशीनें राज्य की सम्पत्ति होनी चाहिए। वैयक्तिक महत्त्व की वस्तु सम्पत्ति नहीं श्रम है। प्रत्येक व्यक्ति को सामर्थ्य के अनुसार कार्य करना चाहिए और प्रत्येक को उसकी आवश्यकतानुसार प्राप्त होना चाहिए। इसी दर्शन में यदि यह और जोड़ दिया जाये कि उपर्युक्त सिद्धान्त का प्रवर्तन राज्य का दायित्व है, तो समाजवाद का दर्शन अन्ततः सामाजिक, आर्थिक और राजनीतिक न्याय कहलाने लगता है। व्यक्ति की गरिमा का आधुनिकतम आयाम इसी अवधारणा तक व्याप्त है। इस अवधारणा से मानव की एक संस्था के रूप में समीक्षा सम्भव हुई है। एक संस्था के रूप में मानव की स्थिति मानव के विश्व रूप का दिग्दर्शन कराती है। विश्वक्रान्तियों ने मानव के मौलिक और नैसर्गिक अधिकारों की प्रतिष्ठा की किन्तु पृथक्-पृथक् राष्ट्र और पृथक् राष्ट्रों के पृथक्-पृथक् संविधानों से मानव का एक विधिक अथवा राजनीतिक व्यक्तित्व ही निखर पाया। स्वाधीन राष्ट्रों के संविधान के बल पर मानव का नागरिक पक्ष समृद्ध और बलवान हुआ। राज्य के विरुद्ध मानवीय अधिकारों के प्रवर्तन का मार्ग खुला और राजनीतिक चिन्तन में राज्य की आदर्शवादी अवधारणा निर्बल हो गई। विश्वक्रान्तियों ने राजाओं की दैवीय छवि को समूल नष्ट कर दिया। किन्तु क्रान्तियों के पश्चात् राजनीतिक चिन्तन में **कांट, हीगल, टी.एच.**

ग्रीन, बोसाँके जैसे विचारकों ने राज्य के आदर्शवादी सिद्धान्त को जन्म दिया। राज्य की आदर्शवादी अवधारणाओं में राजाओं की उत्पत्ति का दैवी सिद्धान्त प्रकारान्तर से राज्य पर लागू हो गया और आदर्शवादी चिन्तन में राज्य को ही एक दैवी सत्ता के रूप में स्वीकार कर लिया गया। इस अवधारणा में राज्य साधन नहीं साध्य माना जाता है और व्यक्ति राज्य के लिए साधन होता है। इस सिद्धान्त में राज्य और व्यक्ति में अंश और अंशी का सम्बन्ध बन जाता है। राज्य एक ऐसी विशाल मशीन के रूप में प्रकट होता है जिसका कि व्यक्ति एक छोटा-सा पुर्जा मात्र प्रतीत होता है। इस अवधारणा के समानान्तर निरन्तर सशक्त होती हुई समाजवादी विचारधारा के कारण, राज्य का यह आदर्शवादी सिद्धान्त न अधिक सफल हो पाया और न ही लोकप्रिय औरसमाजवादी चिन्तन के उत्कर्ष में राज्य को साध्य के स्थान पर साधन माना जाने लगा। कल्याणकारी राज्यों की अवधारणा में व्यक्ति साध्य है और राज्य उसका साधन। इस आधुनिकतम चिन्तन के आधुनिकतम आयाम में राज्य मानवीय गरिमा का सेवक बनकर प्रतिष्ठित हुआ और मानव की गरिमा को सुरक्षित और प्रत्याभूत करना राज्य का प्रारम्भिक कर्त्तव्य हो गया। नैसर्गिक या मौलिक कहे जाने वाले **अधिकार राज्य** के इसी कर्त्तव्य के बल पर टिकाऊ हैं।

राज्य की आदर्शवादी अवधारणा में राज्य एक अमूर्त और अलौकिक तत्व बनकर रह गया था। इसको पराभूत करने वाली लोक कल्याणकारी राज्य की अवधारणा में स्वयं व्यवित ही एक अमूर्त अलौकिक सत्ता के रूप में प्रतिष्ठित हो गया। लिखित संविधानों के द्वारा जिन मौलिक या नैसर्गिक अधिकारों की सुरक्षा सफल हुई, वे सब मानवीय गरिमा के घटक अवश्य हैं, किन्तु मानवीय गरिमा के वे पूर्ण विराम नहीं है। मानव की गरिमा शनैः-शनैः नैसर्गिक परिधि से भी किसी ऊँचे धरातल की अपेक्षा करने लगी। मौलिक या संवैधानिक अधिकार ही गरिमा के सीमान्त नहीं रहे। गरिमा किसी देश, राज्य या राष्ट्र विशेष की थाती नहीं है, मानवीय गरिमा का प्रश्न समूचे विश्व का प्रश्न है। मानव का विश्व रूप शनैः-शनैः उभरने लगा और मानवीय गरिमा की एक अन्तर्राष्ट्रीय छवि चित्रित हो गई।

वैधानिक समानता या विधि के समक्ष समानता और सामाजिक समानता अर्थात् प्रतिष्ठा और अवसर की समता के पूर्वाधारों से बन्धुता का एक अन्तर्राष्ट्रीय मूल्य निर्गमित हुआ है। बन्धुता का अर्थ सबके मध्य सबकी समानता है। यह एक सर्ववादी विचार है जिसे एकांगी दृष्टि से अर्थात् किसी वर्ग विशेष या व्यक्ति विशेष के पक्ष में नहीं देखा जा सकता। अतः बन्धुता को समानता का एक ही एक आवश्यक तत्व मानना होगा। बन्धुतारहित समानता एक शून्य भाव है। विभिन्न व्यक्तियों, वर्गों, समाजों या राष्ट्रों में जब तक बन्धुता के अकाट्य भाव की प्रतिष्ठा न हो जाये, तब

तक व्यवहार व आचरण में समानता का घटित होना कठिन है। परिणामतः व्यक्तिवाद समाजवाद की ओर और समाजवाद अन्तर्राष्ट्रीयवाद की ओर अग्रसर हो चुका है। मानवीय गरिमा को अन्तर्राष्ट्रीय प्रतिष्ठा प्रदान करने के लिए राष्ट्रों के मध्य नित्यप्रति सन्धि, सम्प्रतिज्ञानों और अभिसमयों पर हस्ताक्षर किये जा रहे हैं। राज्य का नागरिक अब अन्तर्राष्ट्रीय समाज का सदस्य बन गया और प्रत्येक मानव अब सार्वभौम मानवता का अवयव हो गया है।

"संयुक्त राष्ट्र संघ का मानव अधिकार आयोग इस कथनी को करनी में लाने का साक्ष्य है। मानव अधिकार के घोषणा-पत्र में इस आयोग को उन विषयों में अनुसंधान और उनके विषय में प्रतिवेदन करने का अधिकार दिया गया है जिनके अतिक्रमण होने की सम्भावना रहती है। सन् 1955 से इस आयोग को इन अधिकारों के अतिक्रमण सम्बन्धी परिवादों के संज्ञान की क्षमता प्राप्त हो गई है। चूक करने वाले राष्ट्र या व्यक्तियों को इन अधिकारों से बाध्य करने के लिए अभिसाधनों का अभाव है किन्तु मानवता को उस चरण की प्रतीक्षा है जहाँ ऐसी व्यवस्था भी उपलब्ध हो सके।" मान के सम्बन्ध में मीमांसा का यह गुरगम्भीर उद्देश्य है। संयुक्त राष्ट्र संघ के मानव अधिकार आयोग ने यह सिद्ध कर दिया है कि व्यक्ति की गरिमा, संवैधानिक मूल्यों का परस्पर सत्य, सतत् साध और अटल अर्थ है। सामाजिक, आर्थिक और राजनीतिक न्याय, विचार, अभिव्यक्ति, विश्वास, धर्म और उपासना की स्वतन्त्रता, प्रतिष्ठा और अवसर की समता आदि सभी मूल्य व्यक्ति की गरिमा की सुनिश्चितता के साधन हैं। उक्त सभी मूल्य व्यक्ति की गरिमा के अभिव्यक्त पक्ष हैं, जो गरिमा के सर्वस्व की सीमा नहीं हैं। ये गरिमा की परिधि नहीं वरन् गरिमा के मार्ग में मील के पत्थर हैं। गरिमा के ये ज्ञात लक्षण गरिमा के विलक्षण भाव की पूर्णता के द्योतक नहीं हैं। वरन् ये सब गरिमा के उपकरण अथवा उपादान हैं। गरिमा में ये सभी मूल्य अन्तर्विष्ट हैं किन्तु उन्हें अन्तर्विष्ट करने वाली गरिमा, राजनीति से परे एक दार्शनिक सत्ता है जो इनमें से प्रत्येक और इन सबके संघटन से भी अधिक है। इन सबको सुरक्षित करने के पश्चात् भी गरिमा स्वयं एक राज्येत्तर अस्तित्व है। भारत के संविधान ने तो उद्देशिका में गरिमा को अन्य सभी मूल्यों के उल्लेख के पश्चात् अन्त में स्थान दिया है।

2

अनुसूचित जातियों एवं अनुसूचित जनजातियों के अधिकार

मानव से ही मानवता का, अर्थात् इंसान से ही इंसानियत का जन्म होता है, जो सभी धर्म, दर्शनों का सार है। जाति, भाषा, धर्म, सम्प्रदाय क्षेत्रीयता, वर्ग भेद आदि के संघर्ष प्रत्येक युग के इतिहास में मिलते हैं। दम्भ एवं मिथ्याभिमान किसी भी व्यक्ति, समाज के पतन का कारण बनते हैं। अपनी श्रेष्ठता का मिथ्याभिमान और दम्भ ही जर्मनी को ले डूबा। जातीय संकीर्णता एवं विविध अंधविश्वास मानवता के विकास के मार्ग पर बाधा बनते आये हैं। समय-समय पर इन अमानवीय प्रथाओं के विरोध एवं खण्डन हेतु अथक प्रयास होते रहे हैं। समय-समय पर इन अमानवीय प्रथाओं के विरोध एवं खण्डन हेतु पुरजोर प्रयास होते रहे हैं। आज अनुसूचित जातियों, जनजातियों एवं पिछड़े वर्ग के लोगों के मौलिक अधिकारों का शोषण हो रहा है। शोषण का मुख्य कारण उनका अशिक्षित होना है। भारत के संविधान में इन जातियों के लिये विशेष प्रावधान है। संविधान के अनुच्छेद 341 व 342 के प्रावधानों के अनुसार राष्ट्रपति द्वारा समय-समय पर इन जातियों की सूचियाँ प्रकाशित की गई हैं। राज्य के

नीति निर्देशक तत्वों में भी इनके लिये दिशा-निर्देश दिए गये हैं। "राज्य जनता के दुर्बल वर्गों के, अनुसूचित जातियों एवं जनजातियों के शिक्षा और अर्थ सम्बन्धी हितों की विशेष सावधानी से अभिवृद्धि करेगा और सामाजिक अन्याय और सभी प्रकार के शोषण से उनका संरक्षण करेगा।"

संविधान के अनुच्छेद 15 में धर्म, जाति, लिंग व जन्मस्थान के आधार पर भेदभाव पर प्रतिबंध है। परन्तु संयुक्त राष्ट्र संघ द्वारा घोषित मानव अधिकारों के संदर्भ में भारतीय दलितों की दशा का विवरण देखने से पता चलता है कि यह वर्ग अभी भी सामाजिक दुर्भावना व अन्याय का शिकार होता रहता है।

आज इन जातियों में अपने अधिकारों के प्रति जागरूकता लाना आवश्यक है। जागरूकता तब ही आ सकती है जब उनमें शिक्षा का प्रचार एवं प्रसार हो। शिक्षित व्यक्ति की अपने अधिकारों के प्रति जागरूक हो सकता है।

अनुसूचित जाति एवं अनुसूचित जनजातियों की शिक्षा

अनुसूचित जातियों की लगभग 400 से अधिक जातियाँ हैं। सामान्यत: इनकी आर्थिक स्थिति कमजोर होती है एवं सामाजिक स्थिति निम्न स्तरीय होती है। ये अधिकांश गरीबी रेखा से नीचे जीवन-यापन करते हैं। अशिक्षित होने के कारण ये ज्यादातर बंधुआ मजदूर, खेतीहर मजदूर जैसी जिंदगी जीते हैं। अनुसूचित जाति की साक्षरता वृद्धि दर, गैर अनुसूचित जातियों की साक्षरता वृद्धि दर से आधे से भी कम है। शिक्षा के द्वारा ही इनके मौलिक अधिकारों का संरक्षण किया जा सकता है। वर्तमान समय में इनके लिये नि:शुल्क शिक्षा, बालिकाओं को मुफ्त यूनिफार्म (गणवेश) मुफ्त पाठ्यपुस्तकें, मुफ्त छात्रावासों से रहना और नौकरी में आरक्षण की सुविधाएँ, सरकार की तरफ से उपलब्ध है। इसके साथ ही कुछ और भी प्रयास कर सकते हैं जैसे शिक्षा के साथ में व्यावसायिक शिक्षा पर विशेष बल दिया जाये ताकि जागरूकता के साथ-साथ उनका अधिक एवं सामाजिक स्तर भी उन्नत हो सके।

भारत में अनुसूचित जाति एवं जनजाति वर्गों के विकास एवं हित संरक्षण के लिये "आदिम जाति-अनुसूचित जाति कल्याण विभागों" की स्थापना की गयी है। ये विभाग उपर्युक्त जातियों के शैक्षणिक एवं आर्थिक उत्थान के लिये अनेक कल्याणकारी योजनाएँ संचालित कर रहा है, जो निम्न हैं-

(1) शालाएँ-आदिवासी विकास के लिए संचालित योजनाओं में शिक्षा विषयक योजनाओं को सर्वोच्च प्राथमिकता दी गई है। **इन वर्गों के शैक्षणिक उत्थान** के लिये विभाग द्वारा वर्तमान में आदिवासी उपयोजना क्षेत्र में **प्राथमिक स्तर** से उच्चतर

माध्यमिक स्तर तक की शालाओं का संचालन किया जा रहा है। साथ ही आदर्श उच्चतर माध्यमिक विद्यालय, गुरुकुल विद्यालय एवं कन्या शिक्षा परिसर भी संचालित किये जा रहे हैं।

(2) **क्रीड़ा परिसर**–विभाग द्वारा क्रीड़ा परिसर संचालित किये जाते हैं। ये परिसर पूर्णतया आवासीय होते हैं। प्रत्येक परिसर में करीब 100 छात्र/छात्राएँ रह सकते हैं। यहाँ इनको नियमित प्रशिक्षण दिया जाता है जिसके लिये प्रशिक्षित कोच उपलब्ध करवाये जाते हैं। प्रत्येक छात्र/छात्रा को 250/260 रु. शिष्यवृत्ति 60 रु. पोषण आहार, वर्ष में एक बार 350 रु. गणवेष के लिये, 500 रु. खेल किट्स के लिये दिये जाते हैं।

(3) **आवासीय संस्थाएँ**–दूरस्थ अंचलों में आदिवासी विद्यार्थियों को आवासीय सुविधा उपलब्ध कराने के लिये प्रिमैट्रिक एवं पोस्टमैट्रिक छात्रावास एवं आश्रम संचालित किये जा रहे हैं। आश्रम में रहने वाले छात्र/छात्राओं को शिष्यवृत्ति भी दी जाती है।

(4) **छात्र गृह योजना**–यह योजना मैट्रिकोत्तर स्तर के उन छात्रों के लिये है जिन्हें स्थानाभाव के कारण छात्रावासों में प्रवेश नहीं मिल पाता। योजनांतर्गत छात्रों के लिये विभाग किराये के मकान की व्यवस्था करता है तथा विद्यार्थियों को छात्रवृत्ति भी प्रदान करता है।

(5) **मध्यान्ह भोजन कार्यक्रम**–भारत सरकार द्वारा आदिवासी विकास खण्डों की समस्त प्राथमिक शालाओं में कक्षा 1 से 5 तक अध्ययनरत विद्यार्थियों को गर्म भोजन वितरित किया जाता है।

(6) **तकनीकी प्रशिक्षण**–कम पढ़े-लिखे अनुसूचित जाति-जनजाति के युवाओं के लिये वर्तमान समय में (म.प्र. में) ''प्रशिक्षण सह-उत्पादन केन्द्र एवं व्यावसायिक प्रशिक्षण केन्द्र'' की स्थापना की गयी है।

(7) **अशासकीय संस्थाओं को अनुदान**–मध्य प्रदेश के अत्यन्त पिछड़े आदिवासी क्षेत्रों में छात्रों के शैक्षणिक, सामाजिक एवं सांस्कृतिक उत्थान की दिशा में स्वयंसेवी संगठनों के द्वारा शाला/छात्रावास/आश्रम/आंगनबाड़ी/औषधालय आदि गतिविधियों को संचालन हेतु विभाग द्वारा संस्थाओं को शत-प्रतिशत अनुदान सहायता दी जा रही है।

(8) विभाग द्वारा आदिवासी विद्यार्थियों के कल्याण के लिये शिक्षा की अन्य योजनाएँ भी संचालित करी जा रही हैं, जिनमें विद्यार्थी कल्याण कार्यक्रम, मेधावी

छात्र पुरस्कार योजना, परीक्षा पूर्व प्रशिक्षण व्यवस्था, सैनिक स्कूलों में प्रवेश हेतु कोचिंग व्यवस्था आदि शामिल है।

(9) छात्रवृत्ति–अनुसूचित जाति/जनजाति के विद्यार्थियों के लिये भारत सरकार ने छात्रवृत्ति का प्रावधान रखा है। सह छात्रवृत्ति बैंकों के माध्यम से दी जाती है।

(10) कन्या साक्षरता प्रोत्साहन–अनुसूचित जाति/जनजाति की ऐसी कन्याओं को जो पाँचवी कक्षा पास कर आगे की पढ़ाई नहीं कर पातीं उनको पढ़ाई जारी रखने के लिये प्रोत्साहन राशि प्रदान करी जाती है।

अनुसूचित जातियों के लिए उन्नतिपरक कार्यक्रम

मानव से ही मानवता का, अर्थात् इंसान से ही इंसानियत का जन्म होता है, जो सभी धर्म, दर्शनों का सार है। जाति, भाषा, धर्म, सम्प्रदाय क्षेत्रीयता, वर्ग भेद आदि के संघर्ष प्रत्येक युग के इतिहास में मिलते हैं। दम्भ एवं मिथ्याभिमान किसी भी व्यक्ति, समाज के पतन का कारण बनते हैं। अपनी श्रेष्ठता का मिथ्याभिमान और दम्भ ही जर्मनी को ले डूबा। जातिय संकीर्णता एवं विविध अंधविश्वास मानवता के विकास के मार्ग पर बाधा बनते आये हैं। समय-समय पर इन अमानवीय प्रथाओं के विरोध एवं खण्डन हेतु अथक प्रयास होते रहे हैं। छुआछूत की भावना भारतीय समाज में कलंक की तरह रही है जिसने मानवता को कलंकित किया है। निम्न पंक्तियाँ उक्त वेदना को प्रदर्शित करती हैं–

समय-समय पर इन अमानवीय प्रथाओं के विरोध एवं खण्डन हेतु पुरजोर प्रयास होते रहे हैं। आज अनुसूचित जातियों, जनजातियों एवं पिछड़े वर्ग के लोगों के मौलिक अधिकारों का शोषण हो रहा है। शोषण का मुख्य कारण उनका अशिक्षित होना है। भारत के संविधान में इन जातियों के लिये विशेष प्रावधान है। संविधान के अनुच्छेद 341 व 342 के प्रावधानों के अनुसार राष्ट्रपति द्वारा समय-समय पर इन जातियों की सूचियाँ प्रकाशित की गई हैं। राज्य के नीति निर्देशक तत्वों में भी इनके लिये दिशा-निर्देश दिए गये हैं। "राज्य जनता के दुर्बल वर्गों के, अनुसूचित जातियों एवं जनजातियों के शिक्षा और अर्थ सम्बन्धी हितों की विशेष सावधानी से अभिवृद्धि करेगा और सामाजिक अन्याय और सभी प्रकार के शोषण से उनका संरक्षण करेगा।" संविधान के अनुच्छेद 15 में धर्म, जाति, लिंग व जन्मस्थान के आधार पर भेदभाव पर प्रतिबंध है। परन्तु संयुक्त राष्ट्र संघ द्वारा घोषित मानव अधिकारों के संदर्भ में भारतीय दलितों की दशा का विवरण देखने से पता चलता है कि यह वर्ग अभी भी सामाजिक दुर्भावना

व अन्याय का शिकार होता रहता है। आज इन जातियों में अपने अधिकारों के प्रति जागरूकता लाना आवश्यक है। जागरूकता तब ही आ सकती है जब उनमें शिक्षा का प्रचार एवं प्रसार हो। शिक्षित व्यक्ति की अपने अधिकारों के प्रति जागरूक हो सकता है।

अनुसूचित जाति एवं अनुसूचित जनजातियों की शिक्षा

अनुसूचित जातियों की लगभग 400 से अधिक जातियाँ हैं। सामान्यत: इनकी आर्थिक स्थिति कमजोर होती है एवं सामाजिक स्थिति निम्न स्तरीय होती है। ये अधिकांश गरीबी रेखा से नीचे जीवन-यापन करते हैं। अशिक्षित होने के कारण ये ज्यादातर बंधुआ मजदूर, खेतीहर मजदूर जैसी जिंदगी जीते हैं। अनुसूचित जाति की साक्षरता वृद्धि दर, गैर अनुसूचित जातियों की साक्षरता वृद्धि दर से आधे से भी कम है। शिक्षा के द्वारा ही इनके मौलिक अधिकारों का संरक्षण किया जा सकता है। वर्तमान समय में इनके लिये नि:शुल्क शिक्षा, बालिकाओं को मुफ्त यूनिफार्म (गणवेश) मुफ्त पाठ्यपुस्तकें, मुफ्त छात्रावासों से रहना और नौकरी में आरक्षण की सुविधाएँ, सरकार की तरफ से उपलब्ध है। इसके साथ ही कुछ और भी प्रयास कर सकते हैं जैसे शिक्षा के साथ में व्यावसायिक शिक्षा पर विशेष बल दिया जाये ताकि जागरूकता के साथ-साथ उनका अधिक एवं सामाजिक स्तर भी उन्नत हो सके।

भारत में अनुसूचित जाति एवं जनजाति वर्गों के विकास एवं हित संरक्षण के लिये ''आदिम जाति-अनुसूचित जाति कल्याण विभागों'' की स्थापना की गयी है। ये विभाग उपर्युक्त जातियों के शैक्षणिक एवं आर्थिक उत्थान के लिये अनेक कल्याणकारी योजनाएँ संचालित कर रहा है, जो निम्न हैं–

(1) शालाएँ–आदिवासी विकास के लिए संचालित योजनाओं में शिक्षा विषयक योजनाओं को सर्वोच्च प्राथमिकता दी गई है। इन वर्गों के शैक्षणिक उत्थान के लिये विभाग द्वारा वर्तमान में आदिवासी उपयोजना क्षेत्र में प्राथमिक स्तर से उच्चतर माध्यमिक स्तर तक की शालाओं का संचालन किया जा रहा है। साथ ही आदर्श उच्चतर माध्यमिक विद्यालय, गुरुकुल विद्यालय एवं कन्या शिक्षा परिसर भी संचालित किये जा रहे हैं।

(2) क्रीड़ा परिसर–विभाग द्वारा क्रीड़ा परिसर संचालित किये जाते हैं। ये परिसर पूर्णतया आवासीय होते हैं। प्रत्येक परिसर में करीब 100 छात्र/छात्राएँ रह सकते हैं। यहाँ इनको नियमित प्रशिक्षण दिया जाता है जिसके लिये प्रशिक्षित कोच उपलब्ध करवाये जाते हैं। प्रत्येक छात्र/छात्रा को 250/260 रु. शिष्यवृत्ति 60 रु. पोषण

आहार, वर्ष में एक बार 350 रु. गणवेष के लिये, 500 रु. खेल किट्स के लिये दिये जाते हैं।

(3) आवासीय संस्थाएँ—दूरस्थ अंचलों में आदिवासी विद्यार्थियों को आवासीय सुविधा उपलब्ध कराने के लिये प्रिमैट्रिक एवं पोस्टमैट्रिक छात्रावास एवं आश्रम संचालित किये जा रहे हैं। आश्रम में रहने वाले छात्र/छात्राओं को शिष्यवृत्ति भी दी जाती है।

(4) छात्र गृह योजना—यह योजना मैट्रिकोत्तर स्तर के उन छात्रों के लिये है जिन्हें स्थानाभाव के कारण छात्रावासों में प्रवेश नहीं मिल पाता। योजनांतर्गत छात्रों के लिये विभाग किराये के मकान की व्यवस्था करता है तथा विद्यार्थियों को छात्रवृत्ति भी प्रदान करता है।

(5) मध्यान्ह भोजन कार्यक्रम—भारत सरकार द्वारा आदिवासी विकास खण्डों की समस्त प्राथमिक शालाओं में कक्षा 1 से 5 तक अध्ययनरत विद्यार्थियों को गर्म भोजन वितरित किया जाता है।

(6) तकनीकी प्रशिक्षण—कम पढ़े-लिखे अनुसूचित जाति-जनजाति के युवाओं के लिये वर्तमान समय में (म.प्र. में) "प्रशिक्षण सह-उत्पादन केन्द्र एवं व्यावसायिक प्रशिक्षण केन्द्र" की स्थापना की गयी है।

(7) अशासकीय संस्थाओं को अनुदान—मध्य प्रदेश के अत्यन्त पिछड़े आदिवासी क्षेत्रों में छात्रों के शैक्षणिक, सामाजिक एवं सांस्कृतिक उत्थान की दिशा में स्वयंसेवी संगठनों के द्वारा शाला/छात्रावास/आश्रम/आंगनबाड़ी/औषधालय आदि गतिविधियों को संचालन हेतु विभाग द्वारा संस्थाओं को शत-प्रतिशत अनुदान सहायता दी जा रही है।

(8) विभाग द्वारा आदिवासी विद्यार्थियों के कल्याण के लिये शिक्षा की अन्य योजनाएँ भी संचालित करी जा रही हैं, जिनमें विद्यार्थी कल्याण कार्यक्रम, मेधावी छात्र पुरस्कार योजना, परीक्षा पूर्व प्रशिक्षण व्यवस्था, सैनिक स्कूलों में प्रवेश हेतु कोचिंग व्यवस्था आदि शामिल है।

(9) छात्रवृत्ति—अनुसूचित जाति/जनजाति के विद्यार्थियों के लिये भारत सरकार ने छात्रवृत्ति का प्रावधान रखा है। सह छात्रवृत्ति बैंकों के माध्यम से दी जाती है।

(10) कन्या साक्षरता प्रोत्साहन—अनुसूचित जाति/जनजाति की ऐसी कन्याओं को जो पाँचवी कक्षा पास कर आगे की पढ़ाई नहीं कर पातीं उनको पढ़ाई जारी रखने के लिये प्रोत्साहन राशि प्रदान करी जाती है।

मार्क्स के अनुसार–

"It is not the Consciousness of men that determines their existence but on the contrary their social existence determines consciousness."
—Marx

"मानव के अस्तित्व को निर्धारित करने वाली उसकी चेतना नहीं, बल्कि उसके विपरीत उसकी सामाजिक स्थिति ही उसकी चेतना को प्रभावित करती है।"

यदि समस्त मानव जाति में प्रत्येक नागरिक को प्रतिष्ठा, सम्मान, अधिकार एवं सहयोग मिलता रहेगा तो विश्व में कहीं भी युद्ध एवं संघर्ष नहीं होगा और सभी लोग सुखी रहेंगे। संयुक्त राष्ट्र ने 1948 में मानव अधिकार सार्वभौम घोषणा करके इतिहास में नया अध्याय जोड़ा है।

भारत में 1993 में लोकसभा में मानव अधिकार संरक्षण अधिनियम पारित कर हमें सुविधा प्रदान करी। इसके बाद ही राष्ट्रीय मानव अधिकार आयोग एवं कई राज्यों में भी मानव अधिकार आयोग स्थापित हुए। 1 जनवरी, 1995 को मध्यप्रदेश की राजधानी भोपाल में एशिया मानव अधिकार शिक्षा संस्थान स्थापित किया गया। भारत के दस राज्यों में निर्देशक मनोनीत किये गये। इनमें 5,000 से अधिक शिक्षाविदों की सशक्त टीम तैयार कर मानव अधिकार, कर्तव्य, विश्व शांति में उल्लेखनीय उपलब्धि प्राप्त की गयी। हिन्दी भाषा की पुस्तक में सार्वभौम घोषणा के सभी 30 अनुच्छेदों पर रोचक पाठ छात्रों के लिये सरल भाषा में दिये गये हैं। गुजरात राज्य में विद्यालयों में विद्यार्थियों को विषय के प्रति जागरूक करने एवं अधिक जानकारी उपलब्ध करने के लिये इस पुस्तक का प्रयोग कर रहे हैं।

3

अल्पसंख्यक वर्गों के अधिकार

मानव अधिकारों की सार्वभौम घोषणा अनुच्छेद 27(1) में सांस्कृतिक अधिकारों के बारे में इस प्रकार उद्‌घोषणा करती है। प्रत्येक व्यक्ति को समुदाय के सांस्कृतिक जीवन में मुक्त रूप से भाग लेने, कलाओं का आनन्द लेने और वैज्ञानिक प्रगति और उसके फायदों में हिस्सा प्राप्त करने का अधिकार है। सिविल और राजनीतिक अधिकारों की अन्तर्राष्ट्रीय प्रसंविदा के अनुच्छेद 27 में अल्पसंख्यक वर्गों के अधिकार के बारे में कहा गया है। उन राज्यों में जिनमें जातीय, धार्मिक या भाषाई अल्पसंख्यक वर्गों से संबंधित व्यक्तियों को अपने समूह के अन्य सदस्यों के साथ अपनी संस्कृति का उपभोग करने, अपना धर्म मानने और उसे आचरण में लाने या अपनी ही भाषा का प्रयोग करने के अधिकार से वंचित नहीं किया जायेगा। सिविल और राजनैतिक अधिकार पर अन्तर्राष्ट्रीय प्रसंविदा का अनुच्छेद 27 अल्पसंख्यकों के अधिकारों का संरक्षण करने के लिए उपबन्ध करता है। इसके अनुसार जिस किसी देश में सजातीय, धार्मिक या भाषायी अल्पसंख्यक रहते हैं; वहाँ ऐसे अल्पसंख्यक समुदाय के लोगों, समुदाय में अपने समूह के अन्य सदस्यों के साथ अपनी संस्कृति के उपयोग, धर्म को मानने और पालन करने या अपनी भाषा के प्रयोग के अधिकार से वंचित नहीं किया जा सकता।

शिक्षा में विभेद के विरुद्ध अभिसमय और अल्पसंख्यकों का संरक्षण के अनुच्छेद 5 (ग) में उपबन्ध किया गया है कि यह आवश्यक है कि राष्ट्रीय अल्पसंख्यक सदस्यों की शैक्षणिक गतिविधियों को जारी रखने के अधिकार को मान्यता दी जाए। इन गतिविधियों में विद्यालयों के रख-रखाव और राज्य की शिक्षा की नीति के अनुरूप शिक्षण कार्य के लिए अपनी आय के प्रयोग का अधिकार भी सम्मिलित है।

संवैधानिक उपबंध

सांस्कृतिक और शैक्षणिक अधिकारों के लिए उपबंध संविधान के अनुच्छेद 29 और 30 में किया गया है, जिनका पाठ निम्नलिखित है-

29. अल्पसंख्यक वर्गों के हितों का संरक्षण

(1) भारत के राज्य क्षेत्र या उसके किसी भाग के निवासी नागरिकों के किसी अनुभाग को, जिसकी अपनी विशेष भाषा, लिपि या संस्कृति है, उसे बनाये रखने का अधिकार होगा।

(2) राज्य द्वारा पोषित या राजय निधि से सहायता पाने वाली किसी शिक्षा संस्था में प्रवेश से किसी भी नागरिक को केवल धर्म, मूलवंश, जाति, भाषा या इनमें से किसी के आधार पर वंचित नहीं किया जायेगा।

30. शिक्षा संस्थाओं की स्थापना और प्रशासन करने का अल्पसंख्यक वर्गों का अधिकार

(1) धर्म या भषा पर आधारित सभी अल्पसंख्यक वर्गों को अपनी रुचि की शिक्षा संस्थाओं और प्रशासन का अधिकार होगा।

(क) खण्ड (1) में निर्दिष्ट किसी अल्पसंख्यक वर्ग द्वारा स्थापित और प्रशासित शिक्षा संस्था की संपत्ति के अनिवार्य अर्जन के लिए उपबंध करने वाली विधि बनाते समय, राज्य यह सुनिश्चित करेगा कि ऐसी संपत्ति के अर्जन के लिए ऐसी विधि द्वारा नियत या उसके अधीन अवधारित रकम इनती हो कि उस खंड के अधीन प्रत्याभूत अधिकार निर्बंधित या निराकृत न हो जाए।

(2) शिक्षा संस्थाओं का सहायता देने में राज्य शिक्षा के विरुद्ध आधार पर विभेद नहीं करेगा कि वह धर्म या भाषा पर आधारित किसी अल्पसंख्यक वर्ग के प्रबंध में है। अनुच्छेद 29 और 30 की परिधियाँ समवर्ती हैं और भिन्न भी। अनुच्छेद 29 के खण्ड (2) में उपबंधित राज्य द्वारा पोषित अथवा राज्य निधि से सहायता पाने वाली शिक्षा संस्थाओं में प्रवेश संबंधी मूल अधिकार का अनुच्छेद 14 और 15 में उपबंधित मूल

अधिकार से बहुत निकट संबंध है। यद्यपि अनुच्छेद 29 और 30 के मूल अधिकारों को संविधान में 'संस्कृति और शिक्षा संबंधी अधिकार' शीर्षक के अन्तर्गत रखा गया है, तथापि इन अधिकारों का सारा तत्त्व समता है।

अल्पसंख्यकों को इन दो अनुच्छेदों में दिय गये मूल अधिकार भारतीय संविधान की विशेषता हैं और ये भारत कीं उदार और अनन्य सांस्कृतिक परंपरा के प्रतीक हैं। संसार के अनय किसी भी संविधान में किसी भी देश की जनता ने अपनी बीच में बसने वाले अल्पसंख्यकों को स्वेच्छा से मूल अधिकार प्रदान नहीं किये हैं, जो हमारे संविधान के इन दो अनुच्छेदों में विद्यमान हैं।

अल्पसंख्यक वर्गों के हितों का संरक्षण : अनुच्छेद 29

संविधान प्रत्येक नागरिक को अपनी भाषा, लिपि, संस्कृति को बनाये रखने के अधिकार की प्रत्याभूति देता है। इसको सुनिश्चित करने का एक तरीका शिक्षा संस्थाओं का स्थापन है। यह अधिकार भी भाषित और धार्मिक अल्पसंख्यक वर्गों को प्रतयाभूत किया गया है। संविधान में आगे उपबंध किया गया है कि राज्य ऐसी संस्थाओं को सहायता देने में शिक्षा संस्थाओं के विरुद्ध धर्म या भाषा के आधार पर विभेद नहीं करेगा। अनुच्छेद 29 निम्नलिखित अधिकार प्रदान करता है-

(1) भारत के नागरिकों के किसी अनुभाग को अपनी विशेष भाषा, लिपि, संस्कृति की रक्षा करने का अधिकार।

(2) प्रत्येक नागरिक को राज्य द्वारा पोषित या राज्य से सहायता पाने वाली किसी शिक्षा संस्था में धर्म, मूलवंश, जाति या भाषा के आधार पर प्रवेश से वंचित न किये जाने का अधिकार।

(क) अनुच्छेद 29(1) का प्रविषय

अनुच्छेद 29 (1) के अधीन दिया गया अधिकार आत्यंतिक है। इस अधिकार के अन्तग्रत भाषा के आरक्षण के लिए आंदोलन करने का अधिकार आता है। **जगदेव सिंह** बनाम **प्रताप सिंह** के मामले में तथ्य इस प्रकार थे कि अलीलार्थी के विरुद्ध जो लोक सभा के सदस्य का चुनाव जीत गया था, यह अभिकथन था कि उसके लोक प्रतिनिधित्व अधिनियम, 1951 की धारा 123 (3) के अधीन हिन्दू और सिख के बीच में सांप्रदायिक शत्रुता बढ़ाने के लिए भ्रष्ट आचरण का प्रयोग किया था। प्रत्यर्थी ने अभिकथन के समर्थन में दो दृष्टांत दिये थे कि यह कि अलीलार्थी ने हिन्दी आंदोलन का सहारा लेकर यह प्रचार किया कि प्रत्यर्थी आर्य समाज और हिन्दी भाषा का शत्रु था, और (ii) यह कि अलीलार्थी ने एक धार्मिक प्रतीक-"ओम ध्वज" का अपनी सभाओं में

प्रयोग किया था। उच्चतम न्यायालय ने प्रत्यर्थी के आक्षेप को स्वीकार कर लिया और अलीलार्थी के चुनाव को अपास्त कर दिया। इसमें उच्चतम न्यायालय ने एकमत से अलीप़ अनुज्ञात कर दिया और पंजाब और उच्च न्यायालय के निर्णय को निरस्त कर दिया। निर्णय देते हुए न्यायाधिपति शाह ने संप्रेक्षण किया–

"नागरिकों के भाषा बनाये रखने के अधिकार के अन्तर्गत भाषा के संरक्षण के लिए आंदोलन करने का अधिकार सम्मिलित है। नागरिकों के एक अनुभाग द्वारा भाषा के संरक्षण के लिए राजनीतिक आंदोलन इसलिए लोक प्रतिनिधित्व अधिनियम, 1951 की धारा 123 (3) के अधीन भ्रष्ट आचरण के रूप में नहीं माना जा सकता है...अनुच्छेद 19(1) के विपरीत, अनुच्छेद 29(1) युक्तियुक्त निर्बंधन के अध्यधीन नहीं है।"

डी. ए. वी. कालेज, जालंधर बनाम **पंजाब राज्य** के मामले में उच्चतम न्यायालय ने गुरु नानक विश्वविद्यालय अधिनियम के उपबंधों को जो कि पंजाबी भाषा और साहित्य में अध्ययन और शोध के लिए पारित किये गये थे, मान्य ठहराया और बताया कि ये उपबंध अनुच्छेद 29(1) का अतिक्रमण नहीं करते हैं।

(ख) अनुच्छेद 29(2) की व्यापकता

अनुच्छेद 29(2) के अधीन प्रत्याभूत अधिकार केवल अल्पसंख्यक वर्गों को ही नहीं, बल्कि बहुसंख्यक वर्ग से संबंधित नागरिकों को भी प्राप्त हैं। अनुच्छेद 29(2) बहुत व्यापक और अविशेषति है। यह सभी नागरिकों को राज्य द्वारा पोषित या राज्य निधि से सहायता प्राप्त शिक्षा संस्थाओं में प्रवेश का अधिकार प्रदान करता है। इस अधिकार को केवल अल्पसंख्यक वर्गों तक ही सीमित करने का तात्पर्य यह अभिनिर्धारित करना होगा कि बहुसंख्यक वर्ग के नागरिकों को एक शिक्षा संस्था में जिसके पोषण के लिए वे कर अदा करते हैं, प्रवेश का कोई अधिकार नहीं होगा।

(ग) अनुच्छेद 29(2) का प्रविषय

अनुच्छेद 29(2) शिक्षा संस्थाओं में प्रवेश के लिए समात का एक बहुत महत्त्वपूर्ण अधिकार प्रदान करता है। संविधान के प्रवर्तन के पश्चात पंद्रह मास की अवधि में ही अनुच्छेद 29(2) की संवैधानिकता का प्रश्न उठाया गया था। मद्रास राजय ने अपने कोष से चलाये जाने वाले मेडिकल कालेजों तथा अन्य शिक्षा संस्थाओं में विभिन्न धर्मों और जातियों के लोगों के लिए इस प्रकार स्थान आरक्षित किये थे कि प्रतयेक चौदह स्थानों में उसे अब्राह्मण हिन्दुओं को छह, पिछड़े हिन्दुओं, ब्राह्मण और हरिजनों में से प्रत्येक को दो, आंग्ल भहारतीयों को तथा भारतीय ईसाइयों को मिलाकर एक तथा मुसलमानों को एक स्थान मिल सकता था। **मद्रास राज्य** बनाम **चम्पकम**

दोराइजन के मामले में श्रीमती चम्पकम ने यह दावा किया था कि यदि इस प्रकार विभिन्न वर्गों के लिए स्थान सुरक्षित न किये जाकर सभी स्थान सभी अभ्यर्थियों को अर्हक परीक्षा में दर्शित योगयता के अनुसार उपलब्ध किये गये होते तो उसे निश्चित ही विद्यालय में प्रवेश मिल सकता था। उसके द्वारा दिया गया तर्क यह था कि उपर्युक्त आरक्षणों के कारण जहाँ एक ओर उससे कम योग्यता वाले ओयर्थी अपनी जाति या धर्म के आधार पर प्रवेश प्राप्त कर सकेंगे, वहाँ उसे केवल उसके ब्राह्मण होने के कारण प्रवेश वर्जित किया गया था। प्रवेश की यह नीति, उसके दावे के अनुसार अनुच्छेद 29(2) में दिये गये उसके मूल अधिकार का हनन थी। उच्चतम न्यायालय ने अभिनिर्धारित किया कि वर्गीकरण धर्म, मूलवंश और जाति पर आधारित था, जो कि अनुच्छेद 29(2) से असंगत था और इसलिए शून्य था। **मुम्बई राज्य** बनाम **बॉम्बे एजूकेशन सोसाइटी** के मामले में मुम्बई राज्य के शिक्षा विभाग द्वारा जारी किये गये एक आदेश को चुनौती दी गयी थी कि जिसके अनुसार एक निश्चित तिथि से राज्य की उन प्रारम्भिक या माध्यमिक पाठशालाओं में जिनमें अंग्रेजी भाषा के माध्यम से अध्यापन किया जाना था, किसी भी ऐसे विद्यार्थी का प्रवेश वर्जित कर दिया गया था, जिसकी मातृभाषा अंग्रेजी न हो। इस आदेश को अनुच्छेद 29 (2) के अधीन अवैध घोषित कर दिया गया, सरकार ने यह तर्क दिया था कि आदेश ने अंग्रेजी भाषा के माध्यम से पाठशालओं में केवल धर्म, मूलवंश, जाति, भाषा के आधार पर नागरिकों को प्रवेश से वर्जित नहीं किया था बलिक इस आधार पर कि ऐसा वंचन राष्ट्रीय भाषा की उन्नति को बढ़ावा देगा। उच्चतम न्यायालय ने कहा कि यद्यपि आदेश का उद्देश्य प्रशंसनीय था, तथापि अंग्रेजी पाठशालाओं में अभ्यर्थियों को जिनकी मातृभाषा अंग्रेजी नहीं थी, प्रवेश से वंचित किये जाने का प्रत्यक्ष आधार भाषा थी और इसलिए यह अभिनिर्धारित किया गया कि आदेश को मान्य नहीं ठहराया जा सकता।

ग्रामीण पाठशालाओं से कक्षा VIII उत्तीण करने वाले छात्रों के मेडिकल कालेज में आरक्षण को **सुनील जतली** बनाम **हरियाणा राज्य** के मामले में उच्चतमि न्यायालय ने अमान्य घोषित कर दिया। सरकार ने इस आरक्षण को न्यायोचित ठहराने का प्रयास इस आधार पर किया कि नगरीय छात्र ग्रामीण क्षेत्र में सेवा करने के लिए अनिच्छुक रहते हैं। उच्चतम न्यायालय ने अभिनिर्धारित किया कि विभेद का आधार अयुक्त था। ग्रामीण क्षेत्र से कक्षा VIII उत्तीण करने के पश्चात् कोइ अभ्यर्थी नगरीय पाठशाला में पढ़ सकता है, परन्तु इस पर भी उसको वरीयता मिलेगी। एक नगरीय छात्र ग्रामीण पाठशाला में पढ़ सकता है और वहाँ से कक्षा VIII उत्तीर्ण कर सकता है और आरक्षित स्थान का हकदार हो सकता है। मेडिकल की शिक्षा के लिए कक्षा VIII तक की शिक्षा मुश्किल से सुसंगत हो सकती है और इस तरह वर्गीकरण के आधार तथा प्राप्त

किये जाने वाले उद्देश्य में कोई संबंध नहीं था। अल्पसंख्यक वर्ग द्वारा चलाये जाने वाला स्कूल यदि इसको राज्य निधि से सहायता मिलती है तो वह दूसरे समुदाय के बालकों को प्रवेश करने से इनकार नहीं कर सकता। परन्तु अल्पसंख्यक समुदाय द्वारा अपने समुदाहय के सदस्यों के लिए इसके द्वारा स्थापित और प्रशासित शिक्षा संस्था में 50 प्रतिशत तक स्थान का आरक्षण किया जा सकता है यद्यपि कि वह संस्था राज्य से सहायता पा रही है। अनुच्छेद 29 (2) अन्य समुदाय के सदस्यों को अल्पसंख्यक समुदाय द्वारा संचालित कालेज के परिसर में स्वच्छंद रूप से अपने धर्म को प्रदर्शित करने, आचरण में लाने, प्रचार करने का विधिक अधिकार नहीं देता है। अनुच्छेद 29 (2) का अवलम्ब वहां नहीं लिया जा सकता है, जहाँ छात्र का प्रवेश अपेक्षित अर्हताएँ न रखने के कारण इंकार किया गया है या जहाँ छात्र को संस्था से श्रुशासनहीनता के कारण निकाल दिया गया है।

(घ) अनुच्छेद 29(2) और 15(1)

अनुच्छेद 29(2) केवल धर्म, मूलवंश, जाति, भाषा या इनमें से किसी के आधार पर विभेद का प्रतिषेघ करता है। इन शब्दों से यह प्रकट होता है कि शिक्षा संस्थाएँ ऐसी शर्तें या मर्यादाएँ लगा सकती हैं, जो इस खंड में विनिर्दिष्ट नहीं हैं। इस खण्ड में लिंग या जन्मस्थान को विभेद का आधार नहीं बातया गया है। इससे यह जान पड़ता है कि इनके आधार पर विभेद नहीं घोषित किया जा सकताहै। अनुच्छेद 15 (1) भी कतिपय आधारों पर विभेद प्रतिषिद्ध करता है। 'लिंग' और 'जन्म स्थान' उस खंड में आधारों की सूची में उल्लिखित किये गये हैं। अतएव प्रश्न यह उठता है कि क्या अनुच्छेद 15 (1) को दृष्टि में रखते हुए 'लिंग' या 'जन्मस्थान' के आधार पर शिक्षा संस्थाओं में प्रवेश में विभेद में वभिेद न्यायोचित ठहराया जा सकता है। कलकत्ता उच्च न्यायालय ने अभिनिध्रारित किया है कि ऐसा विभेद अनुज्ञेय (permissible) नहीं है। उच्चतम न्यायालय ने एक मामले में अनुच्छेद 15 (1) और 29 (2) का आन्तरिक सम्बन्ध बताते हुए कहा है कि अनुच्छेद 15 (1) विभेद के विरुद्ध साधारण संरक्षण है जबकि अनुच्छेद 29 (2) विशेष प्रकार के दोष के विरुद्ध संरक्षण प्रदान करता है। वह है राज्य द्वारा हसायता प्राप्त या वित्तपोषित शिक्षा संस्थाओं में प्रवेश देने से इंकार करना। अनुच्छेद 15 (1) तो केवल राज्य के विरुद्ध उपलब्ध है किन्तु अनुच्छेद 29 (2) राज्य के विरुद्ध भी है और ऐसे अन्य व्यक्ति के विरुद्ध जो उसके द्वारा प्रदत्त अधिकार प्राप्त करने में बाधा डालता है।

(ङ) 15(4) और 29 (2)

अनुच्छेद 15 (4) चम्पकम मामले के बाद संविराध नके प्रामि संशोधन द्वारा सामाजिक और शैक्षिक दृष्टि से नागरिकों के पिछड़े वर्गों या अनुसूचति जातियों या

अनुसूचित जनजातियों की उन्नति सुनिश्चित करने के लिए जोड़ा गया था। **अनुच्छेद** 15 का खण्ड (4) कुछ सीमा तक अनुच्छेद 29 के खण्ड (2) का न्यूनन करता है। अनुच्छेद 15 (4) के अधीन राज्य का यह हक है कि वह, अनुच्छेद 29 (2) के रहते हुए भी, पिछड़े वर्ग के सदस्यों के लिए न्यूतनम स्थान आरिक्षत रखे। शिक्षा संस्थाओं में स्थानों का आरक्षण जो अनुच्छेद 15 (4) के अधीन मान्य नहीं है विधिमान्य नहीं हो सकता है। उसप्रकार का साम्प्रदायकि आरक्षण जो चम्पकम के मामले में अविधिमान्य घोषित कर दिया गया था, अब भी अनुच्छेद 15 (4) के अधीन विधिमान्य नहीं होगा क्योंकि वह आरक्षण धर्म, जाति और मूलवंश पर आधारित था और केवल पिछडढ़े वर्गों, अनुसूचित जातियों और अनुसूचित जनजातियों के लिए नहीं था।

शिक्षा संस्थाओं की स्थापना और प्रशासन का अल्पसंख्यक वर्गों का अधिकार

अनुच्छेद 30 निम्नलिखित अधिकारों को प्रदान करता है-

(1) धर्म या भाषा पर आधारित सभी अल्पसंख्यक वर्गों को अपनी रुचि की शिक्षा संस्थाओं की स्थापना और प्रशासन का अधिकार।

(2) किसी ऐसी शिक्षा संस्था की सम्पत्ति के अनिवार्य अर्जन के मामले में अल्पसंख्यक-वर्गों को यह देखने का अधिकार है कि ऐसी सम्पत्ति के अर्ज के लिए नियत रकम इतनी हो कि अनुच्छेद 30 (1) के अधीन प्रत्याभूत निर्बंधित या निराकृत न हो जाए।

(3) किसी अल्पसंख्यक वर्ग के प्रबंध के अधीन शिक्षा संस्था का राज्य की सहायता मेंइस आधार पर विभेद न किऐ जाने का अधिकार कि यह भाषाई या धार्मिक अल्पसंख्यक वर्ग के प्रबंध के अधीन है।

(क) अल्पसंख्यक-वर्ग की परिभाषा

अल्पसंख्यक-वर्ग क्या है? अनुच्छेद 30 में धार्मिक या भाषाइ अल्पसंख्यक वर्ग का उल्लेख किया गया हे। **केरल शिक्षा विधेयक 1957 के मामले** में उच्चतम न्यायालय ने यह अधिकथित किया कि कोई समुदाय जिसकी जनसंख्या 50% से कम है अल्पसंख्यक समुदाय है। जनसंख्या के प्रतिशत का विचार संबंधित विधान की दृष्टि से किया जाएगा। उदाहरणार्थ, न्यायालय ने **डी. ए. बी. कालेज, जलंधर** बनाम **पंजाब राज्य** के मामले में अभिनिर्धारित किया है कि पंजाब में आर्य समाज जिसकी कि अपनी लिपि है धार्मिक अल्पसंख्यक वर्ग है, इस मामले में विधान पंजाब विधानमंडल द्वारा

पारित किया गया था। इसी प्रकार केरल में क्रिश्चियन धार्मिक अल्पसंख्यक वर्ग का निर्माण क. ते हैं। इस दृष्टि से महाराष्ट्र में दक्षिण भारतीय और गुजराती भाषाई अल्पसख्यंक वर्ग होंगे और उनकी शैक्षिक संस्थाओं को अनुच्छेद 30 का संरक्षण पाने का हक होगा। इसी तरह बौद्ध, जैने और सिक्ख धार्मिक अल्पसंख्यक वर्ग निर्मित करेंगे और उनके द्वारा सीापित शिक्षा संस्थाओं को अनुच्छेद 30 का संरक्षण प्राप्त करने का हक होगा। परन्तु एक धार्मिक सम्प्रदाय से धार्मिक अल्पसंख्यक वर्ग का गठन नहीं होगा।

यह भी कहा गया है कि अनुच्छेद 30 (1) में प्रयुक्त पद 'अल्पसंख्यक वर्ग' अनुच्छेद 29 (1) में प्रयुक्त पद 'नागरिक का काई अनुभाग' से सुभिन्न है और यह इस बात का प्रतिपादन करता है कि अनुच्छेद 30 (1) का सरोकार राष्ट्रीय अल्पसंख्यक वर्गों या समस्त राष्ट्र के संदर्भ में मान्य अल्पसख्यंक वर्गों से है। ऐसी दशामें अनुच्देद 30 (1) राष्ट्रीय बहुसंख्यक वर्ग को लागू नहीं होगा यद्यपि कि यह किसी विशिष्ट राज्य में अल्पसंख्यक वर्ग है जैसे पंजाब या जम्मू-कश्मीर में हिन्दू।

यद्यपि कि अनुच्छेद 30 (1) में नागरिकों का उल्लेख नहीं है तथापि उस अनुच्छेद के संरक्षण का दावा करने के लिए समक्ष अल्पसंख्यक वर्ग के लिए यह आवश्यक है कि वह भारत में निवास करने वाले व्यक्तियों का एक अल्पसंख्यक वर्ग हो। "अनुच्छेद 30 के अधीन अल्पसंख्यक वर्ग के आवश्यक रूप से अभिप्रेत हैं वे लोग जो कि भारत के नागरिकों का एक सुभिन्न और अभिज्ञेय समूह निर्मित करते हैं।" अनुच्छेद 30 (1) भारत में निवास न करने वाले विदेशियों को अपनी रुचि की शिक्षा स्था स्थापित करने का अधिकार नहीं प्रदानकरता है।

(ख) शिक्षा संस्थाओं की स्थापना और प्रशासन का अधिकार

अनुच्छेद 30 में अल्पसंख्यक-वर्गों को शिक्षा संस्थाओं की स्थापना और प्रशासन करने के अधिकार प्रदान किए गए हैं। उच्चतम न्यायालय ने केरल शिक्षा विधेयक के मामले में सलाहकारी मत में अनुच्छेद 30 का निव्रचन करते हुए इस प्रकार कहा-"संविधान के अनुच्छेद 30 (1) के अधीन दिया गया संरक्षण अल्पसंख्यक वर्गों, धार्मिक अथवा भाषाई, के संविधान के प्रारम्भ होने के पश्चात् स्थापित शिक्षा संस्थाओं तक ही सीमित नहीं है, इसका विस्तार उसके पूर्व खोले गए स्कूलों तक भी है।...अनुच्छेद 30 (1) सभी अल्पसंख्यक वर्गों को दो अधिकार प्रदान करता है-(1) अपनी रुचि की शिक्षा संस्थाएँ स्थापित करने का अधिकार, और (2) उनका प्रशासन करने का अधिकार। उनमें विषयों पर पढ़ाएँ जाने की कोई परिसीमा नहीं है। यह बात उनकी रुचि पर छोड़ दी गई है। इसका तात्पर्य यह है कि इसमें वास्तविक संस्थाओं को अनुध्यात किया गया है जो कि उनके समुदाय और उनमें सहारा लेने वाले विद्वानों की आव्रश्यकताओं के पूरा करेंगी।

अतएव अनुच्छेद 30 (1) द्वारा प्रदत्त अधिकार की परिधि के अवधारण पर विचार संस्थाओं की दृष्टि से करना पड़ेगा।'' न्यायालय ने यह भी अधिकथित किया कि ''अपनी रुचि की शिक्षा स्थाओं के प्रशासन करने का अधिकार आवश्यक रूप से राज्य की इस बात पर जोर देने के दावे का विरोध नहीं करता कि राज्य सहायता प्रदान करने के लिए सहायता दिए जाने वाली संस्थाओं के उत्कर्ष के लिए युक्तियुक्त विनियम विहित कर सकेगा।''

अनुच्छेद 30 (1) में प्रयुक्त शब्द 'स्थापना' और 'प्रशासन करना' दोनों को साथ ही पढ़ा जाना है। अतएव कोई अल्पसंख्यक वर्ग किसी शिक्षा संस्था का प्रशासन करने के अधिकार का दावा तभी कर सकता है जब वह उसके द्वारा स्थापित की गई हो, अन्यथा नहीं। **एस. अजीज बाशा** बनाम **भारत संघ** के मामले में उच्चतम न्यायालय ने अभिनिर्धारित किया कि मुस्लिम समुदाय अलीगढ़ विश्वविद्यालय का प्रशासन करने का दावा नहीं कर सकता क्योंकि इसकी स्थापना कानून (statute) के अधीन की गई है। तदनुसार, उस विश्वविद्यालय के प्रशासनिक प्रबंध को विनियमित करने वाले कानून की विधिमान्यता का निर्णय अनुच्छेद 30 (1) के अधीन नहीं किया जा सकता। अनुच्छेद 30 (1) का लाभ उठाने के लिए समुदाय को यह दर्शित करना होगा कि (क) वह धार्मिक या भाषाई अल्पसंख्यक है और (ख) उसने संस्था की स्थापना की थी। इन दो शर्तों को पूरा किए बिना वह उसका प्रशासन चलाने के अधिकार का दावा नहीं कर सकता।

(ग) अनुच्छेद 29 और 30 में सम्बन्ध

अनुच्छेद 29 के खण्ड (1) में उपबंधित है-भारत के राज्य क्षेत्र अथवा उसके किसी भाग के निवासी नागरिकों के किसी अनुभाग को, जिसकी अपनी विशेष, लिपि या संस्कृति है, उसे बनाए रखने का अधिकार होगा। अनुच्छेद 30 के खण्ड (1) में धर्म या भाषा पर आधारित सब अल्पसंख्यक वर्गों को अपनी रुचि की शिक्षा संस्थाओं की स्थापना और प्रशासनका अधिकार किया गया है। इस सम्बन्ध में **अहमदाबाद सेण्ट जेवियर कॉलेज सोसाइटी** बनाम **गुजरात राज्य** के मामले में अनेक न्यायाधिपतियों ने अपने-अपने निर्णयों में इस बात को स्पष्ट किया कि इन दो मूल अधिकाहरों का क्षेत्र और परिधि भिन्न-भिन्न हैं। जहाँ अनुच्वेद 30 (1) का अधिकार केवल धर्म और भाषा के आधर पर अल्पसंख्यकों को ही प्राप्त है, वहाँ अनुच्छेद 29 (1) का अधिकार इन अल्पसंख्यकों तक सीमित न होकर किसी भी ऐसे समुदाय या अनुभाग को प्राप्त है जिसकी अपनी भाषा, लिपि या संस्कृति हो। दूसरे, जहाँ अनुच्छेद 30 (1) का अधिकार केवल शिक्षा संस्थाओं के लिए है वहाँ अनुच्छेद 29 (1) का अधिकार अत्यकिध व्यापक है तथा उक्त भाषा, लिपि और संस्कृति के संरखण के लिए की जाने वाली सभी

कार्यवाहियों की रक्षा करता है। एक दूसरे से सुभिन्न और स्पष्ट होते भी अनेक अवसरों पर ये दोनों ही अधिकार एक ही क्षेत्र को आच्छादित करते हैं। उदाहरण के लिए किसी भाषाई अल्पसंख्यक समुदाय द्वारा चलाए गए उस भाषा के माध्यम से शिक्षा देने वाले विद्यालय के सन्दर्भ में अनुच्छेद 29 (1) इसलिए आकर्षित होगा कि उक्त विद्यालय एक समुदाय की भिन्न भाषा के संरक्षण का माध्यम है और साथ ही अनुच्छेद 30 (1) का मूल अधिकार भी आकर्षित होगा क्योंकि यह विद्यालय एक भाषाई अल्पसंख्यक जाति द्वारा स्थापित की गई अपनी मनचाही शैक्षकिण संस्थाहै। इन अनुच्छेदों के सम्बन्ध में **मुम्बई राज्य** बनाम **बाम्बे एजूकेशन सोसाइटी** के मामले में उच्चतम न्यायालय ने अपना मत इस प्रकार प्रकट किया है-

"जब आंग्ल भारतीय समुदाय जैसी अल्पसंख्यक जाति को, जो कि अन्य बातों के अतिरिक्त धर्म और भाषा पर आधारित है, अनुच्छेंद 29 (1) के अधीन अपनी भाषा, लिपि और संस्कृति के संरक्षणका मूल अधिकार प्राप्त है तथा अनुच्छेद 30 (1) के अधीन अपनी मनचाही शिक्षा संस्थाओं को स्थापित करने और उनका प्रशासन करने का अधिकार प्राप्त है तब निश्चय ही ऐसे मूल अधिकार में उनकी अपनी ही संस्थाओं में, उनके अपने ही समुदाय के बच्चों को उनकी अपनी ही भाषा में शिक्षा प्रदान करने का मूल अधिकार भी विवक्षित होना ही चाहिए।"

परन्तु इसका यह अर्थ लगाना उचित नहीं होगा कि अल्पसंख्यक समुदायों का अउनी भाषा, लिपि और संस्कृति सिखाने का अधिकार केवल अपने बच्चों तक ही सीमित है। उनका यह अधिकार निश्चय ही उन सब बच्चों को अपनी भाषा, लिपि और संस्कृति सिखाने का है जो उनकी शिक्षा संस्थाओं में प्रविष्ट होना चाहें।

केरल शिक्षा विधेयक, 1957 के मामले में बहुमत की ओर से बोलते हुए मुख्य न्यायाधिपति सुधिरंजन दास ने केरल राज्य की ओर से प्रस्तुत किये गये इस तर्क को सीधे रद्द कर दिया कि अनु. 30 (1) के अधीन मूल अधिकार का प्रयोग करने के लि एयही एक शर्त है कि इस अधिकार का प्रयोग करने वाली शिक्षासंस्था केलव संबंधित अल्पसंख्यक समुदाहय के सदस्यों के ही शिक्षण के लिए स्थापित की गई हो। उन्होंने कहा-

"इस तर्क को अनुच्छेद 29 (2) के हवाले से बल देने की चेष्टा की गई है। यह कहा गया है कि जो अल्पसंख्यक शिक्षा संस्था राज्य के कोष से सहायता नहीं मांगती उसके लिए यह आवश्यक नहीं है कि वह जिस समुदाय के लाभार्थ स्थापित की गई है उसके अतिरिक्त अन्य किसी समुदाय के एक भी विद्यार्थी को प्रवेश दे। परन्तु जैसे ही वह राज्य से सहायता मांगती है तथा प्राप्त कर लेती है वैसे ही अनुच्छेद 29 (2) उसे

अन्य समुदायों के सदस्यों को धर्म, जाति, मूलवंश या भाषा के आधार पर प्रवेश वर्जित करने से रोक देता है और उसके परिणामस्वरूप वह अल्पसंख्यक जाति की मनचाही संस्थानहीं रह जाती जिसने उसे स्थापित किया था। यह तर्क हमें इस अनुच्छेद (अनुच्छेद 29(1)) की भाषा से समर्थन प्राप्त करता प्रतीत नहीं होता।...यह सच नहीं है कि समुदाय के बाद के व्यक्ति को प्रवेश देने से अल्पसंख्यक संस्था अपना स्वरूप नष्ट कर लेती है तथा अल्पसंख्यक नहीं रह जाती। सच तो यह है कि अल्पसंख्यक जाति अपनी भाषा, लिपि और संस्कृति के संरखण के उद्देश्य को अपने समुदाय के बाहर के लोगों में इनका प्रचार करके ही अधिक अच्छी तरह से पूरा कर सकती है। हमारे मत में संवधिान के अनुच्छेद 30 (1) में ऐसी किसी शर्त को देख पाना सम्भव नहीं है।''

न्यायालय ने अधिकथित किया कि अनुच्छेद 29 (1) एक साधारण संरक्षण हे जो कि अल्पसंख्यक वर्गों को प्रोत्साहित करने के लिए दिया गया है जब कि अनुच्छेद 30 (1) उनको अपनी रुचि को शिक्षा संस्थाएँ स्थापित करने का विशेष अधिकार प्रदान करता है। दोनों अनुच्छेद दो भिन्न मूल अधिकारों का सृजन करते हैं, यद्यपि कहीं-कहीं वे एक ही क्षेत्र को भी आच्छादित कर सकते हैं। अत: अपनी भाषा, लिपि या संस्कृति के संरखण के लिए अल्पसंख्यक जातियाँ जो शिक्षा संस्थाएँ स्थापित करना चाहें उन्हें अनुच्छेद 30 (1) का संरक्षण प्राप्त होगा ही, परन्तु साथ ही वह संरक्षण उन शिक्षा संस्थाओं को भी प्राप्त होगा जिन्हें अल्पसंख्यक समुदाय अपने तथा अन्य वर्गों के विद्यार्थियों को साधारण लौकिक (सेक्यूलर) शिक्षा देने के लिए स्थापित करना चाहेंगी। न्यायालय ने कहा कि अनुच्छेद 30 (1) की कुंजी 'अपनी रुचकी की' शब्दों में है। अल्पसंख्यक समुदाय जो कि शिक्षा संस्थाएँ स्थापित करना चाहें, उनका सम्बन्ध उस समुदाय की संस्कृति आदि से हो या चाहे लौकिक शिक्षा अर्थात् कला, औषधि, इन्जीनियरिंग आदि से संबंधित हों, उन सभी की स्थापना और प्रशासन के मूल अधिकार अनुच्छेद 30 के खण्ड (1) द्वारा उन्हें प्रदान किए गए हैं। फिर भी अनुच्छेद 30 (1) द्वारा प्रदान किए गए अधिकार अनुच्छेद 29 (2) द्वारा लगाई गई सीमाओं के अध्यधीन है क्योंकि कोई अल्पसंख्यक संस्था जो राज्य से सहायता प्राप्त कर रही है अल्पसंख्यक समुदाय के बाहर किसी व्यक्ति को केवल धर्म, मूलवंश, जाति या भाषा के आधार पर प्रवेश देने से इन्कार नहीं कर सकती है।

अल्पसंख्यक शिक्षा संस्थाओं का विनियमन

(क) शैक्षिक अधिकार क्या अनियंत्रित ?

संविधान के अनुच्छेद 30 के खण्ड (1) द्वारा अल्पसंख्यक समुदाय को दिए गए शैक्षिक अधिकार आत्यंतिक हैं। इन अधिकारों पर प्रत्यक्षत: कोई परिसीमा नहीं

अधिरोपित की गई है। परन्तु किसी भी संगठित समजा में इस प्रकार कोई अधिकार निरपेक्ष न होकर सापेक्ष ही हो सकता है। **केरल शिक्षा विधेयक के निर्देशन के मामले** में राज्य ने इस विधेयक द्वारा अल्पसंख्यक वर्गों की शिक्षा संस्थाओं को सहायता देने के संबंन्ध में कतिपय शर्तें लगाई थीं तथा अध्यापकों की नियुक्ति, पदच्युति और वेतन के बारे में भी विनियम विहित किए थे। सहायता प्रापत विद्यालयों के अध्यापकों के वेतन मानों और उनकी सेवा की अन्य शर्तों को राज यके अध्यापकों के वेतनमानों और उनकी सेवा की शर्तों के समान बनाने के लिए उपबन्ध किया गया था तथा यह भी उपबन्ध किया गया था कि किसी भी सहायता प्राप्त विद्यालय के किसी भी अध्यापक को किसी प्राधिकृत अधिकाारी की पूर्व मंजूरी के बिना न तो पदच्युत किया जाएगा और न ही हटाया जाएगा तथा न ही अवनत या निलम्बित किया जाएगा। न्यायालय ने इन उपबन्धों को राज्य से सहायता प्राप्त करने वाली संस्थाओं के सम्बन्ध में वैध घोषित किया तथा यह सिद्धान्त स्थापित किया कि राज्य अल्पसंख्यकों की शिक्षा संस्था को सहायता देते समय केवल ''संस्था की उत्कृष्टता को सुनिश्चित करने के उद्देश्य से युक्तियुक्त विनियम विहित कर सकता है।'' निर्णय देते हुए न्यायालय ने सम्प्रेषण किया–

''प्रशासन के अधिकार में, निश्चय ही, कुशासन का अधिकार सम्मिलित नहीं हो सकता। अल्पसंख्यक समुदाय निश्चय ही राज्य में ऐसी संस्थाओं के लिए मान्यता तथा सहातया की मांग नहीं कर सकते जिन्हें वे अस्वस्थ वातावरण में तथा ऐसे अध्यापकों द्वारा चला रहे हों जो न सुयोग्य हों और न ही जिनके पास अर्हता का कोई दिखावा हो या जो (संस्थाएँ) अध्यापन के साधारण मानकों तक भी न पहुँचती हों या जहाँ ऐसे विषय पढ़ाए जाते हों जो विद्यार्थियों के लिए अकल्याणकारी हों। अतः यह कहना युक्तिसंगत होगा कि अपनी शिक्षा संस्थाओं का प्रशासन आपने आप करने के अल्पसंख्यकों के सवैंधानिक मूल अध्किाार का राज्य के इस दावे के साथ संघर्ष होना आवश्यक नहीं है कि किसी भी संस्था को सहायता देते समय वह उस संस्था की उत्कृष्टता को सुनिश्चित करने के लिए युक्तियुक्त विनिमय विहित कर सकता है।'' उच्चतम न्यायालय ने आगे कहा कि अनुच्छेद 337 में दिए गए अधिकार के सिवाय राजय की सहायता पाने का और कोई सांविधानकि अधिकार नहीं है। यदि राजय शिक्षा संस्थाओं को वस्तुतः सहायता प्रदाहन करता है तो वह सहायता के साथ ऐसी शर्त नहीं लगा सकता किजससे धार्मिक या भाषाई समुदाय के सदस्य अनुच्छेद 30 (1) के अधीन अपने अधिकार से वंचित हो जाएँ। राज्यको युक्तियुक्त शर्त अधिरोपित करनेका अधिकार है किन्तु ऐसी शर्तें नहीं लगा सकता जिनसे अल्पसंख्यकों को अनुच्छेद 30 (1) द्वारा दिया गया अधिकार व्यवहार में नष्ट हो जाए, राज्य की साहयता प्राप्त करने के मूल्य के रूप में मूल अधिकार नहीं छीने जा सकते। राज्य यह नहीं विहित कर सकता कि यदि कोई संस्था (वह संस्था भी जिसे

अनुच्छेद 30 (1) का संरक्षण प्रापत है) राज्य की सहायता पानी चाहती है तो उसे वह शर्त स्वीकार करनी ही होगी कि कुछ दशाओं में राज्य उस संस्था का प्रबन्ध ग्रहण या अर्जन कर सकेगा। ऐसी शर्त उस समुदाय के संस्था का प्रशासन चलाने के अधिकार को विनष्ट कर देगी।

(ख) शैक्षिक अधिकारों की परिधि

संवैधानिक उपबंध अनुच्छेद 30 के खण्ड (1) का अर्थ समझने की कुंजी है। इसमें प्रयुक्त अभिव्यक्ति ''अपनी रुचि की'' इस खण्ड की अन्तर्वस्तु उतनी ही व्यापक है जितनी कि उस समुदाय विशेष की रुचि। इस खण्ड द्वारा प्रदत्त अधिकार का दावा करने के लिए यह आवश्यक नहीं है कि उस संस्था का पाठ्यक्रम केवल धर्म की शिक्षा या अल्पसंख्यक समुदाय की भाषा तक ही सीमित रहे। ऐसी संस्था में पढ़ाए जाने वाले विषयों पर कोई मर्यादा नहीं है। ऐसी संस्था में साधारण शिक्षा देने पर कोई प्रतिबन्ध नहीं है। फिर भी सरकार, विश्वविद्यालय और न्यायालय यह अवधारित करने में समक्ष हैं कि कोई संस्था अल्पसंख्यकों द्वारा संस्थापित की गई है या नहीं और उसका वास्तविक उद्देश्य अल्पसंख्यकों के हित की रक्षा करना है अथवा अल्पसंख्यकों के नाम पर धनोपार्जन करना है। यदि किसी अल्पसंख्यक संस्था की स्थापना का उद्देश्य समुदाय के बच्चों को शिक्षा देना नहीं बल्कि व्यवसाय करके धनोपार्जन करना है तो उसे अनुच्छेद 30 (1) का संरक्षण नहीं मिलेगा।

(ग) शैक्षिक अधिकारों की परिसीमाएँ

केरल शिक्षा विधेयक, 1957 के मामले में उच्च न्यायालय ने अनुच्छेद 30 (1) के सम्बन्ध में दो प्रमुख सिद्धान्त स्थापित किए। पहला, यह कि अल्पसंख्यक समुदाय की शिक्षा संस्थाओं को अनुच्छेद 30 (1) द्वारा न तो राज्य से सहायता प्राप्त करनेका मूल अधिकार दिया गया है और न मान्यता प्राप्त करने का। अतः इस सम्बन्धमें जो सबके अधिकार हैं वे ही अल्पसंख्यकों के भी हैं। उनके साथ अन्य मामलों की ही तरह इन मामलों में भी विभेद नहीं किया जा सकता। इस प्रकार, बस यही उनका अधिकार है। दूसरा सिद्धान्त यह स्थापित किया गया है कि राज्य अल्पसंख्यक समुदायों की शिक्षा संस्थाओं को सहायता या मान्यता देते समय कोई ऐसी शर्तें उन पर अधिरोपित नहीं कर सकता जिनका परिणाम अल्पसंख्यकों से उनका अपनी शिक्षा संस्थाओं की स्थापना करने और प्रशासन करने का मूल अधिकार हथियाना हो। इसका तात्पर्य यह है कि राज्य उन पर केवल ऐसी ही शर्तें लगा सकता है जिनके विषय में न्यायालय यह धारणा बना सके कि वे उन संस्थाओं की उष्कृष्टता सुनिश्चित करने के उद्देश्य से बनाए गए युक्तियुक्त विनियम हैं।

(घ) विनिमनकारी अध्युपाय (Regulatory measures)

राज्य को अल्पसंख्यक समुदाय की संस्था पर उस संस्था की उत्कृष्टता के लि एनियम बनाने का अधिकार है परनतु जनसाधारण के हित में या राष्ट्रीय हित में विनियम बनाना एकदम भिन्न बात है **क्योंकि** इस उद्देश्य के लिए बनाए गए विनियमों को अलपसंख्यकों की संस्थाओं पर सहायता या मान्यता की शर्तों के रूप में अधिरोपित नहीं किया जा सकता। यह स्पष्टीकरण उच्चतम न्यायालय ने **रेवरेण्ड सिद्धराज भाई सच्चाई** बनाम **गुजरात राज्य** के मामले में किया। इस मामले में प्रश्न यह था कि क्या राज्य सरकार अल्पसंख्यक समुदाय द्वारा संचालित अध्यापक प्रशिक्षण-महाविद्यालय को दिए जाने वाले अनुदान को इस शर्त के अधीन कर सकता है कि महाविद्यालय में अस्सी प्रतिशत प्रवेश राज्य द्वारा निर्वाचित जिला और म्युनिसिपल बोर्डों के अध्यापकों के लिए आरक्षित करेगा। राज्य का यह दावा था कि जिला और म्युनिसिपल बोर्डों के लगभग चालीस हजार अध्यापक प्रशिक्षणहीन थे और उनकी संख्या और भी बढ़ाने का अनुमान था तथा प्रशासन की राय में इन अध्यापकों को जितना शीघ्र हो सके प्रशिक्षण देना, जनसाधारण और राष्ट्र के हित में था। इस हेतु से राज्य ने सभी सहायता प्राप्त करने वाले प्रशिक्षण महाविद्यालयों को आदेश दिया था कि वे प्रशासन के निर्देशानुसार स्थानों का आरक्षण करें। जब अर्जीदार के प्रशिक्षण महाविद्यालय ने राज्य के निर्देश का पालन नहीं किया तो प्रशासन ने उसे मिलने वाला आठ हजार रुपये प्रतिवर्ष का अनुदान बंद कर दिया। प्रशासन के इस निर्णय को और राज्य की शिक्षा संहिता के उन नियमों को, जिन पर यह निर्णय आधारित था, अनुच्छेद 30 (1) द्वारा गए अर्जीदार के मूल अधिकार का हनन करने वाला बताते हुए, उच्चतम न्यायालय ने उन्हें अबैध घोषित कर दिया। न्यायालय ने अधिकथित किया कि यह निर्णय संस्था के प्रशासन करने के अधिकार का बहुत बड़ा अतिलंघन करता है। न्यायाधिपति जे. सी. शाह ने सम्प्रेषण किया-

"अनुच्छेद 30 (1) का मूल अधिकार आत्यंतिक शब्दों में अभिव्यक्त किया गया है।...संविधान का अभिप्राय है कि यह अधिकार प्रभावसम्पन्न हो, यह नहीं कि तथाकथित विनियमनकारी अध्युपायों द्वारा जिनकी परिकल्पना सम्बन्धित अल्पसंख्यक समुदाय के हित में नहीं बल्कि जन साधारण या राष्ट्र के हित में की गई हो, इस अधिकार को काटपीट कर नष्ट कर दिया जाए।....इस प्रकार के विनियम को दोहरी परख से पार उतरना होगा एक तो युक्तियुक्तता की परख और दूसरी परख यह कि वह उस संस्था के शैक्षणिक स्वरूप का विनियमन करता है तथा संस्थाको संबंधित अल्पसंख्यक समुदाय के लिए तथा उन दूसरे लोगों के लिए जो उसका उपयोग करते हैं, शिक्षिका एक प्रभावशाली वाहन बनाने में सहायक होता है।"

रेवरेण्ड फादर डब्ल्यू. प्रूस्ट बनाम बिहार राज्य के मामले में सेंट जेवियर कालेज, रांची, जो कि कैथोलिक ईसाईयों द्वारा सीापित किया गया था, में धर्म और नैतिकता के अतिरिक्त लौकिक शिक्षा भी दी जाती थी, जो पटना विश्वविद्यालय के साथ सम्बद्ध था और जिसमें न केवल कैथोलिकों को बल्कि सभी धर्मों ओर जातियों को प्रवेश दिया जाता था, अनुच्छेद 30 (1) के मूल अधिकार का लाभ उठाने की अर्हता रखता था। बिहार राज्य के बाहर विश्वविद्यालय अधिनियम, 1960 तथा उसके 1961 के संशोधन द्वारा यह उपबंध किया गया था कि बिहार के किसी विश्वविद्यालय से सम्बन्धित किसी भी प्राइवेट कालेज में अध्यापक की नियुक्ति केवल उसी सूची में से की जाएगी जिसको राजय द्वारा स्थापित 'विश्वविद्यालय सेवा आयोग' ने उस कालेज की प्रशासन समिति के पास तदर्थ भेजी हो। किसी व्यक्ति की नियुक्ति जिसका नाम उेसी सूची में न हो नहीं की जाएगी। उच्चतम न्यायालय ने इस शर्त को कैथोलिक समुदाय के अपनी शिक्षा संस्थाओं के मूल अधिकार के विरुद्ध पाया तथा अल्पसंख्यक संस्थाओं के लिए उसे अवैध और शून्य घोषित कर दिया। उच्चतम न्यायालय ने अभिनिर्धारित किया कि यह उपबन्ध कालेज की प्रशासन समिति की स्वतंत्रता का पूर्ण रूप से हनन करता है और सचमुच में कालेज का नियंत्रण विश्वविद्यालय सेवा आयोग में निहित कर देता है।

केरल राज्य बनाम **बैरी रेवरेण्ड मदर प्रॉविन्शियल** के मामले में केरल विश्वविद्यालय अधिनियम, 1960 के कई उपबन्धों को अनुच्छेद 30 (1) के मूल अधिकार के उल्लंघन करने के आधार पर अवैध घोषित कर दिया गया। इन उपबन्धों द्वारा प्राइवेट विद्यालयों की प्रबंध समितियों के सदस्यों की संख्या निर्धारित करके, उनमें प्रधानाचार्य, विश्वविद्यालय और सरकार के नाम निर्देशित सदस्यों तथा स्थायी अध्यापकों के प्रतिनिधि को स्थान देने की व्यवस्था की गई थी। इन प्रबन्ध समितियों को निगमित निकाय बनाकर संस्था का प्रशासन इनके हाथ में दे दिया गया था और इन निकायों को विश्वविद्यालय के अधिनियम, परिनियम, विनियम, नियम आदि के अनुसार प्रशासन चलाने का आदेश दिया गया था। उच्चतम न्यायालय को इन उपबन्धों को अल्पसंख्यक समुदायों के अनुच्छेद 30 (1) के अधिकार का उल्लंघन करने वाले और अवैध घोषित करने में कोई कठिनाई नहीं हुई।

डी. ए. वी. कॉलेज, भटिण्डा बनाम **पंजाब राज्य** के मामले में न्यायालय ने पंजाबी विश्वविद्यालय का वह आदेश अवैध घोषित कर दिया जिसके द्वारा उसके सम्बद्ध सभी महाविद्यालयों की तरह डी. ए. वी. कालेज, भटिण्डा में भी शिक्षा का माध्यम पंजाबी होना कहा गया था, हिन्दी नहीं। उच्चतम न्यायालय ने अभिनिर्धारित किया कि पंजाब राज्य के आर्य समाजी समुदाय के अनुच्छेद 29 (1) और 30(1) के मूल अधिकारों की अर्हता प्राप्त है। यह निश्चित करना आवश्यक नहीं है कि आर्य समाज

अनुच्छेद 26 (1) के अधीन एक अलग 'धार्मिक सम्प्रदाय' है या नहीं। आर्य समाजियों के एिल यह सिद्ध करना भी आवश्यक नहीं है कि वे एक भाषाई अल्पसंख्यक समुदाय हैं। अनुच्छेद 29 (1) और 30 (1) के लिए इतना ही पर्याप्त है कि वे एक धार्मिक अल्पसंख्यक समुदाय हैं और उनकी अपनी भिन्न लिपि है। अल्पसंख्यकता का विनिश्चय सम्पूर्ण राजय के आधार पर किया जाना चाहिए, सारे भारत देश के आधार पर नहीं क्योंकि जो अधिनियम विचाराधीन है वह राज्य द्वारा बनाया गया है। इस आधार पर भले ही हिन्दू समुदाय समस्त भारत में बहुसंख्यक समुदाय हो तो भी पंजाब में हिन्दू एक अल्पसंख्यक धार्मिक समुदाय है और इस समुदाय की अपनी अलग लिपि है-देवनागरी। इस प्रकार पंजाब में आर्य समाज एक ऐसा समुदाय हुआ जिसे अनुच्छेद 29 और 30 के मूल अधिकार प्राप्त हैं।

डी. ए. वी. कॉलेज, जलन्धन बनाम **पंजाब राज्य** के माले में आर्य समाजियों ने अपने को अल्पसंख्यक होने का दावा करते हुए उनके द्वारा प्रबन्ध और प्रशासन किए जाने वाली संस्थाओं को गुरुनानक विश्वविद्यालय के साथ अनिवार्य रूप से सम्बद्ध किए जाने को और उसके साथ लगाई गई शर्तों की वैधता को चुनौती दिया, विश्वविद्यालय के उपबन्ध बनाया जिनके अधीन कॉलेजों के सम्बद्ध किए जाने के लिए कतिपय शर्तें रखी गई थीं। खण्ड 2 (1) (क) में यह अपेक्षा की गई थी कि कॉलेज का नियमित रूप से गठित एक शासी निकाय होगा जिसमें सिनेट द्वारा अनुमोदित 20 व्यक्ति होंगे और जिसमें अन्य बातों के अतिरिक्त विश्वविद्यालय के दो प्रतिनिधि तथा पदेन कालेज का प्रधानाचार्य भी सम्मिलित होगा। खण्ड 17 में उपबन्ध किया गया था कि आरँभ और बाद में नियुक्त किए गए स्टाफ का अनुमोदन उपकुलपति द्वारा किया जाएगा। उच्चतम न्यायालय ने अभिनिर्धारित किया कि ये उपबन्ध अल्पसंख्यकों द्वारा चलाए जाने वाली संस्थाओं के प्रबंध के अधिकारों से हस्तक्षेप करते थे और इसलिए अनुच्छेद 29 और 30 का अतिक्रमण करते थे। **अहमदाबाद सेण्टजेवियर कॉलेज सोसाइटी** बनाम **गुजरात राज्य** के मामले में नौ न्यायाधिपतियों की न्यायपीठ ने अनुच्छेद 29 और 30 के क्षेत्र पर विस्तार से विचार किया। याची, जीसस सोसाइटी, अहमदाबाद में सेण्ट जेवियर कॉलेज क्रिश्चियन छात्रों को उच्च शिक्षा प्रदान करने के लिए चल रही थी। लेकिन कालेज में सभी जातियों और धर्मों के बालकों को प्रवेश दिया गया था। गुजरात विश्वविद्यालय अधिनियम, 1949 के अधीन वह कॉलेज एक सम्बद्ध कॉलेज था। याची ने गुजरात विश्वविद्यालय (संशोधन) अधिनियम, 1972 की धारा 33-क, 40, 41, 51-क और 52-क की वैधता पर आक्षेप किया जिनमें सभी कॉलेजों के शासी और चयन निकायों में विश्वविद्यालय के नाम निर्देशितों, सम्बद्ध कालेजों का संघटक कॉलेजों में परिवर्तन, अध्यापन स्टाफ के सदस्यों के विरुद्ध अनुशासनिक कार्यवाही का उप-कुलपति द्वारा अनुमोदन, स्टाफ और प्रबंधतंत्र

के बीच विवाद का निर्देशन माध्यस्थम् को जिसमें उप-कुलपति के नाम निर्देशिती को अधिनिर्णायक के लिए उपबन्ध किए गए थे। पूर्ववर्ती निर्णयों का अनुसरण करते हुए और अल्पसंख्यकों के अधिकार के महत्त्व पर जोर देते हुए, न्यायालय ने अभिनिर्धारित किया कि इन उपबन्धों को अल्पसंख्यक कालेजों पर नहीं लागू किया जा सकता है।

परन्तु **गांधी फैजे-आम कालेज, शाहजहांपुर** बनाम **आगरा विश्वविद्यालय** के मामले में उच्चतम न्यायालय की दिशा में मोड़ आया है। इस मामले में उच्चतम न्यायालय ने आगरा विश्वविद्यालय के परिनियम को जिसमें अल्पसंख्यक शिक्षा संस्था (कॉलेज) की प्रबन्ध समिति में कॉलेज के प्रधानाचार्य और अध्यापन स्टाफ के वरिष्ठ सदस्य को सम्मिलित करने का उपबन्ध किया गया था, मान्य ठहराया।

फ्रैंक ऐन्थोनी पब्लिक स्कूल एम्पलाइज एसोसिएशन बनाम **भारत संघ** के मामले में उच्चतम न्यायालय ने अधिकथित किया है कि दिल्ली स्कूल शिक्षा अधिनियम, 1973 के उपबन्ध जो प्राइवेट अल्पसंख्यक संस्था के कर्मचारी की पदच्युति, हटाए जाने और रैंक की अवनति के मामले में ऐसे व्यक्ति द्वारा गठित अधिकरण को जो जिला न्यायाधीश का पद धारण किए था, अपील का प्रावधान करते थे युक्तियुक्त हैं और अनुच्छेद 30 (1) का उल्लंघन नहीं करते हैं।

फ्रैंक एन्थोनी का मामल ा बाद सम्बन्धी युक्ति में एक नया आयाम जोड़ता है। इस मामले में अनुसरण करते हुए न्यायालय ने **वाई. थेक्लामा** बनाम **भारत संघ के** मामले में याची के जो कि अल्पसंख्यक संस्था की उप-प्रधानाचाय्र थी निलम्बन को अपास्त कर दिया क्योंकि शिक्षा निर्देशक का अनुमोदन जिसकी अपेक्षा दिल्ली स्कूल अधिनियम, 1973 के अधीन की गइ्र थी प्रबन्धतंत्र द्वारा प्राप्त नहीं किया गया था।

क्रिश्चियन मेडिकल हास्पिटल एम्पलाइज यूनियन बनाम **क्रिश्चियन मेडिकल कॉलेज वेलफेयर एसोसिएशन** में उच्चतम न्यायालय ने एक दूसरा प्रगामी कदम उठाया। इस मामले में उसने अभिनिध्ररित किया कि औद्योगिक विवाद अधिनियम के उपबन्ध अल्पसंख्यक संस्थाओं को भी लागू होते हैं।

आल बिहार क्रिश्चियन स्कूल्स ऐसासिएशन बनाम **बिहार राज्य** के मामले में उच्चतम न्यायालय ने नान-गवर्नमेंण्ट सेकण्डरी स्कूल्स ऐक्ट 1982 को अल्पसंख्यक स्कूलों को लागू किए जाने को मान्य घोषित किया। अन्य बातों के होते हुए अधिनियम में अल्पसंख्यक संस्थाओं को सोसाइटी रजिस्ट्रीककरण अधिनियम, 1860 के अधीन रजिस्ट्रीकृण प्रबंध समिति द्वारा शासित होने, अध्यपकों की नियुक्ति और हटाए जाने में स्टेट स्कूल सर्विस बोर्ड का अनुमोदन प्राप्त करने, राज्य द्वारा नियत की गई फीस को लेने

और अनुचछेद 29 तथा 30 के उपबन्धों से संगत राज्य द्वारा जारी किए जाने वाले अनुदेशों का पालन करने की अपेक्षाएँ की गई थीं। न्यायालय ने इन उपबन्धों को विनियमनकारी स्वरूप का पाया जो कि शिक्षा में उत्कृष्टता और स्कूलों के प्रबंध में दक्षता सुनिश्चित करना चाहते हैं।

(ङ) विनियमन के आयाम

उच्चतम न्यायालय ने शिक्षा संस्थाओं के बारे में विशा संख्या में मामलों का निर्णय करने में कतिपय सिद्धानतों को स्थापित किया है। इन मामलों का विवेचन निम्न शीर्षों के अधीन किया जा रहा है-

(i) **प्रवेश**-शिक्षा संस्थाओं में प्रवेश प्रशासन का एक महत्त्वपूर्ण पहलू है जिसका विनियमन अनावश्यक नहीं है। **सेंट स्टेफेन्स कॉलेज** बनाम **दिल्ली विश्वविद्यालय** में तथ्य इस प्रकार थे किसेण्ट स्टेफेन्स कॉलेज दिल्ली विश्वविद्यालय का एक घटक (Constituent) कॉलेज है। कॉलेज में छात्रों के प्रवेश के लिए उसकी अपनी एक पृथक पद्धति है जिसके अधीन छात्रों का प्रवेश साक्षात्कार के आधार पर किया जाता है। दिल्ली विश्वविद्यालय ने सभी कॉलेजों में प्रवेश के लिए एक सी प्रक्रिया विहित किया जिसके अधीन प्रवेश परीक्षा में प्राप्त अंकों के आधार पर किया जाना अपेक्षित था। उच्चतम न्यायाल ने सेण्ट स्टेफेन्स कॉलेज को इस प्रक्रिया से छूट देते हुए अभिनिर्धारित किया कि कॉलेज में प्रवेश प्रशासन का एक महत्त्वपूर्ण पहलू है। इसको विनियमित किया जा सकता है, परन्तु उसी सीमा तक कि विनियमन अल्पसंख्यक संस्था के कल्याण या उसकी भलाई के लिए हो जो उसका सहारा लेते हैं। न्यायालय द्वारा यह पाया गया कि सेण्ट स्टेफेन्स कॉलेज को प्रवेश प्रक्रिया को साक्षात्कार द्वारा पूरा करने की शक्ति से वंचित किया जाना और उसकों अर्हक परीक्षा में प्राप्त अंकों के आधार पर अनन्य रूप से प्रवेश करने के लिए विवश करना अनुच्छेद 30 (1) के द्वारा अल्पसंख्यक समुदाय को प्रदत्त अधिकार के विरुद्ध होगा।

केरल का क्रिश्चियन समुदाय बालकों का एक स्कूल चला रहा था। उसने बालिकाओं का प्रवेश करने के लिए प्राधिकारियों की अनुमति माँगी। अनुमति को देने से इस आधार पर इंकार कर दिया गया कि निकट ही मुस्लिम बालिकाओं का स्कूल था। उच्चतम न्यायालय ने **मार्क नैट्टो** बनाम **केरल राज्य** के मामले में अधिकथित किया कि अनुमति को देने से इंकार करने वाला आदेश असंवैधानिक था। यदि क्रिश्चियन समुदाय अपनी बालिकाओं को अपने की स्कूल में शिक्षा देना चाहता है, और अपनी बालिकाओं को मुस्लिम स्कूल में भेजना अपने हित नहीं समझता है, तो ऐसी स्थिति में अनुमति देने से इंकार किया जाना अनुच्छेद 30 का अतिक्रामक होगा क्योंकि यह अल्पसंख्यक वर्ग

द्वारा चलाई जानी वाली संस्था के प्रशासन में हस्तक्षेप के समतुल्य होगा। कालेज का शासी निकाय किसी अध्यापक के विरुद्ध अनुशासनिक कार्यवाई विश्वविद्यालय सेवा आयोग की सिफारिश पर और विश्वविद्यालय के अनुमोदन के अध्यधीन करेगा तो इससे अनुच्छेद 30 (1) का उल्लंघन होगा क्योंकि यह पूर्णतः शासी निकाय की स्वायत्तता छीन लेता है और असल में स्टाफ पर नियंत्रण आयोग में निहित करता है।

आन्ध्र प्रदेश मान्यता प्राप्त शिक्षा संस्था नियंत्रण अधिनियम, 1975 में यह उपबंध किया गया था कि किसी अध्यापक को भारी अवचार के लिए उसमें अनुध्यात जाँच को छोड़कर अन्यथा निलम्बित नहीं किया जाएगा। निलम्बन आदेश दो मास से अधिक प्रवृत्त नहीं रहेगा। यदि उक्त अवधि में जाँच पूरी नहीं कर ली जाती है त्रो अध्यापक को जाँच पर किसी प्रतिकूल प्रभाव के बिना बहाल कर दिया जाएगा। सक्षम प्राधिकारी दो मास के निलम्बन को और दो मा सतक लिखित कारणों के आधार पर बढ़ा सकता था यदि उसके मत में आरंभिक दो मास में जाँच का काहर्य अध्यापक पर आरोप्य कारणों से पूरा नहीं किया जा सका। इस उपबन्ध को विधिमान्य घोषित किया गया क्योंकि यह स्वरूप से विनियमकारी अध्युपाय था और प्रबंधतंत्र की शक्ति पर अवचारी अश्यापक के विरुद्ध कार्यवाई करने पर कोइ अयुक्तियुक्त निर्बंधन नहीं लगाया था।

आंध्र प्रदेश अधिनियम में यह उपबन्ध भी किया गया था कि शिक्षा संस्था में नियुक्त कोई भी अध्यापक पदच्युत, हटाया या रैंक में अवनत सक्षम प्राधिकारी के पूर्व अनुमोदन को छोड़कर नहीं किया जाएगा। प्राधिकधरी प्रबंधतंत्र के प्रस्ताव को इस बात से संतुष्ट होने पर कि प्रस्ताव के लिए पर्याप्त और युक्तियुक्त आधार थे, अनुमोदित कर सकता था। उच्चतम न्यायालय ने **आल सेण्ट्स हाईस्कूल के मामले** में अभिनिर्धारित किया कि उक्त उपबन्ध अविधिमान्य था क्योंकि इसने अविशेषित आदेश दिया था कि कोई अध्यापक सक्षम प्राधिकारी के अनुमोदन के बिना पदच्युत नहीं किया जा सकता था। उपबन्ध के उल्लंघन का परिणाम प्रस्तावित कार्रवाई का पूर्ण रूप से अविधिमान्यकरण था।

किसी अध्यापक के विरुद्ध अनुशासनिक कार्रवाई की शक्ति प्रबन्धतंत्र में निहित थी परन्तु यह संबंधित अध्यापक द्वारा उपकुलपति को अपील के अध्यधीन थी। उच्चतम न्यायालय ने **लिली कूरियन** बनाम **लेविना** के मामले में अपील सम्बन्धी उपबन्ध को अनुच्छेद 31 (1) का अतिक्रामक घोषित किया। न्यायालय ने बताया कि उपकुलपति को अलीप करने का अधिकार अल्पसंख्यक शिक्षा प्रबन्धतंत्र की अनुशासमिक शक्ति छीन लेता है क्योंकि अपील की शक्ति में उपयुक्त आदेश करने की शक्ति निहित है जिसमें बहाल करना भी सम्मिलित है।

(v) अल्पसंख्यक शिक्षा संस्था की सम्पत्ति का अर्जन-अनुच्छेद 30 (1क) 44वां संशोधन अधिनियम, 1978 द्वारा अनुच्छेद 31 का निरसन करके सम्पत्ति के मूल अधिकार को समाप्त कर दिया गया है। परनतु अनुच्छेद 31 (2) दूसरे परन्तुक को अनुच्छेद 30क खण्ड (1क) बना दिया गया है।

इस तात्पर्य है कि प्रकारान्तर से सभी नागरिकों को जिसमें बहुसंख्यक समुदाय द्वारा चलाई जाने वाली शिक्षा संस्थाएँ भी सम्मिलित हैं, राज्य द्वारा सम्पत्ति के अनिवार्य अर्जन के लिए प्राधिकार पाने का संवैधानिक अधिकार नहीं है। लेकिन अल्पसंख्यक शिक्षा संस्थाओं की सम्पत्ति के अर्जन की दशा में ऐसे प्राधिकार का अधिकार प्रतयाभूत किया गया है जिससे अल्पसंख्यक समुदाय उस शिक्षा संसथा को चला सके। इस संदर्भ में यह कहने की जरूरत नहीं कि ऐसा समुदाय तभी संतुष्ट होगा जब उसे पूरा प्रतिकर दिया जाए।

अविभेद

अनुच्छेद 30 का खण्ड (2) संविधान के अविभेद का एक पहलू है और वह खंड (1) में किए गए उपबंधों का अलपीकरण नहीं करता है। इस खण्ड को निषेधात्मक शब्दों में अभिव्यक्त किया गया है- राज्य को आदेश दिया जाता है कि वह शिक्षा संस्थाओं को सहायता देने में सिकी शिक्षा संस्था के विरुद्ध इस आधार पर विभेद नहीं करेगा कि वह धर्म या भाषा, पर आधारित किसी अल्पसंख्यक वर्ग के प्रबन्ध में है। इस खण्ड का यह अर्थ नहीं है कि राज्य अन्यथा अल्पसंख्यक समुदाय द्वारा शिक्षा संस्थाओं की स्थापना और प्रशासन के अधिकार के सारर पर निर्बंधन लगाने में विभेद करने में सक्षम है। अनुच्छेद 30 (1) द्वारा स्थापित अधिकार अल्पसंख्यक समुदाय के अपनी रुचि की शिक्षा संस्थाओं के स्थापित करने के सरंक्षण का यथार्थ अधिकार होने के लिए आशयित है।

4

दलित मानवाधिकारों का यथार्थ

बहुराष्ट्रीय कम्पनियां दलित मानवाधिकारों को दबा रही हैं। विश्वबैंक तथा अंतर्राष्ट्रीय मुद्राकोष के दबाव में दलितों की राहत में कटौती की जा रही है। अमेरिकी कम्पनियां निरंकुश शासकों को दमन एवं अत्याचार में मदद कर रही हैं। निजीकरण के नाम पर चिकित्सा एवं शिक्षा जैसे बुनियादी सुविधाओं को खत्म किया जा रहा है। भारतीय संविधान चाहे कितना भी अच्छा हो पर वर्ण-व्यवस्था के सामने सब बेकार है। कुल मिलाकर यही कहा जा सकता है दलितों के प्रति वर्तमान परिस्थितियां अनुकूल नहीं है। गांव हो या कस्बा, शहर महानगर सभी जगह दलित मानवाधिकारों को कुचला जा रहा है। हाईकोर्ट के रिहा ओदश होने के बाद भी मुरादनगर का ईंट भट्टा मालिक सात महीने से बारह दलित परिवारों को बंधक बनाकर बिना मजदूरी के दिन-रात काम कराता रहा। उनका शारीरिक एवं मानसिक शोषण करता रहा। समाजवाद का ढिंढोरा पीटने वाली मुलायम सरकार के सामने यह सब हुआ। मीडिया ने जब घटना का पर्दाफाश किया तब गाज़ियाबाद का प्रशासन जागा। इक्कीसवीं सदी को दुनिया सभ्य सदी मानती है पर भारत के दलित आज भी मानवाधिकारों के लिए संघर्षरत हैं। दरअसल बाबा साहेब डॉ. अम्बेडकर ने मानवाधिकार की बात महाड़क्रांति से समता सैनिक दल की

अगुवाई में शुरू की थी। हालांकि उस समय मानवाधिकार शब्द अपरिचित था पर बाबा साहेब डॉ. अम्बेडकर दलितों को हक व सम्मान का पाठ पढ़ा रहे थे। वर्ण व्यवस्था ने दलितों के हक व सम्मान छीन रखे थे। इंसान होते हुए भी दलित इंसानियत की जिंदगी जी नहीं सकते थे। सार्वजनिक स्थलों पर दलितों का कोई हक नहीं था। आगे चलकर यही हक व सम्मान मानवाधिकारों में तब्दील हो गया।

प्रसिद्ध समाजसेवी एस. के. भोले ने 4 अगस्त, 1923 को एक प्रस्ताव रखा कि सभी सार्वजनिक जलाशयों, कुओं, धर्मशालाओं का इस्तेमाल अछूत कर सकते हैं जिनका निर्माण और रख-रखाव सार्वजनिक निधि से हो या सरकार द्वारा हो। सरकारी स्कूलों, अदालतों, कार्यालयों और डिस्पेंसरियों का इस्तेमाल दलित कर सकते हैं। सरकार ने यह आदेश मान लिया। बंबई विधान परिषद् द्वारा पारित प्रस्ताव स्वीकार हो गया कि नदी, तालाब कुएं, स्कूल, अस्पताल, न्यायालय आदि सार्वजनिक स्थानों पर दलितों को रोकने के लिए क.नूनी कार्रवाई की जा सकती है।

महाड़क्रांति के बाद बाबा साहेब ने कालाराम मंदिर में प्रवेश कराकर धार्मिक मानव अधिकार दलितों को दिलाया। सम्पूर्णानंद विश्वविद्यालय से जब शिक्षा मंत्री बाबू जगजीवन राम लौटे तो बाद में उस जगह को गंगा जल से इसलिए धोया गया क्योंकि वह एक दलित से अपवित्र हो गई थी। यह दलित मानवाधिकार का मामला था पर किसी ने दलित मानवाधिकार हनन का मुद्दा नहीं उठाया। पंडित गंगाजल से धोते रहे और दलित मानव अधिकार हनन का घूंट पीकर शांत हो गए। भारतीय राजनीति में एक स्थापित दलित नेता के साथ एक बार नहीं कई बार ऐसा हुआ। मा. कांशिराम ने पहले सामाजिक आंदोलन चलाया और बाद में राजनीतिक आंदोलन। मुलायम सिंह के साथ समझौता हुआ तो उत्तर प्रदेश में दलित पिछड़ों की सरकार बनी। जहां मायावती को मारने की साजिश मुलायम ने रची।

मानवाधिकारों से हमारा अभिप्राय उन सभी अवसर, सुविधाओं व परिस्थितियों से है जिनके बिना मनुष्य अपने उत्थान स्वरूप को प्राप्त नहीं कर सकता। इसके लिए मानव को राजसत्ता से संघर्ष करना पड़ता है। राजसत्ता के कारण ही समाज में कानून व्यवस्था व शांति बनती है। इसके बिना चारों तरफ अराजकता फैल जाती है। जंगल राज में किसी के भी मानवाधिकार सुरक्षित नहीं कर सकते। मानवाधिकारों की समस्या विश्व की अन्य समस्याओं में से प्रमुख है। पुलिस थानों में ही नहीं बल्कि शिक्षा संस्थानों, फैक्टरियों, अस्पतालों, सुधार गृहों, परिवार आदि जगह आर्थिक व सामाजिक दर्शन के कारण मानवाधिकारों क़ा हनन होता है। भारत में जाति व्यवस्था के कारण मानवाधिकारों का हनन होता है तो विदेशों में रंगभेद के कारण। सामाजिक व आर्थिक परिदृश्य बदलने

के साथ मानवाधिकारों के संदर्भ में भी बदलाव आता है भारत में मानवाधिकार हनन की समस्या बड़ी गम्भीर है। यहां अनुसूचित जाति, जनजाति, अल्पसंख्यक, महिलाओं को संवैधानिक अधिकार प्राप्त होने के बाद भी सामाजिक व आर्थिक समानता प्राप्त नहीं है।

24 अक्टूबर 1945 को अंतर्राष्ट्रीय स्तर पर मानवाधिकारों की रक्षा हेतु संयुक्त राष्ट्र संघ की स्थापना हुई, पर भारत में मानवाधिकारों की पहल नई है। यहां विभिन्न प्रकार के अत्याचारों, अन्याय, उत्पीड़न व शोषण के द्वारा मानवाधिकारों को नजर अंदाज किया जाता रहा। इसी कारण आज भी दलित सूट-बूट व चश्मे के साथ गाँव देहात में नहीं चल सकता। जातीय आधार पर सरेआम दलित बेइज्जत होते हैं। पढ़े-लिखे दलित कर्मचारियों को स्वर्ण अधिकारी बेइज्जत करता है। दासता, उत्पीड़न, अत्याचार, रंगभेद के मामले आए दिन अखबारों में छपते ही रहते हैं। आज मानवाधिकारों का मुद्दा अंतर्राष्ट्रीय स्तर का बन गया है।

शिक्षा व कैरियर के नाम पर कहीं बलात्कार होता है तो कहीं अत्चाचार। वृद्धजनों की अपेक्षा आज सरेआम हो रही है। अच्छी कमाई के कारण डॉक्टर खुलमखुल्ला रोगी का शोषण कर रहा है। दलित बच्चों का शोषण शिक्षा संस्थानों से लेकर कारखाने, खदान, भवन निर्माण, ईंट भट्टों, होटलों, ढाबों में जमकर होता है। उक्त मानवाधिकारों के चश्मदीद खद्दरधारी, पुलिस अधिकारी, ग्वाह है।

मुरादाबाद का पीतल उद्योग हो या फिर अलीगढ़ का ताला उद्योग, शिवकाशी का आविशबाजी उद्योग, कोचिपुरम का हथकरघा व सिल्क साड़ी उद्योग, मिर्जापुर का कालीन उद्योग, बनारस का साड़ी उद्योग, खुर्जा व क्रोकरी साड़ी उद्योग, आदि सभी जगह कर्ज के कारण मात-पिता को उद्योग मालिकों के पास अपने बच्चे छोड़ने पड़ते हैं। 10-12 घण्टे मालिक बच्चों से काम लेते हैं। खाने में सूखी रोटी व पानी की जगह अमानवीय यातनाएं मिलती हैं। फिर कहां है भारत का मानवाधिकार आयोग? स्वामी अग्निवेश, कैलास सत्यार्थी, उम्मेद सिंह गौतम हाय-हाय मचाते हैं पर ढाक के तीन पात ही नजर आते हैं।

माननीय उम्मेद सिंह गौतम ने दौलत मानवाधिकारों की रक्षा के लिए बाबा साहेब डॉ. अम्बेडकर के सामाजिक संगठन समता सैनिक दल को पुनः भारत में स्थापित किया। जहां दलितों पर जुल्म, अत्याचार, बलात्कार, हत्याएं हुईं वहां समता सैनिक दल ने दुश्मनों को ललकारा। धरना-प्रदर्शन किया मुख्यमंत्री व राष्ट्रपति को ज्ञापन दिए। दलित मानवाधिकारों के संरक्षण के लिए प्रशासन की मदद मांगी। दिल्ली में जाति प्रमाण के लिए। बिगुल बजाया। भोपा कांड मेरठ का शेरगढ़ी कांड, इलाहाबाद का दोना कांड, आगरे का पनवाड़ी कांड, कुम्मेर कांड, बम्बई कांड, सीकरी कांड, खेरलांजी कांड आदि

सभी में समता सैनिक दल ने पुलिस अधिकारयों के साथ-साथ गांधी की खद्दर में छिपे मंत्रियों को ललकारा। पर दलित मानवाधिकारों का हनन बंद नहीं हुआ। जैसे-जैसे दलित चेतना बढ़ी ठीक वैसे ही सवर्ण मानसिकता उफान लेती रही। कहीं बाबा साहेब डॉ. अम्बेडकर की मूर्ति तोड़ी तो कहीं दलित महिला के साथ बलात्कार किया और कहीं घरों में आग लगाई गई तो कहीं दलितों को गोली से भूना गया। मानवाधिकार आयोग सिर्फ रपट ही तैयार करने में लगा रहा।

प्रसिद्ध समाज चिंतक टी.एच.ग्रीन के अनुसार मानव चेतना अपना विकास चाहती है। चेतना के लिए स्वतंत्रता की आवश्यकता और स्वतंत्रता के लिए अधिकारों का होना आवश्यक है। इन्हीं की बात को आगे बढाते हुए जयपुर के एड. पी. एल मीरोठ ने दलित मानवाधिकार केंद्र स्थापित करके दलित मानवाधिकारों का अंतर्राष्ट्रीय पटल पर बिगुल बजाया। इनका मानना था कि आज भी दलित विकास की मुख्य धारा से कटे हुए हैं। इनको जाग्रत करना बहुत जरूरी है। आज मानवाधिकार की लड़ाई सामाजिक न्याय व समता की लड़ाई है।

प्रस्तुत पुस्तक में दलित समाज चितकों के विचार दलित मानवाधिकारों पर सटीक विश्लेषण है। दलित मानवाधिकारों को एक पुस्तक के रूप में पढ़ने के लिए मैंने अम्बेडकर इन इंडिया व सोशल एक्शन ट्रस्ट. की पत्रिका हम दलित व हाशिए की आवाज एवं कुरुक्षेत्र हिन्दी मासिक से साम्रगी ली है इसलिए मैं उक्त तीनों का विशेष आभारी रहूंगा।

5

मानव अधिकार एवं डॉ. अम्बेडकर

डॉ. अम्बेडकर ने अछूतोद्धार के दौरान मानवीय अधिकारों की मांग प्रस्तुत की। जिनकी प्राप्ति न केवल समाज के सहयोग पर आधारित थी बल्कि दलितों के संगठन और उत्साह पर भी निर्भर थी। मानव अधिकरों की मांग को अछूतोद्धार आंदोलन के अंतर्गत आगे बढ़ाने के लिए डॉ. अम्बेडकर ने स्वयं मध्य, प्रदेश मद्रास और मुम्बई के तूफानी दौरे किए थे। उन्होंने मलाबार के अछूतों की दुर्दशा का समाचार सुना और वहां सभा में गए। वहां के अछूत परिवारों की स्थिति बड़ी दयनीय थी। उन्हें मृत पशुओं का मांस खाना पड़ता था उनकी औरतों को आधी नंगी रहने के लिए मजबूर होना पड़ता था। मानव अधिकारहीन इन अर्द्ध-मानव प्राणियों को देखकर उनका खून खौल गया। वे एक नेता थे जिन्होंने समस्त अछूतों के दुखो और पीड़ाओं को अपना वैयक्तिक अपमान समझा इसलिए उन्होंने यह प्रतिज्ञा की, कि वह अछूतों को दासता की स्थिति से मुक्त करेंगे और उनके मानवीय अधिकारों की दिशा में सतत संघर्ष करेंगे। डॉ. अम्बेडकर पराधीनता की भावना से घृणा करते थे और अछूतों पर सवर्ण हिंदू सुधारकों के संरक्षण के कट्टर विरोधी थे। वे उन आंदोलनों एवं संगठनों के आलोचक थे जो दलित वर्गों के नाम पर प्रसिद्धि पाना चाहते थे। उनके व्यक्तित्व में अछूतों के प्रति आत्मीयता थी और एक नेता के रूप

में वह अछूतों, दीन-हीन, दलितों के साथ बड़े मार्मिक ढंग से बातचीत करते थे। उन्हें झिड़कियां देते और विभिन्न प्रकार की ताड़ना भी देते। वे कहते कि अछूतों को भी उस प्रकार मकानों में रहने, वस्त्र पहनने और भोजन प्राप्त करने का अधिकार है जिस प्रकार देश के अन्य नागरिक उनका उपयोग करते हैं। यदि अछूत आत्मसम्मान का जीवन जीना चाहते हैं तो उन्हें आत्मसहायता के सिद्धान्त का अनुशरण करना चाहिए।

डॉ. अम्बेडकर ने एक ओर अछूतों को मानवीय अधिकारों के प्रति सचेत किया तो दूसरी और कट्टर हिंदुओं को चेतावनी दी कि उन्हें जीवन में मानवीय भावना का आदर करना चाहिए अन्यथा भारत में ऐसी क्रांति आ सकती है जिसके गंभीर परिणाम हो सकते हैं। गाँधीजी ने अछूतोद्धार के लिए सवर्ण हिंदुओं से अपने हृदय परिवर्तन का निवेदन किया, सावरकर की अपील ने हिंदुओं के अंतःकरण तथा बुद्धि को उत्तेजित किया लेकिन अम्बेडकर की अपील ने अछूतों के हृदय को गतिशील बना दिया और उन्हें सामाजिक दासता के प्रति विद्रोह के लिए स्वयं खड़े होने का साहस दिया।

डॉ. अम्बेडकर चाहते थे कि अछूतों को मानवीय अधिकार शीघ्रातिशीघ्र मिलें ताकि वे भी अपने को मानव प्राणी समझें। इस संबंध में सफलता प्राप्त करना कोई आसान काम नहीं था, क्योंकि कट्टर हिंदुओं द्वारा कड़ा प्रतिरोध किया जा रहा था। अतः डॉ. अम्बेडकर इस निष्कर्ष पर पहुंचे कि सतत् संघर्ष किए बिना हिंदू समाज में मानवीय अधिकार प्राप्त नहीं हो सकते। तत्कालीन सामाजिक वातावरण में एकमात्र उपाय संघर्ष के साथ-साथ सत्याग्रह था जिस पर चलने का उन्होंने और उनके साथियों ने निश्चय किया। उनके द्वारा किए गए सत्याग्रहों में से दो बड़े प्रसिद्ध हैं। एक महाड का जल सत्याग्रह और दूसरा नासिक का धर्म सत्याग्रह।

महाराष्ट्र के एक कर्मठ समाज सुधारक आयु. एस. बोले ने सन् 1923 में मुंबई कौंसिल में यह प्रस्ताव प्रस्तुत किया था कि सरकार द्वारा या सार्वजनिक धन से संचालित संस्थाएं, अदालत, विद्यालय, चिकित्सालय, कार्यालय, धर्मशाला, कुँआ, जलाशय, पनघट, तालाब इन स्थानों में प्रवेश करने का और उनका उपयोग करने का अधिकार सरकार अछूत वर्गों को भी प्रदान करे। यह प्रस्ताव 4 अगस्त, 1923 को पास हो गया था। सरकार ने सब अछूतों को सार्वजनिक स्थानों का प्रयोग करने दिया जाए। इसी आदेशानुसार कोलाबा जिले की महाड़ नगरपालिका ने सन् 1924 में चोबदार तालाब से पानी भरने का अछूतों को अधिकार दे दिया था। पर वहां के हिंदू नहीं चाहते थे कि अछूत लोग तालाब के पानी का प्रयोग करें। हालोंकि ईसाई, मुसलमान, पारसी सभी तालाब के पानी का उपयोग करते थे। सवर्ण हिंदुओं ने यह ठान ली थी कि किसी भी अछूत को तालाब का पानी छूने तक न दिया जाए। अछूतों के धर्म भाई ही उनका प्रतिरोध कर रहे थे।

जिला कुलाबा के दलित लोगों ने महाड़ नामक स्थान पर 19-20 मार्च, 1927 को एक विशाल कॉन्फ्रेंस आयोजित की और 19 मार्च, 1927 की रात को कॉन्फ्रेंस के पश्चात् विषय समिति की बैठक हुई जिसमें यह निर्णय लिया गया कि सामूहिक रूप से ही चोबदार तालाब पर पानी लेने के लिए जाएं। दूसरे दिन 20 मार्च को तालाब से पानी पीने का प्रस्ताव पास हुआ। सुबह होते ही डॉ. अम्बेडकर के नेतृत्व में कोई लगभग पांच हजार नर-नारियों का एक जुलूस चार-चार की कतार में बड़े नियंत्रित ढंग से तालाब की ओर चल पड़ा। सबसे पहले डॉ. अम्बेडकर ने तालाब से पानी पिया उनके पश्चात् हजारों दूसरे स्त्री-पुरुषों ने भी जलाचमन किया। जुलुस अब विजेता जुलूस के रूप में कॉन्फ्रेंस पण्डाल में लौट आया। चोबदार तालाब से पानी लेने के कारण हिंदू क्रुद्ध तो थे ही परंतु जुलुस पर हमला करने का उनका साहस नहीं हुआ। इस घटना के ठीक दो घंटे बाद कुछ गुण्डे सवर्ण हिंदुओं ने यह अफवाह फैला दी कि अछूत लोग वीरेश्वर के मंदिर में प्रवेश की योजना बना रहे हैं। इस झूठी खबर से हिंदुओं में गुस्सा चढ़ आया और जोश में आकर वे संगठित हो गए और अपने हाथों में लोठियां लेकर मोर्चे तैनात कर लिए। उन्होंने यह नारा बुलंद कर दिया कि उनका धर्म ही नहीं बल्कि ईश्वर भी अपवित्र होने के खतरे में है। इन कट्टर हिंदुओं ने जहां कहीं भी अछूत स्त्री, बच्चे और आदमी मिले, उन्हें पीटना आरंभ कर दिया। खाना खाते हुए लोगों पर उन्होंने डंडे बरसाए और उनके भोजन को मिट्टी में मिला दिया इससे अछूतों में भगदड़ मच गई। स दंगे में पुलिस ने केवल नौ हिंदुओं को गिरफ्तार किया। केस चला और उनमें से पांच को 6 जून, 1927 को जिला मजिस्ट्रेट ने चार-चार मास का कड़ा कारावास का दंड दिया।

महाराष्ट्र तथा भारत के प्रमुख समाचार-पत्रों ने डॉ. अम्बेडकर के इस साहसिक सत्याग्रह की प्रशंसा की और सवर्ण हिंदुओं द्वारा निहत्थे अछूतों पर आक्रमण की निंदा की। छूआछूत के विरुद्ध यह एक ऐतिहासिक निर्णय था। महाड़ के सनातनी हिंदुओं ने चोबदार तालाब का शुद्धिकरण संस्कार किया। फलतः 108 घड़े जल के तालाब से भरवाकर बारह फेंके गए। और पंचगव्य से भरे हुए कुछ घड़े ब्राह्मण पुरोहित के मंत्रोच्चार के साथ तालाब में उंड़ेले गए। डॉ. अम्बेडकर ने इसे अछूतों का अपमान समझा। उन्होंने अपने बहिष्कृत भारत के माध्यम से इसका प्रचार किया। उन्होंने अपने लेख में कहा- संसार में भारत को छोड़कर ऐसा कोई देश और समाज नहीं है जिसमें करोड़ों मनुष्यों को अछूत माना जाता है और ईश्वर की दी हुई वस्तुओं का भी उन्हें उपभोग नहीं करने दिया जाता। धरती, जल और हवा आदि तत्त्व मनुष्य को प्रकृति की ओर से मिले हैं। सभी मनुष्यों का इस पर समान अधिकार होता है जो समाज इनके उपयोग में विभेद करता है उस समाज को यदि अज्ञानियों का समाज कहा जाए तो किसी को बुरा नहीं मानना चाहिए?

डॉ. अम्बेडकर ने पुन: सत्याग्रह की योजना बनाई। उधर महाड़ नगर पालिका ने सवर्ण हिंदुओं के दबाव में आकर सरकार का वह आदेश रद्द कर दिया। जिसके अंतर्गत अछूतों को तालाब से पानी भरने का अधिकार दिया था। हिंदुओं का प्रतिरोध तो एक चुनौती थी ही, पर महाड़ नगर पालिका ने एक और चुनौती प्रस्तुत कर दी। डॉ. अम्बेडकर ने दोनों चुनौतियों को स्वीकार किया। उन्होंने महाड़ सत्याग्रह समीति की स्थापना की और 25-26 दिसंबर, 1927 के दिन पुन: सत्याग्रह के लिए निश्चित किए।

डॉ. अम्बेडकर 24 दिसंबर, 1927 को अपने 200 साथियों तथा प्रतिनिधियों सहित बाम्बे से महाड़ रवाना हो गए और दूसरे दिन दोपहर तक वहां पहुंच गए। वहां पुलिस अधीक्षक ने उन्हें पहले जिलाधीश से मिलने को कहा। जिलाधीश से मिलने पर उन्होंने अम्बेडकर से कहा- सवर्ण हिंदुओं ने चोबदार तालाब को खानदानी संपत्ति होने का दावा किया है। अत: जब तक इस बात का कानूनी फैसला नहीं हो जाता तब तक आप सत्याग्रह न करें। लेकिन चूँकि डॉ. अम्बेडकर स्वयं भी एक बैरिस्टर थे, उन्होंने कहा कि- जिस स्थान का प्रयोग कैसे हो सकता है? हम सत्याग्रह अवश्य करेंगे। साथ ही डॉ. साहेब ने जिलाधीश को उनकी इच्छानुसार परिषद् द्वारा आयोजित सभा में बोलने की अनुमति प्रदान की। उस सभा में अदालत के निर्णय तक सत्याग्रह को स्थगित रखने की सलाह दी।

जिलाधीश को सुनने के बाद सभा में प्रत्येक वक्ता ने सत्याग्रह का समर्थन किया। अछूतों में अपार उत्साह था और कई लोग बड़े उत्तेजित भी थे। स्थिति की कटुता से जिलाधीश को अवगत कराया गया। तब जिलाधीश ने डॉ. साहेब से घंटो विचार-विमर्श किया और रात को सभी नेताओं की बैठक हुई। स्थिति की गंभीरता को देखते हुए यही निर्णय लिया गया कि सत्याग्रह स्थगित कर दिया जाए। दूसरे दिन डॉ. अम्बेडकर ने एकत्र जनसमूह को समझाया और कहा यह मत सोचना कि यदि आप सत्याग्रह स्थगित करते हो तो उसमें कोई अपमान है। मैं आपको विश्वास दिलाता हूँ, कि सत्याग्रह के स्थगन का अर्थ यह नहीं होगा कि हमने संघर्ष का परित्याग कर दिया है। संघर्ष उस समय तक जारी रहेगा जब तक चोबदार तालाब पर हम अपना अधिकार प्राप्त नहीं कर लेते। दलित नेता के निर्णय को सबने स्वीकार किया।

लेकिन डॉ. अम्बेडकर ने यह देखकर कि सत्याग्रह भविष्य में संभव नहीं होगा, अदालत में चोबदार तालाब से अछूतों द्वारा पानी पीने के अधिकार के लिए दावा पेश कर दिया। वह मुकदमा कई वर्ष तक चलता रहा और डॉ. अम्बेडकर स्वयं उसकी पैरवी करते रहे। बंबई हाईकोर्ट ने 17 मार्च, 1936 को अछूतों के पक्ष में फैसला दिया। दस वर्ष तक अदालती संघर्ष के पश्चात् अनेक प्रकार के कष्ट और कठिनाईयों को सहते

हुए डॉ. अम्बेडकर को सफलता मिली। समूचे अछूत समुदाय के सम्मान की यह ऐतिहासिक विजय थी। इसी प्रकार मंदिर प्रवेश हेतु नासिक के अछूतों ने एक मोर्चा कमेटी गठित कर ली थी जिसके सचिव श्री भाऊराय गायकवाड़ ने कालाराम मंदिर के ट्रस्टियों को यह लेख भेजा था कि यदि निश्चित तिथि तक उन्होंने मंदिर अछूतों के लिए नहीं खोला ते अछूत मोर्चा आरंभ कर देंगे। डॉ. अम्बेडकर 2 मार्च, 1930 को ही बंबई से नासिक पहुंच गए। उनकी अध्यक्षता में एक आमसभा हुई जिसमें अपार भीड़ थी। सर्वसम्मति से यह निर्णय लिया गया कि सत्याग्रह अवश्यक किया जाए। सत्याग्रह की विधिवत घोषणा कर दी गई। सत्याग्रह का स्वत: बहुत प्रचार हो गया। सरकार ने शहर में दफा 144 लगा दी। यह सत्याग्रह लगभग एक माह तक चलता रहा। अंतत: 9 अप्रैल, 1930 का दिन आ गया। इस दिन रामनवमी थी और इस दिन की मूर्ति की रथ-यात्रा निकलती थी। सवर्ण हिंदुओं और अछूतों में समझौता यह हुआ कि दोनों ओर के बलिष्ठ व्यक्ति रथ खींचेगे। इससे पहले कि डॉ. अम्बेडकर तथा उनके साथी रथ तक पहुंच पाते, कुछ उपद्रवी तत्त्वों ने उनको झगड़े में फंसा लिया और सवर्ण हिंदू रथ लेकर चल दिए। पुलिस पहले से तैयार थी, डंडे बरसने लगे। पत्थर फेंके जाने लगे जिससे बहुत से लोग बुरी तरह घायल हो गए। सवर्ण-जाति व अछूत जाति के बीच जमकर लड़ाई हुई। इस संघर्ष का परिणाम यह हुआ कि अछूत बच्चे जो स्कूल जाते थे, उन्हें स्कूल से निकाल दिया गया। अछूतों के लिए कुछ सड़कें बंद कर दी गईं। गांवो में रहने वाले अछूतों के साथ दुर्व्यवहार की अनेक घटनाएं घटित हुईं। अछूतों का विस्तृत स्तर पर सामाजिक और आर्थिक बहिष्कार किया गया। इतने दुख सहकर भी अछूतों ने मोर्चा चालू रखा। डॉ. मुंजे, डॉ. कुर्तकोटि और सेठ बिरला आदि प्रमुख हिन्दू नेता बाबा साहेब से अप्रैल 1930 के मध्य बंबई में मिले परंतु अछूत इनते दृढ़ थे कि उन्होंने हिन्दू नेताओं की एक न सुनी। परिणामस्वरूप नासिक का कालाराम मंदिर पूर एक वर्ष तक बंद रहा और मोर्चा अक्टूबर 1930 तक चालू रहा मंदिर प्रवेश का सत्याग्रह रथयात्रा पर केंद्रित हो गया। जब भी रथयात्रा का समय आता तभी अछूत स्त्री-पुरुष उसे खींचने की मांग करते। अतएव जिलाधीश ने रथयात्रा की प्रथा ही समाप्त कर दी। रथयात्रा के बिना ही मूर्ति को स्नान कराने के लिए ले जाने के लिए अनुमति दे दी, पर सन् 1931 में उस पर भी प्रतिबंध लगा दिया। एक समय ऐसा आया जब मंदिर प्रवेश पर कानून बन गया और अक्टूबर 1935 में कालाराम मंदिर के दरवाजे अछूतों के दर्शनार्थ खुल गए। इस प्रकार महाड़ का सत्याग्रह जलामचन के लिए था तो नासिक का सत्याग्रह मंदिर प्रवेश के लिए। दोनों में मानवीय अधिकारों की मांग निहित थी और डॉ. अम्बेडकर ने अछूतों के अधिकारों की दिशा में प्रबल संघर्ष छेड़कर विजय प्राप्त की।

▣▣▣

6

हिन्दू समाज व्यवस्था और मानवाधिकार

भारतीय संस्कृति विश्व की अन्य प्राचीन संस्कृतियों में से एक है। आर्यों के आगमन के पूर्व भारत में हड़प्पा एवं मोहनजोदड़ों में मिले अवशेषों से पता चलता है कि आर्यों के पूर्व भी इस देश में एक व्यवस्थित सभ्यता थीं। खुदाई में मिले सिक्कों व अवशेषों से इस बात का भी पता चलता है कि उस काल में मुद्रा का भी चलन था और समाज व्यवस्था स्थयी स्वरूप ले चुकी थी और राजसत्ता का भी अस्तित्व था। ऋग्वेद के अवलोकन से इस बात की भी पुष्टि होती है कि आर्यों का यहां के मूल शासकों से लंबा संघर्ष चला था। आर्यों के प्रथम राजा इंद्र द्वारा यहां के मूल निवासियों, जिन्हें अनार्य कहा गया के शहरों को एवं राज्यों को ध्वस्त किया गया, नष्ट किया गया और आर्य संस्कृति की स्थापना की गई। आर्य यज्ञों में विश्वास करते थे और यज्ञों में पशुबलि, जिसमें गाय, बैल, भैंस, भेड़ एवं बकरी इत्यादि की दी जाती थी, नरबलि का भी उल्लेख मिलता है और यही से पूजा पद्धति का श्रीगणेश इस देश में हुआ। मनु ने समाज व्यवस्था का एक ढांचा तैयार किया, जिसमें सामाजिक दायित्व को विभिन्न वर्णों में विभाजित किया गया। एक

वर्ण जिसका काम केवल विद्या अध्ययन एवं विद्या पढ़ाना था, दूसरा क्षत्रिय वर्ग था जिनका काम राज्य की रक्षा करना था, जिन्हें क्षत्रिय कहा गया। तीसरे वर्ण का काम समाज की जरूरतों के अनुसार उत्पादित कर सामान का वितरण करना, जिन्हें वैश्य कहा गया और चौथे वर्ण का काम बाकी तीनो वर्णों की सेवा करना रखा गया, जिन्हें शूद्र नाम से संबोधित किया गया। वर्ण का आधार कर्म था और योग्यता व सामर्थ्य के अनुसार व्यक्ति उक्त चारों वर्णों में से किसी में भी लिया जा सकता था। वर्ण का निर्धारण गुरुकुल में आचार्य द्वारा किया जाता था। वर्ण व्यवस्था के अनुसार केवल एक वर्ण जिसे विद्या अध्ययन का अधिकार था, उसने शेष तीनों वर्णों को विद्या अध्ययन से वंचित रखा। इस कारण तीनों वर्णों के लोग ज्ञान से वंचित हो गए। ब्राह्मणों की नियत में आगे चलकर खोट आ गई उन्होंने वर्ण-व्यवस्था को कर्म व योग्यता के स्थान पर जन्म से जोड़ दिया और यह धारणा अन्य वर्णों के लोगों में बैठाई गई कि पूर्व जनम के कर्मों के कारण ही व्यक्ति वर्ण विशेष में जन्म लेता है, इसलिए पूर्व जन्म के कर्मों का फल भोगना अनिवार्य है। पूर्व जन्म के कर्मों को भाग्य मानकर अन्य तीनों वर्णों के लोग वर्ण, धर्म का पालन करने को विवश किए गए। पूर्व जन्म व मोक्ष के सिद्धांतों ने बाकी तीन वर्णों के लोगों को पर-लोकवादी, अकर्मण्य भाग्य के आसरे जीने वाले व कूप-मंडूक बना दिया।

बौद्ध व महावीर के नए धार्मिक दर्शन के परिणामस्वरूप उक्त वर्ण-व्यवस्था छिन्न-भिन्न हुई। बौद्ध धर्म के अस्तित्व में आने के बाद उन्होंने ब्राह्मणों के कर्म-कांड, मूर्ति-पूजा, पुनर्जन्म व भाग्यवाद का विरोध किया। इससे एक नयी चेतना का संचार हुआ जो व्यक्ति जन्म के आधार पर उनके लिए निर्धारित कार्य करने को विवश थे, उनमें भी व्यावसायिक स्वतंत्रता की ललक उत्पन्न हुई और इस प्रकार धीरे-धीरे मनु की वर्ण-व्यवस्था बौद्धकाल में ध्वस्त हो गई। लेकिन बौद्धों की मठ व्यवस्था ने आगे चलकर कर्म-कांड का रूप ले लिया और बौद्ध मठ समाज से कट गए और व्यभिचार के केंद्र/अड्डे बन गए, जिसके परिणामस्वरूप ईसा से लगभग 180 वर्ष पूर्व अंतिम बौद्ध सम्राट हियदत्त का वध उसी के प्रधानमंत्री पुष्यमित्र ने कर दिया जो, ब्राह्मण था। बड़े पैमाने पर बौद्धों का कत्लेआम हुआ। बौद्ध मठ नष्ट किए गए और बौद्ध धर्म इस देश से लुप्तप्राय: हो गया। पुन: वर्ण-व्यवस्था को जन्म से जोड़ने के साथ ही ब्राह्मणों का वर्चस्व कालजयी हो, इस बात के पुख्ता इंतजाम किए गए। नये नियम बनाए गए। वर्ण-व्यवस्था को जन्म से जोड़ने के साथ ही ब्राह्मणों के लिए एक ऐसी व्यवस्था की गई कि वे समाज में राजा से भी ऊपर रहे। राजा पर यह दायित्व डाला गया कि वे ब्राह्मणों पर कोई कर नहीं लगायेंगे। ब्राह्मणों को दंड देने की शक्ति राजा में नहीं होगी सेनापति से ऊपर के सभी पद ब्राह्मणों को मिलेंगे। ब्राह्मण का काम उपदेश देना व दान लेना मात्र रखा गया। इस प्रकार ब्राह्मण बिन परिश्रम किए जोंक की तरह तीनों वर्णों का खून चूसते रहे। चूँकि ब्राह्मणों की

संख्या कम थी। उन्हें यह भय था कि शूद्र वर्ण के लोग कभी भी उनकी सामाजिक सत्ता को उलट सकते हैं। इस संभावना का सदैव के लिए समाप्त करने के लिये व्यवसाय के आधार पर शूद्रों को कई जातियों व् उप-जातियों में विभक्त कर दिया। उनमें आपस में खान-पान व शादी-ब्याह की रोक लगाई गई। हिन्दु समाज का जातिगत ढांचा इस प्रकार तैयार किया कि एक जाति को दूसरी से श्रेष्ठ माना जाए। प्रत्येक जाति अपने दायरे में ही सीमित रहे। उस समय हिन्दु समाज में इस बाबत चर्चा ही नहीं की प्रज्ञा।

(1.) प्रज्ञा वैजुल्य- जनसाधारण को विपुलता में रत प्रज्ञा

(2.) महाप्रज्ञा- महान अर्थ को ग्रहण करने वाली, परीक्षा करने वाली प्रज्ञा

(3.) पृथुप्रज्ञा- पृथुलता से ग्रहण करने वाली प्रज्ञा

(4.) विपुलप्रज्ञा- विपुलता से ग्रहण करने वाली प्रज्ञा

(5.) गंभीर प्रज्ञा- गंभीरतापूर्वक ग्रहण की प्रज्ञा

(6.) असामंत प्रज्ञा- विमर्श ज्ञान युक्त प्रज्ञा

(7.) भूरि प्रज्ञा- पृथ्वी के समान विस्मीर्ण प्रज्ञा

(8.) प्रज्ञा बाहुल्य- ज्ञान भंडार युक्त प्रज्ञा

(9.) शीघ्र प्रज्ञा- प्रत्युत्पन्न मति प्रज्ञा

(10.) लघु प्रज्ञा- लघुता से सिद्धि पूर्ति की प्रज्ञा

(11.) हास्य प्रज्ञा- हंसते-हंसते शीलादि को पूरा करने वाली प्रज्ञा

(12.) जवन क्षिप्र प्रज्ञा- शीर्घ कार्य करने वाली प्रज्ञा

(13.) तीक्ष्ण प्रज्ञा।

(14.) निर्वेधिक प्रज्ञा लोभ, द्वेष, मोह आदि का बीधने वाली प्रज्ञा

प्रज्ञा के उन भेदों की अवस्थाओं से युक्त बोधित्वि को संपूर्ण जगत और जीने के अनित्य दु:ख एवं अनात्म स्वरूप का सम्यक् ज्ञान हो जाता है। जिसका बौद्ध धर्म में विशेष स्थान है। अब प्रश्न उठता है कि ज़ब ऐसा कहा गया है कि प्रज्ञा के बिना शील लंगड़ा है और समाधि अंधी तथा बौद्ध साधना के सभी तत्त्व शरीर हैं तो प्रज्ञा प्रकाश तो फिर दस पारमिताओं में चौथा तथा तीन स्कन्धों शील, समाधि, प्रज्ञा में तीसरा स्थान दिया गया है। पहला क्यों नहीं? वैसे तो इसका उत्तर इसी कथन से स्पष्ट है कि बौद्ध साधना

के सभी तत्त्व शरीर हैं तो प्रज्ञा प्रकाश। जैसे घर में प्रकाश करने के लिए पहले दीपक, बाती और तेल की आवश्यकता होती है। इसी प्रकार प्रज्ञा करने के लिए शील, समाधि के द्वारा चार आर्य सत्यों का दर्शन करते हुए अष्टांगिक मार्ग पर गमन करके ही प्रज्ञा प्राप्त की जाती है जिसे बौद्ध धर्म में बुद्धत्व प्राप्त होना, बुद्ध होना या सम्यक सम्बुद्ध होना भी कहा जाता है। जो एक प्रकार की विशिष्ट उपाधि या डिग्री है। जिसे प्राप्त करने के लिए शीलाचरण एवं विपश्यना साधना रूपी रथ पर सवार होकर चार्य सत्यों का तीसरा ज्ञान, पांच स्कन्ध, चार प्रस्थान, बारह आयतन द्वादस निदान दस संज्ञा, सात बौध्यंग, प्रतीत्य समुत्याद, दस बल, दस पारमिताओं को अष्टांगिक मार्ग पर चलकर एक निर्वाणगामी प्रज्ञा को प्राप्त करता है। अतः शील बुद्धत्व प्राप्ती की सीढ़ी का पहला डंडा है तो प्रज्ञा बुद्धत्प प्राप्ति का आखरी डंडा लक्ष्य है। और भी जैसे एक मंच पर बहुत से वक्ता होते हैं उनमें एक विशिष्ट वक्ता है तो पहले अन्य वक्ताओं के विचार सुने जाते है बाद में विशिष्ट वक्ता के, ठीक इसी प्रकार तीन स्कन्धों में प्रज्ञा प्राप्त को तीसरे स्थान पर रखा गया है क्योंकि बिना विपश्यना समाधि के प्रज्ञा प्राप्त करना संभव नहीं है और बिना शील के शीलों में भी किसी एक भी शील के अभाव में भी विपश्यना संभव नहीं है। ये तीनों स्कंध एक दूसरे पर आधारित हैं, अब चूँकि प्रज्ञा बुद्धत्व बौद्ध धर्म का अंतिम लक्ष्य है जिसे प्राप्त कर एक निर्वाणगामी, निर्वाण को प्राप्त होता है। इसलिए बौद्ध धर्म में प्रज्ञा का विशेष नहीं सबसे महत्त्वपूर्ण स्थान है।

भक्तु सब्ब मंगलम सभी का मंगल हो कल्याण ही करें। ऐसी पूर्ण व्यवस्था के लिए जाति पंचाचतों को सशक्त किया गया और जाति बहिष्कार के डर ने लोगों को अपनी-अपनी जाति के बाड़े में स्थिर रहने को विवश किया गया। प्रत्येक जाति केवल अपने जातिगत व्यवसाय को ही आजीविका का जरिया मानने लगी। पीढ़ी-दर-पीढ़ी यह व्यवस्था चली, जो किसी-न-किसी रूप में आज भी विद्यमान है।

ब्राह्मणों ने मूर्ति पूजा वे देवभक्ति को अपनी आजीविका का आधार बनाया। पुराण व विभिन्न ग्रंथ रचे गए। देवों का नाम लेने, दर्शन, कराने, किसी पवित्र नदी के स्नान कराने मात्र से व्यक्तियों के सभी पाप धुल जाने की अवधारणा लोगों के मस्तिष्क में बैठाई गई। बाकी तीन वर्णों के लोगों से दान-दक्षिणा प्राप्त कर ब्राह्मणों ने मूति-पूजा व योग जाप के जरिए मंदिरों के माध्यम से अथाह संपत्ति अर्जित की। इससे संपत्ति केवल ब्राह्मणों व राजाओं में ही केंद्रित हो गई। किसान मजदूरों श्रमिक जनता अपना परलोक सुधारने के लिए पेट काटकर मठों-मंदिरों में दान देने लगी, इसलिए मोहम्मद गजनवी व मोहम्मद गौरी ने इन दोनों क्षेत्रों में संपत्ति के एकत्रित हो जाने के कारण मठों-मंदिरों व राजाओं को लूटने की परंपरा चलायी। मुस्लिम राज्य स्थापित होने पर शूद्र वर्ण के पीड़ित व्यक्ति इस्लाम की ओर अग्रसर हुए। बड़ी संख्या में लोगों ने इस्लाम धर्म को स्वीकार

किया। इसी अवधि में भक्तिकाल प्रारंभ हुआ। चूँकि यहां के स्थानीय राजाओं में मुगल शासकों से टक्कर लेने की ताकत नहीं थी, इसलिए संतों ने भगवान की भक्ति का सहारा लिया। लेकिन शासक तंत्र पर मुसलमानों का नियंत्रण होने से सत्ता के लालच में व ब्राह्मणों से पीड़ित होकर लोगों का इस्लाम की ओर पलायन लगातार जारी रहा। इसी अवधि में भक्तिकाल के दरमियान ही शूद्र जाति में निर्पूण ब्रह्म कें संत उत्पन्न हुए जिनमें कबीर, गरुनानकदेव, नामदेव आदि प्रमुख हैं, जिन्होंने हिंदू धर्म की वर्ण व्यवस्था, जात पांत व मुसलमानों के आडंबर की आलोचना की। निर्गुणवादी संत, समाज की अखंडता, समानता व मानवता पर जोर डाल रहे थे, हुमायूँ तक मुस्लिम शासन हिंदूओं के लिए अत्यन्त कठोर रहा, लेकिन शेरशाह ने हिंदूओं के सहयोग से हुमायूँ को अपदस्त किया। अकबर ने हिंदूओं घनिष्ठता बढ़ायी। इसी काल में सूर व तुलसीदास ब्राह्मणों में उत्पन्न हुए। तुलसीदास ने सगुण भक्ति के जरिए ब्राह्मणवाद को पुनः आगे बढ़ाया। तुलसीदास ने पुराने शास्त्रों की उक्तियों को दोहराया और जन्म के आधार पर ब्राह्मणों को श्रेष्ठ मानते हुए रामचरित मानस में यहां तक उल्लेख कर दिया- पूजिए विप्र शीलगुणहीना, नहीं शूद्र सक कला प्रवीणा। इस प्रकार दुराचारी, गुणहीन ब्राह्मण को पूजने की सलाह लोगों को दी और सभी कलाओं में निपुण, कुशल व चरित्रवान शूद्र की उपेक्षा की। आगे तुलसीदास ने यह भी कहा ढोल, गंवार, शूद्र, पशु, नारी ये सब ताड़न के अधिकारी। उपरोक्त विवेचनों से इस बात की पुष्टि होती है कि भक्तिकाल में ब्राह्मणों की सत्ता को पुनः परवान चढ़ाने का काम तुलसीदास ने जिस धूर्त्तता व चालाकी से किया, उसकी मिसाल अन्यत्र कहीं नहीं मिल सकती। धीरे-धीरे मुस्लिम सत्ता का पतन हुआ और देश पर अंग्रेजों का कार्य समाज सुधारने का नहीं था, इसलिए अंग्रेजों का कार्य व्यवस्था को तर्कसंगत बनाने का कभी प्रयास नहीं किया, बल्कि हिंदू धर्म के सबल वर्ग का सहारा लेकर इस देश पर लगभग पौने दो सौ वर्षों तक शासन किया। अंग्रेजों ने अपने शासन को सुव्यवस्थित बनाए रखने के लिए कर्मचारियों की आवश्यकता को ध्यान में रखते हुए शिक्षा का व्यापक प्रचार किया। पाश्चात्य शिक्षा के फलस्वरूप लोगों में नव-चेतना का संचार हुआ और इसी के फलस्वरूप देश में आजादी की चेतना जागृत हुई। जनतांत्रीय व्यवस्था विश्व के अन्य देशों में अपने पांव जमा चुकी थी, इसलिए भारत में भी गुलामी के विरुद्ध संघर्ष छिड़ा और अंततः देश आजाद हुआ आजादी की लड़ाई के दौरान ही दलित समाज ने भी अपने हकों की लड़ाई के लिए डॉ. अम्बेडकर के नेतृत्व में संघर्ष किया। इस देश में जनतांत्रीय व्यवस्था स्थापित हुई, जिसमें सभी वर्गों को समान रूप से फलने-फूलने का अवसर मिला। द्वितीय महायुद्ध में जन-धन की भारी क्षति हुई थी। विश्व के विजित राष्ट्रों ने यह तप किया कि भविष्य में मानवता को नरसंहार से बचाने के लिए देशों में सामंजस्य व भाईचारा रहे, इसलिए सन् 1948 में मानवाधिकार के घोषणा पत्र पर हस्ताक्षर किए

जिसमें जाति, धर्म वर्ग व क्षेत्र के आधार पर राज्य अपने नागरिकों के साथ भेदभाव नहीं करेगा, यह सुनिश्चित किय गया। भारत ने भी भारतीय संविधान के अंतर्गत अध्याय 3 में मौलिक अधिकारों की व्यवस्था की है, जिनका उल्लेख अनुच्छेद 14 से 37 में किया गया है। जो मानवाधिकारों की श्रेणी में आते हैं। व्यक्तिगत स्वतंत्रता, व्यावसायिक स्वतंत्रता, धार्मिक स्वतंत्रता के साथ धर्म, नस्ल, वर्ग, जाति व क्षेत्र के आधार पर भेदभाव बिन सभी के समान व्यवहार की गारंटी भारतीय संविधान ने दी है। छुआछूत की समाप्ति के लिए अनुच्छेद 17 में राज्यों पर यह दायित्व डाला गया है कि हिंदू धर्म में व्याप्त अस्पृश्यता के निवारण के लिए राज्य विशेष कानून बनाएंगे। अब विचारणीय प्रश्न यह है, कि क्या देश में व्याप्त अस्पृश्यता समाप्त हो गई है? क्या हम सभी नागरिकों को सम्मान से जीने का अधिकार दे पाए हैं? आज भी दलितों के साथ भेदभाव का व्यवहार किया जाता है। हमारे ग्रामीण जीवन में दलितों की स्थिति में आवश्यक सुधार नहीं हो पाया है। उन्हें आज भी मंदिर प्रवेश का अधिकार नहीं है। अपनी मर्जी का व्यवसाय चुनने का अधिकार नहीं है। व्यक्ति को हर तरह से उपेक्षित व प्रताड़ित होना पड़ रहा है।

हिंदू धर्म में व्यक्ति की पहचान उसके जन्म से होती है। जन्म के आधार पर ही व्यक्ति हिंदू कहलाता है। योग्यता का हिंदू धर्म में कोई महत्त्व नहीं है। हिंदू धर्म के समस्त शास्त, पुराण, स्मृतियां सभी जन्म के आधार पर व्यक्ति का समाज में स्थान नियत करते हैं। व्यक्ति चाहकर भी अपना स्थान परिवर्तन नहीं कर सकता। एक शूद्र जीवन-पर्यन्त शूद्र की रहेगा तथा ब्राह्मण, ब्राह्मण ही रहेगा। इसलिए मानव अधिकार जिनका उल्लेख भारतीय संविधान के अध्याय तीन में मौलिक अधिकारों के रूप में किया है, ये हिंदू समाज व्यवस्था से कतई मेल नहीं खाते हैं, स्वामी दयानंद सरस्वती ने हिंदू धर्म के निम्न तब के लोगों द्वारा इस्लाम व ईसाई धर्म की तरफ आकर्षित होने से हिंदू धर्म से पलायन की स्थिति से मजबूर होकर हिंदू वर्ण-व्यवस्था को जन्म के स्थान पर कर्म से जोड़ने का प्रयास किया। मूर्ति-पूजा का भी विरोध किया। स्वामी दयानंद सरस्वती ने आर्य समाज की स्थापना इस हेतु की। लेकिन स्वामी दयानंद सरस्वती को भी जहर देकर मार दिया गया। आर्य समाज का समाज सुधार का कार्यक्रम उनकी मृत्यु के बाद ठंडा पड़ गया। ब्राह्मणों के आर्य समाज में प्रवेश ने भी सुधारवादी कार्यक्रम को पंगु बना दिया। हिंदू समाज में जो व्यक्ति धर्म के अनुसार उच्च वर्ण में हैं, वे कभी भी हिंदू धर्म योग्यता के आधार पर वर्ण को निर्धारित करने में सहयोग नहीं करेंगे। यदि बहुसंख्यक शूद्र वर्ण किसी प्रकार राजनैतिक शक्ति हासिल भी कर लेते हैं तो इस अवधि में ब्राह्मण चुप बैठे रहेंगे। क्योंकि धार्मिक शास्त्रों का ज्ञान यदि बहुसंख्यक शूद्र तक पहुंच गया तो उनके वर्चस्व में कमी आ सकती है। इसलिए मानव अधिकारी की हिंदू धर्म में स्थायित्व प्रदान करने के लिए यह परम आवश्यक है कि वर्ण व्यवस्था के पक्ष में लिखे गए वेद पुराण

स्मृतियों के मंतव्यों को जन-जन तक पहुंचाने में बाधक बनी हुई है। उस पर कारगर चोट की जाए। हिंदू समाज-व्यावस्था शोषण व अन्याय पर आधारित है और ऐसा प्रतीत होता है कि विजित वर्ग ने पराजित वर्ग को सदैव पराधीन बनाने के लिए यह ताना-बाना बुनकर इस धर्म के आवरण में लपेटा है। हिंदू शब्द प्राचीन शब्द नहीं है। सिन्धु नदी के पश्चिम भाग में निवास करने वालों को ईरानी लोग हिंदू कहते हैं। इसलिए आर्यों की वर्ण व्यवस्था हिंदूओं पर थोपना भी कतई उचित नहीं। केवल कानून बनाने से ही समस्या का निराकरण मेरी राय में संभव नहीं है। शूद्र वर्ग में चेतना और सबल वर्ग को इस बात का अहसास कराया जाना आवश्यक है, कि दबे-कुचले व दलित लोग भी इस देश के सम्मानित नागरिक हैं और वे भी हिंदू धर्म के अभिन्न अंग हैं। आज विश्व आवागमन के साधनों व वैज्ञानिक आविष्यकारों के कारण विस्तृत समूह का आकार ले रहा है। विश्व के किसी एक क्षेत्र की अमानवीय घटना पूरे विश्व को प्रभावित कर रही है। दलित समुदाय के उत्पीड़न की आवाज अंतर्राष्ट्रीय स्तर पर उठ रही है, इसलिए इस बातत कारगर प्रयास जरूरी है।

7

दलित महिला मानवाधिकार

मानव के सर्वांगीण विकास के लिए अधिकारों का समर्थन शुरू से ही किया जाता रहा है। सुप्रसिद्ध राजनीति शास्त्री लॉस्की ने मानव के शारीरिक, मानसिक एवं बौद्धिक विकास के लिए अधिकारों को अपरिहार्य बताया है। आगे चलकर अधिकारों की यह व्याख्या इतनी व्यापक हो गई मनुष्य की रोटी, कपड़ा, मकान, शिक्षा-दीक्षा एवं चिकित्सा आदि की दैनिक आवश्यकताएं इससे जुड़ गईं और संविधान में इन्हे मूल अधिकारों के रूप में स्थान दिया जाने लगा। संवधिान के रूप में स्थान दिया जाने लगा। संविधान में व्यक्ति के प्राण और दैहिक स्वतंत्रता के अधिकार को प्रतिभूत किया गया। उच्चतम न्यायालय ने खड़कसिंह बनाम स्टेट ऑफ उत्तर प्रदेश के मामले में इस अधिकार को सम्मानपूर्वक जीने के अधिकार से जोड़ते हुए कहा कि जीने से नहीं है, अपितु गरिमा के साथ जीने से है। कालान्तर में यह गरिमा के साथ जीने से है। कालान्तर में यह गरिमा लुप्त होती चली गई, क्योंकि समाज का एक चौथाई हिस्सा यानी दलितों को उनके मूल अधिकारों से व्यावहारिक रूप से वंचित कर दिया गया। इसका महज कारण वर्ण-व्यवस्था रहा। जाति के आधार पर भेदभाव तो एक आम बात हो गई। भोगवाद इतना बढ़ गया कि महिलाओं की देह तंदूर में जलायी जाने लगी, उनका यौन-उत्पीड़न बढ़ने लगा,

मासूम बच्चों की निर्मम हत्याएं होने लगीं, पुलिस हिरासत में होने वाली मौतों की रफ्तार तेज हो गई और अपहरण एवं फिरौती आम बात हो गई। ऐसे असुरक्षित माहौल ने एक बार फिर मानवाधिकारों की सुरक्षा पर सोच एवं चिंतन के लिए विवश कर दिया।

परिणामस्वरूप भारतीय संसद द्वारा 8 जनवरी, 1994 को मानवाधिकार संरक्षण अधिनियम 1993 पारित किया गया, जिसके तहत राष्ट्रीय मानवाधिकार आयोग, राज्य मानवाधिकार आयोग तथा मानवाधिकार अदालत के गठन संबंधी प्रावधान थे। हालांकि संसद ने यह अधिनियम अदालत के गठन संबंधी प्रावधान थे। हालांकि संसद ने यह अधिनियम बाद में पारित किया किंतु 1 अक्टूबर, 1993 में राष्ट्रपति द्वारा राष्ट्रीय मानवाधिकार आयोग का गठन किया जा चुका था। देश में तमाम राजनैतिक दलों, सामाजिक संस्थाओं, स्वैच्छिक संस्थाओं द्वारा नागरिक स्वतंत्रता संबंधी लगातार बढ़ती मांग के परिणामस्वरूप ही इस आयोग का कार्य क्षेत्र देश में आए दिन हो रहे मानवाधिकार हनन संबंधी शिकायतों का एकत्र करना, जांच करना तथा केंद्र एवं राज्य सरकारों को निदान सुझाना शामिल है। साथ ही आयोग को यह भी कहा गया है कि देश में वर्तमान संविधान तथा कानूनों में यदि ऐसी कोई बात सामने आए तो आयोग उसे हटाने या संशोधन करने की अनुशंसा भी कर सकता है। इसी तरह मानवाधिकार से संबंधित आवश्यक सुधार एवं कानून में परिवर्तन की अनुशंसा का कार्य भी आयोग को सौंपा गया है।

आयोग की मुख्यत: देश भर से आई उन शिकायतों पर कार्यवाही करने की जिम्मेदारी है, जिसमें प्रथम दृष्टया मानवाधिकार का हनन हुआ है। इनमें कानूनों का उल्लंघन एवं दुरुपयोग, पुलिस हिरासत में होने वाली मौंते तथा दुष्कर्म के समाज के कमजोर वर्गों, जिसमें महिला, अल्पसंख्यक, बंधुआ मजदूरों का शोषण एवं नागरिक स्वतंत्रता संबंधी मामले प्रमुख हैं। इन मामलों में पीड़ित व्यक्ति या किसी भी अन्य नागरिक द्वारा प्राप्त शिकायतों के अतिरिक्त आयोग कोई भी मामला स्वयं भी हाथ में ले सकता है, जहां मानवाधिकारों का हनन हुआ हो अथवा होने की आशंका हो। दोषी सरकारी अधिकारियों पर कार्यवाही एवं दंड की अनुशंसा भी आयोग के कार्यक्षेत्र में है। अब प्रश्न यह उठता है, कि राष्ट्रीय मानवाधिकार आयोग के इतने व्यापक अधिकार संपन्न होने के बावजूद देश भर में मानवाधिकार, विशेषकर, दलित मानवाधिकार हनन के मामलों की संख्या दिनोंदिन क्यों बढ़ती जा रही है?

भारत में पचास वर्षों की आजादी के बाद भी दलितों की स्थिति ऐसी है कि प्रत्येक घंटे-घंटे पद दलितों को अपमानित किया जाता है, प्रतिदिन औसतन 3 दलितों की हत्याएं होती हैं, जबकि 2 दलितों के मकान जला दिएं जाते हैं। दलितों के ऊपर किए गए नरसंहार बलछी कांड़, देहली कांड, लक्ष्मणपुर बाथे नरसंहार, पारस बीघा कांड, पीपरा

कांड, कफल्टा कांड, शंकरबिगहा कांड, फतेहपुर कांड तो लोकतंत्रात्मक भारत की कुछ अमानवीय तथा अन्यायपूर्ण व अलोकतांत्रिक घटनाएं है। आज यह हमारे लिए ही नहीं बल्कि संपूर्ण देश के लिए शर्म की बात है कि दलितों पर इस तरह के मावाधिकारा हनन तो प्राचीन काम में भी नहीं होता था। धर्म का सही अर्थ तो यह है, कि धर्म के द्वार सबके लिए खुले हों, सबको बिना रोक-टोक पूजा-अर्चना की छूट हो, किंतु आज भी यह देश वर्णाश्रम व्यवस्था के हिसाब से ही संचालित हो रहा है, जिसके चलते दलितों को घोर अपमानित एवं प्रताड़ित किया जा रहा है।

उत्तर प्रदेश मैनपुरी से प्रकाशित अनार्य भारत के अनुसार-उत्तरकाशी के समीप कटारी गांव के सवर्णों ने 12 जुलाई, 1977 की अतुल नाम एक दलित महिला को नंगा कर पूरे गांव में उसे पीटते हुए इसलिए घुमाया, क्योंकि उसने एक मंदिर में प्रवेश करके पूजा की थी। इस घृणित व अमानवीय कार्य में पुरोला सब-डिविजनल मजिस्ट्रेट जगदशी त्रिपाठी ने भरपूर सहायोग दिया था। जयपुर से प्रकाशित राजस्थान पत्रिका में 2 दिसम्बर, 1998 को छपे मंदिर में प्रवेश करने के कारण हत्याा की खबर इसका एक और उदाहरण है। उड़ीसा में बरहपुर के निकट पुरूनागढ़ में मंदिर में प्रवेश करने की सजा के तौर पर एक दलित रोशनदास को कथित रूप से मार दिया गया। 50 वर्षीय रोशनदास का कसूर सिर्फ इतना था कि उसने पुजारी द्वारा प्रवेश निषिद्ध करने के बावजूद गांव के मंदिर में प्रवेश किया।

देश की राजधानी में भी जातीय भेदभाव एवं उत्पीड़न की एक सनसनीखेज घटना उदाहरण स्वरूप प्रस्तुत है। यमुना पार की दलित एवं पीड़ित महिला, गुड्ड़ी देवी का कसूर सिर्फ इतना था कि उसने मंदिर में प्रवेश करने की चेष्टा की। 25 जुलाई, 1998 को तीज के दिन जब तक मेंहदी लगाकर त्रिलोकपुरी के मंदिर में जा रही थी, तब उसे दो स्थानीय भाजपा कार्यकर्ताओं ने रोका और मारपीट की। इस घटना का जिक्र करने का एकमात्र उद्देश्य यह है कि जब देश की राजधानी में दलित महिला के साथ ऐसा सलूक किया जा सकता है तो समझा जा सकता है, कि देश के दूर-दराज इलाकों में क्या हो रहा होगा? हम भले ही 21वीं सदी एवं मानवाधिकार घोषणा पत्र के लागू होने के स्वर्ण जयन्ती वर्ष में प्रवेश कर चुके हों,किंतु तमिलनाडु के एक गांव में दलित महिला को अभी भी चप्पल पहनकर प्रवेश करने की इजाजत नहीं हैं। गांव के सवर्णों ने ऐसी जुर्रत करने वाली एक दलित सरकारी नर्स की 24 नवम्बर, 1998 को हत्या कर दी। राजस्थान प्रांत के अंतर्गत भीलवाड़ा जिले क सुवाणा पंचायत समिति के रुपहली गांव निवासी दलित विधवा लाजू देवी लुहार के अनुसार गांव के ही कुछ लोगों के साथ जमीन के मामले को लेकर काफी समय से विवाद चल रहा था और एक-दो बार पहले भी उसके साथ मारपीट की घटना हुई थी, लेकिन पुलिस ने इसे गंभीरता से नहीं लिया। इससे विरोधी

पक्ष के हौंसले बुलंद थे। यही नहीं, विरोधी पक्ष द्वारा उसे बार-बार बदनाम किए जाने के प्रयास किए जाते रहे। 23 मार्च, 1998 की रात करीब 8 बजे एक ही समाज के करीब 20-25 लोग सामूहिक रूप से उसके मकान पर जमा हो गए, जहां उसे मकान से बाहर घसीटते हुए एक गली में ले गए, उसके साथ बुरी तरह से मारपीट की गई और उसके कपड़े फाड़ दिए गए, जिससे वह निर्वस्त्र हो गई। फिर उसके लाख गिड़गिड़ाने पर भी मारपीट करते हुए उसे घसीटकर गांव की चौपाल तक ले जाया गया।

देश के लगभग सभी भागों से दलित महिलाओं को नंगा कर उन्हें बस्तियों में घुमाने तथा दुष्कर्म करने की घटनाएं आए दिन समाचार-पत्रों में प्रकाशित होती रहती हैं। देश में बिहार और उत्तर प्रदेश दो ऐसे राज्य हैं, जहां सबसे अधिक दलित दुष्कर्म और दलितों का सामूहिक जनसंहार किया जाता है। भारत के 100 करोड़ में से आधे निर्धन एवं निरक्षर हैं। सरकारी तौर पर यह माना गया है कि उनमें से एक चौथाई विशेष सुरक्षा के पात्र हैं। उत्पीड़न के शिकार अधिकांशत: इन्हीं कमजोर वर्गों यानी दलित, आदिवासी एवं दूर जगहों से आकर बसने वाला कामगार एवं खेतिहार मजदूर एवं महिलाएं होते हैं।

मानवाधिकार के उल्लंघन का आरोप पुलिस पर काफी पहले से लगता रहा है। आए दिन ऐसी खबरें मिलती रहती हैं, कि कहीं पुलिस की पिटाई से किसी की मौत होती है, तो कहीं पूछताछ के दरम्यान व्यक्ति को पीट-पीटकर अधमरा कर दिया जाता है। बिहार के जहानाबाद जिले के कामों प्रखण्ड के काको मुसहरी में घटी पुलिस द्वारा 8 वर्षीय बालक को पीट-पीटकर हत्या की घटना एक उदाहरण है। जहानाबाद से 15-20 किलोमीटर की दूरी पर बसा काको मुसहरी गांव में 60 मुसहर परिवार बसते हैं। सभी परिवार दैनिक मजदूर हैं। उनमें से अधिकतर महिलाएं और बच्चे ईंट-भट्टे में काम करते हैं। प्राप्त जानकारी के अनुसार चार-पांच बजे आबकारी विभाग के कर्मचारी व अधिकारियों का काफिला विभाग के कर्मचारी व अधिकारियों का काफिला मुसहरी टोला, पहुंचा, जिसे देखने ही लोग भाग निकले।

टोले में मात्र वृद्ध महिलाएं, बच्चे और दो जवान औरतें-जिअतिया एवं दुलरिया बची। जिअतिया नयी दुल्हन होने की वजह से रुकी और दुलरिया के घर में एक बूंद भी खराब नहीं थी, इसी आत्मविशवास की वजह से घर छोड़कर नहीं भागी। आबकारी विभाग के लोगों ने इन दोनों के घरों की तलाशी ली, किंतु दोनों के घर से एक बूंद भी देशी शराब नहीं मिली। फिर भी आकारी विभाग के अधिकारियों ने इन दोनों महिलाओं को जीप पर बैठ जाने को कहा। दुलरिया का बेटा सुजीत मां को पुलिस बल द्वारा जबरन जीपर पर बैठाये जाने का दृश्य देख रोने लगा और मां की गोद में जा बैठा। पुलिस बच्चों को मां से अलग करती और बच्चा बार-बार रोता हुआ मां के पास चला आता। अंतत:

पुलिस वालों ने सुजीत पर बदूंक के बट के प्रहार कर दिया, जिससे सुजीत गिर गया। अपने पोते को चोट खाकर गिरते देख दादी जिअतिया देवी ने सिपाहियों के पांव पकड़ लिए और मां के साथ सुजीत को भी ले जाने का अनुरोध किया। रात भर में चोट खाए सुजीत की हालत गंभीर हो चुकी थी। 17 अक्टूबर, 1998 की सुबह जिअतिया जब अधिकारी विभाग पहुंची ने उसे सुजीत वापस कर दिया और इलाज कराने के लिए 20 रुपये भी दिए, किंतु रास्ते में ही सुजीत ने दम तोड़ दिया। इस तरह एक गरीब-दलित का चिराग पुलिस द्वारा हमेशा के लिए बुझा दिया गया।

राजधानी दिल्ली के ही यमुना पार में कृष्ण नगर पुलिस द्वारा दलित समुदाय के एक निर्दोष युवक को अकारण थाने में बंद कर बुरी तरह से पिटाई की गयी। खुरेजी खास परवाना रोड़ निवासी नरेश 18 अगस्त, 1998 को दोपहर कृष्ण नगर से जा रहा था, तभी तीन पुलिसकर्मी उसे पकड़कर थाने ले गए, निर्वस्त्र कर डंडों से उसकी पिटाई की और मुंह में कपड़ा ठूंस दिया। काफी खोजबीन के बाद जब घर वाले कृष्ण नगर थाना गए तो वहां नरेश के चीखने-चिल्लाने की आवाज सुनाई दी। घरवालों का कहना था कि रात करीब एक बजे पुलिस ने सादे कागजों पर हस्ताक्षर कराने के बाद नरेश को छोड़ दिया। उसकी हालत बिगड़ने पर घरवाले 17 अगस्त, 1998 को स्वामी दयानन्द अस्पताल ले गए, तभी कृष्णा नगर थाने के कई पुलिसकर्मी वहां पहुंच गए और मामले को रफा-दफा करने की बात करने लगे।

हरियाणा में दलित मानवाधिकार हनन की घटनाएं लगातार बढ़ती ही जा रही है। पुलिस ज्यादतियों के मामलों के साथ सामाजिक तौर पर भी क्रूरतम अत्याचारों का सामना अब प्रेदशा के दलित समुदाय के लोगों को करना पड़ रहा है। मुहम्मदाबार तहसील के थाना रानीपुर अंतर्गत ग्राम समसाबाद निवासी मुसहर जाति की आधा दर्जन महिलाओं एवं बालिकाओं के साथ गांव के ही सवर्ण परिवार से जुड़े लोगों द्वारा सामूहिक दुष्कर्म किए जाने का मामला प्रकाश में आया। 27-28 मार्च, 1998 की मध्य रात्रि घटी। इस घटना की शिकार दलित महिलाओं और बालिकाओं सहित उनके परिजन जब थाना रानीपुर प्राथमिकी दर्ज कराने गए तो थानेदार ने वहां से डांटकर भगा दिया। थाने से निराश पीड़ित लोगों ने आकर पुलिस क्षेत्रधिकारी मुहम्मदाबाद गोहाना से मुलाकात कर घटना की जानकारी दी। क्षेत्रधिकारी ने भी इनकी बातों पर विश्वास नहीं किया और उन्होंने मामले को टालने का भरपूर प्रयास किया। दुराचार की शिकार बनी श्यामप्यारी देवी 45 वर्ष तथा तीन बालिकाएं हैं, जिनकी उम्रं 15 से 20 वर्ष बतायी गयी। पीड़ित महिलाओं ने बताया कि यह कुकृत्य गांव के ही कुछ दबंग व सर्कस किस्म के लोगों द्वारा किया गया है। फरीदाबाद अंतर्गत बल्ल्भगढ़ के निकटवर्ती गांव मंड़ावली में गांव के ही कुछ लोगों ने एक धोबी दलित परिवार पर हमला कर घर की महिलाओं के साथ दुष्कर्म

करने का असफल प्रयास किया। गांव के तनसुख पुत्र रामलाल के घर में गांव के ही राकेश, राजेश और कर्मवीर अपने दस अन्य साथियों के साथ जबरदस्ती घुसकर तनसुख हो धमकाने लगे। उपरोक्त लोगों ने मकान का इकरारनामा अपने पास होने और मकान को खाली करने के लिए तनसुख को कहा और चले गए। वहां से जाकर इन सभी ने राकेश के ट्यूबवैल पर शराब पी और हथियारों से लैस होकर दोबारा तनसुख के घर पर हमला बोल दिया।

फाजिल्का क्षेत्र में दलित महिलाओं को अपमानित करने वाले तीन मामले सामने आए। मंड़ी हजूर सिंह वाला की एक दलित महिला के पहने हुए कपड़े केवल इसलिए तार-तार कर दिए क्योंकि उसने कुछ शराबियों द्वारा बेटे और पति को पीटने से बचाने की कोशिश की थी। उसे बालों से पकड़कर घसीटा गया, बाद में सिविल अस्तपाल फाजिल्का में दाखिल करवाया गया है। इस सबसे बावजूद भी पुलिस ने रिपोर्ट दर्ज करने की बजाय इस घटना के प्रति अनभिज्ञता जताई। इसी तरह इसी उपमंडल के नियाला गांव में एक प्रेम कहानी को लेकर दो परिवारों में झगड़ा हुआ और बाद में एक परिवार की दो महिलाओं को वस्त्रहीन कर गांव की गलियों में घुमाया गया।

उत्तर प्रदेश के अंतर्गत फतेहपुर जिला मुख्यालय से करीब 35 कि.मी दूर ग्राम पंचायत हसनपुर में 5 दलितों की जघन्य हत्या दूसरी घटना है। समस्या 23 मार्च, 2001 को शुरू हो गयी। चमार जाति के कल्लू को पोती और ठाकुर जाति के देवीदीन के लड़के के बीच स्कूल जाने के समय रास्ते में झगड़ा हुआ। ठाकुर के लड़के और कल्लू की पोती दोनों ने अपने-अपने घर जाकर इस घटना की जानकारी दी। ठाकुर के परिवार एवं गांव वालों ने इसे आवर्श्चजनक घटना के रूप में देखा, मानो कि यह उनके सम्मान-प्रतिष्ठा के विरुद्ध था। हम ठाकुर हैं और ठाकुर परिवार का प्रधान देवीदीन सिंह, अपनी पत्नी और पुत्री कुमार कान्ति को लेकर कल्लू को सबक सिखाने उकसे घर पहुंचा कि एक चमार ने किस हिम्मत से एक ठाकुर के लड़के पर हाथ उठाया। उसको लेकर उसने बहुत हल्ला मचाया और कल्लू की पत्नी 55 वर्षीय वृद्धा तेजानी के साथ बुरी तरह से मारपीट की। वृद्धा तेजानी गंभीर रूप से जख्मी हो गयी। कल्लू ने स्थानीय पुलिस थाना जाकर इस घटना के विरुद्ध अभियोग चायिका दायक की। ठाकुरों ने तदोपरान्त इस केस को वापस लेने के लिए कल्लू को बाध्य किया और समझौता कर लेने के लिए दबाव डाला। कल्लू ने केस वापस लेने से इंकार किया। उसने पुलिस से समुचित न्याय मांगा, ताकि ऐसी घटना भविष्य में पुनः न हो। तब ठाकुर ने रमाकान्त बाजपेयी, एक ब्राह्मण और स्थानीय कांग्रेस नेता के माध्यम से केस खतम करने के लिए दबाव डाला, लेकिन वे इसमें सफल नहीं हुएं। फलस्वरूप, ठाकुर समुदाय के लोगों ने इस घटना को अपने सम्मान के खिलाफ देखते हुए सारे दलित परिवार को सबक सिखाने की योजना बनायी। शिवराम

भादुरिया, हरिमन, देवीदीन, रमाकान्त और बहुत सारे ठाकुर एकजुट होकर 17 जून, 2001 को उस खेत में पहुंचे जहां कल्लू की पत्नी श्रीमती तेजानी और उसकी पोती कुमारी ललिता काम कर रही थीं। वहां पहुंचकर उन लोगों ने उनकी बेहद पिटाई की। इस अत्याचार का सिलसिला तब तक चला जब तक कि दोनों की मृत्यु नहीं हो गई। रमाकान्त बाजपेयी ने ठाकुरों को उकसाया और खूब जमकर उन्हें शराब पिलायी। ठाकुर लोग दो हत्याएं करने के बाद भी शांत नहीं बैठे और वे कल्लू के घर आए, उस वक्त कल्लू की बहू जगपतिया अपने डेढ़ वर्ष साल के बच्चे को पत्थरों से मार-मार कर उसकी निर्माण हत्या कर दी। उसके पश्चात् जगपतिया और पूजा को पकड़े और उन्हें लाठियों, लोहे के छड़ी, गड़ासों से मार-मारकर खत्म कर दिया।

उत्तर प्रदेश का ही जिला कानपुर हमेशा दलित अत्याचारों और महिला मानवाधिकारों के हनन करने में अग्रणी रहा है। विगत वर्ष 24 अगस्त, 2001 को कानपुर शहर के थाना नवाबगंज अंतर्गत आजादनगर की झोंपड़पट्टी में रहने वाली दलित महिला माया गौतम को पकड़ा गया और नंगा कर होमगार्ड महिला स्नेहलता से पिटवाया गया। दरोगा उसके नंगे शरीर पर डंडा घुमाता रहा, भद्दी-भद्दी गालियां देता रहा, उसका शरीर नोंचता रहा, उसके जीजा नरेन्द्र रैदास की नाक पानी में डलवाता रहा और फिर उसके लड़के पप्पू को करंट लगाकर बेहोश कर दिया।

सवाय यह उठता है, कि पुलिस क्यों अपने अधिकारों का अतिक्रमण करके हद से बाहर चली जाति है? इस प्रश्न का जवाब देते हुए पूर्व राष्ट्रपति श्री आर. वेंकटरमन ने मानवाधिकार दिवस पर संसदीय सभा में आयोजित समारोह में कहा था कि पुलिस वाले जांच प्रक्रिया फटाफट निपटाने के चक्कर में अभियुक्त को मनमाने ढंग से अपराध कबूल करने पर मजबूर करते हैं। यही अमानवीय तरीका पुलिस हिरासत में अभियुक्तों के मरने का कारण बनता है। हिरासत में दुष्कर्म की घटनाओं को रोकने के लिए सुझाव देते हुए उन्होंने कहा था कि घटनाओं को रोकने के लिए हर पुलिस थाने में पुलिस महिला अधिकारी दोनों होने चाहिए।

इन दिनों भारतीय मानवाधिकार संगठनों में हिरासत में हिंसा के सवाल को एक राजनैतिक सवाल के रूप में लेने की समझ और प्रवृत्ति बढ़ी है। इसलिए वे अब इस मुद्दे पर छिटपुट या पुलिस विरोधी आंदोलन के बजाय एक राजनैतिक आंदोलन की जरूरत महसूस करने लगे हैं। उनका अब स्पष्ट विचार है कि वे मानवाधिकार के हनन जैसे सवाल पर व्यापक जन-चेतना लाकर और उसके दबाव में राजनैतिक दलों एवं सरकारों को इन ज्यादतियों को रोकने के लिए मजबूरन ही इस समस्या का निदान ढूंढ़ा जा सकता है। लेकिन इसके साथ-साथ इस हिंसा के कुछ खास पहलुओं पर अलग से ध्यान देने की

जरूरत है। पुलिस हिरासत में हिंसा के ज्यादातर शिकार दलित, पिछड़ी जातियों एवं अल्पसंख्यक समुदायों के स्त्री-पुरुष ही होते हैं। इसके पीछे जितना कारण पुलिस का सवर्ण ढांचा है, करीब उतना ही उन उत्पीड़ित वर्गों की सामाजिक-आर्थिक स्थिति भी है। इससे भी यही बात जाहिर होती है कि हिरासत में हिंसा सिर्फ पुलिस संरचना से जुड़ा सवाल नहीं है, अपितु समाज की आर्थिक एवं सामाजिक व्यवस्था के स्वरूप की भूमिका भी इसके पीछे है। इस समस्या का एक दूसरा पहलू राजनैतिक आंदोलन भी है। देखा गया है कि जिन क्षेत्रों में राजनैतिक आंदोलन चल रहें हैं, वहां हिरासत में हिंसा की घटनाएं बढ़ जाती हैं। आन्ध्र प्रदेश तथा मध्य प्रदेश तथा दक्षिण बिहार के इलाके इसके मिसाल हैं, जहाँ आर्थिक एवं सामाजिक सवालों पर आंदोलन चल रहे हैं। लेकिन आज पुलिस प्रशासन और मानवाधिकार संगठन दोनों ही यह मान रहे हैं कि हिरासत में हिंसा को तभी रोका जा सकता है, जब सामाजिक और राजनैतिक स्तर पर इसे रोकने का संकल्प पैदा हो।

हमारे देश में दलित मानवाधिकारों के उल्लंघन संबंधी अनेक घटनाएं घटित हुई हैं और होती हैं। बाल-मजदूरी, बंधुआ मजदूरी, दलित महिलाओं के अधिकारों का उल्लंघन उनकी प्रताड़ना, उत्पीड़न, यौन-शोषण एवं निमर्म हत्याएं आदि अनेक घटनाएं हैं। इन पर काबू पाने के लिए अनेक कानून बनाए गए, किंतु इन कानूनों को गंभीरता से लागू नहीं किया जाता है, इसका कारण यह है कि शासक वर्ग किसी जाति विशेष का पक्षधर होता है, इसलिए अपनी जाति को बचाने के लिए प्रयास में दलितों पर मानवाधिकार के उल्लंघन की घटनाएं दिनों-दिन बढ़ती जा रही हैं और कानूनों का खुलेआम उल्लंघन हो रहा है। पुलिस एवं प्रशासन अमानवीय तरीके अपनाने से पीछे नहीं हैं, क्योंकि ये सभी एक खास समाज का प्रतिनिधित्व करते हैं। बच्चों एवं महिलाओं के अधिकारों पर अधिक कुठाराघात किया जाता है। सबसे महत्त्वपूर्ण बात तो यह है, कि मानव से सबसे प्रमुख अधिकार पेट भरने और सम्मानपूर्वक जीने के अधिकार की बात भी नहीं उठायी जाती। बाल-मजदूरी पर चर्चाएं तो अनेक हुईं, किन्तु बच्चे मजदूरी क्यों करते हैं? उन कारणों पर न तो कोई ध्यान नहीं दिया गया और न ही उन्हें दूर करने का कोई प्रयास किया गया। हमारे लिए यह सबसे अधिक चिंता का विषय है कि आज लोगों में मानवीयता ही खत्म होती जा रही है। जो भी व्यक्ति अधिकार संपन्न स्थान पर बैठा है, वही अपने अधिकारों का नायायज ढंग से दुरुपयोग कर मानवाधिकारों का उल्लंघन करने लगता है। आज दलित महिला मानवाधिकारों की रक्षा एक बहुत बड़ा मुद्दा है। दलित महिला मानवाधिकारों के उल्लंघन करने वाले जिन अधिकारियों एवं पुलिस कर्मियों ने कानून का माखौल उड़ाया है, उन्हें न्याय की तुला पर तौला जाए और दोषी पाए जाने पर भारतीय संविधान के अंतर्गत जो भी सजा मिल सकती है, दी जाए। अगर

इस प्रकार की घटनाओं को जड़-मूल से खत्म करना है तो एक कदम आगे बढ़कर सार्वजनिक पदों पर बैठे ऐसे दुष्ट वृत्ति वाले व्यक्तियों की सम्पत्ति आदि भी जब्त की जानी चाहिए, ताकि सनद रहे और दूसरों को सबक मिले कि वे अमानवीय क्रूरता से, दलित मानवाधिकारों की हत्या से बाज आएं। साथ-ही-साथ इसके लिए स्वयंसेवी संस्थाओं एवं गैर-सरकारी संगठनों को आगे आना चाहिए। वे संगठन दलितों के सतत संपर्क में रहकर दलित मानवाधिकार उल्लंघन के मामलों को उजागर कर सकते हैं और दलित-पीड़ित लोगों के कष्ट दूर कर सकते हैं। सबसे अधिक आवश्यकता समाज के कमजोर एवं उपेक्षित वर्गों के मानवाधिकारों की रक्षा करने की है, यह जिम्मेदारी भी सामाजिक संगठनों को उठानी चाहिए।

बुनियादी स्तर पर संगठनों को और सशक्त बनाने एवं देश के प्रत्येक गांव में स्थानीय नेतृत्व के लिए दलित एवं कमजोर वर्ग के युवक-युवतियों की, जिन्हें असामाजिक तत्त्वों ने अपना ग्रास बनाया और अकारण की फंसाया हो, अधिक सशक्त बनाना आवश्यक है, क्योंकि समय-समय पर नयी क्रांति पैदा करने में ये ही अधिक प्रभावकारी हुए हैं। निष्कर्ष तौर पर हम यह कह सकते हैं, कि मानवीयता कानून बनाकर नहीं लायी जा सकती है। यह भावना तो स्वत: की अंतर्आत्मा से ही उत्पन्न होती है, किंतु अधिकार मिलने से यह भावना समाप्त होती ही देखी गयी है। अत: आज आवश्यकता है एक जबर्दस्त सामाजिक अभियान चलाने एवं गरीब-दलित लोगों को मानवाधिकारों की रक्षा के लिए तैयार करने की।

▣▣▣

8

सामाजिक परिवेश और मानवाधिकार

इस युग के संस्कार बदल गए हैं। अब भारती की धरती पर कोई श्रवण कुमार जन्म नहीं लेगा, राम नाम का कीर्तन तो होता रहेगा। परंतु कोई रामचन्द्र पिता की इच्छा स्वीकार कर राज-पाट छोड़कर चौदह वर्ष के वनवास पर नहीं निकलेगा, संतान का रिश्ताा आज पिता से लेने का हो गया है। देने का नहीं.....। गाँधी जी के साथ कुछ ऐसा ही हो रहा है। यहां गौरतलब तथ्य यथ्य है कि आलेख प्रारंभ करने में सर्वप्रथम गाँधी का जिक्र क्यों किया गया है। हालांकि श्यामाचरण दुबे ही नहीं सवर्ण समाज पत्रकार अम्बेडकर को गांधी का विरोधी साबित करते नजर आते हैं। यह एक सवाल है कि क्या कोई पिता अपनी संतानों दलितों के लिए वे लिए किसी दूसरे गांधी की दया पर छोड़ सकता है? जवाब होगा, नहीं। फिर बाबा साहेब गाँधी का विरोध क्यों न करते?

यहां मोहनदास करमचंद गाँधी का हरिजन में 26 जनवरी, 1934 को प्रकाशित लेख का जिक्र करना समीचीन होगा। इस आलेख का शीर्षक था-उनके लिए जिसका आरोप है कि गांधी हिंदू धर्म का सबल बनाना चाहते थे। इस पत्र में लिखा गया है-इधर हाल में मुझे नौजवानों के ढेर सारे पत्र मिले हैं। इनमें से मैं दो पत्रों का जिक्र करना चाहूंगा। पहले पत्र का आरंभ इन शब्दों में होता है-हम विनम्रतापूर्वक यह बतला देना

चाहते हैं कि अस्पृश्यता को दूर करके हिंदू धर्म को मजबूत बनाने का आपका यह मौजूद प्रत्यन बिल्कुल ही व्यर्थ जाएगा। दूसरे पत्र में यह लिखा है- इस बात को भली-भांति जानते हैं, कि एकीकृत भारतीय राष्ट्र के निर्माण के मार्ग में यह धर्म ही सबसे बड़ी बाधा है। यहां सवाल यह है कि उस समय भी धर्म को राष्ट्रनिर्माण के लिए बाधा महसूस किया जा रहा था तब आज भी तो वैसी ही स्थिति है। जहां धर्म होता है वहां मानवता नहीं वहां कट्टरपन इंसान की अस्मिता को खा जाता है।

यहां सर्वप्रथम यह प्रश्न करना अनिवार्य लगता है कि मानवाधिकार है क्या बला? क्यों इसे महसूस किया जा रहा है? और सरकार आज भी इसे कानूनी मान्यता क्यों नहीं दे रही है? जबकि मानवाधिकार की धारणा वास्तव में मानवीय सभयता एवं समानता का आधार है। यों तो अनेक स्थापित एवं मान्य मानवाधिकार हैं किंतु यदि हम सभी मानवाधिकारों को संक्षेप में वर्णित करना चाहें, तो उन्हें दो श्रेणियों में आसानी से वर्गीकृत किया जा सकता है। प्रथम-जीवित रहने का अधिकार दूसरा गरिमा के साथ जीवन व्यतीत करने का अधिकार।

अधिकतर सभ्यताओं तथा महापुरुषों एवं विचारकों ने मानवाधिकार को तो पर्याप्त महत्त्व दिया है और उसकी रक्षा के लिए काननू भी बनाए, किंतु मानवोचित् गरिमा के साथ जीवन व्यतीत करने के मानवाधिकार को प्रतिपादित करने एवं उसे, प्रतिस्थापित करने में बाबा साहेब भीमराव अम्बेडकर ने जो भूमिका निभाई, व अद्वितीय है। मानव सभ्यता के विकास में उनका अत्यंत महत्त्वपूर्ण योगदान है, जो उन्हें अन्य महापुरुषों एवं विचारकों से पृथक् ही एक अति उच्च स्थान प्रदान करता है।

भारतीय समाज में वर्ण-व्यवस्था की जड़ें इतनी गहरी हैं, कि उन्हें उखाड़ फेंकना आसान नहीं है। जहां जातीय ध्रूवीकरण हर क्षेत्र में नजर आता है। दलित चिंतक और पत्रकार मोहनदास नैमिशराय लिखते हैं-वैसे देखा जाएं तो देश भर में हिंदू पूनर्जागरण ला रहे हैं। तीसरी पीढ़ी से सामने उसकी पहचान के संकट भी हैं। वे अपनी जड़ों को पहचानकर अपने अस्तित्व के बारे में आश्वस्त होना चाहते हैं। इसी बीच युवाओं ने कुछ नए संगठन भी बनाएं। जिसके माध्यम से हिंदू के रूप में वे अपनी पहचान रखना चाहते हैं। उनके भीतर परंपराएं लौट रही हैं, वे धार्मिक कर्मकांड भी करने लगे हैं। परिणामस्वरूप संप्रदायों, जातियों और वर्गों के बीच तनाव और टकराव बढ़े हैं। विशेषकर दलित उत्पीड़न की घटनाओं में भयंकर बढ़ोत्तरी हुई है। क्योंकि हिंदूओं में जब वैमनष्यता बढ़ती है तो सबसे पहले दलित उत्पीड़न ही होता है। जैसे-जैसे दलितों में चेतना का प्रसार हो रहा है उन पर और भी अमानवीयता हो रही है। अगर इतिहास में जाएं तो वहां भी स्थिति वही है। हस्तक्षेप का संपादकीय लिखता है-1936 में डॉ. अम्बेडकर के अनुयाई दादा

साहेब गायकवाड़ ने कहा था कि अगर हरिजन खुदा की संतान हैं तो क्या उच्च जातियां शैतान की संतान हैं। सन् 1994 में कांशीराम और मायावती ने उसी बात को फिर से दोहराया है लेकिन थोडा़ फेर-बदल के साथ। उच्च जातियों के स्थान पर गांधी का नाम चस्पा कर उन्होंने सनसनी फैलाने अथवा लाईनलाइट में आने का सायास प्रयास किया है। यहां सवाल यह है, कि दलित वर्ग के नेता या लोग जब-जब अपना विरोध प्रकट करते हैं तब-तब प्रिंट मीडिया नमक-मिर्च लगाकर उसे प्रकाशित करते हैं तब-तब सवर्ण के लोग या समूह कोई भी घोटाला करते हैं तो उसे मजबूरी में पक्षपात के साथ संदिग्धावस्था में प्रकाशित किया जाता है। यह भी एक तरह का मानवाधिकार के ही हनन का मामला है।

मानवाधिकार और समाज

मानवाधिकार का तात्पर्य उन सहज अधिकारों से है, जो प्रत्येक मनुष्य को केवल मनुष्य होने के नाते बिना किसी भेदभाव के बिना किसी अन्य योग्यता के मिलने चाहिए। जिनको पाने और उपयोग करने का वह अधिकारी है। मानवाधिकार का आधार भौतिक एवं आध्यात्मिक दोनों है।

मानवाधिकार का संघर्ष मानव सभ्यता के प्रारंभ काल से ही चला आ रहा है। मनुष्य की दो प्रवृत्तियां है, प्रथम स्वअस्तित्व सरवाइवल, दूसरा-स्व प्रचार एवं उन्नति सेल्फ एग्रेन्डाइजेंट। मनुष्य की सभी अच्छाईयों और बुराइयों का मूल भी नहीं प्रवृत्तियों में है। जहां वह अपनी प्रवृत्तियों के कारण दूसरों के अस्तित्व को नकारता है। उसे खतरे में डालता है, अपने बढ़ाने के लिए दूसरों को पीछे ढकेलता है और दूसरों के साथ तमाम प्रकार के अन्याय करता है। वहीं जब वह अपने इस उद्देश्यों में परिष्कृत स्वरूपों की पूर्ति हेतु बुद्धि और विवेक का प्रयोग करता है तो उसके सद्भाव भी जाग्रत होते हैं और वह विचार करता है कि सह-अस्तित्व तथा दूसरों की उन्नति की इच्छा का आदर करते हुए ही यदि वह स्व-उन्नति के लिए प्रयत्न करता है, तभी वह सफल होगा। जब वह इस मान्यता एवं अनुभूति को दूसरों के अधिकारों के रूप में देखने लगता है तो मानवाधिकारों की उत्पत्ति होती है। स्पष्ट है कि मनुष्य के व्यक्तिगत जीवन और मानव सभ्यता दोनों में उसकी प्रवृत्तियों और विवेकपूर्ण आचरण के बीच अनवरत संघर्ष चलता रहता है।

वास्तव में एक मनुष्य का दूसरे मनुष्य के साथ संबंध एक समाज का दूसरे के साथ संबंध, राजा का प्रजा के साथ संबंध, एवं एक राष्ट्र के साथ संबंधों में इसी अंतर्द्वन्द्व की कहानी परिलक्षित होती है। मनुष्य अच्छे समाज की रचना के लिए और अपने प्राकृतिक एवं अध्यात्मिक लक्ष्यों की पूर्ति के लिए सह-अस्तित्व, स्वतंत्रता, समता एवं न्याय के सिद्धान्तों को जीवन एवं समाज के निर्णायक मूल्यों के रूप में अपनाता है और

दूसरों से अपने इन अधिकारों की सुरक्षा की अपेक्षा करता है। किंतु जहां निहित स्वार्थवश इन अधिकारों से दूसरों को वंचित करना चाहता है, वह लगातार इन सिद्धान्तों की उपेक्षा करता है। व्यवस्थाकारों एवं कानून के द्वारा ऐसी व्यवस्था की जाए कि इन मानवाधिकारों का उल्लंघन न होने पाए और उनका सवंर्द्धन हो सके।

मनुष्य को मानवाधिकार प्रकृति अन्य सभी मनुष्यों एवं पूरे समाज के प्रति प्राप्त है। उसके यह अधिकार सार्वभौमिक एवं मनुष्य तथा समाज के अन्य सभी अधिकारों से सर्वोपरि है। मानवाधिकारों को सबसे अधिक आघात तानाशाहों, सम्राज्यवादियों एवं शासक वर्ग की महत्वाकांक्षाओं से पहुंचा। जब बादशाहों और शासक वर्गों ने दूसरे मनुष्यों को गुलाम बनाकर उनके ऊपर अपना राज्य स्थापित कर उन पर शासन करने का प्रयत्न किया तो भंयकर युद्ध हुआ। इन युद्धों में मानवता का सबसे अधिक हनन हुआ। द्वितीय विश्व युद्ध में हिरोशिमा और नागासाकी में एटम प्रहार ने तो मनुष्य की आत्मा को पूर्ण रूप से झकझोर दिया। अभी तक युद्ध सैनिकों के बीच होता था, लेकिन इस युद्ध में हिरोशिमा और नागासाकी के निरीह नागरिकों की जान ली गयी।

इन युद्धों के परिणामस्वरूप विश्व की जनता को यह भी समझ में आया कि जब-तब मनुष्य के मूल अधिकारों और स्वतंत्रता को जाति, लिंग, भाषा, धर्म तथा स्थान के भेदभावों के बिना स्वीकार नहीं किया जाता और राष्ट्रों समुदायों तथा व्यक्तियों के बीच की समस्याओं को सभ्य उपायों जैसे-वार्ता प्रजातांत्रिक शासन प्रणाली, आत्मनिर्णय के अधिकार आदि द्वारा नहीं सुलझाया जाता, तब तक न तो विश्व और समाज में शांति स्थापित हो सकती है और न ही दुनिया के विभिन्न राष्ट्रों के नागरिकों को मानवाधिकार उपयोग करते हुए विभिन्न प्रकार की उपलब्धियां प्राप्त कर सुखी रहने का अवसर प्राप्त हो सकता है। इसी को देखते हुए संयुक्त राष्ट्र संघ ने मानवाधिकारों को क्रियान्वित करने का कार्य मुख्यत: जनरल एसेम्बली व आर्थिक एवं सामाजिक परिषद् को दिया।

आर्थिक एवं सामाजिक परिषद् ने फरवरी 1946 में मानवाधिकार आयोग की स्थापना का निश्चय किया। इस आयोग को एक अंतर्राष्ट्रीय मानवाधिकार बिल प्रस्तुत करने और उससे जुड़े हुए अन्य महत्त्वपूर्ण प्रश्नों पर संस्तुति देने के लिए कहा गया। इस आयोग की स्थापना 21 जून, 1946 को हुई। इसमें 18 सदस्य थे। मानवाधिकार बिल प्रस्तुत किया लेकिन उसे तत्काल स्वीकार नहीं किया गया। फिर परिवर्तित रूप में मानवाधिकारों की सार्वभौमिक घोषणा युनिवर्सल डिक्लेरेशन ऑफ ह्यूमन राइट्स प्रस्तुत की नयी, जिसे जनरल असेम्बली ने 24 अक्टूबर, 1948 को स्वीकार किया। इस घोषणा में 30 अनुच्छेद हैं, जिनमें मनुष्य के अब तक के चिंतन के परिणामस्वरूप मान्य सभी मानवाधिकारों तथा स्वतंत्रताओं को शामिल किया गया है। अब महत्त्पूर्ण प्रश्न यह है कि

क्या इन सभी मानवाधिकारों और स्वतंत्रताओं को राष्ट्रीय और अंतर्राष्ट्रीय स्तर पर वास्तव में कानून द्वारा लागू किया जा सकता है अथवा नहीं। सबसे अहम बात यह है, कि साधारण व्यक्ति अपनी गरीबी और मुकदमे की कठिनाई के कारण अपने मूलभूत अधिकारों का उपयोग नहीं कर पाते हैं। विश्व स्तर पर भी घोषणा इन मानवाधिकारों को अंतर्राष्ट्रीय कानून का स्वरूप नहीं दिया जा सका है।

संयुक्त राष्ट्रसंघ के सभी सदस्यों के लिए यह बाध्यकारी भी नहीं रखा गया है, कि वे इनमें अपनी आस्था व्यक्त करें। सवाल यह है कि अगर हम अभिव्यक्ति और विचारों की स्वतंत्रता चाहते हैं और भय और अभाव से मुक्ति चाहते हैं, यदि हम शासकों की क्रूरता और शोषण से बचना चाहते हैं तथा विश्व में मानव के स्तर को उठाना चाहते हैं तो हमें इन मानवाधिकारों को मान्यता देनी ही होगी और उन्हें विधि के द्वारा संरक्षण भी प्रदान करना होगा। युनिवर्सल डिक्लेरेशन ऑफ ह्यूमन राइट्स में 30 अनुच्छेद हैं। कुछ प्रमुख मानवाधिकारों का उल्लेख करना आवश्यक है।

(1.) सभी मनुष्य स्वतंत्र पैदा हुए हैं तथा उनकी गरिमा और अधिकार बराबर है। सभी मनुष्यों में वृद्धि और अन्तरात्मा और सभी को एक-दूसरे के प्रति भाईचारे की भावना रखनी चाहिए।

(2.) सभी व्यक्तियों को नस्ल, रंग, लिंग, भाषा, धर्म, राजनैतिक एवं अन्य विचार, उद्भव के स्थान, संपत्ति, जन्म या अन्य किसी प्रदत्त स्तर के भेदभाव के बिना इस घोषणा में प्रतिपादित सभी अधिकारों एवं स्वतंत्रताओं का समान रूप से उपभोग करने का अधिकार है।

(3.) प्रत्येक व्यक्ति को जीवन स्वतंत्रता और अपने व्यक्तित्व की रक्षा का अधिकार है।

(4.) किसी व्यक्ति को क्रूरता, अमानुषिक एवं अपमानकारी व्यवहार की सजा का शिकार नहीं बनाया जाएगा।

(5.) प्रत्येक व्यक्ति को सर्वत्र कानून के समक्ष समानता का अधिकार है।

(6.) प्रत्येक व्यक्ति कानून के समक्ष समान है और बिना किसी भेदभाव के कानून द्वारा समान संरक्षण का अधिकार है।

(7.) प्रत्येक व्यक्ति को संविधान द्वारा प्रदत्त मौलिक अधिकारों के विरुद्ध किए गए कार्यों के विरुद्ध न्यायालय से प्रतिकार अथवा संरक्षण प्राप्त करने का अधिकार है।

(8.) इन अनुच्छेदों में मनुष्य की गिरफ्तारी के विरुद्ध प्रावधानों तथा उसकी व्यक्तिगत स्वतंत्रता के अधिकार को निरूपित किया गया है।

(9.) किसी व्यक्ति की प्राइवेंसी निजीपन, परिवार, घर, पत्राधार में हस्तक्षेप नहीं किया जाएगा और न ही उसके सम्मान व प्रतिष्ठा पर कोई आक्रमण किया जाएगा।

(10.) प्रत्येक व्यक्ति को विचरण और निवास का स्थान तय करने की स्वतंत्रता होगी।

(11.) प्रत्येक व्यक्ति को स्वयं अथवा दूसरों के साथ मिलकर संपत्ति रखने का अधिकार है, जिस अवैधानिक रूप से ग्रहित या अधिग्रहीत नहीं किया जा सकता है।

(12.) प्रत्येक व्यक्ति को विचारों, अंतरात्मा एवं धर्म की स्वतंत्रता का अधिकार है, जिसके अंतर्गत वह अपने धर्म में विश्वास व्यक्त कर सकता है। और अपने धर्म में विश्वास का सावर्जनिक तौर पर या व्यक्तिगत तौर पर पालन व उसका प्रचार कर सकता है।

(13.) प्रत्येक व्यक्ति को शांतिपूर्ण ढंग से इकट्ठा होने और संगठित होने का अधिकार है।

(14.) प्रत्येक व्यक्ति को अपने देश की सरकार में सीधे या अपने प्रतिनिधि के माध्यम से भाग लेने का अधिकार है और उसे अपने देश की सार्वजनिक सेवाओं के उपयोग का भी बराबर अधिकार है।

(15.) प्रत्येक व्यक्ति को उसके राष्ट्र के प्रयत्न और अंतर्राष्ट्रीय सहयोग द्वारा प्रदत्त तथा राष्ट्रीय संसाधनों के अंतर्गत सामाजिक सुरक्षा का अधिकार है और उसे अपनी गरिमा हेतु तथा स्वतंत्र विकास के लिए आर्थिक, सामाजिक और सांस्कृतिक अधिकार भी प्राप्त है।

(16.) प्रत्येक व्यक्ति को कार्य करने का अधिकार, स्वतंत्र रूप से उद्यम अपनाने का अधिकार, स्वास्थ का अधिकार और बेरोजगारी के विरुद्ध संरक्षण का अधिकार है।

(17.) प्रत्येक व्यक्ति को आराम एवं मनोरंजन का अधिकार है।

(18.) प्रत्येक व्यक्ति को अपने और अपने परिवार के सदस्यों के स्वास्थ और उनके कल्याण के लिए उपयुक्त जीवन स्तर, जिसमें भोजन,

वस्त्र आवास, चिकित्सा एवं सामाजिक सेवाओं की व्यवस्था है, को प्राप्त करने का अधिकार है।

(19.) प्रत्येक व्यक्ति को शिक्षा अधिकार है। यथासंभव शिक्षा नि:शुल्क हो और प्रारंभिक शिक्षा अनिवार्य भी हो।

(20.) प्रत्येक मनुष्य के समाज के प्रति कुछ कर्तव्य हैं, जिसमें रहरक ही उसके व्यक्तित्व का स्वतंत्र एवं पूर्ण विकास संभव है।

(21.) मनुष्यों के अधिकारों व स्वतंत्रताओं पर केवल उसी सीमा तक प्रतिबंध लगाए जा सकते हैं जो दूसरे मनुष्यों के अधिकारों और स्वतंत्रताओं की रक्षा तथा नैतिकता, सार्वजनिक व्यवस्था और सामान्य हित के लिए आवश्यक हो।

(22.) इस घोषणा-पत्र की किसी बात से किसी भी राज्यसमूह अथवा व्यक्ति को कोई ऐसा कार्य करने का अधिकार नहीं मिलता है जिसके द्वारा घोषणा-पत्र में दिए गए अधिकारों और स्वतंत्रताओं का किसी प्रकार हनन होता हो।

यदि हम भारत कें संदर्भ में उक्त मानवाधिकारों एवं मौलिक स्वतंत्रताओं के लागू होने की समीक्षा करें, तो हम पाएंगे कि हमने स्वतंत्रता आंदोलन में और स्वतंत्रता प्राप्ति के पश्चात् इन मानवाधिकारों को मान्यता देने के गंभीर प्रयत्न किए हैं। वास्तव में हमारा पूरा स्वतंत्रता आंदोलन मूलभूत मानवाधिकारी को लेकर ही लड़ा गया। हमारे नारे रहे हैं कि सभी मनुष्य समान हैं।

जब हम भारतीय समाज को मानवाधिकारों की इस कसौटी पर कसते हैं तो इनको यह मानने का पर्याप्त आधार नहीं मिलता कि हम विश्व में एक सभ्य और सुसंस्कृत तथा न्यायपूर्ण समाज के रूप में विकसित हुए। हमारी इन्हीं असभ्य व्यवस्थाओं ने अनेक संघर्ष किए हैं। महात्मा गौतमबुद्ध ने इन मानवाधिकारों के हनन के प्रति आवाज उठायी और एक ऐसा धर्म और सामाजिक व्यवस्था दी, जिसमें सभी मनुष्य बराबर समझे जाएं। सबको मानवोचित् अधिकारों और स्वतंत्रता प्राप्त हो और सभी मनुष्य समाज के प्रति कर्तव्यशील रहे तथा अपने अधिकारों व कर्तव्यों का निर्वहन कर सकें।

देश में मानवाधिकारों की स्थापना के लिए सबसे सफल प्रयास हमारे संविधान के माध्यम से किए गए हैं। मौलिक अधिकारों को संविधान में रखने का जो कार्य किया गया, वह विश्व स्तर पर संघर्ष और संकल्पों का ही परिणाम था। भारत के संविधान में मौलिक अधिकारों की स्थापना व अंतर्राष्ट्रीय मान्यताओं को स्थान दिलाने में बाबा साहेब

अम्बेडकर को सबसे अधिक श्रेय जाता है। हमारे संविधान में युनिवर्सल डिक्लेरेशन ऑफ ह्यूमन राइट्स में दिए गए अधिकांश मौलिक अधिकारों को संवैधानिक मान्यता दे दी गयी है। अस्पृश्यता-समापन का मौलिक अधिकारों में रखा जाना अत्यंत महत्त्वपूर्ण है। राज्य के नीति निर्देशक तत्त्व हमारे संविधान की विशेषता है। बाबा साहेब मानव इतिहास से बहुत भली-भांति परिचित थे। उन्होंने मानव-इतिहास और मानव विकृतियों का गहराई से अध्ययन किया। वे जानते थे कि जब तक भारत में शासकों को मौलिक मानवाधिकारों से बांध न दिया जाए तब तक आसानी से वे अपना शोषण समाप्त करने वाले नहीं हैं। अत: उनके विशेष प्रयत्न करने और बल देने के बाद ही भारत के संविधान के चौथे भाग में शामिल किए गए। यद्यपि राज के नीति निर्देशक तत्त्वों को न्यायालय द्वारा बाध्यकारी नहीं बनाया जा सका, किंतु राष्ट्र की सरकारों के लिए एक आवश्यक कर दिया गया कि वह इन सिद्धांतों के अनुरूप एवं उनके अनुपालन हेतु कानून बनाएं।

बाबा साहेब ने मौलिक अधिकारों और स्वतंत्रताओं की रक्षा के लिए संविधान में तो व्यवस्था की ही थी, उन्होंने इन सिद्धान्तों की स्थापना के लिए जीवन भर संघर्ष किया। महाड़ सत्याग्रह, कालाराम मंदिर सत्याग्रह, मनु-स्मृति दहन आदि उनके इस संबंध में प्रारंभिक संघर्ष के उदाहरण हैं। शूद्र और स्त्रियों को मानवाधिकार दिलाने के लिए बाबा साहेब ने जीवन भर संघर्ष किया और अंत में जब वे विधिमंत्री के रूप में स्त्रियों को उनके मौलिक अधिकार दिलाने वाले कानून पास कराने में सफलता नहीं पा सके तो उन्होंने अपने मद से त्यागपत्र दे दिया।

सबसे अधिक चिंता का विषय यह है कि हमारे देश की पुलिस व्यवस्था है यहां खुलकर मानवाधिकारों का हनन किया जाता है। इस पर पंजाब के पूर्व महानिर्देशक के पी. एस. गिल का कहना है, कि वातानुकूलित कक्षों में मानवाधिकारों की रक्षा नहीं हो सकती। उनका मानना है कि आज हम ऐसे समय में रह रहे है जब नैतिक मूल्यों और ईमानदारी से अपने काम की चुनौतियों को स्वीकार करने की कोई जगह नहीं हैं। मानवाधिकार और पुलिस पर अपनी प्रतिक्रिया व्यक्त करते हुए शंकर सरोलिया करते हैं-पुलिस अभिरक्षा में मृत्यु एक बहुत ही दुर्भाग्यपूर्ण घटना होती है। संबंधित पुलिस-कर्मियों पर हत्या के मुकदमें दर्ज होते हैं। थाने के सारे स्टाफ को बदलना पड़ता है। यहां सवाल है कि इस देश में पुलिस किसलिए है और किसकी सेवा कर रही हैं? आए दिन घटनाएं होती रहती हैं, कि पुलिस हिरासत में मौंते होती रहती हैं।

▣▣▣

९

दलित मानवाधिकार के मुद्दे

वर्ण-व्यवस्था केवल एक धारणा ही नहीं है, बल्कि यह उन लोगों के व्यवहारों को भी प्रभावित करती है, मुख्यतः उन लोगों के, जो इन विचारधाराओं पर विश्वास रखते हैं। इस प्रकार का व्यवहार समाज के कुछ वर्गों में ही देखा जाता है। फ्रांको और सरवर 1989 गरिमा एवं आत्मसम्मान प्रत्येक व्यक्ति के लिए प्रिय हैं तथा ये दूसरे लोगों से पारस्परिक क्रिया के दौरान प्रसारित तथा विस्तारित होते हैं। दलितों को शोषित किया जाता है साथ ही साथ उनके कल्याण के लिए जरूरी मूल आवश्यकताओं से वंचित भी किया जाता है, क्या यह मानवीय गरिमा है? गांव या शहर में हर स्थान पर अस्पृश्यता की प्रथा किसी न किसी रूप में प्रचलित है। अय्यर कहना सही है कि जाति प्रथा ने समुदायों को विभाजित किया है। स्वामी विवकेकानन्द का कहना है कि-दलित एवं महिलाओं को समान रूप से गंदे वातावरण में रखा गया है। यही क्रूरता तथा यही चक्र एक जगह से दूसरी जगह तथा एक मनुष्य से दूसरे मनुष्य में विचरण करता है। हमें इस भ्रम में नहीं रहना चाहिए कि केवल अशिक्षित लोग ही अस्पृश्यता को मानते हैं, बल्कि मैं धन्यवाद करना चाहूंगा ऐसी शैक्षिक प्रक्रिया तथा विषयों का, जिसमें शिक्षित वर्ग इस जहर को ज्यादा उगलता है। स्वाभाविक है कि इसके शिकार दलित वर्ग के लोग ही हैं। दलितों के

साथ केवल घर व मुहल्ले जैसे निजी स्थानों में ही अभद्र व्यवहार नहीं किया जाता, बल्कि पंचाचत जैसे स्कूल, अस्पताल, नाई की दुकान, चाय की दुकान, बसों आदि में भी यही हालत है इन सार्वजनिक स्थानों में दलितों की उपस्थिति को भी अशुभ माना जाता है। यदि वे उत्तम व्यवहार भी अपनाते हैं, तो उच्च हिंदू जातियों द्वारा दलितों पर हिंसक मारपीट करना तो सामान्य बात है।

जमीन और पानी

सिंह का कहना है– परंपरागत रूप से उच्च विशेषधिकृत जातियों का वर्चस्व पहले भी विद्यमान था तथा आज भी विद्यमान है। बेशक वर्चस्व की धारणा और संसाधन के वितरण में कुछ परिवर्तन तो हुए हैं, लेकिन इनकी मूलभूत विशेषता ज्यों की त्यों बनी है। अनेकों हिंसक घटनाओं के लिए अक्सर कानून एवं व्यवस्था को जिम्मेदार ठहराया जाता है। वास्तव में सिकुड़ते संसाधन जैसे जल और जमीन में अधिकार प्राप्ति इन घटनाओं के मूलभूत कारण हैं। वास्तविकता तो यह है कि संपूर्ण भारत में दलित वर्ग के लोगों ने अपनी जमीनें उच्च जाति एवं वर्गों के कारण खोयी हैं। इसके मुख्य कारण कर्ज और गिरवी रखी गई कृषि योग्य जमीन पर अधिक सूद की दर रहे हैं, इसलिए भूमिहीन होने के कारण इन दलितों को डर के मारे इनका भुगतान करना पड़ता है। दूसरी और उच्च जाति के लोग सार्वजनिक सरकारी बंजर और चारागाह जमीन पर कब्जा करते रहते हैं। यदि यही प्रवृत्ति दलितों की ओर से होती है, तो उन्हें दंगों या झूठे मुकदमों में या क्षेत्रीय शांति भंग करने के एवज में फंसा दिया जाता है।

अस्पृश्यता प्रचलन ने दलितों के पीने के पानी की उपलब्धता घरेलू वस्तुओं के प्रयोग तथा कृषि उद्देश्य को भी प्रभावित किया है। अस्पृश्यता के कारण इन संसाधनों तक दलितों की पहुंच, नियंत्रण व स्वामित्व नहीं हैं। उच्च जाति के वर्चस्व के कारण दलितों को हमेशा उनके सामन्ती व पितृसत्तात्मक रहम व दया पर रहना पड़ा है। दलितों में हिम्मत नहीं कि गांव के कुएं और नलकूपों से पानी निकालें। ऐसे मौंकों पर खास तौर पर औरतें अपने ही पितृसत्तात्मक समुदाय के पुरुषों द्वारा शोषित होती हैं। यदि सरकार की कल्याणकारी योजनाओं द्वारा दलितों की बस्ती में नलकूप लगाए भी जाते हैं, तो वहां भी जाति एवं वर्ण–व्यवस्था के आधार पर भेदभाव किया जाता है। व्यावहारिक रूप से यह भी देखने को मिलता है कि सरकारी विकास एजेंसिया भी वर्ण व्यवस्था की श्रेणी को ध्यान में रखकर कार्य करती हैं, जैसे सार्वजनिक नहरों का पानी सबसे अंत में दलितों के खेतों में पहुंचता है, जब तक उच्च जाति के खेत पानी में भर जाएं। दलितों में हिम्मत नहीं कि अपनी मर्जी से पानी ले जा सकें। यदि दलित किसी प्रकार का उल्लंघन करता है, तो वर्ण–व्यवस्था के कारण उसे हिंसा का शिकार होना पड़ता है।

मूलभूत नागरिक आवश्यकताएं

राज्य के भी कुछ अपने अधिकार तथा उत्तरदायित्व होते हैं। नागरिकों की आवश्यकताओं के आधार पर संविधान के अनुसार नीतियां एवं कानून बनते हैं। नागरिकों की मूलभूत आवश्यकताएं जैसे-पानी, बिजली, आवास, शिक्षा, स्वास्थय सुविधा, यातायात एवं भांति-भांति के साधन मुहैय्या कराना भी राज्य की जिम्मेदारियां हैं। फिर भी भारत में दलित समाज का बहुत बड़ा भाग इन सुविधाओं से वंचित है। दलितों का सामाजिक, आर्थिक एवं राजनीतिक अस्तित्व देश की सामाजिक, राजनीतिक तथा आर्थिक व्यवस्था पर आधारित है। लेकिन ये सारी व्यवस्थाएं किसी न किसी रूप में वर्ण विचारधारा तथा अस्पृश्यताओं से प्रभावित हैं, क्योंकि इन्हें निम्न जाति के लोग समझा जाता है। फलतः इन लोगों का प्रभाव भी देश के सामाजिक, आर्थिक एवं राजनीतिक व्यवस्था पर बहुत कम है जैसा कि ऊपर बताया गया है कि इन व्यवस्थाओं पर केवल उन्हीं लोगों का आधिपत्य होता है, जिनका संसाधनों पर कब्जा है क्योंकि अक्सर बाबू तथा नौकरशाह मनुवादी होते हैं। अक्सर जाति पदसोपान से जुड़े व्यक्ति दलितों का विरोध करते हैं तथा दलितों के लिए यह कहा जा सकता है कि- यह तुम्हारा दुर्भाग्य है, कि तुम अनुसूचित जाति के हो तथा वह तुम्हारा सौभाग्य है कि तुम जाति के बाहर एक अवर्ण पैदा हुए हो।

भारत में कुछ तथाकथित सभ्य लोगों का मानना है, कि दलित समाज के लोग असभ्य एवं गंभीर एवं गंवार होते हैं। परंतु ये वे नहीं जानते कि क्या दलितों को भी दूसरों की ही भांति जल, बिजली, जनसुविधाएं नहीं चाहिए। बल्कि उनकी प्रवृत्ति यह हो चुकी है कि वे ये मानने लगे हैं कि गरीबों को जितना भी दिया गया है, वे उसमें संतुष्ट रहें तथा उनके आभारी भी रहें। इसी प्रकार दलितों को सदियों से शोषित किया गया है। अब इन लोगों को शोषित परिस्थिति को ईश्वर प्रदत्त तथा इनके भाग्य के रूप में बताया जाता है। यह एक साधारण सी बात है कि शहर या नगर के जिस भाग में दलितों का निवास होगा, वहां बिजली, पानी, जन सुविधा, स्वच्छता इत्यादि की व्यवस्था दूसरों से ज्यादा दुर्गत स्थिति में होगी। ग्रामीण क्षेत्रों में दलित समुदायों का निवास स्थल अन्य लोगों से दूरी पर होगा। यही प्रवृति नगरों व शहरों में भी देखने को मिलती है। शहर या गांव में दलितों की वास्तविकता यह है कि वे अपनी मूलभूत आवश्यकताओं से वंचित रहते है। दूसरे शब्दों में कहा जाए तो वे अपने जीवन जीने के अधिकार से वंचित है।

जीविका एवं अन्य विकल्पों की कमी

संविधान पीठ में एक केस ए.आई.आर. 1986 एस.सी. 180 ए.सी.सी. के संबंध में न्यायपूर्ति शावंत ने कहा था, जीवन का अधिकार जीविका से संबंधित है आमदनी अधिकाशंतः मौलिक अधिकार की नींव है। दूसरी ओर जब आमदनी का मात्र

जरिया काम है, तो काम का अधिकार मौलिक अधिकार बन जाता है। अस्पृश्यता की प्रथा मुक्तभोगी के दिल व दिमाग मन जीवन और उसी तरह उसके पेट की भूख को प्रभावित करती है। वर्ण विचारधारा के प्रचलन ने दलित एवं अन्य सामान्य जातियों को अमानवीय बना दिया है। सामान्य जाति के लोग दलितों को उनके कामों के परिप्रेक्ष्य में ही देखते हैं तथा इसे समाज का प्रदूषित वर्ग मानते हैं। इसलिए इन कामों के लिए दलित शोषित होने की वजह से अन्य कामों को भी कर रहे हैं। दलित वर्ग के लोग ग्रामीण क्षेत्रों में चाय की दुकान या अन्य खान-पान की दुकानें तक खोल नहीं सकते। सामान्य जातियों के डर से नहीं बल्कि उन लोगों के बहिष्कार करने के डर से ग्रामीण क्षेत्रों में दलित न तो बढ़ई का काम कर सकते हैं और न ही बिजली मिस्त्री का और नहीं चक्की चला सकते हैं, इसी कारण दलित अपने ही समुदाय में सेवाएं प्रदान करते हैं उन्हें अपनी प्रतिभा दिखाने के अवसर प्राप्त नहीं हो पाते हैं। फलतः गांव से बाहर शहरों में किसी अच्छे काम की तलाश में जाते हैं। जहां उन्हें आसानी से न पहचान पाए।

शिक्षा के अभाव और वित्तीय एवं अन्य सुविधाओं की कमी के कारण दलितों का नौकरी मिलने से बहुत कठिनाई होती है। फलतः उनके लिए किसी नौकरी में जाना मुश्किल हो जाता है। अधिकांश दलित उद्योग, व्यापार एवं कृषि के अनियोजित एवं असंगठित क्षेत्रों में ही जा पाते हैं। भारत में अधिकांश बंधुआ मजदूर अनुसूचित जाति तथा अनुसूचित जनजाति वर्ग से ही आते हैं। सन् 1997 की यूनीसेफ रिपोर्ट विश्व के बच्चों की स्थिति मुख्यतः भारत के लिए महत्त्वपूर्ण है। इसमें बताया गया है कि भारत में बाल-मजदूर मुख्यतः अनुसूचित जाति तथा अनुसूचित जनजाति समाज से ही आते हैं। इनमें से अधिकांश लड़कियां होती हैं। जमींदारों के कर्ज की अदायगी के लिए उन्हें बंधुआ मजदूर रखा जाता है। उनसे वहीं काम कराया जाता है, जहां उनके माता-पिता काम करते हैं। इन बंधुआ बाल-मजदूरों को उचित वेतन भी नहीं दिए जाते, बल्कि इन्हें मालिकों के अत्याचार सहते रहना पड़ता है।

हमारे भारतीय समाज का आकलन इसी से किया जा सकता है, कि मानवाधिकारों को जहां ताक पर रखकर दलितों को जीविकोपार्जन के लिए पत्नी और अपने बच्चों तक को बेचने पर मजबूर होना पड़ता है। गरीबी और भुखमरी के कारण अनेकों दलित महिलाओं को अपनी इज्जत खोनी पड़ती है तथा जिस्मफरोशी का धंधा अपनाना पड़ता है। कितनी विचित्र बात है कि अस्पृश्यता भी हिंदू सामान्य जाति सवर्णों को इन औरतों को छूने तथा उनके साथ दुष्कर्म के लिए बाधा नहीं बनती।

जो लोग संगठित क्षेत्रों में आते हैं वे भी उच्च पदों तक नहीं पहुंचते, क्योंकि वे स्थान भी ज्यादातर भारत की 12 प्रतिशत जनसंख्या के लोगों द्वारा भरे होते हैं।

राज्य की भूमिका

संयुक्त राष्ट्र संघ की मानवाधिकार घोषणा में विकास का अधिकार स्वीकार्य है। इसमें यह भी जोर दिया गया है कि विकास एवं प्रगति के लाभों को समान एवं सक्रिय रूप से सभी नागरिकों में वितरीत किया जाएगा तथा इसमें मुक्त व अर्थपूर्ण भागीदारी होगी। लेकिन वास्तविकता तो यह है कि भारत के दलितों को दोनों से ही वंचित रखा गया है। अनुसूचित जातियों के लिए सरकार की अनकों कल्याणकारी योजनाएं तथा कार्यक्रम समानता के उद्देश्य से निर्मित किए गए हैं। इसमें दो मत नहीं है कि विकास की कुछ झलक देखने को मिलती तो है, परंतु इससे राजनेता तथा अधिकारियों की उदासीनता की झलकती है। दुर्भाग्य की बात यह है कि सरकारी अधिकारी विकास की प्रक्रिया में दलितों की भागीदारी को अहमियत ही नहीं देते। और न यही समझते हैं कि दलित इस कार्य के लिए सक्षम हैं। राज्य की यांत्रिकी तथा योजनाएं पितृसत्तात्मक उपगम को सदैव ग्रहण किए हुए होती हैं। परिणामस्वरूप दलित समाज सशक्तिकरण से वंचित है।

स्वयंसेवी समूह भी विकसित एवं सशक्तिकरण का एक भाग है। सरकार तथ स्वयंसेवी संस्थाओं के प्रयास एवं सहभागिता से अनुसूचित जाति का कुछ हद तक कल्याण हुआ है, ये स्वयंसेवी समूह से मानते हैं कि औरतों की बहुत कम आवश्यकताएं होती हैं। विशेषयता दलित औरतों की आवश्यकताएं। संगठन एवं प्रशासन को ज्यादा-से-ज्यादा वित्त संग्रह करने की सक्षमता इनके लिए कोई मायने नहीं रखती। अक्सर यह भी देखा जाता है कि दलितों के विकास के अधिकार को शुभचिंतकों द्वारा कुचला जाता है, क्योंकि ये लोग सरकारी अधिकारी हैं या द्विमुखी एजेंसी, जिनका विश्वास दलितों की भागीदारी तथा विकास में कतई नहीं है जिसके विकास के लिए ये कार्यरत हैं।

राज्य-संविधान तथा नागरिकों के अधिकारों की रक्षक है। भारत में जितनी भी मानवाधिकार हनन की स्थितियां हैं, सभी राज्य व्यवस्था की वजह से हैं-संपूर्ण जनता पर अत्याचार के लिए राज्य सबसे बड़ा दोषी है। लेकिन कभी-कभी नागरिक समाज तथा राज्य के चुप्पी साधने से मानवाधिकार हनन बढ़ जाता है तथा संस्कृति के सामंतवादी तथा पितृसत्तात्मक आयामों पर प्रभाव डालता है।

गैर-सरकारी संगठनों की भूमिका तथा नागरिक समाज

पिछले दशक से समस्त विश्व के लोगों का सरकार तथा प्रजातांत्रिक प्रभावकारिता से विश्वास हट चुका है। अब लोगों की निगाहें मानव विकास तथा मानवाधिकार स्थापित करने के लिए लाभरहित विशेषतया गैर-सरकारी संगठनों की ओर लगी हैं। कुछ गैर सरकारी संगठन मानवाधिकार के मुद्दों से जुड़े हुए हैं। दूसरी ओर कुछ संगठन वंचित

समाज मुख्यत: अनुसूचित जाति के कल्याण में लगे हुए हैं। गैर-सरकारी संगठनों ने भारत में मानवाधिकार के लिए अब तक जो भी काम किए हैं, वे तो सराहनीय है, लेकिन उनसे और भी उम्मीदें की जा रही हैं। कुछ संगठन मुद्दों को चर्चा का विषय बना तो देते हैं, लेकिन फिर उस पर काम करना छोड़ देते हैं। वास्तव में सरकार, गैर-सरकारी संगठन तथा अन्य संस्थाएं लोगों का सशक्तिकरण नहीं करते, बल्कि लोग खुद से सशक्तिकृत होते हैं। गैर सरकारी संगठन तथा उनके कार्यकर्त्ता अपने संगठनों के लिए लोगों को मात्र एक टारगेट ग्रुप के रूप में ही देखते हैं। फलत: उन लोगों के समक्ष प्रश्न आता है-किनके लिए काम किया जाए और किनके लिए नहीं। यह एक बहस का मुद्दा है कि संगठनों को पर्याप्त संसाधनों के रख-रखाव के लिए लोगों तथा समूहों से संपर्क करना पड़ता है, ताकि संसाधनों पर नियंत्रण स्थापित हो सके।

10

अनुसूचित जातियों का संवैधानिक आरक्षण

भारतीय संविधान में आरक्षण का प्रावधान ऐसा मुद्दा है जो हमारे देश की राजनीति और देशवासियों के हितों पर छाया हुआ है। भारत की संसद या विधान सभाओं में सामाजिक विषयों पर होने वाले प्रत्येक महत्वपूर्ण निर्णय आरक्षण के हितों को ध्यान में रखकर किये जाते हैं। आरक्षण के परिणामस्वरूप अनेक व्यक्ति संसद, विधान सभाओं एवं जन प्रतिनिधि संस्थाओं में देश के भाग्यविधाता बनकर बैठे हुए हैं। आरक्षण की व्यवस्था स्वतन्त्रता प्राप्ति के बाद भारत के संविधान के अनुच्छेद 15, 16 व 45 में विशेष उल्लेख के द्वारा की गई थी। अनुच्छेद 15 में धर्म, जाति और लिंग के आधार पर भेदभाव निषेध किया गया था लेकिन अनुच्छेद 15 के ही भाग-4 के अनुसार राज्य की सामाजिक और शैक्षणिक रूप से पिछड़े वर्ग की जाति के लिए किसी विशेष प्रावधान की बात की गई थी पर यहाँ पर भी आरक्षण शब्द का उल्लेख नहीं किया गया। अनुच्छेद 16 के अनुसार सरकारी नौकरियों में सबको समान अवसर प्रदान करना था परन्तु अनुच्छेद 16 (4) के अनुसार केन्द्र एवं राज्य

सरकार की नौकरियों में उचित प्रतिनिधित्व नहीं पाने वाले पिछड़े वर्ग के लोगों के लिए पद आरक्षित करने का उल्लेख किया गया। अनुच्छेद 46 में कमजोर वर्ग के लोगों के शैक्षणिक और आर्थिक हितों की अभिवृद्धि के लिए विशेष ध्यान देने का जिक्र किया गया। इसी तरह अनुच्छेद 335 में अनुसूचित जाति एवं अनुसूचित जन जाति के लोगों के दावे को उनकी प्रशासनिक कार्यक्षमता को ध्यान में रखते हुए उस पर ध्यान देने की व्यवस्था की गई थी।

भारतीय संविधान की उपर्युक्त धाराओं के सामान्य अवलोकन से पता चलता है कि आरक्षण शब्द का उल्लेख कहीं पर भी खुलकर नहीं किया गया था। इसके साथ यह भी ध्यान देने की बात है कि केवल अस्थायी तौर पर उनकी योग्यता को ध्यान में रखते हुए उनके लिए विशेष प्रावधान करने की बात कही गई थी। लेकिन जिस तरह जम्मू कश्मीर के लिए धारा 370 अस्थायी तौर पर बनाई गई थी और आज हमारे संविधान का स्थायी हिस्सा बन चुकी है उसी प्रकार आरक्षण वह धारा की व्यवस्था भी अस्थायी थी जो अब स्थायी रूप धारण कर चुकी है।

राजस्थान के भूतपूर्व राज्यपाल श्री बलिराम भगत ने अपने एक भाषण में कहा था कि गाँधीजी की तपस्या और डॉ. अम्बेडकर के अथक प्रयास का परिणाम आरक्षण व्यवस्था है। जब भारतीय राजनीतिक क्षितिज पर महात्मा गाँधी अवतीर्ण हुए तब उन्होंने जन आन्दोलन को स्वतन्त्रता प्राप्ति का माध्यम बनाकर इण्डियन नेशनल कांग्रेस के आन्दालन को संचालित किया था। उसी समय गाँधीजी ने दलित वर्ग को साथ लेने की बात कही थी। गाँधीजी हमारे देश के ऐसे नेता थे जिन्होंने अपनी कथनी और करनी में कभी अन्तर नहीं किया। डॉ. भीमराव अम्बेडकर उस समय रिपब्लिकन पार्टी ऑफ इण्डिया का गठन कर चुके थे। पूना समझौते के पश्चात् गाँधीजी और डॉ. अम्बेडकर के सम्पर्क के पश्चात् आरक्षण की समस्या महत्वपूर्ण बन गई। मेरे इस अनुसन्धान का मूल ध्येय भारत के अनुसूचित जाति एवं जन जाति के लोगों के लिए संवैधानिक आरक्षण के प्रावधान और उसके क्रियान्वयन की तुलना संयुक्त राज्य अमेरिका के नीग्रो जाति के लोगों की स्थिति से करना है। अतएव मैंने ऐसे समय में इस विषय पर शोध करने का निर्णय लिया जब देश में आरक्षण के पक्ष और विपक्ष में चर्चाएँ वेग पर हैं। कतिपय मध्यम वर्गीय विचारधारा के लोग ये भी चाहते हैं कि आरक्षण की समीक्षा की जाये क्योंकि इसे संविधान के निर्माताओं ने 10 वर्ष के लिए अस्थायी तौर पर जोड़ा था। अतएव भारत सरकार के पूर्व विधि मन्त्री श्री राम जेठमलानी ने संसद में आरक्षण की अवधि बढ़ाने के समय वाद-विवाद में भाग लेना चाहा। उनका दृष्टिकोण था कि भारतीय संविधान की 50 वर्ष के दीर्घ अन्तराल के पश्चात् समीक्षा की जानी चाहिए। लेकिन उस समय हमारे देश के प्रधानमन्त्री श्री अटल बिहारी

वाजपेयी ने संसद और उसके बाहर जोर देकर कहा था कि "आरक्षण खत्म करने का सरकार का इरादा नहीं है। आरक्षण नीति यथावत् जारी रहेगी और "जब तक सामाजिक असमानता रहेगी आरक्षण जारी रहेगा" माननीय प्रधानमन्त्री के इस बयान पर और जेठमलानी की आरक्षण पर टिप्पणी के कारण लोकसभा और राज्यसभा में विपक्ष उत्तेजित हो गया। लेकिन सरकार का बहुमत होने के कारण आरक्षण का प्रावधान 10 वर्षों के लिए और बढ़ा दिया गया।

महत्वपूर्ण प्रश्न यह है कि दलितों की पहचान किस प्रकार की जाय और उनके उत्थान के लिए किस प्रकार के संवैधानिक कार्यक्रम अपनाए जाएँ? ऐतिहासिक दृष्टि से यह सही है कि शताब्दियों के शोषण के बाद भारतीय स्वतन्त्रता की प्राप्ति के पश्चात् दलित वर्ग का यह स्वप्न बना था कि उनको शासन व्यवस्था में महत्व दिया जाये। उन लोगों का यह स्वप्न केवल कल्पना नहीं था क्योंकि संसदीय शासन व्यवस्था में राजनीतिक हित किसी भी प्रकार की सामाजिक परिवर्तन की आवश्यक शर्त होती है। राजनीतिक शक्ति ही वह सार्थक उपाय है जो मनुष्य को शोषण और असमानता के दल-दल से उबार सकता है। भारत में तो 1947 से पहले लगभग 1200 वर्ष तक मुसलमानों और अंग्रेजों का शासन रहा और इस्लामी राज्य की स्थापना से पूर्व भी हमारा समाज वर्ण व्यवस्था के परिणामस्वरूप जातिगत बंधनों में इतना अधिक जकड़ गया था कि छुआछूत, शोषण और भेदभावपूर्ण व्यवहार ने समाज के चतुर्थ वर्ग को पंचम वर्ग में परिवर्तित कर दिया था। परन्तु स्वतन्त्रता प्राप्ति के समय इस पिछड़े वर्ग की जनसंख्या 20 प्रतिशत से अधिक नहीं थी। समाज के अन्य जातियों और वर्गों के समान पिछड़े वर्ग के लोग भी गरीबी की रेखा के नीचे जीवन निर्वाह कर रहे थे। ऐसी परिस्थिति में दलित वर्ग को संविधान में जो अस्थायी तौर पर आरक्षण प्रदान किया गया था, वह हमारे देश की राजनीति में महत्वपूर्ण मुद्दा बन गया है।

आरक्षण के मुद्दे के साथ भी जुड़ा हुआ है स्वतन्त्र भारत का प्रथम दलित एक्ट 1955 (अस्पृश्यता निवारण अधिनियम)। संविधान के अनुच्छेद 17 में यह प्रावधान किया गया था कि कोई व्यक्ति अस्पृश्यता कानून में वर्णित कुचक्र / षडयन्त्र में शामिल होता है तो ऐसा व्यक्ति दंड का भागीदार होगा और उसे वही सजा दी जाएगी जो मूल अपराधी के लिए कानून में निर्धारित है। एक हरिजन के द्वारा उच्च जाति के ठाकुर को पानी देने पर पंचायत के सदस्यों के द्वारा उसके साथ दुर्व्यवहार किया गया था और उस समय पंचायत के सदस्यों ने उसे अस्पृश्यता का अपराधी मानकर 1967 के कानून की धारा 10 के अनुसार दण्डित किया था। कालान्तर में इस अधिनियम में 1976 में संशोधन किया गया। उस समय इसको सिविल अधिकार संरक्षण अधिनियम का नाम दिया गया था। हरिजन अधिनियम यानि अनुसूचित जाति,

जनजाति अत्याचार निवारण अधिनियम को 1989 में सरकार ने और कठोर कर दिया। उस समय देश के प्रभुत्व वर्ग ने इसकी आलोचना भी की थी। तत्कालीन प्रधानमन्त्री श्री विश्वनाथ प्रताप सिंह ने उस समय मण्डल आयोग की रिपोर्ट को स्वीकार किया था। मण्डल आयोग के विरोध में छात्रों ने आत्मदाह के प्रयास भी किये और हिन्दू समाज के मतों के बिखराव को रोकने के लिए हमारे देश के वर्तमान गृहमन्त्री श्री लालकृष्ण आडवानी ने देशव्यापी यात्रा भी की थी। फिर भी यह अधिनियम लागू हुआ जिसे आज लगभग 11 वर्ष का समय हो चुका है। अधिकांश हिन्दू नेताओं के अनुसार इस अधिनियम का सर्वाधिक दुरुपयोग उत्तरप्रदेश में उस समय हुआ था जब सुश्री मायावती वहाँ की मुख्यमन्त्री थी। उनकी सरकार के पतन के पश्चात जब श्री मुलायमसिंह यादव के नेतृत्व में समाजवादी दल की सरकार का गठन हुआ तो उस समय अखिल भारतीय कांग्रेस कमेटी के तत्कालीन उपाध्यक्ष श्री जितेन्द्र प्रसाद ने माँग की थी कि हरिजन एक्ट के दुरुपयोग की जाँच हो। लेकिन ऐसा संभव नहीं हो सका। क्योंकि उत्तर प्रदेश के मुख्यमन्त्री मुलायमसिंह जी की सरकार को बसपा का समर्थन प्राप्त था तथा उनके उत्तराधिकारी श्री कल्याण सिंह के काम करने के तरीके से माननीय वाजपेयी जी नाराज थे। इससे यह स्पष्ट हो जाता है कि भारत में दलितों के उत्थान को रोकने के लिए हरिजन एक्ट पारित किया गया था[4] क्योंकि कल्याणसिंह को बहुजन समाज पार्टी का समर्थन प्राप्त था अतएव हरिजन एक्ट के दुरूपयोग के सम्बन्ध में केवल मांग ही की गई और प्रदेश के ही पूर्व राज्यपाल श्री मोतीलाल बोहरा से हरिजन एक्ट के दुरूपयोग को रोकने के लिए जो कदम उठाए जा रहे थे उनको उचित भी ठहराया था। उनका कहना था कि टाडा गैंगस्टर और नारकोटिक्स अधिनियम जैसे कानूनों के दुरुपयोग पर अंकुश लगाए जाने के लिए इस प्रकार के कदम क्यों नहीं उठाये गये थे? उनका कहना था कि नीति निर्धारित करना मुख्यमन्त्री का कार्य है और इसलिए मुलायम सिंह जी के द्वारा इस प्रश्न पर विरोध प्रकट करना उचित नहीं है क्योंकि जब वे मुख्यमन्त्री थे तो उन्हें भी बहुजन समाज दल का समर्थन प्राप्त था।

जिन्हें दलित मानकर पुनः आरक्षण देने का प्रावधान किया गया था वह तबका हिन्दू धर्म की ही देन[5] है। आरक्षण सम्बन्धी प्रावधान तो 1950 में लागू किया गया था लेकिन इस वर्ग के लोग शताब्दियों से कुछ पदों पर आरूढ़ बने रहे हैं। वाल्मीकि जाति से सफाईकर्मी थे। लेकिन उन्होंने रामायण जैसे पवित्र ग्रंथ की रचना करके यह सिद्ध कर दिया था कि प्राचीन भारत में भी दलितों को पृथक नहीं रखा जाता था। हिन्दू धर्म के लोग दलितों को समय-समय पर सहायता देते रहे। त्यौहार के अवसर पर और ग्रहण के समय इन्हीं लोगों को दान-दक्षिणा दी जाती थी। इन लोगों को

कुछ समय तक अपनी स्थिति के सम्बन्ध में इतना आभास नहीं हुआ था जैसा गत अर्द्ध शताब्दी में संवैधानिक प्रावधानों के कारण हो रहा है। आरक्षण के मुद्दे का औचित्य क्या है? क्या इसे संशोधनों के पश्चात् जारी रखा जाय? इस आरक्षण के मुद्दे ने जनता दल को कमजोर किया। यह विचार हमारे देश के विमानन मन्त्री श्री शरद यादव ने जयपुर में अपने एक भाषण में दिनांक 20.10.1997 के दिन कहे थे[6]। आरक्षण के मुद्दे को समाप्त नहीं किया जा सकता क्योंकि यह हमारे देश की राजनीति में वोट बैंक का स्वरूप धारण कर चुका है । लेकिन इस पर पुनर्विचार करके इस प्रावधान में संशोधन की आवश्यकता को देश की एकरूपता को बनाए रखने के लिए उठाया जा रहा है। आरक्षण के मुद्दे को लेकर जातीय बंधन इतना अधिक कठोर हो गया है कि आज देश की सामाजिक और राजनीतिक व्यवस्था में जातीय कट्टरता बुरी तरह छा गई है।

आरक्षण के विषय में विरोधी विचार मीडिया के माध्यम से प्रकट किया गया है। आरक्षण के औचित्य को सिद्ध करने का प्रयास कई पाठकों ने अपने सम्पादक के नाम पत्रों के माध्यम से किया है। इन सभी का तर्क है कि जातीय आधार पर भारतीय संविधान में आरक्षण के प्रावधान को अस्थायी तौर पर लागू करके स्वतन्त्र भारत के संविधान निर्माताओं ने राजनीतिज्ञों के हाथ में एक ऐसा हथियार सौंप दिया है जिसका प्रयोग वे लोग आम चुनावों से पूर्व और चुनाव के दौरान करते हैं। साथ ही लोगों का यह भी कहना है कि जिस वर्ण व्यवस्था और जातीय व्यवस्था से त्रसित पिछड़े वर्ग के लोगों को सामाजिक और आर्थिक न्याय प्रदान करवाने का लक्ष्य डॉ. भीमराव अम्बेडकर तथा संविधान सभा के माननीय सदस्यों का था वह इस व्यवस्था को स्थायित्व प्रदान करके विगत अर्द्ध शताब्दी में गौण कर दिया गया है। यहाँ पर यह कहना गलत नहीं होगा कि पहले परम्परागत जातियाँ थीं लेकिन आज ऐसी कई जातियाँ अवतीर्ण हो गई हैं जो शिक्षण प्रणाली में आरक्षण प्राप्त करके इंजीनियर, डॉक्टर, तकनीशियन इत्यादि पदों पर आरूढ़ हैं। इन लोगों ने समाज में एक ऐसे वर्ग को उत्पन्न कर दिया है जिसके नवयुवक आत्मविश्वास खोकर आरक्षण की बैसाखी के सहारे सरकारी नौकरी और उसमें भी उच्च पद प्राप्त कर लेते हैं। आरक्षण के लागू होने से पहले 7 प्रतिशत पिछड़ी जाति के लोग आई.ए.एस./आई.पी.एस. के पदों पर आसीन थे लेकिन आज उनका प्रतिशत जनसंख्या के अनुपात में 14 प्रतिशत तक पहुँच चुका है। आरक्षण लागू करते समय यह स्पष्ट कर दिया गया था कि योग्यता को प्रभावित किये बगैर जाति, लिंग इत्यादि के आधार पर समान अधिकार दिया जा रहा है। संविधान में यह अधिकार भारत के सभी नागरिकों को प्रदान किया है लेकिन अब यह अधिकार केवल सीमित प्रतिशत तक ही संकुचित होकर रह गया है। राजस्थान

उच्च न्यायालय ने इस सम्बन्ध में अपने महत्वपूर्ण निर्णय में कहा था कि आरक्षण का लाभ प्राप्त करने के बाद वर्ग विशेष और उसके आश्रित उत्तरोत्तर उन्नति करते जाते हैं। उनकी आर्थिक स्थिति में भी सुधार होता है। ऐसे व्यक्तियों को यदि पदोन्नति के समय सर्विस के दौरान दुबारा आरक्षण का लाभ दिया जाता है तो वे समाज में असमानता उत्पन्न करने के साथ-साथ सामाजिक एकरूपता को प्रभावित करते हैं और पारस्परिक विद्वेष की भावना को जन्म देते हैं। आरक्षण के प्रावधानों में 1989 में तत्कालीन प्रधानमन्त्री श्री विश्वनाथ प्रतापसिंह ने संशोधन करके अन्य पिछड़ी जातियों को भी अनुसूचित जातियों और जन जातियों के समान आरक्षण प्रदान कर दिया था। श्री सिंह के द्वारा मण्डल आयोग की रिपोर्ट को स्वीकार कर लेने के कारण उन्हें जिस विरोध का सामना करना पड़ा उससे सामाजिक समरसता, संगठन एवं भाईचारे की भावना को आघात पहुँचा था। लेकिन दलितों को मेरी राय में आरक्षण आवश्यक है। जो लोग आरक्षण का विरोध करते हैं उन लोगों का अधिकांश तर्क मूलतः दो बिन्दुओं पर आधारित है (1) आरक्षण व्यवस्था की समीक्षा की जाये। (2) आरक्षण जातीय आधार पर होने के साथ-साथ आर्थिक आधार पर होना चाहिए। इन लोगों ने अपने कथन के समर्थन में जो तर्क दिये हैं वे अतिशयोक्तिपूर्ण हो सकते हैं। लेकिन यह निर्विवाद रूप से ऐतिहासिक सत्य है कि आरक्षण व्यवस्था से कुछ तो लाभ हुआ है। यद्यपि आरक्षण के खिलाफ समाज के एक वर्ग का हाथ उठा हुआ है। आरक्षण के विरोध में यह कहा जाता है कि इस व्यवस्था ने राजनीतिक दलों के लिए वोट प्राप्त करने का हथियार हासिल कर लिया है।

इसलिए इन लोगों का मानना है कि आरक्षण की समीक्षा होनी चाहिए। आरक्षण का विष समाज में फैलता जा रहा है। यह आरक्षण व्यवस्था हमारे देश को कहाँ ले जाएगी इसकी भी प्रबुद्ध देशवासियों को चिन्ता है। उन लोगों का कहना है कि जब आरक्षण का लाभ दलितों को नहीं मिल रहा है तो फिर इस व्यवस्था की समीक्षा करके उसमें संशोधन क्यों नहीं किया जाता? ये सब तर्क उन लोगों के द्वारा मीडिया के माध्यम से प्रस्तुत किये गये हैं जो दूर-दराज के रहने वाले हैं परन्तु राजनीति में रूचि रखते हैं और अपनी व्यक्तिगत भावनाओं को दूसरों तक पहुँचाना चाहते है। आरक्षण का दूसरा पक्ष उन लोगों के द्वारा सोदाहरण प्रस्तुत किया जाता है जो अर्द्ध शताब्दी से इस व्यवस्था का लाभ उठा रहे हैं। उन लोगों के द्वारा भी यह विचार प्रकट किये गये हैं कि दलित अधिनियम का दुरुपयोग किया गया। दलितों की सही मायनों में पहचान नहीं करके उनके उत्थान का मार्ग प्रशस्त नहीं किया गया। समाचार पत्रों में हमें पढ़ने को मिलता है कि पद दलित जाति की बालिग और नाबालिग बालिकाओं के साथ बलात्कार होते रहते हैं। प्रसव के दौरान उनकी स्त्रियों की पूर्ण

रूप से देखभाल नहीं की जाती, जिसकी वजह से मौत तक हो जाती है। बिहार और तमिलनाडु में दलित नरसंहार किये गये। दलित उत्पीड़न के समाचार हमें अखबारों में पढ़ने को मिल जाते हैं। वेश्यावृत्ति के लिए भी अधिकांशतः अनुसूचित जाति और जनजाति की नाबालिग लड़कियों को ही व्यवसाय में धकेल दिया जाता है। उड़ीसा में एक मन्दिर में प्रवेश करने के कारण हरिजन की हत्या कर दी गई। बंधुआ मजदूर अधिनियम पूर्ण रूप से लाभप्रद सिद्ध नहीं हो सका। दलित वर्ग के दूल्हों को विवाह के अवसर पर आज भी घोड़ी से उतार दिया जाता है। परिणाम यह है कि जिन लोगों के लिए संविधान में आरक्षण की व्यवस्था की गई थी वे ही लोग इससे लाभान्वित नहीं हो सके।

राष्ट्रीय अनुसूचित जाति, जनजाति आयोग के अध्यक्ष एच. हनुमन्थैया ने 1997 में राजस्थान का दौरा करने के बाद एक संवाददाता सम्मेलन में अपने विचार प्रकट करते हुए कहा था कि अनुसूचित जाति और जनजाति के व्यक्तियों के लिए स्वयं पुलिस अधिकारियों ने उन्हें सूचित किया था कि राज्य के कुछ भागों में छुआछूत अब भी प्रचलित है। इस वर्ग के लोगों पर जो अत्याचार होते हैं और उनकी जो शिकायत की जाती है उसमें से 60 प्रतिशत मामलों को तो पुलिस अपने स्तर पर ही रफा-दफा कर देती है। आरक्षण नियमों के तहत जो प्रावधान किये गये हैं उनके सही ढंग से क्रियान्वयन नहीं होने के फलस्वरूप राजस्थान के अलावा तमिलनाडु, पश्चिम बंगाल, केरल, दिल्ली, महाराष्ट्र और हरियाणा में भी इस वर्ग के लोगों के साथ अत्याचार हो रहे हैं। श्री हनुमन्थैया का राजस्थान के तत्कालीन मुख्य सचिव के साथ इन्टरव्यू हुआ था। उस समय उनको बताया गया था कि राज्य की वित्तीय स्थिति ठीक नहीं होने के कारण इन जातियों के लोगों को आर्थिक और शैक्षणिक लाभ मूल रूप से प्राप्त नहीं हो सके। पिछड़े वर्ग के लोग स्वयं इस बात को गर्वपूर्वक स्वीकार करते हैं कि उन्हें आरक्षण का पूर्ण लाभ नहीं मिल सका। उन लोगों का यह भी कहना है कि न्यायिक सेवा में भी उन्हें आरक्षण मिलना चाहिए। श्री के आर नारायण हमारे देश के राष्ट्रपति जी ने भी न्यायपालिका में आरक्षण की व्यवस्था को प्रारम्भ करने के लिये कहा था। ये लोग सेना में भी आरक्षण चाहते हैं लेकिन भारत सरकार के तत्कालीन रक्षा मन्त्री श्री मुलायम सिंह यादव ने संसद में ही अपने भाषण में इस बात को अस्वीकार कर दिया था कि सेना में आरक्षण व्यवस्था लागू की जाये। इन लोगों का यह कहना है कि बढ़ती जनसंख्या के कारण सरकार के द्वारा आवंटित धनराशि का इस वर्ग को पूर्ण लाभ नहीं मिल सका है, सत्य है। अतएव इस वर्ग के लोग आरक्षण व्यवस्था को बनाये रखना चाहते हैं। भारत की वर्तमान सरकार ने गत वर्ष गमागर्म बहस के पश्चात् अपने प्रधान मन्त्री के मुख से संसद में यह घोषणा

करवा दी कि आरक्षण को समाप्त नहीं किया जावेगा। आरक्षण आवश्यक है और इस व्यवस्था का बना रहना भारत की संवैधानिक एकता, धर्म निरपेक्षता व सामाजिक न्याय के लिए अनिवार्य है। प्रजातान्त्रिक शासन पद्धति में आरक्षण एक ऐसी विधा है जिससे सामाजिक परिवर्तन देरी से सही किन्तु बिना खून-खराबे के आ सकता है एवं ऐसा परिवर्तन स्थायी प्रकृति का हो सकता है। हिंसात्मक क्रान्ति के जरिये शोषित वर्ग के उत्थान का कार्य प्रारम्भ में देखने को अच्छा लग सकता है किन्तु उसके स्थायित्व पर सदैव प्रश्नचिह्न लगा रहेगा। क्योंकि जिन व्यक्तियों को दबाकर पददलित लोगों का उत्थान किया जायेगा वे मौका पड़ते ही ऐसे उत्थान को मटिया-मेट कर देंगे, कारण उनमें बदले की भावना कहीं न कहीं छिपी रहती है। आरक्षण की व्यवस्था में अग्रणी समाज के लोगों की मूक सहमति एवं दयालु प्रकृति से ही पृष्ठभूमि बनती है जिससे परिवर्तन की दिशा और सकारात्मक हो जाती है।

अमेरिका में आरक्षण समाप्त किये जाने के लिये वहाँ के सुप्रीम कोर्ट ने अपनी स्वीकृति प्रदान कर दी थी। 1996 में कैलीफोर्निया के कुछ लोगों ने सुप्रीम कोर्ट को आवेदन किया था जिसने अपने निर्णय में लिखा कि राष्ट्रीयता के आधार पर नौकरी, कॉलेज में दाखिला तथा सरकारी ठेका प्राप्त करते समय जो आरक्षण व्यवस्था थी उसको समाप्त किया जाता है। निर्णय के अनुसार अमेरिकन सुप्रीम कोर्ट ने लिंग और जाति के आधार पर आरक्षण की व्यवस्था को समाप्त कर दिया। निर्णयों में यह भी कहा गया कि जाति व लिंग के आधार पर किसी को विशेष सुविधायें मुहैया कराना अन्य लोगों के खिलाफ भेदभाव है। किन्तु अमेरिका में आर्थिक गरीबी एवं नस्लीय भेदभाव को दूर करने के लिये वहाँ काले लोगों के उत्थान के लिये सरकारी नौकरियों, शैक्षणिक संस्थाओं, टेक्नीकल, फौज और न्यायपालिकाओं तथा सिविल संस्थाओं में विशेष रियायत देकर संघीय सरकार एवं अनेकों राज्य सरकारों द्वारा सकारात्मक कार्यक्रम चलाये जा रहे हैं।

भारत में आरक्षण को समाप्त करने अथवा इसकी समीक्षा करने की माँग है

भारत में आरक्षण का समाज और राजनीति में महत्व बहुत अधिक हो गया है इसलिये यहाँ के लोगों ने मीडिया के माध्यम से आरक्षण को अनुचित बताने की माँग पेश की। कतिपय ने आरक्षण का औचित्य भी बताया। लेकिन एक लेखक ने समाचार पत्र में दिनांक 28.9.1999 के दिन यह विचार प्रकट किये थे कि आरक्षण को योग्यता के आधार पर दिया जाना चाहिए।[16] मेरी दृष्टि से यह विचार बहुत कुछ हद तक सार्थक हैं। डॉ. अम्बेडकर को शिक्षा प्राप्त करने में और उच्च पद प्राप्त करते समय किसी प्रकार का आरक्षण प्राप्त नहीं हुआ था। हमारे देश के राष्ट्रपति श्री

के आर नारायण जी को भी उच्चतम पद तक पहुँचने के लिये आरक्षण की बैसाखी का सहारा नहीं मिला था। लेकिन फिर भी कुछ लोगों ने यह विचार प्रकट किये कि आरक्षण की समीक्षा करने के बाद ही इसकी अवधि को बढ़ाया जाये।

आरक्षण को जारी रखना चाहिये

मैं स्वयं अनुसूचित जाति का हूँ और मैंने प्रशासनिक सेवा में दीर्घ अनुभव के बाद यह महसूस किया है कि आरक्षण जारी रहना चाहिये। डॉ. अम्बेडकर के विचार आज भी प्रासंगिक है। मेरी दृष्टि में आरक्षण जातिवाद को बढ़ावा नहीं देता। इस प्रकार का विचार एक प्रबुद्ध नागरिक ने भी दिनांक 8.9.1999 के दिन राजस्थान पत्रिका में प्रकाशित एक लेख में प्रकट किया था। इसमें सन्देह नहीं कि गत 50 वर्षों में आरक्षण का कुप्रभाव समाज पर पड़ा है लेकिन फिर भी आरक्षण व्यवस्था से अनुसूचित जाति और जनजाति के लोगों को विकास का अवसर प्राप्त हुआ है। मध्यावधि चुनाव के समय गत वर्ष अनुसूचित जाति के लोगों के वोट बैंक का आकलन करते हुए एक प्रबुद्ध लेखक ने दैनिक भास्कर के दिनांक 23.8.99 के अंक में पृष्ठ-9 पर यह विचार लेखक ने व्यक्त किये थे कि आस पास के प्रदेशों में आरक्षण के कारण 149 सीटों पर कब्जा होने के आसार हैं। मैं पहले लिख चुका हूँ कि भारत में आरक्षण यहाँ के राजनीतिज्ञों के खातों में वोट बैंक बन गया है। जो भी कार्य किया जाता है उसमें अनुसूचित जाति व जनजाति की उन्नति को आधार बताकर किया जाता है और फिर भी उस कार्य से आरक्षित समाज को पूर्ण लाभ नहीं मिल पाया है। भारतीय प्रशासनिक सेवा के एक वरिष्ठ अधिकारी श्री सत्यनारायण सिंह ने अपने एक लेख में ये विचारव्यक्त किये थे "कि आरक्षण के लाभ से दूर है यह पिछड़ा वर्ग"। लेखक सेवानिवृत्ति के बाद सक्रिय होकर प्रदेश की राजनीति में कार्यरत हैं। अतएव उनके लेख का लोगों के मानसिक विचार पर अवश्य प्रभाव पड़ा होगा।

आरक्षण व्यवस्था में जो कमी है, उनको दूर करना होगा

अखिल भारतीय दलित सेवक संघ के राष्ट्रीय अध्यक्ष श्री राजकुमार नागरथ ने अपने विचार व्यक्त करते हुए कहा था "दलित अधिकार माँगते हैं, भीख नहीं" हमारे देश के बड़े नेताओं ने भी यह अनुभव किया है कि दलितों को आरक्षण का लाभ विशेष परिस्थितियों के कारण प्राप्त नहीं हो सका। उनमें (1) पिछड़े वर्ग के लोगों में कुशल नेतृत्व की आवश्यकता है। ये विचार हमारे प्रदेश के भूतपूर्व राज्यपाल श्री बलिराम भगत ने व्यक्त किये थे। (2) श्री मोहन दास नेमिशराय ने अपने एक लेख में ये विचार व्यक्त किये थे कि "दलित नेताओं में एकीकरण क्यों नहीं है" (3) इसी प्रकार ये विचार भी प्रकट किये गये हैं कि दलित वर्ग के लोगों में

आत्मविश्वास की कमी के कारण उन्हें इस व्यवस्था का पूरा लाभ नहीं मिल सका। (4) आरक्षण के निमित्त पंचवर्षीय योजनाओं में जो धनराशि आवंटित की जाती है, उसके आवंटन और वास्तविक हस्तांतरण में अन्तर हो जाता है। इसका उल्लेख मैं आगामी पृष्ठों में विस्तार से करूँगा। केन्द्र सरकार, राज्य सरकारों पर यह आरोप लगाती है कि योजनाओं में आवंटित धन को उस मद में व्यय नहीं किया जाता। परिणाम यह होता है कि विकास का कार्य नहीं हो पाता। गरीबों को सामाजिक और आर्थिक न्याय नहीं मिल पाता जिसके परिणामस्वरूप उन लोगों में भी असंतोष दिखाई देता है जिनके लिये विवादास्पद आरक्षण व्यवस्था प्रत्येक 10 साल के बाद बढ़ाई जाती है। आरक्षण जारी रहना चाहिये, लेकिन साथ ही यह निश्चित होना चाहिये कि भविष्य में आरक्षण का स्वरूप क्या होगा। मेरी दृष्टि में आरक्षण व्यवस्था पर नियन्त्रण आवश्यक है। ये विचार प्रबुद्ध पाठक वर्ग समाचार पत्रों में भी व्यक्त कर चुके हैं। हमारे देश के भूतपूर्व प्रधानमन्त्री श्री विश्वनाथ प्रताप सिंह ने यह भविष्यवाणी की थी कि दलित नेतृत्व की माँग पर ही भाजपा का विघटन होगा। इन विचारों में ऐसा आभास मिलता है कि श्री सिंह के द्वारा प्रारम्भ किये गये 1989 के अधिनियम का भाजपा ने विरोध किया था और इसलिये श्री सिंह का आक्रोश इस भविष्यवाणी के रूप में प्रस्फुटित हुआ।

आरक्षण प्रणाली की समीक्षा होनी चाहिये

मैं यह स्वीकार करता हूँ कि आरक्षण की समीक्षा हो। लेकिन साथ ही इस निर्णय पर भी पहुँचा हूँ कि आरक्षण का जारी रहना अनुसूचित जाति और जनजाति के लोगों के सम्पूर्ण विकास के लिये अनिवार्य है। जिस दलित अधिनियम को कतिपय पाठकों ने बेकार बताया था उसकी भी आज आवश्यकता है क्योंकि मैला ढोने की कुप्रथा समाप्त करने के निर्देश जारी होने के उपरान्त भी 3.50 लाख व्यक्ति भारत में अपने सिर पर मैला ढो रहे है। अनुसूचित जाति और जनजाति के लोगों पर जो अत्याचार हो रहे हैं, उससे केन्द्र सरकार चिन्तित रहती है। यह समाचार टाईम्स ऑफ इंडिया में दिनांक 22.10.1998 के दिन प्रकाशित हुआ था। हमारे देश में दूल्हों को घोड़ी से उतार दिया जाता है और मन्दिर में प्रवेश के अपराध में उड़ीसा में एक दलित नाबालिग पुत्री की हत्या कर दी गई। अनुसूचित जाति और जनजातियों की नारियों के साथ बलात्कार होते हैं और वे लोग जब अदालतों में गुहार करते हैं तो उन्हें न्याय तत्काल नहीं मिलता। दलित उत्पीड़न के समाचार अखबारों में पढ़ने को रोज मिलते हैं। प्रसव के दौरान पिछड़ी वर्ग की स्त्रियों की मौत हो जाना ऐसा भयावह समाचार है जिसे पढ़कर रौंगटे खड़े हो जाते हैं। पहले तमिलनाडु में और बाद में बिहार में नरसंहार हुआ लेकिन इसका क्या परिणाम हुआ इस पर वाद विवाद करने की आवश्यकता

नहीं है। विकास का लाभ बेअसर हो जाता है क्योंकि सरकार की आर्थिक नीति के क्रियान्वयन में कमी है। यह भी अप्रासंगिक नहीं है कि आरक्षण ने एक नवीन प्रकार की शोषण व्यवस्था को जन्म दिया। इसलिये विद्वान लोग सोचते हैं कि कहाँ ले जायेगी ये आरक्षण नीति। ऐसी विचारधारा के लोग कुछ समय तक मूक दर्शन बन जाते हैं जब दलित वर्ग के दूल्हे को घोड़ी से उतारा जाता है अथवा बारात पर पथराव किया जाता है। छुआछूत का भूत हमारे समाज से आज भी समाप्त नहीं हुआ है। इन परिस्थितियों में मैंने गहन रूप से विचार-विमर्श करने के बाद यह निर्णय लिया कि आरक्षण को जारी रखने के लिये मैं अपने शोध प्रबन्ध के माध्यम से तर्क प्रस्तुत करूँ।

शिक्षा प्रणाली एवं न्यायपालिका में आरक्षण का औचित्य

आरक्षण का सबसे अधिक कुप्रभाव शिक्षा प्रणाली पर पड़ा है जिसका विशद विवेचन मैं आगामी अध्याय में करूँगा। आरक्षण ने पदोन्नति के मामले में किस प्रकार न्यायपालिका को झकझोर दिया है, इसका एक उदाहरण यह है कि हमारे देश के सर्वोच्च न्यायालय के मुख्य न्यायाधीश न्यायमूर्ति आनन्द का मत है कि न्यायाधीशों की नियुक्ति योग्यता के आधार पर हो। इसके ठीक विपरीत हमारे देश के राष्ट्रपति जी ने यह विचार व्यक्त किये हैं कि न्यायपालिका में भी आरक्षण व्यवस्था को प्रारम्भ किया जाये। सेना में आरक्षण व्यवस्था की माँग को लोकसभा के अधिवेशन में तत्कालीन रक्षा मन्त्री मुलायम सिंह यादव अस्वीकृत कर चुके हैं। पदोन्नति के विषय में राजस्थान प्रदेश के उच्चाधिकारियों ने जब सर्वोच्च न्यायालय के दरवाजे खटखटाये तो उस समय निर्णय दिया गया था कि निश्चित प्रतिशत से अधिक पदोन्नतियाँ आरक्षण के आधार पर की गई हैं तो उन्हें निरस्त किया जाये। सरकार ने पुलिस विभाग के कर्मचारियों की पदोन्नतियों के आदेश सर्वोच्च न्यायालय की आज्ञा की अनुपालना में वापिस भी लिये लेकिन फिर भी आज प्रशासनिक सेवा के पदाधिकारी आरक्षण के आधार पर पदोन्नति की व्यवस्था के विरुद्ध गहन असंतोष रखते हैं जिसका प्रभाव सम्भवतः उनकी कार्य प्रणाली और कार्यकुशलता पर भी पड़ता है। सरकारी नौकरी में आरक्षण एक बार ही मिलना चाहिये। यह एक ऐसी माँग है जो वैधानिक और नैतिक दृष्टि से अनुचित नहीं है। लेकिन आरक्षण व्यवस्था की समीक्षा करके यदि उसका आधार जातिगत आधार के साथ ही आर्थिक स्थिति भी साथ में रखा जाये तो शायद इस प्रणाली के विरुद्ध जो जन आक्रोश है, वह कुछ हद तक समाप्त हो जायेगा।

अंत में, मैं यह कहना चाहूँगा कि सामाजिक न्याय के लिये नई नीति बनाई जानी चाहिये। आरक्षण का मूल उद्देश्य अवसर प्रदान करना होता है। उसे पेशेवर दक्षता

के लिये सुनिश्चित करना है। लेकिन यह स्थिति प्राप्त कर लेने के बाद आरक्षण देना न्यासंगत नहीं है क्योंकि आरक्षण से अयोग्य व्यक्ति उच्च पदों पर पहुँच जाते हैं और आवश्यक योग्यता के अभाव में कुर्सी तोड़ने के अलावा और कोई काम नहीं करते जिससे आम जनता परेशान हो जाती है। आरक्षण प्राप्त करने की सीमा भर्ती तक ही रखी जाये तो उचित है। पदोन्नति योग्यता के आधार पर ऐसे व्यक्ति को दी जाये जो अपने अनुभव और ज्ञान के आधार पर सामाजिक न्याय प्रदान कर सके। उच्च वर्ग के लोगों की मानसिकता में परिवर्तन आना आवश्यक है। पूर्वाग्रहों से मुक्ति और उदार मन से प्रोत्साहन देने की भावना उनमें होगी तो ही आरक्षित वर्ग का व्यक्ति अपनी पूरी कुशलता से कार्य कर पायेगा।

भारत में छुआछूत और अ.जा./ज.जा. पर अत्याचार अभी जारी है

राष्ट्रीय अनुसूचित आयोग के अध्यक्ष एच. हनुमन्थैया ने नवम्बर, 1997 के दिन कहा था कि राजस्थान के विभिन्न इलाकों में छुआछूत अब भी विद्यमान है तथा अनुसूचित जाति और जनजाति पर अत्याचार होते रहते हैं। उन्होंने हनुमानगढ़ में समीक्षा बैठक आयोजित की थी जिसमें उस जिले के पुलिस अधिकारियों ने उनके समक्ष यह स्वीकार किया था कि राज्य के कुछ हिस्सों में छुआछूत अब भी कायम है। उन्होंने कहा कि अनुसूचित जाति/जनजाति के लोगों पर होने वाले अत्याचारों में 60 प्रतिशत मामलों का पुलिस अपने ही स्तर पर निपटारा कर देती है। उन्होंने बताया कि राजस्थान समेत कई राज्यों ने अनुसूचित जाति/जनजाति के विकास के लिये निर्धारित राशि से कम बजट आवंटन किया है। यहाँ तक कि आवंटन राशि भी पूरी खर्च नहीं की गई। उन्होंने कहा कि 17 फीसदी अनुसूचित जाति व 12 प्रतिशत अनुसूचित जनजाति की जनसंख्या है। नियमों के तहत इतनी ही फीसदी बजट आवंटित किया जाना चाहिये था लेकिन राजस्थान में अनुसूचित जाति के लिये 12 फीसदी और जनजाति के लिये 6 से 8 फीसदी के बीच बजट आवंटन किया गया था। उन्होंने कहा कि समीक्षा बैठकों में उन्हें सरकार की ओर से उपरोक्त आँकड़े उपलब्ध कराये गये हैं। उन्होंने सरकार से बिल्कुल ताजा आँकड़े उपलब्ध कराने के लिये कहा। आगे उन्होंने बताया कि अभी तक पंजाब, तमिलनाडु, पश्चिमी बंगाल, केरल, दिल्ली, महाराष्ट्र, हरियाणा व राजस्थान के विभिन्न प्रदेशों में अनुसूचित जाति/जनजाति के विकास व उनसे सम्बन्धित अन्य मामलों की समीक्षा उन्होंने कर ली है। किसी भी राज्य में इस वर्ग के लिये निर्धारित पूरी राशि आवंटित नहीं की गई। यहाँ तक कि कुछ राज्यों में इनके विकास के लिये आवंटित राशि दूसरे मुद्दों पर खर्च कर दी गई। समीक्षा बैठक के पश्चात् श्री हनुमन्थैया ने तत्कालीन मुख्य सचिव तथा अन्य वरिष्ठ अधिकारियों

के साथ आयोजित बैठक में राजस्थान की अनुसूचित जाति व अनुसूचित जनजातियों के लिये चलाये जा रहे कार्यक्रम एवं योजनाओं की समीक्षा की। उन्हें बताया था कि राज्य में 17 प्रतिशत अनुसूचित जाति की जनसंख्या है। राज्य की कठिन वित्तीय स्थिति के बावजूद इन जातियों के लोगों के आर्थिक, सामाजिक और शैक्षणिक विकास के हरसंभव प्रयास किये जा रहे हैं। उन्होंने अन्य राज्यों के साथ राजस्थान के अनुसूचित जाति व जनजाति आयोग के सम्बन्ध में जब जानकारी चाही तो तत्कालीन अतिरिक्त मुख्य सचिव गृह ने उन्हें बताया कि इन जातियों पर अत्याचार के मामलों की जाँच पुलिस उप अधीक्षक स्तर के अधिकारी से कराई जाती है। जिन मामलों में अन्तिम रिपोर्ट लगाई जाती है, उनके सम्बन्ध में तत्कालीन पुलिस महानिर्देशक ने उन्हें बताया कि उसकी जाँच पड़ताल उप महानिरीक्षक स्तर के अधिकारी से करवाई जाती है। उन्हें बताया गया कि कुल मिलाकर अस्पृश्यता जैसी कोई स्थिति राजस्थान में नहीं है। इन जाति के लोगों को रोजगार, शिक्षा, छात्रावास, समाज कल्याण आदि क्षेत्रों में दी जा रही सुविधाओं पर भी चर्चा की गई। बैठक में आयोग के सदस्य श्री एन.सी. चतुर्वेदी और संयुक्त सचिव श्रीमती मीनाक्षी हूजा और निर्देशक डॉ. जे. के. मोहन्ती तथा एस.पी. मौर्य के अलावा राज्य सरकार के प्रमुख शासन सचिव, विधानसभा सचिव भी उपस्थित थे। पूरे दिन में आयोग के अध्यक्ष, सदस्य और अधिकारियों से विभिन्न समस्याओं के सम्बन्ध में पदाधिकारियों के साथ वार्तालाप किया और फिर अपना प्रतिवेदन राष्ट्रपति को प्रस्तुत कर दिया।

11

दलित अधिनियम

दलित अधिनियम के कथित दुरुपयोग पर हो–हल्ला हो रहा है, वह अनुचित है। हिन्दू समाज की एकता के लिये यह अधिनियम आवश्यक है। आज भी उच्च जातियों का एक वर्ग दलितों को दोयम दर्जे का मानकर उनके साथ अनुचित व्यवहार करता है। इसका दुष्परिणाम यह हुआ कि ईसाई मिशनरियों ने अपमानित वर्ग के कई लोगों को अपनी ओर आकर्षित करके उनका धर्मान्तरण कर दिया। इस प्रकार वे ईसाई बन गये। पिछले 20 वर्षों में जनजातियों से ईसाई धर्मान्तरण की गति जोर पकड़ रही है और पूर्वोत्तर इलाकों में हिन्दू कई स्थानों पर अल्प मत में आ गये हैं।

यह सत्य है कि अनुसूचित जाति/जनजाति के लोग हिन्दू समाज के अभिन्न अंग हैं। जब कभी समाज में एकता की बात होती है तो कुछ रूढ़िवादी असामाजिक तत्व इन्हें अछूत मानकर इनके साथ गलत व्यवहार करते हैं। यह स्पष्ट है कि ऐसे लोग आसानी से अपनी गंदी आदतों से बाज नहीं आते। अतः उन्हें हिन्दू समाज को तोड़ने की इजाजत नहीं दी जानी चाहिये। ऐसे समाज पर चौतरफा प्रहार करने की आवश्यकता हैं। समाज के सभी वर्गों को इस कुरीति के निवारण में योगदान देना चाहिये। दलित अधिनियम इस बारे में व्यवस्था करता है कि जिससे दलित को मैला

ढोने पर मजबूर नहीं किया जा सकता। अपशब्द, जो जाति सूचक हों, का प्रयोग निषेध कर दिया है। सार्वजनिक स्थानों के उपयोग को अनुसूचित जाति व जनजाति के लोग स्वतन्त्र हैं। इस प्रकार यह अधिनियम काफी मददगार साबित हुआ है।

दुख की बात है–कहीं कहीं इस अधिनियम का दुरुपयोग हुआ है, जिसे कम करने की आवश्यकता है। पर दुरुपयोग की आड़ में अधिनियम को ही समाप्त करने की माँग अनुचित है। भारत में आज तक ऐसा कोई कानून नहीं बना जिसका दुरुपयोग नहीं हुआ हो। दहेज विरोधी कानून, उपभोक्ता संरक्षण अधिनियम, नार्कोटिक व ड्रग एक्ट सभी का दुरुपयोग हुआ है पर इसका यह मतलब तो नहीं है कि इन्हें समाप्त कर दिया जाये। अधिनियम के दुरुपयोग की दूसरी तस्वीर भी है। पुलिस पर्याप्त तफतीश नहीं करती व कई बार एकतरफा रवैया अपनाती है और जान-बूझकर मुकदमें को कमजोर करके अभियुक्तों की मदद करती है। इसी चक्कर में बड़े-बड़े तस्कर/माफिया छूट जाते हैं। इस प्रकार इस अधिनियम में दोषी लोगों को सजा दिलाने के लिये पुलिस मेहनत नहीं करती। मुकदमा खारिज हो जाता है इसलिये दलित अधिनियम को समाप्त करने की माँग की जाती है। झूठे मुकदमे अगर बनाये जाते हैं तो वे खारिज ही होंगे। पर हमें इस सम्बन्ध में सोचना होगा कि क्या इसके लिये प्रशासन तो दोषी नहीं है? अनेकों स्थितियाँ ऐसी हैं जहाँ सरकारी गवाह निहित सामाजिक, आर्थिक बेबसी के कारण पक्षद्रोही हो जाते हैं। ऐसी हालत में पुलिस एवं न्यायपालिका की कार्यवाही अभियुक्त को दोषी करार देने में असहाय हो जाती है। इस कमी को तो सामाजिक, सांस्कृतिक बदलाव, राजनैतिक संरक्षण और आर्थिक सम्बल से ही दूर करना सम्भव है। इसलिये हिन्दू समाज की एकता, मानव अधिकारों की रक्षा व समानता-स्वतन्त्रता के मूल अधिकारों की रक्षा के लिये यह अधिनियम बहुत आवश्यक है जब तक कि अनुसूचित जाति व दलितों को बराबरी का दर्जा नहीं मिल जाता।

हालाँकि, इस एक्ट के दुरुपयोग के सम्बन्ध में काफी आलोचनाएँ सामने आ रही हैं, लेकिन इन सबके बावजूद भी यह विधेयक एक पूर्ण संतुलित प्रभावशाली एवं सामाजिक क्रान्ति की दिशा में अग्रणी माना जा रहा है। राजस्थान प्रदेश में अत्याचार निवारण अधिनियम के तहत वर्ष 1989 व 1997 में निर्णित प्रकरणों का वर्गवार विवरण संलग्न परिशिष्ट-II में लिपिबद्ध किया गया है जिनसे यह स्पष्ट हो जाता है कि (1) सजायाबी का प्रतिशत लगभग नगण्य एवं अप्रभावशाली रहा है। (2) 1989 से 1997 के मध्य या तो अधिकांश मुकदमे लम्बित हैं या फिर अभियोजनपक्ष के गवाहान के द्वारा पक्षद्रोही हो जाने के कारण दाखिल दफ्तर या खारिज कर दिये गये हैं। अन्तिम निर्णय केवल 32 प्रतिशत मुकदमों में हो सका है जिनमें आश्चर्यजनक तथ्य ये हैं कि सजा केवल वर्ष 1991 में 9.47 प्रतिशत, 1992 में 10.2 प्रतिशत, 1993 में निल,

1994 में 14.17, 1995 में 12.9 प्रतिशत, 1996 में निल एवं 1997 में 12.31 प्रतिशत मुल्जिमों की हुई थी।

प्रश्नोत्तर के द्वारा आरक्षण में व्यक्त किये गये लोगों के विचार

मैंने प्रश्न सूची तैयार की। उसे समाज के विभिन्न वर्गों में वितरित किया। उन लोगों से जो मुझे उत्तर प्राप्त हुआ उन्हें निम्नलिखित सारिणी द्वारा दर्शा रहा हूँ। प्रश्न सूची तैयार करने में मेरा उद्देश्य यह था कि आरक्षण के प्रावधानों से अनुसूचित जाति, जनजाति के लोगों के विकास, इससे होने वाले सामाजिक, राजनीतिक, आर्थिक एवं सांस्कृतिक परिवर्तन तथा आरक्षण के वैधानिक प्रावधानों के आधार पर छुआछूत की भावना को समाप्त होने में कितनी सफलता मिली? मैं यह जानना चाहता हूँ कि समाज के विशिष्ट वर्गों के प्रतिनिधि संवैधानिक आरक्षण को बढ़ाने अथवा समाप्त करने के सम्बन्ध में क्या सोचते हैं? संसद, विधानसभाओं और स्थानीय निकायों में आरक्षण के पदों को समाप्त किया जाये अथवा नहीं राजकीय सेवाओं में भर्ती के समय आरक्षण के प्रावधान का अनुसरण किया जाये। राजकीय सेवाओं में पदोन्नति के समय आरक्षण को मान्यता दी जाये अथवा नहीं और निजी संस्थाओं की नौकरियों में आरक्षण को लागू किया जाये या नहीं। आरक्षण वर्ग के लोगों को प्रशिक्षण देकर उन्हें सरकारी मन्दिरों में पुजारी केपद पर नियुक्त किया जाये अथवा नहीं। सरकार के द्वारा अन्तर्जातीय विवाहों को प्रोत्साहित करके तथा न्यायपालिका, सेना, वैज्ञानिक प्रतिष्ठानों में न्यूनतम योग्यताधारी अनुसूचित जाति, जनजाति के लोगों को प्रवेश दिया जाये अथवा नहीं।

समाचार पत्रों में आरक्षण के मुद्दे पर समय-समय पर जो टीका टिप्पणी की गई थी, उनके सम्बन्ध में जनसाधारण की राय जानने के लिये मैंने एक दूसरी प्रश्नावली तैयार की थी। 192 व्यक्तियों में इसका वितरण किया था जिनके नाम एवं पते परिशिष्ट III में दर्शाये गये हैं, उनमें से 114 व्यक्तियों ने यह विचार प्रकट किये कि आरक्षण के प्रावधान से अनुसूचित जाति, जनजाति के लोगों का विकास हुआ है। उन लोगों का यह भी कहना है कि आरक्षण के परिणामस्वरूप सामाजिक परिवर्तन आया है। इसके सम्बन्ध में 109 व्यक्तियों ने पक्ष में राय दी। राजनीतिक परिवर्तन के पक्ष में 108 और आर्थिक परिवर्तन के पक्ष में 102 एवं सांस्कृतिक परिवर्तन के पक्ष में 81 व्यक्तियों ने अपनी सहमति प्रकट की थी। आरक्षण के फलस्वरूप छुआछूत की भावना समाप्त हो चुकी है। इसके पक्ष में 82 लोगों ने अपनी राय दी। सारांश रूप से आरक्षण की अवधि को बढ़ाये जाने के पक्ष में 84 लोगों ने और आरक्षण की नीति को समाप्त करने के विरोध में 124 लोगों ने राय दी। आरक्षण नीति में संशोधन होना चाहिये,

इसके पक्ष में 138 लोगों ने तथा संसद, विधानसभाओं और स्थानीय निकायों से आरक्षण को समाप्त कर देने के सम्बन्ध में 107 लोगों ने विरोधी विचार प्रकट किये हैं। राजकीय सेवाओं में भर्ती के समय आरक्षण बनाये रखने के पक्ष में 106 लोगों ने और पदोन्नति के समय राजकीय सेवाओं में आरक्षण का लाभ देने के विरोध में 76 एवं निजी नौकरियों में आरक्षण दिये जाने के पक्ष में 92 लोगों ने अपनी राय प्रश्नावलियों के माध्यम से प्रकट की थी। आरक्षित वर्ग के लोगों को सरकारी मन्दिरों में प्रशिक्षण देकर पुजारी के पद पर नियुक्त करने के पक्ष में 92 व्यक्तियों, अन्तर्जातीय विवाहों को प्रोत्साहन देकर प्रारम्भ करने के पक्ष में भी 92 व्यक्तियों तथा न्यायपालिका, सेना और वैज्ञानिक प्रतिष्ठानों में न्यूनतम योग्यताधारक आरक्षित वर्ग के लोगों को प्रवेश देने के पक्ष में 82 व्यक्तियों ने सहमति प्रकट की है। इस प्रकार मैंने जन-साधारण की रायशुमारी जानने के लिये जो प्रश्नावलियाँ तैयार की, वे प्रस्तुत शोध प्रबन्ध का एक आधार हैं जिसके बल पर मैंने आगामी पृष्ठों में अपने विचार और सुझाव प्रकट किये हैं।

12

अनुसूचित जातियों का शैक्षणिक आरक्षण

अनुसूचित जाति और जनजाति के उत्थान के लिये सरकारी प्रयासों के अन्तर्गत संवैधानिक प्रयासों के अतिरिक्त इस वर्ग के लोगों के लिये जो कल्याण कार्यक्रम अथवा सहायता कार्य सरकार के द्वारा चलाये जा रहे हैं, उनमें से शिक्षा भी एक असरदार प्रयास है। पंचवर्षीय योजनाओं में भारत के संविधान में उल्लेखित निर्देशों को ध्यान में रखते हुए, अनुसूचित जाति/जनजाति के लोगों के शैक्षणिक स्तर को राष्ट्रीय स्तर के बराबर लाने का प्रयास गत अर्द्ध शताब्दी से किया गया है क्योंकि जिस व्यक्ति की सामाजिक, आर्थिक उन्नति करनी हो, उसके लिये शिक्षा सर्वाधिक शक्तिशाली माध्यम होती है। इसलिये संविधान निर्माताओं ने विशेष अनुच्छेदों में कमजोर वर्ग के लोगों के लिये शिक्षा को बढ़ावा देने की भूमिका निर्धारित की थी। भारत सरकार ने अनुसूचित जाति के शैक्षणिक स्तर को ऊँचा उठाने के लिये कुछ प्रयत्न किये। इस समुदाय के बाहुल्यता वाले क्षेत्रों में अग्रता के आधार पर शैक्षणिक संस्थायें खोली गईं। छात्रों को छात्रवृत्ति, शुल्क मुक्ति, दोपहर का भोजन, वर्दी, पुस्तकें और लेखन

सामग्री उपलब्ध कराने की व्यवस्था की गई। मैट्रिक तथा उसके बाद मैट्रिकोत्तर स्कूलों एवं शिक्षण संस्थाओं में प्रवेश के लिये सीटें आरक्षित करना, कोचिंग एवं छात्रावास की सुविधायें उपलब्ध कराने कुछ ऐसे प्रावधान हैं जो अनुसूचित जाति के लोगों के शैक्षणिक स्तर को बढ़ाने में सहायक होते हैं। किन्तु इन सभी प्रावधानों के बावजूद अनुसूचित जातियों के शैक्षणिक विकास को सामान्य वर्ग के स्तर तक लाने में अभी पूर्ण सफलता नहीं मिली है। इसमें अभी भी समय लगेगा। शैक्षणिक विकास को अवरुद्ध करने वाले विभिन्न कार्यक्रमों की कमजोरियों तथा उनके कारणों का पता लगाने के लिये सुदृढ़ एवं सम्मिलित प्रयास करने होंगे।

गत वर्षों में सभी राज्य सरकारों ने मैट्रिक पूर्व छात्रवृत्ति सम्बन्धी कार्यक्रमों को बनाने में गति बढ़ाई थी। इन कार्यक्रमों के अन्तर्गत प्राथमिक स्कूल स्तर पर बच्चों की संख्या उच्चतर माध्यमिक स्तर की संख्या की तुलना में अधिक अच्छी थी। मिडिल और उच्चतर माध्यमिक स्तर पर अधिकांश बच्चे पढ़ाई छोड़ देते हैं। कई बच्चे प्राथमिक स्तर पर तो शिक्षा प्राप्त कर लेते हैं लेकिन इस वर्ग के अधिकांश बच्चे माध्यमिक स्तर के विद्यालयों में नहीं जा पाते क्योंकि वे विद्यालय उनके निवास स्थान से बहुत दूर होते हैं। अनेक बच्चे इस स्तर पर पढ़ाई छोड़ने के बाद घर के काम में जुट जाते हैं क्योंकि उन्हें जो आर्थिक सहायता मिली थी, वह अपर्याप्त थी। मेरा अपना दृष्टिकोण है कि राज्य सरकारों को ऐसी व्यवस्था विकसित करनी चाहिये जिसके अन्तर्गत विद्यार्थी दिनभर स्कूल में ही बने रहें और जिस रोज से वे स्कूल जाना प्रारम्भ करें उन्हें आर्थिक सहायता देकर उनमें प्रोत्साहन और जिज्ञासा विकसित की जाये। इसके अतिरिक्त प्राथमिक, मिडिल व माध्यमिक स्तर पर शिक्षा संस्थाओं के सम्पर्क को सुदृढ़ करने की आवश्यकता है।

1977-78 में यह स्कीम प्रारम्भ की गई थी कि जो लोग शौचालयों में मैला ढोने वाले, झाड़ू लगाने वाले हैं, चमड़ा उतारने वाले हैं अथवा चर्म शोधक चर्मकारों के बच्चे हैं, उनके बच्चों को मैट्रिक से पूर्व की शिक्षा प्राप्त करने के लिये आकर्षित किया जाये। केन्द्र सरकार ने राज्य सरकारों को उनके दायित्व से अवगत कराया। तत्पश्चात् 50 : 50 के आधार पर केन्द्रीय सहायता प्रारम्भ की गई। इस स्कीम में कुछ खामियाँ अवश्य थीं इसलिये राज्य सरकारों की इस दिशा में संतोषजनक प्रगति नहीं रही। अतएव 1.11.1991 से स्कीम में संशोधन किया गया। उसके पश्चात् कक्षा 1 से 10 तक के बीच दिन में पढ़ने वाले बच्चों को, उनके ग्रेड के अनुसार छात्रवृत्तियाँ प्रदान करने की योजना बनाई गई। अर्थात् कक्षा 1 से 5 तक के बीच के बच्चों को 25 रुपए प्रतिमाह, कक्षा 6 से 8 तक 40 रुपए प्रति माह तथा कक्षा 9 से 10 के लिये 50 रुपए प्रति माह निर्धारित किया गया। निर्धारित स्कीम में छात्रावास में रहने

वाले कक्षा 3 से 10 तक के बच्चों के लिये भी आर्थिक सहायता का प्रावधान किया गया। कक्षा 3 से 8 के बीच पढ़ने वाले जो बच्चे छात्रावास में रहे उन्हें 200 रुपए तथा कक्षा 9 से 10 के विद्यार्थियों को 250 रुपए प्रतिमाह छात्रवृत्ति दी जाती थी। दिन में पढ़ने वाले जो बालक छात्रावासों में रहते थे, उन्हें वर्ष में 10 माह की छात्रवृत्ति ही मिलती थी। संशोधन से पूर्व छात्रावासों में रहने वाले कक्षा 6 से 10 तक के बीच के बच्चों को एकमुश्त शामिल कर लिया जाता था। संशोधित स्कीम के अन्तर्गत प्रत्येक विद्यार्थी को 500 रुपए का तदर्थ वार्षिक अनुदान देने का प्रावधान भी किया गया, चाहे वह विद्यार्थी दिन में पढ़ने वाला हो और छात्रावास में रहता हो। माता-पिता की आय सीमा को बढ़ाकर 1500 रुपए प्रतिमाह आकलन सीमा निर्धारित की गई। वर्ष 1992-93 में इस स्कीम के अन्तर्गत 11.00 करोड़ रुपए का प्रावधान किया गया था जिसमें से 6.39 करोड़ प्रत्येक राज्य सरकार को एक वर्ष के लिये दिये गये। वर्ष 1991-92 में इस स्कीम से लाभान्वित होने वाले बच्चों की संख्या 1.29 लाख थी, जबकि 1992-93 में यह संख्या बढ़कर 1.44 लाख हो गई थी। छात्रवृत्ति की प्रति माह राशि समय-समय पर सरकार द्वारा बढ़ाई जाती रही है।

आठवीं योजना के अन्त तक मैला ढोने की कुप्रथा को समाप्त करने के लिये कानूनी प्रयास किये गये थे। घोषित कार्यक्रम के अनुसार मैला ढोने वाले बच्चों की शिक्षा के लिये उपरोक्त स्कीम का बहुत अधिक महत्व हो गया था, लेकिन दुर्भाग्य यह था कि अस्वच्छ पेशे में कार्यरत लोगों को और उनके परिवार वालों को इस स्कीम की जानकारी नहीं थी। अस्वच्छ पेशे में लगे माता-पिताओं को अपने बच्चों को स्कूल भेजने तथा आर्थिक सहायता की स्कीम से भरपूर लाभ उठाने के लिये योजना का प्रचार-प्रसार व्यापक स्तर पर करना चाहिये था।

अनुसूचित जाति के विद्यार्थियों के लिये मैट्रिकोत्तर छात्रवृत्ति की स्कीम अत्यन्त महत्वपूर्ण योजना है। केन्द्र सरकार इस स्कीम के तहत सम्पूर्ण आर्थिक सहायता उपलब्ध कराती है। वैसे यह स्कीम 1944-45 में प्रारम्भ हो चुकी थी और उस वर्ष अनुसूचित जातियों के 114 विद्यार्थियों को छात्रवृत्तियाँ भी दी गई थीं लेकिन संविधान के लागू होने के बाद से यह स्कीम विभिन्न राज्यों में क्रियान्वित की जाती है। इन राज्यों में अनुसूचित जाति और जनजाति के विद्यार्थियों को छात्रवृत्तियाँ मिलती हैं। वे विद्यार्थी कहीं भी जाकर अध्ययन करें उन्हें यह छात्रवृत्ति मूल निवास के आधार पर मिलती रहेगी। स्कीम के अन्तर्गत अन्तिम वर्ष तक व्यय हुई रकम की जिम्मेदारी राज्यों/संघ राज्य क्षेत्रों की होती है और व्यय उन्हें अपनी निधि से ही करना होता है। केन्द्र सरकार प्रति वर्ष स्कीम को स्वीकृत करके अनुदान जारी करने के बाद राज्य सरकारों को हस्तान्तरण कर देता है। सातवीं योजना के अन्त तक राज्य सरकारों और संघीय राज्य

क्षेत्रों की प्रतिबद्ध देयता 144.90 रुपए थी। 1992-93 में राज्यों को 54.19 करोड़ की केन्द्र सहायता प्रदान की गई थी। स्कीम की सफलता दो बातों पर निर्भर करती है-(1) पात्र विद्यार्थियों को समय पर छात्रवृत्ति की रकम का वितरण कर दिया जाये। (2) निधि को अन्य योजनाओं में नहीं लगाया जाये। प्रशासनिक सुधार विभाग ने 1991 में अपने प्रतिवेदन में गहन अध्ययन के बाद यह सिफारिश की थी कि राशि के वितरण को अधिक कारगर बनाया जाये। इसके लिये कुछ उपाय भी सुझाये गये थे। पहला उपाय यह था कि छात्रवृत्ति की राशि का वितरण बैंक के जरिये किया जाये। लेकिन मध्यप्रदेश जैसे कुछ राज्यों ने बैंकों के जरिये धन के वितरण में काफी कठिनाई होने की सूचना दी थी, उसके बाद यह हल निकाला गया कि जिला स्तर पर ही छात्रवृत्ति के आवेदनों का प्रक्रमण कम्प्यूटर के जरिये किया जाये ताकि बोगस अथवा दुबारा भुगतान की संभावना कम हो जाये। यह भी सुनिश्चित किया गया कि केन्द्र सहायता का उपयोग केवल मौजूदा दरों के आधार पर भारत सरकार के द्वारा प्रदान की गई छात्रवृत्तियों के लिये किया जाये, किसी अन्य योजना के लिये नहीं। मैट्रिक के बाद ही जाने वाली छात्रवृत्ति तथा वजीफे की दरों की पात्रता निर्धारित करने के लिये माता-पिता की आय स्तर का समय समय पर आकलन किया जाये। तत्पश्चात् नई दरें मूल्य सूचकांक के आधार पर निर्धारित की जानी चाहिये। राज्य सरकारों के लिये यह सुझाव दिये गये थे कि वे छात्रवृत्ति के पात्र सभी विद्यार्थियों को नियमित रूप से प्रत्येक माह छात्रवृत्ति का भुगतान करें। माह का पहला सप्ताह इसके लिये अधिक उपयुक्त होगा।

छात्रवृत्ति स्कीम ने बालकों और नवयुवक विद्यार्थियों को इतना अधिक पंगु बना दिया है कि वे विद्यालयों और महाविद्यालयों में छात्रवृत्ति प्राप्त करने के उद्देश्य से ही दाखिला लेते हैं। वे छात्रवृत्ति को अपनी नियमित मासिक आय का अधिकार मानते हैं जिसके भुगतान में देरी होने पर शिक्षण संस्था के प्रधान को उनके क्रोध का सामना करना पड़ता है। इस स्कीम में कतिपय संशोधनों की आवश्यकता है लेकिन अनुसूचित जाति और जनजाति के लोगों ने सामान्य शिक्षण संस्थाओं में छात्रवृत्ति प्राप्त करने की आदत को विशिष्ट पाठ्यक्रमों में शिक्षा प्राप्त करने के लिये माँगना प्रारम्भ कर दिया। उस समय विशिष्ट पाठ्यक्रम वाले महाविद्यालयों में अभ्यर्थियों के दाखिले के प्रतिशत पर विवाद प्रारम्भ हो गया। मध्यप्रदेश और उत्तरप्रदेश की सरकारों ने दाखिले के प्रतिशत को घटाकर सामान्य वर्ग के छात्रों के लिये 33 प्रतिशत तथा आरक्षित वर्ग के छात्रों के लिये 20 प्रतिशत कर दिया। राजस्थान में भी यह माँग की गई और उस समय इसका निर्णय भारत के सर्वोच्च न्यायालय के द्वारा ही दिया गया था। सर्वोच्च न्यायालय के 5 न्यायाधीशों की खण्डपीठ ने 13 अगस्त, 1999 के दिन निर्णय दिया

था कि अति विशिष्ट पाठ्यक्रमों में अध्ययन के लिये आरक्षण का कोटा निर्धारित नहीं होना चाहिये। खण्डपीठ की अध्यक्षता मुख्य न्यायाधीश माननीय श्री ए.एस. आनन्द ने की थी। उनके साथ अन्य न्यायाधीश थे (1) माननीय एस.बी. मजूमदार (2) न्यायाधीश सुजाता जी मनोहर (3) न्यायाधीश वैंकट स्वामी एवं (4) न्यायाधीश वी. एन. खरे। इन लोगों ने अपने फैसले में 4 : 1 के अनुपात से यह आदेश दिये थे कि अति विशिष्ट पाठ्यक्रमों में उत्तर स्नातकोत्तर अध्ययन के लिये अनुसूचित जातियों और जनजातियों का कोटा निर्धारित करना अनुचित है क्योंकि इससे अध्ययन का स्तर घटता है। इसी प्रकार माननीय न्यायाधीश सुजाता मनोहर ने अपने फैसले में कहा था कि दाखिले के लिये प्रतिशत को कम करने की आवश्यकता नहीं है। यह उच्चतम न्यायालय का एक ऐतिहासिक फैसला था जिसमें अति विशिष्ट पाठ्यक्रमों में आरक्षण नहीं योग्यता का आधार माना गया था। इस सम्बन्ध में समाचार पत्रों में विशद रूप से प्रकाशन किया गया, उस समय दैनिक भास्कर ने अपने दिनांक 13.8.1999 के अंक में प्रकाशित किया था कि मेडीकल और इंजीनियरिंग के विशिष्ट पाठ्यक्रमों में योग्यता के आधार पर प्रवेश देना चाहिये। लेकिन राजस्थान में सर्वोच्च न्यायालय के इस फैसले का कोई प्रभाव नहीं होगा। क्योंकि यहाँ पहले से ही सामान्य छात्रों के लिये प्रवेश के समय 50 प्रतिशत न्यूनतम पात्रता अंक थे और वर्ग विशेष के छात्रों के लिये 40 प्रतिशत पात्रता अंक थे। उच्च न्यायालय के इस निर्णय का मेडीकल प्रेक्टिशनर्स सोसायटी के सचिव डॉ. जी.डी. पारीख और राजस्थान विश्वविद्यालय के छात्रसंघ के महासचिव पवन गोदारा के द्वारा स्वागत किया गया था। उन लोगों ने कहा कि चिकित्सा विज्ञान के उच्च स्तरीय पाठ्यक्रमों में प्रवेश योग्यता के आधार पर ही मिलना चाहिये। लेकिन अखिल राजस्थान अनुसूचित जाति/जनजाति और पिछड़ी जाति कर्मचारी संघ के प्रदेश अध्यक्ष श्री रामस्वरूप मीना ने महामहिम राष्ट्रपति को फैक्स भेजकर उच्चतम न्यायालय के आरक्षण विरोधी निर्णय पर रोक लगाने की माँग की थी। आचार्य रमैयाराम ने अपने एक लेख में राजस्थान पत्रिका के दिनांक 22.9.1999 के अंक में अपने विचार प्रकट करते हुए लिखा था कि प्रतिभाओं को आरक्षण की आवश्यकता नहीं है। आरक्षण देकर वर्ग विशेष को पंगु बनाना है। प्रतिभा किसी जाति, धर्म, भाषा की मोहताज नहीं होती। विपरीत संस्कृति में पली मुस्लिम बालिका तजीम फातिहा ने आठवीं कक्षा में संस्कृत विषय में बोर्ड की 1999 की परीक्षा में 92.67 प्रतिशत अंक प्राप्त करके (प्रथम स्थान प्राप्त करके) यह सिद्ध कर दिया था कि प्रतिभाओं के लिये आरक्षण आवश्यक नहीं है। आजादी के 52 वर्ष बाद भी जो विद्यार्थी उन्मुक्त होकर अध्ययन और विचरण नहीं कर सकते उन लोगों के लिये अध्ययनकाल के दौरान आर्थिक सहायता प्राप्त करने और दाखिले के समय अंकों के प्रतिशत को

कम करवाने की माँग करना शिक्षा के स्तर को नीचा गिराने वाला कदम है। सामाजिक परिवर्तन दो शब्दों (सामाजिक + परिवर्तन) से मिलकर बना है। इसका अर्थ है कि समाज के सम्बन्धों में जो रीति-रिवाज, संस्कृति, रहन-सहन इत्यादि का मायाजाल है, उसका नाम ही सामाजिक है जबकि परिवर्तन से तात्पर्य भूतकाल की अवस्था को नवीन स्वरूप प्रदान करना है। इस प्रकार सामाजिक परिवर्तन समाज के कार्य एवं स्वरूप में होने वाले परिवर्तन का नाम है। प्रसिद्ध समाजशास्त्री दासन और गेटिस ने इसकी परिभाषा देते हुए कहा था, ''सांस्कृतिक परिवर्तन ही सामाजिक परिवर्तन है क्योंकि समस्त संस्कृति अपने उद्गम अर्थ तथा प्रयोग में समाप्त होती है।'' सामाजिक परिवर्तन की मूलभूत विशेषतायें हैं। अर्थ ही सामाजिक परिवर्तन का स्रोत होता है। यह सर्वव्यापी होता है, जटिल प्रक्रिया है। सामाजिक परिवर्तन में सामाजिक मनुष्यों का स्वभाव गुणात्मक भूमिका अदा करता है।

सामाजिक परिवर्तन के कारणों पर यदि दृष्टिपात किया जाये तो इसका प्रमुख कारण जनसंख्या से सम्बन्धित होता है। यदि जनसंख्या में परिवर्तन आ जाये तो सामाजिक सन्तुलन बिगड़ जाता है। जनसंख्या में वृद्धि होने पर मानव जीवन संघर्षमय हो जाता है। उस समय समाज में भ्रष्टाचार, चोरी, डकैती जैसे अनैतिक कार्य बढ़ जाते हैं। लेकिन सामाजिक परिवर्तन का मूल आधार आर्थिक ढाँचा होता है। कृषि प्रधान समाज अथवा उद्योग प्रधान क्षेत्रों में विकसित देश तथा अविकसित समाजों की स्थिति एक-दूसरे से भिन्न होती है। आर्थिक रूप से निर्बल देश अपराध प्रवृत्ति वाले देश होते हैं जबकि आर्थिक रूप से उन्नत राष्ट्र प्रमुख रूप से यौन अपराधों से ग्रस्त होते हैं। आर्थिक कारण के साथ-साथ मनोवैज्ञानिक कारण भी सामाजिक परिवर्तन के लिये महत्व रखते हैं, लेकिन वास्तव में स्वार्थपरता ही सामाजिक परिवर्तन का मूलभूत कारण होता है। निजी स्वार्थों को प्राप्त करने के लिये पुरातन व्यवस्था को खोखला कर देना उन लोगों का उद्देश्य होता है जो सामाजिक परिवर्तन की दुहाई करते हैं। वास्तव में देखा जाये तो शिक्षा सामाजिक परिवर्तन का सशक्त कारण है। शिक्षा के बगैर समाज में परिवर्तन की कल्पना करना असंभव है। शिक्षा के द्वारा सामाजिक परिवर्तन के मार्ग निम्न प्रकार प्रशस्त किये जाते हैं–

(1) शिक्षा समाज की संस्कृति का हस्तान्तरण, परिमार्जन और चयन करके सांस्कृतिक परिवर्तन लाती है जिससे सामाजिक परिवर्तन का मार्ग प्रशस्त होता है।

(2) शिक्षा के द्वारा वैज्ञानिक उन्नति हाती है। नये आविष्कार होते हैं जिनके परिणामस्वरूप कई क्षेत्रों में नवीन परिवर्तन होते हैं।

(3) शिक्षा के फलस्वरूप ही समाज की आर्थिक प्रगति हो सकती है।

(4) शिक्षा व्यक्ति विशेष के व्यवहार, जीवनशैली, आचार-विचार और आदत को प्रभावित करके सामाजिक परिवर्तन का मार्ग प्रशस्त करती है।

(5) शिक्षित व्यक्ति समाज में व्याप्त बुराइयों और कुरीतियों की जानकारी होने के बाद उनके विरुद्ध जनमत तैयार करते हैं तथा स्वयं अपने चरित्र को बुराइयों से दूर रखते हैं।

(6) शिक्षा सामाजिक परिवर्तन को नेतृत्व प्रदान करती है। शिक्षित व्यक्ति ही सामाजिक कार्यकर्ता के रूप में नवचेतना जागृत कर सकते हैं। जनजागरण के परिणामस्वरूप ही सामाजिक परिवर्तन आता है।

(7) सामाजिक परिवर्तन के मार्ग में जो बाधायें आती हैं शिक्षा उनको दूर करके परिवर्तन की गति को तीव्र करती है।

(8) शिक्षा ज्ञान का भंडार है, साक्षरता नहीं। परन्तु साक्षर व्यक्ति समाज में परिवर्तन लाने में सक्षम हो सकते हैं।

(9) शिक्षा के द्वारा व्यक्ति की संकीर्ण भावनायें दूर होती हैं। भारत में शिक्षा के प्रचार-प्रसार के फलस्वरूप ही इस देश के निवासियों में प्रान्तीयता और क्षेत्रीयता की भावना से ऊपर उठकर राष्ट्रीय एकता की भावना प्रस्फुटित हो सकती है।

उपरोक्त विवेचन से यह स्पष्ट हो जाता है कि शिक्षा विभिन्न उपायों और प्रभावों के द्वारा सामाजिक परिवर्तन लाती है तथा पुरानी परम्परा में परिवर्तन की गति को तीव्र बनाती है। शिक्षा के द्वारा ही आधुनिकीकरण किया जा सकता है। जो समाज शिक्षा के माध्यम से सामाजिक परिवर्तन लाना चाहता है, उस समाज में शिक्षा प्रणाली का पुनर्गठन होना चाहिये। शिक्षा को वह रूप प्रदान किया जाये जिससे सामाजिक परिवर्तन शीघ्र ही संभव हो सके। शिक्षा परिवर्तन को प्रेरणा देती है। यह सामाजिक मूल्यों की निर्मात्री है। शिक्षा के द्वारा ही वांछनीय गुणों का विकास होता है, इसलिये सामाजिक परिवर्तन हेतु इस प्रकार की शिक्षा की व्यवस्था होनी चाहिये जो समाज के स्वरूप, उसकी कुरीतियों और कुप्रथाओं की ओर व्यक्तियों का ध्यान आकर्षित कर सके और उन्हें दूर करने की प्रेरणा प्रदान कर सके। उपरोक्त सिद्धान्तों को ध्यान में रखकर हमारे देश की शिक्षा प्रणाली का मूल्यांकन किया जाये तो यह स्पष्ट हो जाता है कि देश की शिक्षा व्यवस्था में स्वतन्त्रता प्राप्ति के बाद तीव्र गति से विकास

हुआ है। अनुसूचित जाति और जनजाति के लोगों को साक्षर बनाने हेतु शिक्षण संस्थाओं की व्यवस्था में सुधार लाया गया। नवीन शिक्षण संस्थायें खोली गईं। 14 वर्ष तक के बच्चों को शिक्षा के प्रति आकर्षित करने के लिये छात्रवृत्तियाँ, पुस्तकें, दोपहर का भोजन, वर्दी इत्यादि सुविधायें प्रदान की गईं। यह सकारात्मक कार्यक्रम था जिसके अन्तर्गत अनुसूचित जाति, जनजाति के विद्यार्थियों के लिये छात्रावास खोले गये। उनके प्रबन्ध का उत्तरादायित्व समाज कल्याण विभाग को सौंपा गया। स्वर्गीय प्रधानमन्त्री श्री राजीव गाँधी ने पब्लिक स्कूल पैटर्न पर नवोदय विद्यालयों की स्थापना का श्रीगणेश किया था। यह पूर्णतया आवासी विद्यालय होते हैं जिनमें विद्यार्थी और शिक्षकों के बीच सम्पर्क निकटतम रहते हैं। इसी प्रकार से शिक्षण सुविधाओं को और विकसित करने के लिये उच्च शिक्षा के स्तर पर आरक्षण की माँग की गई जिसे सर्वोच्च न्यायालय के द्वारा अस्वीकृत कर दिये जाने के उपरान्त भी विद्यार्थियों को सामान्य वर्ग के छात्रों की तुलना में कम अंक प्राप्त करने के बाद भी दाखिला मिल जाता है। संविधान के निर्माण के पश्चात् सरकारी और गैर सरकारी स्तर पर जो सकारात्मक कार्यवाही कार्यक्रम किये गये हैं, उनके फलस्वरूप शिक्षा का विकास हुआ है। परन्तु हमारे देश में निरक्षरों को साक्षर बनाने पर ही बल दिया जा रहा है। जो आर्थिक प्रावधान सरकार के द्वारा किये जाते हैं, वे साक्षरता कार्यक्रम को चलाने में समाप्त हो जाते हैं। वस्तुस्थिति यह है कि अब साक्षरों को शिक्षित बनाना चाहिये ताकि सामाजिक परिवर्तन संभव हो सके। भारत में कालान्तर में अनेक जातियाँ हो गयीं। इन जातियों में शूद्रों को निम्न जाति का माना गया और देश के कुछ भागों में उन्हें छूना मना कर दिया गया। इस प्रकार अस्पृश्यता भारत का एक सामाजिक कलंक बन गया। ये जातियाँ सामाजिक दृष्टि से सुख-सुविधाओं से वंचित कर दी गयीं। इन्हें समाज में रहने, लोगों के साथ उठने-बैठने, एक साथ भोजन करने, एक कुएँ से पानी लेने को मना कर दिया गया। इस प्रकार से सामाजिक दृष्टि से वंचित वर्ग आर्थिक दृष्टि से वंचित हो गया। संवैधानिक प्रावधानों के अन्तर्गत भारत में उपेक्षित, शोषित या अस्पृश्य जातियों को अनुसूचित जातियों के वर्ग में सम्मिलित किया गया है तथा आदि जातियों को अनसूचित जनजाति घोषित किया गया है। जनजाति व्यक्तियों को आदिवासी भी कहा जाता है।

विभिन्न संवैधानिक प्रावधान

भारतीय संविधान के विभिन्न अनुच्छेदों में अनुसूचित जातियों तथा अनुसूचित जनजातियों के कल्याण हेतु विशेष प्रावधान किए गए हैं, जो इस प्रकार हैं—

अनुच्छेद 15 (4)—इस अनुच्छेद की कोई बात राज्य को सामाजिक और शैक्षिक दृष्टि से पिछड़े हुए नागरिकों के किन्हीं वर्गों की उन्नति के लिए अनुसूचित

जातियों और अनुसूचित जनजातियों के लिए कोई विशेष उपबन्ध करने से निवारित नहीं करेगी।

अनुच्छेद 46—राज्य जनता के दुर्बल वर्गों, विशेषत: अनुसूचित जातियों, अनुसूचित जनजातियों के शिक्षा और अर्थ सम्बन्धी हितों की विशेष सावधानी से अभिवृद्धि करेगा और सामाजिक अन्याय और सभी प्रकार के शोषण से उनकी रक्षा करेगा।

अनुच्छेद 335—संघ या राज्य के कार्यकलाप से सम्बन्धित सेवाओं और पदों के लिए नियुक्तियाँ करने में, अनुसूचित जातियों और अनुसूचित जनजातियों के सदस्यों के दावों का प्रशासन की दक्षता बनाए रखने की संगति के अनुसार ध्यान रखा जाएगा।

अनुच्छेद 338 (1)—अनुसूचित जातियों और अनुसूचित जनजातियों के लिए एक आयोग होगा जिसे 'अनुसूचित जातियों और अनुसूचित जनजातियों के लिए राष्ट्रीय आयोग' के नाम से जाना जाएगा। यह आयोग अनुसूचित जातियों तथा जनजातियों के संरक्षण, कल्याण, विकास एवं उत्थान से सम्बन्धित कृत्यों का निर्वहन करेगा।

अनुच्छेद 339 (1)—राष्ट्रपति, राज्य के अनुसूचित क्षेत्रों के प्रशासन और अनुसूचित जनजातियों के कल्याण के बारे में प्रतिवेदन देने के लिए आयोग की नियुक्ति, आदेश द्वारा, किसी भी समय कर सकेगा और इस संविधान के प्रारम्भ से दस वर्ष की समाप्ति पर कर सकेगा।

अनुच्छेद 340 (1)—राष्ट्रपति, भारत के राज्य क्षेत्र के भीतर सामाजिक और शैक्षिक दृष्टि से पिछड़े वर्गों की दशाओं के और जिन कठिनाइयों को वे झेल रहे हैं उनके अन्वेषण के लिए और उन कठिनाइयों को दूर करने और उनकी दशाओं को सुधारने के लिए संघ या किसी राज्य द्वारा जो उपाय किए जाने चाहिए उनके बारे में उस सप्रयोजन के लिए संघ या राज्य द्वारा जो अनुदान किए जाने चाहिए उनके बारे में सिफारिश करने के लिए, आदेश द्वारा, एक आयोग नियुक्त कर सकेगा जो ऐसे व्यक्तियों से मिलकर बनेगा जो वह ठीक समझे और ऐसे आयोग को नियुक्त करने वाले आदेश में आयोग द्वारा अनुसरण की जाने वाली प्रक्रिया परिनिश्चित की जाएगी।

अनुच्छेद 341 (1)—राष्ट्रपति किसी राज्य या संघ राज्य क्षेत्र के सम्बन्ध में और जहाँ वह राज्य है वहाँ उसके राज्यपाल से परामर्श करने के पश्चात् लोक अधिसूचना द्वारा उन जातियों, मूलवंशों या जनजातियों अथवा जातियों के भागों या उनमें के यूथों को विनिर्दिष्ट कर सकेगा, जिन्हें इन संविधान के प्रयोजनों के लिए यथास्थिति, उस राज्य या संघ राज्य क्षेत्र के सम्बन्ध में अनुसूचित जातियाँ समझा जाएगा।

अनुच्छेद 342 (1)—राष्ट्रपति किसी राज्य या संघ राज्यक्षेत्र के सम्बन्ध में और जहाँ वह राज्य है वहाँ उसके राज्यपाल से परामर्श करने के पश्चात् लोक अधिसूचना द्वारा उन जनजातियों या जनजाति समुदायों के भागों या उनमें के यूथों को विनिर्दिष्ट कर सकेगा, जिन्हें इस संविधान के प्रयोजनों के लिए यथास्थिति, उस राज्य या संघ राज्य क्षेत्र के सम्बन्ध में अनुसूचित जनजातियाँ समझा जाएगा। इस प्रकार स्पष्ट पता चलता है कि भारतीय संविधान में अनुसूचित जाति व अनुसूचित जनजातियों के कल्याण हेतु अनेक प्रावधान किए गए हैं। इन वर्गों की शिक्षा के लिए भी विभिन्न आयोगों व नीतियों द्वारा सुझाव दिए गए हैं।

विभिन्न आयोगों के सुझाव

अनुसूचित जातियों व अनुसूचित जनजातियों की शिक्षा के लिए सर्वप्रथम भारतीय संविधान की धारा 45 में प्राथमिक शिक्षा को नि:शुल्क और अनिवार्य रूप से सभी बच्चों को उपलब्ध कराने का प्रावधान दिया गया। अनुसूचित जातियों और जनजातियों के कल्याण हेतु अनेक सामाजिक संस्थाओं द्वारा शिक्षा संस्थाएँ खोली गयीं तथा छात्रवृत्तियाँ और नि:शुल्क शिक्षा की व्यवस्था की गयी। विभिन्न पंचवर्षीय योजनाओं में भी अनुसूचित जातियों व अनुसूचित जनजातियों की शिक्षा के लिए व्यवस्था की गयी। इसके साथ-साथ विभिन्न आयोगों ने भी इन वर्गों की शिक्षा हेतु सुझाव दिए हैं, जो इस प्रकार हैं—

ढेबर समिति (1960-61)—स्वतन्त्रता पश्चात अनुसूचित जातियों व अनुसूचित जनजातियों की शिक्षा की वास्तविक स्थिति व समस्याओं को जानने के लिए श्री यू.एन. ढेबर की अध्यक्षता में सन् 1960-61 में सरकार द्वारा ढेबर समिति का गठन किया गया। ढेबर समिति द्वारा अनुसूचित जातियों और जनजातियों की बालिकाओं और बालक की शिक्षा की सुविधाओं का पता लगाया गया। ढेबर समिति ने भारत की केन्द्र तथा राज्य सरकारों से आग्रह किया कि विशेष कार्यक्रम और निर्देशन में अनुसूचित जाति तथा जनजाति के लोगों में परिवर्तन लाने के लिए इनमें प्राथमिक शिक्षा का विकास किया जाए। इसके अतिरिक्त अनुसूचित जाति तथा जनजातियों की शिक्षा के सम्बन्ध में ढेबर समिति द्वारा निम्न सुझाव दिए गए—

1. अनुसूचित जातियों और जनजातियों के बच्चों के लिए नि:शुल्क शिक्षा, मध्याह्न भोजन, पुस्तकें, वस्त्र तथा लेखन सामग्री आदि की नि:शुल्क व्यवस्था की जाए।
2. इन जातियों की शिक्षा व्यवस्था में हस्तलिपि का विशेष ध्यान रखा जाए।
3. अनुसूचित जातियों तथा जनजातियों के क्षेत्र में विशेष विद्यालय स्थापित किए जाएँ और उनमें ऐसे शिक्षक नियुक्त किए जाएँ जिन्हें अनुसूचित

जातियों तथा जनजातियों के जीवन तथा उनकी संस्कृति का अच्छा ज्ञान हो।

4. अनुसूचित जाति तथा जनजातियों के बच्चों को पढ़ाने के लिए विद्यालय में नियुक्त शिक्षकों को विशेष भत्ता तथा आवास की विशेष सुविधा दी जाए।
5. प्राथमिक शिक्षा में अनुसूचित जातियों व जनजातियों की शिक्षा में उनकी मातृभाषा का ही प्रयोग व विकास किया जाए तथा उनकी ही भाषाओं में पुस्तकें तैयार की जाएँ।
6. अनुसूचित जातियों व जनजातियों की भाषा और संस्कृति को पाठ्यक्रम में स्थान दिया जाए।
7. अनुसूचित जाति-जनजाति की बालिकाओं के लिए आवासीय आश्रम स्कूल बनाए जाएँ।

शिक्षा आयोग (1964-66)—शिक्षा आयोग का गठन श्री दौलत सिंह कोठारी की अध्यक्षता में किया गया इसलिए इसे कोठारी आयोग के नाम से भी जाना जाता है। शिक्षा आयोग ने अनुसूचित जाति और जनजाति की शिक्षा के विषय में निम्न सुझाव दिए—

1. अनुसूचित जातियों व जनजातियों के बच्चों की शिक्षा हेतु प्राथमिक स्तर पर और अच्छी व्यवस्था होनी चाहिए। कम आबादी वाले क्षेत्रों में आश्रम स्कूल खोले जाएँ।
2. प्राथमिक स्तर के साथ-साथ माध्यमिक स्तर पर विद्यालय खोले जाएँ और इनमें छात्रावास और छात्रवृत्तियों की समुचित व्यवस्था की जाए।
3. अनुसूचित जातियों और जनजातियों के बच्चों को उच्च शिक्षा के लिए छात्रवृत्तियाँ दी जाएँ।
4. अनुसूचित जाति तथा जनजातियों के उत्थान व प्रगति हेतु समाज-सेवी व्यक्तियों को प्रोत्साहित किया जाए।

अनुसूचित जातियों और जनजातियों के लिए शैक्षिक साधन व प्रयास

सरकार द्वारा अनुसूचित जातियों और जनजातियों की उन्नति और प्रगति हेतु अनेक प्रयास किए गए, जो इस प्रकार हैं—

1. अनुसूचित जातियों की बालिकाओं के लिए छात्रावास योजना—माध्यमिक विद्यालय, उच्च प्राथमिक विद्यालय, उच्च माध्यमिक विद्यालयों तथा महाविद्यालयों में पढ़ने वाली अनुसूचित जाति की बालिकाओं को छात्रावास की सुविधा उपलब्ध कराने के लिए सरकार द्वारा भवन बनाए गए। इस कार्य के लिए केन्द्र सरकार राज्य व केन्द्र शासित प्रदेशों को कुल खर्च की आधी राशि उपलब्ध कराती है।

2. अनुसूचित जाति व जनजातियों हेतु दसवीं कक्षा के बाद छात्रवृत्ति—अनुसूचित जाति और जनजातियों के लिए दसवीं कक्षा के बाद छात्रवृत्ति देने की योजना 1944-45 में शुरू की गयी। इस योजना का उद्देश्य दसवीं कक्षा के बाद देश के विभिन्न विद्यालयों, महाविद्यालयों में अध्ययन करने वाले विद्यार्थियों को वित्तीय सहायता उपलब्ध कराना था जिससे वे अपनी शिक्षा सुविधाजनक ढंग से पूरी कर सकें। इस योजना में महँगाई और अन्य बातों को ध्यान में रखते हुए सभी पाठ्यक्रमों के लिए 1 जुलाई, 1981 से छात्रवृत्ति की राशि और अभिभावकों की आय सीमा में भी संशोधन किया गया है। वर्ष 1980-81 से 750 रुपये मासिक आय वाले नौकरी पेशा विद्यार्थी यह छात्रवृत्ति प्राप्त कर सकते हैं किन्तु उन्हें अनिवार्य शुल्क के बराबर छात्रवृत्ति दी जाएगी।

3. अनुसूचित जाति व जनजातियों के छात्रों के लिए पुस्तक बैंक योजना—यह योजना मेडिकल/इंजीनियरिंग कॉलेज में पढ़ने वाले अनुसूचित जातियों और जनजातियों के ऐसे विद्यार्थियों को पाठ्य-पुस्तकें उपलब्ध कराने के लिए शुरू की गयी है जो सरकारी सहायता के बिना शिक्षा के भारी खर्च को उठाने में असमर्थ हैं। इस योजना के अन्तर्गत 5000 रुपये मूल्य की किताबों का एक सेट तीन विद्यार्थियों के लिए होता है और इससे तीन साल तक काम चलाया जा सकता है।

4. दसवीं कक्षा से पहले छात्रवृत्तियाँ—यह योजना 1977-78 में शुरू की गयी। यह योजना उन लोगों के बच्चों के लिए आरम्भ की गयी जो तथाकथित अस्वच्छ व्यवसायों जैसे—शौचालयों की सफाई, चमड़ा उतारना और इसका शोधन तथा झाड़ू लगाने के कार्य में लगे हैं। यह योजना कक्षा 6 से कक्षा 10 तक के विद्यार्थियों के लिए है। इसके अन्तर्गत छठी से दसवीं कक्षा तक के प्रत्येक छात्र को 200 रुपये प्रतिमाह छात्रवृत्ति दी जाती है।

5. अनुसूचित जाति व जनजातियों के लिए राष्ट्र स्तर की विदेश छात्रवृत्तियाँ—अनुसूचित जाति तथा जनजातियों के विद्यार्थियों के लिए कल्याण मन्त्रालय भारत सरकार द्वारा राष्ट्रीय विदेश छात्रवृत्ति और यात्रा अनुदान योजना चलायी गयी। इस योजना का उद्देश्य अनुसूचित जाति और जनजातियों के ऐसे प्रतिभाशाली विद्यार्थियों को उचित वित्तीय व अन्य सुविधाएँ उपलब्ध कराना है जिनके पास उच्चतर अध्ययन के

लिए विदेश जाने के साधन नही हैं। यह छात्रवृत्ति विशेष रूप से विज्ञान और तकनीकी से सम्बन्धित उन विषयों के लिए दी जाती है जिनके लिए भारत में अध्ययन की सुविधा अपर्याप्त या उपलब्ध नहीं है।

6. अनुसन्धान एवं प्रशिक्षण—केन्द्र सरकार द्वारा समाज विज्ञान के क्षेत्र में लगी ऐसी प्रतिष्ठित संस्थाओं को शत-प्रतिशत वित्तीय सहायता उपलब्ध करवायी जाती है जिन्हें अनुसूचित जातियों के आर्थिक विकास, उनकी समस्याओं और आवश्यकताओं तथा सरकारी संस्थाओं द्वारा चलाए जा रहे विभिन्न आर्थिक कार्यक्रमों को लागू करने के प्रभाव के अध्ययन का पर्याप्त अनुभव है। निष्कर्ष रूप में कहा जा सकता है कि विभिन्न शैक्षिक प्रयासों और योजनाओं के माध्यम से अनुसूचित जाति तथा अनुसूचित जनजातियों के बच्चों की शैक्षिक प्रगति की जा सकती है। इसके अलावा संविधान द्वारा भी अनुसूचित जाति व जनजातियों के जीवन में सुधार तथा शिक्षा की व्यवस्था की गयी है जैसे—छुआछूत को अपराध घोषित करना, सार्वजनिक स्थानों पर उनके जाने की स्वतन्त्रता, हिन्दुओं के धार्मिक स्थल उनके लिए खोल देना, सरकारी शिक्षा केन्द्रों में उन्हें प्रवेश का अधिकार देना तथा सार्वजनिक सेवाओं में अनुसूचित जाति तथा जनजातियों के लिए स्थान सुरक्षित करना आदि।

अल्पसंख्यकों की शिक्षा

भारत विविधताओं का देश है। भारत में हिन्दू, मुसलमान, ईसाई, पारसी, बौद्ध, जैन आदि विभिन्न समुदायों को मानने वाले लोग रहते हैं। धर्म या सम्प्रदाय के आधार पर अधिकतर व्यक्ति जिस सम्प्रदाय या धर्म को मानते हैं वे बहुसंख्यक (Majority) कहलाते हैं। इसके विपरीत जिस धर्म या सम्प्रदाय को मानने वाले लोगों की संख्या बहुत कम होती है वे लोग अल्पसंख्यक (Minority) वर्ग के अन्तर्गत आते हैं। भारतवर्ष की सम्पूर्ण जनसंख्या का लगभग 18 प्रतिशत भाग धार्मिक दृष्टि से अल्पसंख्यक वर्ग में आता है। इन 18 प्रतिशत अल्पसंख्यकों में 12 प्रतिशत इस्लाम धर्म, 1/3 प्रतिशत ईसाई धर्म, 2 प्रतिशत सिक्ख धर्म, 8 प्रतिशत बौद्ध धर्म तथा 7 प्रतिशत जैन धर्म के अनुयायी हैं।

भारत एक प्रजातान्त्रिक देश है और प्रजातान्त्रिक शासन व्यवस्था में अधिकतर बहुसंख्यक वर्ग का आधिपत्य रहता है। यदि शासन सम्बन्धी व्यवस्था में पर्याप्त सावधानी न रखी जाए तो अल्पसंख्यक वर्ग का दमन हो सकता है किन्तु भारतीय संविधान में प्रजातान्त्रिक शासन व्यवस्था के बावजूद अल्पसंख्यक वर्ग के हितों का ध्यान रखा गया है। भारतीय संविधान के अनेक अनुच्छेदों में अल्पसंख्यक वर्ग को अपनी धार्मिक, सांस्कृतिक तथा भाषायी पहचान अक्षुण्ण रखने के लिए सुनिश्चितता प्रदान की गयी है। संविधान के अनुच्छेद 29 में अल्पसंख्यकों को अपनी विशेष भाषा, लिपि या संस्कृति को

बनाए रखने का अधिकार दिया गया है साथ ही उन्हें शिक्षा संस्थाओं में प्रवेश का अधिकार दिया गया है। अनुच्छेद 30 में अल्पसंख्यक वर्ग को अपनी रुचि की शिक्षण संस्थाओं की स्थापना और प्रशासन का अधिकार दिया गया है। अनुच्छेद 350 (A) में अल्पसंख्यक वर्गों के बालकों के लिए प्राथमिक शिक्षा की सुविधा मातृभाषा में उपलब्ध कराने का दायित्व राज्य तथा स्थानीय संस्थाओं को दिया गया है। इस प्रकार स्पष्ट है कि भारतीय संविधान में अल्पसंख्यक वर्ग के शैक्षिक हितों पर विशेष ध्यान दिया गया है। इससे अल्पसंख्यक वर्ग अपनी सांस्कृतिक विरासत, भाषायी पहचान, धार्मिक स्वतन्त्रता आदि को अक्षुण्ण रख सकते हैं।

अल्पसंख्यक वर्गों की शिक्षा की स्थिति

भारतीय संविधान में अल्पसंख्यक वर्ग के शिक्षा सम्बन्धी अधिकार निश्चित किए गए हैं। इसके साथ ही केन्द्र सरकार तथा राज्य सरकार द्वारा भी अल्पसंख्यक वर्ग की शिक्षा के लिए अनेक तरह की योजनाएँ और कार्यक्रम चलाए जा रहे हैं फिर भी अल्पसंख्यक वर्गों की शैक्षिक स्थिति शोचनीय है। राज्य सरकार ने अपने-अपने राज्यों में विभिन्न अल्पसंख्यक समूहों को शैक्षिक दृष्टि से पिछड़ा बताया है। अल्पसंख्यक वर्ग को शिक्षा की दृष्टि से आगे लाने के लिए राष्ट्रीय शिक्षा नीति 1986 में कहा गया कि अल्पसंख्यक वर्ग को समाज के अन्य वर्गों के समकक्ष लाने तथा राष्ट्रीय विकास के क्रियाकलापों में उनकी सहभागिता को बढ़ाने के विशेष प्रयास किए जाएँ। इस नीति में अल्पसंख्यक वर्ग की शिक्षा के विषय में कहा गया है कि—

कुछ अल्पसंख्यक वर्ग शिक्षा से वंचित तथा पिछड़े हैं। समानता तथा सामाजिक न्याय के हितों के लिए इन समूहों की शिक्षा पर अधिक ध्यान दिया जाएगा। इसमें उन्हें अपनी शैक्षिक संस्थाएँ स्थापित व प्रशासित करने तथा अपनी भाषाओं व संस्कृतियों का संरक्षण करना स्वाभाविक रूप से सम्मिलित होगा। इसके साथ-साथ पाठ्य पुस्तकें तैयार करना तथा समस्त विद्यालयी क्रियाओं में वस्तुनिष्ठता प्रतिबिम्बित होगी एवं कोर पाठ्यक्रम के तालमेल में समान राष्ट्रीय उद्देश्यों व आदर्शों की सराहना पर आधारित समाकलन को बढ़ाने वाले सभी सम्भव उपाय किए जाएँगे। राष्ट्रीय शिक्षा नीति 1986 की संशोधित नीति 1992 में लागू हुई। इसके अन्तर्गत केन्द्र सरकार द्वारा 1993-94 में अल्पसंख्यक वर्गों के लिए दो योजनाएँ प्रारम्भ की गयीं—

1. अल्पसंख्यकों में शैक्षिक दृष्टि से पिछड़े लोगों के लिए सघन कार्यक्रम— इस योजना का उद्देश्य उन अल्पसंख्यक समुदायों को सहायता प्रदान करना है जिनके पास प्राथमिक शिक्षा और माध्यमिक शिक्षा की पर्याप्त सुविधा उपलब्ध नहीं है। इसके अन्तर्गत तीन प्रकार के कार्यों में वित्तीय सहायता प्रदान की जाती है—

(i) नये प्राथमिक विद्यालय और अनौपचारिक शिक्षा केन्द्र खोलना।

(ii) प्राथमिक विद्यालयों में अतिरिक्त सुविधाएँ प्रदान करना।

(iii) लड़कियों के लिए आवासीय उच्चतर माध्यमिक विद्यालय खोलना।

2. **मदरसा शिक्षा के आधुनिकीकरण हेतु वित्तीय सहायता**—इस योजना के अन्तर्गत मदरसा और मकतब की शिक्षा के आधुनिकीकरण पर बल दिया गया। इन पारम्परिक मकतबों व मदरसों में विज्ञान, गणित, सामाजिक अध्ययन, हिन्दी और अंग्रेजी विषयों को पढ़ाने पर बल दिया जाने, इन विषयों को पाठ्यक्रम में सम्मिलित करना और इन विषयों के शिक्षण हेतु नये शिक्षकों की नियुक्ति पर बल देने की बात कही गयी। इन पर होने वाले खर्च को केन्द्र सरकार द्वारा वहन करने की बात कही गयी किन्तु बहुत से मकतबों में यह योजना नहीं चल रही है। वर्तमान समय में अल्पसंख्यकों की शिक्षा के लिए निम्न कार्यक्रम चल रहे हैं—

(i) प्रतियोगात्मक परीक्षाओं हेतु कोचिंग कक्षाएँ।

(ii) अल्पसंख्यक बहुल क्षेत्रों में सामुदायिक पॉलिटेक्नीक।

(iii) अल्पसंख्यकों के प्रबन्ध वाले विद्यालयों में प्राचार्यों/प्रबन्धकों/शिक्षकों का प्रशिक्षण।

(iv) अल्पसंख्यकों की शिक्षा संस्थाओं की मान्यता हेतु दिशा-निर्देश।

(v) राष्ट्रीय समाकलन की दृष्टि से पाठ्यपुस्तकों की समीक्षा।

उपर्युक्त सभी कार्यक्रमों के बावजूद आज आवश्यकता इस बात की है कि अल्पसंख्यक वर्ग की सामाजिक और आर्थिक परिस्थितियों को ध्यान में रखकर उनके शैक्षिक विकास के कार्यक्रमों का निरूपण और संचालन किया जाए। साथ ही अल्पसंख्यक वर्ग की बालिकाओं की शिक्षा तथा अल्पसंख्यक वर्ग की उच्च शिक्षा, व्यावसायिक शिक्षा तथा तकनीकी शिक्षा पर विशेष बल देने की जरूरत है। स्वतन्त्रता प्राप्ति के पश्चात् राष्ट्र निर्माताओं ने एक ऐसे राष्ट्र की कल्पना की थी जिसमें भेदभावपूर्ण और शोषित जीवन व्यतीत करने वाले लोग नहीं रहते हों। अतएव सामाजिक और आर्थिक न्याय दिलाने के लिये निर्धनता, निरक्षरता से मुक्ति दिलाने के लिये अनुसूचित जाति एवं जनजाति के लोगों को विशेष सुविधायें संविधान के द्वारा प्रदान की गई थीं। लेकिन 50 वर्ष के दीर्घ अन्तराल के पश्चात् भी भारत के गाँवों और शहरों में निवास करने वाली अनुसूचित जाति और जनजाति की स्थिति में विशेष एवं वांछनीय सुधार नहीं हुआ है।[1] मेरी दृष्टि में इसके निम्नलिखित कारण हो सकते हैं–

(1) इच्छाशक्ति का अभाव

राष्ट्रीय एजेण्डा में अनुसूचित जाति और जनजाति के उत्थान को प्राथमिकता देने की इच्छाशक्ति में या तो कमी रही है अथवा उसका पर्याप्त अभाव रहा है। सार्वजनिक निकायों में जिस दृष्टिकोण से प्रक्रियायें अपनाई जाती हैं, उनके द्वारा इन लोगों की समस्याओं का निवारण नहीं हो सकता।

(2) पंचवर्षीय योजना में अपर्याप्त धनराशि का आवंटन

वर्ष 1995-96 के लिये पंचवर्षीय योजना में 19365 करोड़ रुपए की राशि निर्धारित की जानी थी, लेकिन वास्तव में 1884 करोड़ रुपए ही आवंटित किये गये। इसी प्रकार आठवीं पंचवर्षीय योजना की अवधि के दौरान 44361 करोड़ रुपए की राशि रखी जानी चाहिये थी, जबकि वास्तव में 38221 करोड़ रुपए ही आवंटित किये गये। योजना आयोग और विभिन्न एजेन्सियों के द्वारा योजना कार्यक्रम को इस प्रकार लागू किया जाता था कि अनुसूचित जातियों और जनजातियों के विकास की गति तीव्र नहीं हो सकी। विकास के लिये जिन संसाधनों के आवंटन की ओर ध्यान दिया गया था, वे समाज के अन्य वर्गों के समान नहीं थे और इसलिये उसका समान लाभ नहीं मिल सका। योजना आयोग के द्वारा जो भी राशि आवंटित की जाती है, उसे भी पूर्णरूपेण व्यय नहीं किया जाता अथवा उसका उचित उपयोग नहीं किया जाता। स्वभाविक रूप से विकास की गति शिथिल बनी रही।

(3) प्रयोजनेत्तर उपयोग

अनुसूचित जातियों और जनजातियों की आधारभूत आवश्यकताओं को नजर अंदाज करते हुए इनके निमित आवंटित की गई धनराशि अन्य वर्गों के विकास में लगा दी जाती है। ऐसा करने से विकास में गतिरोध उत्पन्न होता है। यदि आवंटित धनराशि का उपयोग निर्धारित प्रयोजन के लिये किया जाये तो इन जातियों के विकास के लिये बनाई गई परियोजनायें धन के अभाव में विफल नहीं हो सकती।[2]

(4) मंद गति योजनाओं के क्रियान्वयन की शिथिल गति

जब कभी योजना का आकार कम किया जाता है तो अक्सर उसका प्रभाव अनुसूचित जाति/जनजाति के वर्गों के कार्यक्रम पर पड़ता है। अभीष्ट व्यक्तियों की अज्ञानता और उनके दुर्गम तथा अगम्य स्थानों पर निवास के कारण भी परियोजनाओं के क्रियान्वयन का स्तर गिर गया है। परियोजनाओं के लिये इन लोगों की भूमि अवाप्त की जाती है, उनके लिये बनाये गये पुनर्वास पैकेज व्यावहारिक नहीं होते हैं और इसलिये उनका समुचित क्रियान्वयन नहीं हो पाता है। परिणामस्वरूप अनुसूचित जाति एवं ज़नजाति के लोगों की हालत और अधिक दयनीय हो गई है।

(5) भूमि

सर्वविदित है कि परिवार का सामाजिक व आर्थिक स्तर मूल रूप से भूमि पर निर्भर होता है। भूमि ही अन्य विकासपरक योजनाओं का मूल आधार है। उदाहरणार्थ पशुपालन एवं मुर्गीपालन उद्योग, भूमि के अभाव में क्रियान्वित नहीं हो सकते। यद्यपि अनुसूचित जाति व जनजाति के लोगों की संख्या आज देश की जनसंख्या का 25 प्रतिशत है लेकिन इन लोगों के अधिकार में जो भूमि है, वह अनुपात में अपर्याप्त और सीमान्त है। राज्य सरकारें भूमि सुधार कार्यक्रम को कारगर ढंग से लागू नहीं करतीं। भूमि सीमा सम्बन्धी कानून आशातीत ढंग से लागू नहीं किया गया। भूमि का आवंटन करते समय भी अनुसूचित जाति व जनजाति के लोगों को प्राथमिकता नहीं दी जाती। इनके अधिकार में जो भूमि है, उसे भी अवैध रूप से अन्य वर्ग के लोगों को हस्तान्तरित कर दिया जाता है। जहाँ कहीं भी सरकार ने भूमि का आवंटन किया है, वहाँ निहित स्वार्थ वाले व्यक्तियों द्वारा न्यायालयों में मुकदमे दर्ज करवा दिये जाते हैं, जिनका निर्णय वर्षों तक नहीं हो पाता। इस वर्ग के लोगों को भूमि का असंतुलित वितरण होने का एक कारण भूमि सुधार के विभिन्न उपायों का क्रियान्वयन अनुपयुक्त ढंग से और बेमन से किया जाना है। इस वर्ग के लोगों के पास जो थोड़ी बहुत जमीन है, वह आकार में 2 एकड़ से भी कम होती है। जो लोग गरीबी की रेखा के नीचे रहते हैं और सामाजिक स्तर के प्रतीक के रूप में जिनके पास किसी प्रकार की भौतिक सम्पदा नहीं है, वे केवल भूमि पर जीवन निर्वाह के लिये निर्भर है। उसी से उन्हें समाज में सहूलियत मिलती है। वे लोग अपने अधिकार की थोड़ी-बहुत भूमि को भी अब अपने हाथ से गँवा रहे हैं। जो लोग पहले छोटे अथवा सीमान्त किसान कहलाते हैं, अब वे लोग भी भूमिहीन मजदूर बनते जा रहे हैं। यह एक विडम्बना है कि देश के खाद्य उत्पादन में श्रमिकों के रूप में काम करने वाले अधिकांश व्यक्ति अनुसूचित जाति/जनजाति के हैं, लेकिन फिर भी उनकी स्थिति में सुधार नहीं हुआ है। परिणामस्वरूप उनकी स्थिति में जनसंख्या के अनुपात में सामाजिक और आर्थिक सुधार नहीं हो सका।

(6) वितरण में असमानता

अनुसूचित जाति व जनजाति के लोगों को उत्पादक परिसम्पत्तियों के स्वामित्व के समान अधिकार थे, जिससे उन्हें वंचित रखा गया है। कारखानें, दुकानों, भवनों, वाहनों एवं अन्य इकाइयों में इन जातियों के स्वामित्व की संख्या नगण्य है। ये जातियाँ भारत में शोषित वर्ग अथवा अल्प वेतनभोगी कामगार हैं। किसी भी राज्य सरकार के द्वारा इनकी परिसम्पत्तियों में वृद्धि करने के कार्यक्रम उल्लेखनीय ढंग से लागू नहीं

किये गये। उदाहरण के लिये प्रधानमन्त्री रोजगार योजना को ले सकते हैं। इसके अन्तर्गत अनुसूचित जातियों और जनजातियों के लिये तैयार की गई परियोजनाओं की औसत लागत केवल 20,000 रुपए बैठती है जबकि अनुमोदित परियोजना के लिये अधिकतम सीमा एक लाख रुपए होती है। पर्याप्त धन के अभाव में अनुसूचित जातियों और जनजातियों के उद्यमी भी अवसरों का लाभ नहीं उठा पाये हैं इसलिये उनके व्यवसाय घाटे में चलते हैं।[3]

(7) रोग एवं कुपोषण के शिकार

अनुसूचित जाति तथा जनजाति के लोग निरक्षरता के कारण निर्धनता के दलदल में फँसे हुए हैं। किसी भी श्रेणी की सेवा में इनका प्रतिनिधित्व निर्धारित सीमा से अत्यन्त कम है। इनकी आर्थिक स्थिति में उन्नति नहीं हो पाई है इसलिये ये लोग संतुलित आहार जुटा पाने में असमर्थ हैं। प्रतिरोधी शक्ति का शरीर में अभाव होने के कारण ये लोग बीमारियों से लड़ने की शक्ति नहीं जुटा पाते, इसलिये इस वर्ग के लोगों को क्षय रोग, मलेरिया एवं अन्य संक्रामक बीमारियाँ हो जाती हैं। स्वच्छ जल के अभाव में इन लोगों को विभिन्न प्रकार की बीमारियों का शिकार होना पड़ता है। इस तथ्य को मैं आँकड़े देकर स्पष्ट करना चाहूँगा। एक सामान्य स्वस्थ पुरुष को जीवन के अस्तित्व के लिये 2400 कैलोरी एवं महिला को 2100 कैलोरी भोजन की आवश्यकता चिकित्सक बतलाते हैं। लेकिन किसी परिवार में यदि 5 सदस्य हैं तो उन्हें 1200 कैलोरी भोजन भी बड़ी कठिनाई के साथ उपलब्ध होता है। कारण यह कि प्रतिदिन की न्यूनतम मजदूरी 60 रुपए है, अतएव परिवार की आय भी इतनी अधिक कम है कि वे संतुलित भोजन नहीं जुटा पाते। इसके लिये 1800 रुपए प्रतिमाह की नियमित आय होना आवश्यक है। मजदूरों को 12 महीने काम भी नहीं मिलता। अतएव उनके परिवार को मकान, कपड़ा, शिक्षा, चिकित्सा एवं मनोरंजन की आवश्यकता की पूर्ति के लिये भी तरसना पड़ता है। शुद्ध पानी तो हमारे प्रदेश में आज स्वप्न बन गया है। ग्रामीण इलाकों में रहने वाले अनुसूचित जाति व जनजाति के लोग आज भी नाढ़ी, तालाब, पोखर एवं नदियों का सतही पानी पीने के लिये विवश हैं। स्पष्ट है कि अनुसूचित जाति व जनजाति के लोग निरन्तर रूप से कुपोषण[4] के शिकार बने हुए हैं।

(8) सेवाओं में अपर्याप्त आरक्षण

राजकीय सेवाओं के जो आँकड़े उपलब्ध हैं, उससे यह स्पष्ट होता है कि अनुसूचित जाति व जनजाति के लोग सफाई कर्मचारी, चतुर्थ श्रेणी कर्मचारी अथवा क्लर्क के पदों पर कार्यरत रहते हैं। अर्द्ध शताब्दी की स्वतन्त्रता के पश्चात् भी सर्वोच्च

पदों पर इन जाति के लोगों के लिये कोटा सुनिश्चित नहीं किया गया और न ही उसके लिये किसी प्रकार का गंभीर प्रयास किया गया। आज भी विश्वविद्यालयों अथवा विद्यालयों में अध्यापक के व्यवसाय में लगे हुए व्यक्तियों के आँकड़ों का अवलोकन करें तो यह स्पष्ट हो जाता है कि इस वर्ग के लोगों का प्रतिनिधित्व नगण्य है। एक ओर आरक्षण का निर्धारित कोटा पूरा नहीं किया जाता तो दूसरी ओर सरकार इस जाति के लोगों को प्राप्त अधिकारों/सुविधाओं को वापिस लेने की कार्यवाही करती है। उदाहरण के लिये–

1. पदोन्नत अनुसूचित जाति/जनजाति के उम्मीदवार को पदावनत कर दिया जाता है।
2. न्यायालय के निर्देश का उल्लघंन करते हुए रिक्तियों को रोस्टर के आधार पर नहीं भरा जाता।
3. इस वर्ग के लोगों को जो छूट और रियायतें मिली हुईं है, उन्हें वापस ले लिया जाता है।
4. संवैधानिक संशोधनों के अनुरूप भी आनुपातिक संख्या में इस वर्ग के लोगों की नियुक्ति नहीं की जाती।
5. विशेष भर्ती अभियान की उपेक्षा की जाती है।
6. अनुसूचित जाति व जनजाति के लिये विभिन्न सरकारों का सहानुभूतिपूर्ण दृष्टिकोण होने के स्थान पर उपेक्षित भावना और दृष्टिकोण बनने लगा है। संभवतः इसलिये इस वर्ग के कर्मचारियों की तैनाती दूरदराज के स्थानों पर अथवा उपेक्षित पदों पर की जाती है। इससे उनका मनोबल गिर जाता है और उनमें हीन भावना उत्पन्न हो जाती है। अधिकारी नियमों व उपबन्धों का निर्वचन देते हैं जो इस वर्ग के लोगों के हितों का अहित करते हैं। इस प्रकार की संकीर्ण मानसिकता को दूर करने के लिये शासन तन्त्र में कोई व्यवस्था नहीं है और न कोई ऐसा व्यक्ति है जो इस वर्ग के लोगों की उस समय सहायता करे जब इनके साथ न्यायपूर्ण व्यवहार नहीं किया जाता।

(9) कानूनी अड़चनें

अनुसूचित जाति, जनजाति के कर्मचारियों के हित सामान्य श्रेणी के कर्मचारियों के हितों से टकराते रहते हैं, उस समय सामान्य वर्ग के कर्मचारियों की यूनियनें न्यायालय

तक पहुँचती हैं। कभी-कभी प्रबन्धक भी इन यूनियनों को समर्थन देते हैं अथवा कर्मचारी इतना अधिक निराश हो जाते हैं कि वे अपने हित की प्राप्ति के लिये मुकदमा लड़ते नहीं हैं। असहाय अनुसूचित जाति, जनजाति के कर्मचारी पर्याप्त कानूनी सहायता के अभाव में विभिन्न प्रकार के दुख सहते रहते हैं। ऐसे कई उदाहरण हैं कि अनुसूचित जाति, जनजाति के आवेदकों के पक्ष में दिये गये फैसलों की अवमानना की गई और सरकारी आदेशों के बाद भी उनकी अनुपालना नहीं की गई। इसके विपरीत जब कोई निर्णय अनुसूचित जाति, जनजाति के लोगों के विरोध में होते हैं तो उसको शीघ्र क्रियान्वित करके आदेश की अनुपालना कर दी जाती है। आरक्षण सम्बन्धी मामलों को न्यायालयों के अधिकार क्षेत्र से बाहर निकालकर केन्द्रीय प्रशासनिक अधिकरण अथवा राजकीय प्रशासनिक अधिकरण के क्षेत्राधिकार में देने के लिये कानून में समुचित संशोधन किया जाना चाहिये।

(10) संस्थागत व्यवस्था का भंजन

अनुसूचित जाति और जनजाति के कर्मचारियों के हितों की रक्षा के लिये गठित सम्पर्क अधिकारियों की व्यवस्थाओं को दुर्बल बना दिया है। वरिष्ठ प्रबन्धक इस वर्ग के लोगों के प्रति विद्वेष की भावना होने के कारण भर्ती सम्बन्धी नीति तय करते समय ऐसी प्रक्रिया अपनाते हैं कि इस वर्ग के लोगों को वांछित लाभ नहीं मिलता। इसी प्रकार पदोन्नति की नीति में भी भेदभावपूर्ण व्यवहार किया जाता है इसलिये अनुसूचित जाति और जनजाति के लोगों को अपने हितों की रक्षा के लिये वांछित माहौल नहीं मिल सका है।

(11) महत्वपूर्ण प्रशासनिक पदों पर भागीदारी का अभाव

राज्यपालों, मन्त्रियों, न्यायाधीशों और शासन सचिवों के पदों पर दृष्टि डालने से यह स्पष्ट हो जाता है कि इन महत्वपूर्ण पदों पर अनुसूचित जातियों और जनजातियों के व्यक्तियों की नियुक्ति अनुपात बहुत कम संख्या में हुई है। इस प्रकार राज्य सरकार के मुख्य सचिव, पुलिस महानिर्देशक, जिलाधीश एवं योजना आयोग के सदस्यों के महत्वपूर्ण पदों पर भी इन जातियों के व्यक्तियों की नियुक्ति बहुत कम प्रतिशत में है। जब तक इन लोगों को प्रशासनिक व्यवस्था में महत्वपूर्ण पदों पर समुचित भागीदारी नहीं होती है, तब तक इन लोगों की आवाज सही मायने में सुनी नहीं जायेगी।

(12) अपर्याप्त शिक्षा सुविधायें

विभिन्न राज्य सरकारों ने शिक्षा के प्रति रुझान उत्पन्न कराने के लिये अनुसूचित जाति व जनजाति के छात्रों को छात्रवृत्तियाँ प्रदान करना प्रारम्भ किया है।

पुस्तकें पुस्तक बैंक से उपलब्ध कराई जाती हैं तथा छात्रावास की सुविधायें भी उपलब्ध कराई गईं। प्रत्येक योजना के साथ इस वर्ग के छात्रों की उन्नति के लिये धन आवंटित किया जाता है लेकिन एक तो धन का आवंटन अनुपात कम मात्रा में होता है और दूसरे योजनाओं को अपेक्षित ढंग से क्रियान्वित नहीं किया जाता। छात्रों को उपलब्ध कराई गई छात्रवृत्ति 10 रुपए से लगाकर 250 रुपए प्रतिमाह है लेकिन यह धनराशि वर्तमान आर्थिक मंदी के समय उनकी न्यूनतम आवश्यकताओं को पूरी नहीं करती। इसी प्रकार छात्रावास की सुविधायें भी अपर्याप्त हैं जो सभी उत्सुक बालक-बालिकाओं की आवश्यकता की पूर्ति नहीं करती।

(13) अस्पृश्यता का प्रचलन

संविधान के अनुच्छेद 17 के अनुसार अस्पृश्यता समाप्त कर दी गई है लेकिन इसके उपरान्त भी अस्पृश्यता विभिन्न रूपों में आज भी दिखाई देती है। उदाहरण के लिये गाँवों में अनुसूचित जाति के दूल्हों को विवाह के समय घोड़ी पर नहीं बैठने दिया जाता। इसी प्रकार यदि सवर्ण जाति के लोग निकट से गुजर रहे हों तो अनुसूचित जाति के लोग अपनी चारपाई पर बैठे नहीं रह सकते। अनुसूचित जाति के लोगों को सार्वजनिक कुओं और यहाँ तक हैण्डपंपों से भी जल नहीं लेने दिया जाता। उड़ीसा में अनुसूचित जाति का एक बैंक अधिकारी त्यौहार के अवसर पर अपनी पत्नी के साथ मन्दिर चला गया तो उसे अपमानित किया गया और उस पर 1,00,000 रुपए का जुर्माना किया गया जो कालान्तर में घटाकर 10,000 रुपए किया गया। तमिलनाडु में अनुसूचित जाति के राजनेता के नाम पर बस का नाम नहीं रखा जा सकता। इसी प्रकार अनुसूचित जाति की लड़कियाँ यदि स्कूल में जलगृह से पानी ले लें तो उन्हें अंधा कर दिया जाता है। आप चाय के स्टालों और ढाबों पर आज भी देख सकते हैं कि अनूसूचित जातियों के लिये अलग कप-प्लेट और बर्तन रखे जाते हैं। कहीं-कहीं नाई अनुसूचित जाति के लोगों के बाल काटने से मना कर देते हैं। अनुसूचित जाति के लोगों के लिये इन्दिरा तथा डॉ. अम्बेडकर आवास योजनाओं में अलग बस्तियाँ बनाई गई थीं। तमिलनाडु में 1231 आदि द्रविड़ स्कूल अलग से चलाये जाते हैं जिनमें विकास की योजनाओं पर कोई ध्यान नहीं दिया जाता।

(14) वर्ग संघर्ष

निहित स्वार्थ वाले व्यक्ति आज भी अनुसूचित जाति के लोगों के साथ भेदभाव करते हैं। जब इन लोगों को तिरस्कृत रूप से जीवन यापन के लिये विवश किया जाता है तो इस वर्ग के व्यक्तियों में आतंकवाद और अलगाववादी प्रवृत्ति पनपने लगती है। उत्तरप्रदेश, बिहार, तमिलनाडु, राजस्थान आदि राज्यों में जो बारम्बार वर्ग

संघर्ष होता है, यह अनुसूचित जाति के लोगों के विरुद्ध स्वार्थी व्यक्तियों के भेदभावपूर्ण व्यवहार का परिणाम है और उनका नृशंसतापूर्वक दमन किया जाता है। जब कभी दलित वर्ग के लोग संगठित होकर न्यूनतम मजदूरी प्राप्त करने के लिये गुहार करते हैं अथवा कृषि भूमि के आवंटन के समय भूमि पर कब्जा प्राप्त करने का प्रयत्न करते हैं तो उन पर सामंतशाही ढाँचे में ढले हुए प्रशासनिक अधिकारी अत्याचार करते हैं। अनुसूचित जाति के लोग समाज में सम्मानजनक स्थिति प्राप्त करके अपना जीवन स्तर बढ़ाना चाहते हैं तो उस समय उनके साथ लूटमार, आगजनी अथवा अन्य प्रकार के अत्याचार किये जाते हैं।

(15) अपर्याप्त कानूनी संरक्षण

विभिन्न प्रकार के गंभीर अत्याचारों और अपराधों के विरुद्ध जब अनुसूचित जाति के लोग सवर्णों के विरुद्ध प्रशासन का ध्यान आकर्षित करते हैं तो उन्हें दबाया जाता है। पर्याप्त कानूनी संरक्षण के अभाव में वे लोग अत्याचार के विरुद्ध आवाज नहीं उठा सकते। न तो अभियुक्तों को गिरफ्तार किया जाता है और न पीड़ित लोगों को चिकित्सा एवं पुनर्वास का पुनर्भरण तत्काल किया जाता है। इनके लिये अत्याचार निवारण अधिनियम के अन्तर्गत विशिष्ट न्यायालय हर जिले में स्थापित नहीं किये गये हैं और जहाँ ये न्यायालय हैं, वहाँ अपराधिक मामलों का निपटारा धीमी गति से किया जाता है। अनुसूचित जाति के गवाहों को अलग कर दिया जाता है क्योंकि अन्य गवाह उनके प्रति द्वेषपूर्ण रवैया अपनाने लगते हैं। दोषसिद्धि बहुत ही कम मामलों में हो पाती है जिसके कारण 1989 के अधिनियम का मूल उद्देश्य ही विफल हो गया है।

(16) अनुसूचित जाति के झूठे प्रमाण पत्र

कतिपय सवर्ण आकांक्षावादी एवं बेईमान चरित्र के व्यक्तियों द्वारा झूठे प्रमाण पत्र बनवाकर अनुसूचित जाति के लिये चलाई जाने वाली योजनाओं से लाभ उठाया जा रहा है। उदाहरणार्थ अधिकतम संख्या में झूठे प्रमाण पत्र के मामले आन्ध्रप्रदेश, तमिलनाडु, कर्नाटक और महाराष्ट्र राज्यों में पाये गये हैं। राजस्थान में भी बीकानेर संभाग के डाकोत अपने आपको भार्गव सम्बोधित करके पिछड़ी जाति के श्रेणी के लोगों के नाम से प्रमाण पत्र बनवा लेते हैं और सरकारी योजनाओं से लाभ प्राप्त कर रहे हैं।

(17) अनुसूचित जाति के शिक्षित एवं विकसित लोगों में अलगाववादी भावना की वृद्धि

डॉ. भीमराव अम्बेडकर का नारा था, "शिक्षित बनो, संगठित रहो और संघर्ष करो।" दलित वर्ग के लोगों ने इस नारे से प्रेरणा लेकर केन्द्र सरकार, राज्य सरकार

तथा अन्य निजी सेवाओं में उच्च पद प्राप्त कर लिये हैं, लेकिन वे लोग आज भी अपने आपको अलग-थलग अनुभव करते हैं क्योंकि उन लोगों को उन मानवीय अधिकारों की प्राप्ति नहीं हो पाई हैं जिनसे वे शताब्दियों से वंचित थे। अपने आपको सामाजिक न्याय से वंचित लोगों की संतान मानने वाले उच्च पदों पर आसीन पदाधिकारी आज भी बाबा साहेब अम्बेडकर के नारे को क्रियान्वित करने के लिए संगठित होने का प्रयास कर रहे हैं, लेकिन यह देखा गया है कि अनुसूचित जाति के शिक्षित और विकसित लोग अपने ही समाज के कम शिक्षित एवं गरीब व्यक्तियों के साथ मेल-जोल बनाए रखने की प्रवृत्ति का परित्याग करते जा रहे हैं। उन लोगों में सामाजिक अलगाव की भावना विकसित हो गई है जिसके फलस्वरूप वे अपने उत्तरदायित्वों को ठीक से नहीं निभा रहे हैं। ऐसे अलगाववादी अधिकारियों के नियन्त्रण अधिकारी उन लोगों पर कट्टर जातिवादी होने का दोषारोपण करते हैं इससे बचने के लिए अलगाववादी प्रवृत्ति के निम्न वर्ग के लोग भी निष्पक्षता का ढोंग रचकर अपने दृष्टिकोण बदलने लगे हैं। कुछ लोग अपना अस्तित्व बनाए रखने के कारण अलगाववादी बन गए हैं। तात्पर्य यह है कि सीमित संख्या के शिक्षित और विकसित ये लोग अलगाववादी भावना के शिकार होने के कारण अपना स्वयं का अथवा अपने ही समवर्ती लोगों का भला नहीं कर पाते।

अनुसूचित जाति और जनजाति के नवयुवक प्रतियोगिता परीक्षाओं में सफल होने के बाद यह अनुभव करने लगे हैं कि वे अन्य शिक्षित और विकसित लोगों से भिन्न हैं। असफल प्रतिभागी कुप्रचार करते हैं कि उन लोगों के साथ भेदभाव और अन्याय हो रहे हैं जबकि सफल प्रतिभागी दूसरों के खिलाफ झूठे प्रचार का आरोप लगाकर अपनी सफलता को अन्य की तुलना में योग्यता के आधार पर सिद्ध करने का प्रयास करते हैं। अनुसूचित जाति के लोगों की इतनी अधिक हीन स्थिति है कि कोई भी सवर्ण उनकी स्थिति में आमूलचूल परिवर्तन करने का साहस नहीं जुटा पाता। परिणाम यह है कि ये लोग अलग रहकर अपने जीवन का निर्वाह कर रहे हैं वे अपनी जाति को छुपाकर अपनी स्थिति को बनाए रखने के प्रयास में जुटे हुए हैं।

(18) बंधुआ मजदूर प्रथा का प्रचलन

सन् 1976 में बंधुआ मजदूर प्रथा का उन्मूलन के लिए अधिनियम बनाया गया था जिसके साथ ही बंधुआ मजदूरों की तलाश तथा उनकी मुक्ति और पुनर्वास का कार्यक्रम लागू किया गया है। इस अधिनियम के पूर्व जमींदार अथवा साहूकार उनसे ऋण लेने वाले व्यक्तियों को बलपूर्वक बंधुआ मजदूर बना लेते हैं। उनको देय मजदूरी से कम मजदूरी मिलती है जिसके कारण वे ऋण का भुगतान नहीं कर पाते।

साहूकार जो कर्जदार को पैसा देता है वह एवज में उसे मजदूरी करने पर विवश करता है। कभी-कभी बिना पारिश्रमिक के मजदूरी करने के लिए विवश किया जाता है और कभी-कभी ऋण पर ब्याज के एवज में मजदूरी करने के लिए विवश किया जाता है। ऐसे लोगों को बंधुआ मजदूर कहकर पुकारा गया है। उपरोक्त अधिनियम के पारित होने के बाद राजस्थान राज्य में केवल 131 बंधुआ मजदूरों को उनके स्वामियों की कैद से मुक्त कराया गया और उन्हें आजाद किया गया। राज्य सरकार के एकीकृत ग्रामीण विकास विभाग ने अपने वार्षिक प्रतिवेदन में स्वीकार भी किया है कि कतिपय ग्रामीण क्षेत्रों में बंधुआ मजदूरी की प्रथा अभी भी जारी है। गाँवों में जमींदारी/जागीरदारी प्रथा के समाप्त हो जाने के उपरान्त भी जमींदार और प्रभावशाली साहूकार कमजोर वर्ग के लोगों को उधार देकर उन्हें बिना मजदूरी के भुगतान के काम करने के लिए बाध्य करते हैं और इस प्रकार उनका शोषण कर रहे हैं। ग्रामीण विकास विभाग ने बंधुआ मजदूरी की प्रथा के लिए सामंतवादी राजपूत शासकों और जागीरदारों को दोषी ठहराया है। प्रतिवेदन में इसे सामन्ती राज्यों की विरासत बताया गया है। लेकिन जमींदारी उन्मूलन की समाप्ति के पश्चात् भी यह प्रथा प्रचलन में है। अतएव केन्द्र सरकार ने 1976 में बंधुआ मजदूरी उन्मूलन अधिनियम को 25.10.1976 से सम्पूर्ण भारतवर्ष में लागू कर दिया था, लेकिन आज भी अनुसूचित जाति और जनजाति के लोग इस प्रथा के शिकार हैं। जब ये कर्जदार अपने जीवनकाल में ऋण नहीं चुका पाते तो उसके उत्तराधिकारियों अथवा वंशजों को पीढ़ी-दर-पीढ़ी बहुत कम मजदूरी प्राप्त करके अपने वंशानुगत उत्तरदायित्व को निभाना पड़ता है। कारण यह है कि ऋण पर ब्याज इतना अधिक होता है कि उसका वे लोग भुगतान करके ऋण से मुक्ति प्राप्त नहीं कर पाते हैं। भारतीय संविधान के अनुच्छेद 23 (1) में बंधुआ मजदूरी, बेगारी और जबरन मजदूरी पर पूर्णरूपेण प्रतिबन्ध लगा दिया गया था। परिणामस्वरूप बंधुआ मजदूरी प्रथा में कमी अवश्य आई है लेकिन यह प्रथा पूर्णरूपेण समाप्त नहीं हुई है और देश के विभिन्न भागों में आज भी प्रचलित है।

(19) जनसंख्या में अप्रत्याशित वृद्धि

भारत की बढ़ती हुई जनसंख्या समाज की सुख सम्पन्नता के लिए एक भयानक चुनौती बन गई है। महानगरों में कीड़े-मकौड़ों की तरह अस्वास्थ्यकर घोंसलों में आदमी भरा पड़ा है। न उनमें धूप आती है और न हवा। उन लोगों को पर्याप्त पानी भी नहीं मिलता। पीले, दुर्बल, निराश चेहरे अपने इलाज के लिए दवाई भी मुहैया नहीं कर पाते हैं। अप्रत्याशित जनसंख्या की वृद्धि के परिणामस्वरूप रेलों में भीड़, सड़कों पर चलना-फिरना मुश्किल, वस्तुएँ आवश्यकता के अनुसार प्राप्त नहीं होती हैं। राशन की दुकानों पर लाईनें, पानी के लिए कतारें, बच्चों के लिए विद्यालयों

में स्थान नहीं है। तात्पर्य यह है कि जहाँ देखिए भीड़-भाड़, शोर, तनाव और झगड़े देखने को मिलते हैं। रोटी, कपड़ा, मकान मनुष्य की प्रथम आवश्यकता है। लेकिन लोगों को खाने के लिए पर्याप्त भोजन, पहनने के लिए वस्त्र और रहने के लिए छप्पर तक नहीं मिलता। ऐसे व्यक्ति शिक्षा का शुल्क कहाँ से अदा कर सकते हैं। अर्द्ध-भूखे, अर्द्ध-नंगे बच्चों की कतारें खड़ी करना पति-पत्नी अपना जीवन सिद्ध अधिकार समझते हैं। यही कारण है कि प्रतिवर्ष आस्ट्रेलिया की जनसंख्या के बराबर हमारे देश की जनसंख्या भी बढ़ती चली जा रही है। महँगाई, उपभोक्ता वस्तुओं का अभाव, यातायात में कठिनाई और पर्याप्त कृषि योग्य भूमि का अभाव जनसंख्या वृद्धि के प्रत्यक्ष प्रमाण हैं। स्वाभाविक है कि देश का विकास और प्रगति आशा अनुकूल नहीं हो पाती। समस्त योजनाएँ, विकास कार्यक्रम और उत्पादन वृद्धि के प्रयास निरर्थक प्रमाणित होते जा रहे हैं। हमारे देश में हर डेढ़ सैकण्ड में एक शिशु, हर मिनट में 50 बच्चे और हर एक घण्टे में 3000 शिशु पैदा होते हैं। एक दिन में 72,000 शिशु और हर वर्ष जनसंख्या में 1.70 करोड़ की वृद्धि हो रही है। भारत की जनसंख्या 11.7.1999 के दिन प्रातःकाल 7.00 बजे 99,34,95,240 हो गई थी।

(20) क्रियान्वयन, चुनौतियाँ एवं रणनीति

उपरोक्त जनसंख्या में अनुसूचित जाति और जनजाति के लोगों की संख्या में कितनी वृद्धि हुई है इसका विवरण निम्न प्रकार है-उपरोक्त तालिका से यह देखा जा सकता है कि 1951 की जनगणना के अनुसार अनुसूचित जाति की संख्या कुल जनसंख्या का 14.61 प्रतिशत थी, जो 1991 जनगणना के अनुसार बढ़कर 16.33 प्रतिशत हो गई। अनुसूचित जनजातियों की जनसंख्या जो 1951 की जनगणना के अनुसार कुल जनसंख्या का 5.30 प्रतिशत थी, 1991 की जनगणना के अनुसार बढ़कर 8.08 प्रतिशत हो गई। उपरोक्त तालिका में यह भी दर्शाया गया है कि अनुसूचित जनजातियों की जनसंख्या चार दशकों की अवधि में अनुसूचित जातियों की तुलना में और अधिक बढ़ी है। परिणामस्वरूप दलित वर्गों के लिए निर्धारित आर्थिक कार्यक्रम का सम्पूर्ण लाभ उनको नहीं मिल सका। जनसंख्या की अप्रत्याशित वृद्धि के कारण बेरोजगारी और गरीबी का वातावरण उत्पन्न हो गया। दलित वर्ग के लोग भाग्यवादी हैं। वे अपनी निर्धनता को भगवान की देन मानते हैं। उनका विश्वास है कि "चोंच दी है तो चुग्गा भी देगा।" इस प्रकार की भावना उनकी गरीबी को बिना रोक-टोक के बढ़ा रही है। दलित वर्ग के लोगों में सुखी और समृद्धिशाली जीवन व्यतीत करने की इच्छा शक्ति का भी अभाव है। परिणाम स्पष्ट है कि गरीबी उन्मूलन के कार्यक्रम निष्क्रिय होते जा रहे हैं।

शहरी क्षेत्रों में घुटनशील वातावरण, बढ़ती जनसंख्या और घटते साधनों के कारण हमारे देश का आर्थिक ढाँचा चरमरा गया है। प्रत्येक व्यक्ति पर्याप्त खाद्यान्न, पेयजल, बिजली, आवास, शिक्षा, न्याय, चिकित्सा सेवा प्राप्त नहीं कर पा रहा है और उस पर भी पर्यावरण का प्रतिकूल प्रभाव पड़ता नजर आता है। आज भारत का गरीब नागरिक बेरोजगारी, पेयजल संकट और आवास की समस्या से पीड़ित है। अनुसूचित जाति और जनजाति के अधिकांश परिवार रोजी-रोटी की तलाश में गाँव छोड़कर शहरों की ओर पलायन करते जा रहे हैं। शहरों में जनसंख्या की अधिकता के कारण आवास समस्या उत्पन्न हो गई है। गरीब तबके के लोग गंदी बस्तियों और झुग्गी-झोपड़ियों में जीवन व्यतीत करते हैं। ऐसे घुटनशील वातावरण में रहने के कारण अधिकांश लोग बीमारियों के शिकार हो जाते हैं।

(21) ग्रामीणों की पलायनवादी प्रवृत्ति

ग्रामीण इलाकों में निर्धन व्यक्तियों का शहरों की ओर पलायन एक नई समस्या खड़ी कर देता है। न तो शहरों में उन्हें भरपेट भोजन मिलता है और न पीने का शुद्ध पानी। रहने के लिए घर तो उपलब्ध ही नहीं होता। भारत की जनसंख्या का जो 80 प्रतिशत भाग गाँवों में निवास कर रहा था उनमें से अधिकांश को अपने गाँवों में रोजगार के वांछित साधन उपलब्ध नहीं होते। वर्ष के अधिकांश दिनों में लोग हाथ-पे-हाथ रखकर रोजगार के अभाव में घर बैठे रहते हैं। ग्रामीण क्षेत्रों में निवास करने वाले अर्द्धशिक्षित व्यक्ति अपना गाँव छोड़कर रोजगार और मजदूरी के लिए शहरों की ओर पलायन करते हैं। शहरों में आने के बाद वे या तो कुलीगिरी करता है अथवा रिक्शा चलाकर अपना पेट भरते हैं। पलायन करने वाले लोगों में अधिकांश व्यक्ति अनुसूचित जाति/जनजाति के होते हैं। इनके पास गाँवों में जोतने के लिए न तो कोई भूमि है न ही कोई उद्योग है जिसके माध्यम से वे अपनी जीविका उपार्जन कर सकें। शहरों में आने वाले लोग उचित रोजगार के अभाव में गैर कानूनी धंधों में आकर्षित कर लिए जाते हैं। नाजायज शराब, नारकोटिक, वेश्यालय, जुआ-घर चलाने वाले आपराधिक प्रवृत्ति के लोग लालच देकर इन्हें अपने साथ लगा लेते हैं। ये लोग शहरों और महानगरों में आने के बाद खाली पड़ी जमीन पर अपनी झुग्गी-झोपड़ी बनाकर रहने लगते हैं। स्पष्ट है कि इन लोगों को जीवन की न्यूनतम सुविधाएँ पलायन के पश्चात् शहरों में उपलब्ध नहीं होतीं। सन् 1990 के बाद से देश में आर्थिक सुधारों के कारण अपनाई जा रही निजीकरण और सूचना प्रोद्यौगिकी, वैश्वीकरण पर आधारित आर्थिक नीतियों से इन लोगों की बेरोजगारी एवं गरीबी में बढ़ोतरी ही की है, उन्हें इन सुधारों से लाभ की बजाय हानि हो रही है। गला घोंट प्रतियोगिता के वातावरण ने इनकी हालत को बद से बदतर कर दिया है। भविष्य में चुनौती और तीखी होती जायेगी।

(22) न्यूनतम मजदूरी

आज हमारे देश के एक कोने से लेकर दूसरे कोने तक खेत और खलिहान को देखें या कल-कारखानों में निर्माण कार्यों को देखें तो स्पष्ट हो जाता है कि सर्वत्र अनुसूचित जाति/जनजाति एवं दलित वर्ग के लोगों को ही मजदूरी पर लगाया जाता है। मंदिर, मस्जिद, गिरजाघर, भव्य भवन, हर क्षेत्र में निर्माण कार्यों में इस वर्ग के लोगों को देखा जा सकता है। इन लोगों को सुबह से लकर शाम तक खेत-खलिहानों पर काम करने के एवज में दो जून की ठण्डी-बासी रोटी मिलती है जिससे ये तृप्त हो जाते हैं। जब ये लोग उचित मजदूरी माँगते हैं तो इनके साथ अमानवीय व्यवहार किया जाता है। गाली-गलौच देकर, मारपीट तक की नौबत आ जाती है। कई बार तो इन लोगों की हत्या भी कर दी जाती है। उनका बहिष्कार किया जाता है। सरकार ने न्यूनतम मजदूरी अधिनियम के अनुसार मजदूरों की दशा सुधारने का प्रयत्न किया है। राजस्थान राज्य में अकाल राहत कार्यों पर लगे हुए श्रमिकों को 25/- रु. से कम मजदूरी नहीं देने के आदेश सरकारी तौर पर जारी किये जा चुके हैं। वैसे राज्य सरकार ने न्यूनतम मजदूरी की दर 60/- रु. प्रतिदिन निर्धारित कर दी है।

इस प्रकार राज्य सरकार ने अकाल राहत कार्यों पर लगे हुए मजदूरों को भुगतान की दर निश्चित कर दी है लेकिन ये मजदूरी टास्क (Task) के आधार पर दी जाती है। यदि श्रमिक ने निर्धारित मात्रा का काम पूरा कर लिया है तो उसे मजदूरी मिल जाएगी। श्रमिक द्वारा किये गये कार्य का नाप और आकलन भी किया जाता है। सर्वाधिक न्यूनतम मजदूरी में भी वर्तमान असमानता को समाप्त करना चाहिए। न्यूनतम मजदूरी अधिनियम में इसका प्रावधान किया जाना चाहिए। सभी आर्थिक कार्यक्रमों में सामान्य मजदूरों को दैनिक मजदूरी इस सिद्धान्त के आधार पर निर्धारित की जानी चाहिए कि परिवार में एक व्यक्ति की आय पूरे परिवार के निर्वाह के लिए पर्याप्त हो। इस मजदूरी में कटौती नहीं करनी चाहिए। लेकिन कार्यों के खर्चों में भी कमी नहीं होनी चाहिए। जो कार्य निरन्तर रूप से चलता रहता है वह कार्य कितना होना चाहिए। एक व्यक्ति को पूरे दिन काम करने का अवसर मिल सके। इसका स्पष्ट उल्लेख समय की आवश्यकता है।

(23) यौन रोगों का संचरण

भारत में बाल वेश्यावृत्ति पर अध्ययन करने के पश्चात् श्री जोसफ गोठिया ने The Times of India में लिखा है कि आजकल राजस्थान में बाल वेश्यावृत्ति का धंधा बहुत फैल रहा है। राजस्थान में जयपुर के आस-पास कुछ लोग झुग्गी-झोंपड़ियाँ बनाकर रहने लगे हैं। ये लोग बाल वेश्यावृत्ति का धंधा दिल्ली, जयपुर, आगरा, धौलपुर,

कलकत्ता, सिलीगुड़ी, गौहाटी, शिलांग, कांडला, राजकोट और उदयपुर तक राजमार्गों के आस-पास चलाते हैं। आँकड़ों के अनुसार भारत में सम्पूर्ण महिलाओं का 30-प्रतिशत भाग बाल वेश्यावृत्ति में संलग्न है। राजस्थान में यह प्रतिशत 45 से 55 के बीच है। फूल खिलने से पूर्व ही; प्रचलित रीति-रिवाज के अनुसार माता-पिता अपनी नाबालिग लड़की को इस धंधे में धकेल देते हैं। नथ उतारने की परम्परा बहुत प्राचीन परम्परा है। इस धंधे से बालिका के संरक्षक और माता-पिता 20 हजार से 25 हजार रुपए कमाते हैं। लड़की को इस राशि में से 200 से 300/- रू. प्रतिदिन मिल जाते हैं। वाहन चालक, क्लीनर, मजदूर, नवयुवक छात्र और पर्यटक इस धंधे में संलग्न हैं। नवयुवतियाँ तो मुम्बई के होटलों और घरों में भी ले जायी जाती हैं, जहाँ उन्हें 50,000/-रु. तक की आय हो जाती है। राजस्थान के जयपुर, अजमेर, जोधपुर और उदयपुर जिलों में बाल वेश्यावृत्ति की बड़ी विकट समस्या है, जबकि अलवर, भरतपुर, धौलपुर और टोंक में यह व्यवसाय तीव्र गति से चल रहा है। लगभग 200 लड़कियों का सर्वेक्षण किया गया जो 14 वर्ष से कम आयु में ही अपनी पारिवारिक समस्याओं के कारण इस धंधे से जुड़ गई हैं। 64 प्रतिशत लड़कियों ने 14 वर्ष की आयु प्राप्त करने से पूर्व ही यौन क्रिया के व्यापार में लगा दिया है। इन लड़कियों से जब साक्षात्कार किया गया तो उनमें से 60 प्रतिशत ने बताया कि उनके पास रोजी-रोटी का कोई विकल्प नहीं है। 19 प्रतिशत ने आर्थिक तंगी के कारण इस धंधे में घसीटे जाने की दलील दी। जब इन लड़कियों से यह पूछा गया कि वे इस धंधे से कैसे दूर रह सकती हैं तो उनमें से 44.5 प्रतिशत ने बताया कि यह धंधा उनकी गृहस्थी की आय का साधन है जिससे वे अपने परिवार का पालती-पोषती हैं। वेश्यावृत्ति के कारण समाज में यौन रोगों का, विशेष रूप से एड्स का संक्रमण बढ़ता जा रहा है।

(24) देह व्यापार का प्रचलन

हमारे देश के लाल बत्ती क्षेत्रों में कॉल गर्ल की प्रथा लोकप्रिय होती जा रही है। इसमें नाबालिग लड़कियों को जोड़ दिया जाता है। एशिया महाद्वीप की सबसे बड़ी देह व्यापार मंडी बैंकाक है जहाँ वैश्याओं के बाजार बने हुए है। भारत के 30 प्रतिशत निर्धन परिवार की लड़कियाँ देह व्यापार में घसीट ली जाती हैं। विदेशी पर्यटक कम उम्र की कामसिन लड़कियों को ही पसंद करते हैं। अरब के शेख भारत आते हैं और यहाँ से नाबालिग लड़कियों को खरीद कर ले जाते है। कई बार इस सम्बन्ध में समाचार प्रकाशित हुए हैं। आन्ध्र प्रदेश, उड़ीसा, बिहार, मध्यप्रदेश और उत्तरप्रदेश की गरीब लड़कियों को अरब के शेख खरीद कर ले जाते हैं। जो गरीब माँ-बाप दो वक्त की रोटी भी नहीं जुटा पाते वे अपनी गरीबी से मजबूर होकर अपनी लड़कियों का सौदा कर बैठते हैं। उनके लिए बेटी की शादी करना दुश्वार है। भारत की 20

लाख महिलाएँ देह व्यापार में संलग्न हैं। उनमें 80 प्रतिशत महिलाएँ गरीबी के कारण इस व्यवसाय में झौंक दी गई हैं। 4 लाख वेश्याएँ सैक्स वर्कर के रूप में कार्य कर रही हैं। भारत में इस समय 20,000 वैश्याएँ देश के एक भाग से दूसरे भाग में ले जायी जाती हैं। लगभग 30,000 महिलाएँ प्रतिवर्ष खाड़ी देशों में भेज दी जाती हैं। वेश्यावृत्ति में अनुसूचित जाति व जनजाति की 36.7 प्रतिशत महिलाएँ संलग्न हैं जबकि अन्य पिछड़े वर्ग की 24.24 प्रतिशत इस व्यवसाय में लगी हुई है। अन्य जातियों की 39.19 प्रतिशत इस व्यवसाय में संलग्न हैं। जब तक देश से गरीबी और बेरोजगारी समाप्त नहीं होगी तब तक अरब के शेखों के हरम में हमारी बहू-बेटियाँ जाती रहेंगी, वैश्यावृत्ति बढ़ती जाएगी और समाज में विष फैलता जाएगा। समाचार पत्रों में समय-समय पर आरक्षण पर टीका-टिप्पणी की गई है जिसका उल्लेख आगामी अध्याय में किया जाएगा। इसी अन्तिम अध्याय में, मैं यह बताना चाहूँगा कि आरक्षण व्यवस्था को समाप्त नहीं किया जाए, इसे लागू रखा जाए। आरक्षण से वर्गों को वांछित लाभ नहीं मिला इसके लिए समाज की व्यवस्था और वर्ग विशेष के लोग उत्तरदायी हैं।

13

अनुसूचित जातियों की समस्याएँ

अनुसूचित जातियों की समस्याओं की विवेचना करने से पहले हमें कुछ सम्बन्धित अवधारणाओं की जानकारी भी होनी चाहिए। भारत में सामाजिक आधार पर असमानताएँ सदियों से रही हैं। आन्द्रे बिताई (1996 : 20-21) ने भारतीय समाज के वर्ण और जाति पर आधारित वर्गीकरण को अवधारणात्मक दृष्टि से स्पष्ट किया है। वर्ण का क्रम असाधारण और विस्तृत है। बिताई ने बताया कि सम्पूर्ण मानव जाति को सैद्धान्तिक रूप से चारों वर्णों में से किसी न किसी वर्ण में समाया जा सकता है। अतीत में जब वर्ण के आधार पर समाज प्रकार है-पंजाब 28.9, हिमाचल 24.7, पश्चिम बंगाल 23.0, उत्तर प्रदेश 21.1, हरियाणा 19.3, तमिलनाडु 19.9, उत्तरांचल 17.2, दिल्ली 16.9, उड़ीसा 16.5, आंध्र प्रदेश 16.2, कर्नाटक 16.2, बिहार 15.7, तथा महाराष्ट्र 10.2। अनुसूचित जातियों के करीब 84 प्रतिशत लोग ग्रामीण क्षेत्रों में रहते हैं तथा कृषि श्रमिक, बँटाईदार, काश्तकार और सीमान्त कृषक की तरह काम करते हैं। जो व्यक्ति परम्परागत रूप से झाड़ू लगाने, सफाई करने और चमड़े के काम में लगे हैं; अनुसूचित जाति के हैं। अनुसूचित जाति के अधिकांश व्यक्ति निर्धन रेखा के नीचे रहते हैं। सामाजिक-आर्थिक शोषण और अस्पृश्यता के शिकार रहे हैं।

समस्याएँ

अनुसूचित जातियों की समस्याएँ विभिन्न प्रकार के शोषण, प्रतिबन्ध, निर्योग्यताओं, प्रदत्त प्रस्थिति, व्यवसाय की अपवित्रता आदि से सम्बन्धित रही है-

सामाजिक समस्याएँ- सामाजिक व्यवस्था में ऊँच-नीच के क्रम में अनुसूचित जातियों का स्थान निम्न रहा है। के.एम.पणिकर ने लिखा है कि विचित्र बात तो यह है कि स्वयं अस्पृश्यों के अन्दर एक पृथक जाति जैसा संगठन था। उनमें भी बहुत उच्च तथा निम्न स्थिति वाली उपजातियों का संस्तरण था, जो एक-दूसरे से श्रेष्ठ होने का दावा करती थी। निम्न स्थिति प्रदत्त थी। जन्म से ही यह स्थिति निर्धारित थी। सामाजिक समस्या के अन्तर्गत सामाजिक सम्पर्क पर प्रतिबन्ध विशेष उल्लेखनीय है। घुर्ये (1969:12) ने महाराष्ट्र की महार अनुसूचित जाति पर लगे सामाजिक प्रतिबन्धों के उल्लेख में बताया कि घर के बाहर निकलते समय महार जाति के लोग गले में बर्तन लटकाते थे। इसका उपयोग वे थूकदान के रूप में करते थे। उन्हें इधर-उधर थूकने का भी अधिकार नहीं था। उनकी छाया सवर्णों पर नहीं पड़ती थी। अन्य जातियों से सम्पर्क नहीं हो;इसके लिए इनका आवास गाँव के बाहर पृथक् स्थान पर होता था इन्हें सार्वजनिक स्थानों तथा सुविधाओं के उपयोग पर भी प्रतिबन्ध था। शिक्षा, मनोरंजन इनके लिए प्रतिबन्धित थे। एक अलग समाज के रूप में ही इन्हें रहना पड़ता था।

आर्थिक समस्याएँ- आर्थिक शोषण का शिकार रही अनुसूचित जातियाँ पवित्र व्यवसाय नहीं कर सकती थी। इन्हें अपना स्वतंत्र व्यवसाय करने की छूट नहीं थी। प्रदत्त परम्परागत व्यवसाय करना इनकी विवशता थी। सवर्णों की सेवा के लिए इन्हें गन्दगी उठाना, सफाई करना, चमड़े का काम आदि व्यवसाय करना पड़ता था। पारिश्रमिक भी नकद के रूप में नहीं मिलता था। सम्पत्ति रखने का कोई अधिकार अनुसूचित जातियों को नहीं था। वे मूल्यवान धातु के गहने व बर्तन नहीं रख सकते थे। कठोर परिश्रम के बाद भी भर पेट भोजन का प्रबन्ध नहीं हो पाता था। सवर्णों की दया पर जीवित रहना ही इनकी नियति थी। आर्थिक रूप से समाज में निम्नतम स्थान पर इन्हें रखा गया।

धार्मिक समस्याएँ- धर्म से सम्बन्धित अनेक समस्याओं का सामना अनुसूचित जातियों को करना पड़ता था। धार्मिक कर्मकाण्ड पुरोहित द्वारा करवाने में असमर्थ थे। धार्मिक स्थलों पर प्रवेश प्रतिबन्धित था। धार्मिक पुस्तकें पढना, प्रवचन सुनना, भजन कीर्तन सुनना आदि प्रतिबन्धित था। अछूत की अपवित्रता के बारे में भीमराव अम्बेडकर ने लिखा है, ''ऐसी कोई वस्तु नहीं है जो अछूत को पवित्र कर सके। वे लोग अपवित्र ही जन्म लेते हैं। वे जीवनपर्यन्त अपवित्र बने रहकर ही मर भी जाते हैं।''

राजनीतिक समस्याएँ- राजनीतिक शक्ति सदैव उच्च जातियों के हाथों में केन्द्रित रही। इन्हें कोई राजनीतिक अधिकार प्राप्त नहीं था। राष्ट्र निर्माण की गतिविधियों से भी इन लोगों को वंचित रखा गया। नागरिक अधिकारों से भी ये वंचित रहे। दलितों को न्याय नहीं मिलने का एक महत्वपूर्ण कारण इनको राजनीतिक दृष्टि से शासक वर्ग से अलग रखना माना गया है। वर्तमान में भी जागरूक और शक्तिशाली व्यक्ति चाहे किसी भी जाति का हो ; अपने अधिकारों के प्रति सजग है लेकिन बिहार और उत्तर प्रदेश के कुछ लोकसभा और विधानसभा क्षेत्रों में माफिया गिरोह चुनाव से पूर्व ही अनुसूचित जाति के लोगों को वोट देने से रोकने की रणनीति में सफल हो जाते हैं।

अस्पृश्यता की समस्या- भारतीय संविधान के अनुच्छेद 17 के अनुसार किसी भी प्रकार से अस्पृश्यता का व्यवहार या प्रचलन अपराध है। अस्पृश्यता का प्रचलन समाप्त कर इसे पूर्णतया 1995 में लागू कर दिया गया। बाद में 1976 में अस्पृश्यता अधिनियम में कुछ परिवर्तन किये गये। इसे ज्ञातव्य अपराध की श्रेणी में रखा गया है। जैसे अस्पृश्यता का शिकार व्यक्ति पुलिस को इसकी सूचना देता है और पुलिस अपराधी को तत्काल गिरफ्तार करती है। यदि अस्पृश्यता का शिकार व्यक्ति पुलिस को सूचित नहीं करता है तो अस्पृश्यता अधिनियम का कोई अर्थ नहीं है। मुमताज अली खान (1992 : 41-46)ने कर्नाटक राज्य में जाति के अध्ययन के आधार पर अस्पृश्यता अधिनियम के संदर्भ में कुछ एकल अध्ययन प्रस्तुत कर यह दर्शाया है कि मन्दिर प्रवेश, आर्थिक प्रतिबन्ध, धार्मिक जुलूस, होटल प्रवेश, नाइयों (बारबर)की प्रवृत्ति, अनुसूचित जाति महिला अपमान के क्षेत्र में चौंकाने वाली घटनाएँ देखी जा सकती हैं, जैसे परम्परागत प्रतिबन्धों का उल्लंघन करने पर अनुसूचित जाति के लोगों पर सवर्ण हिन्दू आर्थिक दण्ड देने से आज भी नहीं डरते। अस्पृश्यता कानूनी रूप से तो दण्डनीय अपराध है लेकिन इसका प्रचलन पूर्णतया बन्द नहीं हो सका है। अस्पृश्यता के कारण अनुसूचित जातियों को अब भी व्यवहार में समस्त नागरिक अधिकार प्राप्त नहीं है। इसके लिए सवर्ण हिन्दू जातियाँ अपनी मनोवृत्ति को अभी तक पूरी तरह परिवर्तित नहीं कर पाई हैं।

अत्याचार और शोषण- भारत में जाति व्यवस्था के सशक्त होने के कारण अनुसूचित जातियों के उत्थान में बाधा आ रही है। जाति व्यवस्था के कारण ही उनका शोषण हो रहा है, उन पर अत्याचार हो रहे हैं। अनुसूचित जातियों में भी चेतना जागृत हुई है। यह जागृति नकारात्मक प्रभाव भी डाल रही है। उच्च जातियाँ और निम्न जातियाँ एक दूसरे के हितों को चोट पहुंचा रही है। जातीय संघर्ष उत्पन्न हो रहा है। एक ओर तो अनुसूचित जातियाँ अपने शोषण और अत्याचार के खिलाफ संघर्ष करने को एकजुट हो रही हैं वहीं दूसरी ओर सवर्ण जातियाँ भी इन्हें दबाकर इनके संघर्ष

को कुचलने का प्रयास कर रही हैं। सवर्ण जातियों के समकक्ष आने के लिए निम्न जातियाँ आरक्षण को बनाये रखना चाहती हैं।

अत्याचार और शोषण का शिकार अनुसूचित जातियों के वे लोग हैं जो आज तक किसी भी प्रकार का लाभ प्राप्त नहीं कर पाये। खेतिहर मजदूर व मेहनत करने वाले श्रमिक अभी तक उच्च वर्ग का अमानवीय व्यवहार सहन कर रहे हैं। उनके साथ मारपीट की जाती है। उनकी महिलाओं के साथ क्रूरतापूर्ण व्यवहार किये जाते हैं। जब ये लोग अत्याचार के खिलाफ आवाज उठाते हैं तो इनका सामाजिक बहिष्कार किया जाता है। जो अनुसूचित जातियाँ जागरूक, शिक्षित होकर अपने अधिकारों के प्रति सजग हो गई है उनसे उच्च जातियों का टकराव होता रहता है।

शोषण और अत्याचार की पुष्टि पुलिस में दर्ज किये गये प्रकरणों से होती है। पुलिस ने 1955 में 180 प्रकरण अनुसूचित जातियों से सम्बन्धित दर्ज किये थे। प्रकरणों की संख्या में उत्तरोत्तर वृद्धि होती रही और 1992 में 21,796 प्रकरण दर्ज हुए। इन प्रकरणों में अनुसूचित जाति के लोगों को मारे जाने के 712, मारपीट के 1,734, बलात्कार के 1,042 और आगजनी के 664 मामले दर्ज किये गये। क्राइम इन इंडिया (2003) के अनुसार अनुसूचित जाति के लोगों के विरूद्ध सन् 2003 में 33,507 घटनाएँ दर्ज की गई। मध्यप्रदेश में कुल दर्ज अपराधों में 8.7 प्रतिशत अनुसूचित जाति के विरूद्ध थे। देश में सर्वाधिक घटनाएँ मध्यप्रदेश में ही हुई थी। इसके बाद राजस्थान में 7.3 प्रतिशत तथा आन्ध्र प्रदेश में 4.6 प्रतिशत। पूरे देश में अनु. जाति के विरूद्ध कुल अपराध का 2.5 प्रतिशत था। मुख्य अपराधों में उस वर्ष 581 हत्या, 3,969 मारपीट, 1,089 बलात्कार, 232 अपहरण आदि। इलेक्ट्रोनिक मीडिया और प्रिन्ट मीडिया के समाचारों से यह भी जानकारी मिलती है कि बिहार और उत्तर प्रदेश में अनुसूचित जाति के लोगों को वोट देने से भी रोका जाता है। उन्हें या तो मजबूर किया जाता है या उनके साथ ज्यादती करके अपने पक्ष में वोट डलवाये जाते हैं या फिर उन्हें वोट देने के लिए आने ही नहीं दिया जाता। लोकतन्त्र के इस अधिकार से उन्हें वंचित रखने का काम माफिया गिरोह द्वारा करवाया जाता है। हरिजनों को जिन्दा जला देना, उनकी झोंपड़ियों में आग लगा देना, उनके खलिहानों में आग लगा देना तो पिछले कुछ वर्षों में मीडिया का प्रमुख समाचार बन गया है।

अनुसूचित जातियों की समस्याओं के निराकरण के उपाय

सरकारी और गैर सरकारी स्तर पर अनुसूचित जातियों की समस्याएँ सुलझाने, उनका जीवन स्तर सुधारने, उनके साथ सामाजिक न्याय करवाने के प्रयास भारत में स्वतंत्रता के पूर्व भी हुए और स्वतंत्रता के बाद तो उल्लेखनीय प्रयास हुए हैं।

(1) गैर-सरकारी स्तरीय प्रयास–समाज सुधारको, धर्मावलम्बियों, राजनीतिक नेताओं द्वारा अनुसूचित जातियों के उत्थान के लिए आन्दोलन किये गये। सन्त कबीर, रामानुज, जगद्गुरू आदि शंकराचार्य, चैतन्य, गुरूनानक, रामकृष्ण परमहंस, महर्षि दयानन्द सरस्वती, स्वामी विवेकानन्द, केशवचंद्र सेन, रंगाराव शिन्दे, राजा राममोहन राय तथा महात्मा गांधी ने अनुसूचित जातियों की सामाजिक और आर्थिक स्थिति को सुधारने के प्रयास किये। इन प्रयासों से उनकी सामाजिक स्थिति में परिवर्तन आया। ज्योतिराव फुले ने 19वीं शताब्दी के अन्त में पूना में सत्य शोधक समाज की स्थापना की थी। अस्पृश्य को अधिकार दिलवाने के प्रयास हुए। भीमराव अम्बेडकर ने 1920 में ' अखिल भारतीय दलित वर्ग संघ ' की स्थापना की। महात्मा गाँधी ने अनुसूचित जातियों को सम्मानजनक सामाजिक स्तर तक पहुंचाने के लिए इन्हें हरिजन नाम दिया। इनकी समस्याओं के समाधान हेतु इसे राजनीतिक कार्यक्रम का अंग बनाया। महात्मा गांधी के प्रयास से 1932 में 'हरिजन सेवक संघ' की स्थापना हुई। अस्पृश्यता मिटाने तथा इनकों विकास के अवसर उपलब्ध करवाने में संघ की भूमिका महत्त्वपूर्ण रही।

(2) सरकारी स्तरीय प्रयास–ब्रिटिश शासनकाल में ही अनुसूचित जातियों की पहचान का काम प्रारम्भ हुआ। इसके बाद इन्हें शिक्षा तथा नौकरियों से सम्बन्धित प्रतिबन्धों से मुक्ति दिलवाने का काम हुआ। अनुसूचित जातियों के उत्थान हेतु विशेष सुविधाएँ प्रदान की गई–

धारा-15 के अनुसार राज्य किसी भी नागरिक के विरूद्ध धर्म, वंश, जाति, लिंग, और जन्म स्थान अथवा इनमें से किसी भी आधार पर कोई भेदभाव नहीं बरतेगा।

धारा-16 के अनुसार राज्य के अधीन नौकरियों या पदों पर नियुक्ति के सम्बन्ध में समस्त नागरिकों के लिए अवसर की समानता होगी। कोई भी धर्म, वंश, जाति, स्थान आदि के आधार पर अपात्र नहीं माना जायेगा।

धारा-17 के द्वारा अस्पृश्यता को समाप्त घोषित कर दिया गया।

धारा-25 के द्वारा धर्म संबंधी स्वतन्त्र अधिकार दिये गये हैं।

धारा-29 के अनुसार किसी भी नागरिक को धर्म, वंश, जाति, भाषा आदि के आधार पर किसी भी सरकारी सहायता प्राप्त शिक्षण संस्था में प्रवेश से वंचित नहीं किया जायेगा।

धारा-46 के द्वारा राज्य की ओर से कमजोर वर्गों, अनुसूचित जातियों और जनजातियों को आर्थिक और शिक्षा संबंधी विशेष सुविधाएँ देने की व्यवस्था की गई है, जिससे वे अपनी उन्नति कर सकें।

धारा-330,332 और 334 के द्वारा संसद तथा राज्य के विधानमण्डलों में 20 वर्ष तक अनुसूचित जातियों और जनजातियों को प्रतिनिधित्व की विशेष सुविधा दी गई है। इस अवधि को समय-समय पर बढ़ाया जाता रहा है और आज भी यह सुविधा जारी है।

धारा-335 के द्वारा प्रशासन की कार्यकुशलता को ध्यान में रखते हुए अनुसूचित जातियों के लोगों को केन्द्र तथा राज्य सेवाओं में स्थान दिया जायेगा।

अस्पृश्यता अपराध अधिनियम- 1995 की विभिन्न धाराओं के द्वारा अस्पृश्य जातियों की सभी निर्योग्यताओं तथा असमर्थताओं को समाप्त कर दिया गया है। अनुसूचित जातियों को सार्वजनिक पूजा-स्थलों, सार्वजनिक स्थानों का उपयोग करने का अधिकार दिया गया है।

सफाई कर्मचारी राष्ट्रीय आयोग अधिनियम, 1993 के अन्तर्गत अप्रैल 1994 में आयोग का गठन किया गया। सफाई कर्मचारियों की विशिष्ट समस्याओं, उनके स्तरों में असमानता को दूर करने, उनके लिए सुविधाएँ और अवसर प्रदान करने संबंधी विशिष्ट कार्यक्रमों की सिफारिश करता है। स्वतंत्रता प्राप्ति के बाद भारत सरकार ने अनुसूचित जातियों के विकास हेतु विभिन्न प्रकार की सहायता, कल्याण योजनाएँ, प्रावधान, धाराएँ और अधिनियम बनाकर लागू किये हैं जिसके सकारात्मक परिणाम भी सामने आ रहे हैं। भारत में अनेक जनजातीय समुदाय भी हैं। भौगोलिक दृष्टि से ये प्रतिकूल दुर्गम स्थानों में रहते हैं। इनकी सम्भरणात्मक अर्थात् जीवित रहने के लिए आवश्यक आर्थिकी है। गरीबी रेखा के नीचे जीवनयापन करने वाले इस आदिम समुदाय की अनेक सामाजिक, आर्थिक, शैक्षिक एवं राजनीतिक समस्याएँ हैं।

अनुसूचित जनजातियाँ

सरकार द्वारा तैयार की गई संविधान की अनुसूची में सम्मिलित जनजातियां ही अनुसूचित जानजातियाँ हैं। कानूनी दृष्टि से अनुसूचित जनजातियों को आदिम या आदिवासी नहीं बताया गया है। घुर्ये (1969:57) अनुसूचित जनजातियों को पिछड़े हिन्दू मानते हैं। भारत में 1991 की जनगणना के अनुसार अनुसूचित जनजातियों की जनसंख्या 6.76 करोड़ थी तथा 2001 में 8.43 करोड़ थी जो देश की कुल जनसंख्या का 8.2 प्रतिशत है। देश के उत्तरी पूर्वी राज्यों की कुल जनसंख्या के अनुपात में अनुसूचित जनजाति का प्रतिशत इस प्रकार है-छत्तीसगढ़ 31.8, झारखंड 26.3, उडीसा 22.1, मध्य प्रदेश 20.3, गुजरात 14.8, राजस्थान 12.6, आसाम 12.4, जम्मू कश्मीर 10.9, महाराष्ट्र 8.9, और आन्ध्र प्रदेश 6.6।

समस्याएँ

मजूमदार व मदान (1980) ने जनजातियों से सम्बन्धित समस्याओं को दो भागों में विभाजित किया है-

(1) सामाजिक आर्थिक समस्याएँ जो आधुनिक नीतियों एवं कानूनों के परिणामस्वरूप उत्पन्न हुई, जैसे भूमि हस्तान्तरण अथवा कर्ज लेने के कारण जमींदारो, व्यापारियों, सरकारी कर्मचारियों द्वारा शोषण एवं

(2) परम्परागत आर्थिक क्रियाओं के परित्याग के कारण व भूदान, भू-शोषण आदि से उत्पन्न हुई समस्याएँ। इण्डियन इन्स्टीट्यूट ऑफ एडवान्स स्टडी, शिमला ने भारतीय जनजातियों की स्थिति पर एक गोष्ठी का आयोजन किया जिसमें जनजातियों की जिन समस्याओं का उल्लेख किया उन्हें यहाँ प्रस्तुत किया है।

दुर्गम निवास स्थान की समस्या- भारत की जनजातियाँ दुर्गम स्थानों पर निवास करती हैं। जंगल, पहाड़ इनके आवास स्थान हैं। सड़क सम्पर्क का अभाव, जहाँ यातायात के साधन पहुँच नहीं पाते, संचार के साधनों का अभाव। दुर्गम स्थानों पर निवास करने के कारण कोई भी सुविधा पहुँचाना अत्यन्त दुष्कर हो जाता है। अन्य समाजों से कटे हुए होने से वृह्द समाज की संस्कृति से भी ये अपरिचित होते हैं। दुर्गम निवास के कारण ये पिछड़े हुए हैं और विकास के लाभों से वंचित रहे हैं।

आर्थिक समस्याएँ-संभरणात्मक आर्थिकी के लक्षण वाले अनुसूचित जनजाति समुदाय में आर्थिक संकट महत्त्वपूर्ण है। जनजातियों का बहुत बड़ा भाग कृषि करके अपना जीवन यापन करता है। कृषि योग्य भूमि बहुत सीमित होती है। कुछ जनजातियाँ जंगल में कृषि करने के लिए आग लगाती है और साफ हुई धरती पर खेती करती हैं। जब यह भूमि खेती योग्य नहीं रहती है तो अन्यत्र जंगल को साफ करने के लिए आग लगाते हैं और पुन: कृषि करते हैं। इसे झूम कृषि कहा जाता है। यह स्थानान्तरित खेती है। अब नवीन कानूनों के लागू होने के बाद जंगल पर स्वामित्व का अधिकार नहीं रहा। इन्हें सीमित भूमि सरकार ने उपलब्ध करवाई है। लेकिन भय के कारण जनजाति के लोग उस भूमि पर खेती नहीं करते। साहूकारों ने रूपये उधार देकर जनजाति के लोगों की जमीन स्वयं ने हड़प ली, जिससे जनजाति के लोग उस जमीन पर नौकर के समान काम करते हैं। पहले जंगलों पर जनजातियों का ही अधिकार था। वे स्वतंत्र रूप से जंगली वस्तुओं को एकत्रित कर अपना पेट भर लेते थे। जंगल से लकड़ी एकत्रित कर बेचते थे। कोयला बनाते थे, लेकिन अब जंगल से उन्हें बेदखल कर दिया गया है अत: उनके सामने आर्थिक संकट उत्पन्न हो गया है। कई स्थानों पर

जनजाति के लोग श्रमिक के रूप में काम करते हैं। उद्योगों में, चाय बागानों में, कोयला खदानों में जनजाति के लोग ही श्रमिक हैं, लेकिन उनका भरपूर शोषण किया जाता है। उन्हें कम मजदूरी देकर पूरा काम लिया जाता है। अशिक्षित, जनजाति श्रमिक शोषण का शिकार हैं। ठेकेदार इस प्रक्रिया में अग्रणी रहे हैं।

सांस्कृतिक समस्याएँ- जनजातियों की पहचान उनकी विचित्र संस्कृतियों से होती है। प्रत्येक जनजाति अपने भौगोलिक आधार पर रहन-सहन, खान-पान, रीति-रिवाज तथा भाषा से पहचानी जाती है। अन्य समूहों से संपर्क के कारण जनजातीय संस्कृति को अपने अस्तित्व के संकट का सामना कर पड़ रहा है। भारत में जब राष्ट्रीय संस्कृति की बात करते हैं तो स्पष्ट हो जाता है कि विविध प्रकार की संस्कृतियों के अलग-अलग अस्तित्व को स्वीकार कर एक साथ सभी को बचाये रखना आवश्यक है, लेकिन जनजातीय संस्कृति संकट में है।

धर्मान्तरण की समस्या- जनजातियों का अपना धर्म होता है। ये आत्मवाद में विश्वास करते हैं। कई जनजातियाँ हिन्दू रीति-रिवाजों व देवी-देवताओं में विश्वास करती हैं। जनजातीय निर्धनता और भोलापन का लाभ उठाकर ईसाई मिशनरीज ने अनेक जनजातियों के लोगों को ईसाई बना दिया है। उनका आत्मवाद का विश्वास समाप्त कर दिया गया। उनके नाम बदल दिये गये, उन्हें चर्च में जाना सिखा दिया गया। आर्थिक सहायता, शिक्षा व कुछ भौतिक सुविधाएँ उपलब्ध करवाकर जनजाति के लोगों का धर्म परिवर्तन कर उनकी सांस्कृतिक पहचान को समाप्त करने के अनेक प्रयास हुए हैं।

स्वास्थ्य संबंधी समस्याएँ- खान-पान, बीमारी तथा चिकित्सा सुविधा की समस्या भी गंभीर है। वन और पहाड़ों के बीच रहने वाले जनजातीय समुदाय को संतुलित भोजन मिलना तो दूर, दोनों समय पेट भरने के लिए भी भटकना पड़ता है। कुपोषण के शिकार हो जाते हैं, अनेक रोगों से ग्रस्त हो जाते हैं। बाहरी संपर्क से भी जनजातियों में छूत की बीमारी पहुँची है। पहले जंगलों में ये लोग निर्वस्त्र घूमते थे। बाहरी समाज के सम्पर्क से जब से इन्होंने अपने बदन को कपड़ों से ढँकना प्रारम्भ किया इनमें चर्म रोग हो गया। ये बीमारी का इलाज झाड़-फूँक, जादू-टोना आदि के द्वारा ही करते हैं। चिकित्सा सुविधाओं का अभाव होने से असाध्य रोग का उपचार नहीं हो पाता।

शिक्षा की समस्या- जनजातियों को शिक्षित करना भी एक कठिन समस्या है। उनका निवास, उनकी भौगोलिक बनावट उन तक शिक्षा पहुँचाने में बाधक रहे हैं। अशिक्षित अधिक होने के कारण वे अन्य समस्याओं का शिकार बने। अंधविश्वास,

बुराइयाँ, स्वास्थ्य संबंधी समस्याएँ, ऋणग्रस्तता, भूस्वामित्व का स्थानान्तरण, अपने लिए बनाये गये प्रावधानों से वंचित रहना, शोषण आदि परेशानियाँ अशिक्षा से ही बनी हुई है।

सामाजिक समस्याएँ- गैर जातीय समाज के संपर्क में आने से जनजातियों में भी हिन्दू समाज की कुरीतियाँ पनपने लगी हैं। पहले जनजातीय समुदाय में युवावस्था में ही विवाह होते थे, लेकिन अब वहां भी बाल विवाह होने लगे हैं। कन्या मूल्य पहले वस्तुओं के रूप में प्रचलित था, अब रूपयों में दिया जाने लगा है तथा इसमें बहुत अधिक वृद्धि भी हुई है। युवाओं के लिए यौन शिक्षा आदि देने के लिए युवागृह होते थे। उत्तर पूर्वी भारत में कोरेस जनजाती में यह प्रचलन था। धीरे-धीरे युवागृहों का पतन हो रहा है। इससे सामाजिक जीवन में कई हानियाँ हो रही हैं। अब तो जनजातियों में भी विवाह विच्छेद की समस्या उत्पन्न हो रही है। इनकी अपनी परम्पराएँ और रूढ़ियाँ समाप्त हो रही हैं यह अपने आप में एक गंभीर सामाजिक समस्या हैं।

राजनीतिक समस्याएँ- जनजातियों में परम्परागत राजनीतिक व्यवस्था का प्रचलन था। जनजातियों के गाँव का एक मुखिया होता था। यह पद वंशानुगत था। सभी प्रशासकीय व्यवस्थाएँ उसी के अधीन थी। समाज के मानदण्डों का उल्लंघन करने वालों को दण्डित करने का अधिकार भी मुखिया के पास ही होता था। स्वतंत्रता प्राप्ति के बाद प्रजातांत्रिक व्यवस्था की स्थापना हुई। पुरानी परम्परागत व्यवस्थाएँ अब कमजोर हो गई हैं। जनजातियों में भी राजनीतिक चेतना आई है। वे अपने अधिकारों की मांग करने लगे हैं। वन सम्पदा पर अपना परम्परागत अधिकार होने का दावा करते हैं। राजनीतिक दृष्टि से जनजातियों की समस्या को दोतरफा कह सकते हैं- एक तो राजनीतिक चेतना से उत्पन्न विघटन की समस्या तथा दूसरी, जिन लोगों में अभी चेतना की कमी है उनसे उनकी कीमत पर उन्हीं के जागरूक नेता राजनीतिक लाभ उठाकर वास्तविक जरूरतमन्दों का शोषण कर रहें हैं। लोकसभा, राज्यसभा एवं पंचायतों में भी इनका प्रतिनिधित्व संविधान के अनुसार है। यह प्रतिनिधित्व जनजाति में अभिजन वर्ग भी उत्पन्न कर रहा है।

सीमाप्रान्त की जनजातियों की समस्याएँ- भारत के उत्तर-पूर्व में रहने वाली जनजातियों की समस्याएँ शेष जनजातियों से अलग तरह की हैं। चीन, बर्मा,(म्यामांर) बाँग्लादेश से जुड़े प्रान्तों में विदेशी लोग जनजातियों को भड़काते हैं। उनके स्वायत्त होने की मांग का समर्थन करते हैं। उन्हें गोपनीय तरीके से हथियार देते हैं तथा उपद्रव करने के लिए प्रेरित करते हैं। अपने राष्ट्र के सामने राष्ट्र-विरोधी गतिविधियाँ सीमाप्रान्त जनजातियों में स्वतंत्रता प्राप्ति के बाद तेजी से बढ़ी हैं।

एकीकरण की समस्या- जनजातियों को राष्ट्र की मुख्य धारा में जोड़ने की समस्या गंभीर है। भौगोलिक दृष्टि से ये लोग जंगलों और पहाड़ों में निवास करते हैं। वृहद् समाज से भौगोलिक दूरी होने से भी इन्हें समाज के साथ जोड़ने की बात को भी क्रियान्वित करने में कठिनाई आती है। इसके अतिरिक्त भारतीय संविधान के प्रावधानों को भी जनजातियाँ कई बार चुनौती देती हैं। एकीकरण की चर्चा करते समय इस बात का भी पूरा ध्यान रखा जाता है कि जनजातियों की सांस्कृतिक पहचान अलग बनी रहे, लेकिन वृहद् समाज के एक भाग के रूप में इनका अस्तित्व होना चाहिए। इन्हें वृहद् समाज में मिलकर अपनी पहचान नहीं खोनी है। एकीकरण की समस्या में इसी प्रकार के सभी पहलू सम्मिलित है।

सबसे कमजोर कड़ी- वृहद् समाज में जनजातियाँ सदैव उपेक्षित रहती हैं। जनजातियों में भी कुछ जनजातीय समूह तुलनात्मक रूप से अधिक उपेक्षित है वे निर्धन हैं। सर्वाधिक उपेक्षित और निर्धन जनजातीय समूहों का पता लगाकर उनके विकास के लिए विशेष प्रयास की आवश्यकता है। निर्धनता और उपेक्षा को समाप्त करने के उद्देश्य से 1967 से जनजातीय आयुक्त द्वारा इन समुदायों की पहचान करके नामांकित करने का कार्य प्रारम्भ किया गया तथा भौगोलिक दशाओं और जनजातीय समूहों की प्रकृति के अनुसार कार्ययोजनाएँ बनाकर क्रियान्विति प्रारम्भ की गई।

अनुसूचित जनजातियों की समस्याओं हेतु समाधान

सरकारी और गैरसरकारी स्तर पर जनजातियों को राष्ट्र की मुख्य धारा से जोड़ने, इनको समृद्ध बनाने, इनका कल्याण करने के लिए अनेक योजनाएँ बनी, संवैधानिक प्रावधानों के अनुरूप काम हुए तथा अनेक कार्यक्रम चलाये जा रहे हैं-

(1) संवैधानिक प्रावधान -जनजातियों को सुरक्षा प्रदान करने व उनके विकास को प्राथमिकता देने के लिए संरक्षण सम्बन्धी तथा आरक्षण सम्बन्धी प्रावधान किये गये हैं-

संविधान की धारा 16(4) तथा 335 के अनुसार सरकारी नौकरियों में अनुसूचित जनजातियों के अभ्यर्थियों के लिए 7.5 प्रतिशत स्थान सुरक्षित रखे गये हैं।

धारा 338 के अनुसार राष्ट्रपति जनजातियों के लिए एक विशेष आयुक्त नियुक्त करेगा।

संविधान के 10वें भाग और 5वीं तथा छठी अनुसूचियों में जनजातीय क्षेत्रों के संबंध में विशेष व्यवस्थाएँ की गई हैं।

भाग 6 धारा 164 के अनुसार असम के अतिरिक्त बिहार, मध्यप्रदेश और उडीसा में भी जनजातीय कल्याण मंत्रालय स्थापित करना।

धारा 244(2)के अन्तर्गत असम की जनजातियों के लिए जिला और प्रादेशिक परिषद स्थापित करने की व्यवस्था है।

धारा 330 और 332 के अनुसार राज्यों की अनुसूचित जनजातियों की जनसंख्या के अंनुपात में लोकसभा तथा राज्यों की विधान सभाओं में इनके लिए स्थान सुरक्षित रखे गये हैं। लोकसभा में 40 तथा विधान सभाओं में 303 स्थान सुरक्षित हैं।

(2) कल्याण योजनाएँ –केन्द्र तथा राज्य स्तर पर अनेक कल्याणकारी योजनाएँ जनजातियों के लिए चलाई जा रही है। इनको व्यवसाय तथा रोजगार प्राप्त करने में सहायता प्रदान करने के उद्देश्य से परीक्षा पूर्व प्रशिक्षण केन्द्र व मार्गदर्शन केन्द्र भी खोले गये हैं। परीक्षा शुल्क में छूट, नि:शुल्क शिक्षण सामग्री, दोपहर का भोजन, आश्रम स्कूलों की स्थापना आदि व्यवस्था की गई हैं।

(3) विकास योजनाएँ –केन्द्र सरकार तथा राज्य सरकारों ने अनूसूचित जातियों और जनजातियों के विकास के लिए अनेक प्रयास किये हैं। इन लोगों के कल्याण के लिए प्रत्येक पंचवर्षीय योजना में विशेष कार्यक्रम प्रारम्भ किये गये। इन कार्यक्रमों का उल्लेख पहले किया जा चुका है।

(4) जनजातीय अनुसंधान संस्थाएँ –जनजातियों से संबंधित विषयों पर अनुसंधान करने के लिए जनजातीय अनुसंधान केन्द्र खोले गये हैं। अनुसूचित जातियों की कला, संस्कृति एवं रीति-रिवाजों का अध्ययन किया जाता है। आन्ध्र प्रदेश, बिहार, गुजरात, मध्य प्रदेश, उड़ीसा, राजस्थान और पश्चिम बंगाल में जनजातीय अनुसंधान एवं प्रशिक्षण संस्थान कार्य कर रहे हैं।

(5) सहकारी समितियाँ –जनजातियों पर किये जाने वाले अत्याचारों व शोषण को रोकने के लिए सरकार ने सहकारिता आन्दोलन प्रारम्भ किया। वन संपदा संग्रह, उत्पादन तथा वितरण प्रणाली में ठेकेदारों का दखल बन्द करने तथा जनजातियों को भागीदार बनाकर जंगल में प्राकृतिक रूप से उत्पन्न होने वाली वस्तुओं को संग्रहित करवाकर उचित मूल्य पर विक्रय प्रबन्ध सुनिश्चित करने की दिशा में कार्य हो रहे हैं।

अन्य पिछड़ा वर्ग की समस्याएँ

अन्य पिछड़ा वर्ग कौन? भारतीय संविधान के भाग 16 में अनुसूचित जाति व अनुसूचित जनजाति के साथ अन्य पिछड़ा वर्ग शब्दावली का प्रयोग किया गया है।

अन्य पिछड़ा वर्गों के निर्धारण का क्या आधार है? इसमे कौनसी जातियों को सम्मिलित किया गया है? इन प्रश्नों पर विचार किया जाना आवश्यक है। सामान्यतया अन्य पिछड़ा वर्ग में उन वर्गों को लिया जा सकता है जिन्हें अछूतों से ऊँचा और ब्राह्मणों से नीचा समझा जाता है और जो लोग सामाजिक, शैक्षिक और आर्थिक दृष्टि से पिछड़े हुए हैं। सरकार के सामने भी यह कठिनाई आई कि पिछड़ा वर्ग में किसे सम्मिलित किया जाना चाहिये। भारत के राष्ट्रपति ने 29 जनवरी,1953 को काका कालेलकर की अध्यक्षता में एक आयोग का गठन किया। आयोग को निर्देश दिया गया था कि वह सामाजिक और शैक्षिक दृष्टि को ध्यान में रखकर पिछड़ा वर्ग का निर्धारण करें। उनकी एक सूची तैयार करे। उसकी सामाजिक और शैक्षिक समस्याओं का पता लगाये।

लगभग दो वर्षो के बाद आयोग ने 2,339 जातियों और उपजातियों की एक सूची तैयार की। पिछड़ा वर्ग की सूची बनाने के लिए आयोग ने जाति को प्रमुख कारक माना। संपूर्ण जाति को ही पिछड़ेपन का आधार माना। बाद में निर्धनता, मकान और व्यवसाय को भी पिछड़ेपन के निर्धारण का कारक माना। केन्द्र सरकार ने काका कालेलकर आयोग की सिफारिशों का विश्लेषण किया तथा जाति को पिछड़ा वर्ग का आधार मानना अस्वीकार कर दिया। भारत सरकार ने 1961 में राज्य सरकारों से उनके यहाँ अन्य पिछड़े वर्गों की पहचान के लिए सर्वेक्षण कराने के आदेश दिए जिसका आधार आर्थिक हो, न कि जातिगत। राज्य सरकारों ने आय और व्यवसाय को आधार मानकर पिछड़े वर्गों की सूची तैयार कर उन्हें वर्गीकृत किया।

14

मण्डल आयोग : पिछड़ा वर्ग

तत्कालीन जनता पार्टी सरकार ने सन् 1977 में अपने चुनाव घोषणा-पत्र में पिछड़े वर्गों के लिए सरकारी और शैक्षणिक सेवाओं में 25 से 33 प्रतिशत तक आरक्षण देने का वादा किया था। उसी वादे के अनुरूप लोकसभा के सदस्य बी.पी.मण्डल की अध्यक्षता में पिछड़ा वर्ग के लिए आयोग का गठन किया था। इसी को मण्डल आयोग कहा जाता है।

इस आयोग ने अपनी रिपोर्ट 31 दिसम्बर, 1980 को प्रस्तुत की थी। इस रिपोर्ट पर दोनों सदनों में 1982 में चर्चा हुई तथा इसे पुनः सचिवों की एक समिति को सौंप दिया गया। संसद के दोनों सदनों में मामला बार-बार उठाने पर भी कोई निर्णय नहीं हुआ।

पिछड़ा वर्ग के मापदण्ड

मण्डल आयोग ने एक विशेष जाति/वर्ग को पिछड़ा मानने के लिए तीन सूचकों का उपयोग किया, ये सूचक-सामाजिक, शैक्षिक और आर्थिक थे। प्रत्येक सूचक में अलग-अलग मापदण्ड निर्धारित किये गये।

सामाजिक सूचक में चार मापदण्ड थे

(i) वे जातियाँ/वर्ग जिन्हें दूसरे व्यक्ति सामाजिक रूप से पिछड़ा मानते हैं।

(ii) वे जातियाँ/वर्ग जो अपने जीवनयापन के लिए शारीरिक श्रम करते हैं।

(iii) वे जातियाँ/वर्ग जिनमें राज्य के औसत से अधिक, कम से कम 25 प्रतिशत स्त्रियाँ और 10 प्रतिशत पुरूष 17 वर्ष की आयु से पहले ही ग्रामीण क्षेत्रों में विवाह कर लेते हैं और कम से कम 10 प्रतिशत स्त्रियाँ और 5 प्रतिशत पुरूष इस (17)आयु से पहले शहरी क्षेत्रों में विवाह करते हैं और

(iv) वे जातियाँ/वर्ग जिनमें स्त्रियों की श्रम में भागीदारी राज्य के औसत से कम से कम 25 प्रतिशत अधिक है।

शैक्षिक सूचक के तीन मापदण्ड

(i) वे जातियाँ/वर्ग जिनमें 5-15 वर्ष के आयु-समूह के बच्चे जो कभी स्कूल नहीं गये, राज्य के औसत से कम से कम 25 प्रतिशत अधिक हैं।

(ii) वे जातियाँ/वर्ग जिनमें 5-15 वर्ष के आयु-समूह के विद्यार्थियों के स्कूल छोड़ने की दर राज्य के औसत से कम से कम 25 प्रतिशत अधिक है और

(iii) वे जातियाँ/वर्ग जिनमें मैट्रिक-हायर सैकण्ड्री अनुत्तीर्ण लोगों का अनुपात राज्य के औसत से कम से कम 25 प्रतिशत अधिक है।

आर्थिक सूचक के चार मापदण्ड

(i) वे जातियाँ/वर्ग जहाँ परिवार की सम्पत्ति का औसत मूल्य राज्य के औसत से कम से कम 25 प्रतिशत नीचे है।

(ii) वे जातियाँ/वर्ग जिनमें कच्चे मकानों में रह रहे परिवारों की संख्या राज्य के औसत से कम से कम 25 प्रतिशत अधिक है।

(iii) वे जातियाँ/वर्ग जिनमें 50 प्रतिशत परिवारों के पीने के पानी का स्रोत आधे किलोमीटर से अधिक दूर है और

(iv) ये जातियाँ और वर्ग जिनके परिवारों में ऋण लेने की संख्या राज्य के औसत से 25 प्रतिशत अधिक है।

पिछड़ा वर्ग किसे माना जाये? इसके निर्धारण के लिए सूचक बनाये गये उनको लाभ दिया गया। जैसे सामाजिक सूचक के चार मापदण्ड हैं, प्रत्येक मापदण्ड को तीनअंश दिये गये, इस प्रकार सामाजिक सूचक के कुल 12 अंश हुए। शैक्षिक सूचक में तीन मापदण्ड थे। प्रत्येक मापदण्ड को दो अंश दिये, इस प्रकार शैक्षिक सूचक के कुल 5 अंश हुए। तीसरा सूचक आर्थिक था, इसके चार मापदण्ड थे, प्रत्येक मापदण्ड के लिए एक अंश दियागया, इस प्रकार आर्थिक मापदण्ड के अंशों की संख्या 4 थी। सामाजिक, शैक्षिक और आर्थिक सूचकों के मापदण्डों का कुल मूल्य 22 अंश था। जिन जातियों/वर्गों ने 50 प्रतिशत अंश अर्थात् 11 अंश अधिक प्राप्त किये उन्हें पिछड़ा बताया गया।

मण्डल आयोग की सिफारिशें

मण्डल आयोग ने सामाजिक, आर्थिक दृष्टि से पिछड़े वर्गों के लिए नौकरियों में 27 प्रतिशत आरक्षण का सुझाव दिया। आयोग के प्रतिवेदन के अनुसार पिछड़े वर्गों की जनसंख्या 52 प्रतिशत है, अतः शैक्षिक सुविधाओं में 52 प्रतिशत आरक्षण का सुझाव दिया गया था, लेकिनसंविधान को धारा 15(4) और 15(4) के अनुसार 50 प्रतिशत स्थान ही आरक्षित किये जा सकते हैं। पहले से 22.5 प्रतिशत स्थान अनुसूचित जातियों और जनजातियों के लिए आरक्षित होने से अन्य पिछड़े वर्गों के लिए आरक्षण 27 प्रतिशत ही किया जा सकता है।

आयोग की अन्य सिफारिशें निंम्नलिखित हैं–

(i) पदोन्नति के लिए भी 27 प्रतिशत का सिद्धान्त लागू किया जाये।

(ii) यदि आरक्षित कोटा भरा नहीं जाता है तो तीन वर्ष की अवधि के लिए इसे बढ़ा दिया जाये, उसके बाद ही इसे हटाया जाये।

(iii) पिछड़े वर्गों को भी आयु में छूट अनुसूचित जाति-जनजाति के समान दी जाये।

(iv) आरक्षण का सिद्धान्त केन्द्रीय और राज्य सरकारों से सहायता प्राप्ति करने वाले निजी प्रतिष्ठानों, विश्वविद्यालयों, बैंकों और सार्वजनिक क्षेत्र के प्रतिष्ठानों में लागू किया जाये।

न्यायालय के पूर्व न्यायाधीश ने आरक्षण नीति के प्रत्येक पाँच वर्ष में पुरावलोकन करने की बात कही जिससे सरकार इनमें आई हुई विकृतियों को ठीक कर सके। आरक्षण नीति से आर्थिक रूप से शोषित और सामाजिक रूप से सताये गये समूहों को न्याय और समान अवसर दिलाने के लिए एक तर्कसंगत और लाभदायक रणनीति कहना कहाँ तक उचित हो सकता है, इस पर चर्चा आवश्यक है–

(i) शिक्षण संस्था और सरकारी नौकरियों में आरक्षण से ही समस्याएँ नहीं सुलझ सकी हैं। अभी तक कोई निर्णायक परिवर्तन भी सामने नहीं आये हैं। उत्पादन सम्बन्धों में संरचनात्मक परिवर्तन और भूमि सुधार कानून लागू नहीं होते हैं। आरक्षण नीति का सकारात्मक परिणाम नहीं है।

(ii) आरक्षण की समय सीमा को निरन्तर बढ़ाते रहने से समाज में निहित स्वार्थ और अलगाववाद उत्पन्न होगा। जातीय संघर्ष होंगे तथा समाज खण्डित हो जायेगा।

(iii) आरक्षण नीति के कारण कई अधिकारी और राजनेता अब जाति और धर्म के आधार पर काम कर सकते हैं। सरकारी नौकरियों का राजनीतिकरण हो रहा है। प्रशासन की कार्यकुशलता प्रभावित हो रही है।

(iv) पिछले 50 वर्षों से आरक्षण नीति जारी है लेकिन इसके वांछित परिणाम नहीं आये हैं। आरक्षण का लाभ जो पहले से अच्छी स्थिति में हैं, उन्हीं के पास केद्रित है। जो वास्तव में पिछड़े हैं आरक्षण का लाभ प्राप्त करने की पात्रता रखते हैं, ऐसे वर्ग तो अभी तक इन लाभों से वंचित हैं।

आरक्षण की नीति का निर्धारण करते समय जो वर्ग वास्तविक आधार पर सामाजिक, आर्थिक और शैक्षिक दृष्टि से पिछड़े हुए हैं उनो लाभ मिलना चाहिए। जब तक इन लाभों को प्रभावशाली व्यक्ति अपने प्रभाव के लोगों तक ही सीमित रखेंगे, आरक्षण नीति अहितकर रहेगी।

पिछड़े वर्गों की समस्याओं के लिए समाधान

पिछड़े वर्गों की समस्याएँ मौलिक रूप से उनकी सामाजिक, आर्थिक और शैक्षिक स्थिति से सम्बन्धित हैं। इनके सामाजिक–आर्थिक सुधार के लिए समय–समय पर आयोग गठित किये गये। इन आयोगों की सिफारिशों के अनुसार इन्हें कुछ लाभ

भी हुए हैं, लेकिन यथार्थ में कुछ अलग ही है। आज ही पिछड़ा वर्ग निर्योग्यताओं का शिकार है। भूमि सुधार कानून, न्यूनतम मजदूरी निर्धारण, बन्धुआ मजदूरी की समाप्ति, रोजगार उपलब्ध काने हेतु अनेक योजनाओं का निर्माण, आवास, पेयजल प्रबन्ध, शिक्षा का प्रसार, पिछड़े वर्गों के छात्रों हेतु आवासीय विद्यालयों की स्थापना, महिलाओं की प्रत्येक क्षेत्र में भागीदारी आदि अनेक योजनाएँ सरकार द्वारा इन वर्गों के लिए बनाकर चलाई जा रही है।

राजनीतिक क्षेत्रों में इनकी भागीदारी बढ़ रही है। पंचायतीराज व्यवस्था में इनकी भागीदारी उल्लेखनीय है। इन सिफारिशों को लागू करने के लिए सरकार आवश्यक कानूनी प्रावधान करे। अनूसूचित जाति-जनजातियों के समान ही पिछड़े वर्गों की सूची तैयार की जानी चाहिए। तत्कालीन प्रधानमन्त्री वी.पी. सिंह ने 7 अगस्त, 1990 को पिछड़ा वर्ग को केन्द्रीय सरकार की नौकरियों में 27 प्रतिशत आरक्षण ी घोषणा की। इसके फलस्वरूप पूरे देश के विश्वविद्यालयों तथा कॉलेजों में छात्रों ने हड़ताल कर दी। छात्र आन्दोलन बहुत तेज कई छात्रों ने मण्डल आयोग की सिफारिशों को लागू करने के विरोध में आत्मदाह किया। छात्र असंतोष गंभीर हो गया। अत्यधिक विरोध होने पर 1 अक्टूबर, 1990 को मण्डल आयोग की सिफारिशों पर न्यायालय ने स्थगन आदेश जारी कर दिया।

वर्तमान स्थिति

उच्चतम न्यायालय का मंडल आयोग की सिफारिशों से सम्बन्धित निर्णय 15 नवम्बर, 1992 को सुनाया गया। न्यायालय ने पिछड़े वर्गों के लिए 27 प्रतिशत आरक्षण की नीति को स्वीकार किया लेकिन इस नीति में कुछ परिवर्तन के निर्देश दिये।

(1) जाति को ही आरक्षण का लाभ का आधार माना गया।

(2) आरक्षण की अधिकतम सीमा केवल 40 प्रतिशत ही स्वीकार की गई।

(3) आर्थिक आधार पर आरक्षण अपत्यक्ष रूप से स्वीकार किया गया क्योंकि कुछ राज्यों में पायी जाने वाली सूची में आर्थिक आधार को कुछ महत्व दिया गया है।

(4) पिछड़े वर्गों के सम्पन्न समूहों, अभिजन वर्ग का आरक्षण के लाभ से दूर रखा गया।

उच्चतम न्यायालय के निर्णय के बाद न्यायालय के निर्देशों के अनुसार 8 सितम्बर, 1993 को तत्कालीन केन्द्र सरकार ने लगभग 1200 पिछड़ी जातियों, वर्गों, अन्य पिछड़ा वर्ग के लिए केन्द्र सरकार व़ सार्वजनिक उद्यमों में 27 प्रतिशत आरक्षित कोटा स्वीकार करने की घोषणा की। घोषणा में समय की कोई सीमा नहीं रखी गई जैसी कि अनुसूचित जातियों-जनजातियों के लिए की जाती हैं। इसके बाद केन्द्र व राज्यों में भी पिछड़े वर्गों के लिए आयोग स्थापित किये गये हैं। समाज में जो वर्ग किन्हीं कारणों से शिक्षा, आर्थिक और सामाजिक दृष्टि से पिछड़े हुए हैं, उन्हें अन्य वर्गों के समकक्ष लाने हेतु आरक्षण नीति लागू की गई। सभी आयोगों और समितियों ने आरक्षण नीति पर विचार किया है। पिछड़े लोगों को जो क्षति हुई है, वह भेदभाव के कारण हुई, उसे अब पूरा किया जाना चाहिये। इसे क्षतिपूरक भेदभाव को माँग कहा गया। न्यायालयों ने भी आरक्षण नीति पर विचार किया है। आरक्षण नीति लागू होने से एक जाति या समुदाय दूसरों से अधिक पिछड़ा होने की होड़ लगाता है।

अल्पसंख्यक

भारत के वंचित समूहों के अल्पसंख्यकों को भी सम्मिलित किया जाता है। आर्थिक एवं राजनीतिक सशक्तिकरण की दृष्टि से धार्मिक अल्संख्यकों की अलग श्रेणी की चर्चा की जाती है। भारतीय संविधान के अनुच्छेद 29 और 30 के अनुसार अल्पसंख्यकों को कुछ विशेष अधिकार प्रदान किये गये हैं। जैसे उनकी विशिष्ट भाषा, लिपि, संस्कृति के संरक्षण का अधिकार तथा समूह के ऐच्छिक शैक्षणिक संस्थानों को स्थापित कर चलाने का विशेष अधिकार। इन सभी प्रावधानों के होते हुए भी अल्पसंख्यकों को परिभाषित करने में कठिनाई आती है। अल्पसंख्यक का तात्पर्य तुलनात्मक आधार पर छोटे समूह के व्यक्तियों से है जिन पर बहुसख्यकों द्वारा शासन करने का प्रयास किया जाता है। यह भी स्पष्ट है कि जो समूह जनसंख्या के आधार पर आकार में छोटा है उसे ही अल्पसंख्यक नहीं कहा जा सकता है। उन समूहों को अल्पसंख्यक माना जा सकता है जिनके साथ धर्म, प्रजाति अथवा संस्कृति के आधार पर भेदभाव का व्यवहार किया जाता है। भारत के संविधान में अल्पसंख्यक शब्द का उपयोग तो किया गया है लेकिन इसकी परिभाषा कहीं पर भी नहीं है। सर्वोच्च न्यायालय और उच्च न्यायालय सांख्यकीय मानदंडों के आधार पर अल्पसंख्यक का विवेचन करते हैं। अर्थात् जिस समुदाय की जनसंख्या राज्य की कुल जनसंख्या का 50 प्रतिशत से अधिक नहीं हो अल्पसंख्यक माना जाता है। जनगणना 2001 के अनुसार भारत की कुल जनसंख्या मेंहिन्दू 80.5 प्रतिशत, मुसलमान 13.4 प्रतिशत, ईसाई 2.33 प्रतिशत, सिक्ख 1.84 प्रतिशत, बौद्ध 0.8 प्रतिशत तथा जैन 0.4 प्रतिशत है। भारत में अल्पसंख्यक समुदायों का एक बहुत बड़ा भाग आज भी पिछड़ेपन की समस्या से

ग्रस्त है। अधिांश अल्पसंख्यक निरक्षर हैं एवं वंचित समूह की श्रेणी में आते हैं। औद्योगिक व तकनीकी विकास के लाभों से भी अल्पसंख्यक समुदाय के अधिकांश व्यक्ति वंचित हैं। इन सभी बातों के यह भी उल्लेखनीय है कि अल्पसंख्यक समुदाय को राष्ट्र की मुख्य धारा में आत्मसात करने के प्रयास जारी हैं। संविधान के प्रावधानों के आधार पर तर्क यह है कि समाज के बहुसंख्यक अपनी संख्या बल के आधार पर अपने हितों की रक्षा कर लेते हैं, लेकिन अल्पसंख्यकों को अतिरिक्त सहायता की आवश्यकता होती है। अल्पसख्यकों के लिए संविधान में निम्न प्रावधानों का उल्लेख हैं–

(i) धार्मिक एवं भाषाई अल्पसंख्यकों के लिए अनुच्छेद 29(1) के अन्तर्गत राज्यों को निर्देशित किया गया है जो कि समुदाय अपनी संस्कृति का संरक्षण करना चाहते हैं उन पर राज्य द्वारा बहुसंख्यकों की संस्कृति थोपी नहीं जा सकती है।

(ii) अनुच्छेद 350(ए) के अनुसार राज्यों को निर्देशित किया गया है कि भाषाई अल्पसंख्यकों के बच्चों को प्राथमिक शिक्षा उनकी मातृभाषा में ही दी जाये।

(iii) अनुच्छेद 350(बी) में यह प्रावधान है कि भाषाई अल्पसंख्यकों के हितों की सुरक्षा के लिए विशेष पदाधिकारियों की नियुक्ति कर उनकी शिकायतों की जाँच की जाये। शिक्षण संस्थाओं में नामांकन के लिए धर्म, प्रजाति, जाति और भाषा के आधार पर कोई भेदभाव नहीं किया जाए।

(iv) अनुच्छेद 300(1) के अनुसार अल्पसंख्यक अपनी पसंद के शिक्षण संस्थान स्थापित कर सकते हैं। राज्य शिक्षण संस्थाओं को सहायता में अल्पसंख्यक संस्थानों के साथ भेदभाव नहीं कर सकता है।

अन्य प्रावधान

सरकार ने 1978 में 'अल्पसंख्यक आयोग' का गठन किया। आयोग केगठन का उद्देश्य संविधान द्वारा अल्पसंख्यकों के संरक्षण के प्रावधानों के क्रियान्वयन का मूल्यांकन करना व सुझाव देना था। इसके बाद 1993 में 'राष्ट्रीय अल्पसंख्यक आयोग' प्रभाव में आया। इस आयोग ने 15 सूत्रीय कार्यक्रम क्रियान्वित किया तथा अल्पसंख्यकों के कल्याण हेतु प्रयास किये गये। मुख्य उद्देश्य अल्पसंख्यकों के जीवन व सम्पत्ति की सुरक्षा करना है। सरकार ने 'राष्ट्रीय अल्पसंख्यक विकास व वित्त निगम' की भी

स्थापना की जो अल्पसंख्यकों में पिछड़े लोगों की आर्थिक व विकासात्मक गतिविधियों को प्रोत्साहित करने के लिए सहयोग करता है। ऐसे सरकारी तथा गैरसरकारी प्रयत्नों के होते हुए भी अल्पसंख्यकों का एक बड़ा हिस्सा अभी तक पिछड़ा हुआ है। स्वतन्त्रता प्राप्ति के पश्चात् राष्ट्र निर्माताओं ने एक ऐसे राष्ट्र की कल्पना की थी जिसमें भेदभावपूर्ण और शोषित जीवन व्यतीत करने वाले लोग नहीं रहते हों। अतएव सामाजिक और आर्थिक न्याय दिलाने के लिये निर्धनता, निरक्षरता से मुक्ति दिलाने के लिये अनुसूचित जाति एवं जनजाति के लोगों को विशेष सुविधायें संविधान के द्वारा प्रदान की गई थीं। लेकिन 50 वर्ष के दीर्घ अन्तराल के पश्चात् भी भारत के गाँवों और शहरों में निवास करने वाली अनुसूचित जाति और जनजाति की स्थिति में विशेष एवं वांछनीय सुधार नहीं हुआ है। मेरी दृष्टि में इसके निम्नलिखित कारण हो सकते हैं–

(1) इच्छाशक्ति का अभाव

राष्ट्रीय एजेण्डा में अनुसूचित जाति और जनजाति के उत्थान को प्राथमिकता देने की इच्छाशक्ति में या तो कमी रही है अथवा उसका पर्याप्त अभाव रहा है। सार्वजनिक निकायों में जिस दृष्टिकोण से प्रक्रियायें अपनाई जाती हैं, उनके द्वारा इन लोगों की समस्याओं का निवारण नहीं हो सकता।

(2) पंचवर्षीय योजना में अपर्याप्त धनराशि का आवंटन

वर्ष 1995–96 के लिये पंचवर्षीय योजना में 19365 करोड़ रुपए की राशि निर्धारित की जानी थी, लेकिन वास्तव में 1884 करोड़ रुपए ही आवंटित किये गये। इसी प्रकार आठवीं पंचवर्षीय योजना की अवधि के दौरान 44361 करोड़ रुपए की राशि रखी जानी चाहिये थी, जबकि वास्तव में 38221 करोड़ रुपए ही आवंटित किये गये। योजना आयोग और विभिन्न एजेन्सियों के द्वारा योजना कार्यक्रम को इस प्रकार लागू किया जाता था कि अनुसूचित जातियों और जनजातियों के विकास की गति तीव्र नहीं हो सकी। विकास के लिये जिन संसाधनों के आवंटन की ओर ध्यान दिया गया था, वे समाज के अन्य वर्गों के समान नहीं थे और इसलिये उसका समान लाभ नहीं मिल सका। योजना आयोग के द्वारा जो भी राशि आवंटित की जाती है, उसे भी पूर्णरूपेण व्यय नहीं किया जाता अथवा उसका उचित उपयोग नहीं किया जाता। स्वभाविक रूप से विकास की गति शिथिल बनी रही।

(3) प्रयोजनेत्तर उपयोग

अनुसूचित जातियों और जनजातियों की आधारभूत आवश्यकताओं को नजर अंदाज करते हुए इनके निमित आवंटित की गई धनराशि अन्य वर्गों के विकास में

लगा दी जाती है। ऐसा करने से विकास में गतिरोध उत्पन्न होता है। यदि आवंटित धनराशि का उपयोग निर्धारित प्रयोजन के लिये किया जाये तो इन जातियों के विकास के लिये बनाई गई परियोजनायें धन के अभाव में विफल नहीं हो सकती।[2]

(4) मंद गति योजनाओं के क्रियान्वयन की शिथिल गति

जब कभी योजना का आकार कम किया जाता है तो अक्सर उसका प्रभाव अनुसूचित जाति/जनजाति के वर्गों के कार्यक्रम पर पड़ता है। अभीष्ट व्यक्तियों की अज्ञानता और उनके दुर्गम तथा अगम्य स्थानों पर निवास के कारण भी परियोजनाओं के क्रियान्वयन का स्तर गिर गया है। परियोजनाओं के लिये इन लोगों की भूमि अवाप्त की जाती है, उनके लिये बनाये गये पुनर्वास पैकेज व्यावहारिक नहीं होते हैं और इसलिये उनका समुचित क्रियान्वयन नहीं हो पाता है। परिणामस्वरूप अनुसूचित जाति एवं जनजाति के लोगों की हालत और अधिक दयनीय हो गई है।

(5) भूमि

सर्वविदित है कि परिवार का सामाजिक व आर्थिक स्तर मूल रूप से भूमि पर निर्भर होता है। भूमि ही अन्य विकासपरक योजनाओं का मूल आधार है। उदाहरणार्थ पशुपालन एवं मुर्गीपालन उद्योग, भूमि के अभाव में क्रियान्वित नहीं हो सकते। यद्यपि अनुसूचित जाति व जनजाति के लोगों की संख्या आज देश की जनसंख्या का 25 प्रतिशत है लेकिन इन लोगों के अधिकार में जो भूमि है, वह अनुपात में अपर्याप्त और सीमान्त है। राज्य सरकारें भूमि सुधार कार्यक्रम को कारगर ढंग से लागू नहीं करतीं। भूमि सीमा सम्बन्धी कानून आशातीत ढंग से लागू नहीं किया गया। भूमि का आवंटन करते समय भी अनुसूचित जाति व जनजाति के लोगों को प्राथमिकता नहीं दी जाती। इनके अधिकार में जो भूमि है, उसे भी अवैध रूप से अन्य वर्ग के लोगों को हस्तान्तरित कर दिया जाता है। जहाँ कहीं भी सरकार ने भूमि का आवंटन किया है, वहाँ निहित स्वार्थ वाले व्यक्तियों द्वारा न्यायालयों में मुकदमे दर्ज करवा दिये जाते हैं, जिनका निर्णय वर्षों तक नहीं हो पाता। इस वर्ग के लोगों को भूमि का असंतुलित वितरण होने का एक कारण भूमि सुधार के विभिन्न उपायों का क्रियान्वयन अनुपयुक्त ढंग से और बेमन से किया जाना है। इस वर्ग के लोगों के पास जो थोड़ी बहुत जमीन है, वह आकार में 2 एकड़ से भी कम होती है। जो लोग गरीबी की रेखा के नीचे रहते हैं और सामाजिक स्तर के प्रतीक के रूप में जिनके पास किसी प्रकार की भौतिक सम्पदा नहीं है, वे केवल भूमि पर जीवन निर्वाह के लिये निर्भर है। उसी से उन्हें समाज में सहूलियत मिलती है। वे लोग अपने अधिकार की थोड़ी-बहुत भूमि को भी अब अपने हाथ से गँवा रहे हैं। जो लोग पहले छोटे अथवा सीमान्त किसान कहलाते

हैं, अब वे लोग भी भूमिहीन मजदूर बनते जा रहे हैं। यह एक विडम्बना है कि देश के खाद्य उत्पादन में श्रमिकों के रूप में काम करने वाले अधिकांश व्यक्ति अनुसूचित जाति/जनजाति के हैं, लेकिन फिर भी उनकी स्थिति में सुधार नहीं हुआ है। परिणामस्वरूप उनकी स्थिति में जनसंख्या के अनुपात में सामाजिक और आर्थिक सुधार नहीं हो सका।

(6) वितरण में असमानता

अनुसूचित जाति व जनजाति के लोगों को उत्पादक परिसम्पत्तियों के स्वामित्व के समान अधिकार थे, जिससे उन्हें वंचित रखा गया है। कारखानों, दुकानों, भवनों, वाहनों एवं अन्य इकाइयों में इन जातियों के स्वामित्व की संख्या नगण्य है। ये जातियाँ भारत में शोषित वर्ग अथवा अल्प वेतनभोगी कामगार हैं। किसी भी राज्य सरकार के द्वारा इनकी परिसम्पत्तियों में वृद्धि करने के कार्यक्रम उल्लेखनीय ढंग से लागू नहीं किये गये। उदाहरण के लिये प्रधानमन्त्री रोजगार योजना को ले सकते हैं। इसके अन्तर्गत अनुसूचित जातियों और जनजातियों के लिये तैयार की गई परियोजनाओं की औसत लागत केवल 20,000 रुपए बैठती है जबकि अनुमोदित परियोजना के लिये अधिकतम सीमा एक लाख रुपए होती है। पर्याप्त धन के अभाव में अनुसूचित जातियों और जनजातियों के उद्यमी भी अवसरों का लाभ नहीं उठा पाये हैं इसलिये उनके व्यवसाय घाटे में चलते हैं।[3]

(7) रोग एवं कुपोषण के शिकार

अनुसूचित जाति तथा जनजाति के लोग निरक्षरता के कारण निर्धनता के दलदल में फँसे हुए हैं। किसी भी श्रेणी की सेवा में इनका प्रतिनिधित्व निर्धारित सीमा से अत्यन्त कम है। इनकी आर्थिक स्थिति में उन्नति नहीं हो पाई है इसलिये ये लोग संतुलित आहार जुटा पाने में असमर्थ हैं। प्रतिरोधी शक्ति का शरीर में अभाव होने के कारण ये लोग बीमारियों से लड़ने की शक्ति नहीं जुटा पाते, इसलिये इस वर्ग के लोगों को क्षय रोग, मलेरिया एवं अन्य संक्रामक बीमारियाँ हो जाती हैं। स्वच्छ जल के अभाव में इन लोगों को विभिन्न प्रकार की बीमारियों का शिकार होना पड़ता है। इस तथ्य को मैं आँकड़े देकर स्पष्ट करना चाहूँगा। एक सामान्य स्वस्थ पुरुष को जीवन के अस्तित्व के लिये 2400 कैलोरी एवं महिला को 2100 कैलोरी भोजन की आवश्यकता चिकित्सक बतलाते हैं। लेकिन किसी परिवार में यदि 5 सदस्य हैं तो उन्हें 1200 कैलोरी भोजन भी बड़ी कठिनाई के साथ उपलब्ध होता है। कारण यह कि प्रतिदिन की न्यूनतम मजदूरी 60 रुपए है, अतएव परिवार की आय भी इतनी अधिक कम है कि वे संतुलित भोजन नहीं जुटा पाते। इसके लिये 1800 रुपए प्रतिमाह

की नियमित आय होना आवश्यक है। मजदूरों को 12 महीने काम भी नहीं मिलता। अतएव उनके परिवार को मकान, कपड़ा, शिक्षा, चिकित्सा एवं मनोरंजन की आवश्यकता की पूर्ति के लिये भी तरसना पड़ता है। शुद्ध पानी तो हमारे प्रदेश में आज स्वप्न बन गया है। ग्रामीण इलाकों में रहने वाले अनुसूचित जाति व जनजाति के लोग आज भी नाढ़ी, तालाब, पोखर एवं नदियों का सतही पानी पीने के लिये विवश हैं। स्पष्ट है कि अनुसूचित जाति व जनजाति के लोग निरन्तर रूप से कुपोषण[4] के शिकार बने हुए हैं।

(8) सेवाओं में अपर्याप्त आरक्षण

राजकीय सेवाओं के जो आँकड़े उपलब्ध हैं, उससे यह स्पष्ट होता है कि अनुसूचित जाति व जनजाति के लोग सफाई कर्मचारी, चतुर्थ श्रेणी कर्मचारी अथवा क्लर्क के पदों पर कार्यरत रहते हैं। अर्द्ध शताब्दी की स्वतन्त्रता के पश्चात् भी सर्वोच्च पदों पर इन जाति के लोगों के लिये कोटा सुनिश्चित नहीं किया गया और न ही उसके लिये किसी प्रकार का गंभीर प्रयास किया गया। आज भी विश्वविद्यालयों अथवा विद्यालयों में अध्यापक के व्यवसाय में लगे हुए व्यक्तियों के आँकड़ों का अवलोकन करें तो यह स्पष्ट हो जाता है कि इस वर्ग के लोगों का प्रतिनिधित्व नगण्य है। एक ओर आरक्षण का निर्धारित कोटा पूरा नहीं किया जाता तो दूसरी ओर सरकार इस जाति के लोगों को प्राप्त अधिकारों/सुविधाओं को वापिस लेने की कार्यवाही करती है। उदाहरण के लिये–

1. पदोन्नत अनुसूचित जाति/जनजाति के उम्मीदवार को पदावनत कर दिया जाता है।
2. न्यायालय के निर्देश का उल्लघंन करते हुए रिक्तियों को रोस्टर के आधार पर नहीं भरा जाता।
3. इस वर्ग के लोगों को जो छूट और रियायतें मिली हुईं है, उन्हें वापस ले लिया जाता है।
4. संवैधानिक संशोधनों के अनुरूप भी आनुपातिक संख्या में इस वर्ग के लोगों की नियुक्ति नहीं की जाती।
5. विशेष भर्ती अभियान की उपेक्षा की जाती है।
6. अनुसूचित जाति व जनजाति के लिये विभिन्न सरकारों का सहानुभूतिपूर्ण दृष्टिकोण होने के स्थान पर उपेक्षित भावना और दृष्टिकोण बनने लगा

है। संभवत: इसलिये इस वर्ग के कर्मचारियों की तैनाती दूरदराज के स्थानों पर अथवा उपेक्षित पदों पर की जाती है। इससे उनका मनोबल गिर जाता है और उनमें हीन भावना उत्पन्न हो जाती है। अधिकारी नियमों व उपबन्धों का निर्वचन देते हैं जो इस वर्ग के लोगों के हितों का अहित करते हैं। इस प्रकार की संकीर्ण मानसिकता को दूर करने के लिये शासन तन्त्र में कोई व्यवस्था नहीं है और न कोई ऐसा व्यक्ति है जो इस वर्ग के लोगों की उस समय सहायता करे जब इनके साथ न्यायपूर्ण व्यवहार नहीं किया जाता।

(9) कानूनी अड़चनें

अनुसूचित जाति, जनजाति के कर्मचारियों के हित सामान्य श्रेणी के कर्मचारियों के हितों से टकराते रहते हैं, उस समय सामान्य वर्ग के कर्मचारियों की यूनियनें न्यायालय तक पहुँचती हैं। कभी-कभी प्रबन्धक भी इन यूनियनों को समर्थन देते हैं अथवा कर्मचारी इतना अधिक निराश हो जाते हैं कि वे अपने हित की प्राप्ति के लिये मुकदमा लड़ते नहीं हैं। असहाय अनुसूचित जाति, जनजाति के कर्मचारी पर्याप्त कानूनी सहायता के अभाव में विभिन्न प्रकार के दुख सहते रहते हैं। ऐसे कई उदाहरण हैं कि अनुसूचित जाति, जनजाति के आवेदकों के पक्ष में दिये गये फैसलों की अवमानना की गई और सरकारी आदेशों के बाद भी उनकी अनुपालना नहीं की गई। इसके विपरीत जब कोई निर्णय अनुसूचित जाति, जनजाति के लोगों के विरोध में होते हैं तो उसको शीघ्र क्रियान्वित करके आदेश की अनुपालना कर दी जाती है। आरक्षण सम्बन्धी मामलों को न्यायालयों के अधिकार क्षेत्र से बाहर निकालकर केन्द्रीय प्रशासनिक अधिकरण अथवा राजकीय प्रशासनिक अधिकरण के क्षेत्राधिकार में देने के लिये कानून में समुचित संशोधन किया जाना चाहिये।

(10) संस्थागत व्यवस्था का भंजन

अनुसूचित जाति और जनजाति के कर्मचारियों के हितों की रक्षा के लिये गठित सम्पर्क अधिकारियों की व्यवस्थाओं को दुर्बल बना दिया है। वरिष्ठ प्रबन्धक इस वर्ग के लोगों के प्रति विद्वेष की भावना होने के कारण भर्ती सम्बन्धी नीति तय करते समय ऐसी प्रक्रिया अपनाते हैं कि इस वर्ग के लोगों को वांछित लाभ नहीं मिलता। इसी प्रकार पदोन्नति की नीति में भी भेदभावपूर्ण व्यवहार किया जाता है इसलिये अनुसूचित जाति और जनजाति के लोगों को अपने हितों की रक्षा के लिये वांछित माहौल नहीं मिल सका है।

(11) महत्वपूर्ण प्रशासनिक पदों पर भागीदारी का अभाव

राज्यपालों, मन्त्रियों, न्यायाधीशों और शासन सचिवों के पदों पर दृष्टि डालने से यह स्पष्ट हो जाता है कि इन महत्वपूर्ण पदों पर अनुसूचित जातियों और जनजातियों के व्यक्तियों की नियुक्ति अनुपात बहुत कम संख्या में हुई है। इस प्रकार राज्य सरकार के मुख्य सचिव, पुलिस महानिर्देशक, जिलाधीश एवं योजना आयोग के सदस्यों के महत्वपूर्ण पदों पर भी इन जातियों के व्यक्तियों की नियुक्ति बहुत कम प्रतिशत में है। जब तक इन लोगों को प्रशासनिक व्यवस्था में महत्वपूर्ण पदों पर समुचित भागीदारी नहीं होती है, तब तक इन लोगों की आवाज सही मायने में सुनी नहीं जायेगी।

(12) अपर्याप्त शिक्षा सुविधायें

विभिन्न राज्य सरकारों ने शिक्षा के प्रति रुझान उत्पन्न कराने के लिये अनुसूचित जाति व जनजाति के छात्रों को छात्रवृत्तियाँ प्रदान करना प्रारम्भ किया है। पुस्तकें पुस्तक बैंक से उपलब्ध कराई जाती हैं तथा छात्रावास की सुविधायें भी उपलब्ध कराई गईं। प्रत्येक योजना के साथ इस वर्ग के छात्रों की उन्नति के लिये धन आवंटित किया जाता है लेकिन एक तो धन का आवंटन अनुपात कम मात्रा में होता है और दूसरे योजनाओं को अपेक्षित ढंग से क्रियान्वित नहीं किया जाता। छात्रों को उपलब्ध कराई गई छात्रवृत्ति 10 रुपए से लगाकर 250 रुपए प्रतिमाह है लेकिन यह धनराशि वर्तमान आर्थिक मंदी के समय उनकी न्यूनतम आवश्यकताओं को पूरी नहीं करती। इसी प्रकार छात्रावास की सुविधायें भी अपर्याप्त हैं जो सभी उत्सुक बालक-बालिकाओं की आवश्यकता की पूर्ति नहीं करती।

(13) अस्पृश्यता का प्रचलन

संविधान के अनुच्छेद 17 के अनुसार अस्पृश्यता समाप्त कर दी गई है लेकिन इसके उपरान्त भी अस्पृश्यता विभिन्न रूपों में आज भी दिखाई देती है। उदाहरण के लिये गाँवों में अनुसूचित जाति के दूल्हों को विवाह के समय घोड़ी पर नहीं बैठने दिया जाता। इसी प्रकार यदि सवर्ण जाति के लोग निकट से गुजर रहे हों तो अनुसूचित जाति के लोग अपनी चारपाई पर बैठे नहीं रह सकते। अनुसूचित जाति के लोगों को सार्वजनिक कुओं और यहाँ तक हैण्डपंपों से भी जल नहीं लेने दिया जाता। उड़ीसा में अनुसूचित जाति का एक बैंक अधिकारी त्यौहार के अवसर पर अपनी पत्नी के साथ मन्दिर चला गया तो उसे अपमानित किया गया और उस पर 1,00,000 रुपए का जुर्माना किया गया जो कालान्तर में घटाकर 10,000 रुपए किया गया। तमिलनाडु में अनुसूचित जाति के राजनेता के नाम पर बस का नाम नहीं रखा जा सकता। इसी

प्रकार अनुसूचित जाति की लड़कियाँ यदि स्कूल में जलगृह से पानी ले लें तो उन्हें अंधा कर दिया जाता है। आप चाय के स्टालों और ढाबों पर आज भी देख सकते हैं कि अनूसूचित जातियों के लिये अलग कप-प्लेट और बर्तन रखे जाते हैं। कहीं-कहीं नाई अनुसूचित जाति के लोगों के बाल काटने से मना कर देते हैं। अनुसूचित जाति के लोगों के लिये इन्दिरा तथा डॉ. अम्बेडकर आवास योजनाओं में अलग बस्तियाँ बनाई गई थीं। तमिलनाडु में 1231 आदि द्रविड़ स्कूल अलग से चलाये जाते हैं जिनमें विकास की योजनाओं पर कोई ध्यान नहीं दिया जाता।

(14) वर्ग संघर्ष

निहित स्वार्थ वाले व्यक्ति आज भी अनुसूचित जाति के लोगों के साथ भेदभाव करते हैं। जब इन लोगों को तिरस्कृत रूप से जीवन यापन के लिये विवश किया जाता है तो इस वर्ग के व्यक्तियों में आतंकवाद और अलगाववादी प्रवृत्ति पनपने लगती है। उत्तरप्रदेश, बिहार, तमिलनाडु, राजस्थान आदि राज्यों में जो बारम्बार वर्ग संघर्ष होता है, यह अनुसूचित जाति के लोगों के विरुद्ध स्वार्थी व्यक्तियों के भेदभावपूर्ण व्यवहार का परिणाम है और उनका नृशंसतापूर्वक दमन किया जाता है। जब कभी दलित वर्ग के लोग संगठित होकर न्यूनतम मजदूरी प्राप्त करने के लिये गुहार करते हैं अथवा कृषि भूमि के आवंटन के समय भूमि पर कब्जा प्राप्त करने का प्रयत्न करते हैं तो उन पर सामंतशाही ढाँचे में ढले हुए प्रशासनिक अधिकारी अत्याचार करते हैं। अनुसूचित जाति के लोग समाज में सम्मानजनक स्थिति प्राप्त करके अपना जीवन स्तर बढ़ाना चाहते हैं तो उस समय उनके साथ लूटमार, आगजनी अथवा अन्य प्रकार के अत्याचार किये जाते हैं।[7]

(15) अपर्याप्त कानूनी संरक्षण

विभिन्न प्रकार के गंभीर अत्याचारों और अपराधों के विरुद्ध जब अनुसूचित जाति के लोग सवर्णों के विरुद्ध प्रशासन का ध्यान आकर्षित करते हैं तो उन्हें दबाया जाता है। पर्याप्त कानूनी संरक्षण के अभाव में वे लोग अत्याचार के विरुद्ध आवाज नहीं उठा सकते। न तो अभियुक्तों को गिरफ्तार किया जाता है और न पीड़ित लोगों को चिकित्सा एवं पुनर्वास का पुनर्भरण तत्काल किया जाता है। इनके लिये अत्याचार निवारण अधिनियम के अन्तर्गत विशिष्ट न्यायालय हर जिले में स्थापित नहीं किये गये हैं और जहाँ ये न्यायालय हैं, वहाँ अपराधिक मामलों का निपटारा धीमी गति से किया जाता है। अनुसूचित जाति के गवाहों को अलग कर दिया जाता है क्योंकि अन्य गवाह उनके प्रति द्वेषपूर्ण रवैया अपनाने लगते हैं। दोषसिद्धि बहुत ही कम मामलों में हो पाती है जिसके कारण 1989 के अधिनियम का मूल उद्देश्य ही विफल हो गया है।

(16) अनुसूचित जाति के झूठे प्रमाण पत्र

कतिपय सवर्ण आकांक्षावादी एवं बेईमान चरित्र के व्यक्तियों द्वारा झूठे प्रमाण पत्र बनवाकर अनुसूचित जाति के लिये चलाई जाने वाली योजनाओं से लाभ उठाया जा रहा है। उदाहरणार्थ अधिकतम संख्या में झूठे प्रमाण पत्र के मामले आन्ध्रप्रदेश, तमिलनाडु, कर्नाटक और महाराष्ट्र राज्यों में पाये गये हैं। राजस्थान में भी बीकानेर संभाग के डाकोत अपने आपको भार्गव सम्बोधित करके पिछड़ी जाति के श्रेणी के लोगों के नाम से प्रमाण पत्र बनवा लेते हैं और सरकारी योजनाओं से लाभ प्राप्त कर रहे हैं।

(17) अनुसूचित जाति के शिक्षित एवं विकसित लोगों में अलगाववादी भावना की वृद्धि

डॉ. भीमराव अम्बेडकर का नारा था, ''शिक्षित बनो, संगठित रहो और संघर्ष करो।'' दलित वर्ग के लोगों ने इस नारे से प्रेरणा लेकर केन्द्र सरकार, राज्य सरकार तथा अन्य निजी सेवाओं में उच्च पद प्राप्त कर लिये हैं, लेकिन वे लोग आज भी अपने आपको अलग-थलग अनुभव करते हैं क्योंकि उन लोगों को उन मानवीय अधिकारों की प्राप्ति नहीं हो पाई हैं जिनसे वे शताब्दियों से वंचित थे। अपने आपको सामाजिक न्याय से वंचित लोगों की संतान मानने वाले उच्च पदों पर आसीन पदाधिकारी आज भी बाबा साहेब अम्बेडकर के नारे को क्रियान्वित करने के लिए संगठित होने का प्रयास कर रहे हैं, लेकिन यह देखा गया है कि अनुसूचित जाति के शिक्षित और विकसित लोग अपने ही समाज के कम शिक्षित एवं गरीब व्यक्तियों के साथ मेल-जोल बनाए रखने की प्रवृत्ति का परित्याग करते जा रहे हैं। उन लोगों में सामाजिक अलगाव की भावना विकसित हो गई है जिसके फलस्वरूप वे अपने उत्तरदायित्वों को ठीक से नहीं निभा रहे हैं। ऐसे अलगाववादी अधिकारियों के नियन्त्रण अधिकारी उन लोगों पर कट्टर जातिवादी होने का दोषारोपण करते हैं इससे बचने के लिए अलगाववादी प्रवृत्ति के निम्न वर्ग के लोग भी निष्पक्षता का ढोंग रचकर अपने दृष्टिकोण बदलने लगे हैं। कुछ लोग अपना अस्तित्व बनाए रखने के कारण अलगाववादी बन गए हैं। तात्पर्य यह है कि सीमित संख्या के शिक्षित और विकसित ये लोग अलगाववादी भावना के शिकार होने के कारण अपना स्वयं का अथवा अपने ही समवर्ती लोगों का भला नहीं कर पाते। अनुसूचित जाति और जनजाति के नवयुवक प्रतियोगिता परीक्षाओं में सफल होने के बाद यह अनुभव करने लगे हैं कि वे अन्य शिक्षित और विकसित लोगों से भिन्न हैं। असफल प्रतिभागी कुप्रचार करते हैं कि उन लोगों के साथ भेदभाव और अन्याय हो रहे हैं जबकि सफल प्रतिभागी दूसरों के खिलाफ झूठे प्रचार का

आरोप लगाकर अपनी सफलता को अन्य की तुलना में योग्यता के आधार पर सिद्ध करने का प्रयास करते हैं। अनुसूचित जाति के लोगों की इतनी अधिक हीन स्थिति है कि कोई भी सवर्ण उनकी स्थिति में आमूलचूल परिवर्तन करने का साहस नहीं जुटा पाता। परिणाम यह है कि ये लोग अलग रहकर अपने जीवन का निर्वाह कर रहे हैं वे अपनी जाति को छुपाकर अपनी स्थिति को बनाए रखने के प्रयास में जुटे हुए हैं।

(18) बंधुआ मजदूर प्रथा का प्रचलन

सन् 1976 में बंधुआ मजदूर प्रथा का उन्मूलन के लिए अधिनियम बनाया गया था जिसके साथ ही बंधुआ मजदूरों की तलाश तथा उनकी मुक्ति और पुनर्वास का कार्यक्रम लागू किया गया है। इस अधिनियम के पूर्व जमींदार अथवा साहूकार उनसे ऋण लेने वाले व्यक्तियों को बलपूर्वक बंधुआ मजदूर बना लेते हैं। उनको देय मजदूरी से कम मजदूरी मिलती है जिसके कारण वे ऋण का भुगतान नहीं कर पाते। साहूकार जो कर्जदार को पैसा देता है वह एवज में उसे मजदूरी करने पर विवश करता है। कभी-कभी बिना पारिश्रमिक के मजदूरी करने के लिए विवश किया जाता है और कभी-कभी ऋण पर ब्याज के एवज में मजदूरी करने के लिए विवश किया जाता है। ऐसे लोगों को बंधुआ मजदूर कहकर पुकारा गया है। उपरोक्त अधिनियम के पारित होने के बाद राजस्थान राज्य में केवल 131 बंधुआ मजदूरों को उनके स्वामियों की कैद से मुक्त कराया गया और उन्हें आजाद किया गया। राज्य सरकार के एकीकृत ग्रामीण विकास विभाग ने अपने वार्षिक प्रतिवेदन में स्वीकार भी किया है कि कतिपय ग्रामीण क्षेत्रों में बंधुआ मजदूरी की प्रथा अभी भी जारी है। गाँवों में जमींदारी/जागीरदारी प्रथा के समाप्त हो जाने के उपरान्त भी जमींदार और प्रभावशाली साहूकार कमजोर वर्ग के लोगों को उधार देकर उन्हें बिना मजदूरी के भुगतान के काम करने के लिए बाध्य करते हैं और इस प्रकार उनका शोषण कर रहे हैं। ग्रामीण विकास विभाग ने बंधुआ मजदूरी की प्रथा के लिए सामंतवादी राजपूत शासकों और जागीरदारों को दोषी ठहराया है। प्रतिवेदन में इसे सामन्ती राज्यों की विरासत बताया गया है। लेकिन जमींदारी उन्मूलन की समाप्ति के पश्चात् भी यह प्रथा प्रचलन में है। अतएव केन्द्र सरकार ने 1976 में बंधुआ मजदूरी उन्मूलन अधिनियम को 25.10.1976 से सम्पूर्ण भारतवर्ष में लागू कर दिया था, लेकिन आज भी अनुसूचित जाति और जनजाति के लोग इस प्रथा के शिकार हैं। जब ये कर्जदार अपने जीवनकाल में ऋण नहीं चुका पाते तो उसके उत्तराधिकारियों अथवा वंशजों को पीढ़ी-दर-पीढ़ी बहुत कम मजदूरी प्राप्त करके अपने वंशानुगत उत्तरदायित्व को निभाना पड़ता है। कारण यह है कि ऋण पर ब्याज इतना अधिक होता है कि उसका वे लोग भुगतान करके ऋण से मुक्ति प्राप्त नहीं कर पाते हैं। भारतीय संविधान के अनुच्छेद 23 (1) में बंधुआ मजदूरी, बेगारी और

जबरन मजदूरी पर पूर्णरूपेण प्रतिबन्ध लगा दिया गया था। परिणामस्वरूप बंधुआ मजदूरी प्रथा में कमी अवश्य आई है लेकिन यह प्रथा पूर्णरूपेण समाप्त नहीं हुई है और देश के विभिन्न भागों में आज भी प्रचलित है।

भारत की बढ़ती हुई जनसंख्या समाज की सुख सम्पन्नता के लिए एक भयानक चुनौती बन गई है। महानगरों में कीड़े-मकौड़ों की तरह अस्वास्थ्यकर घोंसलों में आदमी भरा पड़ा है। न उनमें धूप आती है और न हवा। उन लोगों को पर्याप्त पानी भी नहीं मिलता। पीले, दुर्बल, निराश चेहरे अपने इलाज के लिए दवाई भी मुहैया नहीं कर पाते हैं। अप्रत्याशित जनसंख्या की वृद्धि के परिणामस्वरूप रेलों में भीड़, सड़कों पर चलना-फिरना मुश्किल, वस्तुएँ आवश्यकता के अनुसार प्राप्त नहीं होती हैं। राशन की दुकानों पर लाईनें, पानी के लिए कतारें, बच्चों के लिए विद्यालयों में स्थान नहीं है। तात्पर्य यह है कि जहाँ देखिए भीड़-भाड़, शोर, तनाव और झगड़े देखने को मिलते हैं। रोटी, कपड़ा, मकान मनुष्य की प्रथम आवश्यकता है। लेंकिन लोगों को खाने के लिए पर्याप्त भोजन, पहनने के लिए वस्त्र और रहने के लिए छप्पर तक नहीं मिलता। ऐसे व्यक्ति शिक्षा का शुल्क कहाँ से अदा कर सकते हैं। अर्द्ध-भूखे, अर्द्ध-नंगे बच्चों की कतारें खड़ी करना पति-पत्नी अपना जीवन सिद्ध अधिकार समझते हैं। यही कारण है कि प्रतिवर्ष आस्ट्रेलिया की जनसंख्या के बराबर हमारे देश की जनसंख्या भी बढ़ती चली जा रही है। महँगाई, उपभोक्ता वस्तुओं का अभाव, यातायात में कठिनाई और पर्याप्त कृषि योग्य भूमि का अभाव जनसंख्या वृद्धि के प्रत्यक्ष प्रमाण हैं। स्वाभाविक है कि देश का विकास और प्रगति आशा अनुकूल नहीं हो पाती। समस्त योजनाएँ, विकास कार्यक्रम और उत्पादन वृद्धि के प्रयास निरर्थक प्रमाणित होते जा रहे हैं। हमारे देश में हर डेढ़ सैकण्ड में एक शिशु, हर मिनट में 50 बच्चे और हर एक घण्टे में 3000 शिशु पैदा होते हैं। एक दिन में 72,000 शिशु और हर वर्ष जनसंख्या में 1.70 करोड़ की वृद्धि हो रही है। भारत की जनसंख्या 11.7.1999 के दिन प्रात:काल 7.00 बजे 99,34,95,240 हो गई थी।

1951 की जनगणना के अनुसार अनुसूचित जाति की संख्या कुल जनसंख्या का 14.61 प्रतिशत थी, जो 1991 जनगणना के अनुसार बढ़कर 16.33 प्रतिशत हो गई। अनुसूचित जनजातियों की जनसंख्या जो 1951 की जनगणना के अनुसार कुल जनसंख्या का 5.30 प्रतिशत थी, 1991 की जनगणना के अनुसार बढ़कर 8.08 प्रतिशत हो गई। उपरोक्त तालिका में यह भी दर्शाया गया है कि अनुसूचित जनजातियों की जनसंख्या चार दशकों की अवधि में अनुसूचित जातियों की तुलना में और अधिक बढ़ी है। परिणामस्वरूप दलित वर्गों के लिए निर्धारित आर्थिक कार्यक्रम का सम्पूर्ण लाभ उनको नहीं मिल सका। जनसंख्या की अप्रत्याशित वृद्धि के कारण बेरोजगारी

और गरीबी का वातावरण उत्पन्न हो गया। दलित वर्ग के लोग भाग्यवादी हैं। वे अपनी निर्धनता को भगवान की देन मानते हैं। उनका विश्वास है कि ''चोंच दी है तो चुग्गा भी देगा।'' इस प्रकार की भावना उनकी गरीबी को बिना रोक-टोक के बढ़ा रही है। दलित वर्ग के लोगों में सुखी और समृद्धिशाली जीवन व्यतीत करने की इच्छा शक्ति का भी अभाव है। परिणाम स्पष्ट है कि गरीबी उन्मूलन के कार्यक्रम निष्क्रिय होते जा रहे हैं।

शहरी क्षेत्रों में घुटनशील वातावरण, बढ़ती जनसंख्या और घटते साधनों के कारण हमारे देश का आर्थिक ढाँचा चरमरा गया है। प्रत्येक व्यक्ति पर्याप्त खाद्यान्न, पेयजल, बिजली, आवास, शिक्षा, न्याय, चिकित्सा सेवा प्राप्त नहीं कर पा रहा है और उस पर भी पर्यावरण का प्रतिकूल प्रभाव पड़ता नजर आता है। आज भारत का गरीब नागरिक बेरोजगारी, पेयजल संकट और आवास की समस्या से पीड़ित है। अनुसूचित जाति और जनजाति के अधिकांश परिवार रोजी-रोटी की तलाश में गाँव छोड़कर शहरों की ओर पलायन करते जा रहे हैं। शहरों में जनसंख्या की अधिकता के कारण आवास समस्या उत्पन्न हो गई है। गरीब तबके के लोग गंदी बस्तियों और झुग्गी-झोपड़ियों में जीवन व्यतीत करते हैं। ऐसे घुटनशील वातावरण में रहने के कारण अधिकांश लोग बीमारियों के शिकार हो जाते हैं। ग्रामीण इलाकों में निर्धन व्यक्तियों का शहरों की ओर पलायन एक नई समस्या खड़ी कर देता है। न तो शहरों में उन्हें भरपेट भोजन मिलता है और न पीने का शुद्ध पानी। रहने के लिए घर तो उपलब्ध ही नहीं होता। भारत की जनसंख्या का जो 80 प्रतिशत भाग गाँवों में निवास कर रहा था उनमें से अधिकांश को अपने गाँवों में रोजगार के वांछित साधन उपलब्ध नहीं होते। वर्ष के अधिकांश दिनों में लोग हाथ-पे-हाथ रखकर रोजगार के अभाव में घर बैठे रहते हैं। ग्रामीण क्षेत्रों में निवास करने वाले अर्द्धशिक्षित व्यक्ति अपना गाँव छोड़कर रोजगार और मजदूरी के लिए शहरों की ओर पलायन करते हैं। शहरों में आने के बाद वे या तो कुलीगिरी करता है अथवा रिक्शा चलाकर अपना पेट भरते हैं। पलायन करने वाले लोगों में अधिकांश व्यक्ति अनुसूचित जाति/जनजाति के होते हैं। इनके पास गाँवों में जोतने के लिए न तो कोई भूमि है न ही कोई उद्योग है जिसके माध्यम से वे अपनी जीविका उपार्जन कर सकें। शहरों में आने वाले लोग उचित रोजगार के अभाव में गैर कानूनी धंधों में आकर्षित कर लिए जाते हैं। नाजायज शराब, नारकोटिक, वेश्यालय, जुआ-घर चलाने वाले आपराधिक प्रवृत्ति के लोग लालच देकर इन्हें अपने साथ लगा लेते हैं। ये लोग शहरों और महानगरों में आने के बाद खाली पड़ी जमीन पर अपनी झुग्गी-झोपड़ी बनाकर रहने लगते हैं। स्पष्ट है कि इन लोगों को जीवन की न्यूनतम सुविधाएँ पलायन के पश्चात् शहरों में उपलब्ध नहीं होतीं। सन् 1990 के

बाद से देश में आर्थिक सुधारों के कारण अपनाई जा रही निजीकरण और सूचना प्रोद्यौगिकी, वैश्वीकरण पर आधारित आर्थिक नीतियों से इन लोगों की बेरोजगारी एवं गरीबी में बढ़ोतरी ही की है, उन्हें इन सुधारों से लाभ की बजाय हानि हो रही है। गला घोंट प्रतियोगिता के वातावरण ने इनकी हालत को बद से बदतर कर दिया है। भविष्य में चुनौती और तीखी होती जायेगी। आज हमारे देश के एक कोने से लेकर दूसरे कोने तक खेत और खलिहान को देखें या कल-कारखानों में निर्माण कार्यों को देखें तो स्पष्ट हो जाता है कि सर्वत्र अनुसूचित जाति/जनजाति एवं दलित वर्ग के लोगों को ही मजदूरी पर लगाया जाता है। मंदिर, मस्जिद, गिरजाघर, भव्य भवन, हर क्षेत्र में निर्माण कार्यों में इस वर्ग के लोगों को देखा जा सकता है। इन लोगों को सुबह से लकर शाम तक खेत-खलिहानों पर काम करने के एवज में दो जून की ठण्डी-बासी रोटी मिलती है जिससे ये तृप्त हो जाते हैं। जब ये लोग उचित मजदूरी माँगते हैं तो इनके साथ अमानवीय व्यवहार किया जाता है। गाली-गलौच देकर, मारपीट तक की नौबत आ जाती है। कई बार तो इन लोगों की हत्या भी कर दी जाती है। उनका बहिष्कार किया जाता है। सरकार ने न्यूनतम मजदूरी अधिनियम के अनुसार मजदूरों की दशा सुधारने का प्रयत्न किया है। राजस्थान राज्य में अकाल राहत कार्यों पर लगे हुए श्रमिकों को 25/- रु. से कम मजदूरी नहीं देने के आदेश सरकारी तौर पर जारी किये जा चुके हैं। वैसे राज्य सरकार ने न्यूनतम मजदूरी की दर 60/- रु. प्रतिदिन निर्धारित कर दी है।

इस प्रकार राज्य सरकार ने अकाल राहत कार्यों पर लगे हुए मजदूरों को भुगतान की दर निश्चित कर दी है लेकिन ये मजदूरी टास्क (Task) के आधार पर दी जाती है। यदि श्रमिक ने निर्धारित मात्रा का काम पूरा कर लिया है तो उसे मजदूरी मिल जाएगी। श्रमिक द्वारा किये गये कार्य का नाप और आकलन भी किया जाता है। सर्वाधिक न्यूनतम मजदूरी में भी वर्तमान असमानता को समाप्त करना चाहिए। न्यूनतम मजदूरी अधिनियम में इसका प्रावधान किया जाना चाहिए। सभी आर्थिक कार्यक्रमों में सामान्य मजदूरों को दैनिक मजदूरी इस सिद्धान्त के आधार पर निर्धारित की जानी चाहिए कि परिवार में एक व्यक्ति की आय पूरे परिवार के निर्वाह के लिए पर्याप्त हो। इस मजदूरी में कटौती नहीं करनी चाहिए।

15

मानव विकास के लिए मानवाधिकार

व्यक्ति और व्यक्ति की गरिमा, चिन्तन के प्रत्येक क्षेत्र, प्रत्येक विषय और प्रत्येक पक्ष में केन्द्र बिन्दु रहा है। दार्शनिक, आध्यात्मिक, धार्मिक नैतिक और राजनीतिक चिन्तन में चिन्तन की विषय-वस्तु मानव ही है, किन्तु अन्य प्राकृतिक और प्रायोगिक विज्ञान भी व्यक्ति और व्यक्ति की गरिमा को ही समर्पित हैं। दर्शन के क्षेत्र में व्यक्ति एक तत्व है और विश्व की नियामक सत्ता का एक अंश है और अपने इसी मौलिक लक्षण के कारण यह अन्य पशु योनियों से भिन्न है। जैविक उत्पत्ति के सिद्धान्त में पशु सृष्टि का मूलभूत नियत ही माव की संरचना में भी प्रवर्तित हुआ है। गर्भ से जन्म लेने वालों की जैविक संरचना में सृष्टि का नियामक एक ही है वह पशु हो या मानव। इस मौलिक अभेद के होते हुए भी मानव पशु योनि में सृष्टि की सर्वश्रेष्ठ और उत्कृष्ठ उपलब्धि माना जाता है। मत-मतान्तरों के सूक्ष्म भेद स्वाभाविक होते हुए भी, व्यक्ति के सम्बन्ध में इस दार्शनिक अवधारणा के प्रति सभी चिन्तक एक मत हैं। दार्शनिक दृष्टि से व्यक्ति बुद्धि और चेतना का एक विलक्षण संगम है। निम्न कोटि की अन्य पशु योनियाँ बुद्धि और चेतना के संगम तथा इनके स्वचालित नियमन से प्रकृति द्वारा वंचित रखे गये हैं। दार्शनिक चिन्तन की इस

भूमिका से ही विज्ञान विकसित हुआ है। नित नूतन खोजें और आविष्कार व्यक्ति की चेतना और बुद्धि के संगम का ही परिणाम हैं। स्पष्ट है कि मानवेत्तर पशु योनियों में यह उपलब्धि असम्भव है। पशु क़ा कार्य प्रवृत्ति से संचालित होता है जो स्वाभाविक होता है। पशु प्रयत्न और अनुसंधान की कला से वंचित है। शोध और अनुसंधान पशु के स्वभाव के ही विपरीत हैं। यह पृथक् बात है कि उचित प्रशिक्षण के बाद पशु से वांछित व्यवहार करवा लिया जाय किन्तु अपने मौलिक भाव में वह वही कार्य करेगा जो उसकी प्रवृत्ति द्वारा निश्चित हैं। यही कारण है कि गाय भूख से तड़पने पर भी माँस का भक्षण नहीं करेगी और इसी प्रकार भूख से पीड़ित सिंह फलाहार नहीं करेगा किन्तु मानव बुद्धि और चेतना के बल पर प्रवृत्तियों को भी निर्धारित और निर्दिष्ट कर लेता है और खोज और अनुसंधान के बल पर विलक्षण कीर्तिमान बनाता जा रहा है। दार्शनिक विचारधारा में चिन्तन का एक आयाम ऐसा भी है जहाँ, यहाँ तक मान लिया गया है कि दृश्य जगत की सत्ता मानव की दृश्य शक्ति के कारण ही है। संसार का अस्तित्व इसीलिए है और तभी तक है जब तक उसे देखने वाला कोई चेतन पुरुष विद्यमान हो। बौद्ध दर्शन में इस धारणा को आदर प्राप्त हुआ है और बौद्धों का एक सम्प्रदाय इसी को सत्य मानता है कि संसार का अस्तित्व संसार के दृष्टा के कारण है। शुद्ध निरीश्वरवादी दर्शन होने के कारण केवल व्यक्ति ही संसार का दृष्टा सिद्ध होता है और व्यक्ति की सत्ता को सृष्टि की सत्ता से भी ऊँचे आसन पर आसीन करने का श्रेय इसी दर्शन को है। पाश्चात्य दर्शन में इस मत के प्रतिपादक बर्कले माने जाते हैं।

सारांश यह कि दर्शनशास्त्र में व्यक्ति सृष्टि की एक महत्त्वपूर्ण इकाई है, प्राण के प्रादुर्भाव का एक विलक्षण चमत्कार है और सृष्टि की सत्ता और मानव की सत्ता में एक अद्‌भुत सामंजस्य है तथा इन दोनों को पृथक् नहीं किया जा सकता। मानव के अध्ययन के लिए सृष्टि का अध्ययन और सृष्टि के अध्ययन के लिए मानव का अध्ययन समान रूप से अनिवार्य है। धर्म में व्यक्ति को एक दैवीय तत्व माना गया है। बौद्ध और जैन धर्म अपवाद स्वरूप निरीश्वरवादी हैं। अन्य सभी धर्मों में ईश्वर की सत्ता को स्वीकार किया गया है और मानव को ईश्वर का आंश और ईश्वर के पुत्र के रूप में स्वीकार किया गया है। धर्म का लक्ष्य व्यक्ति की दैवीय शक्तियों को जागृत करना है और उसे ईश्वर के निकट लाना है। दैवी सत्ता से आत्मा का सम्बन्ध हो जाना ही व्यक्ति की गरिमा का परम ध्येय है। अध्यात्मशास्त्र धर्म और दर्शन का ही संयोग है। अत: अध्यात्म में भी व्यक्ति की गरिमा को आत्मा के सद्‌गुणों के विकास में लक्ष्य किया गया है। अध्यात्मशास्त्र में व्यक्ति की गरिमा का मानदण्ड आत्मा की शुद्धता और पवित्रता है। संसार में पाप और पुण्य की भावनाओं का

आविष्कार अध्यात्मविधाओं से ही हुआ है और मानव के जीवन में शुद्धता और पवित्रता पर सदैव बल दिया जाता रहा। अध्यात्मशास्त्र के अनुसार मानव की गरिमा मानव के सन्दर्भों में है। पाप व्यक्ति की गरिमा का नाश है। मानव को दुष्कर्मों से परे रहने का आदर्श इसी शास्त्र ने प्रदान किया।

अध्यात्म द्वारा अनुमोदित पाप-पुण्य की अवधारणाएँ ही व्यवहार में उचित-अनुचित का रूप ले लेती हैं। नीतिशास्त्र का यही विषय है। यह शास्त्र इसी खोज में व्यस्त है कि कौनसी बात और कौनसी अवस्था मानवोचित है और मानव के लिए क्या करना उचित और क्या करना अनुचित है, साथ ही मानव का मानव के साथ कौनसा व्यवहार उचित और कौनसा अनुचित है। राजनीतिक, सामाजिक और औद्योगिक क्रान्तियाँ नैतिक मूल्यों पर ही घटित हुई हैं। वर्गसंघर्ष, शोषण, पूँजीवाद, समाजवाद तथा बुर्जुआ और सर्वहारा जैसे उत्तेजक सिद्धान्त नैतिक आधारों पर ही टिके और सफल हुए हैं। व्यक्ति की गरिमा को आधुनिकतम आयाम नीतिशास्त्र ने ही प्रदान किये। राजनीतिक चिन्तन में व्यक्ति और राज्य के सन्तुलन का आकलन किया गया। इस सन्तुलन की दिशा में दो विरोधी विचारधाराओं का समानान्तर विकास हुआ है। एक धारणा यह रही कि राज्य साध्य है और व्यक्ति साधन। इसकी विपरीत धारणा में व्यक्ति को साध्य और राज्य को साधन माना गया। प्रथम धारणा 19वीं शताब्दी तक लुप्त-सी हो गई और व्यक्ति के सम्बन्ध में विश्व की सर्वमान्य धारणा यह बनी है कि व्यक्ति साध्य है और राज्य साधन। लीग ऑफ नेशन्स, संयुक्त राष्ट्र संघ और उसके अन्तर्गत तथा उससे स्वतन्त्र अनेकों अन्तर्राष्ट्रीय संगठनों और संघों ने राज्य को व्यक्ति के हित में साधन बनने को बाध्य किया है। मानवीय गरिमा का किसी भी राज्य में दमन न हो, इसकी सुरक्षा अनेकों अन्तर्राष्ट्रीय संगठनों ने अपने हाथ में ले लेती है और मानवीय गरिमा के प्रतिकूल होने वाले आचरण में संगठन हस्तक्षेप करते हैं। इस प्रकार राजनीतिक क्षेत्र में व्यक्ति की गरिमा मात्र नागरिक अधिकारों तक ही सीमित नहीं है, व्यक्ति की गरिमा की एक अन्तर्राष्ट्रीय छवि है और कोई भी राष्ट्र या राज्य इसे विकृत करने का प्रायः साहस नहीं करता।

प्रायोगिक विज्ञानों में चिकित्सा विज्ञान की भूमिका व्यक्ति की गरिमा के क्षेत्र में सराहनीय रही है। स्वस्थ जीवन व्यक्ति की गरिमा का प्रारम्भिक और मूलभूत लक्षण है। व्यक्ति को स्वस्थ और निरोग रखने की दिशा में मूल्यवान प्रयोग हुए हैं। व्यक्ति के स्वास्थ्य की रक्षा भी अब अन्तर्राष्ट्रीय विषय हो गया है और राष्ट्र उसमें सहयोग कर रहे हैं। इस आधार पर व्यक्ति की गरिमा एक व्यापक विषय है। इसकी न तो कोई सीमित परिभाषा प्रस्तुत की जा सकती है और नहीं इसे केवल अधिकारों और कर्त्तव्यों तक सीमित रखा जा सकता है। भारत के सांस्कृतिक परिप्रेक्ष्य में व्यक्ति

की गरिमा का आकलन इन्हीं सब पक्षों में सांगोपांग किया गया है और भारतीय चिन्तन के सामान्य लक्षण मानवीय गरिमा के सम्बन्ध में नितान्त मौलिक और दृष्टिकोण में पाश्चात्य चिन्तन से कुछ भिन्न हैं।

भारत के सांस्कृतिक परिप्रेक्ष्य में व्यक्ति शरीर और आत्मा का संयोग है। देह नश्वर है किन्तु आत्मा अजर, अमर और अविनाशी तत्व है। आत्मा के नाम से जिस तत्व का बखान हुआ है वह प्राण का ही एक उत्कृष्ट स्वरूप है। प्राण एक पवित्र और दैवी तत्व है और शरीर में प्राण के निवास से ही शरीर भी पवित्र औ निर्मल रहता है। प्राण शरीर को त्याग देता है तो शरीर उसी क्षण दूषित और अपवित्र हो जाता है। यहाँ तक ही प्राण के निकलने के कुछ ही क्षणों पश्चात् शरीर में सड़न और गलन होना प्रारम्भ हो जाती है। अस्तु, व्यक्ति की गरिमा के सन्दर्भ में प्राण की सर्वाधिक महिमा है। प्राण की सुरक्षा सदैव ही राज्य का दायित्व रहा है। राज्य की उत्पत्ति और नरेशों की स्थापना प्राण की सुरक्षा और दैहिक स्वतन्त्रता के कारण हुई है। रामायणकाल में प्राण के अधिकार का महत्त्व इस सीमा तक था कि प्राण की सुरक्षा के निमित्त राज्य से सैन्य सहायता की याचना भी की जा सकती थी और राज्य नागरिक को सहायता से वंचित नहीं करता था।

आर्य जाति के नागरिकों को जब असुरों की ओर से प्राण का अधिक भय होता था तब विश्वामित्र जैसे लोकनेता राजा से सैन्य सहायता की याचना के लिए बिना किसी बाधा के पहुँच जाते थे। विश्वामित्र अपने आश्रमवासियों के प्राण की सुरक्षा के लिए राजा दशरथ से सैन्य सहायता की याचना करने गये थे और यहाँ तक राजा दशरथ को वह प्रसताव तत्काल मान्य हो गया था। दशरथ के संकोच का कारण केवल यह था कि उन्होंने स्वयं राजपुत्रों की ही याचना कर ली थी। इस संकोच का राजगुरु वशिष्ठ ने विरोध किया और दशरथ राम और लक्ष्मण को विश्वामित्र के साथ उनके आश्रम की सुरक्षा हेतु भेजने को विवश हो गये। आतताइयों और आंतककारियों का किसी भी क्षत्रिय द्वारा तत्काल वध किया जा सकता था। इस प्रकार प्राण का मूल्य निर्विवाद था और राजाज्ञा द्वारा प्राणदण्ड का अवसर प्रस्तुत ही नहीं होता था। असहाय और असमर्थ व्यक्ति राज्य से प्राणों की सुरक्षा के अधिकारी होते थे और स्वयं सुरक्षा में असमर्थ होने की दशा में किसी भी क्षत्रिय से अपनी रक्षा करवा सकते थे। आधुनिक राजनीति के स्वतन्त्रता और समता जैसे आकर्षक अधिकार, प्राचीन भारत में प्राण के अधिकार की ही अभिव्यक्तियाँ थे। स्वतन्त्रता प्राण की सुरक्षा का ही एक सहयोगी भाव था। स्वतन्त्रता का अर्थ प्राण का आदर करना था। मनुस्मृति में आत्मा के अनादर का सर्वथा निषेध है। श्री और समृद्धि से विहीन व्यक्ति भी आत्मा के कारण आदरणीय माना गया। प्राचीनकाल में स्वतन्त्रता का

अधिकार प्राण की महिमा से ही आच्छादित था। दया, सहानुभूति, शौर्य, साहस और वीरता जैसे सद्‌गुणों का स्वतन्त्रता से ही सम्बन्ध था। छांदोग्यउपनिषद में एक आख्यान है कि प्रजापति की तीन सन्तानें, देव, असुर और मानव प्रजापति के पास उपदेश लेने पहुंचे और प्रजापति ने तीनों को एक अक्षर का उपदेश समान रूप से दे दिया। वह एक अक्षर 'द' था। देव स्वभाव से विलासी थे अतः उन्होनें 'द' का अर्थ 'दमन' लगाया और इस उपदेश से संयम और इन्द्रियों पर अंकुश रखने के लिए दैवी भावों की प्रतिष्ठा हुई। असुर स्वभाव से आततायी थे। अतः उन्होंने 'द' का अर्थ 'दया' लगाया। प्राण को किसी भी प्रकार क्षति पहुंचाना या किसी भी प्राणी को पीड़ा पहुँचाना आसुरी वृत्ति माना गया। अहिंसा के मूल्य का यह प्राचीन धरातल है और धर्म तथा दर्शन की यह प्राथमिक मान्यता है। जैन और बौद्ध धर्म भी जो नितान्त निरीश्वरवादी दर्शन है, अहिंसा के प्रति पूर्णतः समर्पित हैं। इसी प्राचीन मूल्य का आधुनिक परिवेश महात्मा गाँधी के अहिंसा सिद्धान्त में प्रस्तुत हुआ। मनुष्य भौतिक आवश्यकताओं से ग्रस्त थे अतः उन्होंने 'द' का अर्थ 'दान' लगाया और उदारता, अपरिग्रह जैसे मूल्य विकसित हुए और पूँजी का संकेन्द्रण सम्भव न हो सका। इस आख्यान से स्वतन्त्रता के तीन प्रमुख लक्षण सिद्ध हुए—दैवी स्वतन्त्रता का प्रमुख लक्षण संयम और इन्द्रिय निग्रह माना गया, अपराधों, भ्रष्टाचारों और दुष्कर्मों को स्वतन्त्रता के लिए घातक माना गया है। आसुरी लक्षण में स्वतन्त्रता का अर्थ शक्तिशाली होते हुए भी परव्यक्तियों पर दयावान रहना सिद्ध हुआ। न केवल मनुष्यों, वरन् सभी प्राणियों पर दयाभाव रखना ही स्वतन्त्रता का एक आवश्यक पक्ष बन गया। स्वतन्त्रता का मानवीय अर्थ 'दान' में किया गया और त्याग के साथ-साथ भोग का आदर्श स्थापित हुआ। स्वतन्त्रता के मूल अधिकार का आधुनिक परिवेश स्वतन्त्रता के इस प्राचीन आदर्श का शतांश भी नहीं है।

वैदिक काल में स्वतन्त्रता का यही पक्ष प्रबल है। दैवीय गुणों का विकास और असुरी वृत्तियों का दमन, यही दो प्रसंगतियाँ स्वतन्त्रता के वैयक्तिक अधिकार की वैदिक काल की और इस प्रकार भारत की संस्कृति में इस काल तक भी सर्वमान्य हैं। व्यक्तिगत स्वतन्त्रता का मूल मंत्र आचरण और मन को पवित्र रखना है। इस काल में जिस सामाजिक दर्शन का उदय हुआ वह प्राकृतिक शक्तियों की उपासना का दर्शन था। प्राकृतिक शक्तियाँ, प्राण और प्रकाश का मूल स्रोत थीं और जीवन का निर्वाह आमरण इन्हीं शक्तियों पर निर्भर है। इन शक्तियों को महान और जगत का नियामक मानकर इनके प्रति व्यक्ति ने समर्पण किया और इन दिव्य शक्तियों की आराधना से ही दैवीय आचरण का विकास हुआ। वैयक्तिक जीवन की स्वतन्त्रता का लक्ष्य प्रकृति से सहयोग करना और प्राकृतिक व्यवहार से ही अपने व्यवहार का नियमन करना

माना गया। उपनिषद् काल में स्वतन्त्रता को एक व्यापक अर्थ प्राप्त हुआ। स्वतन्त्र शब्द का विश्लेषण दो प्रकार से सम्भव है—स्व + तंत्र और स्व + तन + त्र। प्रथम भाव में स्वतनत्रता एक तंत्र के रूप में प्रस्तुत होती है और तंत्र का अर्थ होता है कोई वैज्ञानिक व्यवस्था, इस अर्थ में स्वतन्त्रता का तात्पर्य है—व्यवस्थित जीवन। स्वाभाविक है कि वैदिक काल में राजसंस्थाओं का विकास नहीं हो पया होगा और व्यवस्था के विधि-विधान प्राकृतिक नियमों से ही ग्रण किये जाते थे। व्यक्ति का जीवन उस काल में उन्मुक्त किन्तु नियमित रहा होगा और राजसंस्थाओं के अभव में व्यक्ति ने जिस स्वतन्त्रताओं का उपभोग किया होगा उनकी कल्पना भी आज की दूषित राजनीति में सम्भव नहीं है। अपराध, भ्रष्टाचार, स्वार्थ और परपीड़न की किसी घटना का उल्लेख इस काल के इतिहास में नहीं है। वैदिक सूक्तों में राजा के लिए कोई सूक्त भी नहीं है और न किसी राजा का संहिताओं में कोई उल्लेख है। उपनिषद् काल में जनसंख्या में वृद्धि हुई होगी और समाज में व्यवस्था के प्रश्न उपस्थित हुए होंगे। तभी राजा की और राजनियमों की आवश्यकता हुई होगी।

इस काल में राजसंस्थाओं का जन्म हुआ होगा। वृहदारण्यक और छांदोग्यउपनिषद्‌ों में, जो प्रकटतः पश्चातपवर्ती रचनाएँ हैं, जिनका आकार भी अधिक है और जिनमें भाषा भी अन्य उपनिषद्‌दों की अपेक्षा सुविकसित है, जानश्रुत और जनक जैसे राजाओं का उल्लेख हुआ है, यही प्रमाण है राजसंस्थाओं और सामाजिक व्यवस्था के उस काल में प्रारम्भ होने का। शिक्षा और शिक्षालयों का समारम्भ इसी काल में हुआ जिसके बल पर ज्ञान-विज्ञान पनपा और मानव की दृष्टि व्यापक हुई। ऋषि-मुनियों के प्रमुख आश्रम गुरुकुलुओं के रूप में स्थापित थे, राजाओं के यहाँ व अन्यत्र शास्त्रार्थ आयोजित होते थे और विचार व अभिव्यक्ति की स्वतन्त्रता इसी काल में व्यक्ति की गरिमा का अंग बनी। इसी काल में विदुषी स्त्रियों के भी उदाहरण हैं। गार्गीय और मैत्रेयी जैसी नारियाँ वेदशास्त्रों में पारंगत थीं। स्त्री और पुरुषों में भेदभाव न होने का एक उत्कृष्ट प्रमाण इस काल में यह प्राप्त होता है कि यदा-कदा स्त्रियाँ भी मातृसत्तात्मक कुल की स्थापना कर सकती थीं और विवाह किये बिना भी पुत्र प्राप्त कर अपना कुल चलाने में समर्थ थीं। जाबाला नामक कुमारी एक बालक की माँ थी किन्तु समाज से किसी भी प्रकार बहिष्कृत न थी और उस बालक को उसकी माता के नाम पर ही, जाबाला का वंशज होने के कारण सत्यकाम जाबाल नाम देकर गुरुकुल में विद्यार्थी स्वीकार कर लिया गया था। सम्भव है यह मातृसत्तात्मक प्रयोग किसी कारणवश सफल न हो पाया हो किन्तु शिक्षा और वैयक्तिक जीवन में स्त्रियाँ भी पुरुषों के समान ही गरिमा का अनुभव करती थीं। नारी की पूज्यता स्मृति काल तक अक्षुण्ण रही। स्मृतियों में प्रमुख मनुस्मृति में नारी

को पूज्य और वंदनीय माना गया। इस काल में ही स्वतन्त्रता का दूसरा अर्थ, स्व + तन + त्र स्पष्ट हुआ। सर्वप्रथम पारिवारिक सम्बन्ध व्यवस्थित हुए होंगे और शिक्षा ने व्यक्ति को अन्य नवीन मूल्यों से परिचित कराया होगा। व्यक्ति इसी काल में सामाजिक प्राणी बना होगा और उसने अपने 'स्व' का समाज तक विस्तार किया होगा। समाज में एकाकार होना ही व्यक्ति अपनी मुक्ति या मोक्ष मानता था। 'स्व' का अर्थ 'स्वयं', 'तन' का अर्थ 'विस्तार' और 'त्र' का अर्थ 'त्राण' स्वतन्त्रता का यह विशाल अर्थ, स्वयं के विशाल सत्ताओं में लीन हो जाने का आचारशास्त्र इसी काल में प्रवर्तित रहा। इस काल की दार्शनिक उपलब्धि ब्रह्म और आत्मन का अभेद्य और एकत्व है। सामाजिक व्यवस्था में ढ़लकर इसी सिद्धान्त ने व्यक्ति और समाज के एकत्व का दृढ़ आधार बनाया। समाज को व्यवस्थित और व्यक्ति के कर्म का पूर्णतः समाजीकरण कर दिया। यह आध्यात्मिक समाजवाद था। वर्णव्यवस्था अनुमानतः इसी काल की देन है क्योंकि आगामी महाकाव्यकाल में अधिकांश कर्म की ही मीमांसा हुई है और मानवीय गरिमा का आकलन कर्म में ही किया गया है।

कर्म और धर्म दोनों ही सम्भवतः वर्णव्यवस्था की देन थे। वर्ण व्यवस्था ने कर्म का विभाजन किया, कर्म के विभाजन से ही धर्म की आवश्यकता हुई, धर्म के पालन के लिए राज्य की आवश्यकता हुई। अन्ततः धर्म के दण्ड को जन्म दिया। सामाजिक और राजनीतिक दोनों ही व्यवस्थाओं का उद्‌भव वर्ण व्यवस्था से ही हुआ। वर्णव्यवस्था से राज्य की उत्पत्ति तक का क्रम वृहदारण्यक उपनिषद् में स्पष्ट शब्दों में उपलब्ध है। मनुष्य पृथ्वी पर जन्म लेकर दीर्घकाल तक स्वयं को सृष्टि की एक पूर्ण कृति मानता रहा। कालान्तर में उसे अपनी अपूर्णता का बोध हुआ। अपूर्णता के इस बोध से ही वृहदारण्यक के उक्त प्रसंग का प्रारम्भ हुआ। मानव को अपूर्णता का बोध हुआ और उसने वर्णव्यवस्था की रचना की और स्वयं को पूर्ण मानने लगा। किन्तु यह उसका भ्रम था, वर्णव्यवस्था के पश्चात् भी वह पूर्ण नहीं हुआ था। तब उसने पूर्ण होने की इच्छा से धर्म का आविष्कार किया और स्वयं को पूर्ण मानने लगा। उपनिषद् बोध कराता है कि वह अभी भी अपूर्ण है। अब उसे पूर्णता के निमित्त धर्म को प्रवर्तन करने वाले यंत्र की आवश्यकता हुई तब धर्म के संरक्षक के रूप में बल की आवश्यकता हुई। इस बल को उपनिषद् में क्षात्रबल या राज-बल कहा गया और यह निर्धारित किया गया कि यह बल निर्बल को भी बलवान से ऊपर रखता है और यह धर्म राजाओं से भी महान् है और धर्म के बल से राजा भी पराजित हो जाता है। राज्य की उत्पत्ति से, राज्यकार्य के संचालन के उद्‌देश्य से और नागरिकों के प्राण और सम्पत्ति की रक्षा के लिए बल की आवश्यकता स्वाभाविक हुई होगी इस आवश्यकता की पूर्ति के लिए जो व्यक्ति नियोजित हुए थे क्षत्रिय कहलाये।

सामाजिक समव्यवहारों की वृद्धि से शिक्षा के निमित्त शिक्षकों का या पठन-पाठन करने वालों का एक पृथक् ब्राह्मण वर्ग बना होगा। उपभोग की वस्तुओं के उत्पादन और वितरण की आवश्यकताओं ने तीसरे वैश्यवर्ण की उत्पत्ति की होगी और अन्ततः इन तीनों वर्गों को अपने-अपने कार्यों में रत रखने के लिए श्रमिकों और सेवकों की आवश्यकता हुई होगी। यदि इन तीनों वर्णों को अपने दैनिक जीवन के क्षुद्र कर्म भी करने की विवशता होती तो इनकी कार्यकुशलता और दक्षता में अपार क्षति होती। क्षुद्र कर्मों में ही यदि इन महत्त्वपूर्ण व्यक्तियों का समय नष्ट होता तो उपयोगितावाद की दृष्टि से समाज को भयंकर हानि होती। इस 'क्षुद्र' शब्द से ही शूद्र की उत्पत्ति हुई और द्विजों, क्षत्रियों और वैश्यों ने इस वर्ग को स्वस्थ और प्रसन्न रखने का दायित्व लिया। आवश्यकता आविषकार की जननी है, यह उक्ति वर्णव्यवस्था से भली-भाँति सिद्ध हो जाती है। समाज के सुचारू सन्तुलन के दृष्टिकोण से समाज की यही चार मूलभूत आवश्यताएँ हैं और कार्य की कुशलता और दक्षता के उद्देश्य से यह जोखिम नहीं ली जा सकती कि व्यक्ति मनमाना कार्य करने लग जाये। जो व्यक्ति जिस कार्य में कुशल है उसे नैतिक रूप से वही काम करना चाहिए। कुशलता और अकुशलता के विषय में किसी प्रकार का विवाद या भ्रम न हो, इसे वर्ग बनाकर सुनिश्चित कर दिया गया। जो व्यक्ति जिस वर्ण में जन्म ग्रहण करेगा व पैतृक परम्परा से और निरीक्षण, परीक्षण और वातावरण के उसी प्रभाव ममें जन्म से रहने के कारण अपने कार्य में सहज रूप से कुशल होगा।

वैसे यह सिद्धान्त कोरा उपयोगितवादी ही नहीं था वरन् इसका एक वैज्ञानिक आधार भी था। वैज्ञानिक दृष्टि से मानव शरीर की संरचना व्यवस्था का एक उत्कृष्ट उदाहरण है। मानव शरीर की चार प्रमुख आवश्यकताओं की पूर्ति के लिए उसके चार प्रमुख अंग हैं—मस्तिष्क, उदर, हाथ और पैर। इस दर्शन की पैठ यहाँ तक है कि व्यक्ति समाज का मानदण्ड है और समाज का एक मौलिक अवयव है। अतः समाज की आवश्यकताएँ व्यक्ति की आवश्यकताओं से पृथक् नहीं हो सकतीं। समाज वास्तव में एक अतिकाय व्यक्ति है और मानव और समाज की आवश्यकताओं में किसी प्रकार की भिन्नता सम्भव नहीं है। जो मानव के लिए आवश्यक है वही सम्पूर्ण समाज के लिए भी आवश्यक है। मानव और समाज को एकाकार करने का श्रेय वर्ण व्यवस्था को ही है। उपनिषद् की देन होने के नाते महाकाव्ययुग के आते-आते वर्णाश्रम धर्म एक प्रतिष्ठित मूल्य और समाज का स्थायी आधार बन चुका था। स्मृतियाँ और पुराण इसी काल में लिखे गये और सभी शास्त्रों में वर्णव्यवस्था को सामाजिक शान्ति और सुरक्षा के लिए एक सफल तंत्र के रूप में स्वीकार किया गया है। इस महाकाव्य युग में युद्धों का वर्णन प्राप्त होता है।

रामयणकाल में यह मानने का आधार प्राप्त होता है कि अधिकांश युद्धों का कारण दो वर्गों में वर्णव्यवस्था के विषय में प्रतिकूल विचारधाराएँ थीं। ये वर्ग देव और असुर थे। देव शब्द आर्यजाति के लिए प्रयुक्त हुआ है और असुर शब्द अनार्यजाति के लिए। इन अनार्य जातियों में वर्ण-व्यवस्था नहीं थीं। वर्ण-व्यवस्था न होने के कारण व्यक्ति निरंकुश था और एक प्रकार से इस जाति में बलवानों का ही राज था। आर्यजाति में बल किसी व्यक्ति विशेष में माना ही नहीं गया था और बल का कार्य एक वर्ग विशेष को देकर बलवानों का एक वर्ग ही तैयार कर लिया गया था और बलवान वर्ग का प्रत्येक व्यक्ति निर्बल वर्ग के प्रत्येक व्यक्ति के लिए प्रस्तुत रहता था। अनार्य जातियों में इसका दोष यह था कि विवाह सम्बन्धों में भी व्यक्ति को स्वच्छन्दता थी और किसी भी युवती के किसी भी युवक से विवाह करने की स्वतंत्रता के कारण सभी संकर सन्तानें थीं और किसी का कोई नियमित कार्य और दिनचर्या नहीं थीं। यह नितान्त निरंकुश समाज था और यहाँ नाम की राज्यव्यवस्था होने पर भी मूल में अराजकता थीं। परिणामस्वरूप बलवान व्यक्ति सदैव निरंकुश रहता था और वह अपनी निरंकुशता के बल पर अनाचार को आश्रय देता था। इस जाति में एक मूल दोष राक्षस विवाह पद्धति का था। स्मृतिकाल तक इन दो वर्गों में विलगता की सीमाएँ वैमनस्य तक पहुँच गयीं और देवों और असुरों में युद्ध होने लगे। भगवान् रामचन्द्र का वंश पूर्वजों से ही असुरों के विरुद्ध युद्धों में नायक रहता था। इन दोनों वर्गों की विवाह पद्धति नितान्त विपरीत थी। आर्यों की वर्ण व्यवस्था में केवल ब्राह्मण वर्ण के युवक को किसी भी वर्ण की कन्या से विवाह करने का अधिकार था। इस प्रकार क्षत्रिय ब्राह्मण कन्या का, वैश्य ब्राह्मण और क्षत्रिय की कन्या का और शूद्र ब्राह्मण, क्षत्रिय और वैश्य वर्ण की कन्या का वरण नहीं कर सकता था। इसके विपरीत आचरण से वर्ण संकरता उत्पन्न होती है और समाज की कार्य-कुशलता का आधार भंग हो जाता है। इन दोनों जातियों के वैमनस्य का एक स्वाभाविक परिणाम यह था कि इन दोनों जातियों में परस्पर विवाह सम्बन्ध वर्जित था। रामायण का युद्ध एक विवाह की घटना से ही सम्बन्धित था। रावण की बहन शूर्पनखा ने अपनी जातीय स्वच्छन्दता के आधार पर राम से अपने विवाह का प्रस्ताव किया था। इस प्रकार का विवाह गान्धर्वविवाह कहलाता है जो अनार्यों में एक सभ्य प्रथा थी किन्तु आर्यों में यह नितान्त-हीन आचरण था। सभ्यता के इस वर्ग भेद को दृष्टि में रखकर ही महात्मा मनु ने आठ प्रकार के विवाहों का उल्लेख किया किन्तु उनमें से प्रथम चार को ही वरीयता देते हुए आर्य जाति के लिए उन चारों को ही विहित माना। अन्य चार वे थे जो अनार्यों में प्रचलित थे और मनु ने विषय को सांगोपांग बनाने के लिए आठों प्रकार के विवाहों की गणना कर दी। महाभारत के शान्तिपर्व में भीष्म ने

युधिष्ठिर को धर्म का उपदेश देते हुए मनु का उल्लेख किया है। इस काल में भी अनार्यों में प्रचलित विवाह के उन चार हीन प्रकारों का उदाहरण आर्य जाति में नहीं उपलब्ध होता। इसी ये यह प्रमाणित है कि ये चार प्रकार के विवाह आर्य जाति में निषिद्ध थे। यह स्पष्ट है कि इस काल में राक्षस जाति का कोई आतंक नहीं रह गया था। इसलिए रामायण की भाँति युद्ध का कोई सांस्कृतिक कारण नहीं था। रामायण का युद्ध तो केवल शूर्पनखा की घटना की ही देन है। शूर्पनशा का तिरस्कार ही रावण की नाक कट जाना था और इसी प्रतिकार में उसने सीता का अपहरण करने के पश्चात् भी निरन्तर सीता से विवाह प्रस्ताव किया, बल प्रयोग नहीं किया।

स्पष्ट है कि कर्म का दर्शन इस वर्णाश्रम व्यवस्था के कारण ही विकसित हुआ। महाभारतकाल तक यह सिद्धान्त सर्वमान्य था कि अपने वर्ण के नियत कर्म को करना ही व्यक्ति की गरिमा का सार सर्वस्व है। व्यक्ति की गरिमा का सारगर्भित दार्शनिक विवेचन भगवान् वासुदेव श्रीकृष्ण द्वारा गीता में किया गया है। पार्थ को युद्धभूमि में दिये गये उस विशाल आख्यान का एक सूत्र में सारांश यह है कि वर्ण द्वारा नियत कर्म को करना ही व्यक्ति का परमधर्म है और भगवान् श्रीकृष्ण ने तो इस सिद्धान्त को इन कठोर शब्दों में व्यक्त किया है कि अपने नियत कर्म को करके मर जाना उचित है किन्तु अन्य वर्ण के कर्म को स्वीकार करना भयंकर स्थिति है। इस सिद्धान्त की कठोरता को लाभदायक मानकर ही उन्होंने इसके दो सहयोगी सिद्धान्त—एक कर्म की कुशलता का और दूसरा कर्म को फल की आशा से पृथक् रखकर करना महत्त्वपूर्ण माने। फल की आशा से ही मानसिक भटकाव और जीवन में तनाव उत्पन्न होता है और व्यक्ति की दिशाहीनता तथा उसके व्यक्तित्व का असन्तुलन समाज में क्षोभ उत्पन्न करता है और लौकिक व्यवस्था क्षतिग्रस्त होती है।

भारत के सनातन चिन्तन में कर्म द्वारा धर्म और धर्म द्वारा कर्म का सम्पादन ही व्यक्ति की गरिमा का परम सत्य और चरम आदर्श है और यही व्यक्ति की स्वतन्त्रता का परिसीमन और रक्षा कवच है। भारतीय चिन्तन में समता की अवधारणा का आधार भी वर्ण-व्यवस्था ही है। समता के नाम से आधुनिक जाने-माने सिद्धान्त के दो लक्ष्य हैं—विधि के समक्ष समता और विधियों के समान संरक्षण की समता, यह जाना-माना सिद्धान्त वर्ण-व्यवस्था का ही आधुनिक संस्करण है। वर्तमान में उस सिद्धान्त को लागू करने में चाहे कितनी भी कठिनाइयाँ और जलिताएँ हों, वर्ण व्यवस्था में यह सिद्धान्त एक नितान्त सुगम व्यवस्था भी विधि के समक्ष समता सामान्य समता है जहाँ सभी समान हैं और सभी वर्णों के व्यक्ति समान हैं। विधियों के समान संरक्षण का सिद्धान्त अपने-अपने वर्णों की विधियों के समान संरक्षण की समता है। प्रत्येक वर्ण के लिए पृथक् आचार-संहिता थी और उस वर्ण के प्रत्येक

को उसका संरक्षण समान रूप से उपलब्ध होता था। गुरुकुल में प्रवास की अवधि, स्नातक और स्नातकोत्तर दीक्षाएँ और गुरुदक्षिणाओं के नियम के अतिरिक्त ब्राह्मणजाति का स्वयं का आचार और जीवनचर्या अपेक्षाकृत कठोर थी। संयम, इन्द्रिनिग्रह, तप, उपवास, वेदों का अध्ययन आदि सभी कष्टसाध्य कार्य ब्राह्मणों द्वारा सम्पादित होते थे। यही कारण है कि समाज में उन्हें विशेष सुविधाएँ और अधिक सम्मान दिया जाता था। जीवन में इनके श्रम और उनके तपस्वी जीवन का मूल्यांकन कर इनके लिए दण्ड की व्यवस्था भी अल्प थी। जिस वर्ण को भोग और विलास का जीवन उसकी आचार-संहिता द्वारा ही वर्जित हो वह तो समाज का अधिकांश दण्ड बिना अपराध के भी भुगत चुका होता है और उसके लिए अपराध की दशा में अल्पदण्ड का विधान किसी भी प्रकार अनुचित नहीं माना जा सकता। क्षत्रिय वर्ण की पृथक् आचार-संहिता थी। युद्ध के, आखेट के और क्षत्रिय की दिनचर्या के निश्चित नियम थे जो केवल इसी वर्ण पर लागू होते थे। क्षत्रियों में भी राजा की आचार-संहिता अपेक्षाकृत कठोर होती थी, विलासी जीवन राजा के लिए भी वर्जित था। मनुस्मृति में स्वयं मनु ने दो अध्यायों की रचना राजा के कर्त्तव्यों पर ही की है।

राजा पर लागू होने वाले नियमों की एक तालिका के आकार का अनुमान महाभारत के शान्तिपर्व से लगाया जा सकता है। वह विशाल व्याख्यान मात्र राजधर्म पर ही है। अन्य धर्मों की राजधर्म से स्थायी संगति की विधिवत विवेचना भीष्म द्वारा युधिष्ठिर के प्रति की गई है। भारत में जिस काल का राजवंश रहे, इसी आचार-संहिता का आदर होता रहा है। एक ध्यातव्य तथ्य यह है कि प्राचीन भारत में साम्राज्यवादी धारणा का राजनीति में जन्म नहीं हुआ था, प्रतापी राजा अवश्वमेध या राजसूय यज्ञ से संघवाद की ओर उन्मुख रहे किन्तु साम्राज्यवाद इस काल में अपरिचित था। त्रेता में रामचन्द्र ने अश्वमेध यज्ञ किया था और चक्रवर्ती होकर स्वयं संरक्षक राजा हुए। चक्रवर्ती राजा संरक्षक राजा का ही पद होता था और वह राज्यों के संघ का ही प्रधान स्वीकार किया जाता था। महाभारत में तो स्पष्ट ही संघों और गणराज्यों का वृतान्त है और उन राज्यों के निर्माण की उपयोगिता और प्रक्रिया है। गुप्तकाल में विदेशी आक्रमणों ने भारत को साम्राज्यवादी अवधारणा से परिचित कराया। अतः इस काल के संघ राज्यों में और महाभारतकाल तक के संघ राज्यों में एक मौलिक और संरचनात्मक अन्तर है। विदेशी आक्रमणों से एक प्रमुख भय, पड़ोसी राज्यों में फूट डलवाने का, अनुभव में आने लगा था अतः स्वाभाविक रूप से राजाओं की राजनीति और दिनचर्या में अन्तर आया। पूर्वकाल के राजा सरल चित्त और शान्त होते थे। क्योंकि आक्रमण का भय प्रायः नहीं रहता था। इसके विपरीत गुप्तकालीन नरेश सदैव शंकाग्रस्त और भयभीत थे। अतः इस युग के संघराज्य का

स्वरूप साम्राज्यवाद से टक्कर लेने के निर्मित अन्य प्रकार से ढला। शंकाओं और भय के वातावरण ने कूटनीति और गुप्तचरी को जनम दिया और रजाओं की आचार-संहिता के नियम धार्मिक मूल्यों से हटकर राजनीतिक मूल्यों से प्रभावित हुए। कौटिल्य ने राजाओं की आचार-संहिता का पूर्ण रूप से नवीनीकरण किया। महाभारतकाल तक के राजाओं की आचार-संहिता में राजाओं द्वारा मंत्रणा, विचार-विमर्श या जनता के सुख-दुःख की सुनाई के अतिरिक्त गुप्चरों से भेंट के समय को निश्चित किया जाना अनावश्यक था। उस काल में राजा का सूचना तंत्र व्यवस्था तंत्रों के गुप्त निरीक्षण तक सीमित था। इस शुद्ध गुप्तचरी का कोई वैदेशिक क्षेत्र नहीं होता था। गुप्तकाल में विदेशी आक्रमणों और स्थानीय नरेशों के पारस्परिक विग्रह के कारण गुप्तचरी राज्य का एक विभाग बन चुकी थी और राजाओं को इस विभाग के संचालन के लिए अपनी दिनचर्या में एक निश्चित समय रखना आवश्यक हो गया था। इस काल में कौटिल्य नाम के एक दुर्धर्ष पंडित ने गुप्तचरी विद्या में विलक्षण शोध किये और इसे विज्ञान के रूप में प्रतिष्ठित किया। काल का यही वह बिन्दु है जहाँ से धर्म प्रधान राज्यों का राजनीति प्रधान राज्यों की ओर प्रस्थान हुआ। कौटिल्य के गुप्तचरी विज्ञान से स्त्रियों की गरिमा में अवश्य अन्तर आया तथा गुप्तचरी में स्त्रियों के प्रयोग की प्रेरणा सम्भवतः 'अर्थशास्त्र' से प्राप्त हुई। स्त्रियों की पूज्यनीयता वहीं से भंग हुई और इसका प्रारम्भ गुप्तचरी के क्षेत्र में राजा के द्वारा स्त्रियों के शोषण से हुआ। गुप्तचरी में कौटिल्य के अनुसंधानों का प्रभाव यह हुआ कि राजाओं द्वारा गुप्तचरी के क्षेत्र में स्त्रियों का दुरुपयोग किया जाने लगा और राजाओं द्वारा प्रायः विषकन्याओं की टोली पाली जाने लगी। गुप्तचरी में प्रविष्ट इन विषकन्याओं का जीवन नितान्त नारकीय होता था। विषय इन कन्याओं का प्रमुख आहार होता था। स्त्रियों का प्रयोग शनैः-शनैः गुप्तचरी के अतिरिक्त खुली राजनीति में भी होने लगा और नगरवधुओं की संस्था इसी काल में विकसित हुई। राजा किसी भी सुन्दरी का चुनाव कर उसे नगरवधू का पद लेने को विवश कर सकते थे। नगरवधू को आजीवन विवाह और मातृत्व के सुख से वंचित रहना होता था और समाज के सभी सम्भ्रान्त पुरुष इससे भेंट करने का जा सकते थे। सम्भ्रान्त पुरुषों की विनोद स्थली होने के कारण इन नगरवधुओं ने महत्वपूर्ण राजनीतिक भूमिका निभाई। भगवतीचरण वर्मा ने अपनी एक रचना में स्वयं चाणक्य के काल में ही सम्राट चन्द्रगुप्त की राजधानी में एक नगरवधू का और आचार्य चतुरसेन ने अपनी एक शोधपूर्ण रचना में विषकन्या और नगरवधू दोनों का वर्णन किया।

राजा के कार्यकलापों और राजा की अचार-संहिता में परिस्थितिवश आये इस परिवर्तन से राज्य का लक्ष्य भौतिकता की ओर उन्मुख हुआ। अर्थशास्त्र की

विषय-वस्तु से ही यह स्पष्ट है कि, कौटिल्य का 'अर्थशास्त्र', अंग्रेजी के शब्द 'इकोनिमिक्स' का पर्यायवाची नहीं है। कौटिल्य के अनुसार, अर्थशास्त्र की विषय-वस्तु में व्यक्ति के लौकिक आचरण और उसकी उन्नति के सारे सन्दर्भ अनिवार्य रूप से सम्मिलित हैं। कौटिल्य ने मानवीय वृत्तियों को अर्थ की संज्ञा दी है तथा मनुष्यों से युक्त भूमि को भी अर्थ की परिधि में सम्मिलित किया है। इस प्रकार मानवीय आचरण और वृत्तियों तथा लौकिक समृद्धि की प्राप्ति संरक्षण और उसके पालन के उपायों से सम्बन्धित शास्त्र को 'अर्थशास्त्र' की संज्ञा दी जा सकती है। स्पष्ट है कि अर्थशास्त्र राज्य की सैद्धान्तिक और व्यावहारिक, दोनों प्रकार की समस्याओं से सम्बन्धित है।

राज्य की संरचना के विषय में कौटिल्य की जो धारणाएँ बनीं उनका औचित्य-अनौचित्य ऐतिहासिक सन्दर्भ का विषय है किन्तु यह स्पष्ट है कि कौटिलय ने भी वर्ण व्यवस्था के सम्बन्ध में कोई नई अवधारणा प्रस्तुत नहीं की। वर्ण-व्यवस्था का सामाजिक आधार यथासम्भव मुगलकाल तक अक्षुण्ण रहा। किन्तु उस दूरदर्शी कूटनीतिज्ञ के अन्तर्ज्ञान से सामाजिक और राजनीतिक परिवर्तनों के ज्वार में यह समा गया था कि कालान्तर में वर्ण-व्यवस्था में शिथिलता आयोगी और भावी समाज में इसकी उपयोगिता का शुद्ध आकलन सम्भव नहीं रहेगा। एक भविष्य दृष्टा के रूप में उसने अपवाद स्वरूप शूद्रों को राज्य सेवा में लिये जाने की अनुमति प्रदान कर दी। यद्यपि आधुनिक युग में कर्म के आधार पर वर्ण-व्यवस्था विशृंखल हो चुकी है तथापि भारत में व्यक्ति के जन्म से इसका सम्बन्ध वर्तमान है।

कर्म प्रधान न रहते हुए भी वर्ण-व्यवस्था जन्म प्रधान, वर्तमान भारत में भी किसी न किसी रूप में विद्यमान है। वर्ण का कर्म से विच्छेद मुगलकाल में अधिक सुगम हो गया। शासनसूत्र उस जाति के हाथ में रहा जिसमें वर्ण-व्यवस्था अथवा अन्य किसी भी प्रकार का कोई वर्गीकरण न था। परिणामस्वरूप राज्य सेवा में और यहाँ तक कि राज्य के सैनिक बलों में भी किसी भी वर्ग के व्यक्ति को मात्र योग्यता अथवा मात्र राजा की कृपा से ही प्रवेश मिल जाता था। मुगलकाल में प्राप्त हुई इस अनुज्ञा को ब्रिटिशकाल में अधिक प्रश्रय मिला। अंग्रेज जाति में भी वर्णव्यवस्था के लिए कोई अवसर न था। अतः शनैः-शनैः राज्य सेवा को उपयोगी और प्रतिष्ठा का चिह्न मानकर प्रत्येक वर्ण का व्यक्ति इसमें प्रवेश का इच्छुक हो गया। किन्तु अंग्रेजों ने वर्ण-व्यवस्था को अपनी राजनीतिक कुचालों में सर्वथा उपयोगी पाया और फूट डालो और राज करो की नीति में अंग्रेजों ने वर्ण-व्यवस्था और जाति प्रथा का भरपूर लाभ उठाया। इतिहास से यह अवश्यक प्रकट होता है कि सम्भवतः ब्रिटिशकाल में ही ब्राह्मण रक्षाबलों में प्रवेश करने लगे। 1857 में विप्लव में प्रमुख भूमिका एक

ब्राह्मण सैनिक की ही थी। वर्ण्-व्यवस्था का वैज्ञानिक आधार सामाजिक कार्यों का वर्गीकरण मात्र था। लोक कल्याणकारी राज्यों के दर्शन में अधिकांश सामाजिक कार्य राज्य ने स्वयं अपने हाथ में या कम से कम संरक्षण में तो ले लिये। अतः वर्ण-व्यवस्था का सामाजिक आधार शनैः-शनैः स्वयं क्षीण हो गया। किन्तु वर्ण-व्यवस्था के आधार में वर्गीकरण का जो वैज्ञानिक आधार था। वह आज के युग में प्राचीनकाल की अपेक्षा अधिक आवश्यक और राज्य के विरुद्ध एक अधिकार के रूप में मान्य हुआ। आज के संविधान की वर्गीकृत समता की नीति अपने भाव पक्ष में वर्ण-व्यतस्था से किसी भी प्रकार भिन्न नहीं है। कहने को राज्य सेवा में प्रवेश के लिये वर्ण और जाति के आधार पर विभेद का निषेध है किन्तु स्वयं राज्य सेवा में वर्ण-व्यवस्था वर्गीकरण के नाम से सक्रिय है। स्वयं राज्य सेवा के कार्यों को चार ही वर्गों में विभक्त किया गया है, जनमें से दो वर्ग-अधिकारियों—वर्ग 'एक' और वर्ग 'दो' के नाम से तथा दो वर्ग कर्मचारियों के वर्ग 'तीन' और वर्ग 'चार' जिसे चतुर्थ श्रेणी कर्मचारी कहा गया है, ` नाम से विद्यमान है। कर्म के आधार पर वर्गीकरण संविधान की सुनिश्चित नीति है और भिन्न-भिन्न उद्योगों और सेवाओं, व्यवसायों और आजीविकाओं के लिए नियम समान नहीं हो सकते। वर्ण-व्यवस्था के आलाचकों को यह स्मरण रखना होगा कि कर्म के आधार पर वर्गीकरण न केवल नैसर्गिक वरन् एक वैज्ञानिक सत्य है। समता के सिद्धान्त का प्रवर्तन युक्तियुक्त वर्गीकरण के अभाव में असम्भव है। वर्गीकरण से विहीन समाज तो अराजकता का पर्याय है। क्योंकि किसी भी सुचारू व्यवस्था में घोड़ों और गधों को एक ही लाठी से नहीं हाँका जा सकता। वास्तव में प्राचीन भारत में भी वर्ण-व्यवस्था को एक नैसर्गिक और वैज्ञानिक सत्य के रूप में ही प्रयुक्त किया गया था और समता का अधिकार वर्ण-व्यवस्था से ही सुरक्षित था। क्योंकि समता का अत्याधुनिक स्वरूप विधि के समक्ष समता और विधियों के समान संरक्षण तक सीमित है। प्राचीनकाल में इसका लक्ष्य यही था और जिस सुचारूता से यह उस काल में प्रवर्तित रहा वह सुचारूता समता के सिद्धान्त में राज्यों की आधुनिक विकसित अवस्था में भी सम्भव नहीं है।

बहुधा यह भ्रम उत्पन्न किया जाता है कि वर्ण का सम्बन्ध जाति से है। यह भ्रम प्राचीन इतिहास को उचटती दृष्टि से देखने का परिणाम है या व्याकरण की नितान्त अज्ञानता का परिणाम है। संस्कृत में 'वर्ण' के दो अर्थ है—'चिह्न' तथा 'रंग'। चिह्न के अर्थ को लेकर ही नागरलिपि में वर्णमाला में प्रत्येक अक्षर एक ध्वनि विशेष का चिह्न है और वर्णमाला इन्न चिह्नों का ही संकलन है। स्वयं इन चिह्नों का ज्ञान अन्य चित्रित चिह्नों के माध्यम से कराया जाता है और प्रत्येक वर्ण के साथ एक चित्र

उनकी पहचान की सहायतार्थ प्रस्तुत किया जाता है। रंग के अर्थ में भगवान श्रीकृष्ण का नाम 'कृष्ण' केवल उनके शरीर के रंग के आधार पर ही प्रचलित हुआ था। कृष्ण का अर्थ श्याम और श्यामवर्ण के होने के कारण वे कृष्ण कहलाये। वर्ण-व्यवस्था में ये दोनों ही अर्थ विद्यमान थे। प्रत्येक वर्ण के व्यक्ति का चिह्न भी सदैव उसके साथ होता था और व्यक्ति के शरीर का रंग उसके वर्ण के आधार पर ही नैसर्गिक रूप से हो जाता था। महाभारत में इसे आग्रहपूर्वक स्वीकारा गया है कि वर्ण-व्यवस्था स्वयं प्राकृतिक विज्ञान है और इसका आधार जन्म न होकर मात्र कर्म है। वर्ण-व्यवस्था का आधार नितान्त कर्म होने का इससे अधिक और क्या प्रमाण हो सकता है कि महाभारत में इस व्यवसथा को शूद्रमूलक अर्थात् कर्ममूलक माना गया है। शूद्र शब्द क्षुद्र का अपभ्रंश है और क्षुद्र कर्म से सम्बन्धित होने के कारण इसे शूद्रमूलक कहा गया है। प्रथम तो शारीरिक संरचना ही शरीर की आवश्यकताओं को चार क्षेत्रों में वर्गीकृत करती है और इसी के परिणामस्वरूप एक ही व्यक्ति को स्वयं के निर्वाह के हित में चारों प्रकार के कार्य स्वयं ही करने होते थे। परिणाम यह हुआ होगा कि व्यक्ति अपनी गरिमा में हीनता अनुभव करने लगा होगा। वर्ण-व्यवस्था के अभाव में व्यक्ति का जीवन अन्तरात्मा से परे नितान्त यांत्रिक हो गया होगा। एक ही व्यक्ति उत्पादन भी करता होगा, स्वयं ही अपनी वस्तु का विक्रय भी करने के लिए फेरी लगाता होगा और व्यक्ति परस्पर अपनी वस्तुओं का आदान-प्रदान करते होंगे। पश्चात् व्यक्ति को अपनी सुरक्षा भी स्वयं ही करनी होती थी। अतः यह भय भी सदैव ही रहता होगा कि किसी वस्तु कौन उठा ले या छीन ले। सर्वोपरि शिक्षा तो वर्ण-व्यवस्था के अभाव में असम्भव ही थी। क्योंकि शिक्षक होता कौन? अतः व्यवस्था के प्राकृतिक नियम ने ही बाध्य किया कि कर्म का विभाजन हो और प्रत्येक कर्म का दायित्व एक वर्ग विशेष पर डालकर एक संगठित समाज का आदर्श प्रस्तुत किया जाये और उसी व्यवस्था के शीर्ष पर, इस व्यवस्था के कारण, इस व्यवस्था के द्वारा और स्वयं इस व्यवस्था के लिए ही राजसंस्थाओं की स्थापना हुई। वर्णाश्रम धर्म का पालन करवाना राजा का दायित्व माना गया और राजा से अपेक्षा की गई कि इस व्यवस्था को भंग करने वाले दोषी को उपर्युक्त दण्ड दिया जाये। राजा यदि दण्डनीति का सम्यक् प्रयोग न करे और अधर्मी को दण्ड द्वारा धर्म के मार्ग पर न लाये तो वह नरकगामी हो जाता है। श्रीमद्‌भागवत में यह निद्रेश है कि राजा धर्म पर आरूढ़ व्यक्ति की रक्षा करे और धर्म से विमुख व्यक्ति को धर्म के मार्ग पर लाये। महाभारत में कहा गया है कि, "यदि राजा दण्डनीति का उत्तरीमित से प्रयोग करे तो वह चारों वर्णों को अपने-अपने धर्म में बलपूर्वक लगाता है और उन्हें अधर्म क ओर जाने से रोक देता है। इस प्रकार दण्ड नीति के प्रभाव से जब

चारों वर्णों के लोग अपने-अपने कर्मों में संलग्न रहते हैं, धर्म मर्यादा में संकीर्णता नहीं आ। पाती और प्रजा सब ओर से निर्भय एवं कुशलपूर्वक रहने लगती है, तब तीनों वर्णों के लोग विधिपूर्वक स्वास्थ्य रक्षा का प्रयत्न करते हैं।.........इसी में मनुष्यों का सुख विहित है।''

इस प्रकार वर्ण-व्यवस्था के गम्भीर अध्ययन से दो तथ्य सिद्ध होते हैं, प्रथम यह कि समता के अधिकार का वैज्ञानिक आधार वर्ण-व्यवस्था ही रही है और द्वितीय यह कि स्त्रियों और शूद्रों के प्रति अनुचित व्यवहार का आक्षेप मिथ्या और भ्रामक है। समता के अधिकार की वैज्ञानिकता वर्गीकरण की नीति का ही अनुसरण है। समता का अर्थ व्यक्ति की व्यक्तियों के मध्य समता और व्यक्ति जिस वर्ग में रहता है, उस वर्ग के सभी सदस्यों में उसकी समता। वर्गीकरण की इस नीति का बुद्धिसंगत और उद्देश्यपूर्ण होना आवश्यक है। अर्थात् वर्गीकरण के आधार और लक्ष्य दोनों ही समाज के हितों के अनुरूप होने चाहिए। समाज के हितों का चार प्रकार से वर्गीकरण व्यक्ति की आवश्यकताओं और व्यक्ति की क्षमताओं के आधार पर किया गया। अतः वर्गीकरण का यह आधार नितान्त बुद्धिसंगत है। यह वर्गीकरण व्यक्ति केन्द्रित होते हुए भी इसकी परिधि समाज है। समाजहित व्यक्ति हित का ही एक विशाल रूप है। व्यक्ति लघु समाज है और समाज वृहत् व्यक्ति। व्यक्ति हित और समाज हित में न कोई संघर्ष है और न कोई द्वन्द्व। स्पष्ट है कि समता के आधुनिक संस्करण में इस वैज्ञानिकता का किसी भी प्रकार समावेश नहीं है। प्राचीनकाल में समता एक निर्विवाद व्यवस्था थी, आज की समता एक विवादग्रस्त अधिकार है। उस काल में समता का यह वैज्ञानिक आधार व्यक्ति के अधिकार से नहीं, उसकी आत्मा से सम्बन्धित था और उसका कर्म उसी की आत्मा की प्रवृत्ति से निर्धारित होता था। अतः उसका कर्म उसकी आत्मा की उन्नति का कारण होता था। आत्मोन्नति और समाजसेवा में कोई भेद न था। अपने वर्ण के कर्म को कुशलता से सम्पादित करना, अपनी आत्मा की सन्तुष्टि के लिए आवश्यक होता था और समाज सेवा में आत्मा की तुष्टि होती थी। आत्मतुष्टि से ही धर्म का निर्वाण इस सुगमता से होता था कि समाज और व्यक्ति में कभी संघर्ष की स्थिति आती ही नहीं थी। स्मृतिकारों ने वर्णधर्म और आत्मधर्म को एकाकार मानकर ही आत्मतुष्टि को धर्म के एक मूलभूत लक्षण के रूप में स्वीकार किया। महात्मा मनु ने धर्म के लक्षणों की गणना कर आत्मतुष्टि के पाँचवें लक्षण से धर्म के पाँच लक्षण निर्धारित किये। आगे इसमें संशोधन कर धर्म के चार ही लक्षण बताने पर भी आत्मतुष्टि के लक्षण को बनाये रखा। इसी से आत्मतुष्टि की महत्ता प्रमाणित है। आत्मा की प्रमुख प्रवृत्तियों के आधार पर समाज के कर्म का विभाजन या वर्गीकरण आदर्श राज्यों की व्यवस्था के रूप में यूनान के

प्लेटो और अरस्तू जैसे आदि चिन्तकों ने भी स्वीकार किया। भारतीय चिन्तन में आत्मा की चार प्रवृत्तियों के आधार पर समाज में चार वर्णों की स्थापना की गयी और व्यक्ति की मौलिक समता के रूप में भी आत्मा को ही आधार मानकर सभी व्यक्तियों में एक ही आत्मा के दर्शन किये गये।

गीता में भगवान श्रीकृष्ण का यह वचन है कि विद्या और विनयुक्त ब्राह्मण में, गौ में, हाथी में, कुत्ते में और चाण्डाल में भी पण्डितजन समभाव से देखने वाले होते हैं। मनुस्मृति में इसी के समानान्तर यह वचन है कि सत्य और असत्य के विवेक में स्थित व्यक्ति सभी में आत्मभाव को लक्ष्य करता है और सभी आत्माओं को समान देखने से अधर्म का भागी नहीं होता। महाभारत में '**आत्मोपमस्तु भूतेषु**' के वचन में व्यक्ति के लिए सभी भूतों को समान मानने का समादेश है। और '**सर्वभूतात्म भूतस्य**' के वचन में यह सिद्धान्त है कि जो सम्पूर्ण भूतों का आत्म है अर्थात् जो सबकी आत्मा को अपनी आत्मा मानता है, उसी ज्ञानी की गति का आकलन करने में देवतागण भी विमोहित हो जाते हैं। गीता में इसी सिद्धान्त को अन्यत्र आत्मौपम्य कहा गया है जिसका अर्थ आचार्य शंकर ने अपने भाष्य में यह किया है कि आत्मा अर्थात् स्वयं आप और जिसके द्वारा उसकी उपमा दी जाये वह उपमा अर्थात् उस उपमा में अन्तर्भूत समता को औपम्य कहा जाता है। इस प्रकार स्वयं की उपमा से सभी अन्य प्राणियों को जो समान देखता है, वह आत्मौपम्य है। उपयोगितावादी और सुखवादी दर्शनों में यह स्वयं की ही अनुभूति की सर्वव्यापकता है। जो स्वयं को सुखानुकूल है वही अन्य सभी को सुखकारी है और जो स्वयं को दुःखकारी है वह अन्य सभी को दुःखदायी होगा। जो सभी प्राणियों में स्वयं के समान ही सुख और दुःख को समभाव से अनुकूल अथवा प्रतिकूल देखता है, उसके लिए किसी भी व्यक्ति के प्रतिकूल आचरण करना सम्भव नहीं रहता। महर्षि देवल ने अपनी स्मृति में 'आत्मनः प्रतिकूलानि परेषाम न समाचरेत' के वचन में इसी अर्थ का उद्‌घोष किया है कि जो अपनी आत्मा के प्रतिकूल हो वैसा व्यवहार औरों के प्रति न किया जाये।

महाभारत में आत्मौपम्य की व्याख्या में बृहस्पति ने युधिष्ठिर से कहा कि कि याचना पर कुछ प्राप्त होने, याचना पर भी कुछ प्राप्त न होने, सुख और दुःख की प्रतीति में तथा प्रिय और अप्रिय के आचरण में व्यक्ति को स्वयं जिस प्रकार हर्ष और शोक का अनुभव होता है, वही प्रमाण सबके लिए लागू होता है। वर्ण-व्यवस्था का दर्शन आत्मदर्शन का ही रूपान्तर है जिसमें समाज और व्यक्ति की एक ही संज्ञा है। ऋग्वेद और यजुर्वेद के पुरुष सूक्तों में समाज के इस विराट शरीर के मुख भाग से ब्राह्मण, बाहुओं से क्षत्रिय, उदर से वैश्य तथा पैरों से शूद्र वर्ण का प्रादुर्भाव हुआ। अतः इस दर्शन कीं मौलिक मान्यता यही हुई कि जिस प्रकार शरीर

की संरचना में मुख, हाथ, उदर और पैरों के कार्य स्वयं आत्मा द्वारा ही निर्धारित हैं, उसी प्रकार समाज के चारों वर्ण, समाज के विराट शरीर के चारों अंग समाज की वृत्तियों का प्रतिनिधित्व करते हैं। भारतीय और पाश्चात्य चिन्तकों ने भी समाज को एक व्यक्तित्ववान सत्ता मानकर ही उत्तम राजव्यवस्थाओं का बखान किया है। प्लेटो के 'रिपब्लिक' का मूल नाम 'यूटोपिया' का भावार्थ एक अतिकाय आदर्श है और 'यूटोपिया' शब्द का यही अर्थ थॉमस मोर के 'यूटोपिया' नामक ग्रन्थ में प्रतिबिम्बित हुआ है। हॉब्स के 'लेवियाथन' का तो शब्दार्थ ही अतिमानव है। आत्मा के इन चार भावों के चार वर्ण अर्थात् रंग कल्पित किये गये और आश्चर्य की बात यह कि उस वर्ण के व्यक्तियों का शरीर उसी रंग की प्रधानता लिए हुए होता था। मुख और मस्तिष्क, जहाँ ज्ञानकर्म का सम्पादन होता है, उस ज्ञान का रंग श्वेत, भुजाओं द्वारा की जाने वाली रक्षा का रंग लाल, उदर द्वारा सम्पादित अन्न का ग्रहण और मलद्वार से उसके निष्कासन का रंग पीत तथा पैरों द्वारा सम्पादित कार्य कर रंग कृष्ण माना गया। इन चारों वर्णों का यही रंग हो गया और व्यक्ति के वर्ण की पहचान उसके रंग को देखकर ही सुगमता से कर लेने की सुविधा उत्पन्न हो गई। चिह्न के अन्त में वर्ण का प्रदर्शन व्यक्तियों की वेशभूषा और उनके द्वारा धारण की गई वस्तुओं के आधार पर भी इतना सरल हो गया कि व्यक्ति की वेशभूषा को देखने के पश्चात् उस व्यक्ति से उसका वर्ण पूछने की आवश्यकता ही नहीं होती थी। ब्राह्मण अपनी माला कमण्डल और तिलक छापे से ही पहचान लिया जाता था। क्षत्रिय किसी न किसी प्रकार का शस्त्र धारण करता था। वैश्यों की वेशभूषा सम्भ्रान्त होती थी और शूद्र अपनी सामान्य वेशभूषा के आधार पर तत्काल पहचान लिया जाता था। गीता में स्पष्टत: वर्ण का अर्थ जन्म न करके गुणकर्म किया गया है। अर्थात् सृष्टि में चार वर्णों की व्यवस्था गुण और कर्म का विभाग या वर्गीकरण मात्र है। आचार्य शंकर ने इसके भाष्य में गुण का अर्थ प्राकृतिक गुणों से किया है। सात्विक अर्थात् सत्व गुण प्रधान ब्राह्मण के शम, दम, तप इत्यादि कर्म हैं जिसमें सत्वगुण गौण हैं तथा रजोगुण प्रधान है उस क्षत्रिय के शूरवीरता, तेज आदि कर्म हैं जिसमें तमोगुण गौण और रजोगुण प्रधान है। ऐसे वैश्य के कृषिआदि कर्म हैं और जिसमें रजोगुण गौण और तमोगुण प्रधान है उस शूद्र का केवल सेवा ही धर्म है।

डॉ. सर्वपल्ली राधाकृष्णन की मान्यता यही है कि प्राचीनकाल में वर्ण-व्यवस्था इतनी कठोर न थी। कोई भी अपने वर्ण और स्वभाव के अनुसार किसी भी वर्ण को ग्रहण कर सकता था। डॉ. राधाकृष्णन ने इसे एक प्रमाण से पुष्ट करते हुए कहा कि वेद में एक ऐसे व्यक्ति का उल्लेख है जो यह कहता है—मैं एक कपिव हूँ, मेरा पिता वैद्य है तथा मेरी माता अन्न कूटती है। महाभारत के एक आख्यान में

भारद्वाज ऋषि के भृगु से पूछने पर भृगु ने कहा कि, ''मुने प्रारम्भ में वर्णों में कोई अन्तर न था, ब्रह्म से उत्पन्न यह सम्पूर्ण जगत ब्रह्म ही था। पश्चात् विभिन्न कर्मों के कारण उनमें वर्णभेद हो गया।'' महाभारत में ही भीष्म ने युधिष्ठिर से कहा कि, ''धर्मात्मा शूद्र राजा की आज्ञा से इच्छानुसार, किसी भी धार्मिक कृत्य को सम्पन्न कर सकता था।''

इस प्राचीन संस्कृति के इतिहास में किंवदन्ती के रूप में भी ऐसा कोई उदाहरण नहीं है जहाँ शूद्रों या स्त्रियों पर कोई अत्याचार किया गया हो या उनका कहीं अपमान हुआ हो। शूद्रों के किसी भी प्रकार हीन होने का विवरण उपलब्ध नहीं है। जो सत्य अथवा काल्पनिक पौराणिक आख्यान हैं, वहाँ आर्थिक दृष्टि से शूद्र की अपेक्षा ब्राह्मण को ही अधिक हीन चित्रित किया गया है। महाभारत के शान्तिपर्व में स्वयं विश्वामित्र ऋषि ने यह स्वीकार किया कि, है कि चाण्डाल से दान लेने में महादोष है। इस प्रकार ब्राह्मण के लिए शूद्र से अन्न लेना त्याज्य माना गया है। एकांगी दृष्टि से यह आलोचना का विषय हो सकता है और भ्रान्ति यही रही है कि बहुधा ऐसे प्रसंगों का सन्दर्भ से अर्थ लगाने के स्थान पर आधुनिक अर्थों को थोपा गया है और यह निष्कर्ष निकाल लिया गया है कि शूद्रों और स्त्रियों की दशा हीन या दयनीय थी। ब्राह्मण के लिए शूद्र का अन्न त्याज्य करने के दो पक्ष नितान्त स्पष्ट हैं—समाज की आर्थिक स्थिति यह सिद्ध कर रही है कि ब्रह्मण ऐसी हीन अवस्था में आ सकता है कि उसे अन्य वर्णों पर निर्भर रहना पड़े किन्तु शूद्र को इस स्थिति में चित्रित किया गया है कि वह दान देने की सामर्थ्य रखता है। द्वितीय पक्ष उतना ही स्पष्ट है कि ब्राह्मण को उसकी जीविका के लिए शुल्क या भिक्षा देना प्रत्येक नागरिक का कर्त्तव्य था, किन्तु शूद्रों को इस शुल्क से मुक्त रखा गया था और इस नियम के पालन का दायित्व ब्राह्मण पर डाला गया तथा शूद्र से शुल्क लेने की उसे वर्जना की गई। सतयुग के भी प्रारम्भिक काल में राजा हरिश्चन्द्र के समक्ष स्वयं अपने शरीर को ही नीलाम करने की विवशता आ गई थी और खुले बाजार में एक चाण्डाल ने उन्हें तत्काल मूल्य चुकाकर क्रय कर लिया था। विरोध में अन्य कोई प्रमाण न होने से इन प्रमाणों के बल पर शूद्र की स्थिति सामान्य नागरिकों से किसी भी प्रकार हीन सिद्ध नहीं होती। इनकी स्थिति हीन न होने का कारण यह था कि समाज के अन्य तीन वर्णों का यह दायित्व था कि वे इनके जीवन-निर्वाह की युक्ति-युक्त व्यवस्था करें और इन्हें सामान्य नागरिक की आवश्यकताओं की सभी वस्तुएँ उपलब्ध करायें। जैसाकि महाभारत के शान्तिपर्व में उल्लेख है कि, ''तीनों वर्णों को शूद्र का भरण-पोषण अवश्य करना चाहिए। क्योंकि वह भरण-पोषण करने योग्य कहा गया है। अपनी सेवा में रहने वाले शूद्र को उपयोग में लाये हुए छाते, पगड़ी, अनुलेपन,

जूते और पंखे देने चाहिए। फटे-पुराने कपड़े, जो अपने धारण करने योग्य न रहें, वे द्विजातियों द्वारा शूद्र को ही दे देने के योग्य हैं, क्योंकि धर्मतः वे सब वस्तुएँ शूद्र की ही सम्पत्ति हैं। द्विज़ातियों में से जिस किसी की सेवा करने के लिए कोई शूद्र आवे, उसी को उसकी जीविका की व्यवस्था करनी चाहिए, ऐसा धर्मज्ञ पुरुषों का कथन है।''

यह भ्रान्ति की प्राचीन भारत में स्त्रियों और शूद्रों के प्रति समता का व्यवहार नहीं होता था, दो दिशाओं में है। आरोप का एक पक्ष यह है कि स्त्रियों और शूद्रों को वेद का अध्ययन वर्जित था। वस्तुस्थिति यह है कि इन दो वर्णों को एक दुरूह कार्य से मुक्त रखा गया था। वेद और शास्त्रों की भाषा की क्लिष्टता, उनके शुद्ध उच्चारण में कठिनाई और दिन-रात के परिश्रम से उन्हें कंठाग्र करने का अध्यवसाय, यह सब ब्राह्मणों के भाग में ही आया था। शूद्रों से इस कठिन काम की अपेक्षा कभी नहीं की गई। वे क्षुद्र कार्य ही करने के योग्य होते थे और जो क्षुद्र कार्य करने के योग्य होते थे वे ही शूद्र वर्ण में सम्मिलित हो जाते थे। यह प्रथा पारिवारिक और पारम्परिक बन गई अतः आवश्यकता एवं अभ्यासवश प्रायः कोई व्यक्ति वर्णन-परिवर्तन को स्वीकार नहीं करता था किन्तु वर्ण परिवर्तन योग्यतानुसार किया जा सकता था। वर्ण-व्यवस्था की शुद्धता और उसके उपयोग के बल पर सामाजिक योग्यताओं के स्तर और मानदण्डों का स्वतः सरल वर्गीकरण हो गया था। वर्ण-व्यवस्था में समाज के सुखी रहने का प्रमाण यह है कि वर्ग-संघर्ष का कभी कोई प्रश्न ही उपस्थित नहीं हुआ।

स्त्रियों को वेद और शास्त्रों के अध्ययन की वर्जना उनके शारीरिक लक्षणों के कारण हुई। किसी भी समय उनके अशुद्ध हो जाने की सम्भावना हो सकती थी। प्रजनन काल में उनकी अन्य दैनिक मर्यादाएँ शिथिल हो जाती थीं। अतः वे वेद विद्या के संग्रह के लिए सर्वथा अनुपयुक्त थीं किन्तु यहाँ भी अपवाद से जो स्त्रियाँ स्त्री सुलभ जीवन व्यतीत न कर पुरुषों के समकक्ष जीवन व्यतीत करना चाहती थीं, उन्हें समाज ने स्वयं प्रोत्साहन देकर विदुषी का पद प्रदान किया। वैदिक काल में तो, गार्गीय, मैत्रेयी और कात्यायिनी जैसी विदुषियाँ समाज में प्रतिष्ठित थीं। रामायणकाल में सती अनुसूर्या के पास भगवान रामचन्द्र अपनी पत्नी सीता को शिक्षा प्राप्त करने के उद्देश्य से ले गये थे और अनुसूया ने सीता को स्त्री-धर्म के विषय में मार्मिक उपदेश दिया था। महाभारतकाल में कुन्ती, माद्री, गांधारी और द्रोपदी जैसी प्रखर महिलाएँ अपना कीर्तिमान स्थापित कर गयी हैं। आधुनिक काल से कुछ पूर्व काशीराज की कन्या विद्योत्मा इतनी प्रचण्ड विदुषी थीं कि उनसे शास्त्रार्थ में पुरुष वर्ग परास्त हो गये थे और इन्हीं विदुषी के कारण कालिदास जैसे विश्वप्रसिद्ध कवि

का निर्माण हुआ। वेदों के अतिरिक्त अन्य धार्मिक ग्रन्थों का अध्ययन शुद्र के लिए वर्जित नहीं था। यदि कोई शूद्र यज्ञ करना भी चाहे तो यज्ञ उसके लिए वर्जित न था किन्तु भाषा और व्याकरण की त्रुटि हो जाने के भय से शूद्र के यज्ञ में स्वाहाकार, वषट्कार तथा वैदिक मंत्रों का प्रयोग वर्जित था।

कर्म के आधार पर एक वर्ण से अन्य वर्ण में वर्णोन्नति या वर्णावनति दोनों का विधान था। शूद्र की सन्तान अपने ज्ञान और सत्यव्रत के बल पर ब्राह्मण बन सकती थी। क्षत्रियों की ब्राह्मणों में वर्णोन्नति का प्रमुख उदाहरण राजा विश्वामित्र हैं। मूल वर्ण ब्राह्मण से ही वर्णावनति के कारण ही अन्य वर्णों की सृष्टि हुई, यह महाभारत में प्रमाणित है, "पहले वर्णों में कोई अन्तर नहीं था, ब्रह्माजी से उत्पन्न होने के कारण यह सारा जगत ब्राह्मण ही था। पीछे विभिन्न कर्मों के कारण उनमें वर्णभेद हो गया। जो अपने ब्राह्मणोचित धर्म का परित्याग करके विषयभोग के प्रेमी, तीखे स्वभाव वाले, क्रोधी और साहस का काम पसन्द करने वाले हो गये और इन्हीं कारणों से जिनके शरीर का रंग लाल हो गया, वे ब्राह्मण क्षत्रिय भाव को प्राप्त हुए—क्षत्रिय कहलाने लगे। जिन्होंने गौओं से तथा कृषि कर्म के द्वारा जीविका चलाने की वृत्ति अपना ली और उसी के कारण जिनके रंग पीले पड़ गये तथा जो ब्राह्मणोचित धर्म को छोड़ बैठे, वे ही ब्राह्मण वैश्य भाव को प्राप्त हुए। जो शौच और सदाचार से भ्रष्ट होकर हिंसा और असत्य के प्रेमी हो गये, लोभवश व्याधों के समान सभी तरह के निन्द्य कर्म करके जीविका चलाने लगे और इसीलिए जिनके शरीर का रंग काला पड़ गया, वे ब्राह्मण शूद्र भाव को प्राप्त हो गये।"

आक्षेप की दूसरी दिशा यह रही है कि स्त्रियों को कभी किसी भी अवस्था में स्वतन्त्र रहने की अनुमति नहीं दी गयी है। इसका एकमात्र प्रमाण मनुस्मृति से ग्रहण कर यह सिद्ध किया जाता है कि बाल्यावस्था में पिता के, यौवनारम्भ में पति के तथा वृद्धावस्था में पुत्र के अधीन रहने से स्त्री कभी स्वतन्त्र न मानी गयी। यह स्वतन्त्र शब्द का सन्दर्भ से ही अर्थ ग्रहण किया जायेगा और सन्दर्भ में 'रक्षा' शब्द आया है कि कौमार्य में स्त्री को पिता से, यौवन में पति से और वृद्धावस्था में पुत्र से रक्षा का अधिकार प्राप्त है और किसी भी अवस्था में स्त्री को अपनी जीविका के लिए किसी अन्य साधन पर निर्भर रहने या स्वतन्त्र कोई वृत्ति ग्रहण करने की आवश्यकता किसी प्रकार नहीं थी। इसी भाव को महर्षि याज्ञवल्क्य ने 'अभाव' शब्द का प्रयोग करके व्यक्त किया है। मनुस्मृति के नवें अध्याय के पाँचवें से ग्यारहवें श्लोक तक स्त्रियों की सुरक्षा के दायित्व से पुरुष वर्ग को और यहाँ तक कि दुर्बल पतियों को भी बाध्य किया है और 12वें श्लोक में यह स्पष्ट कर दिया गया है कि यदि स्त्रियाँ समर्थ हों तो वे अपनी रक्षा स्वयं कर सकती हैं।

आदर की पात्रा होने के आधार पर ही, महाभारत में स्त्री को 'दारा' की संज्ञा दी गई है—'दारा इत्युच्यते लोके।' 'दारा' शब्द की व्युत्पत्ति है—आद्रियन्ते त्रिवर्गाधिभि: इति दारा:, अर्थात् धर्म, अर्थ और काम के त्रिवर्ग के इच्छुक पुरुष, जिसका आदर करें, वह 'दारा' है। प्राय: स्त्री और शूद्र को शास्त्रों के अध्ययन व तपस्या आदि कठोर कर्मों से अभियुक्ति की अवस्था को, इन दो वर्गों के प्रति 'वर्जना' के रूप में अर्थ करके, स्त्री और शूद्र की हीन स्थिति का भ्रम उत्पन्न किया जाता है, किन्तु शास्त्रों में स्पष्ट है कि यह वर्जना न होकर, अभियुक्ति या छूट थी।

महर्षि व्यास ने स्पष्ट किया है कि द्विजातियों को प्रथम ब्रह्मचर्यव्रत का पालन करते हुए वेदाध्ययन करना पड़ता है और फिर स्वधर्माचरण से उपार्जित धन के द्वारा विधिपूर्वक यज्ञ करने पड़ते हैं। इसमें भी व्यर्थ वार्तालाप, व्यर्थ भोजन और व्यर्थ यज्ञ, उनके पतन के कारण होते हैं, इसलिए उन्हें सदा संयमी रहना आवश्यक है। सभी विधियों के अनुचित हो जाने का दोष भी उन्हें लगता है, यहाँ तक कि भोजन और पानादि भी वे इच्छापूर्वक नहीं कर सकते, क्योंकि वे नियमों के अधीन परतंत्र हैं और उन्हें पुण्यलोकों की प्राप्ति क्लेश से होती है, जबकि केवल मंत्रहीन पाक-यज्ञ तथा द्विजों की सेवामात्र से ही, शूद्र सद्गति को प्राप्त कर लेता है, अत: शूद्र अन्य जातियों की अपेक्षा धनन्यतर है, 'लोकाच्छद्रों धन्यतरस्तत:।' स्त्रियाँ तन, मन, वचन से, मात्र पति की सेवा करने से ही, पति के लोकों को सहज प्राप्त कर लेती हैं, अत: स्त्रियाँ साधु हैं—'साध्विवतियोषित:।' यह वचन स्त्री और शूद्र को 'धन्य' मानता है और कठोर नियमों के पालन से उन्हें वर्जित नहीं करता, उन्हें अभिमुक्ति प्रदान करता है। कठोर कर्म स्त्री और शूद्र के लिए अनावश्यक है, अत: इसी भाव में वर्जित है। महाभारत के शांतिपर्व में भी उल्लेख है कि, ''ब्राह्मण आदि तीनों वर्णों का जो यज्ञ है वह सब सेवा कार्य करने के कारण शूद्र का भी है ही। उसे भी उसका फल मिलता है, अत: उसे पृथक् यज्ञ करने की आवश्यकता नहीं है।'' प्राचीन भारत में मानवीय गरिमा का आदर्श व्यक्ति और समाज के दिव्य स्वरूप से छविमान था और राज्य की भूमिका गरिमा की उपलब्धि में एक महानायक की थी। व्यक्ति अपनी गरिमा के लिए स्वयं ही स्थान बनाता था और समाज की सेवा करके स्वयं गरिमा का अनुभव करता था।पाश्चात्य जगत में दर्शन का प्रारम्भ यूनान से और यूनान में दर्शन का प्रारम्भ थेल्स से हुआ। थेल्स और उसके पश्चावर्ती चिन्तकों का विषय नितान्त तात्विक सत्ताओं पर केन्द्रित था। राजनीतिक सत्ता पर चिन्तन सुकरात के काल से हुआ। प्लेटो और अरस्तू ने अपने तात्विक चिन्तन को राजनीतिक दिशा प्रदान की और दोनों ने ही एक ऐसे आदर्श राज्य की कल्पना की जहाँ व्यक्ति की गरिमा को सुरक्षित रखा जा सके और मानव अपने भौतिक और

आध्यात्मिक पूर्णत्व को प्राप्त कर सके। दोनों के चिन्तन का लक्ष्य एक होते हुए भी राज्य की संरचना के सम्बन्ध में दोनों के विचारों में साम्य नहीं था।

प्लेटो के राजनीतिक चिन्तन के मौलिक सिद्धान्त उसके '**रिपब्लिक**' ग्रन्थ में व्यक्त हुए हैं। ग्रन्थ का आरम्भ जिस प्रकार से किया गया है वह इस बात का संकेत अवश्य करता है कि प्लेटो के राजनीतिक चिन्तन का केन्द्र-बिन्दु व्यक्ति है और व्यक्ति की गरिमा के समग्र भाव को उसने 'न्याय' नामक एक अमूर्त आदर्श या पर्याप्त स्वीकार किया है। ग्रन्थ का प्रारम्भ एक न्यायप्रिय व्यक्ति की पहचान के प्रश्न से हुआ है। यहीं इसी स्थल पर और इसी प्रश्न के उत्तर के प्रयत्न में प्लेटो की दृष्टि एक अन्य केन्द्र पर जा टिकती है—यह अन्य केन्द्र है—राज्य। इस प्रकार चिन्तन का जो निष्कर्ष होना चाहिए था, उसे ही प्रारम्भिक मान्यता के रूप में स्वीकार कर लिया गया। तर्क का रूप यह रहा कि न्यायप्रिय राज्य की परिभाषा हो जाने पर न्यायप्रिय व्यक्ति की परिभाषा स्वयं हो जायेगी क्योंकि न्याय के समान अमूर्त बातें किसी विशाल संरचना में अधिक स्पष्ट हो सकती हैं जबकि लघु संरचनाओं में उनके आकार का स्पष्ट होना कठिन होता है। व्यक्ति का विचार करते-करते तत्काल राज्य पर विचार प्रारम्भ करने से, प्लेटो का यह लक्ष्य तो निर्विवाद है कि राज्य और व्यक्ति का सामंजस्य ही व्यक्ति की गरिमा का अनिवार्य आधार है। व्यक्ति की गरिमा यदि उसके न्यायप्रिय होने में है तो न्यायप्रिय व्यक्ति वही है जो किसी न्यायप्रिय राज्य का नागरिक हो। न्यायहीन राज्य में न्यायप्रिय व्यक्ति की कल्पना निराधार है।

ग्रन्थ की शैली वाक्‌जाल और तर्कजाल से ओत-प्रोत है और जिन सिद्धान्तों का प्रतिपादन हुआ है उन्हें स्वयं प्लेटो भी तार्किक मानता है, व्यावहारिक नहीं। कदाचित 'रिपब्लिक' में संकल्पित 'आदर्श राज्य' को एक असम्भव स्थिति मानते हुए उसने इस ग्रन्थ के पूरक के रूप में 'लाज' नामक ग्रन्थ की रचना की। 'रिपब्लिक' में संकल्पित राज्य व्यवस्था प्राचीन भारत की वर्ण-व्यवस्था का लगभग प्रतिरूप है। भारतीय चिन्तन में वर्ण-व्यवस्था को आत्मा का आदेश मानकर स्वीकार किया गया, प्लेटो का विचार इससे भिन्न नहीं है। भारतीय चिन्तकों के समान ही उसने आत्मा की वृत्तियों का वर्णन किया और समाज का मानवीकरण करते हुए आत्मा की वृत्तियों के अनुरूप ही समाज को उन्हीं वर्गों में विभक्त किया। एक सूक्ष्म सा भेद केवल यह है कि भारतीय चिन्तन में आत्मा की वृत्तियों के चार वर्ग निश्चित किये गये किन्तु प्लेटो ने केवल तीन ही वर्गों की आवश्यकता अनुभव की। इस वर्गीकरण के शीर्ष पर भारतीय चिन्तन में ब्राह्मणों को रखा गया, प्लेटो का दार्शनिक वर्ग भारत के ब्राह्मण वर्ग का ही प्रतिरूप है। दोनों ही ओर यह वर्ग ज्ञानी व्यक्तियों का वर्ग है जो आत्मा और आत्मा के सद्‌गुणों का परीक्षण और उन पर चिन्तन-

मनन कर सके। भारतीय चिन्तन में क्षत्रिय वर्ण का प्रतिरूप प्लेटो के चिन्तन में अभिभावक या 'गार्जियन्स' वर्ग है। इन व्यक्तियों पर राज्य की सुरक्षा का दायित्व है। क्योंकि राज्य की सुरक्षा में व्यक्ति की सरुक्षा स्वतः समाविष्ट है अतः स्पष्टतः दोनों ही ओर, यह वर्ग सेवा और आरक्षी विभाग दोनों का ही कार्य करता है। भारतीय चिन्तन में उपभोक्ता वस्तुओं के उत्पादन और वितरण के कार्य में संलग्न जो वैश्यवर्ग है, उसी का प्रतिरूप प्लेटो का सहायक वर्ग है। उत्पादक और वितरण वर्ग को प्लेटो ने 'सहायक' की संज्ञा दी है। इस सीमा तक साम्य होते हुए भी इन दोनों विचारधाराओं में दो मूलभूत अन्तर है—प्रथम तो यह कि भारतीय चिन्तन में, वर्ण-व्यवस्था में जिस शूद्र वर्ण की आवश्यकता अनुभव की गई है उसके समकक्ष कों वर्ग प्लेटो की 'रिपब्लिक' में नहीं है। सम्भवतः इसका कारण यह रहा हो कि तत्कालीन यूनान में और यूरोप के कुछ अन्य भागों में भी दासप्रथा प्रचलित थी और उसे सभ्यता का लक्षण माना गया था। अतः दासों के एक पृथक् वर्ग के विद्यमान होने से प्लेटो ने इस चौथे वर्ग की ओर ध्यान नहीं दिया। प्लेटो की दृष्टि राजनीतिक व्यवस्था पर थी, सामाजिक व्यवस्था की ओर नहीं। अतः समाज के इस पक्ष की ओर उसका ध्यान आकृष्ट नहीं हुआ। भारत की वर्ण-व्यवस्था में शूद्रों की स्थिति दास की स्थिति कदापि नहीं थी। शूद्रों पर किसी व्यक्ति विशेष का स्वामित्व नहीं था वरन् शूद्र की सेवा पर सम्पूर्ण समाज का स्वामित्व होता था। शूद्र भी राज्य के अन्य नागरिकों के समान प्रत्येक विषय में समान थे और जो व्यक्ति जिस वर्ग में है या था वह अपने वर्ण का निर्धारित कार्य और निर्धारित सेवा समाज के प्रत्येक व्यक्ति की माँग पर उपलब्ध करायेगा। इसके विपरीत यूनान की दास प्रथा में दासस्वामी की निजी सम्पत्ति होता था और उनके कोई स्वतन्त्र नागरिक अधिकार नहीं होते थे। सम्पत्ति के समान ही एक स्वामी अपने दास का दूसरे स्वामी को हस्तान्तरण कर सकता था। एक आश्चर्जनक विरोधाभास इस सभ्यता में यह है कि दासप्रथा प्रचलित होते हुए भी एक हेय व्यवस्था थी और राज्य के नगारिकों के लिए दास होने की वर्जना थी। यूनान के दास क्रीतदास हुआ करते थे जो यूनान के नागरिक न होकर अन्य क्षेत्रों से क्रय करके लाये जाते थे। दासों का खुला व्यापार प्रचलित होने के कारण यह सम्भव है कि दासों के व्यापारी दसों को यूनान के नगर राज्यों में ही विक्रय के लिए ले आते होंगे। उस काल के चिन्तन में व्यक्ति की गरिमा पर यह दासप्रथा एक प्रश्नचिह्न अवश्य है।

स्पष्ट है कि आदर्श राज्य में दासों का स्थान यद्यपि नहीं है किन्तु शासन की प्रचलित व्यवस्था में प्लेटो ने दास प्रथा का स्पष्ट विरोध नहीं किया। अरस्तू ने दासप्रथा का स्पष्ट समर्थन किया और यही समर्थन प्लेटो और अरस्तू के समता

सम्बन्धी विचारों में अन्तर का प्रमुख कारण माना जाता है। इस समर्थन के अतिरिक्त अरस्तू का दृष्टिकोण दासों के सम्बन्ध में उदारवादी अवश्य था। यद्यपि दास और स्वामी समान नहीं हो सकते तथापि दास तो परस्पर सभी समान हैं। अरस्तू ने इस प्रकार दासों के हित में समता के अधिकार की घोषणा की। यह उदारवादी नीति इससे भी अधिक दासों को, यथाअवसर मुक्त कर देने के पक्ष में भी थी और मुक्त होने पर दास राज्य का नागरिक होकर नागरिक समता का अधिकार प्राप्त कर लेता था।

सुकरात, प्लेटो और अरस्तू जैसे प्रबुद्ध चिन्तकों के काल में भी दास प्रथा का विरोध न होने के कारण यह प्रथा यूरोप और संयुक्त राज्य अमेरिका के तत्कालीन उपनिवेशों में प्रचलित रही और सम्भवतः ईसाई धर्म के आगमन से इस प्रथा का अन्त हुआ। अरस्तू की दासों के प्रति उदारवादी नीति का परिणाम यह अवश्य हुआ हागा कि कालान्तर में दासों से नागरिक बने हुए व्यक्तियों का एक पृथक् वर्ग अस्तित्व में आ गया होगा और स्वभावतः नागरिकों के दो वर्ग बन गये होंगे—एक किसी देश के मूल निवासी और दूसरे वे जो दासत्व से मुक्त होकर नगारिक बने हों। ऐसा प्रतीत होता है कि रोमन साम्राज्य के स्थापित होते-होते ये दो वर्ग राज्यों में विधिवत स्थापित हो चुके थे। अतः इस वर्ग के लिए अब विधि की आवश्यकता होने लगी जो पूर्व में नहीं थी। अतः रोमन साम्राज्य में दो प्रकार की विधियाँ मान्य हो गईं—एक विधि 'सिविलविधि' के नाम से सम्भ्रान्त व्यक्तियों के लिए और दूसरी विधि 'सामान्य विधि' नाम से सामान्य व्यक्तियों के लिए। रोम में 'मार्कस औरेलियस' नाम का सम्राट स्वयं एक चिन्तक था और उसने अपने ग्रन्थ 'मैडिटेशन्स' में समता के अधिकार का सर्वप्रथम नागरिक अधिकारों के रूप में विवेचन किया। उसके 'मैडिटेशनस' में उस आदर्श राज्य की कल्पना है जहाँ नागरिक अधिकारों में से अधिकांश अधिकार सभी व्यक्तियों के लिए समान रूप से सुरक्षित हों। किन्तु इस चिन्तन में भी दास प्रथा का कोई विरोध न हुआ, हाँ दो प्रकार की विधियों के प्रवर्तन से 'विधि का शासन' नामक सिद्धान्त का अवश्य बीजारोपण हो गया। इस सिद्धान्त के जीवाणु प्लेटो के 'लॉज' नामक ग्रन्थ में ही विद्यमान थे। 'रिपब्लिक' के आदर्श राज्य को अव्यावहारिक मानकर उसने एक द्वितीय श्रेणी के शुभ राज्य की कल्पना एक ऐसे राज्य में की जहाँ विधि का शासन हो। (106-43 ई.पू.) ने भी 'लॉज' नामक ग्रन्थ लिखा और इसी ग्रन्थ में सिसरो का वह आदर्श वाक्य है कि, ''शासक एक अभिव्यक्त विधि है और विधि एक मूक शासक है।'' जस्टिनियन, जो स्वयं एक सम्राट चिनतक था, ने 533 ई. में विधियों का संकलन करवाया और उसे एक डाइजेस्ट का रूप प्रदान किया। इसी डाइजेस्ट को पश्चावर्ती विधिवेत्ताओं ने पुनः सम्पादित किया और इसे 'इन्स्टीट्यूट्स' नाम दिया। रोम विधि का मूल स्रोत इन

'इन्स्टीट्यूट्स' के ही सिद्धान्त हैं और व्यक्ति की गरिमा और मानवीय अधिकारों की सुरक्षा तथा सीमित राजतंत्रों के पक्ष में उठाये गये तर्क या यह सर्वप्रामि और विश्व में सर्वत्र मान्य प्रामाणिक दस्तावेज है। छठी शताब्दी में सम्पादित 'इन्स्टीट्यूट्स' के अनुसार राज्य में तीन प्रकार की विधियाँ आवश्यक मानी गयीं—सिविल विधि, सामान्य विधि और नैसर्गिक विधि। इनमें से सिविल विधि किसी राज्य विशेष की प्रचलित परम्परागत विधियों के सन्दर्भ में थी किन्तु इस अन्य दो कोटियों में पारस्परिक अन्तर स्पष्ट नहीं हो सका है। क्योंकि सिसरो ने अपने 'लॉज' में इन दोनों प्रकार की विधियसों का उल्लेख करते समय इनके अन्तर का ध्यान ही नहीं दिया। सिसरो और सिसरो के समाकालीन चिन्तन में दासप्रथा के समर्थन का दोष विद्यमान रहा और सिसरो ने दासप्रथा का विरोध करने के स्थान पर दास प्रथा को नैसर्गिक माना और नैसर्गिक विधि को दासप्रथा के समर्थ में प्रयुक्त किया। रोमन विधि से समर्थित यह दासप्रथा व्यक्ति की गरिमा पर 19वीं शताब्दी तक कोढ़ बनकर छायी रही। लार्ड मैकाले और उनके साथियों के अनवरत प्रयास से ब्रिटिश द्वीप समूह में यह 1807 में विधि द्वारा समाप्त हुई। 1833 में इंग्लैण्ड में पुनः इमेन्सिपेशन एक्ट लाया गया और सम्पूर्ण ब्रिटिश साम्राज्य में दासप्रथा समाप्त कर दी गई। अमेरिका में अब्राहम लिंकन के शासन में यह 1861 में समाप्त हो पायी तब कहीं व्यक्ति की गरिमा को ईश्वरीय या नैसर्गिक विधि के रूप में स्वीकार किया गया। 19वीं शताब्दी की इस विचारधारा में व्यक्ति की गरिमा को विधि और संविधानों से परे एक तत्व के रूप में स्वीकार कर लिया गया और विधियों की वैधता की सम्परीक्षा, व्यक्ति की गरिमा के मानदण्डों पर किये जाने का मर्ग प्रशस्त हुआ और यह मान्यता दृढ़ हुई कि कोई भी विधिक और संवैधानिक उपलब्ध व्यक्ति की गरिमा के प्रतिकूल नहीं हो सकते।

विधि के शासन का सिद्धान्त भी अपने उद्‌गम में नितान्त आधुनिक नहीं माना जा सकता। आधुनिक युग ने इसका जीर्णोद्वार किया, इसका निर्माण नहीं किया। प्रथम तो स्वयं प्लेटो ने ही अपने 'लॉज' नामक ग्रन्थ में इसका श्रीगणेश कर दिया था। किन्तु अरस्तू ने रिपलब्लिक की आलोचना करने में इसी सिद्धान्त का आश्रय लिया। अरस्तू ने प्लेटो के आदर्श राज्य की नींव वर्गीकरण की नीति पर ही प्रहार किया। यह नीति आलोचना के योग्य भी थी कुछ मौलिक विरोधाभास भी इस नीति में विद्यमान थे। भारत में वर्ण-व्यवस्था समाज के स्थायित्व की मूलभूत शर्त थी और वर्ण-व्यवस्था में व्यक्ति की प्रतिष्ठा और गरिमा स्वयं व्यक्ति ही निश्चित कर लेता था। किस व्यक्ति को क्या करना है, इसमें राज्य की कोई भूमिका नहीं थी। समाज स्वपूर्ण और स्वायत्त था। प्रत्येक व्यक्ति अपने वर्ण का कार्य स्वयं करता था और

राज्य का व्यक्तिगत कार्यों में किसी प्रकार का कोई हस्तक्षेप नहीं था। प्लेटो की व्यवस्था में व्यक्ति का कोई वर्ग सुरक्षित नहीं है। व्यक्ति सम्भवतः राज्य द्वारा निर्धारित वर्ग में ही स्थान प्राप्त कर सकेगा। इस प्रकार यह कोई स्थायी व्यवस्था न थी। राज्य की नीतियों और शासनतंत्र में फेरबदल के कारण यह राज्य का विषय था। विरोधाभास का प्रखर रूप इस नीति में यह है कि इस राज्य में विधि की कोई महत्त्वपूर्ण भूमिका नहीं है। आदर्श राज्य और आदर्श नागरिक का एक ही मानदण्ड होने के आधार पर व्यक्ति जब अपने-अपने कर्त्तव्य के पालन में तत्पर और दृढ़ हो जायेंगे तब विधि की आवश्यकता नहीं रहेगी। यही कारण है कि इस ग्रन्थ (रिपब्लिक) में विधि की चर्चा अन्त में और अत्यन्त तटस्थता के साथ की गयी है। कोई भी व्यक्ति अपने कर्त्तव्यों का पालन करने में विधि का ही पालन करता है और विधि का पालन करते रहने पर विधि समाप्त हो जायेगी यह एक स्पष्ट कुतर्क है। इस प्रकार व्यक्ति और राज्य के जिस सामंजस्य और सन्तुलन के लक्षण से ग्रन्थ की रचना हुई वह आधार ही समाप्त हो जाता है।

विधि की आवश्यकता न रहने पर आदर्श समाज में आदर्श राज्य की भी आवश्यकता शेष नहीं रहती। एक अन्य विरोधाभास यह है कि इस राज्य में दार्शनिकों की व्यवस्था है जो 'शासक' होंगे या उन 'गार्जियन्स' की जो 'सैनिक' होंगे। इन दो वर्गों में से दण्डिशक्ति किस वर्ग में निहित है और निहित है भी या नहीं। इस प्रश्न का कोई सार्थक उत्तर इस ग्रन्थ में प्राप्त नहीं होता। दण्ड के अभाव में विधि का पालन आवश्यक नहीं रहता और विधि के पालन के बिना आदर्श राज्य की कल्पना ही शून्य हो जाती है। दण्ड के लिए व्यवस्थापन आवश्यक है क्योंकि दण्ड नीति का एक सर्वमान्य सिद्धान्त यह है कि पूर्व स्थापित विधि के अभाव में दण्ड की आज्ञा दिया जाना ही असम्भव है। इस दूरदर्शिता का रिपब्लिक में नितान्त लोप है, जबकि भारतीय चिन्तन में यही दूरदर्शिता एक सुदृढ़ राज्य और सम्पन्न समाज की साक्षी रही है। वर्ण-व्यवस्था का अर्थ ही विधि का शासन था और राजा स्वयं विधि के अधीन ही दण्ड को धारण करता था। दण्ड को धारण करना कोई किंवदन्ती या कल्पना नहीं है, राजा जब भी सिंहासन पर बैठता, दण्ड उसके हाथ में रहना आवश्यक था। आधुनिक युग का पुलिस का डण्डा इस राजदण्ड की ही विरासत है। अतः राज्य की सुरक्षा और दण्ड ये दोनों कार्य एक ही वर्ण को सौंपे गये जो क्षत्रिय थे। क्षत्रिय भी विधि के अधीन रहने के कारण, विधायन या व्यवस्थापन का कार्य राजा या क्षत्रिय वर्ण के पास नहीं था, व्यवस्थापन का कार्य ब्राह्मण वर्ण के हाथ में था और ब्राह्मण वर्ण द्वारा किये गये व्यवस्थापन से राजा बाध्य होता था। भारतीय चिन्तन में प्रशासन को नहीं वरन् व्यवस्थापन को सर्वोपरि कर्म माना गया

और स्वयं व्यवस्थापकों के पास दण्डशक्ति का रहना विधि की मर्यादा के सर्वथा प्रतिकूल है। अत: ब्राह्मणों ने सर्वोपरि कार्य-व्यवस्थापन को स्वीकार किया और दण्डशक्ति क्षत्रिय वर्ण में निहित कर दी और न्याय व्यवस्था को स्वच्छ और निष्पक्ष रखने के आदर्श में स्वयं ब्राह्मण ने राज्य करना स्वीकार नहीं किया। यहाँ विधि के विषय में कोई विरोधाभास भी इस चिन्तन में नहीं था। विधि के पालन के लिए ही राजदण्ड की आवश्यकता थी और विधि का पालन विधि के अस्तित्व में ही सम्भव है। अत: व्यवस्थापन की नीति नितान्त स्वायत्त और राज्यसत्ता के प्रभाव से सर्वथा मुक्त थी। व्यवस्थापन के कार्य से सम्बन्धित व्यक्ति राज्य पद स्वीकार ही नहीं करता था। राज्य सेवाओं में शत-प्रतिशत आरक्षण था क्योंकि अन्य तीनों वर्णों के कोई व्यक्ति राज्य सेवाओं के लिए आवेदन ही नहीं करते थे। व्यक्ति और राज्य के सन्तुलन का यह एक अद्‌भूत आदर्श था।

अरस्तू ने रिपब्लिक की इस अदूरदर्शिता को लक्ष्य किया और यह स्थापित किया कि व्यक्तियों के शासन से विधि का शासन श्रेष्ठतर है और विधि का शासन योग्य व्यक्तियों के हाथ में होना चाहिए, किसी वर्ग विशेष का इस पर एकाधिकार समाज के हित में नहीं है। प्लेटो के आदर्श राज्य में समत्ता के सैद्धान्तिक और वैज्ञानिक मानदण्डों का अभाव है। जन्म से ही व्यक्ति राज्य के हाथ का तंत्र हो जाता है और उसके जीवन की गतिविधि, उसके जीवन का लक्ष्य और उसका दाम्पत्य भी राज्य के ही विवेक पर आश्रित है। योग्यता और दक्षता का परीक्षण राज्य के हाथ में है और सरकार यदि भ्रष्ट हो तो योग्यताओं का शुद्ध निर्धारण सम्भव नहीं है। अरस्तू के तर्क की यह पृष्ठभूमि है। प्लेटो का समता सिद्धान्त वर्ग सापेक्ष था। अरस्तू ने समात के सिद्धान्त को व्यक्ति सापेक्ष किया जिसका स्वाभाविक परिणाम यह हुआ कि व्यक्ति को अपनी योग्यता प्रदर्शित करने और योग्यता के आधार पर प्रतिष्ठा प्राप्त करने का समान अवसर उपलब्ध हो गया। व्यक्ति की गरिमा में न्याय के आदर्श को अरस्तू ने स्वीकार तो किया, अपने 'नीतिशास्त्र' में उसने न्याय के सद्‌गुण को आत्मा के सद्‌गुणों में सर्वोपरि स्थान दिया। दोनों ही चिन्तकों ने न्याय को व्यक्ति की गरिमा का शीर्ष माना किन्तु पृथक्-पृथक् कारणों से प्लेटों का न्याय नकारात्मक न्याय था, उसमें यह निषेध था कि कोई भी व्यक्ति किसी अन्य के कार्य में हस्तक्षेप न करें, सकारात्मक पक्ष का इसमें लोप था। अरस्तू ने इस अभाव की पूर्ति की और न्याय के मानदण्डों में व्यक्ति की पात्रता और योग्यता को महत्त्व दिया। प्लेटो के आदर्श राज्य का नागरिक एक नीरस अवशून्य व्यक्ति है जिसका अपना कुछ नहीं और अपने स्वयं के कोई सम्बन्ध नहीं। प्रत्येक वर्ग के लिए कर्त्तव्यों की तालिका, खान-पान, रहन-सहन और सुख-सुविधाओं की नीतियाँ पृथक्-पृथक् होती थी। अत: यह

प्रारम्भिक अवधारणा थी कि व्यक्ति कभी समान नहीं हो सकते। अरस्तू ने समता का व्यावहारिक मानदण्ड प्रस्तुत किया और इसे नितान्त व्यक्ति सापेक्ष बना दिया। व्यक्ति की गरिमा, उसकी उच्चता, उसकी महत्वकांक्षा और उसकी आत्मा के सद्‌गुण हैं और न्याय से यही अपेक्षा है कि योग्य व्यक्ति का अधिक सत्कार हो, अयोग्य का कम सत्कार होने में कोई हानि नहीं थी। समता का सिद्धान्त दूसरे पक्ष में व्यक्ति के सम्बन्धों पर निर्भर करता है। व्यक्ति का जीवन प्रारम्भ से अन्त तक सम्बन्धों की शृंखला होता है और इन सम्बन्धों के आधार पर ही वह व्यवहार करता है और अन्य व्यक्तियों से व्यवहार करवाता है। इस प्रकार, शिष्य गुरु से, पुत्र पिता से, पत्नी पति से और सेवक स्वामी से योग्यता में सदैव कम होता है। अतः इन उच्च सम्बन्धों को धारण करने वाले व्यक्ति जो व्यवहार इन सम्बन्धों के अन्य पक्षों को करे वही व्यवहार नीचे सम्बन्धों को धारण करने वाले व्यक्ति अपने उच्च सम्बन्धियों के प्रति नहीं कर सकते। अतः न्याय की यह भी अपेक्षा है कि इनमें से जो सम्बन्ध में उच्च हो उसका पलड़ा भारी रहे। अतः न्यायप्रिय राज्य हो या न्यायप्रिय व्यक्ति, व्यक्ति की गरिमा न्याय के दो बिन्दुओं पर टिकी है—एक वितरक न्याय (डिस्ट्रीब्यूटिव जस्टिस) और दूसरा सम्बन्धपरक न्याय (रिलेटिव जस्टिस) वितरक न्याय में व्यक्ति अपनी योग्यता के अनुसार प्राप्त करता है। प्रतिष्ठा या पुरस्कारों का वितरण योग्यतानुसार होना चाहिए। इस सिद्धान्त का यही आदर्श है। सम्बन्धपरक न्याय में व्यक्ति की गरिमा सम्बन्धों का सम्मान रखने में है।

अरस्तू के सिद्धान्त का नितान्त व्यावहारिक और उपयोगितावादी पक्ष यह है कि उसने आत्मा के किसी भी सद्‌गुण को दो पराकाष्ठाओं का मध्यमान माना है। हीगल के द्वन्द्वात्मक सिद्धान्त का प्रेरणा स्रोत अरस्तू का मध्यमान सिद्धान्त ही है। अन्य सद्‌गुणों का शीर्ष होने के कारण न्याय भी दो पराकाष्ठाओं का मध्यमान है—एक पराकाष्ठा अधिक और दूसरी है—कम। अतः न्याय का लक्ष्य कम और अधिक का मध्यमान है। इस मध्यमान के आधार पर ही न्यायाधीश केवल मध्यस्थ की ही भूमिका निभाते हैं। इस सिद्धान्त का राजनीतिशास्त्र में अरस्तू ने सफलतापूर्वक प्रयोग किया। राज्य-व्यक्ति के सन्तुलन को भी उसने मध्यमान की तुला पर तौला और व्यक्ति-राज्य के सम्बन्धों में व्यावहारिक सामंजस्य प्रस्तुत करने का प्रयास किया। प्लेटो के अनुसार राज्य का जन्म व्यक्ति ने अपनी आवश्यकता के कारण किया है, अरस्तू के मत में राज्य की व्यक्ति पर प्राथमिकता है, राज्य व्यक्ति से प्रथमतर है। किन्तु नितान्त रूप से व्यक्ति साध्य और राज्य साधन मात्र नहीं है और न ही व्यक्ति साधन है और राज्य साध्य, दोनों ही परस्पर साधन और साध्य दोनों हैं। अरस्तू ने अपने न्याय में दण्ड को उचित स्थान दिया और न्याय के एक तीसरे प्रकार का

बखान किया, जहाँ न्याय की सिद्धान्त दण्ड द्वारा आवश्यक है, इसे उसने प्रतिशोधक न्याय की संज्ञा दी। अपराधों के लिए दण्ड-व्यवस्था व्यक्तिगत प्रतिशोध की भावना का ही सभ्य स्वरूप है। यहाँ प्रतिशोध का कर्य व्यक्ति की ओर से राज्य में हस्तान्तरित हो जाता है। अरस्तू के प्रतिशोधक न्याय और कौटिल्य के कण्टक शोधन न्याय में यह एक आकस्मिक साम्य है। अपराधकर्ता समाज के उद्यान में काँटों के समान है और राज्य का दायित्व उ काँटों को समाज के उपवन से निकाल फेंकना है। रूसो ने अपराध को सामाजिक संविधा का भेग माना है और इस संविदा को भंग करने वाले को दण्ड देना एक आवश्यक बुराई के रूप में स्वीकार किया जाता है। समाज की व्यापक सुरक्षा के हित में व्यक्ति के प्राण और उसी दैहिक स्वतन्त्रता का उत्सर्ग एक सभ्य समाज की आवश्यकता है। व्यक्ति की गरिमा दण्ड व्यवस्था से ही संरक्षित रह पाती है। व्यक्ति की गरिमा के विरुद्ध आचरण को यदि मुक्त रहने दिया जाये तो व्यक्ति की गरिमा निस्सार हो जाती है।

दण्ड-व्यवस्था के सम्यक् सन्दर्भ का अभाव ही प्लेटो के रिपब्लिक की महान् दुर्बलता है। प्राचीन भारत में, दण्ड व्यक्ति को पथभ्रष्ट नहीं होने देता था और दण्ड के भय से राजा, प्रजा और सम्पूर्ण प्रशासक वर्ग भयभीत रहता था। स्वयं राजा भी अदण्डनीय नहीं था। अत: प्रजा पथभ्रष्ट नहीं होती थी और राजा और प्रशासक वर्ग सत्तालोलुप नहीं होते थे। राजा दार्शनिक न होने पर भी दार्शनिकों के परामर्श को बाध्य रहते थे। ब्राह्मण वर्ग भ्रष्ट होना ही नहीं चाहते थे। अत: उन्होंने सत्ता में प्रवेश ही नहीं किया। प्लेटो का सिद्धान्त इसके नितान्त विपरीत है। यहाँ दार्शनिकों को अधिकारत: शासक होना ही चाहिए और दार्शनिक शासक न हो, यह अन्याय की बात है। परिणामस्वरूप ऐसा दार्शनिक बहुत शीघ्र भ्रष्ट हो जायेगा और अधिकांश दार्शनिक केवल भ्रष्टाचार की कीमत से शासन में प्रवेश करेंगे। कुटिलता, क्रूरता और किसी भी कुत्सित रीति से दार्शनिक वर्ग सत्ता में बना रहेगा, बना रहना चाहेगा, मनमानी करेगा और शासन के भ्रष्ट होते ही सम्पूर्ण प्रजा स्वत: भ्रष्ट हो जायेगी। प्रकट में आदर्श प्रतीत होने वाली इस व्यवस्था में और मैकियावली के 'प्रिंस' में केवल भाषा और शैली का ही अन्तर रह जाता है या यह अन्तर कि मैकियावली का 'प्रिंस' कोई एकल व्यक्ति है जबकि प्लेटो का दार्शनिक वर्ग एक प्रभावशाली वर्ग है। मैकियावली ने राज्यत्ता को प्रत्यक्ष अवसरवादिता के स्तर तक ला दिया है और सत्ता को प्राप्त करना एक अवसर, साधन और चतुराई का फल है। इस प्रकार प्रिंस भी दूरदर्शी, प्रत्युत्पन्नमति और कूटकला में प्रवीण होने के कारण बुद्धि से प्रखर होगा। प्लेटो ने भी दार्शनिक का अर्थ प्रखर बुद्धि से ही लगाया है जो विवेकी हो, ज्ञान और अज्ञान में भेद कर सके, शुभ और अशुभ को अपने स्वरूप में पहचान सके

वही व्यक्ति दार्शनिक है। कुत्ता भी शत्रु और मित्र में भेद करे अपनी दार्शनिकता का ही परिचय देता है। मैकियावली ने अपने 'प्रिंस' में श्रृगाल जैसी धूर्तता और सिंह जैसी क्रूरता वांछनीय मानी है। प्लेटो भी उसे अस्वीकार नहीं कर पाया। एदीमंतस द्वारा शंका व्यक्त किये जाने पर प्लेटो ने माना है कि सत्ता भ्रष्टाचार को जन्म देती है किन्तु अन्त में उसने यह कहकर सन्तोष कर लिया है कि पूरी सृष्टि भ्रष्ट होने पर भी कहीं तो कोई ऐसा व्यक्ति होगा ही जो उसके आदर्श दार्शनिक की छवि के अनुरूप हो और वह एकल दार्शनिक ही संसार को विनाश से बचा लेगा।

अरस्तू ने अपने गुरु के भ्रमों का सफलतापूर्वक उन्मूलन किया किन्तु कुछ मौलिक दुराग्रह अरस्तू के आदर्श राज्य को भी सफल राज्य सिद्ध नहीं कर सके। अरस्तू का प्रथम दुराग्रह वितरक न्याय और सम्बन्धपरक न्याय दोनों को ग्रस्त किये हुए था। अत: इन दोनों प्रकार के न्याय की व्यवस्था में दण्डनीति का भी कोई स्थायी रूप रह पाना असम्भव था। पात्रता पर आधारित न्याय में प्रतिष्ठित, सम्भ्रान्त और प्रभावशाली व्यक्ति द्वारा किये गये अपराध की दशा में नगण्य दण्ड तो उसी अपराध के लिए सामान्य स्तर के अपराधी के लिए अधिक दण्ड की व्यवस्था ही इस न्याय में 'शुभ' मानी जायेगी। इस न्याय का दासों पर तो अमानवीय प्रभाव पड़ सकता था। क्योंकि दास की हत्या करने का स्वामी को अल्पदण्ड तो दास द्वारा स्वामी की हत्या करने पर मृत्युदण्ड ही न्याय कहा जायेगा।

एक विचित्र दुराग्रह अरस्तू के 'नीतिशास्त्र' (निकोमैचीन ऐथिक्स) में वैभव और ऐश्वर्य के प्रति है। वैभव और ऐश्वर्य प्रतिष्ठा का चिह्न है और बौद्धिक जीवन का लक्ष्य प्रतिष्ठा उपलब्ध करने में है। प्रतिष्ठा का यह सिद्धान्त अपनी युक्तियुक्त सीमाओं का अतिक्रमण कर अहम् प्रदर्शन और विलास के अर्थ में आ गया। आश्चर्य की बात यह है कि जहाँ अन्य सद्‌गुणों के लिए अरस्तू ने मध्यमान का सिद्धान्त लागू किया, प्रतिष्ठा के लिए उसने कोई मध्यमान निश्चित नहीं किया जबकि प्रतिष्ठा बौद्धिक सद्‌गुणों का परम लक्ष्य है। अरस्तू का आदर्श व्यक्ति अपव्ययी और नितान्त स्वार्थी होगा और राजनीतिक जीवन ही प्रतिष्ठा का शिखर होने के कारण स्वाभाविक रूप से सत्ता धनी वर्ग के हाथ में आ जायेगी और प्लेटो की साम्यवादी व्यवस्था तत्काल कुलीनतन्त्र या धनतंत्र का स्वरूप ले लेगी। सत्ता के लिए निरनतर स्पर्द्धा बनी रहेगी और समाज सदैव संघर्ष की स्थिति में रहेगा। नीत्शे ने अपने 'विल टु पॉवर' नामक ग्रन्थ में सत्ता के इसी दर्शन को स्वीकार किया है। शासन करने की व्यक्ति में मूलवृत्ति है और यही वृत्ति संघर्ष को जन्म देती है। व्यक्ति और समाज संघर्ष के कारण ही सक्रिय रहते हैं। अरस्तू का आदर्श राज्य अन्ततः नीत्शे के दर्शन का ही प्रतिरूप बिन्दु सिद्ध होता है और स्थिति में कोई अन्तर नहीं आता, प्लेटो की

व्यवस्था में शासकों का वर्ग राज्य द्वारा ही तैयार कर लिया जाता है। अरस्तू के राज्य में व्यक्ति अपने कूट कर्म से शासन में आ जाता है। नियति दोनों ही राज्यों में शासक के भ्रष्ट और प्रज़ा के दु:खी होने की है। व्यक्ति की गरिमा अधिकार का विषय न होकर दोनों ही दर्शनों में, अवसर का विषय रह जाता है।

व्यक्ति की गरिमा में अधिकारों की बात व्यक्ति के हृदय पक्ष से ही प्रारम्भ हुई। इसे एक सार्वभौमिक मानवीय मूल्य मानकर इसे विधिक और संवैधानिक स्वरूप दे दिया गया किन्तु इसका उद्‌गम भावना प्रधन है। समता और अन्य अधिकारों का प्रश्न बन्धुत्व के बल पर टिक पाता है। व्यक्ति का व्यक्ति के प्रति प्रेम, सौजन्य और सहानुभूति का भाव ही अधिकारों की रक्षा कर पाता है। अधिकारों के लिए यह पृष्ठभूमि ईसाई धर्म के प्रचार ने की। विश्व-बन्धुत्व की भावना ईसाई धर्म का प्रमुख संदेश बनी।

ईसाई धर्म ने व्यक्ति की गरिमा को एक अलौकिक अर्थ प्रदान किया। व्यक्ति को यहाँ ईश्वर का पुत्र माना गया और दूसरों के सुख के लिए दु:ख सहन एक ईश्वर द्वारा निर्धारित कर्त्तव्य माना गया। शान्ति का संदेश और सामाजिक संघर्ष का शासन, दोनों ही लक्ष्य इस संदेश में थे। ईसा मसीह का जीवन दु:खों और पीड़ाओं का जीवन था जिसे वे शान्तिपूर्वक सहते रहे और मानव को सन्मार्ग पर लाने के प्रयत्न से विमुख नहीं हुए।

सन्त अंगस्टाइन ने अपने ग्रन्थ **'सिटी ऑफ गॉड'** में एक आदर्श नगर राज्य का ही चित्र खींचा है। किन्तु दैवीय नियमों से संचालित होने के कारण यह देवताओं का राज्य है। इस प्रकार के दैवीय जीवन और दैवीय अनुशासन के काल्पनिक चित्र भारतीय चिन्तन का प्रमुख अंग रहे हैं किन्तु सन्त आंगस्टाइन के **'सिटी ऑफ गॉड'** के शासन तंत्र की कल्पना भारत के दैवी राज्यों की कल्पना के समान ही है। भारतीय चिन्तन में राज दिव्य गुणों से सम्पन्न नरश्रेष्ठ होता था और इस प्रकार श्रेष्ठता, त्याग, तपस्या और चरित्र के बल पर ही प्राप्त होती थी अत: यह जनसामान्य के वश की बात नहीं होती थी। राजा का पद एक कठिन पद होता था और सामान्य पुरुषार्थ का व्यक्ति उस कार्य में सफल नहीं हो सकता था। सन्त आंगस्टाइन के **'सिटी ऑफ गॉड'** में भी वही कल्पनाएँ और असम्भावनाएँ हैं जो प्लेटो के 'रिपब्लिक' में थीं। प्लेटो का आदर्श राज्य भी दैवी राज्य का ही चित्रण है। इस राज्य में सब कुछ नियमित और सन्तुलित है और व्यक्ति सहज रूप से गुणी और चरित्रवान है। यह सब दैवी लक्षण ही हैं। किन्तु दोनों ही लेखकों ने यह विश्वास अवश्य किया है कि इस प्रकार के राज्य भूलोक में दुर्लभ हैं। प्लेटो के 'रिपब्लिक' में व्यावहारिकता का अभाव है

तो आंगस्टाइन के **'सिटी ऑफ गॉड'** में सांसारिकता का लोप है। थॉमस एक्वीनास ने सम्भवत: इसी लक्ष्य से व्यवस्था के दैवी स्वरूप और व्यवस्था के मानवीय स्वरूप का पृथक्करण किया। संत थॉमस एक्वीनास ने अपने दो ग्रन्थों में राजनीतिक और सामाजिक जीवन को प्राकृतिक नियमों के अनुरूप बनाने का प्रयत्न किया। यहाँ दैवी शब्द में जो रहस्य का पुट था वह समाप्त हो गया और दैवी नियमों के स्थान पर प्राकृतिक नियमों की प्रतिष्ठा हुई। इस स्पष्टीकरण से आचार-संहिताओं में वैज्ञानिकता आयी और मानव के बौद्धिक होने का श्रेय प्रकृति में व्याप्त बौद्धिकता को दिया गया। प्रकृति का समस्त व्यापार बौद्धिक हैं, इसके नियम अभंग हैं और सभी नियम व्यवस्था को अलग बनाये हुए हैं। सामाजिक और राजनीतिक जीवन में ऐसे ही ठोस और बोद्धिक नियमों की आवश्यकता है। राजनीति को विज्ञान के धरातल पर लाने का श्रेय सम्भवतया थॉमस एक्वीनास के इसी सिद्धान्त को है। एक्वीनास ने विधि को चार वर्गों में रखा—अनादि (इटर्नल) विधि, नैसर्गिक (नैचुरल) विधि, दैविक (डिवाइन) विधि तथा मानविक (ह्यमैन) विधि। इन सभी का मूल बौद्धिकता में है। व्यवस्थित और अनुशासित जीवन के निमित्त मानवीय विधि में इन प्रथम तीन विधियों से संगति सिद्धान्त प्रतिष्ठित होने चाहिए।

नियमों के मूल में वैज्ञानिक आधारों की खोज से रूसो अत्यधिक आकृष्ट हुआ। रूसो का प्रश्न मौलिक रूप से यही था कि विधि और व्यवस्था का तथा उनके संचालक नियमों का वैज्ञानिक आधार क्या है? समाज एक बौद्धिक इकाइयों का समूह है और प्रत्येक व्यक्ति का मत अन्य व्यक्ति से भिन्न हो सकता है। इन विभिन्नताओं और विविधताओं में एकसूत्रता स्थापित करना ही रूसो का सामाजिक संविदा, एक प्रयत्न था। एकसूत्रता की वैज्ञानिक व्याख्या उसने अपने लोकमत नाम के सिद्धान्त में की। यद्यपि भिन्न-भिन्न व्यक्तियों के मत भिन्न-भिन्न हो सकते हैं कन्तु कुछ तो वे धारणाएँ होती हैं जिन पर मतभेदों को दूर कर देने पर एकमतता स्पष्ट हो जाती है। यही अवेश लोकमत है। रूसो ने इसे गणित के चमत्कार से सिद्ध करने का प्रयत्न किया है। मान लिया जाये कि किसी एक धारणा का 200 व्यक्ति पक्ष ले रहे हैं और 100 व्यक्ति उसका विरोध कर रहे हैं। ऐसी दशा में विपक्ष (ऋण पक्ष) के सौ पक्ष (धनपक्ष) के सौ को काटे देंगे और जो अवशिष्ट सौ हैं वही धारणा वैज्ञानिक आधार पर खरी मानी जायेगी। ईसाई चिन्तकों ने व्यक्ति को एक दैवी कृति और उसकी गरिमा को जो दिव्यता प्रदान की, वह शनैः-शनैः जनमानस में स्थान बनाने के लिए वैज्ञानिक आधार तलाशती रही और अन्त में व्यक्ति की गरिमा को रूसो के लोकमत के सिद्धान्त में वैज्ञानिक छवि प्राप्त हुई। उस काल में इंग्लैण्ड में डेविड ह्यूम और जॉन लॉक, व्यक्ति पर मनोवैंज्ञानिक दृष्टि से शोध कर रहे थे और व्यक्ति

के मनोवैज्ञानिक अध्ययन के पश्चात् वे मनोवैज्ञानिक दृष्टि से ही सामाजिक और राजनीतिक नियमों की स्थापना चाहते थे। मानव का व्यवहार और उसके ज्ञान का व्यापार, कुछ ठोस नियमों का अनुसरण करता है और उन्हीं नियमों का समाज और राज्य पर लागू किया जाना न्यायोचित है। समाज के नियमन को मानवीय इच्छा के अनुकूल बनाकर उन्होंने राजनीति को एक प्रायोगिक विज्ञान का स्तर प्रदान किया।

जर्मनी में इस काल में एक विश्वविद्यालय चिन्तक इमैनुअल कॉण्ट, ह्यूम और रूसो दोनों के मत से प्रोत्साहित हुए। ह्यूम के विषय में तो उनकी मान्यता यह थी कि ह्यूम ने उनको मोह निद्रा से जगाया। मानवीय वृत्ति को काण्ट ने वैज्ञानिकता से कहीं आगे अटलता का स्तर प्रदान कर दिया। रूसो जिसे लोकमत के रूप में विख्यात किये हुए था, वह काण्ट के शब्दों में सर्वलोकमत था। अपने दो आलोचना ग्रन्थों और तीसरे नैतिकता के अध्यात्म नामक ग्रन्थ में उन्होंने मूलभूत नियमों का आज्ञापक स्वरूप प्रस्तुत किया। मानवीय आचार के नियम न केवल आज्ञापक हैं वरन् वे वैज्ञानिक भी इसलिए हैं कि उन्हें भंग करना असम्भव है। उनका तर्क यह था कि वही बात निषिद्ध होनी चाहिए जिसे सार्वजनिक रूप से लागू करना असम्भव हो। उदाहरण के लिए, सम्पत्ति की सुरक्षा, इसके लिए चोरी के कृत्य को निषिद्ध किया जायेगा। क्योंकि यदि चोरी करने को नियम बना दिया जाये तो सम्पत्ति की संस्था ही समाप्त हो जायेगी। इसी प्रकार वचन भंग करना यदि नियम बन जाये तो फिर कोई व्यक्ति किसी को वचन देगा ही नहीं। आस्टिन और हॉलैण्ड जैसे विधिशास्त्रियों ने काण्ट के इसी आधार को लेकर आज्ञापक विधि के सिद्धान्त (इम्परेटिव थ्योरी ऑफ लॉ) की स्थापवना की । काण्ट का निरपेक्ष आज्ञापक विधि (कैटिगोरिकल इम्परेटिव लॉ) भारत के लिए कोई नवीन नहीं था। महर्षि देवल स्मृति में **'आत्मनः प्रतिकूलानि परेशाम न समाचरेत्'** वचन में जिस आज्ञापक का सन्दर्भ है, काण्ट ने उसी रूप में यही स्वीकार किया है कि वही व्यवहार करना उचित है जिसकी अपेक्षा दूसरों से की जाये और नकारात्मक रूप में ऐसा व्यवहार न करो जो तुम चाहते हो कि दूसरे तुम्हारे साथ न करें। ईसा मसीह ने पर्वत पर यही उपदेश अपने शिष्यों को दिया था कि जिस मानदण्ड से कर्म किये हैं उसी मानदण्ड से तुम्हारे कर्मों का लेखा-जोखा होगा। इन सिद्धान्तों से व्यक्ति की गरिमा का आकलन आज्ञापक नियमों में प्रारम्भ हुआ किन्तु व्यक्ति और समाज के सम्बन्ध के विषय में वैज्ञानिक आधार नहीं खोजा जा सका। काण्ट ने इसकी पृष्ठभूमि का अवश्य निर्माण किया। आज्ञापक सिद्धान्त के बल पर उन्होंने व्यक्ति को एक साध्य माना और साथ ही समाज को व्यक्तियों का समूह मानकर उसे साध्यों का एक समूह मान लिया गया। व्यक्ति और समाज दोनों स्वतन्त्र इकाई हैं और आज्ञापक सिद्धान्त व्यक्ति के क्षेत्र में

भी उसी लक्ष्य की पूर्ति करता है जिसकी वो सामाजिक क्षेत्र में करेगा। समाज अनेकता में एकता का नाम है।

जर्मन के ही दार्शनिक हीगल को यह अनेकता में एकता का सिद्धान्त मान्य नहीं हुआ। उनकी धारणा यह थी कि अनेकताओं के मिट जाने और उनके परस्पर विलय हो जाने के पश्चात् ही एकता प्रकट होती है। काण्ट ने व्यक्ति और समाज दोनों को ही साध्य मानते हुए समाज को पूर्ण और व्यक्ति को उसका अंश माना। पूर्ण और अंश में भेद को नकारा नहीं। हीगल नितान्त पूर्णवादी था अत: पूर्ण और अंश में भेद होना उसे स्वीकार नहीं था। पूर्ण और अंश की एकरूपता हीगल को अद्वैतवादी दार्शनिकों की कोटि में ला देती है।

भारतीय चिन्तन में अद्वैत की यह विचारधारा उपनिषद्काल में पनपी थी किन्तु इसे किसी भी काल में कोई क्रान्तिकारी विचार नहीं माना गया, इसे सहज भाव से ही स्वीकार किया गया और वर्तमान तक इसकी प्रामाणिकता में कोई सन्देह नहीं किया गया। अब तो विज्ञान की भी यह मान्यता हो गई है कि संसार में जो कुछ है वह किसी एक ही तत्व की माया है। किन्तु भारतीय चिन्तन में यह अद्वैत आत्मा और परमात्मा का था। व्यक्ति की सर्वोपरि गरिमा, उसकी आत्मा के, ब्रह्म के साथ मिल जाने में है। किन्तु इस दर्शन को संस्थाओं पर लागू नहीं किया गया। व्यक्ति और उसकी संस्था, इनमें समकक्षता हो सकती है, सहयोग हो सकता है किन्तु अभेद कभी नहीं हो सकता। दोनों के हितों में अन्तर हैं और प्राय: टकराव की स्थिति उत्पन्न हो जाती है। आत्मा और परमात्मा के सम्बन्धों में इस विग्रह का कोई अवसर ही नहीं आता। अत: इस चिन्तन में इस सिद्धान्त को राज्यों पर लागू नहीं किया गया। व्यक्ति और उसकी संस्था, इनमें समकक्षता हो सकती है, सहयोग हो सकता है किन्तु अभेद कभी नहीं हो सकता। दोनों के हितों में अन्तर है और प्राय: टकराव की स्थिति उत्पन्न हो जाती है। आत्मा और परमात्मा के सम्बन्धों में इस विग्रह का कोई अवसर ही नहीं आता। अत: इस चिन्तन में इस सिद्धान्त को राज्यों पर लागू नहीं किया गया। व्यक्ति और राज्य में सदैव भेद रहा और राज्य सदैव व्यक्ति की सुरक्षा से संलग्न रहा। राज्य और व्यक्ति की एकरूपता का विचार रूसो से ही प्रारम्भ हो चुका था। रूसो ने व्यक्ति और उसकी संस्था (राज्य या समाज) के भेद को लोकमत के सिद्धान्त में समाप्त कर दिया। इस प्रकार व्यक्ति और राज्य या समाज की एकरूपता एक व्यावहारिक तथ्य है और यह एकरूपता व्यवस्था और व्यवहार दोनों के लिए आवश्यक है। काण्ट ने इस एकरूपता को स्वीकार किया किन्तु यह संशोधन किया कि यह एकरूपता व्यावहारिक नहीं वैचारिक है। हीगल ने अपने आदर्श राज्य में इस एकरूपता को पराकाष्ठा पर पहुँचा दिया। हीगल की दृष्टि में व्यक्ति और उसके

राज्य या समाज की एकरूपता न व्यावहारिक है न वैचारिक है किन्तु वास्तविक है। इस वास्तविक अभेद में ही व्यक्ति और राज्य के विरोध का शमन हो जाता है और गरिमा का मानदण्ड केवल विरोध का शमन है।

हीगल के दर्शन में व्यक्ति की गरिमा सभी प्रकार के विरोधों और अन्दर्द्वन्द्वों को समाप्त कर देने में है। व्यवहार और विचार तो सदैव ही विरोध को जन्म देते हैं क्योंकि विरोध की अभिव्यक्ति विचार या व्यवहार में ही होती है। दो व्यक्तियों के व्यवहार कभी समान नहीं हो सकते और दो व्यक्तियों के विचारों में कहीं न कहीं विरोध अवश्य होगा। अतः इस एकरूपता को रूसो के व्यावहारिक और काण्ट के वैचारिक, दोनों सिद्धान्तों से स्वीकार नहीं किया जा सकता। इस प्रकार पूर्ण और अंश में किसी प्रकार का भेद है ही नहीं। अंश को पूर्ण से पृथक् करना पुनः वैचारिक विरोध को जन्म देना है और वैचारिक विरोध के रहते पूर्णतया की कल्पना ही करना व्यर्थ है। पूर्ण में विरोध होता ही नहीं और जिसमें विरोध होता है वह पूर्ण नहीं होता।

हीगल ने तर्क के दृष्टिकोण से इस सिद्धान्त को अपने 'लौजिक' नाम के ग्रन्थों में प्रस्तुत किया और राज्य के पक्ष में इसे 'फिलासफी ऑफ हिस्ट्री' तथा 'फिलासफी ऑफ लॉ' नामक ग्रन्थों में लागू करने का प्रयत्न किया। राज्य पक्ष में इसे लागू करने पर अवधारणा यह बनती है कि व्यक्ति स्वयं पूर्ण नहीं है। काण्ट के व्यक्ति को एक स्वपूर्ण इकाई माना था। हीगल की मान्यता थी कि एकाकी व्यक्ति पूर्ण है ही नहीं और व्यक्ति राज्य बनकर ही पूर्ण कहा जा सकता है। इस सिद्धान्त का शुद्ध निष्कर्ष यह हुआ कि व्यवहार और विचार केवल वही पूर्ण हैं जो राज्य द्वारा निर्धारित किये जायें और राज्य द्वारा निर्धारित व्यवहार और विचार का पालन करने मात्र तक व्यक्ति स्वतन्त्र है अन्यथा व्यक्ति राज्य के हाथ में एक कठपुतली मात्र है। व्यक्ति की गरिमा राज्य के नियमों का पालन करने में है और राज्य का विरोध करने के लिए व्यक्ति स्वतन्त्र नहीं है। हीगल के अनुसार प्रत्येक द्वन्द्व वैचारिक द्वन्द्व हैं। विचार किसी विषय के पक्ष और विपक्ष को लेकर अग्रसर होता है और निष्कर्ष की अवस्था में पक्ष और विपक्ष का शमन हो जाता है और विचार की सत्ता समाप्त होकर आध्यात्मिक अभेद की अवस्था प्रारम्भ हो जाती है। उदाहरणार्थ विचार का एक पक्ष यह हो सकता है कि संसार का अस्तित्व है—इस पक्ष को वाद कहा जायेगा। द्वितीय पक्ष यह है कि संसार का अस्तित्व नहीं है—यह प्रतिवाद कहा जायेगा। अब संसार के अस्तित्व में होने का और उसके अस्तित्व में न होने का समन्वय संसार को गतिशील मानने में हो जाता है। अतः यह समन्वय कि संसार परिवर्तनशील है, वाद और प्रतिवाद को संवाद में विलीन कर देता है। इस सिद्धान्त पर विचार अरस्तू ने प्रारम्भ कर दिया था। प्लेटो ने तो संवाद के माध्यम से ही अपनी

धारणाओं को प्रस्तुत किया। रूसो के लोकमत का गणित इसी सिद्धान्त का नया संस्करण था, काण्ट ने इसे वैचरिक पुट दे दिया। हीगल के दर्शन में यह नितान्त आध्यात्मिक हो गया। किन्तु राज्य पर यह सिद्धान्त सफलतापूर्वक लागू नहीं किया जा सका। राज्यों पर लागू होकर हीगल का तर्क अव्यावहारिक सिद्ध हो जाता है। यदि हीगल के तर्क से सहमत हुआ जाये तो पृथक्-पृथक् राज्य सभी अपने आप में अपूर्ण होंगे और सभी में पारस्परिक विरोध रहेगा। अत: पूर्ण राज्य केवल विश्व राज्य ही हो सकता है, किन्तु यह वास्तविकता नहीं है। लीग ऑफ नेशन्स और यू. एन. ओ. जैसी संस्थाएँ हीगल के दर्शन में व्यर्थ और अवैध हो जाती हैं। संघ कभी पूर्ण नहीं हो सकता पूर्ण तो केवल राज्य ही हो सकता है। संघों की सदस्यता में सदस्य राज्यों की सम्प्रभुता पर अंकुश लगता है और यह स्थिति राज्य की पूर्णता का विरोध करती है। अत: राज्य के पूर्णत्व की दृष्टि से वास्तविक राज्य विश्व राज्य ही हो सकता है।

मार्क्स हीगल के द्वन्द्वात्मक सिद्धान्त से अत्यधिक प्रभावित हुए। उन्होंने स्वीकार किया कि जीवन और समाज दोनों ही विरोधों से परिपूर्ण हैं किन्तु प्रकट में विरोध और द्वन्द्व की यह स्थिति वैचारिक नहीं है। द्वन्द्व का कारण मानव जीवन की भौतिक आवश्यकताएँ हैं। कुछ व्यक्तियों के पास आवश्यकता से अधिक है तो कुछ के पास आवश्यकताओं की पूर्ति हेतु भी नहीं है। वर्तमान समाज और वर्तमान राज्य इसी विरोध के बल पर चल रहे हैं। इस विरोध से एक वर्ग शासक होता है दूसरा वर्ग शासित, एक वर्ग सुखी होता है, दूसरा दु:खी, एक वर्ग सम्पन्न होता है और दूसरा शोषित। वैचारिक विरोध का शमन समाज की इस विषम स्थिति में किसी प्रकार सहायक नहीं हो सकता, स्थिति का समाकलन केवल भौतिक दृष्टि से किया जाना अनिवार्य है। सम्पत्ति और साधनों का सम्यक् वितरण और आवश्यकताओं और सामर्थ्य का शुद्ध समन्वय स्थापित किये बिना इस विरोध का शमन नहीं हो सकता। यह भौतिक संघर्ष है, एक प्रकार से यह जैविक संघर्ष है, मानव के लिए अस्तित्व का प्रश्न है और जब तक राज्य व्यक्ति की सामर्थ्य के पूर्ण उपयोग और व्यक्ति की समस्त आवश्यकताओं की पूर्ति का दायित्व न ले तब तक राज्य और व्यक्ति में अभेद की कल्पना साकार नहीं हो सकती। जब प्रश्न रोटी का हो वहाँ वैचारिक समन्वय से पेट नहीं भरा जा सकता। व्यक्ति की गरिमा के इतिहास में यह एक विचित्र मोड़ था। अत: मॉर्क्स की विचारधारा में व्यक्ति की गरिमा का सीधा सम्बन्ध भौतिक मूल्यों से हो गया। मॉर्क्स ने हीगल का आध्यात्मिक पक्ष कभी स्वीकार नहीं किया और उसे स्वीकार करने की कोई आवश्यकता भी नहीं समझी। जीवन के दैनिक सन्दर्भों में देखा गया कि एक सामान्य व्यक्ति की सामान्य जीवन जीने की इच्छा, प्रत्येक

व्यक्ति की आवश्यकता है और यह किसी भी व्यवस्था का नैतिक दायित्व है कि एक शिष्ट जीवन प्रत्येक नागरिक को उपलब्ध हो। मॉर्क्स ने अमूर्त काल्पनिक धारणाओं को नितान्त तिलांजली दे दी और व्यक्ति की गरिमा को जीवन की मूलभूत आवश्यकताओं से संयुक्त कर दिया। व्यक्ति की गरिमा का एक ठोस आर्थिक पक्ष है और किसी भी सद्‌गुण और किसी समोन्नत अवस्था की कल्पना तब तक नहीं की जा सकती जब तक कि जीवन की दैनिक अनिवार्यताएँ मस्तिष्क में तनाव बनी रहें। हीगल का द्वन्द्वात्मक सिद्धान्त मार्क्स को नितान्त वैज्ञानिक प्रतीत हुआ। उस सिद्धान्त को व्यवहार और विधि, दोनों ही क्षेत्रों में लागू किया जाना सरल था। उस सिद्धान्त को उसने नितान्त नैतिक सिद्धान्त माना। अत: मार्क्स के दर्शन के विषय में एक स्वाभाविक भ्रम, कि उसका दर्शन नास्तिकतावादी है, निराधार प्रतीत होता है। नैतिक सत्ता उसके दर्शन का मूल आधार है, किन्तु नैतिक सत्ता को केवल आर्थिक सन्तुलन ही सुरक्षित रख सकता है। दैवी सत्ता को उसने अर्थ और श्रम की देवी के रूप में पाया। द्वन्द्वात्मक सिद्धान्त को उसने श्रम की नैतिकता पर लागू किया। जीवन और जीवन का प्रत्येक कर्म श्रम की ही परिभाषा में आता है। मार्क्स ने मानसिक और कायिक श्रम की कोई सीमा रेखा निर्धारित नहीं की। श्रम के दैवी रूप में मानसिक और शारीरिक का कोई भेद नहीं है। श्रम का दैवी रूप व्यक्ति की सामर्थ्य है, किसी में वह मानसिक तो किसी में शारीरिक हो सकती है। यहाँ एक विरोध की अवस्था उत्पन्न हो गई, वादी यह होगा कि सभी श्रम मानसिक हैं, प्रतिवादी पक्ष यह होगा कि सभी श्रम शारीरिक हैं किन्तु यह निर्णय कि श्रम न मानसिक हैं न शारीरिक, वरन् सामर्थ्यानुसार है, तो यहाँ वाद और प्रतिवाद लीन होकर संवाद की स्थिलि बन जायेगी और विरोध का शमन हो जायेगा।

यह स्पष्ट है कि श्रम कोई निष्काम कर्म नहीं है, श्रम शुद्ध फल की आशा से ही किया जाता है। श्रम के विनिमय से व्यक्ति अपना जीवन जीता है वास्तव में श्रम ही उसके जीवन का मूल्य है। व्यक्ति द्वारा श्रम केवल अपने जीवन की आवश्यकताओं की पूर्ति के लिए किया जाता है और यदि श्रम करने के पश्चात् भी आवश्यकताएँ पूरी न हों तो यह प्रकट अन्याय है और व्यक्ति की गरिमा के प्रतिकूल है। अत: श्रम का मानदण्ड आवश्यकता सापेक्ष है। अत: जीवन के नैतिक मूल्य व्यक्ति की आवश्यकताओं के बल पर निर्धारित किये जायेंगे। श्रम और आवश्यकताओं का एकात्म एक प्रयास है जिसका प्रारम्भ एक अन्य विरोध से होता है—यहाँ वादी पक्ष यह है कि श्रम का मूल्य अधिक से अधिक हो, प्रतिवादी पक्ष यह है कि श्रम का मूल्य कम से कम रहे, किन्तु यदि यह कहा जाये कि श्रम का मूल्य आवश्यकतानुसार हो तो वाद और प्रतिवाद का शमन होकर संवाद की स्थिति बन

जायेगी। द्वन्द्वात्मक सिद्धान्त का यहाँ दो दिशाओं में दो बार प्रयोग किया गया। एक बार श्रम की दिशा में, दूसरी बार आवश्यकता की दिशा में। अब तीसरी बार इसी सिद्धान्त का प्रयोग श्रम और आवश्यकता के दोनों पक्षों को मिलाकर क़िया गया। दोनों पक्षों में वाद और प्रतिवाद के दावों का समन्वय करके एक सीधा निष्कर्ष यह निकला कि प्रत्येक व्यक्ति सामर्थ्य के अनुसार श्रम करें और अपनी आवश्यकतानुसार प्राप्त करे।

इस सामाजिक व्यवस्था को मार्क्सवादी विचारधारा में एक चरणबद्ध योजना माना गया। इसके प्रथम चरण में श्रम की समस्या को समाप्त किया गया। इस विचारधारा का यह प्रथम चरण समाजावाद के नाम से जाना जाता है। द्वितीय चरण में आवश्यकता की समस्या का समाधान खोजा गया और इसका नैतिक पक्ष इसी चरण में स्पष्ट हुआ। अपनी आवश्यकताओं की पूर्ति के लिए ही व्यक्ति से अपनी भरपूर शक्ति लगाकर श्रम करने की अपेक्षा की गई और अपनी सामर्थ्य के अनुसार श्रम करना उसकी गरिमा का आवश्यक अंग बन गया। यह दूसरा चरण शुद्ध दैवी राज्य की कल्पना है जहाँ मानव अपनी अन्तःप्रेरणा से ही शक्तिभर श्रम करेगा और अपनी आवश्यकताओं से अधिक कभी नहीं लेगा। यह दूसरा चरण साम्यवाद के नाम से जाना जाता है। किन्तु इसके सैद्धान्तिक पक्ष में किसी प्रकार की नास्तिकता नहीं है। यहाँ व्यक्ति स्वयं इतना परिपूर्ण हो जाता है कि उसे राज्य और राज्य बल की कोई आवश्यकता ही नहीं रहती है। प्लेटो के 'रिपब्लिक' से यह व्यवस्था इस अर्थ में श्रेष्ठ है कि यहाँ वर्गभेद नहीं है। यहाँ व्यक्ति का व्यक्ति से सीधा सम्बन्ध हैं और व्यक्ति स्वयं में एक संस्था है जिसे अन्य किसी संस्था की आवश्यकता नहीं है। आल्सटाय की विचारधारा लगभग यही थी। उनके चिन्तन में भी राज्य की कोई महत्त्वपूर्ण भूमिका नहीं है। भारत में महात्मा गाँधी का भी यह प्रिय सिद्धान्त रहा किन्तु गाँधी इस मत के लिए मार्क्स की अपेक्षा टॉल्सटॉय के अधिक निकट थे। गाँधी के दर्शन पर मार्क्स का कोई प्रभाव नहीं था। सम्भवतः इसका एक कारण यही था कि वे इसे नास्तिकतावादी दर्शन मानते रहे और एक अर्थ में उनकी यह धारणा उचित भी थी। मार्क्सवादी दर्शन में अन्ततोगत्वा व्यक्ति एक कठपुतली और यत्र मानव बनकर रह जाता है, जिसमें व्यक्ति का कर्म और व्यक्ति का श्रम उसकी स्वेच्छा न रहक उसके जीवन की एक मूलभूत शर्त बन जाती है। व्यक्ति जो कुछ करता है, स्वयं की आवश्यकता की पूर्ति के लिए करता है और वह अपने ही स्वार्थों में जीवित रहने के लिए विवश हो जाता है। अतः गाँधी ने इसे कभी उदार सिद्धान्त नहीं माना वरन् इसे श्रम का दुरुपयोग माना। जब प्रत्येक व्यक्ति अपनी आवश्यकताओं की पूर्ति के लिए ही श्रम करता है तो अपने श्रम का स्वामी स्वयं व्यक्ति को होना चाहिए

और प्रत्येक व्यक्ति अपनी आवश्यकता की पूर्ति स्वयं अपने श्रम से लेकर यही सर्वोत्तम व्यवस्था है जहाँ व्यक्ति अपने श्रम और अपनी आवश्यकता दोनों के विषय में ही स्वतन्त्र हैं और आत्मनिर्णायक भी, ऐसी उत्तम व्यवस्था में व्यक्ति स्वपूर्ण और स्वावलम्बी होता है और किसी अन्य व्यक्ति पर निर्भर नहीं रहता। राज्य की यहाँ भी कोई आवश्यकता नहीं है।

मार्क्स ने अपनी योजना के प्रथम चरण में राज्य की आवश्यकता अनुभव की। श्रम को राज्य की सहायता के बिना मुक्त नहीं किया जा सकता। समाजवाद के विपरीत अन्य जो भी व्यस्थाएँ हैं वहाँ श्रम एक क्रय-विक्रय की वस्तु है जिसके पास धन अधिक होता है वह श्रम का अधिक क्रय कर लेता है और उसके बल पर अधिक धनी हो जाता है। ऐसे धनिक व्यक्तियों की संख्या अधिक हो जाने पर स्पर्द्धा प्रारम्भ हो जाती है और प्रत्येक व्यक्ति श्रम पर एकाधिकार करने का प्रयत्न करता है। उधर धन का संकेन्द्रण इन्हीं गिने-चुने व्यक्तियों में हो जाने के कारण धन प्राप्त करने के लिए श्रम को उचित, अनुचित किसी भी मूल्य पर क्रय कर लिया जाता है। राज्य की आवश्यकता और राज्य की भूमिका इसी क्षेत्र में है। प्रश्न यह है कि धन, भू-सम्पत्ति, उत्पादन के साधन, मशीनें, कारखाने, ये जिन लागों के स्वामित्व में हैं उन्हें स्वामियों से किस प्रकार छीना जाये? यही कार्य राज्य को सौंपा गया। उत्पादन के साधन और सम्पदा के सभी स्रोत राज्य में निहित कर दिये गये और श्रम के विषय में निजी समझौतों का आधार समाप्त कर दिया गया। इस व्यवस्था में किसी भी व्यक्ति को किसी भी अन्य व्यक्ति से श्रम लेने का कोई अधिकार नहीं होता। प्रत्येक व्यक्ति केवल राज्य के लिए श्रम करेगा और राज्य ही उसकी आवश्यताओं की पूर्ति करेगी। श्रम समाज की वस्तु हो जाने के कारण व्यक्तिगत पूँजी का अस्तित्व समाप्त हो गया और समाज की वस्तु हो जाने के कारण व्यक्तिगत पूँजी का अस्तित्व समाप्त हो गया और पूँजी के नाम पर व्यक्ति के पास केवल उसकी आवश्यकता की वस्तुएँ रह जाती हैं। व्यक्तिवादी चिन्तकों को यह सिद्धान्त रुचिकर नहीं था और व्यक्तिगत पूँजी के पोषक एक पृथक् विचारधारा प्रस्तुत कर रहे थे और ये दोनों विचारधाराएँ लगभग साथ-साथ प्रारम्भ होकर आज संसार को दो गुटों में विभक्त किये हुए हैं और व्यक्ति की गरिमा के सम्बन्ध में यह धारणा अभी निश्चित नहीं हो पायी है कि व्यक्ति किस सीमा तक स्वतन्त्र और किस सीमा तक राज्य द्वारा नियन्त्रित है। व्यक्ति की गरिमा और व्यक्ति के सुख में अन्तर नहीं है। सुखी जीवन और जीवन में सुख की उपलब्धि, यही व्यक्ति की गरिमा का लक्ष्य है। समाज व्यक्तियों का समूह है और व्यक्तियों का पारस्परिक जीवन सम्बन्धों और समझौतों का है। राज्य की आवश्यकता केवल इसलिए है कि एक व्यक्ति के सुखी जीवन

में अन्य व्यक्ति बाधक हो जाते हैं, केवल उसी बुराई के निदान के लिए राज्य की आवश्यकता है और राज्य का हस्तक्षेप केवल इसी विषय तक सीमित होना चाहिए। इस बुराई के कारण राज्य की संरचना एक आवश्यक बुराई मानकर स्वीकार की जा सकती है। इस प्रकार की एक विचारधारा औद्योगिक प्रगति के काल में स्वयं पनपी और व्यक्ति की सर्वाधिक स्वतन्त्रता का पक्ष प्रस्तुत किया गया। सिद्धान्ततः यह पक्ष बुरा नहीं कहा जा सकता था क्योंकि प्लेटो, मार्क्स और गाँधी जैसे चिन्तकों ने तो अन्ततोगत्वा राज्य संस्था को तिलांजली देना ही श्रेष्ठ माना है तो यह सिद्धान्त राज्य और राज्य सत्ता को एक आवश्यक बुराई मानकर पूर्णतः सीमित कर देता है। अतः दोनों सिद्धान्तों में समानता निकटतम है। सुखवादी दर्शन को अनेक युगों और अनेक मतों में स्वीकारा गया है। प्लेटो, अरस्तू, दोनों की व्यवस्थाओं में आत्मा के सुख की कल्पना की गई। एथेन्स के ही दार्शनिक एपीक्यूरस (341-270 ई.पू.) ने इसे प्रस्तुत किया तथा लॉक और काण्ट ने परम्परागत और ईश्वरवादी मत से अवपने पृथक् दृष्टिकोण के कारण सुखवादी दर्शन में आस्था व्यक्त की थी। भारत में मनु जैसे मौलिक महर्षियों ने आत्मा के सुख को धर्म का लक्षण माना। अतः सुखी मानव है, इसे प्रत्येक युग और प्रत्येक दर्शन में व्यवस्था का मूल लक्षण माना है। कठिनाई तब उपस्थित होती है जबकि कोई व्यक्ति अपनी सुखी रहने की स्वतन्त्रता का दुरुपयोग करना प्रारम्भ कर दे। वैज्ञानिक यग में औद्योगीकरण ने अर्थशास्त्र की रचना कर डाली और कोई भी तंत्र अर्थतंत्र के बल पर सफल और सार्थक होने लगा। इस प्रकार इस सुखवादी दर्शन का आर्थिक क्षेत्र में भयंकर दुरुपयोग हुआ और साम्यवादी विचारधारा इसी विचार के विरोध में प्रकट और सफल हुई।

सुखवादी दर्शन को उपयोगितवादी बनाने का श्रेय एक प्रीस्टले नामक विचारक को है। प्रीस्टले ने 1768 में 'ऐसे ऑन गवर्नमेन्ट' के नाम से अपने विचार प्रकाशित करवाये। इसी निबन्ध में राज्य की शुभ व्यवस्था में राज्य के बहुसंख्यक नागरिकों के सुख और कल्याण को मानदण्ड बताया गया था। बेन्थम ने 1776 में 'फ्रेग्मेन्ट्स ऑन गवर्नमेन्ट' लिखकर प्रीस्टले के सिद्धान्त की ही पुनरावृत्ति की थी। 1789 में बेन्थम का 'एन इण्ट्रोडक्शन टू दि प्रिंसिपल्स ऑफ मोरल्स एण्ड लेजिसलेशन' प्रकाशित हुआ, तत्पश्चात् 1791 में बेन्थम के 'ऐसे ऑन पोलिटिकल टैक्टिक्स' में उन्हीं विचारों की पुष्टि की गई। उस काल में मनोवैज्ञानिक का अध्ययन एक शास्त्र के रूप में किया जाने लगा था और रूस में एक मनोवैज्ञानिक पावलोव मानव की वृत्तियों के क्षेत्र और प्रभाव पर अध्ययन तथा प्रयोग कर रहे थे। बेन्थम ने सुख के भाव को व्यक्ति की मनोवृत्ति से ही सम्बन्धित किया और इसे व्यवस्थाओं पर लागू कर, राजनीतिक दर्शन बना दिया। बेन्थम की इस विचारधारा का मूलमंत्र

यह है कि व्यक्ति सदैव सुख की ही इच्छा रखता है और दुःख से परे रहना चाहता है। अतः व्यक्ति उन्हीं व्यवस्थाओं का चुनाव करता है जिनसे उसके सुख की सुरक्षा और दुःख से त्राण हो सके।

प्लेटो और अरस्तू के दर्शन में सुख के ही दो प्रकार माने गये थे और ये दो प्रकार आत्मा की दो प्रवृत्तियों के अनुसार निश्चित थे, एक सद्‌गुणों का आत्मिक सुख और एक केवल इन्द्रियों का शारीरिक सुख। इस दूसरे प्रकार के सुख को भारतीय चिन्तन में आनन्द माना गया है। इस प्रकार प्लेटो, अरस्तू और एपीक्यूरस के मत में मानव का कल्याण सुख का कारण है। बेन्थम ने इस क्रम को उल्टा कर दिया और उसके अनुसार कल्याण सुख का परिणाम हो गया। बेन्थम ऐसे विधि साधनों का आविष्कार चाहता था जिनके द्वारा सुख को सामाजिक परिवेश में ही प्रत्याभूत किया जा सके, उसने सृष्टि विद्या या ईश्वरवाद से आस्था हटाकर केवल मनोविज्ञान की शरण ली।

जॉन स्टुअर्ट मिल ने अपने 'यूटीलिटेरियनिज्म' और 'कन्सीडरेशन्स ऑफ रिप्रेजेन्टेटिव गवर्नमेन्ट' नामक दो ग्रन्थों में इसी सिद्धान्त का समर्थन किया किन्तु उसने बेन्थम द्वारा प्रस्तुत सुख की मनोवैज्ञानिक नग्नता को बौद्धिक जामा पहनाया। श्रेष्ठ जीवन का लक्ष्य इन्द्रिय सुख नहीं मानसिक सुख होता है। मिल के मत्त में असन्तुष्ट नर सन्तुष्ट शूकर की अपेक्षा अधिक श्रेष्ठ है या सुकरात का असन्तोष निपट गँवार के संतोष से अधिक श्रेयस्कर है। इसका कारण मिल ने यह बताया कि यदि शूकर या गंवार का मत अन्यथा हो तो इसका कारण यह है कि उन्हें किसी वस्तु का केवल स्वार्थी पक्ष ही विदित होता है, जबकि इसकी तुलना में बौद्धिक दृष्टिकोण विषय के दोनों पक्षों का समाकलन करता है। इस सिद्धान्त के गणित में प्रीस्टले, बेन्थम और मिल तीनों का दृष्टिकोण एक ही था कि राज्य में अधिकांश व्यक्तियों का सुख ही साध्य है और राज्य को वही करना चाहिए जिससे अधिकतम व्यक्तियों का सुख सुनिश्चित हो सके।

कल्याणकारी राज्य के सिद्धान्त ने बहुसंख्यक व्यक्तियों के सुख के गणित को स्वीकार नहीं किया। सुख का समाकलन गणित के रूप में असम्भव है। सद्‌गुण, सदाचार और चरित्र की निष्ठा, समाज के अधिकांश नागरिकों में नहीं पाये जाते जबकि स्वार्थ और संग्रह की वृत्ति अधिकांश व्यक्तियों को गलत किये रहती है। स्पष्ट है कि यदि स्वार्थी और संग्रही व्यक्तियों की संख्या अधिक है तो समाज को अधिक सुखी नहीं माना जा सकता भले ही सुखी व्यक्तियों की संख्या अधिक हो जाये। कल्याणकारी राज्यों में अल्पसंख्यकों के हितों पर अधिक ध्यान केन्द्रित हुआ और

इस प्रकार सुख के मानदण्ड में परिवर्तन आया। ''सम्पूर्ण शरीर में किसी अंग के समान, सम्पूर्ण प्रजा के हितों का कोई विशेष भाग या जनता के लिए विशेष वर्ग की परिस्थिति इस प्रकार की होती है कि उस पर अपेक्षाकृत अधिक ध्यान देना ही समष्टि में समरसता उपलब्ध की जा सके। प्रजा के किसी अल्पसंख्यक वर्ग की स्थिति यदि अभावग्रस्त, विपन्न और सामाजिक रूप से अवनत हो तो उनकी दशा सुधारने के प्रयोग से पारित विशेष अधिनियम का उतना ही औचित्य है जिनता कि सम्पूर्ण देह में किसी विशेष इन्द्रिय की शिथिलता के निवारण हेतु अथवा किसी विशेष विकलांगता की चिकित्सा हेतु आयोजित विशेष उपादानों का।'' भारत के संविधान मनीषियों के समक्ष लेसीफेयर के रूप में यह उपयोगितावादी सिद्धान्त और आर्थिक क्रान्ति के फलस्वरूप उपजी मार्क्स की साम्यवादी विचारधारा, दोनों ही अतिचर्चित विचारधाराएँ थीं और संविधान को अधिनियमित करने की त्वरा में संविधान मनीषियों ने इन दोनों विचारधाराओं का समन्वित रूप ग्रहण करने का प्रयत्न किया।

भारत में संविधान से पूर्व की स्थिति का कालनिर्णय कठिन कार्य है। ब्रिटिश राज, उससे पूर्व मुगलकाल, मध्ययुगीन भारत और प्राचीन भारत, ये सभी संविधान से पूर्व की स्थिति में महत्त्वपूर्ण भूमिका रखते हैं। ब्रिटिशराज का काल स्वतन्त्रता के लिए सीधे संघर्ष का काल था। विदेशी सत्ता से संघर्ष के कारण स्वाभिमान और स्वराज्य के दो राजनीतिक आदर्श व्यक्ति की गरिमा बनकर उभरे। स्वतन्त्रता को अधिकार के रूप में प्रख्यात किया गया। 'स्वराज्य मेरा जन्म सिद्ध अधिकार है', लोकमान्य बाल गंगाधर तिलक का यह सिंहनाद कोई एकाकी अधिकार नहीं था, यह एक ऐसा विचित्र अधिकार था जो अधिकारों की एक लम्बी तालिका का शीर्ष स्तम्भ था। सामाजिक और राजनीतिक न्याय इस काल में गरिमा के मूल्यवान तत्त्व बनकर प्रतिष्ठित हो गये। इससे पूर्व मुगलकाल में शासन व्यवस्था वर्ण-व्यवस्था के प्रतिकूल हो गई। राष्ट्र के रूप में भारत अब किसी क्षत्रिय राजा के अधीन नहीं रहा और जो राजवंश सम्प्रभु राज्यों के रूप में विद्यमान रहे, उनकी सामरिक स्थिति अधिक सुदृढ़ नहीं थी। अतः इन नरेशों ने मुगल सम्राटों से सहयोग की नीति का ही आश्रय लिया। मुगलों ने भी स्वयं इस सहयोग की भावना को प्रोत्साहन दिया। मुगलों में देश की केन्द्रीय सत्ता के वेष्टित हो जाने से वर्ण-व्यवस्था में स्वाभाविक वि-शृंखलता आयी और राज्य सेवाओं में सभी वर्णों के व्यक्ति प्रवेश करने लगे। राज्य सेवा में पहुँचकर ऐसा वर्ग नैतिक और अनैतिक साधनों से सम्पन्न हो गया। दूसरी ओर निम्न जाति के वर्गों पर इसका प्रतिकूल प्रभाव पड़ा। राज्यसेवाओं में इनकी पहुँच नहीं थी और राज्य ने न तो किसी उद्योग को हाथ में लिया, न ही किसी उद्योग को प्रोत्साहन दिया। इस प्रकार वर्ण-व्यवस्था का सम्बन्ध कर्म से न होकर जन्म और

तथाकथित जाति से हो गया। वर्ण-व्यवस्था तो छिन्न-भिन्न हो गई किन्तु समाज तीन वर्गों में विभक्त हो गया—उच्च सम्पन्न वर्ग जिसमें राज्य सेवाओं में उच्च पदों पर आसीन व्यक्ति, राज्याश्रित सामन्त अथवा अन्य प्रकार के भू-सम्पदाओं के स्वामी थे, द्वितीय मध्यवर्ग जिसमें अधिकांश शिक्षक, लिपिक अथवा न्यायालय सम्बन्धी कार्यों में परामर्श या प्रार्थना-पत्र लिखने वाले और तीसरे वर्ग में वे निम्न वर्गीय व्यक्ति थे, जो या तो मानसूनी कृषि पर निर्भर करते थे या श्रमिक थे जिन्हें कोई नियमित वेतन या नियमित किसी काम में लगे रहने की कोई व्यवस्था नहीं थी। मुगल सम्राट से जिन सम्भ्रान्त व्यक्तियों का सम्बन्ध घनिष्ठ होने लगा, उनकी धर्म सम्बन्धी मान्यताएँ शिथिल होने लगीं और वे धार्मिक समन्वय को एक अवसरवादी नीति के रूप में ग्रहण करने लगे, अन्य दो वर्गों में धार्मिक कट्टरता वर्तमान रही। अकबर ने जिस ईश्वरीय धर्म का समारम्भ किया उसमें उसके पुत्र-पौत्रादि ने कोई अधिक रुचि नहीं ली। औरंगजैब ने इसका प्रबल विरोध किया। यहीं से व्यक्ति की गरिमा से धार्मिक प्रश्न भी जुड़ गये। अनेकों समर्थ व्यक्तियों ने धर्म के आधार पर राजनीतिक स्तर के आन्दोलन उत्पन्न किये। पंजाब में यह धार्मिक ज्वार सिक्ख जाति में आया तो दक्षिण में यह ज्वार मराठा जाति में आया। आर्यों की वर्ण-व्यवस्था में क्षत्रिय कहे जाने वाले राजा राजपूताना में थे किन्तु महाराणा प्रताप के अतिरिक्त अन्य राजाओं के सम्राट अकबर से मधुर सम्बन्ध होने के कारण यह धार्मिक क्रान्ति की लहर राजपूताना की क्षत्रिय जाति में नहीं आयी। मराठों के दमन में औरंगजेब की अधिकांश शक्ति नष्ट हुई और सिक्खों के दमन में यह नितान्त नृशंस हो गया। गुरु तेगबहादुर सिंह का उसने चाँदनी चौक में शीष कटवा दिया और गुरु गोविन्दसिंह के दोनों बालकों को जीवित दीवार में चुनवा दिया। बहादुरशाह ज़फर के काल में विप्लव हुआ और धार्मिक समन्वयवाद राजनीतिक मूल्य के रूप में प्रकट हुआ। किन्तु विप्लव की असफलता ने इस समन्वय को दुर्बल कर दिया और अंग्रेजों ने इसे पुनः नहीं पनपने दिया वरन् इस भेद को प्रोत्साहित और उत्तेजित किया। परिणाम यह हुआ कि स्वयं राष्ट्रीय आन्दोलन दो धाराओं में विभक्त हो गया। 1921 में कांग्रेस के अनेक मुस्लिम नेताओं ने पृथक् से मुस्लिम लीग की स्थापना कर ली और धर्म-सापेक्ष और धर्म-निरपेक्ष दो आधारों पर राष्ट्रीय आन्दोलन की दो धाराएँ हो गईं। 1946 में जब संविधान सभा ने कार्य प्रारम्भ किया तो उस सभा में मुस्लिम लीग का प्रतिनिधित्व करने वाले कोई सदस्य न थे और जो मुस्लिम सदस्य उस सभा में थे वे कांग्रेस के धर्म-निरपेक्ष दल के प्रतिनिधि थे। इस प्रकार भारत में संविधान से पूर्व की स्थिति तीन महत्त्वपूर्ण तत्त्वों से प्रभावित थी—वर्ण-व्यवस्था के छिन्न-भिन्न हो जाने के पश्चात् जन्म और जाति के आधार पर जो भेदभाव विद्यमान था उसे समाप्त करना,

द्वितीय महत्त्वपूर्ण तत्त्व था—व्यक्ति के नागरिक और सामाजिक अधिकारों की सुरक्षा और उस सुरक्षा के संवैधानिक उपचार, तीसरा महत्त्वपूर्ण तत्त्व था—राज्य की धर्म-निरपेक्षता का सिद्धान्त। संविधान के अन्य प्रशासनिक पक्षों में किसी आमूल-चूल परिवर्तन की आवश्यकता अनुभव नही की गई और 1935 के भारत शासन अधिनियम को ही लोकतांत्रिक गणराज्य का स्वरूप देकर एक कल्पित संघीय व्यवस्था को स्वीकार कर लिया गया। संविधान में जो नवीनता रही और व्यक्ति की गरिमा का जो दार्शनिक पक्ष संविधान ने अधिनियमित स्वरूप में स्पष्ट किया, उसमें यही उपर्युक्त तीन तत्त्व प्रधान रहे—व्यक्ति के राजनीतिक और सामाजिक अधिकार, जन्म और जाति के आधार पर भेदभाव की वर्जना और धर्म-निरपेक्षता और धर्म के अनुपालन की स्वेच्छा। संविधान की उद्देशिका, संविधान का भाग तीन और संविधान का भाग चार इसी दर्शन के सूत्रों का समुच्चय है। भारत के स्वाधीनता आन्दोलन को दो विश्वयुद्ध देखने का अवसर प्राप्त हुआ था। इन दो विश्वयुद्धों ने व्यवित की गरिमा को विश्व राजनीति के रंगमंच पर ला दिया। इन युद्धों के पश्चात् जो-जो देश स्वाधीन हुए, उन सभी देशों के संविधानों में मानव के अधिकार मौलिक संवैधानिक मूल्यों के रूप में उभरकर सामने आये तथा मानव और मानव अधिकार अन्तर्राष्ट्रीय विषय बन गये।

▣▣▣

16

मानव गरिमा के लिए मानवाधिकार

आधुनिक समाज में व्यक्ति की गरिमा का आदर्श मानदण्ड उसके अधिकारों की संरचना है। अधिकार शब्द स्वयं में एक रहस्यमय विषय है। क्योंकि अन्ततोगत्वा अधिकारों का सम्बन्ध व्यक्ति के अहं से है और व्यक्ति का अहं तर्क और धारणाओं से परे कोई अनूठा रहस्यमय तत्त्व है। व्यवहार में और वैज्ञानिक परीक्षण के दृष्टिकोण से अधिकारों का सम्बन्ध स्वत्व से होता है। अधिकारों में स्वामित्व अथवा निजीव की भावना है। अत: यह स्पष्ट है कि अधिकारों का जन्म उस युग में हुआ होगा जब किन्हीं दो व्यक्तियों में परस्पर तेरे और मेरे का प्रश्न उठा होगा। इस तेरे और मेरे के चक्र में व्यक्ति के सम्बन्ध में दो विचारधाराएँ पनपीं। एक अतिप्राचीन भारतीय विचारधारा है जिसके अनुसार व्यक्ति का निरन्तर पतन होता जा रहा है और व्यक्ति की गरिमा समाप्त प्राय: सी हो गई है। दूसरी विचारधारा पाश्चात्य है जिसे यूरोपीय कहा जा सकता है जिसके अनुसार मानव का निरन्तर विकास हुआ है और मानव ने अपनी उन्नति के विलक्षण कीर्तिमान स्थापित किये हैं। इस दूसरी विचारधारा को विकासवाद के नाम से जाना है और इसके विपरीत प्रथम और प्राचीन भारतीय अवधारणा को ह्रासवादी सिद्धान्त माना जा सकता है। पाश्चात्य विकासवादी धारणा

में, सुदूर अतीत में मानव वनों और कंदराओं में निवास करता था और आखेट पर निर्वाह करता था। इस मत में एक नितान्त वानर जैसी जाति से मानव का विकास हुआ और मानव के उस पूर्व-पाषाणकाल से आज़ की वैज्ञानिक उपलब्धियों और समृद्धजीव की तुलना की जाये तो यह प्रत्यक्ष है कि मानव ने शनैः-शनैः विकास किया है और आज की विकसित अवस्था किसी अविकसित और बेडोल परिस्थिति का परिणाम है।

राज्य के संविदा सिद्धान्त के चिन्तकों ने इस विकासवादी विचारधारा को ही अंगीकार किया है और राज्य व्यवस्था को प्राकृतिक अवस्था से ही विकसित हुई अवस्था माना है। हॉब्स के '**लेवियाथन**' और लॉक के '**सिविल गवर्नमैन्ट्स**' ग्रन्थों में एक प्राचीन युग की कल्पना की गई है जिसमें व्यक्ति राज्यहीन अवस्था में प्राकृतिक जीवन जीता था। रूसो ने भी प्राकृतिक जीवन की कल्पना की है किन्तु उसका उल्लेख उसने अपनी अतिचर्चित पुस्तक '**सोशल कान्ट्रेक्ट**' में नहीं किया। रूसो ने प्राकृतिक जीवन का चित्रण अपने एक निबन्ध '**ओरिजिन ऑफ इनइक्वेलिटी**' में किया है। इस प्राकृतिक जीवन में जीवन की प्रकृति क्या थी इस विषय में ये तीनों दार्शनिक एकमत नहीं है। हॉब्स के मत में मनुष्य उस समय बर्बर और हिंसक था तथा जीवन क्षणभंगुर और दलित था। लॉक का मत इसके नितान्त विपरीत था लॉक की मान्यता यह थी कि प्राकृतिक जीवन में कोई '**कामन सुपीरियर**' नहीं था। कोई भी व्यक्ति सार्वजनिक रूप से सम्पूज्य नहीं था और व्यक्ति स्वयं ही शान्त और न्यायोचित जीवन जीते थे। रूसो की विचारधारा में इन दोनों अवस्थाओं के मध्यमान को ग्रहण किया गया है। उस काल में मानव नैतिक और अनैतिक जैसे आदर्शों से अपरिचित था। इसलिए उसके किसी भी कर्म को अवैध कहने का कोई मानदण्ड ही नहीं था, किन्तु व्यक्ति स्वभाव से हिंसक नहीं था। भूख या आत्मरक्षा में ही कोई प्राणी दूसरे प्राणी पर आक्रमण करता था। रूसो के उपर्युक्त निबन्ध का प्रथम भाग विकास की उस अवस्था पर समाप्त होता है जहाँ कोई व्यक्ति भूमि के किसी एक भाग को घेरकर बैठ गया और कहने लगा कि यह मेरी है और अन्य व्यक्तियों ने उसकी यह बात मान ली। जीवन के इस स्वामित्व से परस्पर आदान-प्रदान और व्यवहार में वृद्धि हुई, भले और बुरे के मानदण्ड बने, शनैः-शनैः जीवन की आपाधापी में स्पर्धाएँ और प्रतियोगिताएँ प्रारम्भ हुई और व्यक्ति का व्यक्ति से भेद किया जाने लगा। रूसो ने इससे पूर्व एक निबन्ध कला और विज्ञान पर लिखकर पारितोषक प्राप्त किया था। उस निबन्ध में तो यह सिद्ध किया गया था कि कला और विज्ञान की उन्नति से ही मानव भ्रष्ट होता चला गया। यह विचारधारा अपनी विकासवादी अवधारणाओं में भी उसी प्रकार के एक ह्रासवाद का आभास देती है

जिसका चित्रण अन्य प्रकार से भारतीय विचारधारा में हुआ है। इसके विपरीत भारतीय ह्रासवादी विचारधारा में व्यक्ति का ह्रास स्वयं प्राकृतिक कारणों से हुआ है और सृष्टि की व्यवस्था ही ह्रासवादी है, सृष्टि उन्नति से अवनति की ओर आती है। धर्म की ग्लानि होती है और इसी अनुपात में अधर्म का अभ्युदय होता है और तब कोई दैवी शक्ति अवतार लेती है और अधर्म से धर्म का उद्धार करती है। जीवन के चार आश्रमों और समाज के चार वर्णों की भाँति ही काल को चार युगों में विभक्त किया गया हे, जिन्हें क्रमशः सतयुग, त्रेतायुग, द्वापर युग और कलयुग की संज्ञा दी गई। सतयुग में धर्म अपने चारों अंशों में, त्रेता में तीन अंशों, द्वापर में दो अंशों में तथा कलयुग में धर्म का केवल एक अंश रह जाता है और तीन अंशों में अधर्म व्याप्त रहता है। सतयुग में जीवन नितान्त सरल था और प्रकृति व्यक्ति के सर्वथा अनुकूल थी। शनैः-शनैः मानव की प्रकृति ही राग और द्वेष से ग्रस्त हुई और व्यक्ति में तेरे-मेरे की भावना आते ही प्रकृति उससे रूठने लगी। इस प्रकार मानव अपने ह्रास के लिए स्वयं उत्तरदायी है किन्तु यह युगों के परिवर्तन क्रम के नियम से स्वतः होता है और प्रत्येक युग में व्यक्ति का स्वभाव और आचरण प्रकृति से ही भिन्न-भिन्न हुआ करता है।

भारतीय चिन्तन में इसे ह्रासवाद नाम दिये जाने का औचित्य मार्कण्ड पुराण में दर्शाया गया है। क्रमिक ह्रास को ही यहाँ व्यक्ति के विकास का कारण माना गया है। सतयुग में जीवन नितान्त सरल था और सम्भवतया ऐतिहासिक दृष्टि से यही एकमात्र युग था जहाँ तेरे और मेरे का प्रश्न अस्तित्व में नहीं था। यहाँ न तो व्यक्तिगत स्वत्व था और न ही अधिकार। अधिकार का सम्बन्ध सदैव स्वत्व से होता है, इस युग में स्वत्व न होने के कारण अधिकार का प्रश्न ही नहीं था। अधिकारों की सुरक्षा के लिए कर्त्तव्य आवश्यक होते हैं, अधिकार न होने के कारण इस युग में कर्त्तव्य भी नहीं थे। प्रत्येक व्यक्ति स्वायत्त और आत्मनिर्भर इकाई होता था कारण यह था कि जीवन और प्रकृति की एकरसता के कारण यह मानवीय जीवन के इतिहास का वह काल था जब मानव शरीर में इन्द्रियों का विकासपूर्णतया नहीं हो पाया था। इन्द्रियों की पूर्ति की आवश्यकता नहीं होने के कारण इस युग में व्यक्तियों को क्षुधा और तृषा का आभास नहीं होता था। इस प्रकार व्यक्ति बिना भोजन किये भी 400 वर्ष की आयु तक जीवित रहता था। यही कारण है कि इस युग में किसी युद्ध का उल्लेखन नहीं है। इच्छाएँ और तृष्णाएँ न होने के कारण युद्ध का कोई प्रश्न ही नहीं था। सत्यवादी हरिश्चन्द्र इसी युग की देन थे और उनके उदाहरण में जो संदेश है वह इसी बात का प्रमाण है कि उस काल में धर्म अर्थात् प्राकृतिक व्यवस्था अपने सम्पूर्ण अंशों में प्रवृत्त थी। सतयुग के ही पश्चा्वर्ती चरण में व्यक्ति को भूख और प्यास लगी और प्रकृति की ओर से इस प्रकार के वृक्ष धरती पर उत्पन्न हुए जो व्यक्ति

की प्रत्येक आवश्यकताओं की पूर्ति करते थे। इन वृक्षों को कल्पवृक्ष कहा जाता था और एक ही वृक्ष से फल, फूल, मधु और यहाँ तक कि दूध भी प्राप्त हो जाता होगा। सम्भव है कि इन्हीं वृक्षों के क़िसी फल या किसी अन्य अंश में कपास जैसे रेशे भी उत्पन्न होते हों, इस प्रकार इन वृक्षों से भोजन और वस्त्र दोनों की आवश्यकता पूर्ण हो जाती थी। ये वृक्ष प्रचुर मात्रा में थे और जनसंख्या नगण्य रही होगी। अत: यहाँ भी तेरे और मेरे का स्वत्व प्रकट नहीं हुआ होगा।

त्रेता युग में धर्म का चतुर्थांश समाप्त हो गया। इसके परिणामस्वरूप व्यक्ति में वासनाओं का विकास हुआ। परिवार और सम्पत्ति इस युग में बन गई होगी। इस युग में व्यक्ति लोभी और लोलुप हो गया होगा। इस मानसिक विकार के दण्डस्वरूप प्रकृति ने कल्पवृक्ष का उत्पादन बन्द कर दिया और अब कोई इतने समृद्ध वृक्ष नहीं रहे। व्यक्ति की तृष्णा और बढ़ी होगी। समृद्ध वृक्षों के अभाव में और जनसंख्या की वृद्धि के कारण कृषि की आवश्यकता हुई होगी और भूमि ने सम्पत्ति का रूप ले लिया होगा। इसकी रक्षा के लिए राज्य की आवश्यकता हुई होगी और भूमि के स्वत्व को लेकर संघर्ष का सूत्रपात हुआ होगा। एक स्वामी दूसरे स्वामी से भूमि छीनने का प्रयत्न करता होगा और युद्ध का प्रारम्भ इसी बिन्दु से हुआ होगा। यह ऐतिहासिक दृष्टि से नितान्त सत्य सिद्ध होता है। इसी युग में देवासुर युद्धों का वर्णन है। छांदोग्य और वृहदारण्यक उपनिषदों में इन युद्धों के प्रतीकात्मक वर्णन हैं। महाभारत में भी इन युद्धों का उल्लेख है। रामचन्द्र के पिता दशरथ देवासुर संग्राम में सेनापति बने थे और स्वयं राम का रावण से युद्ध देवासुर संग्राम ही था। सम्भवत: रावण ही उस युग में ऐसा प्रतापी असुर हुआ जिसने एक राज्य की स्थापना की। सौभाग्य से उसे लंका का निर्जन द्वीप अपने राज्य की स्थापना के लिए प्राप्त भी हो गया। जो असुर जाति भारत में यत्र-तंत्र बिखरी हुई थी वह भूमिहीन रही होगी और इस जाति के व्यक्ति आर्य जाति के व्यक्तियों से भूमि छीनने का प्रयत्न करते होंगे और आर्य जाति सामूहिक रूप से इनसे टक्कर लेती होगी। देवासुर संग्राम की यही ऐतिहासिक पृष्ठभूमि का प्रमाण है।

तात्पर्य यह है कि जैसे-जैसे विषय-वासनाएँ व्यक्ति में विकसित होती गई उसी अनुपात में व्यक्ति की आवश्यकताओं और कर्म का विस्तार हुआ होगा। इस युग में व्यक्ति कंदाराओं और वनों में नहीं रहते थे, घर बनाकर नागरिक जीवन व्यतीत करने लगे थे। राज्य संस्थाओं का जन्म हो चुका था। निर्वाह के लिए भूमि की नितान्त आवश्यकता होने के कारण भूमि की रक्षा और व्यवस्था ही राज्य का प्रारम्भिक कर्त्तव्य बना होगा। भूमि, सम्पत्ति और अन्य ऐश्वर्यों की तृष्णा व्यक्ति से हटकर राजाओं में आ गई होगी और युद्ध के बल पर ही विभिन्न राज्यों का उदय हुआ

होगा। द्वापर में धर्म का अर्धांश समाप्त हो चुका था और इस युग में व्यक्ति का अधिक पतन प्रारम्भ हुआ होगा। महाभारत का कौरव-पाण्डव युद्ध दुर्योधन की चरित्रहीनता के कारण घटित हुआ। दुर्योधन का चरित्र इस युग विशेष का चरित्र था और युधिष्ठिर जैसे धर्मात्मा ही इस प्रकार के व्यक्तियों से टक्कर ले सकते थे। अन्यथा जनसाधारण का, इस प्रकार के समर्थ व्यक्ति, हर प्रकार से शोषण ही करते थे। इसी युग में कंस नाम का राजा इतना अत्याचारी हुआ कि उसे आर्य होते हुए भी राक्षस राजा कहा जाने लगा। यदि कृष्ण जैसा योगेश्वर न हो तो उस युग के कंस और कंस जैसे अन्य दुर्दान्त राजाओं का नाश न हो। कलयुग तो वर्तमान युग है ही और भ्रष्टाचार, चरित्रहीनता, अन्याय और प्रत्येक प्रकार के अवगुण इस युग में अपने उत्कर्ष पर हैं और इसकी व्यापकता से विश्व का प्रत्येक देश अब चिन्तित प्रतीत होता है। एक दृष्टिकोण के भेद से ही इस स्थिति का विकासवाद भी कहा ज सकता है और ह्रासवाद भी। भौतिक समृद्धि के दृष्टिकोण से यह केवल विकास का ही इतिहास है किन्तु चरित्र और आत्मा के सद्‌गुणों की दृष्टि से यह भयंकर ह्रास है। पाश्चात्य चिन्तन इसे विकास मानता है और भारतीय चिन्तन इसी स्थिति को ह्रास कहता है। इस विरोधी विचारधारा में यह निर्णय कर पाना सरल नहीं है कि व्यक्ति की गरिमा का वास्तव में विकास हुआ या ह्रास। किन्तु तथ्य यह है कि नैतिक और आत्मिक पतन से संघर्ष का जन्म हुआ और इस संघर्ष ने प्रारम्भ में छोटे-मोटे युद्धों का और बीसवीं सदी में आते-आते भयंकर विश्वयुद्धों का स्वरूप ले लिया।

व्यक्ति की गरिमा के क्षेत्र में अधिकारों की प्रधानता, सत्रहवीं शताब्दी में प्रमुख वैज्ञानिक आविष्कारों के पश्चात् उजागर हुई। इससे पूर्व अधिकारों की कोई दार्शनिक विवेचना भारतीय अथवा पाश्चात्य चिन्तन में उपलब्ध नहीं है। समता के सिद्धान्त, पाश्चात्य दर्शन में, यूनान की प्राचीन सभ्यता में भी प्रतिपादित हुए हैं। प्लेटो और अरस्तू दोनों ने ही समता के अपने-अपने मानदण्ड प्रस्तुत किये किन्तु समता के सिद्धान्त को आदर्श समाज का मूलभूत तत्त्व माना। भारतीय चिन्तन में समता का सिद्धान्त ऋग्वेद काल से मान्य रहा है। ऋग्वेद का एक जाना-माना मंत्र समता के गम्भीर अर्थ से मण्डित है। इसमें समिति, मन्त्रणा और आकृति में समता की प्रार्थना की गई है। समिति से यहाँ तात्पर्य सम्मेलन या सहयोग से है जो समता के आदर्श की मूलभूत धारणा है। दूसरा शब्द मंत्रणा है जिसका अर्थ वैचारिक समता से है। अन्तिम शब्द आकृति का अर्थ मनोवृत्तियों या प्रवृत्तियों से हैं। इस प्रकार यह मंत्र, मन, वचन और कर्म में समता का आदेश देता है। निष्कर्ष यह कि प्राचीनकाल में समता का आदर्श तो था किन्तु अधिकार के रूप में इसकी माँग नहीं थी। सामाजिक

और राजनीतिक अधिकारों का उदय समाज के पतन से हुआ। 16वीं शताब्दी तक का समाज दूषित समाज नहीं था। वैज्ञानिक आविष्कारों ने उद्योगों को जन्म दिया और उद्योगों ने जीवन को भौतिकवादी बना दिया। भौतिकवाद के इस आर्थिक पक्ष ने समाज को दो वर्गों में विभक्त कर दिया और संघर्ष का प्रारम्भ हो गया। विश्व की प्रमुख राज्य क्रान्तियाँ सामाजिक, आर्थिक या राजनीतिक अन्याय के प्रतिकार के रूप में घटित हुईं। इस प्रकार औद्योगिक युग के प्रारम्भ के पश्चात् अधिकारों का संरचनात्मक स्वरूप उभरने लगा और नागरिक और राज्य के सम्बन्धों का नियमन व्यक्ति का अधिकारों के आधार पर होने लगा। आधुनिक युग में व्यक्ति की गरिमा का अधिकांश इन्हीं अधिकारों में समाविष्ट है। विश्वयुद्धों ने इन अधिकारों को सार्वभौमिक स्वरूप प्रदान किया, क्रान्तियों ने इन्हें राज्य स्तर पर प्रतिष्ठा दिलायी और विश्वयुद्धों ने इनकी प्रतिष्ठा सार्वभौमिक कर दी। भारत के इतिहास में त्रेतायुग में कोई विश्वयुद्ध नहीं हुआ। देवासुर संग्राम दो जातियों के परस्पर और निरन्तर चलने वाले संघर्ष का नाम है और इसकी वास्तविकता के विषय में भी प्रायः संदेह किया जाता है। व्याकरण के दृष्टिकोण से देवासुर संग्राम के चार अर्थ लगाये जा सकते हैं—प्रथम अर्थ में यह प्राकृतिक शक्तियों का संघर्ष है। प्रकृति का निर्माण करने वाले तत्व परस्पर संघर्षरत रहते हैं और कोई शक्ति उस संघर्ष का दमन करती है। दूसरे अर्थ में यह किसी राष्ट्र के निवासियों द्वारा बाह्य आक्रमणकारियों से युद्ध करने का एक सामान्य संकेत शब्द है। तीसरे अर्थ में यह समाज के साधु-सन्तों का समाज के दुष्ट तत्त्वों से जूझते रहते का रूपक है, चौथे अर्थ में यह प्रत्येक व्यक्ति के मन का अन्तर्द्वन्द्व है। मन में ही दैवी और असुरी शक्तियाँ क्रमशः न्म लेती हैं और मन की अच्छी-बुरी वृत्तियों में यह संघर्ष निरन्तर चलता रहता है। देवी भागवत और दुर्गा सप्तशती जैसे ग्रन्थों में देवी और असुरों के मध्य जिस भयंकर युद्ध का चित्रण हुआ है, वह युद्ध सप्तशती जैसे ग्रन्थों में देवी और असुरों के मध्य जिस भयंकर युद्ध का चित्रण हुआ है, वह युद्ध सम्भवतः उपर्युक्त चौथे प्रकार का युद्ध है। आर्यों का असुर जाति से या भारत के मूल आदि निवासियों से जो जातीय युद्ध विद्यमान रहा वह उपर्युक्त तीसरे प्रकार का युद्ध है। यह युद्ध जातीय स्तर पर चलता रहता था और यह मैदान में आमने-सामने का चुनौतीपूर्ण युद्ध नहीं होता था। आर्यों में क्षत्रिय जाति समूहबद्ध होकर असुरों से टक्कर लेती थी। असुर आर्यों को सताना अपना जन्मजात अधिकार मानते थे और आर्य क्षत्रिय असुरों को देखते ही वध कर देना अपना धर्म समझते थे। भगवान् श्रीरामचन्द्र ने चित्रकूट से पंचवटी जाते समय मार्ग में यह प्रतिज्ञा की थी कि वे पृथ्वी पर किसी भी असुर को रहने नहीं देंगे। स्पष्ट है कि इस युद्ध में किसी प्रकार के वैयक्तिक प्रश्न सम्मिलित नहीं होते थे और जातीय बैर के आधार

पर छुट-पुट या संगठित संघर्ष चलते रहते थे। राम और रावण के युद्ध का विष्य नितान्त वैयक्तिक था अत: वह विश्वयुद्ध का रूप नहीं ले पाया किन्तु ऐसा प्रतीत होता है कि सामरिक संधियाँ उस काल में होने लगी थीं। बालि और रावण में इसी प्रकार की सामरिक संधि थी। इसी कारण राम के लिए बालि वध आवश्यक हो गया था। बालि के वध से ही वे सुग्रीव की सहायता लेकर रावण पर आक्रमण कर सकते थे। अंगद जब दूत बनकर रावण के पास पहुँचा तो रावण ने उसके आगमन को रावण और अंगद के पिता बालि के मध्य स्थापित मैत्री के विरुद्ध बताया और अंगद को दौत्यपद को चुनौती दी।

विश्वयुद्ध का स्वरूप महाभारत में बन गया था और उस युद्ध में जो नरसंहार हुआ और मानवता का विनाश हुआ वह इतिहास की सर्वथा एकाकी घटना है। यह काल सम्भवचत: ईसा से 30 शताब्दी पूर्व रहा होगा। इसके पश्चात् ईसा की 20वीं शताब्दी तक किसी विराट युद्ध का वर्णन नहीं है। भारत में विदेशी आक्रमण इससे भी कुछ शताब्दी पूर्व प्रारम्भ हो गए थे, किन्तु ये आक्रमण थे युद्ध नहीं थे। युद्ध और आक्रमण में एक गम्भीर भेद है। आक्रमण का उद्देश्य आतंक उत्पन्न कर आतंकित व्यक्तियों से धन और सम्पत्ति का अपहरण करना होता है। जहाँ आक्रमण किया जाता है उस देश के वासी आत्मसुरक्षा में युद्ध करते हैं। अत: यह युद्ध न होकर केवल आक्रमण और बचाव की आवश्यताओं का प्रदर्शन होता है। यह व्यक्ति की दूषित प्रवृत्ति के कारण घटित होता है। गरिमा का घोरतम पतन किसी अन्य की धन या सम्पत्ति की इच्छा करना होता है। अत: यह प्रवृत्ति मूलत: व्यक्ति की गरिमा के प्रतिकूल है। राज्यों की संरचना प्रारम्भ में केवल आत्मरक्षा के उद्देश्य से ही की गई। आत्मरक्षा के तर्क ने ही किसी शक्तिशाली संगठन की आधारशिला रखी। प्राण और देह का अधिकार, व्यक्ति की गरिमा का अंग, इसी आक्रमण और बचाव के पक्ष को लेकर बना। आत्मरक्षा व्यक्ति के प्राण और उसकी देह की सुरक्षा का तार्किक पक्ष है। राज्य संस्थाओं के जन्म का शुद्ध तर्क आत्मरक्षा ही है। किन्तु युद्ध वहाँ होता है जहाँ तर्क असफल हो जाये। व्यावहारिक युक्तियों और शाब्दिक आदान-प्रदान से या विचार-विमर्श से जब समस्याओं का समाधान न हो तब शक्ति प्रदर्शन का आश्रय लिया जाता है। इस प्रकार का शक्ति प्रदर्शन स्वयं आत्मा की गरिमा का पक्ष होता है। यदि विपक्ष न्यायपूर्वक निर्धारित निर्णय को न स्वीकार करे तो न्याय के पक्ष को शक्ति के बल पर ही प्रवर्तित करना कर्त्तव्य हो जाता है। भगवान वासुदेव श्रीकृष्ण का गीता में यही उपदेश है। न्याय का लक्ष्य यदि बातों से सिद्ध न हो सके तो उसे बलपूर्वक सिद्ध करना ही धर्म होता है। इस अन्तर को ध्यान में रखते हुए आक्रमण एक नीच और निन्दनीय कृत्य है, किन्तु युद्ध धर्म संगत कृत्य होता है। संस्कृत

व्याकरण की दृष्टि से युद्ध शब्द में अन्तिम अक्षर 'ध' धर्म का ही द्योतक है। गीता के अनुसार अन्यायी पक्ष, दुर्योधन के पिता की और से भी इस युद्ध के क्षेत्र को धर्म क्षेत्र माना गया। 20वीं शताब्दी में जो विश्वयुद्ध घटित हुए वे किसी सम्पत्ति या किसी राज्य के भू-भाग को छीन लेने की दृष्टि से नहीं लड़े गये थे। कुछ अन्तर्राष्ट्रीय नीतियाँ इतनी जटिल हो गयी थीं जिनका वार्ता से समाधान सम्भव नहीं रहा था। महाभारत के युद्ध में भी यही विवशता थी। हस्तिनापुर राज्य के संवैधानिक अधिकारी दुर्योधन थे या युधिष्ठिर, इसका समाधान किसी वार्ता से सम्भव न था। अतः युद्ध करने की विवशता थी और यह विवशता ही इसका धार्मिक पक्ष था।

औद्योगिक क्रान्ति से विश्व संकुचित हुआ और व्यापार सम्बन्धों के कारण एक राज्य की आर्थिक गतिविधि का दूसरे राज्य पर प्रभाव पड़ने लगा। अर्थप्रधान होने पर अर्थशास्त्र राजनीति प्रधान हो गया और आर्थिक नीतियाँ और राजनीतिक नीतियाँ एकरूप होने लगीं। परिणाम यह हुआ कि विश्व दो विरोधी विचारधाराओं में विभक्त हो गया—एक पक्ष पूँजी के वैयक्तिक संकेन्द्रण के पक्ष में था, दूसरा पक्ष पूँजी के राष्ट्रीयकरण का समर्थक। प्रथम और द्वितीय, दोनों विश्वयुद्ध इन्हीं वैचारिक संघर्षों के कारण घटित हुए। इस संघर्ष से ही अधिकारों की चेतना प्रकट हुई और व्यक्ति की सत्ता राज्यों के समानान्तर और स्वायत्त रूप में स्वीकार की जाने लगी। राजनेताओं और राज्यों की कोई भी विचारधारा या सिद्धान्त रहे हों किन्तु व्यक्ति को अपना निर्माण और अपने विचारों का विकास स्वयं करने का अधिकार है। लीग ऑफ नेशन्स का जन्म इसी पृष्ठभूमि में हुआ। इस युद्ध के पश्चात्यवर्ती प्रभावों ने राज्यों के समक्ष जिन दुविधाओं को प्रकट किया, उनके समाधान के लिए एक मंच की आवश्यकता हुई और लीग ऑफ नेशन्स के रूप में इसी मंच का निर्माण किया गया। यह एक संगठन मात्र था और इसका स्वरूप संघ जैसा नहीं था। व्यक्ति के सामाजिक और राजनीतिक प्रश्नों को इस संगठन के कार्यक्रम का अंग अवश्य बनाया गया किन्तु अधिकारों के किसी सार्वभौमिक रूप का चित्रण इस संगठन में नहीं हो पाया था। इस संगठन में इस सत्य को अवश्य पहचाना गया कि युद्ध व्यक्ति की गरिमा का हनन है और युद्ध की सम्भावना का दैव के लिए अन्त किया जाना चाहिए। इस संगठन के जो राज्य सदस्य बने वे भी इसके प्रति गम्भीर नहीं थे। अमेरिका के राष्ट्रपति बुडरोविल्सन, जो कि वास्तव में इस संगठन के प्रवर्तक थे, उन्होंने अपने राज्य को इसका सदस्य नहीं बनने दिया। कुछ राज्यों को इसकी सदस्यता से वंचित रखा गया था और कुछ राज्य इसमें से तत्पश्चात् निकल गये थे या निकाल दिये गये थे। यह संगठन वस्तुतः विश्वहित में न होकर एक दल विशेष के हित का पोष बन गया और इन्हीं कारणों से यह निर्जीव हो गया।

राजनीतिक अधिकारों का स्वरूप इस काल तक स्पष्ट हो चुका था। प्रजातंत्र की हलचल विश्वभगर में व्याप्त हो चुकी थी और अनेको देश प्रजातांत्रिक हो चुके थे और होते जा रहे थे। उपनिवेशवाद भयंकर चुनौतियों का समाना कर रहा था। पराधीन राष्ट्र स्वाधीनता के लिए संघर्ष कर रहे थे। यूरोपीय देशों की सभ्यता का प्रभाव एशिया में प्रारम्भ हो चुका था और यहाँ के राष्ट्र भी राजनीतिक अधिकारों से न केवल परिचित वरन् उनके प्रति संघर्षरत हो गये थे।

लीग ऑफ नेशन्स दूसरे विश्वयुद्ध की टाल न सकी और प्रथम और द्वितीय विश्वयुद्ध के मध्य कोई विशेष अन्तराल नहीं हो पाया। इस युद्ध में विनाश का उग्रतम रूप नागासाकी और हिरोशिमा नगरों पर अमेरिका द्वारा अणुबम के प्रयोग से स्पष्ट हुआ। इस प्रयोग का असाधारण प्रभाव दो धाराओं में हुआ एक ओर विश्व में आणविक अस्त्रों की स्पर्धा हो गई तथा सामरिक और सैन्य शक्तियों को आणविक आयुधों से सज्जित रखने का एक अभियान-सा प्रारम्भ हो गया। रॉकेट, मिसाइल और प्रक्षेपास्त्र बनने लगे और व्यक्ति की दृष्टि अन्तरक्षि तक पहुँच गई। दूसरी ओर मानव युद्ध से भयभीत हो गया और प्रत्येक का यह भरसक प्रयत्न हो गया कि भविष्य में कभी कोई युद्ध न हो। इस अभिप्राय: से अनेकों सामरिक संधियाँ हुई—उत्तर अटलांटिक संधि (नाटो), दक्षिण-पूर्व एशिया संधि संगठन (सीटो), एन्जुस संधि, वारसा संधि, अरब लीग, बगदाद समझौता, केन्द्रीय संधि संगठन (सैण्टो) आदि सामरिक संगठनों का उदय हुआ। इस प्रकार दो विरोधी विचारधाराएँ आज तक पनप रही हैं। वचन से प्रत्येक देश युद्ध की वर्जना करता है किन्तु मन और कर्म से सदैव युद्ध की तैयारी में लगा रहता है। इस विरोधी विचारधारा में भी इस अवधारणा से सभी सहमत थे कि व्यक्ति की गरिमा का युद्ध से प्रत्यक्ष सम्बन्ध है और व्यक्ति की गरिमा के लिए ही युद्ध की समाप्ति सदैव के लिए आवश्यक है। नागासाकी और हिरोशिमा की दुखान्तिका से त्रस्त विश्व ने द्वितीय विश्व युद्ध के अन्तिम चरण में ही एक विश्व संघ की स्थापना का संकल्प ले लिया और 24 अक्टूबर, 1945 ई. को संयुक्त राष्ट्र संघ का जन्म हो गया। संयुक्त राष्ट्र संघ और लीग ऑफ नेशन्स की संरचना में मौलिक अन्तर था। लीग ऑफ नेशन्स एक गुटबन्दी के रूप में कल्पित संस्था थी, संयुक्त राष्ट्र संघ राज्यों का एक विश्व संघ था और इसकी वास्तविक सत्ता थी। संगठन और संघ में यही अन्तर होता है कि संगठन की कोई वैधिक सत्ता नहीं होती, जबकि संघ का एक वैधिक व्यक्तित्व होता है। संगठन में सदस्यों की ओर से शक्ति का सम्प्रदान नहीं होता, संघ में घटक सदस्यों की ओर से शक्ति का वास्तविक सम्प्रदान होता है। व्यक्ति की गरिमा और युद्ध के प्रत्यक्ष सम्बन्ध को संयुक्त राष्ट्र संघ के चार्टर की प्रस्तावना के प्रारम्भ में ही स्वीकार किया गया कि

आगामी पीढ़ियों को युद्ध की उन विभीषिकाओं से मुक्त किया जायेगा जिसने दो बार मानव जाति को अकथनीय पीड़ा दी है और आधारभूत मानवीय अधिकारों में मानव की गरिमा एवं महत्व में, नर-नारियों के समान अधिकारों में तथा बड़े-छोटे राष्ट्रों के समानाधिकारों में आस्था को दृढ़ किया जायेगा। काल के इसी बिन्दु से व्यक्ति की गरिमा अधिकारमण्डित हो गई और मानवीय अधिकार ही व्यक्ति के इसी बिन्दु से व्यक्ति की गरिमा का सर्वस्व मान लिये गये। मानव अधिकार संयुक्त राष्ट्र की गतिविधि का मूल विषय हो गया। 1940 में ही मानव अधिकार आयोग की स्थापना कर दी गई और इसे एक पृथक् और स्वायत्त निकाय का स्तर प्रदान करते हुए इसके निमित्त एक पृथक् चार्टर का निर्माण किया गया। इस चार्टर की प्रस्तावना में यह स्वीकार किया गया कि मानवीय अधिकार विधि के शासन द्वारा संरक्षित होने चाहिए और इस प्रयोजन से संयुक्त राष्ट्र की जनता ने मूल मानवीय अधिकारों और मानवीय व्यक्तित्व की प्रतिष्ठा को संरक्षित करने का संकल्प व्यक्त किया। 10 दिसम्बर, 1948 को घोषित इस चार्टर में 30 अनुच्छेद हैं और प्रत्येक अनुच्छेद में मानव के एक अत्यावश्यक नैसर्गिक अधिकार को परिभाषित करने का प्रयत्न किया गया है। विश्व के जिन संविधानों में अधिकार सम्बन्धी जो घोषणाएँ हैं वे किसी न किसी प्रकार से इसी चार्टर के 30 अनुच्छेदों का पुनर्कथन या सार-संक्षेपण हैं। 1955 से इस आयोग को मानव अधिकारों के उल्लंघन से सम्बन्धित विवादों में जाँच करने का अधिकार भी निहित किया गया। यद्यपि अभी तक यह स्पष्ट नहीं हो पाया कि इस जाँच के निष्कर्षों का प्रवर्तन किस रीति से होगा।

आज की राजनीतिक और संवैधानिक विधि का महत्त्वपूर्ण शब्द 'विधि का शासन' संयुक्त राष्ट्र संघ की ही देन है। विधि के शासन की नीति को संघ के प्रत्येक सदस्य राज्य ने स्वीकार किया है। यद्यपि संयुक्त राष्ट्र संघ का स्वरूप अभी भी एक विश्वराज्य का स्वरूप नहीं है। फिर भी इसकी नीतियों का प्रवर्तन अप्रत्यक्ष रूप से हो जाता है। इस उद्देश्य के लिए प्रयोग की जाने वाली पद्धति यह होती है कि सर्वप्रथम राज्यों के मध्य विश्वस्तरीय समझौते या संविदाएँ कर ली जाती हैं और उन संविदाओं पर हस्ताक्षर करने वाले राज्य अपने-अपने राज्यों में उन्हीं प्रसंविदाओं के अनुरूप विधियों का पारण कर लेते हैं और इस परोक्ष विधि से संघ की नीतियाँ विधि का बल प्राप्त कर लेती हैं। भारत में प्रदूषण सम्बन्धी अधिनियम, समान वेतन अधिनियम और कॉपीराइट अधिनियम आदि विधियाँ अन्तर्राष्ट्रीय समझौतों के पालन में पारित विधियाँ हैं। कतिपय प्रसंविदाएँ इस कोटि की भी है जो कालान्तर में स्वयं अन्तर्राष्ट्रीय विधि का स्वरूप ले लेती है। उदाहरणार्थ—2 सितम्बर, 1990 को बाल अधिकारों से सम्बन्धित अन्तर्राष्ट्रीय समझौते ने अन्तर्राष्ट्रीय कानून का रूप ले लिया।

बाल अधिकारों के सम्बन्ध में अब तक केवल एकमात्र सूत्र था—1959 की बात अधिकारों की घोषणा। लेकिन यह घोषणा सामान्य सिद्धान्तों का कथन मात्र थी, जिसे सरकारों द्वारा स्वीकृति दी गई, किन्तु इसमें कोई कानूनी बाध्यता नहीं थी। यह कानून 18 वर्ष तक के बच्चों पर लागू होगा।

भारत का स्वाधीनता संघर्ष मानव के विश्वरूप से ही प्रभावित रहा और विश्व रंगमंच पर जिन सूत्रों, अवधारणाओं और प्रस्थापनाओं का दिग्दर्शन हुआ उन्हीं को स्वाधीनता का आधार और स्वाधीन भारत के संविधान का लक्ष्य बनाया। महात्मा गाँधी और जवाहरलाल नेहरू के व्यक्तित्व इसी काल में विकसित हुए और दोनों ही युग निर्माताओं के चिन्तन मानव के सम्बन्ध में अवधारित विश्वमूल्यों से ओत-प्रोत थे। उन्हीं का मौलिक चिन्तन अब नये मोड़ ले रहा है। गाँधी और नेहरू के चिन्तन में एक मौलिक अन्तर था। विचारक दोनों थे किन्तु गाँधी वीतराग सन्त थे और नेहरू सक्रिय राजनीतिज्ञ। इसी कारण व्यक्ति सम्बन्धी दोनों की धारणाओं में विशाल अन्तर था। गाँधी की व्यक्ति सम्बन्ध धारणाओं में अधिकार और कर्त्तव्य जैसी मान्यताओं का कोई स्थान न था, नेहरू अधिकारों के प्रति सजग थे। गाँधी के लिए स्वराज्य का अर्थ था—व्यक्ति की आध्यात्मिक उन्नति, नेहरू के लिए स्वराज्य का अर्थ था—व्यक्ति की भौतिक उन्नति। गाँधी के स्वावलम्बी समाज में उद्योग की आवश्यकता न थी। नेहरू ने देश को औद्योगीकरण की ओर अग्रसर किया। गाँधी के व्यक्ति में सद्गुणों का होना आवश्यक था। सद्गुणों के विकास में अधिकार और कर्त्तव्यों को कोई महत्त्व प्राप्त नहीं होता। गाँधी के चिन्तन का एक विचित्र पक्ष यह था कि व्यक्ति के मौलिक सद्गुणों को उन्होंने प्रायोगिक रूप प्रदान किया और इस प्रकार गाँधी द्वारा की गई इन मौलिक सद्गुणों की परिभाषा ही पृथक् हो गई। उदाहरणार्थ गाँधी का सत्य सम्बन्धी सिद्धान्त एक प्रयोगपरक सिद्धान्त था। उनके मत में सत्य वह है जिसे आत्मविश्वास और निर्भीकता के साथ व्यवहार में लाया जा सके। इस प्रकार जो अवस्था आत्मविश्वास उत्पन्न कर सके वह सत्य है तथा जिस विषय से निर्भीकता समाप्त हो जाये व सत्य नहीं है। उनके ब्रह्मचर्य की परिभाषा भी सामान्य परिभाषा नहीं थी। ब्रह्मचर्य का अर्थ अविवाहित या कुमार रहना नहीं था, यह आत्मा का व्यापक संयम था। ब्रह्मचर्य का अर्थ ब्रह्म के समान आचार है। विनम्रता, उदारता, अपरिग्रह आदि अन्य सद्गुणों की व्याख्या भी गाँधी की अनूठी थी। उनका अहिंसा का सिद्धान्त साहस और निर्भीकता पर आधारित था। अहिंसा की सीमित अर्थ हिंसा से परे रहना ही नहीं, सत्य के लिए संघर्ष अहिंसा का ही पर्याय था। सत्य और अहिंसा परस्पर पूरक और प्रतिपूरक थे। सम्पत्ति और स्वत्व जैसे विवादों का गाँधी के समाज में कोई अवसर होता था। स्वत्व का यहाँ भी कोई प्रश्न न था। स्पष्ट है

कि गांधी की इस विचारधारा का संविधान के परिवेश में कोई योगदान न रहा और स्वाधीनता आन्दोलन में नेहरू जिस दर्शन से अविभूत रहे, वही स्वाधीनता के संघर्ष का आधार और भारत के स्वाधीन संविधान में वही मानव अधिकार के रूप में प्रतिष्ठित हुआ। ब्रिटिश राज का दमन चक्र सबसे अधिक व्यक्ति के अधिकारों पर चला और इसी कारण स्वाधीनता के संघर्ष में व्यक्ति की गरिमा का प्रमुख उद्‍बोधन मानवीय अधिकारों का रहा।

"स्वाधीनता के इस उद्‍बोधन से पूर्व का इतिहास इसका साक्षी है कि राष्ट्र के जीवन के सभी अंगों में, अन्याय और असाम्य का घुन लग रहा था। विचार और अभिव्यक्ति की स्वतन्त्रता का उपनिवेशवादी और साम्राज्यवादी विदेशी सत्ता द्वारा दमन हो रहा था। तिलक और गाँधी पर चलाये गये अभियोगों से, विचार और अभिव्यक्ति के स्वतंत्र्य का मूल्य उजागर हो चुका था। तत्कालीन समाज, समता और बन्धुता तथा राजनीतिक, सामाजिक और आर्थिक न्याय के लिए संघर्ष कर रहा था। ब्रिटिश राज का दमनचक्र निहत्थे सत्याग्रहियों पर बर्बर आक्रमण, कारागार, निर्वासन, बिना अभियोग के ही विरोध तथा प्रेस पर अंकुश आदि, जिनका अनुभव स्वाधीनता के राष्ट्रीय आन्दोलन में किया जा रहा था। वे तत्व थे जिनसे संवैधानिक दर्शन को आकार प्राप्त हो रहा था।"

"ब्रिटिश शासन के विकराल दमनकारी प्रयागों से, मूल अधिकारों को प्रत्याभूत करने की माँग प्रबल हो उठी थी। कुछ शीर्षस्थ नताओं ने 1895 में भारत का संवैधानिक विधेयक तैयार किया जिसमें कतिपय मूल अधिकारों का सन्निवेश किया गया। मांटेग्यू-चैम्सफोर्ड रिपोर्ट के प्रकाशन के पश्चात् भारतीय राष्ट्रीय कांग्रेस ने, अगस्त 1918 में हुए अपने मुम्बई अधिवेशन में यह माँग की कि नये भारतीय शासन अधिनियम में, ब्रिटिश नागरिक के रूप में भारत के लोगों के अधिकारों की घोषणा हो। उसी वर्ष दिल्ली में कांग्रेस का अधिवेशन पुन: हुआ जिसमें संकल्प लिया गया कि राजनीतिक प्रश्नों से सम्बन्धित स्वतन्त्र विचार-विमर्श पर प्रतिबन्ध लगाने वाले तथा कार्यपालिका को, भारतीय नागरिकों को विधि की सामान्य प्रक्रिया से परे बन्दी बनाने, निरोध में रखने, निर्वासित करने आदि अधिकार प्रदान करनेवाली समस्त विधियों का निरसन किया जाये। 1926 में जो राष्ट्रीय सभा हुई उसमें आयरलैण्ड के संविधान में सन्निविष्ट मूल अधिकारों की घोषणा को प्रविष्ट किया गया। अल्पसंख्यकों की समस्याओं ने, भारतीय संविधान में मूल अधिकारों के सन्निवेश के तर्क को अग्रसर किया। 1927 में कांग्रेस ने अपने मद्रास अधिवेशन में यह संकल्प लिया कि भारतीय संविधान में अधिकारों की घोषणा तो होनी ही है। 1928 में नेहरू समिति के प्रतिवेदन में यह स्पष्ट किया गया कि भारत के भावी संविधान में मूल

अधिकारों की संगणना अवश्य की जायेगी। इस माँग को साइमन कमीशन ने यह कहकर ठुकरा दिया कि जब तक इन्हें प्रभावी करने की इच्छाशक्ति और साधनों का अभाव है, इन कोरी घोषणाओं का कोई अर्थ नहीं। 1932 में कांग्रेस के कराची अधिवेशन में कहा गया कि भारत के भावी संविधान में मूल अधिकारों की घोषणा लिखित प्रत्याभूति सहित की जायेगी। गोलमेज सम्मेलन में भी भारतीय नेतृत्व ने, इसी की पुनरावृत्ति की। इंग्लैण्ड की संसद की संयुक्त प्रवर समिति ने इसे भी ठुकरा दिया। सप्रू समिति (1944-45) का यह मत था कि भारत की विशेष परिस्थितियों के सन्दर्भ में, मूल अधिकार, अल्पसंख्यकों की सुरक्षा की प्रत्याभूति के अतिरिक्त कार्यपालिका, व्यवस्थापिका तथा न्यायालयों के आचरण से सम्बन्धित मानदण्डों की स्थापना के लिए भी अनिवार्य थे। इस समिति का विचार यह रहा था कि संविधान निर्माण करने वाले निकाय के विवेक के अनुसार, प्रथम, सभी अधिकारों की संगणना की जाये तत्पश्चात् उनका वर्गीकरण, प्रवर्तनीय और अप्रवर्तनीय अधिकारों के रूप में कर दिया जाये तथा प्रवर्तनीय अधिकारों के प्रवर्तन के निमित्त प्रक्रिया भी सुनिश्चित की जाये। इस विभाजन और वर्गीकरण की पृष्ठभूमि ने ही संविधान की अन्तरात्मा को भाग तीन के मूल अधिकारों तथा भाग चार के नीति-निर्देशक तत्त्वों के रूप में द्विविध प्रकार से अभिव्यक्त किया। इस प्रकार अहिंसा और आत्मानुशासन के दर्शन के अतिरिक्त, संवैधानिक दर्शन की अन्य दो विधाएँ, मूल अधिकारों के रूप में मानवीय गरिमा के उन्नयन और नीति-निर्देशक तत्त्वों के रूप में, आर्थिक शोषण से संतप्त समाज के परित्राण और अभ्युदय के आदर्शों में स्थापित हुई।''

व्यक्ति की गरिमा के सम्बन्ध में नेहरू के चिन्तन में यही पृष्ठभूमि रही और व्यक्ति की यही छवि संविधान में भली प्रकार चित्रित हुई। सुखी और समृद्ध जीवन के आधुनिक मानदण्ड ही नेहरू के व्यक्ति की गरिमा के लक्षण थे। इस दर्शन ने व्यक्ति की गरिमा को दो दिशाओं में विभक्त कर दिया। एक इसका राजनीतिक पक्ष था द्वितीय इसका सामाजिक और आर्थिक पक्ष था। यही दोनों पक्ष संविधान के भाग तीन व भाग चार में स्पष्टतः अधिनियमित किये गये। स्वाधीनता की उपलब्धि से व्यक्ति का राजनीतिक समाधान तत्काल हो गया और उस क्षेत्र में कुछ करणीय शेष रहा और न कुछ विचारनीय। व्यक्ति की राजनीतिक स्वाधीनता को प्रत्याभूत करने वाले अधिकार संविधान के भाग 3 में प्रवर्तनीय बनाकर तत्काल अधिनियमित कर दिये गये और उनके प्रवर्तन को भी एक राजनीतिक अधिकार और अन्य अधिकारों के समान ही प्रवर्तनीय अधिकार बना दिया। इसके विपरीत सामाजिक और आर्थिक क्षेत्र चुनौतियों से परिपूर्ण था। इस क्षेत्र में तत्काल कुछ भी किया जाना सम्भव न था किन्तु इसके लिए प्रयास और प्रयोग का वचन दिया जा सकता था, यही

संविधान के भाग चार में कर दिया गया। इस भाग में व्यक्ति के एक समृद्ध और सम्भान्त जीवन का अनुमान किया गया और राज्य ने यह संकल्पन लिया कि प्रत्येक व्यक्ति को उसी स्तर का जीवन उपलब्ध कराया जायेगा। ऐसे ही अनेक वचनों की तालिका भाग चार में समाविष्ट कर दी गई। इन वचनों की पूर्ति के उद्देश्य से ही नेहरू ने देश का द्रुतगति से औद्योगीकरण किया और इन संकल्पों को चरणबद्ध योजनाओं के माध्यम से पूर्ण करने की प्रक्रिया अपनाई गई। पंचवर्षीय योजनाओं के माध्यम से शनैः-शनैः नेहरू ने संविधान के भाग 4 के संकल्पों को पूर्ण करने का प्रयत्न किया और इन पंचवर्षीय योजनाओं को इन्हीं संकल्पनों पर आधारित और इन्हीं के क्रियान्वयन के प्रति समर्पित किया। संविधान के भाग चार के ये संकल्प राज्य के नीति-निर्देशक तत्व हैं। इन नीति-निर्देशक तत्त्वों का पालन करना राज्य का दायित्व है। इन संकल्पों के लक्ष्य में ही यह प्रतिध्वनित है कि ये योजनाबद्ध संकल्प हैं और पृथक्-पृथक् इकाइयों के रूप में व्यक्ति विशेषों को इसका लाभ घर-घर जाकर नहीं पहुँचाया जा सकता। ये सामाजिक अधिकार थे, वैयक्तिक अधिकार नहीं। दूसरे पक्ष में ये राज्य के सर्वबन्धी दायित्व थे, व्यक्तिबन्धी कर्त्तव्य नहीं थे। तात्पर्य यह कि इन संकल्पों की पूर्ति के लिए राज्य सम्पूर्ण समाज के प्रतिउत्तरदायी था, किसी व्यक्ति विशेष के प्रति नहीं। अतः इनकी प्रवर्तनीयता का कभी कोई विचार किसी के मस्तिष्क में आया ही नहीं और वह सम्भवतः इसलिए कि स्वयं सविधान में ही इन दोनों तथ्यों का स्पष्ट उल्लेख कर दिया गया था कि ये नीति-निर्देशक तत्त्व देश के शासन और देश की विधियसों में मूलभूत होते हुए भी किसी व्यक्ति विशेष्ज्ञ द्वारा किसी न्यायालय में प्रवर्तनीय नहीं होंगे। संविधान के इस अनुच्छेद ने संसद और न्यायालय, दोनों के मार्ग में ही बाधाएँ उपस्थिति कीं। एक ओर तो मूल अधिकारों को प्रवर्तनीय मान लिया गया किन्तु दूसरी ओर इन मूल सिद्धान्तों को अप्रवर्तनीय रखा गया। परिणाम यह हुआ कि सामाजिक सुधार के कार्यक्रम व्यक्ति के मूल अधिकारों का अतिक्रमण करने लगे और मूल अधिकारों के प्रवर्तनीय होने के कारण सामाजिक सुधार के प्रारम्भिक कार्यक्रम असंवैधानिक सिद्ध होने लगे। सर्वप्रथम पटना के उच्च न्यायालय में बिहार के भूमि सुधार अधिनियम को सम्पत्ति के मूल अधिकारों से असंगत होने के आधार पर चुनौती दी गई और कामेश्वरसिंह बनाम बिहार राज्य में इस अधिनियम को असंवैधानिक करार दे दिया गया। तत्काल संविधान में प्रथम संशोधन लाया गया और उसके द्वारा एक ओर तो अनुच्छेद 31 में प्रत्याभूत सम्पत्ति के अधिकार को संकुचित किया गया और दूसरी ओर अनुच्छेद 31 ख और उससे संलग्न एक नवम अनुसूची की स्थापना की गई और यह अधिनियमित कर दिया गया कि नवीं अनुसूची में जिन अधिनियमों का समावेश है, उन्हें न्यायालय में इस आधार

पर चुनौती नहीं दी जा सकेगी कि वे अनुच्छेद 14, 19 या 31 से असंगत हैं या उन्हें छीनते या न्यून करते हैं। मूल अकिारों और नीति-निर्देशक तत्वों के दिन-प्रतिदिन के संघर्ष ने भारतीय चिन्तन को एक नया मोड़ दिया। यह नया मोड़ भारत के ऐतिहासिक सन्दर्भ की एक अनूठी देन थी। अन्य पश्चिमी देशों में या रूस जैसे विकसित साम्यवाद में, यह सम्भव हो गया कि व्यक्ति की गरिमा का राजनीतिक पक्ष उसके सामाजिक पक्ष में सन्तुलित हो गया हो। आर्थिक दृष्टि से विकसित देशों में सामाजिक और राजनीतिक के अन्तर को पाटना अधिक कठिन नहीं होता। ऐसे देशों में व्यक्ति का सामाजिक स्तर उसे राजनीतिक स्तर भी प्रदान करवा देता है। भारत में स्थिति इसके नितान्त विपरीत थी। स्वाधीनता के लिए संघर्ष का नेतृत्व करने वाले महारथी अधिकारों के विषय में अधिक चिन्तित थे। आर्थिक और सामाजिक शून्यता नितान्त स्पष्ट थी और केवल चिन्ता ही किये जाना उसका कोई समाधान न था। अतः अधिकारों को सर्वप्रथम सुरक्षित किया गया और नागरिक मर्यादा के रूप में अधिकारों पर युक्ति-युक्त निर्बन्धन अभिरोपित करने का राज्य को विधि के अन्तर्गत अधिकार रहा। इस सम्बन्ध में दो बातें अत्यन्त स्पष्ट और महत्त्वपूर्ण थीं—अधिकारों की परिभाषा और अधिकारों के प्रयोग का युक्ति-युक्त मानदण्ड। इस प्रकार अधिकारों के विचरण के क्षेत्र में युक्ति-युक्ता का मानदण्ड न्यायालयों के समक्ष स्पष्ट था। भाग चार के उपबन्धों की स्थिति इससे बिल्कुल विपरीत थी। प्रथम तो ये उपबन्ध प्रवर्तनीय नहीं थे साथ ही इनकी युक्ति-युक्ता के कोई मानदण्ड नहीं थे। दोनों की स्थिति में विरोध होना स्वाभाविक ही था। अधिकारों का सर्वथा सकारात्मक पक्ष था। नीति-निर्देशक तत्त्वों का न कोई सकारात्मक पक्ष था न उसकी क्रियात्मकता के कोई मानदण्ड थे। न्यायिक दृष्टि से नीति-निर्देशक तत्त्वों में न्याय किये जाने योग्य कोई बात थी ही नहीं।

यहाँ इस भ्रम का निराकरण परम आवश्यक है कि न्यायालयों ने नीति-निर्देशक तत्त्वों को सदैव उपेक्षित रखा। बयालीसवें संविधान संशोधन अधियिनमय के बाद विवाद में न्यायालयों पर यह आरोप लग गया कि वे 'समाजवाद' जैसे शब्द को भूल गये हैं। सत्य यह है कि न्यायालयों में विवादग्रस्त होने योग्य इनमें कोई विषय-वस्तु ही न थी। भाग चार के उपबन्ध विवाद के बिन्दु नहीं हैं, दार्शनिक मान्यताएँ हैं। ग्रैनविल आस्टिन ने संविधान के भाग चार को भी संविधान की अन्तरात्मा माना। ब्राह्मणों और उपनिषदों में जिस प्रकार **'सत्यम् वद धर्मम चर'** के रूप में अखण्ड उपदेश हुआ करते थे, उसी प्रकार के साधु वचन संविधान के भाग चार में संजोए गए थे, उनकी न कहीं परिभाषा थी न कोई निर्णायक मानदण्ड। उदाहरणार्थ, अनुच्छेद 39 के खण्ड 'क' का पाठ अवलोकनीय है। यह वह निर्देशक

तत्त्व है जो राज्य को बाध्य करता है कि पुरुष और स्त्री सभी नागरिकों को समान रूप से जीविका के पर्याप्त साधन प्राप्त करने का अधिकार हो। तार्किक दृष्टि से और विवाद के ध्येय से इस अनुच्छेद की भाषा अविचारपूर्ण है। यहाँ सभी नागरिकों के लिए रोजगार सुनिश्चित किया गया है, किन्तु यह असम्भव बात है। सभी नागरिकों में तो अनेकों पागल, उनमत्त और दिवालिए या विशिष्ट सेवाओं के लिए शारीरिक रूप से विकलांग भी हैं। इसके पश्चात् किस युवक के लिए राज्य के पास कौनसा रोजगार है जो आवश्यकता पड़ने पर किसी भी युवक को उपलबध करा दिया जायेगा। यहाँ यह भी स्पष्ट नहीं है कि कौनसा व्यक्ति किस रोजगार के लिए उपयुक्त होगा। अत: किसी भी मानदण्ड और कसौटी पर यह वचन परीक्षणी नहीं रहता। आदि से अन्त तक इस भाग के प्रत्येक अनुच्छेद का पाठ इसी प्रकार सदुपदेशों और आलंकारिक चमत्कारपूर्ण शब्दों से भरा पड़ा है। कहीं भी कोई ऐसी बात थी ही नहीं जिस पर न्यायालय में विवाद प्रस्तुत किया जा सके। अतः न्यायालयों द्वारा उनका उपेक्षित रहना स्वाभाविक था।

उपर्युक्त उदाहरण की विषय-वस्तु अर्थात् अनुच्छेद 39 का खण्ड 'क' एक मौलिक अधिकार के रूप में एक अनुच्देद 16 के खण्ड एक और दो में प्रस्तुत हुआ है। मौलिक अधिकार के रूप में इस पर युक्ति-युक्त के सभी मानदण्ड लागू हो जाते हैं। इस अनुच्छेद में रोजगार सुनिश्चित नहीं किया गया वरन् उसके लिए समान अवसर उपलब्ध कराया गया है। अत: यह परीक्षण करना कि दिया गया अवसर युक्ति-युक्त था या नहीं, न्यायालयों के समक्ष विवाद का विषय बन गया। परिणाम स्पष्ट है कि जहाँ अनुच्छेद 16 पर न्याय निर्णयों के पृष्ठ पर पृष्ठ उपलब्ध हैं वहीं अनुच्छेद 39 के खण्ड 'क' का उल्लेख यत्र-तत्र दो चार इने-गिने न्याय निर्णयों में किया गया है। चिन्तन का मोड़ इस प्रकार मूल अधिकार और नीति-निर्देशक तत्त्वों के सफल समीकरण की ओर निर्दिष्ट था। यही संघर्ष और संघर्ष की पृष्ठभूमि व्यक्ति की गरिमा के संवैधानिक स्वरूप का इतिहास है। मूल अधिकारों और नीति-निर्देशक तत्त्वों के मध्य टकराव अपने मूल में व्यक्ति की गरिमा के राजनीतिक पक्ष और इसके सामाजिक और आर्थिक पक्ष में टकराव था। इस टकराव का चुम्बकीय क्षेत्र संविधान के भाग चार के अनुच्छेद 39 के खण्ड 'क' और 'ख' और भाग तीन के अनुच्छेद 19(1) च, के उपबन्धों को ग्रस्त किये हुए था। अनुच्छेद 39 का 'ख' उपबन्ध समाजवाद और सामाजिक न्याय की कुंजी था और अनुच्छेद 37 के द्वारा इसे विधि द्वारा देश के शासन में लागू किया जाना आवश्यक था। किन्तु प्राय: जब राज्य इसे विधि बनाकर लागू करने का प्रयत्न करता तभी कोई न कोई व्यक्ति या संस्था उस विधि को अनुच्छेद 14, 19, या 31 से असंगत होने के आधार पर चुनौती दे देती।

संसद ने संविधान में प्रथम संशोधन लाकर अनुच्छेद 39 'क' और 'ख' का और अनुच्छेद 31 ख का पूरक तत्त्व नवीं अनुसूची का अधिनियम करके सन्तोष कर लिया और लगभग दो दशकों तक संसद का यह सन्तोष सिद्ध हुआ। शंकरीसिंह बनाम यूनियम ऑफ इण्डिया के निर्णय से सज्जनसिंह बनाम राजस्थान राज्य के निर्णय तक न्यायायिक निर्वाचन की दिशा यह रही कि नीति-देशक तत्त्वों के और किसी मूल अधिकार के मध्य संघर्ष की स्थिति में मूल अधिकार को अग्रता और मान्यता प्रदान की जायेगी किन्तु स्वयं मूल अधिकारों को सीमित करने के सम्बन्ध में सांवधानकि विधि लायी जा सकती थी और ऐसी संवैधानिक विधि मूल अधिकारों से असंगत होने के आधार पर शून्य करार नहीं दी जा सकेगी। इस निर्वचन का प्रभाव यह हुआ कि विधि दो वर्गों में विभक्त हो गई—एक संवैधानिक विधि और दूसरी सामान्य विधि। इस निर्वाचन के आधार पर अनुच्छेद 31 'क' और 31 'ख' टिके रहे और नवीं अनुसूची की काया में दिन-प्रतिदिन विस्तार होता रहा। इस काल में व्यक्ति की गरिमा का राजनीतिक पक्ष प्रबल और सामाजिक तथा आर्थिक पक्ष निर्बल बने रहे। संविधान के भाग तीन के उपबन्धों के क्रम की दृष्टि से अनुच्छेद 19 के खण्ड एक का खण्ड 'च' मूल अधिकार था और अनुच्छेद 31 वास्तव में अनुच्छेद 19(1) च के मूल अधिकार का अपवाद मात्र था। अनुच्छेद 31 'क' और 31 'ख' दोनों अपने क्रम में अनुच्छेद 31 के अपवाद थे। अनुच्छेद 31 स्वयं संशोधन के आधार पर अपने व्यास का विस्तार करता रहा और जितना ही इसके व्यास का विस्तर हुआ उतना ही यह निर्बल और पंगु होता रहा। संविधान के सत्रहवें संशोधन तक आते-आते नवीं अनुसूची में संरक्षित अधिनियमों की संख्या 202 हो गई। 17वें संशोधन अधिनियम को दूसरी बार गोलकनाथ बनाम पंजाब राज्य के विवाद में चुनौती दी गई और सामान्य विधि और संवैधानिक विधि के भेद को समाप्त करने का प्रयत्न किया गया। तर्क और निर्णयों का सार यह था कि मूल अधिकारों को स्वयं सम्प्रभु द्वारा उच्चता प्रदान की गई और यह वर्जना कि इनसे असंगत अन्य कोई विधि मान्य नहीं होगी, स्वयं सम्प्रभु पर भी बाध्यकारी थी। सामान्य अवस्था में सम्प्रभु भी इन अधिकारों को न्यून अथवा अल्प करने में सक्षम है। शंकरीप्रसाद और सज्जनसिंह के निर्णयों में जो न्यायिक मान्यता सामान्य विधि और संवैधानिक विधि के भेद के पक्ष में थी वह निरस्त हो गई। पाँच के प्रति छः के बहुमत ने यह निर्णय दिया कि मूल अधिकारों की स्थिति सर्वोपरि है और इन अधिकारों से असंगत या इन्हें अल्प या न्यून करने वाली संविधानिक या सामान्य विधि दोनों ही असंवैधानिक करार दी जायेंगी। संसद का आक्रोश यहीं से प्रारम्भ हुआ। विचारपूर्वक 1971 में संविधान में चौबीसवाँ और पच्चीसवाँ संशोधन लाया गया। 24वें संशोधन में अनुच्छेद 13 में

खण्ड चार का अधिनियमन किया गया और अनुच्छेद 13 का निषेध संवैधानिक विधि पर समाप्त हो गया। संवैधानिक विधि के निर्माण की प्रक्रिया अनुच्छेद 368 में विद्यमान थी। अतः अनुच्छेद 13 के खण्ड चार से अनुच्छेद 368 का अनुकूलन किया गया और चौवीसवें संशोधन ने अनुच्छेद 368 को भी विविध प्रकार से संशोधित किया। पच्चीसवाँ संशोधन लाकर अनुच्छेद 31 'ग' का अधिनियम किया गया और इसके प्रभाव से अनुच्छेद 39 के खण्ड 'क' और 'ख' तथा अनुच्छेद 14, 19 या 31 के मध्य प्रायः घटित होने वाले टकराव को समाप्त कर दिया गया। प्रारम्भ में अनुच्छेद 31 ग में यह कथन किया गया—

"अनुच्छेद 13 में किसी बात के होते हुए भी कोई विधि, जो अनुच्छेद 39 के खण्ड 'क' और 'ख' के तत्त्वों को सुनिश्चित करने के लिए राज्य की नीति को प्रभावित करने वाली है। इस आधार पर शून्य नहीं समझी जायेगी कि वह अनुच्छेद 14, 19 या 31 द्वारा प्रदत्त अधिकारों में से किसी से असंगत है या उसे छीनती या न्यून करती है और कोई विधि, जिसमें यह घोषणा है कि वह ऐसी नीति के प्रभावी करने के लिए है, किसी न्यायालय में इस आधार पर प्रश्नगत नहीं की जायेगी कि वह ऐसी नीति को प्रभावी नहीं करती है। परन्तु जहाँ ऐसी विधि किसी राज्य के विधान मण्डल द्वारा बनाई जाती है वहाँ इस अनुच्छेद के उपबन्ध उस विधि को तब तक लागू नहीं होंगे जब तक ऐसी विधि को, जो राष्ट्रपति के विचार के लिए रखी गई है, उसकी अनुमति प्राप्त नहीं हो गई है।"

24वें और 25वें संविधानों के दो परिणाम हुए—प्रथम यह कि गोलकनाथ का न्यायिक निर्णय निरस्त हो गया और संवैधानिक विधि और सामान्य विधि का भेद पुनर्स्थापित हो गया तथा शंकरीसिंह और सज्जनसिंह के न्यायिक मत पुनर्जीवित हो गये, दूसरा यह कि व्यक्ति की गरिमा के राजनीतिक पक्ष पर उसके सामाजिक और आर्थिक पक्ष की विजय हो गई। किन्तु इससे समस्या का समाधान नहीं हुआ वरन् वस्तुस्थिति जटिलतर हो गई। न्यायालय का अब तक अधिकारों के पक्ष में झुका-तुला दण्ड संसद ने बरबस नीति-निर्देशक तत्त्वों की ओर झुका दिया और केशवा नन्द बनाम केरल राज्य में उच्चतम न्यायालय को इस स्थिति के पुनरावलोकन के निमित्त विवश होना पड़ा। संविधान के प्रारम्भ के समय स्वाधीन भारत का राजनीतिक पक्ष निश्चित रूप से बलवान था। शासन की संरचना भारत शासन अधिनियम 1935 के लागू होने के पश्चात् लगभग व्यवस्थित हो चुकी थी। संघीय शासन प्रणाली का स्वरूप परिचित हो गया था। जब से भारतीय सिविल सेवा की परीक्षा भारतवासियों के लिए खुली, तब से भारतवासी शासनतंत्र के शीर्ष पर प्रतिष्ठित पदों को धारण करने लगे थे। द्वितीय विश्व युद्ध में भारतीय सेना ने ब्रिटिश साम्राज्य

के पक्ष में युद्ध करना इस नैतिक अनुबन्ध पर स्वीकार किया था कि युद्ध के पश्चात् भारत को स्वाधीनता विधिवत प्रदान कर दी जाये। इस प्रकार नागरिक, प्रशासनिक और सैनिक बल तीनों ही राजनीतिक दृष्टि से परिपक्व थे और भारत के राजनीतिक पक्ष की चेतना में किसी प्रकार की न्यूनता नहीं थी। सत्ता के हस्तान्तरण पर जो परिवर्तन आवश्यक थे, उनके उपबन्ध संविधान में यथास्थल कर दिये गये किन्तु उस समय आर्थिक और सामाजिक पक्ष में रिक्तता थी। स्वाभाविक था कि सामाजिक और आर्थिक पक्ष व्यक्ति के राजनीतिक पक्ष से टक्कर लेने की स्थिति में ही नहीं थे। संविधान विकास की स्थिति में था और संवैधानिक दर्शन न्यायालयों के लिए भी तत्काल उपलब्ध नहीं था। सामाजिक और आर्थिक दर्शन की निश्चित मान्यताएँ शनैः-शनैः पंचवर्षीय योजनाओं में प्रकट हुई और जैसे-जैसे सामाजिक और आर्थिक दर्शन का विकास हुआ, न्यायालय उनके प्रति संवेदनशील होते गये। संविधान के लागू होते ही इस संवेदनशीलता का कोई अवसर नहीं था। सामाजिक और आर्थिक पक्ष जब पैरों चलने लगा तो स्वाभाविक रूप से न्यायालयों का ध्यान भी उस ओर आकृष्ट हुआ। यही कारण है कि प्रारम्भिक निर्णयों में उच्चतम न्यायालय का दृष्टिकोण नीति निर्देशक त्तवों के प्रति स्पष्ट नहीं हो पाया। मद्रास राज्य बनाम चम्पक मदोराय राजन में न्यायालय का यह मत रहा कि मूल अधिकार प्रवर्तनीय हैं। इस कारण नीति-निर्देशक तत्त्व प्रधान नहीं है और उन्हें मूल अधिकारों के अनुरूप ही रहना होगा। इससे अन्यथा कोई मत रखने के लिए न्यायालय ने शीघ्र ही पहचान लिया और केरल एजूकेशन बिल 1959 के निर्देश विवाद में न्यायालय ने यह घोषणा की कि कुछ भी हो, नीति-निर्देशक तत्त्वों की मूल अधिकारों के सन्दर्भ में नितान्त उपेक्षा नहीं की जा सकती और कर्त्तव्य यह है कि दोनों में समन्वय का अर्थ लगाया जाये। गोलकनाथ के निर्णय में भी यह कहीं नहीं कहा गया कि नीति-निर्देशक तत्त्वों की उपेक्षा की जा सकती है या उने महत्त्व को अल्प माना जा सकता है। गोलकनाथ की न्यायिक अवधारणा सम्प्रभु और संसद के भेद पर केन्द्रित थी। मान्यता यह थी कि सम्प्रभु के निषेध का संसद द्वारा उल्लंघन नहीं किया जा सकता। संविधान सम्प्रभु की रचना है और यद्यपि संविधान ने अपने संशोधन की सत्ता संसद को प्रत्यायोजित की है, किन्तु वह क्षमता निषेधों के साथ है और ये निषेध सम्प्रभु द्वारा निर्मित होने के कारण इनका प्रत्याहरण सम्प्रभु द्वारा ही किया जा सकता है और सम्प्रभु ऐसी नयी संविधान सभा का गठन करके कर सकता है। गोलकनाथ ने यह कहीं नहीं कहा कि मूल अधिकारों में ह्रास नहीं किया जा सकता है, किन्तु इस बात पर बल दिया गया कि संसद ऐसा नहीं कर सकती। किन्तु 24वें और 25वें संशोधन के आधार पर संसद ने दावा किया कि संसद को ऐसी शक्ति है। न्यायालयों के समक्ष मूल अकिारों से

सम्बन्धित विवादों में अब यह स्पष्ट होने लगा कि व्यक्ति का सामाजिक और आर्थिक जीवन उसके राजनीतिक जीवन से भी अधिक महत्त्वपूर्ण है। एक नये दर्शन ने जन्म लिया जिसमें मूल अधिकारों के ही नये आयाम खोजे गये। पंचवर्षीय योजनाओं से जनता को स्वतः यह ज्ञान हो गया कि नीति-निर्देशक तत्त्व अपनी गरिमा में इतने समृद्ध हैं कि मूल अधिकार अपने ही विकास के लिए इनसे पूर्ण सामग्री ग्रहण कर सकते हैं। न्यायालयों को यह प्रतीत होने लगा कि नीति-निर्देशक तत्त्वों के क्रियान्वयन से व्यक्ति की गरिमा में वृद्धि हो रही है और उसके मूल अधिकारों को नयी दिशाएँ प्राप्त हो रही हैं। सामाजिक और आर्थिक दर्शन के विकास ने स्वयं चिन्तन को इस प्रकार का स्वरूप दे दिया कि न्यायालय इस धारणा से सहमत हो गये थे कि नीति-निर्देशक तत्त्वों का क्रियान्वयन व्यक्ति की गरिमा के विकास में आवश्यक है और स्वयं अपनी गरिमा के हित में व्यक्ति से त्याग की अपेक्षा है। यदि सामाजिक और आर्थिक समृद्धि के किसी प्रयोग से किसी वैयक्तिक हित को किंचित क्षति पहुँचे तो व्यक्ति को उस अंश तक अपने हित का त्याग नैतिक दृष्टि से करना चाहिए। इस दर्शन से सहमत होकर केशवानन्द भारतीय बनाम केरल राज्य में 6 के प्रति 7 के बहुमत से न्यायालय ने स्वयं अपनी ही भूल को स्वीकार कर विशाल हृदयता का परिचय दिया। यह स्वीकार कर लिया गया कि गोलकनाथ के निर्णय में भूल हुई थी और व्यवस्थापिका की इस शक्ति को मान्यता दे दी गई कि जो विधियाँ अनुच्छेद 39 के खण्ड 'क' और 'ख' की नीतियों के क्रियान्वयन के ध्येय से पारित की जायें उन्हें इस आधार पर न्यायालय में चुनौती नहीं दी जा सकती कि वे या उनके कोई उपबन्ध अनुच्छे, 14, 19 और 31 से असंगत हैं या उन विधियों के कारण उन्हें किसी प्रकार की क्षति हो रही है। इस निर्णय की महत्त्वपूर्ण उपलब्धि यह है कि यद्यपि संसद में संवैधानिक शक्ति का निहित होना स्वीकार तो कर लिया गया और परिणामस्वयप यह भी स्वीकार कर लिया गया कि संसद संविधान के भाग तीन सहित किसी भी भाग में किसी भी प्रकार का संशोधन अनुच्छेद 368 की प्रक्रिया के अनुसार कर सकती है, किन्तु संसद की सर्वोच्चता को स्वीकार नहीं किया गया। भारत में संसद नहीं संविधान सर्वोच्च है और देश का प्रत्येक संस्थान और प्रत्येक निकाय संविधान के अन्तर्गत है किन्तु संविधान से उच्च नहीं। संविधान सर्वोच्च है और राज्य के तीनों अंग—कार्यपालिका, न्यायपालिका और व्यवस्थापिका स्वयं अपनी शक्ति से नहीं, संविधान की शक्ति से संजीवित हैं। संविधान में संशोधन संविधान की मूल संरचना को अक्षुण्ण रखते हुए किया जा सकता है, संविधान की मूल संरचना को क्षतविक्षत नहीं किया जा सकता। केशवानन्द के इस निर्णय से संसद की सर्वोच्च हो जाने की ललक को भीषण आघात लगा और इसी मर्मभूत पीड़ा से 42वाँ संविधान

संशोधन लाया गया और एक बार पुनः संसद की सर्वोच्चता का दावा किया गया। व्यक्ति के सामाजिक और राजनीतिक पक्ष का पूर्ण दायित्व संसद ने लेना चाहा और 25वें संशोधन द्वारा अन्तःस्थापित अनुच्छेद 31 'ग' में इस आशय का संशोधन किया गया कि न केवल अनुच्छेद 39 के खण्ड 'क' और 'ख' वरन् संविधान के भाग चार के किसी भी निर्देशक तत्त्व के क्रियान्वयन के लक्ष्य से पारित विधि को इस आधार पर चुनौती नहीं दी जा सकती कि वह संविधान के अनुच्छेद 14, 19 और 31 से किसी भी प्रकार असंगत है या उन्हें क्षति पहुँचाती है। इतना करने के पश्चात् संसद समझने लगी कि उसकी सर्वोच्चता सिद्ध हो गई। 25वें संशोधन से ही अनुच्छेद 31 'ग' के बल पर संसद ने अपनी इस शक्ति की भी घोषणा की कि यदि किसी विधि में यह घोषणा कर दी गयी है कि वह विधि संविधान के भाग चार के किसी निर्देशक तत्त्व के प्रभावी करने के लिए है तो उसे इस आधार पर चुनौती नहीं दी जायेगी कि वह ऐसी नीति को प्रभावी नहीं करती है। तात्पर्य यह हुआ कि न्यायालयों को उन विधियों की विषयवस्तु की सम्परीक्षा करने का अधिकार नहीं होगा जिनमें यह घोषणा कर दी गयी है कि वे संविधान के भाग चार की किसी नीति को प्रभावी करने वाली विधि हैं। संसद व्यक्ति के राजनीतिक और आर्थिक क्षेत्र में सर्वोपरि हो जाना चाहती थी और व्यक्ति के सामाजिक और आर्थिक क्षेत्र में लागू की जाने वाली नीतयों की प्रकृति और प्रभाव को न्यायिक विवाद का विषय बनाना ही नहीं चाहती थी। मिनर्वा मिल्स बनाम भारत संघ में 25वें और 42वें संशोधन को एक साथ चुनाती दी गई। इन निर्णय में न्यायालय ने संविधान की मूल संरचना के सिद्धान्त को पुष्ट किया और यह स्पष्ट किया कि यद्यपि संविधान सर्वोच्च है तथापि वह एक मर्यादापूर्ण संविधान है और उसकी मर्यादा उसी मूल संरचना है और भाग तीन व भाग चार की संगतिपूर्ण व्यवस्था संविधान की मूल सरंचना का अंग है। मुख्य न्यायमूर्ति वाई. वी. चन्द्रचूड ने यह अवधारित किया कि नीति-निर्देशक तत्त्व शासन के लक्ष्य हैं तथापि इनकी उपलब्धि भाग तीन की सीमाओं के अन्तर्गत ही सम्भव है। न्यायमूर्ति ने यह भी अवधारित किया कि इस अर्थ में भाग तीन व चार दोनों ही संविधान की आत्मा के अंश हैं। अतः इनके समन्वय को भंग करने वाला किसी भी प्रकार का कृत्य संविधान की मूल संरचना पर आघात माना जायेगा। इसी निर्णय में न्यायमूर्ति (तत्पश्चात् मुख्य न्यायाधीश) पी. एन. भगवती ने संविधान के अनुच्छेद 37 के निर्वचन को एक नई दिशा दी। उन्होंने इस अनुच्छेद की तुलना आयरलैण्ड के संविधान के अनुच्छेद 45 से की किन्तु दोनों में इस मूल भेद की ओर संकेत भी किया कि जहाँ आयरलैण्ड के संविधान के अनुच्छेद 45 में वहाँ के न्यायालयों के लिए नीति-निर्देशक न्यायालय में प्रवर्तन वर्जित किया है। वहीं भारत के संविधान

के अनुच्छेद 37 में इन तत्त्वों का न्यायालय में प्रवर्तन विर्जत किया है। न्यायालयों द्वारा इनका संज्ञान वर्जित नहीं किया गया है। न्यायाधीश महोदय ने और भी स्पष्टतर शब्दों में अवधारित किया कि किसी भी प्रकार के नीति-निर्देशक तत्त्वों को मूल अधिकारों से हीन न समझा जाये और न ही यह माना जाये कि नीति-निर्देशक तत्त्व मूल अधिकारों के प्रति समर्पित रहेंगे। दोनों का स्तर समान है और दोनों ही संवैधानिक संरचना में मूलभूत हैं। उन्हेंाने मुक्त कण्ठ से यह भी स्वीकार किया कि न्यायालयों के दृष्टिकोण में परिवर्तन आया है और न्यायालय अब मूल अधिकारों के निर्वचन में नीति-निर्देशक तत्त्वों की सहायता लेने लगे हैं। डी. एम. नकारा बनाम भारत संघ के निर्णय में यह मान्यता वास्तविक रूप से चरितार्थ हुई जब एक पेंशन की स्कीम को संवैधानिकता के सन्दर्भ में अनुच्छेद 14 व 16 के अन्तर्गत राज्य सेवकों को देय पेंशन को न केवल मूल अधिकार माना वरन् उस अधिकार की व्याख्या अनुच्छेद 39 (ङ), 41 व 43 के नीति-निर्देशक तत्त्वों के बल पर की गयी।

मिनर्वा मिल्स के निर्णय में यह तो स्वीकार कर लिया गया कि अनुच्छेद 39 के खण्ड 'क' और 'ख' के तत्त्वों को लगू की जाने वाली विधि अनुच्छेद 14, 19 या 31 के उपबन्धों का उल्लंघन करने पर भी असंवैधानिक नहीं होगी, किन्तु यह स्वीकार नहीं किया गया कि यह सुरक्षा किसी भी नीति-निर्देशक तत्त्व को प्रभावी करने वाली विधि को उपलब्ध होगी। यह सुरक्षा केवल उन विधियों को प्राप्त है जिनकी विषयवस्तु अनुच्छेद 39 के खण्ड 'क' और 'ख' के अन्तर्गत है। इस निर्णय से अनुच्छेद 31 ग में 42वें संशोधन द्वारा उसकी परिधि का प्रत्येक नीति-निर्देशक तत्त्व तक विस्तीर्ण होना असंवैधानिक घोषित कर दिया गया और स्थिति वही आ गई जो 25वें संशोधन के द्वारा स्थापित हुई थी अर्थात् केवल वही विधियाँ चुनौती से परे रहीं जो अनुच्छेद 39 के खण्ड 'क' और 'ख' के अन्तर्गत पारित हों। न्यायालय ने अनुच्छेद 31 ग के अंश को भी असंवैधानिक करार दिया जिसमें यह उपबन्ध था कि ऐसी किसी विधि के जिसमें यह घोषणा है कि वह अनुच्छेद 39 के खण्ड 'क' और 'ख' की नीति को प्रभावकारी करने के लिए है, किसी न्यायालय में इस आधार पर प्रश्नगत नहीं किया जायेगा कि वह ऐसी नीति को प्रभावी नहीं करी। परिणाम यह है कि न्यायालय ने यह निर्णय करने का विवेक संसद को नहीं दिया कि वो किसी भी प्रकार की विधि को पारित कर दे और कहने लगे कि यह अनुच्छेद 39 के खण्ड 'क' और 'ख' की नीति को प्रभावी करने वाली विधि है। किस विधि की क्या विषय वस्तु है यह निर्णय करने का अधिकार क्षेत्र न्यायालय ने स्वयं धारण कया। इससे पूर्व न्यायालय की यह घोषणा थी कि वो व्यक्ति के मूल अधिकारों का प्रचण्ड प्रहरी है। किन्तु मिनर्वा मिल्स के निर्णय के पश्चात न्यायालय व्यक्ति के

सामाजिक पक्ष ही नहीं वरन् उसका सामाजिक और आर्थिक पक्ष भी मूल अधिकारों की भाँति ही सुरक्षित और प्रत्याभूत हो गया और परोक्ष रूप से अनुच्छेद 37 का निषेध अब कोई वास्तविक निषेध नहीं रहा।

1976 में लाये गये चवालीसवें संविधान संशोधन के बल पर अनुच्छेद 31 और अनुच्छेद 19(1) च का निरसन हो गया और सम्पत्ति का अधिकार मूल अधिकारों की छत्रछाया से निष्कासित हो गया तदनुसार अनुच्छेद 31 ग में अनुच्छेद 31 के सन्दर्भ को निरस्त कर दिया गया और मूल अधिकार और नीति-निर्देशक तत्त्वों के मध्य टकराव की सम्भावनाएँ लगभग समाप्त हो गयीं। क्योंकि टकराव का क्षेत्र अनुच्छेद 39 के खण्ड 'क' और 'ख' का सम्पत्ति के अधिकार से विरोध था। 44वें संविधान संशोधन द्वारा सम्पत्ति के मूल अधिकार का लोप कर दिये जाने के पश्चात् टकराव इस सीमा तक समाप्त हो गया और नीति-निर्देशक तत्त्व और मूल अधिकार समन्वित होकर एक-दूसरे के पूरक और प्रतिपूरक हो गये।

संजीव कोक बनाम भारत कोक लिमिटेड में न्यायमूर्ति पी. एन. भगवती ने इस टकराव को नितान्त और पूर्ण रूप से समाप्त कर दिया। उन्होंने तार्किक दृष्टि से अनुच्छेद 39 के खण्ड 'क' और 'ख' तथा भाग चार के अन्य किसी निर्देशक तत्त्व में किसी भेद या अन्तर को स्वीकार किया और यह घोषणा की कि जो स्थिति अनुच्छेद 39 के खण्ड 'क' और 'ख' की नीति की है वही भाग चार के शेष उपबन्धों की भी है और मिनर्वा मिल्स के निर्णय का यही अर्थ लगाया जायेगा कि भाग चार के किसी भी तत्त्व को प्रभावी करने वाली विधि को इस आधार पर चुनौती नहीं दी जा सकती कि वह विधि अनुच्छेद 14 या 19 के उपबन्धों के प्रतिकूल है अथवा उन अनुच्छेदों के अन्तर्गत प्रत्याभूति मूल अधिकारों को न्यून करती है या छीनती है। इस निर्णय के पश्चात् व्यक्ति की गरिमा का राजनीतिक पक्ष तथा उसकी गरिमा के सामाजिक और आर्थिक पक्ष समकक्ष हो गये। यह सत्य भी है कि नीति-निर्देशक तत्त्व समता के और जीवन के अधिकारों के ही विविध आयाम हैं। अनुच्छेद 39 के अन्तर्गत वर्णित स्वतन्त्रताएँ जीवन के ही मूल अधिकार का अंग हैं। इस प्रकार अनुच्छेद 31 ग का यह निषेध ही निस्सार हो जाता है कि नीति-निर्देशक तत्त्वों को प्रभावी करने वाली विधियाँ अनुच्छेद 14 और 19 पर अग्रता रखेंगी, सत्य तो यह है कि भाग चार के कोई भी उपबन्ध व्यक्ति के जीवन और समता के अधिकारों का ही पोषण करते हैं और इन दोनों में परस्पर विरोध सम्भव ही नहीं है। अनुच्छेद 14 और 19 एक परिपूर्ण मानव की कल्पना करते हैं और भाग चार के उपबन्ध एक परिपूर्ण समाज की। समृद्ध समाज में सुखी मानव, यही व्यक्ति की गरिमा का संवैधानिक आदर्श है और यही किसी भी संवैधानिक दर्शन का उपदेश।

"संविधान के भाग तीन के उपबन्ध मानवी व्यक्तित्व की विभूतियाँ हैं। मूल अधिकारों की प्रतिष्ठा से राज्य ने मानव को महिमा मण्डित किया है। अपराधवृत्ति और जघन्य आचरण के पश्चात् भी मानव मानव है। अपराध वृत्ति विवेक के नाश का प्रतीक है, तथापि विवेक के नाश से मानव की गरिमा का नाश नहीं होता। अपराध का दण्ड भोगते समय भी मानव राज्य का दास नहीं है। कारागार में बन्दी, मानव की गरिमा भी राज्य के लिए सम्पूज्य है। कारावास में बन्दी द्वारा किये गये श्रम का उसे समुचित मूल्य दिया जाता है। संविधान में बन्दियों के प्रति भी जेल अधिकारियों से मानवोचित व्यवहार की अपेक्षा की गई है।" व्यक्ति की गरिमा संविधान की मूल संरचना का भी मूल अवयव है।

17

सुधारवादी मानवाधिकार

संविधान के बयालीसवें संशोधन से संविधान के भाग चार (क) के मूल कर्त्तव्यों का अधिनियम हुआ उनमें अनुच्छेद 51 (क) के खण्ड (ज) के अन्तर्गत यह भारत के प्रत्येक नागरिक का कर्त्तव्य होगा कि वह वैज्ञानिक दृष्टिकोण, मानववाद, ज्ञानार्जन तथा सुधार की भावना का विकास करे। इस प्रकार 'मानववाद' और 'सुधार' जैसे शब्द संविधान में एक मार्च, 1977 से पूर्व विद्यमान नहीं थे। किन्तु इसका अर्थ यह नहीं है कि मानववाद और सुधार की भावना से राष्ट्र अपरिचित था। संविधान के भाग तीन व भाग चार में जिस दर्शन का समावेश है, वह मानवतावादी और सुधारवादी दर्शन ही है। संविधान के 42वें संशोधन द्वारा मानववाद और सुधार के दृष्टिकोण को एक मूल कर्त्तव्य के रूप में मान्यता प्राप्त हुई। राष्ट्र के इस भावना से ओत-प्रोत होते हुए भी, यह भाव मूल कर्त्तव्य के रूप में प्रतिष्ठित नहीं था। अब प्रत्येक नागरिक इसे अपने जीवन का अंग मानेगा और राष्ट्रीय जीवन की सभी संस्थाएँ इसका अनिवार्य रूप से पालन करेंगी। मानववाद और सुधार की भावना भारत की संस्कृति का एक मौलिक तत्त्व था। धर्म और दर्शन में जिन आदर्शों की सनातन और सार्वलौकिक निर्अपवाद मान्यता है, वे वेद, उपनिषद् और स्मृतिग्रन्थों में उपलब्ध

हैं। इस चिन्तन का माननवादी पक्ष रहस्यमय और गम्भीर है। इस चिन्तन में मानववादी दृष्टिकोण 'व्यक्ति' और 'ईश्वर' जैसे तत्त्वों की समरूपता से प्रारम्भ हुआ है। जीवन ईश्वर का अंश है और मानव जीवन् एक दिव्य विभूति है। सृष्टि की यह सर्वोत्कृष्ट उपलब्धि है। जीव और ईश्वर के समरूप होने से प्रत्येक व्यक्ति समसत्तात्मक हो जाता है। इस प्रकार व्यक्ति और व्यक्ति में किसी प्रकार का भेद नहीं रहता। क्योंकि प्रत्येक व्यक्ति एक ही ईश्वर का अंश है और ईश्वर के सन्दर्भ में सब समान हैं। इस प्राचीन में किसी सुधारवदी प्रयोग का स्वाभाविक रूप से कोई अवसर नहीं था। सुधार की आवश्यकता केवल इस भावना के लोप हो जाने के कारण उत्पन्न हुई। विदेशियों के निरनतर आक्रमण ने भारत की मूल संस्कृति की छवि धूमिल कर दी और आधुनिक युग में इस छवि को स्पष्ट करना अधिक आवश्यक हो गया। भारत के स्वाधीनता आन्दोलन में इन्हीं सांस्कृतिक मूल्यों की प्रमुख भूमिका रही और स्वाधीनता के पश्चात् मानववाद और सुधार के दृष्टिकोण को स्वाधीन राष्ट्र का सर्वोपरि लक्ष्य बनाया गया। संविधान के भाग तीन व भाग चार के उपबन्ध इस दृष्टिकोण से उन सांस्कृतिक मूल्यों की छवि का पुनर्निर्माण करने की दिशा में क्रान्तिकारी चरण हैं। बयालीसवें संशोधन में तो इस भावना को केवल स्पष्ट किया गया। पाश्चात्य जगत में मानववादी और सुधार का दृष्टिकोण 16वीं शताब्दी से वैज्ञानिक प्रगति के साथ-साथ प्रारम्भ हुआ। विश्वक्रान्तियों ने मानववादी और सुधार के दृष्टिकोण को एक दर्शन का रूप दिया और भारत के स्वाधीनता आन्दोलन के कर्णधार, विश्व की इन क्रान्तियों से और इन मूल्यों से पूर्णतया परिचित और प्रभावित थे। पाश्चात्य जगत में वैज्ञानिक आविष्कारों के पश्चात् यह सिद्ध हो गया कि भौतिक सुख और दु:ख न कोई कर्म का फेर है और न ही कोई भाग्य का चमत्कार वरन् मानव द्वारा मानव पर किया गया अत्याचार और शोषण मात्र है और अत्याचारी या शोषक प्राकर के व्यक्तियों ने ही इन सिद्धान्तों की रचना करके शोषित और त्रस्त वर्ग को भ्रम और अन्धकार में रखा। वैज्ञानिक आविष्कारों ने यह अंधकार शनैः-शनैः समाप्त किया और मानववाद की सार्वभौमिक प्रतिष्ठा हुई और जो राष्ट्र इन क्रातिन्यों से प्रभावित हुए, उन्होंने इन विस्थापित मूल्यों को सुधारवादी विधायप के द्वारा पुनर्रस्थापित किया। व्यक्ति की गरिमा पर लगे कालुष्य को धोना मानववाद है और उसी लक्ष्य से बनायी गयी विधि सुधारवादी विधायन है।

अतः मानववाद और सुधार का दृष्टिकोण नवीन न होते हुए भी इसे नागरिक का कर्त्त० बना देने से इसके प्रभाव में विशेष रूप से वृद्धि हुई। प्रत्येक नागरिक का कर्त्तव्य होने के नाते यह राष्ट्र के सभी व्यक्तियों का और इस प्रकार राष्ट्र के समूचे व्यक्तित्व का कर्त्तव्य बन गया है। जहाँ-जहाँ व्यक्ति का कार्यक्षेत्र

है और जिन-जिन क्षेत्रों में व्यक्ति का प्रवेश है, वहीं यह कर्त्तव्य स्वतः प्रवेश कर जायेगा। व्यक्ति इसका पालन करेगा और राष्ट्र इसका पालन करवायेगा। पालन करवाने के लिए राष्ट्र के पास एकमात्र शक्ति विधि बनाने की होती है। सम्प्रभु जो कुछ भी करता है, विधि के माध्यम से ही करता है। रूसो का तो यहाँ तक कहना है कि विधायन सम्प्रभु का हृदय और इस प्रकार उसके सम्पूर्ण स्नायु तंत्र का केन्द्र है। कार्यपालिका तो शरीर में मस्तिष्क के समान है। मस्तिष्क के विकृत हो जाने पर भी व्यक्ति जीवित रह सकता है, किन्तु हृदय की गति रुक जाने पर व्यक्ति मर ही जाता है। इस प्रकार मानववादी और सुधार के दृष्टिकोण को कर्त्तव्य बना देने पर यह लक्ष्य स्पष्ट हो जाता है कि यदि किसी व्यक्ति को यह प्रतीत हो कि राष्ट्र के किसी अंश में इस कर्त्तव्य का पालन नहीं हो रहा है तो वह न्यायालय के माध्यम से राज्य को इस प्रकार की विधि लाने के लिए बाध्य कर सकता है। इस प्रकार के लोकहितैषी व्यक्ति के लिए रिट के अधिकार क्षेत्र में उच्चतम न्यायालय और उच्च न्यायालयों के द्वार उन्मुक्त हैं। एस. पी. गुप्ता बनाम भारत संघ और पीपुल्स यूनियन फॉर डेमोक्रेटिक राइट्स बनाम भारत संघ के निर्णयों में उच्चतम न्यायालय ने यह स्वीकार किया है कि कोई लोकहितैषी व्यक्ति अथवा संस्था मानवता और सुधारवाद के विपरीत आचरण करने वाले किसी व्यक्ति, संस्था अथवा वर्ग को मानववाद और सुधार के सिद्धान्तों के अनुसार आचरण करने के लिए बाध्य करवा सकता है।

संविधान में यह कहीं स्पष्ट नहीं है कि कर्त्तव्यों के उल्लंघन से अधिकारों पर क्या प्रभाव होगा। यह भी समाधान नहीं है कि किसी व्यक्ति को किसी कर्त्तव्य के उल्लंघन की दशा में किस प्रकार दण्डित किया जायेगा। रामसरन अंत्यानुप्रासी बनाम भारत संघ में एक प्रच्छन्न संकेत यह आवश्य है कि कर्त्तव्यों की अवहेलना की आशंका में राज्य को सूचित किया जाये तथा किसी व्यक्ति या व्यक्तियों के किसी निकाय को कर्त्तव्यों के प्रति बाध्य करने में राज्य की सहायता ली जाये। लोकहितवाद की अधिकारिता में ऐसा सम्भव होने के अतिरिक्त यह कहना स्वाभाविक रूप से कठिन है कि किसी व्यक्ति या किसी संस्था के विरुद्ध कर्त्तव्यों की बाध्यता के लिए न्यायालयों से या राज्य के किसी अन्य अंग से क्या सहायता, किस प्रक्रिया से ली जाये?

राज्य ने स्वयं अपने कर्त्तव्य के रूप में मानववाद और सुधार के दृष्टिकोण को संविधान के भाग चार में प्रारम्भ से ही समाविष्ट कर रखा है और भाग चार के उपबन्धों को विधि द्वारा प्रवर्तित करने का संकल्प संविधान के अनुच्छेद 37 में व्यक्त किया है कि ये तत्त्व विधायन और शासन में मूलभूत होंगे। संविधान के 42वें संशोधन से पूर्व भी मानववादी और सुधार के दृष्टिकोण से जो प्रचुर विधायन हुआ

है वह अनुच्छेद 51(क) के खण्ड (ज) के कर्त्तव्य से ही ओत-प्रोत है। राज्य तो इस कर्त्तव्य से, संविधान के भाग चार के कारण, प्रारम्भ से ही बाध्य है। अब इसी को मूल कर्त्तव्य बनाकर नागरिक का यह धर्म बनाया गया है कि वह इस क्षेत्र में राज्य से पूर्ण सहयोग करे और राष्ट्रीय जीवन की जिस संस्था से भी उसका सम्बन्ध हो, वहाँ उस कर्त्तव्य का अभ्यास करें। मानवता और सुधारवादी दृष्टिकोण के प्रतिकूल किसी मूल अधिकार का भी प्रयोग नहीं किया जा सकता और इसी कारण सर्वप्रथम संविधान के भाग तीन में ही अमानवीय व्यवहार का निषेध करने वाले प्रमुख उपबन्धों का अधिनियम किया गया। इन उपबन्धों के अन्तर्गत लायी गयी विधियाँ मानववादी विधायन की श्रेणी में आयेंगी।

मानववादी दर्शन एक क्रियात्मक दर्शन है जिसका लक्ष्य किसी व्याप्त दोष का परिहार करना है। ऐसी प्रथाएँ, परम्पराएँ या मान्यताएँ जिनसे व्यक्ति का तिरस्कार या अपमान होता हो, उनका निषेध करके ही व्यक्ति की गरिमा को सकारात्मक रूप दिया जा सकता है। भारत में इसका एक विशेष पक्ष अस्पृश्यता का दोष था। शास्त्र सम्मत वर्ण व्यवस्था में अस्पृश्यता का कहीं कोई सन्दर्भ या संकेत उपलबध नहीं है। शूद्रों को कर्म विभाजन की दृष्टि से निम्न कोटि का माना गया था किन्तु ऐसा कहीं कोई प्रमाण नहीं है कि शूद्र वर्ण के किसी व्यक्ति को हेय या हीन माना गया हो या उसके स्पर्श को पाप समझा गया हो। चाण्डाल के सम्बन्ध में अवश्य यह मान्यता रही थी कि उसके घर का अन्न आपात में भी ग्रहण नहीं करना चाहिए। किन्तु यह उस व्यवहार का समरूप नहीं माना जा सकता जिसके अन्तर्गत संविधान पूर्व भारत में कुछ व्यक्तियों को अछूत अर्थात् अस्पृश्य माना जाता था और उनका स्पर्श हो जाने पर प्रायश्चित का विधान था। चाण्डाल के सम्बन्ध में उसके यहाँ का अन्न वर्जित मानने की धारणा का स्वास्थ्य और शुद्धता से सम्बन्ध हो सकता है किन्तु चाण्डाल का उदाहरण यह स्पष्ट नहीं करता कि संविधान पूर्व भारत में अस्पृश्यता जिस रूप में प्रचलित थी, उसका प्रारम्भ कब और कैसे हुआ। महात्मा गाँधी का ध्यान इस ओर सर्वप्रथम आकृष्ट हुआ और इस जाति का उद्धार करना उनके समर्पित जीवन का एक प्रमुख ध्येय था। अछूत कहे जाने वाले व्यक्तियों को उन्होंने 'हरिजन' शब्द से अलंकृत किया। इस शब्द का सर्वप्रथम साहित्यिक प्रयोग गोस्वामी तुलसीदास ने श्रीरामचरितमानस में किया है। जहाँ सीता ने हनुमान जी को हरिजन मानकर स्नेह किया। गाँधी जी ने इस शब्द का अन्य कोई स्रोत प्रकट नहीं किया है। अतः यह अनुमान युक्ति-युक्त है कि उन्होंने यह शब्द रामचरितमानस से ही ग्रहण किया होगा। राम के चरित्र का उनके जीवन पर विशेष प्रभाव था और राम की राज्य व्यवस्था से ही उनके राज्य का आदर्श सहमत था। इस अनुमान का द्वितीय आधार यह है

कि जिस अर्थ में सीता ने हनुमान को हरिजन माना, उसी अर्थ में महात्मा गाँधी ने अछूतों को परमात्मा का सबसे प्रिय वर्ग माना। राम के निकटतम होने के कारण हनुमान हरिजन थे।

अर्थ की इसी व्यापकता को ध्यान में रखते हुए संविधान के अनुच्छेद 17 में अस्पृश्यता को परिभाषित नहीं किया गया है। फिर भी अस्पृश्यता शब्द को दो विरामों के मध्य में लिखा गया है जिसका अभिप्राय यह है कि इससे वही अर्थ ग्रहण किया जायेगा जिस अर्थ में जन-सामान्य इसे ग्रहण करते हैं। इसी प्रकार 'हरिजन' शब्द भी कहीं परिभाषित नहीं है किन्तु संविधान के निर्माण से पूर्व ही जन-सामान्य यह भलीप्रकार समझ गया था कि हरिजन शब्द से किस वर्ग के व्यक्तियों का बोध होता है। इस शब्द को अपरिभाषित रखने का एक कारण यह है कि स्वयं अनुच्छेद 17 के उपबन्ध के दो पक्ष हैं—प्रथम पक्ष में अस्पृश्यता को समूल समाप्त किया गया और द्वितीय पक्ष में उनका आचरण निषिद्ध किया गया है। इस पक्ष में प्रयुक्त किये गये शब्द 'किसी भी रूप में' यह स्पष्ट करते हैं कि अस्पृश्यता के आचरण के विविध रूप हो सकते हैं और क्योंकि यह अनुमान सम्भव नहीं है कि कौन व्यक्ति किस रूप में इसका आचरण करता है, इसे अपरिभाषित रखना ही उचित माना।

1955 में अस्पृश्यता अपराध अधिनियम पारित किया गया। किन्तु इसमें भी इस शब्द की कोई परिभाषा नहीं है। मद्रास कुर्द और उत्तर प्रदेश में अस्पृश्यता का अन्त करने वाली विधियाँ संविधान पूर्व से ही विद्यमान हैं। अस्पृश्यता शब्द को विरामों के मध्य रखने से यह अवश्य स्पष्ट हो जाता है कि इस शब्द का साहित्यिक या व्याकरणीय अर्थ नहीं लगाया जा सकता। मृत्यु और जन्म के संस्कारों में, भारत में अस्पृश्यता का आचरण प्रायः प्रत्येक घर में होता है और उस काल विशेष में प्रभावित घर के व्यक्तियों से स्पर्श अनुचित माना गया है। अनेकों शारीरिक व्याधियाँ हैं जिनके कारण उन व्याधियों से ग्रस्त व्यक्ति अस्पृश्य हो जाता है। स्पष्ट है कि इन प्रसंगतियों से इस अनुच्छेद का कोई सम्बन्ध नहीं है और यह अनुच्छेद उन अस्पृश्यताओं की वर्जना नहीं करता तथापि किसी व्यक्ति की जातीय पंचायत के निर्णय के आधार पर जाति से बहिष्कृत कर देना, अनुच्छेद 17 में वर्णित अस्पृश्यता की कोटि में आ जायेगा। क्योंकि जाति से बहिष्कृत होने का तात्पर्य जाति के व्यक्तियों द्वारा अस्पृश्य घोषित किये जाने के तुल्य है।

अनुच्छेद 17 का एक विलक्षण पक्ष यह है कि यह उन अधिकारों की कोटि का है जो न केवल राज्य के विरुद्ध वरन् प्रत्येक नागरिक के विरुद्ध प्रवर्तनीय हैं। उच्चतम न्यायालय ने अनुच्छेद 17, 23 और 24 के उपबन्धों को न केवल राज्य के

विरुद्ध वरन् प्रत्येक व्यक्ति के विरुद्ध प्रवर्तनीय माना। किन्तु इसका एक दुर्बल पक्ष स्वयं संविधान में ही व्रिमान है। अनुच्छेद 25 में धर्म और अन्तःकरण की प्रत्येक व्यक्ति को स्वतन्त्रता है। अतः अन्तःकरण और अन्तरात्मा के आधार पर कोई व्यक्ति किसी भी अन्य व्यक्ति को अस्पृश्य मान सकता है। इसी प्रकार अनुच्छेद 26 में धार्मिक संस्थाओं की स्थापना का अधिकार प्रत्याभूत किया गया है। स्पष्ट हैं कि अनुच्छेद 25 के बल पर अनुच्छेद 26 के अन्तर्गत स्थापित कोई धार्मिक संस्था अपने मंदिरों, कुओं, तालाबों, स्नानघरों, उद्यानों और परिसरों में किसी वर्ग विशेष के व्यक्तियों का प्रवेश निषिद्ध कर सकती है। धर्म के सम्बन्ध में धर्म के व्यक्तिगत, दलगत और सार्वजनिक तीनों स्वरूपों को स्वीकार किया गया है। अनुच्छेद 17 धर्म के केवल सार्वजनिक, संस्थानों पर लागू होगा, धर्म के व्यक्तिगत संस्थानों पर नहीं। उच्चतम न्यायालय ने इस भेद को संवैधानिक माना है। अनुच्छेद 17 केवल धर्म के सार्वजनिक संस्थाओं पर ही लागू होगा यह तथ्य स्वयं अनुच्छेद 25 के खण्ड (2) के उपखण्ड (ख) से सुसंगत है। जहाँ यह कहा गया है कि राज्य विधि द्वारा केवल सार्वजनिक प्रकार की हिन्दुओं की धार्मिक संस्थाओं को हिन्दुओं के सभी वर्गों और अनुभागों के लिए खोलने का उपबन्ध कर सकता है।

संविधान पूर्व भारत में एक कुप्रथा बेगार के रूप में प्रचलित थी जहाँ कुछ सम्भ्रान्त व्यक्ति अन्य दरिद्रवर्ग के व्यक्तियों से निःशुल्क सेवा ग्रहण करते थे। बिना शुल्क के किसी की सेवा करना ही बेगार शब्द का अर्थ है। वेतन सहित कर्म पगार कहलाता है और बिना वेतन कर्म बेगार कहलाता है। संविधान पूर्व भारत में समान्तवर्ग के व्यक्तियों, जमींदारों और जागीरदारों के यहाँ निम्नवर्ग के व्यक्तियों से बेगार लेने की प्रथा थी। अनुच्छेद 23 ने बेगार की प्रथा, बलात् श्रम और मानव के दुर्व्यवहार का निषेध किया है। संविधान पूर्व भारत में न्यूनतम वेतन अधिनियम, 1948 से ही प्रवृत्त था। 1976 में समान पारिश्रमिक अधिनियम लाया गया जिससे अनुच्छेद 39 के खण्ड (घ) का उद्देश्य पूर्ण होता है। अतः यह निर्विवाद है कि न्यूनतम वेतन अधिनियम के अथवा समान पारिश्रमिक अधिनियम के उपबन्धों के प्रतिकूल संदत्त किया हुआ वेतन बेगार के अर्थ में आकर संविधान के अनुच्छेद 23 का उल्लंघन माना जायेगा। इस अनुच्छेद में न केवल बेगार का निषेध हे, वरन् यह भी निषेध है कि किसी व्यक्ति को वेतन देकर भी उसकी इच्छा के प्रतिकूल काम करने के लिए बाध्य नहीं किया जा सकता है। यह बलात् श्रम का निषेध है। उच्चतम न्यायालय ने इस 'बलात्' शब्द को इसके विशाल और व्यापक अर्थ में ग्रहण किया है। इस अर्थ में बलात् का अर्थ शारीरिक बल से ही नहीं है, वरन् उन सामाजिक, आर्थिक या मानसिक विवशताओं से भी है जिनसे बाध्य होकर कोई व्यक्ति किसी के यहाँ

अवैतनिक या अल्पवैतनिक कार्य स्वीकार कर ले। क्षुधा या आर्थिक संकटों से घिरा व्यक्ति अल्पवेतन पर भी कहीं कार्य कराना स्वीकार कर सकता है, किन्तु उसका अल्पवेतन पर कार्य करना स्वीकार करना अपराध न होकर यह उस व्यक्ति का अपराध होगा जो उससे अल्प वेतन पर कार्य करवाता है। अनुच्छेद 23 के खण्ड (2) में श्रमदान इत्यादि को बलात् श्रम नहीं माना गया है और सामाजिक सेवा के लिए नागरिक को बाध्य किया जा सकता है।

1976 में बंधुआ श्रम प्रथा समाप्ति अधिनियम और 1956 से प्रवृत्त अनैतिक व्यापार दमन अधिनियम का प्रत्यक्ष सम्बन्ध अनुच्छेद 23 से ही है। इन दोनों अधिनियमों का सम्यक् समाकलन डॉ. चतुर्वेदी के शब्दों में यह है कि जहाँ 1976 के बंधुआ श्रम प्रथा समाप्ति अधिनियम से अनुच्छेद 23 के लक्ष्य का निर्वाह हुआ है वहीं अनैतिक व्यापार दमन अधिनियम से इस अनुच्छेद के ध्येय का निर्वाह नहीं हो पाया है।

1976 का बंधुआ श्रम प्रथा समाप्ति अधिनियम, भूतलक्षी प्रभाव से 25 अक्टूबर, 1975 से प्रवृत्त हो चुका है जिसके द्वारा बंधुआ श्रम प्रथा का उन्मूलन होकर, दुर्बल वर्गों को शारीरिक और आर्थिक शोषण से मोक्ष प्राप्त हुई है। बंधु आश्रम प्रथा का मूल ऋण से सम्भूत शोषण और अन्याय है। निर्धन व्यक्ति, सामाजिक आवश्यकताओं से विवश होकर, ऋण लेकर, ऋण अथवा उसके ब्याज के संदाय के निमित्त, ऋणदाता के पक्ष में अपवना श्रम बंधक रखने का अनुबन्ध कर लेता था तथा अधिकांश स्थितियों में, ऋणी व्यक्ति के पुत्र, पौत्रादि भी ऋणदाता को अपना श्रम देते रहते थे और ब्याज और चक्रवृद्धि ब्याज का गणित उन्हें अपने पूर्वजों द्वारा लिये गये अल्प ऋण से उऋण नहीं होने देता था।

9 मई, 1950 को न्यूयार्क में सम्पन्न एक अन्तर्राष्ट्रीय कनवेन्शन में, मानवों में अनैतिक व्यापार और वैश्यावृत्ति के बहिष्कार का संकल्प व्यक्त किया गया। इस कनवैन्शन पर भारत ने भी हस्ताक्षर किये और उसी के अनुसरण में, 1956 में महिलाओं और बालिकाओं में अनैतिक व्यापार दमन अधिनियम पारित किया गया। 1988 में इस अधिनियम में व्यापक संशोधन किये गये तथा इसके शीर्षक में परिवर्तन करके इसे अनैतिक व्यापार दमन अधिनियम नाम दिया गया। इस अधिनियम का उद्देश्य मूलतः वैश्यावृत्ति की प्रेरणा देने अथवा वैश्यावृत्ति को उसकाने के कृत्य को अपराध की संज्ञा में लाना है। वैश्यालयों अथवा वैश्यावृत्ति को अवैध घोषित करना इस अधिनियम का अभी भी ध्येय नहीं है। संवैधानिक दृष्टि से अनुच्छेद 19 के खण्ड (1) के उपखण्ड (छ) में कोई भी वृत्ति और उपजीविका ग्रहण करने का प्रत्येक

नागरिक को अधिकार है। भाषा और व्याकरण, दोनों दृष्टियों से, 'वृत्ति' संज्ञा में वैश्यावृत्ति से अपनी जीविका चालने के मूल अधिकार की सम्पुष्टि होती है। अधिनियम की धारा 7 अवश्य एक महत्त्वपूर्ण उपबन्ध करती है कि सार्वजनिक, धार्मिक, शैक्षिक या चिकित्सकीय संस्थाओं या अन्य अधिसूचित स्थलों से 200 मीटर की परिधि में, कोई महिला, वैश्यावृत्ति नहीं चला सकेगी। इस अधिनियम में वैश्यालय, जो प्रचलित भाषा में 'चकला' संज्ञा से अभिहित है कि परिभाषा इतनी शिथिल है कि उसकी ओट में कोई एकल महिला, अपनी जीविका के लिए यौन व्यापार पर निर्भर रहकर, ग्राहकों को किसी भी रीति से उपलब्ध कर या करवा सकती है। इस अधिनियम की सार्थकता और सफलता, अनुच्छेद 19 के खण्ड (1) के उपखण्ड (छ) तथा अनुच्छेद 23 के उपबन्धों के मध्य विद्यमान असंगति के कारण संदिग्ध है। वर्तमान में इस अधिनियम से, अनुच्छेद 23 के मन्तव्य का पूर्ण निर्वाह नहीं हो पा रहा है।

भारत में ही नहीं, विश्व के लगभग सभी सभ्य देशों ने बालश्रम को, व्यक्ति की गरिमा के प्रतिकूल माना है। बालश्रम के पक्ष और विपक्ष में दो विरोधी विचारधाराएँ हैं। प्रथम विचारधारा बालश्रम को आज के अर्थ प्रधान युग की अनिवार्यता मानती है। वर्तमान अर्थतंत्र ही इतना जटिल हो गया है जिसमें अनेकों परिवार बालश्रम पर निर्भर रहने के लिए विवश हो गये हैं। भारत जैसे कृषि प्रधान देश में, संविधान पूर्व बालश्रम की समस्या नहीं थी। कृषि कार्यों अथवा घरेलू उद्योगों में ही बालक प्रारम्भ से प्रशिक्षित हो जाते थे और इससे उनके शारीरिक और बौद्धिक विकास में किसी प्रकार की क्षति का अनुभव नहीं होता था। इस प्रकार प्रथम विचारधारा का उपयोगितावादी आधार है। द्वितीय विचारधारा आदर्शवादी है। यहाँ धारणा यह है कि एक निश्चित आयु के अन्तर्गत जो व्यक्ति आते हों, उनके समक्ष श्रम करने की विवशता, उनके शारीरिक और मानसिक विकास में अहितकारी है। इस निर्दिष्ट आयु विशेष के अन्तर्गत जिन व्यक्तियों का वर्ग है वे बाल हैं और अभी उन्होंने 'व्यक्ति' की परिभाषा में प्रवेश नहीं किया है। इस द्वितीय विचारधारा के भी दो पक्ष है। प्रथम यह कि कुछ समय तक बालश्रम को मान्यता दी जाये और समाज के एक विशेष आर्थिक स्तर तक आ जाने के पश्चात् इसका निषेध कर दिया जाये। अन्य पक्ष यह है कि बालश्रम यदि निषिद्ध किया है। संविधान के अनुच्छेद 24 में कहा गया है कि 'चौदह वर्ष से कम आयु के किसी बालक को किसी कारखाने या खान में काम करने के लिए नियोजित नहीं किया जायेगा या किसी अन्य परिसंकटमय नियोन में नहीं लगाया जायेगा।' इस उपबन्ध को जिस भाषा से विशिष्ट किया गया है, उसमें बालश्रम का पूर्ण निषेध नहीं है। निषेध केवल यह है कि

बालश्रम का नियोजन कारखानों, खानों या अन्य परिसंकटमय परियोजनाओं में नहीं किया जायेगा। बालश्रम क्या है, यह इस अनुच्छेद में स्पष्ट है कि 14 वर्ष से कम आयु के बालकों का नियोजन कारखानों, खानों या अन्य परिसंकटमय संस्थानों में नहीं किया जायेगा। इस प्रकार इस अनुच्छेद के पाठ से ही एक मध्यमार्ग प्रशस्त हो जाता है। आवश्यकता शेष रहती है उन परियोजनाओं या संस्थाओं को नामित या परिभाषित करने की जो परिसंकटमय मानी जायें। भारत में बालश्रम की नीति का यही मूल सिद्धान्त है। इस नीति के अनुसरण में, 1986 में बालश्रम (प्रतिषेध तथा विनियमन) अधिनियम पारित हुआ जिसमें उन उपजीविकाओं और प्रक्रियाओं को नामि कर दिया गया जिनमें 14 वर्ष से कम आयु के बालकों का नियोजन पूर्णतः निषिद्ध कर दिया गया जबकि अन्य उपजीविकाओं तथा प्रक्रियाओं में बालश्रम के नियोजन को विनियमित किया गया। इस अधिनियम के उपबन्धों का उल्लंधन इस अधिनियम की धारा 14 के अन्तगर्तत दण्डनीय है। इस अधिनियम से पूर्व बालश्रम के प्रतिषेध से सम्बन्धित उपबन्ध निम्न विधियों में उपलब्ध थे—

(1) फैक्ट्री अधिनियम, 1948

(2) खान अधिनियम, 1952

(3) वाणिज्यिक पोत अधिनियम, 1958

(4) मोटर परिवहन कार्मिक अधिनियम, 1961

1986 के उक्त अधिनियम ने इन पूर्व अधिनियमों का अनुकूल किया है और यह स्पष्ट कर दिया है कि उक्त अधिनियमों के अन्तर्गत घटे अपराधों का विचारण इसी 1986 के अधिनियम की धारा 14 के अन्तर्गत किया जायेगा। इस अधिनियम का मूल्यांकन डॉ. चतुर्वेदी के अग्र शब्दों में भली प्रकार हो जाता है—

"1986 के बालश्रम (प्रतिषेध तथा विनियमन) अधिनियम की अपूर्णता के प्रमाण में यह कहा जा सकता है कि न तो इसमें बाल श्रमिकों के शिष्ट जीवन स्तर के कोई उपबन्ध हैं, न इसमें निषिद्ध व्यवसायों से विरत हुए बाल श्रमिकों की अन्य व्यवसायों में पुनर्स्थापना की योजनपा है और न ही इसमें बाल श्रमिकों की आयु को विनिश्चित करने की कोई व्यवस्थित प्रक्रिया ही है। इसके अतिरिक्त मूल प्रमाण के रूप में उपलब्ध पंजिकायें व लेखा-जोखा आदि सब नियोजकों के अधिकार में ही बने रहने से प्रमाणों में हेरा-फेरी के अवसरों पर कोई प्रतिबन्ध नहीं है। सर्वोत्तम उपबन्ध धारा 17 में है, जिसके अन्तर्गत किसी भी व्यक्ति को न्यायालय में, इस अधिनियम के उल्लंघन के सम्बन्ध में परिवाद लाने का अधिकार प्रदत्त किया गया

है।'' संविधान पूर्व की सामंती संरचना में जबकि जन सामान्य न केवल दरिद्र था वरन् सेठ-साहूकारों और सामन्तों का ऋणी भी होता था। ऐसी अवस्था में ऋण के मूलधन या ब्याज को श्रम के द्वारा चुका दिया जाता था और इस पद्धति में माता-पिता द्वारा स्वयं अन्यत्र श्रम करके अपने बालकों का श्रम इन ऋणदाताओं का बन्धक कर दिया जाता था। इस पद्धति का अन्त ब्रिटिश भारत में ही 1933 में बाल (श्रम बन्धक) अधिनियम के द्वारा कर दिया गया था। बालक समाज का सर्वाधिक संवेदनशील तत्त्व है। अतः बालकों से सम्बन्धित समस्या केवल बालश्रम की ही नहीं है। इसके अतिरिक्त भी बालकों की अनेक पृथक्-पृथक् समस्याएँ हैं। संविधान में इन समस्याओं की संकल्पना भाग 3 और भाग 4 दोनों में की गयी है। अनुच्छेद 15 के खण्ड (3) में यह समादेश है कि, ''इस अनुच्छेद की कोई बात राज्य को स्त्रियों और बालकों के लिए कोई विशेष उपबन्ध करने से निवारित नहीं करेगी।'' बालकों की पृथक् समस्याओं का निदान पृथक् विधियों से करने का राज्य को अधिकार प्रदान किया गया है। अनुच्छेद 39 के खण्ड (ङ) तथा (च) में बालकों की समस्याओं का सकारात्मक पक्ष ग्रहण करते हुए यह निर्देश दिया गया है कि ''पुरुषों और स्त्री कर्मकारों के स्वास्थ्य और शक्ति का तथा बालकों की सुकुमार अवस्था का दुरुपयोग न होर और आर्थिक आवश्यकता से विवश होकर नागरिकों को ऐसे रोजगारों में न जाना पड़े जो उनकी आयु या शक्ति के अनुकूल न हों।'' (ङ) ''बालकों को स्वतन्त्र और गरिमामय वातावरण में स्वस्थ विकास के अवसर और सुविधाएँ दी जायें और बालकों और अल्पवय व्यक्तियों की षोध से तथा नैतिक और आर्थिक परित्याग से रक्षा की जाये।'' (च) अनुच्छेद 45 में बाल शिक्षा को अनिर्वाय करते हुए यह कहा गया है कि, ''राज्य, इस संविधान के प्रारम्भ से दस वर्ष की अवधि के भीतर सभी बालकों को चौदह वर्ष की आयु पूरी करने तक निःशुल्क और अनिवार्य शिक्षा देने के लिए उपबन्ध करने का प्रयास करेगा।''

अनुच्छेद 15 के खण्ड (3) में बालकों के लिए जिस विशेष व्यवस्था की अपेक्षा की गयी है, उसमें बाल अपचारिता प्रमुख है। आर्थिक तनाव और आधुनिक सभ्यता का चकाचौंध ने बाल अपचारिता में वृद्धि की है। बालकों द्वारा अपराध किये जाने की अवस्था में बालकों के लिए पृथक् न्यायालयों की और पृथक् सुधारगृहों की आवश्यकता हो जाती है। अपराधों का भी वर्गीकरण आवश्यक हो जाता है। चोरी और जेबकतरी जैसे अपराधों और हत्या और बलात्कार जैसे अपराधों में अन्तर है। इस दृष्टिकोण से भी बाल अपराधों के विचारण में विशेष उपबन्ध आवश्यक हो जाते हैं। इस सम्बन्ध में 1986 में किशोर अपचारिता अधिनियम पारित हुआ और इसके द्वारा किशोर न्याय की विधि संरचना को एकरूपता प्रदान की गयी और इस सम्बन्ध

में जो पूर्व प्रचलित विधियाँ थीं, वे इस अधिनियम द्वारा प्रतिस्थापित हो गईं। इस अधिनियम की धारा 41, 42, 43, 44 व 45 महत्त्वपूर्ण हैं। बालकों के प्रति क्रूर व्यवहार, उनके परित्याग, उसकी अवहेलना, भिक्षावृत्ति में उनके नियोजन तथा मादक अथवा नशीले पदार्थों के सेवन के लिए उनके उत्प्रेरण आदि को दण्डनीय अपराध बनाया गया है। बालकों का दृश्यमान नियोजन, बालकों के उपार्जन का किसी अन्य के द्वारा उपयोग तथा बालकों के पारिश्रमिक के संदाय को रोकना भी अधिनियम के अन्तर्गत अपराध है। धारा 45 में यह उपलन्ध है कि बालकों द्वारा किये गये अपराधों का विचारण इसी अधिनियम के अन्तर्गत किया जायेगा, अपराध चाहे किसी भी विधि के अन्तर्गत घटित हुआ हो।

स्वाधीनता पूर्व भारत में बालविवाह की कुप्रथा विद्यमान थी। भारत क सांस्कृतिक विचारधारा में बाल विवाह के लिए कोई अवसर ही न था। आश्रय व्यवस्था में 25 वर्ष की आयु से पूर्व सवर्ण व्यक्तियों में विवाह सम्भव ही न था। सामान्यत प्रत्येक व्यक्ति को 25 वर्ष तक ब्रह्मचारी रहना होता था। शूद्रों पर आश्रम व्यवस्था लागू नहीं थी किन्तु शूद्र जाति में भी बाल विवाह का कोई पमुख ऐतिहासिक प्रमाण नहीं है। ब्राह्मण और क्षत्रिय जातियों में, स्त्रियाँ भी प्राय: स्वयंवरा होती थीं और वयस्क होकर ही स्वयं अपने चुनाव से पति का वरण करती थीं। मनुस्मृति के नवें अध्याय के श्लोक 10 में यह बात कही गयी है कि, ''ऋतुमती कन्या तीन वर्ष तक पिता के दान की बाट देखे इसके बाद अपने तुल्य वर को स्वयं वर ले।'' इसका तात्पर्य हुआ कि कोई भी कन्या ऋतुमयी होने के भी तीन वर्ष बाद विवाह करे, इसमें बाल विवाह की वर्जना स्वत: ही समाहित हो गयी है। इसके फलस्वरूप इसी अध्याय के श्लोक 88 में यह कहा गया है कि, ''सुन्दर, श्रेष्ठ और रूपवान वर मिल जाये तो कन्या विवाह योग्य न हो तो भी उसे विधिपूर्वक दे दे।'' किन्तु ऐसा केवल अपवादस्वरूप ही होगा। इसी अध्याय के श्लोक 89 में यह कहा गया है कि ''ऋतुमयी होने पर भी चाहे कन्या जन्मभर घर में ही रहे परन्तु इसे किसी निर्गुण पात्र को कभी न दे।'' अर्थात् कन्या के विवाह के लिए सुयोग्य वर का होना आवश्यक है, इसके अभाव में चाहे कन्या को आजीवन कुँआरी ही क्यों न रहना पड़े।

भारत में जन-सामान्य की दरिद्रता, विपन्नता और ऋणग्रस्ता के कारण सम्भावतया इस कुप्रथा ने जन्म लिया होगा। पारिवारिक अर्थतंत्र में, श्रमिकों की वृद्धि की आवश्यकता ने बाल-विवाह को प्रश्रय दिया होगा। 20वीं सदी के प्रारम्भ में ही इस दिशा में सुधारवादी प्रयोग हुए और बाल-विवाह अवरोधक अधिनियम प्रथमत: 1929 में पारित हुआ जिसे 1949 में संशोधित किया गया। इस अधिनियम में विवाह

योग्य वर की आयु 18 वर्ष और वधू की आयु 14 वर्ष निर्धारित थी। 1949 के संशोधन द्वारा वधू की आयु 15 वर्ष कर दी गयी। 1978 में पुनः एक संशोधन लाकर विवाह योग्य वर की आयु 21 वर्ष तथा वधु की आयु 18 वर्ष कर दी गयी। इसी के अनुसार हिन्दू विवाह अधिनियम, 1955 की धारा 5 के खण्ड (111) में तथा भारतीय ईसाई विवाह अधिनियम, 1872 की धारा 60 के खण्ड (1) में रूथास्थिति संशाधेन किया गया। फिर भी बाल-विवाह की प्रथा समूल नष्ट नहीं हुई है। राजस्थान में तो प्रतिवर्ष सामूहिक बाल-विवाह का आयोजन समारोह पूर्वक किया जाता है। भारत के परिवार नियोजन संस्थान द्वारा किये गये सर्वेक्षण से प्राप्त आँकड़ों से यह ज्ञात हुआ है कि लगभग एक करोड़ बालकों का विवाह 11 वर्ष की आयु में हुआ तथा 64 प्रतिशत वधुएँ विवाह के समय 18 वर्ष से कम थीं। सारांश यह कि मात्र विधिक उपचारों से यह प्रथा समाप्त नहीं होने वाली। मानववाद औ सुधार की भावना भारतीय संस्कृति का आधारभूत तत्त्व रहे हैं और इस दिशा में समय-समय पर दिये गए न्याय-निर्णयों में व्यक्ति की गरिमा के नये शीर्ष स्थापित हुए हैं। मानववाद और सुधारवाद में कोई वास्तविक भेद नहीं है। किसी भी आन्दोलन या विधायन को सुधारवादी कहा जाये या मानववादी अर्थ एक ही होता है। क्योंकि दोनों का लक्ष्य व्यक्ति की गरिमा को हीं प्रतिष्ठित करता है।

अधिकांश विषयों में संवैधानिक स्तर पर और सामान्यतः व्यक्ति की गरिमा को मौलिक अधिकारों के बिम्ब से लक्ष्य किया गया है। सभी मौलिक अधिकार अंततः व्यक्ति की गरिमा का ही पोषण करते हैं तथापि यह नहीं माना जा सकता कि व्यक्ति की गरिमा की संवैधानिक परिधि केवल मौलिक अधिकारों तक ही सीमित है। संविधान में मौलिक अधिकारों के अतिरिक्त राज्य के नीति-निर्देशक तत्त्वों में भी व्यक्ति की गरिमा को ही लक्ष्य किया गया है। भेद यह है कि मौलिक अधिकारों की संरचना का लक्ष्य व्यक्ति या यथार्थ शब्दों में, नागरिक रहा है, जबकि नीति-निर्देशक तत्त्वों में एक सम्पूर्ण सुव्यवस्थिति और सम्प्न्न समाज को लक्ष्य किया गया है। इस सामूहिक लक्ष्य से व्यक्ति के मौलिक अधिकारों पर किसी न किसी अंश में प्रतिकूल प्रभाव पड़ सकता है, तथापि उस अवस्था में व्यक्ति की गरिमा का सामूहिक पक्ष अविभावी होगा और व्यक्तिगत पक्ष को किंचित क्षति सहन करनी होगी। इन मूल अधिकारों पर स्वयं राज्य द्वारा भी अनेकों निर्बन्धन अधिरोपित किये जा सकते हैं और राज्य को ऐसे विधायन का अधिकार संविधान में प्रदान किया गया है। दूसरी ओर इन मौलिक अधिकारों पर स्वयं नागरिक के मौलिक कर्त्तव्यों का भी अधिभार है और एक निष्ठावान नागरिक का इन कर्त्तव्यों के पालन में भी कुछ सीमा तक अपनी स्वतन्त्रताओं को सीमित और संकीर्ण करना होता है।

राजस्थान उच्च न्यायालय की अवधारणा तो यहाँ तक है कि जो व्यक्ति अपने मौलिक कर्त्तव्यों का निर्वाह न कर सकें उन्हें मौलिक अधिकारों की माँग करने का कोई धिकार नहीं है। तात्पर्य यह है कि मानवी गरिमा को मौलिक अधिकारों तक ही सीमित नहीं माना जा सकता और मौलिक अधिकारों की व्याप्ति में मानवी गरिमा का जो पक्ष समाहित है उस पर विविध निर्बन्धन अधिरोपित किये जा सकते हैं। इससे परे व्यक्ति की गरिमा का एक पक्ष व्यक्ति के सम्बन्धों पर आधृत होता है। व्यक्ति के पारिवारिक और पारस्परिक सम्बन्ध केवल संविदात्मक सम्बन्ध नहीं है, वरन् वे व्यक्ति और उसके स्तर के द्योतक होते हैं और उन्हीं के आधार पर उस व्यक्ति की गरिमा आँकी जाती है। पिता और पुत्र के, पत्नि और पति के ऐसे कोमल और अधिक जटिल सम्बन्ध हैं जिनका समाकलन उस सम्बन्ध को धारण करने वाले व्यक्ति की गरिमा के स्तर से आँका जायेगा। पत्नि-पति के पारस्परिक सम्बन्धों का परीक्षण व्यक्ति की गरिमा के आधार पर ही किया जाना समीचीन है।

इन्हीं सम्बन्धों की गरिमा को प्रधानता देते हुए अनेकों मामले न्यायालयों में लम्बित हैं। इस क्षेत्र में सम्बन्ध विशेष की गरिमा के समक्ष व्यक्ति को स्वयं की गरिमा को प्रतिरक्षा में लाने का अवसर न्यून हो जाता है। प्रधानता सम्बन्ध की गरिमा को ही दी जाती है। दिल्ली उच्च न्यायालय के समक्ष श्रीमती एक्स बनाम श्रीमान् ज़ैड वाले मामले में प्रश्न दात्पत्य की गरिमा का था। पत्नी को विवाहेत्तर गर्भ था पत्नी का गर्भपात करवाने पर पति उस भ्रूण के डी. एन. ए. टैस्ट की माँग ले आया। पत्नी ने इस माँग का विरोध किया, किन्तु न्यायालय ने उस विरोध को अस्वीकार कर दिया। क्योंकि त्यागे हुए गर्भ पर उसका कोई अधिकार नहीं माना गया। निर्णय की गुणवत्ता को अक्षुण्ण रखते हुए भी इस निर्णय में दाम्पत्य की गरिमा प्रतिध्वनित है। क्योंकि पत्नी द्वारा त्यागे गये गर्भ पर उसके पति का भी कोई अधिकार नहीं था। किन्तु इस सत्य का ज्ञान पति के सम्बन्ध की गरिमा के लिए आवश्यक माना गया।

'प्राइवेसी' का यह अधिकार पिछले दो-तीन दशकों में अधिक प्रकाश में आया। विरोधी व्यक्तियों द्वारा परस्पर टेलीफोनों और अन्य संचार माध्यमों को रिकॉर्ड किये जाने से इस आधार के हनन के विरोध में याचिकाएँ आने लगीं। जीवन की नयी आवश्यकताओं ने नयी समस्याओं को जन्म दिया और इन्हीं आवश्यकताओं से 'प्राइवेसी' या 'गोपनीयता' एक मौलिक अधिकार से भी अधिक मानवी अधिकार बन गया। 'प्राइवेसी' से ही सम्बन्धित अन्य दो मामले उल्लेखनीय हैं। दोनों ही एड्स रोग से सम्बन्धित हैं। गुप्त बीमारी होने के कारण इस सम्बन्ध में गोपनीयता के धिकार के अन्तर्गत विवाद आने लगे हैं। श्रीमान् एक्स बनाम अस्पताल वाले मामले में एक चिकित्सा के अन्तर्गत आये हुए व्यक्ति के सम्बन्ध में चिकित्सक को यह ज्ञात हुआ

कि रोगी एड्स के कीटाणुओं से ग्रस्त है प्रश्न यह था कि क्या उस चिकित्सक के लिए इस सत्य को उसकी मंगेतर से प्रकट कर देना न्यायसंगत था। उच्चतम न्यायालय ने इसे न्यायसंगत माना और चिकित्सक के इस कृत्य को उसके व्यवसाय की गरिमा के अनुरूप माना गया। अन्य व्यक्तियों के कल्याणक की भावना व्यक्ति की गरिमा के ही आदर्शों का एक अंश है। व्यवसाय की गरिमा के सम्बन्ध में यह एक उदाहरणीय दृष्टान्त है। श्रीमती एम. विजय बनाम अध्यक्ष एवं प्रबन्ध निर्देशक सिंगारेनी कोलिरीज कम्पनी लिमिटेड के मामले में यह मत लिया गया कि एड्स से संक्रामित रोगियों की पहचान करना राज्य का दायित्व है और ऐसी पहचान से इस रोग से ग्रस्त किसी रोगी के किसी मौलिक अधिकार का हनन नहीं होता। इस निर्णय में व्यक्ति की गरिमा और सार्वजनिक हितों में समन्वय दर्शाया गया है। व्यक्ति की गरिमा का व्यक्तिगत ही नहीं एक लौकिक पक्ष भी है जहाँ व्यक्ति की गरिमा मानवीय मूल्यों के अधीन हो जाती है।

सभ्यता के इस द्रुतगामी विकास में नित्य नयी समस्याओं और परिस्थितियों ने जन्म लिया और उन्हें मानवी मूल्यों पर ही समाकलित किया गया और वे व्यक्ति की गरिमा का अंब बन गये और मूल्यों के इन सृजन काल में व्यक्ति की गरिमा की नयी अवधारणाएँ प्रस्तुत हुई। सभी मौलिक, विधिक और नैतिक अधिकार मृत्यु के पश्चात् समाप्त हो जाते हैं, किन्तु व्यक्ति की गरिमा, व्यक्ति की मृत्यु के पश्चात् भी विद्यमान रहती है। शव का सम्मान करना भारतीय संस्कृति का अंग है और भारतीय संस्कृति को संरक्षित रखना प्रत्येक नागरिक का कर्त्तव्य है। शव के प्रति इस सांस्कृतिक सम्मान का उदाहरण उच्चतम न्यायालय द्वारा आश्रय अधिकार अभियान बनाम भारत संघ के मामले में दिया गया निर्णय है। इस निर्णय में यह घोषित किया गया है कि किसी बेघर व्यक्ति की मृत्यु हो जाने पर उसका अन्तिम संस्कार उस व्यक्ति के धर्म के अनुसार सम्मानपूर्वक किया जाये। इस निर्णय में मानवी गरिमा को अक्षुण्ण रखना राज्य का कर्त्तव्य माना गया है।

नारी की गरिमा भारत में एक सांस्कृतिक मान्यता है। 'यत्र नार्यस्तु पूज्यते' महात्मओं का वाक्य है। भारतीय संविधान में इस मनुवादी संस्कृति को स्वीकार किया गया है और अनुच्छेद 51 (क) के खण्ड (ङ) के अनुसार नारी का आदर करना प्रतयेक नागरिक का कर्त्तव्य है। स्त्री के प्रति आदर के कर्त्तव्य को ही मूल अधिकारों वाले अध्याय में स्त्रियों को एक वर्ग-विशेष मानकर इनके सम्बन्ध में विशेष उपबन्ध करने की राज्य को शक्ति प्रदान की गयी है। इन दोनों आदर्शों में जब टकराव की स्थिति आयी तब समता के मूल अधिकार को व्यक्ति विशेष की गरिमा की अवधारणा पर अविभावी माना गया। नारी की गरिमा व्यक्ति की गरिमा से ऊँची नहीं है। नारी

पुरुष के समान हो सकती है किन्तु उससे उच्च नहीं। अतः उन विधियों और उन उपबन्धों की न्यायिक पुररीक्षा हुई कि सार्वनिक पदों को केवल नारी के लिए ही आरक्षित या अपवर्जित करना सांवैधानिक है या नहीं? नारी की नियुक्ति को अपवर्जित करने का मामला मद्रास उच्च न्यायालय के समक्ष आया और उसमें यह अवधारित किया गया कि किसी सार्वजनिक न्याय में महिला के संचालक होने पर क़ोई प्रतिषेध नहीं लाया जा सकता और महिला के लिए सुनिश्चित पद पर पुरुष की नियुक्ति अवैध होगी। इस निर्णय का एक विवक्षित अर्थ यह होगा कि किसी सार्वजनिक पद को नितांत स्त्रियों के लिए ही आरिक्षत नहीं किया जा सकता। महिला संस्थाओं में पुरुष की और पुरुष संस्थानों में महिला की नियुक्ति में कोई विभेद नहीं किया जा सकता तथापि इस विभेद के न रहते हुए भी नारी की गरिमा का अर्थ उस समता के अधिकर के अद्यधीन ही अपवाद स्वरूप उसे विशेष सुविधाएँ देने का राज्य का दायित्व है। तात्पर्य यह कि समता के सिद्धान्त में लिंगभेद नहीं किया जा सकता किन्तु अन्य सन्दर्भों में लिंगभेद करते हुए भी नारी वर्ग को विशेष सुविधाएँ दी जा सकती हैं। संस्थान पुरुष प्रधान हों या स्त्री प्रधान नियुक्तियों में कोई विभेद नहीं किया जा सकता।

भारत में किसी शासकीय पद को ग्रहण करना भी एक स्तर का प्रश्न है। अतः इसके भी अनेकों पक्ष व्यक्ति की गरिमा से सम्बन्धित हैं। भारत में राज्य सेवा एक संवैधानिक तंत्र है और इसका आधार संविदा नहीं है। राज्य शासन में प्रवेश की एक विशेष चयन प्रक्रिया है और वह नितान्त कार्य की संविदा न होकर एक स्तर और सम्मान का विषय है। इस प्रकार राज्य सेवा के भिन्न-भिन्न संवर्गों और भिन्न-भिन्न सोपानों की श्रृंखला में अनेकों अवसर पदोन्नत और पदावनत होने के और भर्ती की एक निरन्तर प्रक्रिया के बने रहते, ज्येष्ठता और कनिष्ठता के प्रश्न व्यक्ति की गरिमा की नयी व्याख्या के अवसर प्रस्तुत करते हैं। जहवार लाल सजावाल बनाम जम्मू कश्मीर राज्य वाले मामले में राज्य सेवक के स्तर का प्रश्न विवाद का विषय था। कल्याणकारी राज्य में ऐसी स्थितियाँ सामान्य होती हैं। हाँ किसी क्षेत्र विशेष्ज्ञ में राज्य और निजी उद्योग साझेदारी कर लेते हैं और ऐसी व्यवस्था में राज्य के अनेक अधिकारी किसी निजी उद्योग के प्रबन्ध के अद्यधीन हो जाते हैं, किन्तु ऐसा होने से उनके स्तर में किसी प्रकार का अन्तर नहीं आता है और उनका स्तर एक राज्यसेवक का ही बना रहता है।

सरोज अय्यर बनाम महाराष्ट्र मेडिकल (कौंसिल) ऑफ इण्डिया मेडिसिन वाले मामले में न्याय प्रक्रिया और सूचना माध्यमों के मध्य समन्वय की स्थापना की गयी। न्याय व्यक्ति की गमिरा का एक नितान्त आवश्यक पक्ष है और न्याय की इस

गरिमा के लिए न्याय को गोपनीय रखा जाना वर्जनीय है। जहाँ न्याय के विषय स्वयं ही गोपनयी और व्यक्ति के अनतरंग जीवन के विषय हों उन मामलों के अतिरिक्त अन्य सभी मामलों में न्याय खुले न्यायालय में किया जाता है और किसी भी पत्रकार को न्यायालय में देखी और सुनी कार्यवाही की सत्यनिष्ठ रिपोर्ट के प्रकाशन का अधिकार है। इस निर्णय में व्यक्ति के अभिव्यक्ति और सूचना के स्वातंत्र्य के अधिकार की पुनर्व्याख्या हुई हैं। न्याय और अभिव्यक्ति दोनों ही व्यक्ति की गरिमा के अंग है। इस निर्णय में इन दोनों में समन्वय की आवश्यकता का ही पुनर्कथन किया गया है।

संविधान में समता को व्यक्ति की गरिमा का प्रथम आधार माना गया है। भारत की स्वतन्त्रता पूर्व की विशेष अवस्थाओं में मूल प्रश्न समता की सुरक्षा नहीं वरन् समता की उपलब्धि था। अनेकों व्यक्ति और व्यक्ति समूह समता के स्तर से नितान्त नीचे थे और उन्हें प्रोन्नत करना समता के अधिकर की अपेक्षा थी। समता के इसी मानदण्ड के आधार पर राज्य सेवा के क्षेत्र में वर्ग विशेषों के आरक्षण का उपबन्ध किया गया जो आज के युग की जटिलताओं में अब स्वयं एक समस्या बन गया है। आरक्षण पर भी अंब नियन्त्रण आवश्यक माना जाये लगा है। क्योंकि किसी वर्ग विशेष का आरक्षण किसी अन्य वर्ग के अपवर्जन पर ही सम्पोषित होता है और अन्ततः आरक्षण का प्रभाव व्यक्ति की गरिमा के विपरीत हो जाता है। ए. आई. आई. एम. एस. स्टूडेन्टस यूनियम बनाम ए. आई. आई. एम. एस. वाले मामले में इसी आवश्यकता को रेखांकित किया गया और यह घोषित किया गया कि संवैधानिक उपबन्धों के विपरीत किया गया कोई भी आरक्षण व्यक्ति की स्वतन्त्रता, बन्धुता, एकता, अखण्डता और गरिता के विपरीत होगा। शिक्षण संस्थाओं में रैगिग की एक कुप्रथा प्रचलित रहती है, किन्तु अब उसे व्यक्ति की गरिमा के विपरीत मानकर उस पर आक्षेप लाये जाने लगे हैं। विश्व जागृति मिशन बनाम केन्द्र सरकार वाले मामले में उच्चतम न्यायालय ने इस विषय को गम्भीरता से लिया और इस कुप्रथा को समाप्त करने के लिए दिशा-निर्देश निर्गत किये।

डैनियल लतीफ बनाम भारत संघ वाले मामले में यह पुनर्कथन किया गया है कि जीवित रहने का अभिप्राय गरिमा के साथ जीवित रहना है। इस निर्णय में गरिमा की असीम व्याप्ति और विस्तार को स्वीकार किया गया है। सुधारवादी प्रयोगों से नये मूल्यों की स्थापना होती है और सभ्यता, मानवता और व्यक्ति की गमिरा का इतिहास एक साथ गतिशील होता है। नये मानवीय मूल्यों की स्थापना किसी प्रचलित अनीति के विरोध में की जाती है। एक समाचार में ऐसी घटना प्रकाश में आयी जिसमें अनुशासनिक दण्ड की एक रीति को अमानवीय कहकर आक्षेप किया गया। इस

मामले में रेलवे के कुछ अकर्मण्य कर्मचारियों के गले में 'कामचोर' की तख्ती लटकाकर उन्हें कार्यालय के सामने दिनभर खड़े रहने, तत्पश्चात् पैदल चलने का दण्ड दिया गया। अभी इस मामले में कोई न्यायिक निर्णय नहीं हुआ है किन्तु यह स्पष्टतः अमानवीय है। क्योंकि दण्ड का अर्थ क्रूरता नहीं होता। दण्ड तो गरिमा का एक अंग है, जबकि क्रूरता इसके विपरीत होती है। व्यक्ति की गरिमा आज आतंकवाद से सर्वाधिक पीड़ित है, किन्तु इसे समाप्त करने के सभी विधिक पग्रास अभी तक विफल रहे हैं। आतंकवाद मानवी गरिमा का प्रबल शत्रु है तथा सभी राष्ट्र इस सम्बन्ध में चिन्तित तथा भारत इसे विशेषतः पीड़ित है। इसमें सन्देह नहीं कि विकास के क्रम में व्यक्ति की गरिमा के नये आयाम प्रशस्त होंगे और सुधारवाद केनाम पर उसके नये स्रोत खोजे जा सकेंगे।

पराधीन भारत के सांस्कृतिक परिवेश में बालकों और महिलाओं का वर्ग अपेक्षाकृत अधिक दलित और पीड़ित रहा। संविधान के अनुच्छेद 15 के खण्ड (3) का उपबन्ध बालकों और स्त्रियों की दशा में सुधार के दृष्टिकोण से ही अधिनियमित हुआ है। संविधान में ये दोनों वर्ग एक ही प्रकार के माने गये हैं और उन्हें प्रायः सथ ही रखा गया है। संविधान के भाग चार में जहाँ विभिन्न निर्देशों में बालकों के सम्बन्ध में विशेष व्यवस्थाएँ हैं। वहीं स्त्रियों का आवश्यकतानुसार पृथक् से उल्लेख किया गया है। यह उल्लेख अनुच्छेद 39 के खण्ड (क), (घ) तथा (ङ) में और अनुच्छेद 42 में किया गया है। संविधान के स्वयं भाग तीन में ही स्त्रियों को पुरुषों के समान स्तर पर प्रतिष्ठित कर दिया गया है जिसके सम्बन्ध में अनुच्छेद 15 के खण्ड (1) व (2) में तथा अनुच्छेद 16 के खण्ड (2) में उपबन्धित अधिकार स्त्रियों के साथ किसी भी प्रकार के विभेदकारी व्यवहार का निषेध करते हैं। स्त्री और पुरुषों के मध्य प्रत्येक प्रकार की समता व्यक्ति की गरिमा का एक जाना माना पक्ष हैं और प्रत्येक राष्ट्र ने ही समता के इस सिद्धान्त को मुक्त कण्ठ से स्वीकार किया है। किन्तु भारत का सम्प्रभु स्त्रियों की समता मात्र से सन्तुष्ट नहीं था और अन्ततः 42वें संशोधन में नारी की गरिमा को मूल कर्त्तव्य के रूप में प्रस्तुत किया गया है। अनुच्छेद 51 (क) के खण्ड (ङ) में उन सभी प्रथाओं का निषेध किया गया है जो स्त्रियों के सम्मान के विरुद्ध हों। इस उपबन्ध में, महात्मा मनु का 'यत्र नार्यस्तु पूज्यन्ते रमन्ते तत्र देवताः' वचन सार्थक हुआ है। स्त्रियों के प्रति अभ्रद व्यवहार पूर्णतः भारतीय दण्ड संहिता की धारा 292, 293 और 294 में वर्तमान है किन्तु वे उपबन्ध स्त्री की सुरक्षा के दृष्टिकोण से हैं, उसके सम्मान के दृष्टिकोण से नहीं। इस रिक्ति की पूर्ति 1986 में, महिलाओं के अभ्रद प्रदर्शन (निषेध) अधिनियम के पारण से हुई जिसके द्वारा विज्ञापनों, प्रकाशनों, लेखों, चित्रों अथवा आकृतियों के माध्यम से अथवा अन्य किसी

रीति से महिलाओं के अभ्रद प्रदर्शन का निषेध किया गया है। इस अधिनियम की धारा 2 के खण्ड (ग) में अभद्र प्रदर्शन की परिभाषा अत्यन्त व्यापक है किन्तु इसकी अपूर्णता यह है कि वह परिभाषा देवालयों और धार्मिक स्थलों पर किये गये नारी के प्रदर्शन पर और सिनेमोटोग्राफ अधिनियम, 1952 के द्वितीय भाग के अन्तर्गत आने वाले चलचित्रों में किये गये नारी के प्रदर्शन पर लागू नहीं होती और परिणाम स्पष्ट है कि व्यावसायिक स्तर पर किया गया नारी का अभ्रद प्रदर्शन अभी भी मनोरंजन का प्रमुख साधन बना हुआ है।

4 सितम्बर, 1987 को राजस्थान में जयपुर से 65 किमी. दूर देवराला ग्राम में एक राजपूत परिवार की 16 वर्षीय पुत्रवधू के सती होने की घटना ने नारी की गरिमा पर एक प्रश्नचिह्न लगा दिया और तत्काल सती (निवारण) अधिनियम, 1987 पारित किया गया जो 3 जनवरी, 1988 से प्रवृत्त हो गया। सती प्रथा के विरोध में सर्वप्रथम आन्दोलन, राजा राममोहन राय ने बंगाल से प्रारम्भ किया था जहाँ सती की घटनाएँ अधिक हुआ करती थीं। इस आन्दोलन से प्रभावित होकर गर्वनर जनरल लार्ड विलियम वैन्टिक ने 1929 में ही सती प्रथा के निषेध में एक अधिनियम प्रवृत्त कर दिया था और इससे पूर्व सती होने की घटना पृथक् से कोई अपराध न होकर आत्महत्या के प्रयास या आत्महत्या के प्रयास के उत्प्रेरण का अपराध था जिनका दण्ड विधान क्रमशः भारतीय दण्ड संहिता की धारा 309 और 306 में उपबन्धित था जो यथावत् अब भी हैं। इस प्रकार 1929 से पूर्व सती होने की घटनाओं का संज्ञान दण्ड संहिता की धारा 309 या 306 के अन्तर्गत लिया जाता था। सती की घटना पर धारा 306 के अन्तर्गत दण्ड पारण का सर्वप्रथम निर्णय इलाहाबाद उच्च न्यायालय के मुख्य न्यायाधीश ट्यूडवैल ने दिनांक 13 नवम्बर, 1913 को पारित किया था। अब यह अपराध 1987 के उक्त अधिनियम के द्वारा एक विशेष अपराध की श्रेणी में आ गया है। इस अधिनियम की धारा 2 के खण्ड 1 के उपखण्ड (ग) में 'सती' शब्द को परिभाषित किया गया है जिसमें किसी विधवा का अपने पति या अन्य किसी सम्बन्धी के शव या उसके किसी चिह्न अथवा प्रतीक के साथ अथवा किसी स्त्री द्वारा अपने सम्बन्धी के शव के साथ स्वेच्छा से किये या कराये गये आत्मदाह को 'सती' शब्द की संज्ञा में ग्रहण किया गया है। स्पष्ट है कि यह परिभाषा 'विधवा' और 'सम्बन्धी' शब्दों पर बल देती है जिनकी इस अधिनियम में कहीं कोई परिभाषा नहीं है। इस प्रकार किसी प्रेमी-प्रेमिका का एक-दूसरे के वियोग में आत्मदाह करने की या किसी पुरुष द्वारा अपनी पत्नी या अन्य सम्बन्धिनी के शव के साथ आत्मदाह करने की घटनाएँ 1987 के इस अधिनियम के पश्चात् भी भारतीय दण्ड संहिता की धारा 306 या 309 के अन्तर्गत ही विचारणीय रहेंगी।

1961 में, स्त्रियों की सुरक्षा के दृष्टिकोण से, दहेज प्रतिषेध अधिनियम पारित हुआ। 1984 तथा 1986 के संशोधनों द्वारा इसके उपबन्धों को अधिक कठोर बनाया गया। 1986 के संशोधन का एक विशेष पक्ष यह है कि इसके द्वारा दण्ड संहिता 1860 में, धारा 304 ख को सम्मिलित करके 'दहेज मृत्यु' नाम से एक नवीन अपराध की सृष्टि की गई। इससे पहले, 1983 में, अपराध विधि (द्वितीय संशोधन) अधिनियम द्वारा, दण्ड संहिता 1860, में धारा 498-क की अन्तर्रस्थापना करके, विवाहित स्त्री पर उसके पति या पति के सम्बन्धियों द्वारा किये गये अत्याचार को एक अपराध का स्तर देकर ऐसे अत्याचार को दण्डनीय बनाया गया। उपर्युक्त अपराध विधि (द्वितीय संशोधन) अधिनियम, 1983 द्वारा ही, दण्ड संहिता में, बलात्कार से सम्बन्धित धारा 375 व 376 में व्यापक संशोधन किये गये और इस अपराध के दण्ड के उपबन्ध कठोर बनाये गये। इसके साथ ही धारा 376-क से 376-घ तक ही चार धाराओं की अन्त:स्थापना करके बलात्कार के अपराध के नवीन स्वरूपों को दण्डनीय बनाया गया. यथा, किसी पति द्वारा पत्नी से पृथक् रहने की अवधि में, पत्नी के साथ संभोग, किसी लोकसेवक द्वारा अभिरक्षा में ली गयी स्त्री के साथ संभोग, कारावास, नारी निकेतन आदि में अंत: वासिनी किसी स्त्री के साथ सम्बन्धित संस्थान के किसी अधिकारी द्वारा सम्भोग तथा किसी चिकित्सालय में प्रविष्ट किसी महिला के साथ चिकित्सायल के किसी अधिकारी द्वारा सम्भोग के नाम से चार नवीन अपराधों की सर्जना की गई।

नित्य प्रति दहेज मृत्यु के जो समाचार प्रकाशित और प्रदर्शित होते हैं इनके आधार पर उक्त अधिनियम की क्रियाशीता और सफलता संदिग्ध है। अनुच्छेद 46 के निर्देश के अन्तर्गत, मादक पेयों और स्वास्थ्य के लिए हानिकर औषधियों के औषधीय प्रयोजनों से भिन्न, उपभोग का प्रितिषेध करने का प्रयास करना, राज्य का दायित्व है। मार्च, 1961, में, न्यूयार्क में संयुक्त राष्ट्र, स्वापक औषधियों (नार्कोटिक ड्रग्स) के विषय में एक कन्वैंशन पर हस्ताक्षर हुए जिसमें 1971 में वीयेना में तथा 1972 में जेनेवा में संशोधन किये गये। उसी के अनुसरण में, भारत में 1985 में, स्वापक औषधि तथा साइक्रोट्राजिक पदार्थ अधिनियम पारित हुआ। इस अधिनियम की धारा 2 के खण्ड (XIV) में 'स्वापक औषधि' को तथा इसी धारा के खण्ड (XXIII) में 'साइकोट्राजिक पदार्थ' को परिभाषित किया गया है। अधिनियम के अध्याय चार में, अपराधों का वर्णन और उनके दण्ड के उपबन्ध हैं। इस अधिनियम की यह विशेषता है कि इसकी धारा 30 से 35 तक में, अपराध के निमित्त की गई तैयारी को भी दण्डनीय बना दिया गया है तथा अपराधी की अपराधवृत्ति की उपरधारणा करके, साक्ष्यभार के नियमों में भी परिवर्तन किया गया है साथ ही इस

अधिनियम की 15-20 तक की धाराओं में उल्लेखित अपराधों के सिद्ध द्वेष अपराधियों के नाम व विवरण के, अपराध के व्यय पर ही सार्वजनिक प्रकाशन का आदेश पारित करने की अधिकारिता, न्यायालयों में निहित की गयी है। अभी तक इस अधिनियम की कोई उल्लेखनीय उपलब्धियाँ प्रकाश में नहीं आयी हैं, जबकि 'ड्रग्स' के क्रय-विक्रय, वितरण और सेवन की गति में ह्रास का अनुभव नहीं किया गया है।

यह सत्य है कि जिन अपूर्णताओं और दोषों से अन्य सामान्य विधियाँ ग्रस्त हैं वही दोष उपर्युक्त इन सभी विधियों में हैं। अत: व्यक्ति की गरिमा को सुनिश्चित और सुरक्षित रखने के प्रयत्न को केवल विधियों के बल पर ही पूर्ण हुआ नहीं माना जा सकता। व्यक्ति की गरिमा, शासन तंत्र का ही नहीं, सम्पूर्ण राष्ट्र का व्यवहार और प्रत्येक व्यक्ति का आधार बनकर ही संवैधानिक मन्तव्य को सिद्ध कर सकेगी। संविधान ने व्यक्ति की गरिमा की न केवल राष्ट्रीय वरन् विश्व स्तर पर अपेक्षा की है और इसी उद्देश्य से व्यक्ति की गरिमा को बन्धुता से संयुक्त किया है।

18

बन्धुता और मानवाधिकार

व्यक्ति की गरिमा की सर्वव्यापकता का नाम बन्धुता है। बंधुता के भाव से ही व्यक्ति की गरिमा का विश्वव्यापी स्वरूप ढलता है। फ्रांस की राज्यक्रान्ति के मूल में तीन उत्प्रेरक मूल्य थे—समता, स्वतन्त्रता और बन्धुता। इ तीनों में भी समता लक्ष्य था और स्वतन्त्रता तथा बन्धुता साधन थे। राज्य क्रान्तियों के इस युग में प्रारम्भिक संघर्ष स्वतन्त्रता के लिए हुआ। संयुक्त राष्ट्र संघ की मानवाधिकार घोषणा के पश्चात्, स्वतन्त्रता विधिवत् एक विश्वव्यापी मूल्य हो गया और विश्व में स्वतन्त्रता के लिए संघर्ष अब केवल अपवाद मात्र है। लिखित संविधानों से शासित देशों में स्वतन्त्रता के विषय में अब किसी प्रकार का मतभेद नहीं है। सभी देशों में स्वतन्त्रता के मानदण्ड संयुक्त राष्ट्र संघ की मानवाधिकार घोषणा के उपबन्धों के अनुरूप हैं। संघर्ष का वर्तमान मोड़ अब बन्धुता के मूल्य की ओर है। न केवल बन्धुता के लिए विश्व में अधिक उत्सुकता जाग्रत हुई हे। वरन् आधुनिक संस्कृति में इस मूल्य के पतन का अनुभव भी किया गया है। स्वतन्त्रता की अवधारणाएँ जिस प्रकार अस्पष्ट हो गयी हैं। बन्धुता की अवधारणा न अभी स्पष्ट है और न ही इस मूल्य के प्रवत्तन की किसी प्रक्रिया की अभी तक कोई संकल्पना हो पायी है। इतिहास को टटोला

जाये तो बन्धु के तीन स्रोत प्रकट होते हैं—प्रथत अतिप्राचीन स्रोत वैदिक संस्कृति है जिसमें बन्धुता को एक वैज्ञानिक तथ्य के रूप में पेश किया गया है। बन्धुता का वैज्ञानिक अर्थ एकमूलता है। जिन सबकी उत्पत्ति का मूल एक हो, वे सब बन्धु है। 'बन्धु' शब्द 'बन्धन' शब्द का समजातीय है। बन्धुता का सन्दर्भ किसी-न-किसी बन्धन से है। जन्म के सम्बन्ध में एकसूत्रता का बन्धन स्थापित हो जाता है। एक ही गर्भ से जन्म लेने वालों में जन्मदाता की एकसूत्रता समान रूप से विद्यमान रहती है और एकसूत्रता में बँधे रहने के कारण वे सब बन्धु कहलाते हैं। इस वैज्ञानिक मत में बन्धुता का आधार गर्भ को माना गया है। जिस प्रकार एक ही माता के गर्भ से जन्म लेने वाली सन्तान परस्पर बन्धु है। इसी नियम से प्रकृति माता के गर्भ से जन्म लेने वाले सभी मनुष्य परस्पर एकसूत्रता के बन्धन में हैं और वे सब बन्धु हैं। वैदिक चिन्तन में वर्णों की उथ्पत्त एक ही पुरुष को स्वीकार की गयी है। और विभिन्न मत-मतान्तरों के पश्चात् भी भारत में यह निरपेक्ष मान्यता है कि पुरुषाकृति प्रकृति ने ही अपने चार अंगों से चार वर्णों को उत्पन्न किया है और जिस प्रकार एक ही शरीर के भिन्न-भिन्न अंग, शरीर के निमित्त परस्पर बन्धुता का निर्वाह करते हैं। उसी प्रकार प्राकृतिक पुरुष के अंगों के रूप में चारों वर्ण बन्धु हैं। प्राकृतिक पुरुष की वैज्ञानिकता भौतिक पुरुष के शरीर की संरचना से सिद्ध की गयी और मानवाकृति को ही एक लघु विश्व मानकर बन्धुता के मूल्य को परम वैज्ञानिक बना दिया गया। जो संरचना मनुष्य की है, वैज्ञानिक नियम से वही संरचना प्रकृति की है। क्योंकि मनुष्य प्रकृति का ही अंग है और प्रकृति से पृथक् उसका अपना कोई नियम नहीं हो सकता। मनुष्य की संरचना के चार प्रमुख संस्थान हैं—मुख, भुजाएँ, उदर और पैर। ये सब प्राण की एकसूत्रता से बँधे हुए हैं और इनके अनुशासन की एकसूत्रता ने इनको एक ही उद्देश्य में बाँध रखा है और ये सब बन्धु हैं। जीव विज्ञान के एक ही नियम से प्रकृति, व्यक्ति और समाज में अनुरूपता सिद्ध की गयी है और बन्धुता का वास्तविक और वैज्ञानिक स्रोत यही वैदिक सिद्धान्त है। बन्धुता का आधार व्यक्ति की पूर्णता है—दैहिक, प्राकृतिक और सामाजिक। प्राकृतिक नियम इसी पूर्णता को सिद्ध करते हैं। क्योंकि प्रकृति स्वयं पूर्ण है, व्यक्ति एक पूर्ण इकाई है और व्यक्ति और प्रकृति के अनुरूप ही समाज का भी पूर्ण होना अनिवार्य है।

इसके नितान्तर विपरीत मत यह है कि व्यक्ति कभी पूर्ण नहीं है और बन्धुता का आधार व्यक्ति की पूर्णता नहीं, व्यक्ति की अपूर्णता है। प्लेटो के चिन्तन में इसी सिद्धान्त की ध्वनि है। अपूर्णता के इस आधार पर को उपयोगितावादी माना जा सकता है। बन्धुता का भाव प्राकृतिक हो या न हो उपयोगी आवश्य है। प्रत्येक व्यक्ति अपूर्ण है और इउसे स्वयं को पूर्ण बनाने के उद्देश्य से अन्य व्यक्तियों की

सहायता लेनी पड़ती है। कोई भी व्यक्ति सभी आवश्यकताओं की पूर्ति अकेला नहीं कर सकता। अतः उसे अन्य व्यक्तियों के साथ एक साझेदारी का आविष्कार करना पड़ता है। यह साझेदारी आदान-प्रदान का अनुबन्ध है और आदान-प्रदान की इस आवश्यकता ने बन्धुता का आविष्कार कर लिया आवश्यकता आविष्यकार की जननी है। इसी आवश्यकता ने बन्धुता को एक सार्वजनिक स्वरूप प्रदान कर दिया और राज्य इस बन्धुता का ही सार्वजकिन स्वरूप है। यह उपयोगी इसलिए है कि आदान-प्रदान की भावना के भंग होते ही व्यक्ति की आवश्यकताएँ पूर्ण नहीं होंगी और आवश्यकताओं से ग्रस्त वह स्वयं भी अपूर्ण रह जायेगा। इस प्रकार बन्धुता का भाव प्रत्येक व्यक्ति के स्वयं के हित में है। अतः बन्धुता के इस भाव से जिन नैतिक नियम और राजनीतिक व्यवस्था का प्रतिरूप बनता हे, वह यह कि प्रत्येक व्यक्ति अपना नियत कार्य औरों` प्रति करता रहे और प्रत्येक अन्य को अपना नियत कार्य करने दे। बन्धुता का तृतीय स्रोत भावनात्मक है। प्रेम और सहानुभूति मानवमात्र का स्वभाव है। सभी व्यक्तियों की अनुभूति समान होती है। सुख और दुःख का बोध सभी को समान होता है। शारीरिक और मानसिक कष्ट सभी के लिए समान होता है। शरीर की अन्य प्रमुख अवस्थाएँ, यथा—शैशव, बाल्य, यौवन, प्रौढ़ और वृद्धावस्था सभी में समान होती है। यहाँ तक कि सभी व्यक्तियों के रक्त का रंग भी एक ही होता है। अतः बन्धुता का स्रोत मानवीय करूणा, प्रेम और सहानुभूति है। व्यक्ति का व्यक्ति के प्रति निश्च्छल प्रेम, एक-दूसरे को भाई-भाई के स्तर पर ला देता है। बन्धुता का यही आध्यात्मिक और मनोवैज्ञानिक आधार है। भारतीय चिन्तन में इस स्रोत के चिह्न भी विद्यमान हैं। गीता, मनुस्मृति और महाभारत में सभी व्यक्तियों की समातना धर्म के एक अंग के रूप में स्वीकार की गई है। उपनिषद् ने सभी में ईश्वर का निवास माना है। ईसाई धर्म में इसी बन्धुता का सन्देश है। सभी व्यक्ति ईश्वर के पुत्र हैं और व्यक्ति का व्यक्ति के प्रति प्रेम ही सच्ची मानवता है। ईसा मसीह का बलिदान बन्धुता के इसी सन्देश का प्रमाण था।

बन्धुता का एक नितान्त सीमित अर्थ विधिशास्त्र में ग्रहण किया जाता है। जहाँ दो व्यक्तियों की परस्पर बन्धुता सम्पत्ति के उत्तराधिकार से सम्बन्धत हो जाती है। इस विधिक अर्थ में बन्धुता के भाव को 'बन्धुत्व' शब्द से प्रकट किया जाता है और इस प्रकार बन्धुता और बन्धुत्व शब्द में भेद हो जाता है। भारत के संविधान के हिन्दी पाठ में 'बन्धुता' शब्द अंग्रेजी के 'फ्रैटर्निटी' शब्द के पर्याय में प्रयुक्त किया गया है। फ्रैंच भाषा में यह शब्द 'फ्रैटर्निट' है। फ्रांस की राज्य क्रान्ति के तीन प्रमुख बिन्दु यही थे जिन्हें अंग्रेजी में लिबर्टी, इक्वैलिटी और फ्रैटर्निटी तथा फ्रैंच में लिबर्टे, इक्वैलिटे और फ्रैटर्निटे बोला जाता है। पेरिस नगर के एक केन्द्रीय स्थल पर

ऐतिहासिक स्मारक के रूप में उसके प्रवेश द्वार पर यही तीन शब्द आज भी अंकित हैं। बन्धुता शब्द इसी अर्थ का प्रतिनिधित्व करता है, जबकि बन्धुत्व शब्द किसी पितृ-परम्परा से सम्बन्ध रखता है। बन्धुता और बन्धुत्व के इस भेदकी शास्त्रीय मीमांसा डॉ. चतुर्वेदी ने निम्न प्रकार की है—

" 'बन्धु' शब्द से दो भाववाचक संज्ञाएँ घटित होती हैं—बन्धुत्व और बन्धुता। 'बन्धुत्व' शब्द में 'बन्धु' का संरचनात्मक विश्लेषण सन्निहित है। इस शब्द में बन्धु के उपादान कारणों की द्योतना है। व्यक्ति स्वयं तथा इसके पिता, माता, बन्धु के उपादान कारण होते हैं। अतः बन्धुत्व का सीमांकन किसी परिवार अथवा मूल वंश में हो जाता है। किसी भी व्यक्ति के जन्म लेने का कारण उसके माता-पिता होते हैं। अपने दाम्पत्य से व्यक्ति स्वयं एक वंश का प्रवर्तक होता है। व्यक्ति स्वयं अपने मूल से जिस वंश का विस्तार करता है, उस वंश के सदस्य, उस व्यक्ति के आत्मबन्धु होते हैं। व्यक्ति की माता का सम्बन्ध भी किसी वंश से होता है और स्वयं माता भी किसी पिता की सन्तान होती है। अतः माता के वंश के सदस्य, माता के पितृबन्धु किन्तु स्वयं के पक्ष में मातृबन्धु होते हैं। पिता भी किसी पूर्वज दम्पत्ति की सन्तान होता है। फलस्वरूप पितामह और मातामही के माध्यम से,पिता के बन्धुओं की भी एक उभयपक्षी शृंखला होती है। पिता के ये सभी बन्धु स्वयं के पक्ष में पितृबन्धु होते हैं। तीनों प्रकार के ये बन्धु, पितृमूल अथवा मातृमूल से एक या एक से अकि वंश परम्परा के सूत्र से जुड़े होते हैं और प्रत्यक्ष अथवा परोक्ष समीपस्थ अथवा दूरस्थ किसी मूल पूर्वज का रक्त इन सबमें समान रूप से संरचरण करता है।" डॉ. चतुर्वेदी ने 'बन्धुत्व' को एक हिन्दू विधिक शब्द माना है और यह सिद्ध किया है कि इस शब्द का महत्त्व हिन्दुओं के उत्तराधिकार नियमों में है। पश्चात् डॉ. चतुर्वेदी ने स्वयं 'बन्धुता' शब्द की शास्त्रीय व्याख्या निम्न शब्दों में की है और बन्धुता और बन्धुतव शब्दों के भेद को अधिक स्पष्ट किया है—

"इसके विपरीत, 'बन्धुत्व' शब्द में बन्धु की गुणधर्मिता का बोध होता है। बन्धुत्व एक तथ्य है, बन्धुता अनुभूति है। बन्धुता का आधार, बन्धुओं का समान गुणधर्म होता है। अतः बन्धुत्व सम्बन्धों पर, तो बन्धुता समता पर आश्रित रहती है। गुणधर्मिता की यह समता, आचार-विचार की, धर्म और विश्वास की, प्रथाओं और परम्पराओं की, उद्देश्यों और हितों की, आदि-आदि की समता है। अस्तु बन्धुत्व में जाति अथवा वंश, परम्परा से सीमित होता है, जबकि बन्धुता अनेकों वंश परम्पराओं अथवा विभिन्न जातियों की समान धारणाओं और आस्थाओं तक विस्तीर्ण रहती है। बन्धुत्व एक संस्कार है, बन्धुता एक संस्कृति है। बन्धुतव का मूल समरक्ता किन्तु बन्धुता का मूल समधर्मिता होता है। बन्धुत्व का आधार जातीय तो बन्धुता का

आधार मानवीय होता है। बन्धुत्व में समता मूल की है, बन्धुता में समता मूल्यों की। समधर्मिता का व्याकरणीय अर्थ, प्रवृत्ति समता है, धर्म समता नहीं। अतः सिद्ध हुआ कि बन्धुता के भाव में जाति अथवा धर्म का आधार, नितान्त असंगत होता है।'' इन दो शब्दों में इस भेद का निष्कर्ष यह संकेत करता है कि समता के जिस सिद्धान्त को सभी राष्ट्रों ने अपने संविधान में, अपनी राज्य व्यवस्था के संचालन का केन्द्र माना हे, वही समता विश्व के स्तर पर बन्धुत्व के रूच्प में विस्तृत हो जाती है। समता के सिद्धान्त की विश्वव्यापी प्रतिष्ठा ही बन्धुता है। संविधान ने इसे इसी अर्थ में ग्रहण किया है और 'बन्धुत्व' शब्द के सीमित प्रयोग से 'बन्धुता' शब्द का अर्थ किसी भी प्रकार बाधित नहीं है। भारत की सांस्कृतिक पृष्ठभूमि में बन्धुता को इसी अर्थ में ग्रहण किया गया है। बन्धुत्व शब्द रक्त के सम्बन्धों पर आश्रित है, बन्धुता शब्द इन सम्बन्धों पर भी लागू है किन्तु इनसे भी परे इसका अर्थ व्यक्ति की प्राकृतिक एकसूत्रता को लक्ष्य करता है। 'बन्धुत्व' में वे व्यक्ति हैं जो किसी एक पिता या पूर्वज की सन्तान हैं किन्तु बन्धुता सभी व्यक्तियों को प्रकृति माता की एक ही सन्तान मानकर उन्हें समान गरिमा प्रदान करती है।

वसुधैव कुटुम्बकम् अर्थात् विश्व परिवार की अवधारणा वैदिक दर्शन की ही देन है। ऋग्वेद में मन, कर्म और चेष्टाओं की समानता के आधार पर सहअस्तित्व का उपदेश दिया गया है। ईशावास्योपनिषद् के प्रथम मंत्र में सभी व्यक्तियों में ईश्वर का निवास मानकर बन्धुता का आध्यात्मिक प्रमाण प्रस्तुत किया गया है। भगवान कृष्ण ने ब्राह्मण और चाण्डाल में भी समता का सिद्धान्त प्रस्तुत किया है। महात्मा बुद्ध और महावीर ने अहिंसा की शिक्षा से ही बन्धुता को धर्म का रूप दिया और इसे आवश्यक प्रचार का विषय माना। महाभारत में भी अहिंसा का विवेचन अनेक स्थलों पर हुआ है। मनु ने भी अहिंसा को सामाजिक व्यवस्था का मूल माना है। महात्मा गाँधी ने अहिंसा के अर्थ को और भी स्पष्ट किया और किसी भी प्रकार की पीड़ा के निमित्त को प्रस्तुत करना या किसी प्राणी को प्रत्यक्ष या परोक्ष रूप से पीड़ा देना ही हिंसा की श्रेणी में रखा। इस अर्थ में कटु वचन और अपशब्द भी अहिंसा की संज्ञा में ही आते हैं। बन्धुता के इसी मानदण्ड पर व्यक्ति, व्यक्ति से प्रेम करे और अन्य के दुःख से द्रवीभूत हो जाये और प्रत्येक व्यक्ति अन्य व्यक्ति का समान करे, बन्धुता इसी आदर्श की प्रतिष्ठा है। भारत के सम्बन्ध में उल्लेखनीय तथ्य यह है कि यहाँ बन्धुता का एक सकारात्मक भाव स्वीकार किया गया है और इसे कोई स्थिर सिद्धान्त न मानकर, इसे एक गतिशील तत्त्व मानकर संविधान में इसके विशेष उपबन्ध किये हैं। संविधान में समता के सिद्धान्त से ही बन्धुता के आदर्श को सिद्ध किया गया है। अनुच्छेद 15 और 16 में पृथक्-पृथक् उपबन्ध करके बन्धुता

को संकीर्ण करने वाले तत्त्वों का निषेध किया गया है। इन उपबन्धों का दर्शन यह है कि, बन्धुता को सीमित या संकीर्ण करने वाले सभी नियमत, प्रसंगतियाँ, सभी व्यवहार और सभी विधियाँ, समता के सिद्धान्त से शून्य और विश्व प्रभावी हो जाते हैं। अनुच्छेद 15 के खण्ड (1) में कहा गया है कि, "राज्य किसी नागरिक के विरुद्ध केवल धर्म, मूलवंश, जाति, लिंग, जन्मस्थान या इनमें से किसी के आधार पर कोई विभेद नहीं करेगा।" इसी अनुच्छेद के खण्ड (2) में पुनः यह कहा गया है कि, "कोई नागरिक केवल, धर्म, मूलवंश, जाति, लिंग, जन्मस्थान या इनमें से किसी के आधार पर—

(क) दुकानों, सार्वजनिक भोजनालयों, होटलों और सार्वजनिक मनोरंजन के स्थानों में प्रवेश, या

(ख) पूर्णतः या भागतः राज्यविधि से पोषित या साधारण जनता के प्रयोग के लिए समर्पित कुओं, तालाबों, स्नानघाटों, सड़कों और सार्वजनिक समागम के स्थानों के उपयोग, के सम्बन्ध में किसी भी निर्योग्यता, दायित्व, निर्बन्धन या शर्त के अधीन नहीं होगा।"

राज्य नियोजन के क्षेत्र में इसी सिद्धान्त का पुनर्कथन अनुच्छेद 16 के खण्ड (2) में यह कहकर किया गया कि, "राज्य के अधीन किसी नियोजन या पद के सम्बन्ध में केवल धर्म, मूलवंश, जाति, लिंग, उद्भव, जन्मस्थान, निवास या इनमें से किसी के आधार पर न तो कोई नागरिक अपात्र होगा और न उससे विभेद किया जायेगा।" समाज सेवाओं और श्रमदान के क्षेत्र में पुनः इसी सिद्धान्त को अनुच्छेद 23(2) में आधार बनाया गया और कहा गया कि, "इस अनुच्छेद की कोई बात राज्य को सार्वजनिक प्रयोजनों के लिए अनिवार्य सेवा अधिरोपित करने से निवारित नहीं करेगा। ऐसी सेवा अधिरोपित करने में राज्य केवल, धर्म, मूलवंश, जाति या वर्ग या इनमें से किसी के आाार पर कोई विभेद नहीं करेगा।" शिक्षा संस्थाओं का संचालन बन्धुता के भाव से ही आते-प्रोत रहेगा इसे अनुच्छेद 29(2) में यह कहकर स्पष्ट किया गया कि, "राज्य द्वारा पोषित या राज्य-विधि से सहायता पाने वाली किसी शिक्षा संस्था में प्रवेश से किसी भी नागरिक को केवल धम्र, मूलवंश, जाति, भाषा या इनमें से किसी के आधार पर वंचित नहीं किया जायेगा।" बन्धुता के दर्शन के दो पक्ष हैं—धन पक्ष और ऋण पक्ष। धन पक्ष में तो उन उपमानों की खोज और प्रतिष्ठा की गयी है जो व्यक्ति की गरिमा के उच्च मानदण्ड हैं जहाँ एक उन्नत समाज के व्यक्ति को पहुँचना है। भारत अभी विकासशील देश है, अतः इसने व्यक्ति की अपूर्णताओं और न्यूनताओं को भी लक्ष्य किया है और इस ऋण पक्ष की पूर्ति करने

का प्रयत्न अनुच्छेद 15 (4) तथा अनुच्छेद 16 (4) में किया गया है। इन दोनों उपबन्धों में ऐसे व्यक्तियों की पहचान की गयी है जो अभी गिरमा के सामान्य स्तर पर भी नहीं हैं अत: उन्हें गरिमा के विश्व मान्य स्तर का लाभ पहुंचाने के लिए सर्वप्रथम उन्हें गरिमा के सामान्य स्तर पर लाना आवश्यक है।

संविधान के 42वें संशोधन के द्वारा बन्धुता को मूल कर्त्तव्यों में स्थान दिया गया है। अनुच्छेद 51 (क) के खण्ड (ङ) में यह कहा गया है कि, "भारत के सभी लोगों में समरसता और समान भ्रातृत्व की भावना का निर्माण करे जो धर्म, भाषा और प्रदेश या वर्ग पर आधारित सभी भेदभाव से परे हो, ऐसी प्रथाओं का त्याग करे जो स्त्रियों के सम्मान के विरुद्ध हैं।" संविधान का अनुच्छेद 51 भारत की अन्तर्राष्ट्रीय नति का मंत्र है और इस अनुच्छेद में राज्य का यह दायित्व है कि वह अपनी अन्तर्राष्ट्रीय नीति का संचालन बन्धुता के हित में करेगा। इस अनुच्छेद में यह प्रतिज्ञा की गयी है कि, "अन्तर्राष्ट्रीय शान्ति और सुरक्षा की अभिवृद्धि राज्य—

(क) अन्तर्राष्ट्रीय शान्ति और सुरक्षा की अभिवृद्धि का,

(ख) राष्ट्रों के बीच न्यायसंगत और सम्मानपूर्ण सम्बन्धों को बनाये रखने का,

(ग) संगठित लोगों के एक-दूसरे से व्यवहारों में अनतर्राष्ट्रीय विधि और संविध बाध्यताओं के प्रति आदर बढ़ाने का, और

(घ) अन्तर्राष्ट्रीय विवादों के माध्यस्थम द्वारा निपटारे के लिए प्रोत्साहन देने का प्रयास करेगा।"

अनुच्वेद 51 के सन्देश की कल्पना सम्भवत: विश्वशान्ति, विश्वराज्य, विश्वबन्धुत्व और विश्वमानव के अभीष्टों का पूर्वाभास है। भारतीय चिन्तन में व्यक्ति की गरिमा, आत्मा की शाश्वत शान्ति में है। वेद के मंत्रों में, ब्राह्मणों के कर्मकाण्ट में, उपनिषदों के पाठ में और स्मृतियों की शिक्षा में शान्ति को ही जीवन का परम ध्येय माना गया है। इतिहास से सिद्ध होता है कि स्मृतिकाल तक विश्व युद्धों से अपरिचित था यद्यपि स्मृति काल में युद्धों की आशंका होने लगी थी, किन्तु किसी ऐतिहासिक और निर्णायक युद्ध का कोई दृष्टान्त नहीं है। युद्धों की आशंका से ऋषियों, मुनियों ने राज्य व्यवस्था में सुरक्षा के सिद्धान्त का समावेश किया है। यह कल्पना स्वाभाविक भी थी, उपनिषद् काल तक सम्भवतया व्यक्ति और व्यक्ति के मध्य भी किसी विवाद की स्थिति उत्पन्न नहीं होती थी। इसीलिए विधि और न्याय सम्बन्धी पक्ष वेदों और उपनिषदों में स्पष्टत: कहीं भी उपलब्ध नहीं हैं। मंत्रों के साथ

शान्तिपाठ का यही व्यावहारिक पक्ष था। जीवन सभी दिशाओं मेंसामान्य और शङ्गनत था तथा विवाद नहीं थे। स्मृतिकाल में राज्य की न्यायव्यवस्था पर प्रकाश डाला गया है इसी प्रमाण से कहा जा सकता है कि व्यक्ति और व्यक्ति के मध्य विवाद प्रचलित हो गये थे और इसी मनोवैज्ञानिक आधार पर राज्यों के मध्य भी युद्धों की आशंका उत्पन्न हुई होगी। राजनीतिक स्तर का प्रथम युद्ध और विशालतम विश्व युद्ध महाभारत था। इसका नितान्त राजनीतिक स्वरूप था। रामायणकाल का युद्ध सांस्कतिक और जातीय युद्ध था। सत्ता और सिंहासन उस युद्ध के बिन्दु नहीं थे। महाभारत में सत्ता और सिंहासन युद्ध के प्रथम और अन्तिम बिन्दु थे। इन्हीं बिन्दुओं पर विश्व के राजाओं में मतभेद था और अन्ततः युद्ध दो परिवारों का न होकर विश्व की दो विरोधी नीतियों के मध्य था और उसका निर्णय केवल युद्ध के द्वारा ही सम्भव था।

भारत ही नहीं, विश्व की प्रत्येक सभ्यता शान्ति की स्थापना में ही व्यस्त रही है। सुखी और शान्त जीवन की प्रत्येक धर्म, प्रत्येक दर्शन और प्रत्येक व्यवस्था में कामना की गयी है और विश्व आज भी शान्ति का आकांक्षी है और युद्ध से भयभीत भ। लीग ऑफ नेशन्स, प्रथम विश्वयुद्ध के बाद की घटना है। इस राज्य संघ की स्थापना का ध्येय युद्धों के विरोध में जनमानस का निर्माण करना था। द्वितीय विश्वयुद्ध के मध्य में ली ऑफ नेशन्स से भी सबलतर किसी संस्था की आवश्यकता हुई और संयुक्त राष्ट्र संघ का निर्माण हुआ। संयुक्त राष्ट्र संघ विश्व शान्ति के लिए विश्व की जागरुकता का प्रमाण है। राज्यों और राष्ट्रों के मध्य शान्ति के विभिन्न करार और समझौते किये जा चुके हैं और विशेष्ज्ञ अवसरों पर किये जाते हैं। शान्ति की स्थापना में सभी राष्ट्र एक मत हैं। शान्ति का यह विश्वव्यापी आन्दोलन एक आदर्श मात्र है। संयुक्त राष्ट्र संघ का प्रत्येक सदस्य एक सम्प्रभुराष्ट्र है और सामूहिक हितों के क्षेत्र से परे प्रत्येक राष्ट्र के पृथक् वैयक्तिक हित होते हैं। अर्थप्रधान आधुनिक युग में आर्थिक और व्यावारिक समागम हेतु नयी संविदाओं के साथ नयी समस्याओं और नयी समस्याओं के साथ नयी कटुताओं का जन्म स्वतः होता है। प्रत्येक राष्ट्र अपनी विदेशी नीति में सतर्क रहता है और शान्ति के प्रयत्न का प्रदर्शन करते रहकर अपने स्तर पर आक्रामक मुद्रा में रहता है। आणविक शक्ति का रहस्य प्रत्येक विकसित देश जान गया है और विश्व की सामरिक शक्तियाँ आणविक अस्त्रों से सुसज्जित हैं। शान्ति का प्रयत्न और युद्ध का भय इस युग में एक साथ अस्तित्व में है और यही भय व्यक्ति की गरिमा पर एक ज्वलंत प्रश्न चिह्न है। अनुमान यह है कि विश्वराज्य की संकल्पना के अभाव में विश्वशान्ति का स्वरूप साकार होना सम्भव नहीं है। यद्यपि नाम के लिए इन्टरनेशनल कोर्ट ऑफ जस्टिस सक्रिय है तथापि इसके निर्णय की बाध्यता के न कोई उपबन्ध हैं न कोई विधिक व्यवस्था। वस्तुतः

सम्प्रभु अपनी स्वयं की विधि के अतिरिक्त अन्य किसी विधिा से बाध्य भी नहीं है और जिस सीमा तक वह बाध्य है उस सीमा तक उसकी सम्प्रभुता बाधित है। यह विधि और राजनीति दोनों शास्त्रों की एक़ विडम्बना है कि सम्प्रभु का प्रत्येक कार्य विधि के अनुसार होते हुए भी वह किसी विधि से बाध्य नहीं है। स्पष्ट है कि सम्प्रभुता के वर्तामान रहते विश्वराज्य की संकल्पना निरर्थक है और जब तक विश्व सम्प्रभुता की स्थापना न हो, तब तक किसी भी अन्तर्राष्ट्रीय समझौते, संविदा या करार व निर्णय की न कोई बाध्यता है और न ही कोई मान्यता। कोई भी सम्प्रभु राज्य किसी भी अन्तर्राष्ट्रीय विधि को अपने राज्य में अपने कारणों से अपनी विधि द्वारा निराकृत कर सकता है और अवसर आने पर किसी भी राज्य संघ या राष्ट्र संघ से पृथक् हो सकता है। सोवियत रूस के 1977 के संविधान में किसी भी गणतंत्र को सोवियत रूस के गणतंत्र से पृथक् हो जाने की स्वतन्त्रता थी। भारत के संविधान में यद्यपि इस प्रकार की स्वतन्त्रता नहीं है तथापि सम्प्रभुता के समक्ष अलगाववादी चुनौतियाँ हैं। सारांश यह कि विश्व स्तर पर किसी सबल शासन तंत्र की स्थापना के अभाव में विश्वराज्य की कल्पना करना व्यर्थ हो जाता है। कान्ट की परपैचुअल पीस नामक कृति से प्रतीत होता है कि उसने एक विश्वराज्य की कल्पना की थी। यूनान के पार्मेनिडीज से लेकर भारत में शंकराचार्य तक एक तात्विक अद्वैतवाद अर्थात् परमतत्व की एकता और अखण्डता का विश्वास, दर्शन के अध्येताओं को भलीभाँति विदित है, किन्तु इस सिद्धान्त को राजनीतिक पुट देने का श्रेय केवल कान्ट को है। ऐसा दार्शनिक चमत्कार हीगल के लिए भी दुष्कर था, किन्तु अद्वैत मानव से अद्वैत विश्व का तादात्म्य काण्ट से भी विस्मृत रहा है।

स्वतन्त्रत मानव व स्वतन्त्र विश्व के मध्य एक गहन अन्तर है, जिसे मिटाना होगा। स्वतन्त्र प्राणियों के किसी समूह या किसी स्वतन्त्र समाज की कल्पना के बिना यह अन्तर मिट नहीं सकता। अन्तर्प्रेरणा की स्वतन्त्रता ही मानवीय व्यक्तित्व का विवेक तत्त्व है। मानव प्राण तो स्वयं साध्य है। मनोनुकूल कार्य करने के अन्तर्भूत अधिकार से मानव अपना अभीष्ट आप खोजता है। अन्तर्प्रेरणा की विवेक शक्ति रचनात्मक होती है। ध्वंसात्मक नहीं। विवेक शक्ति का प्रयोग निर्माणात्मक लक्ष्यों की ओर किया जाता है न कि विनशात्मक। स्वतन्त्र प्राणियों के सामाजिक समागम से मानवीय अधिकारों पर आधारित एक स्वतन्त्र समाज की रचना होती है। यदि काण्ट ने मानवी अन्तर्प्रेरणा के विवेकी कारण के स्थान पर अन्तर्प्रेरणा के विवेक के सामान्यीकरण का प्रयत्न किया होता तो नैतिक साध्य के रूप में मानव की अद्वैतता और राजनीतिक साध्य के रूप में राज्य की अद्वैतता में सामंजस्य सुगम हो जाता है। काण्ट के स्वतन्त्र कृत्य, अरस्तू के सत्कर्मों के समान, आत्मा की विवेक शक्ति से

प्रस्फुटित होते हैं। अरस्तु का तत्वशास्त्र (मैटाफिजिक्स) 'सार्वभौम' (यूनीवर्सल्स) के सिद्धान्त के बाध्य था किन्तु उसने अपने नीतिशास्त्र में जिस दानवीर या महानुभाव का मूर्तिमंत्र चित्रण किया है, उससे सार्वभौमतर का प्रतिनिधित्व नहीं होता। उसका सद्गुण सम्पन्न व्यक्ति वंशानुगत श्रेष्ठता और सामाजिक वर्गोच्चता की उत्पत्ति है। श्रेष्ठजन कुलीनता से प्रादुर्भूत होते हैं, जिसे कि सार्वभौम रूप देना कठिन है। विश्वमानव की संकल्पना का कोई राजनीति का आधार नहीं है। यह एक विशुद्ध मानवीय चेतना है जिसका शुद्ध भावनात्मक पक्ष है। विश्व मानव की संकल्पना मूलतः सांस्कृतिक है। परिवहन और संचार साधनों के घनत्व से विश्व संकुचित हो गया है और प्रत्येक देश अन्य देश के समीप होता जा रहा है। दिन-प्रतिदिन बढ़ते इस सामीप्य से व्यक्ति घुते-मिलते हैं और संस्कृतियों का मिश्रण होता है और एक सामाजिक संस्कृति का उदय हो जाता है। भारत के संविधान के अनुच्छेद 51 (क) के खण्ड (च) में सामाजिक संस्कृति के सरंक्षण को नागरिक का मूल कर्त्तव्य बनाया गया है। विदेशों में प्रवास, स्थायितव, विवाह तथा नियोजन के पर्याप्त अवसर हो गये हैं और एक देश का व्यक्ति अन्य देश में जाकर अपरिचित या एकाकी अनुभव नहीं करता। विश्वमानव के अवयव उत्पन्न हो चुके हैं और शनैः-शनैः यह अपनी आकृति और विस्तार स्पष्ट करता जा रहा है। विश्वबन्धुता विश्व के सामूहिक हितों में से जीवित है। एक जाति और मूलवंश के लोग विभिन्न देशों में बसे हुए हैं और आर्थिक सम्बन्धों ने विश्व में नये-नये सामूहिक हितों को जन्म दिय है। संस्कृति, कला, शिक्षा और शिल्प सम्बन्धी हित भी आधुनिक विश्व के सामूहिक हित हैं। महिलाओं, बालकों आदि की सुरक्षा, विश्व का सामूहिक हित बन गया है। पर्यावरण विश्व की वर्तमान सामूहिक समस्याआ है। इन सामूहिक हितों के विश्वव्यापी प्रयत्न में विश्वबन्धुत्व का निस्सन्देह विस्तर हो रहा है और व्यक्ति की गरिमा का यह सुखद पक्ष है। इन सामूहिक हितों से परे भारत की अपनी विशेष परिस्थितियाँ हैं और अपनी अनन्य समस्याएँ हैं और इस सन्दर्भ में भारत में व्यक्ति की गरिमा की पृथक् पृष्ठभूमि और इसका पृथक् भविष्य है।

गरिमा के सम्बन्ध में भारत के मौलिक चिनतन में किसी प्रकार का व्यक्तिक्रम नहीं रहा है, इसका स्वरूप उद्यतन वही रहा है। अनेकों मत-मतान्तरों के विद्यमान रहते हुए भी यह भारत के सभी मतों में मौलिक सत्य के रूप में स्वीकार्य है कि संसार की आदिभौतिक सत्ता में व्यक्ति सर्वोत्कृष्ट है और व्यक्ति का विकास ही व्यक्ति का परम ध्येय और उसका अन्तिम कल्याण है। भारतीय चिन्तन का यह विलक्षण विरोधाभास है कि यह व्यक्ति केन्द्रीय होते हुए भी विश्वलक्ष्यी है। व्यक्ति अन्तिम सत्ता है किन्तु अन्ततोगत्वा व्यक्ति ही विश्व है और आत्मोन्नति से ही विश्व

का कल्याण सम्भव है। स्वामी विवेकानन्द ने इसी अर्थ में स्वदेश प्रेम को विश्वप्रेम का आधार माना है। अरविन्दो और टैगोर के आध्यात्मिक चिन्तन ने आत्मा और परमात्मा के एकत्व की नयी व्याख्या प्रस्तुत की। परम्परागत अद्वैतवादी दर्शनों में आत्मन् और ब्रह्मन् के अभेद और अद्वैत का प्रतिपादन हुआ है और उसे परम सत्य मानते हुए भौतिक जगत को मिथ्या माना है। अरविन्दो और रवीन्द्रनाथ टैगोर के चिन्तन की मौलिक मान्यता भी आत्मा और परमात्मा का अभेद है किन्तु दोनों ने ही सांसारिक संरचना को माया या मिथ्या नहीं माना है। दोनों के ही आदर्शें में व्यक्ति का सत्य से साक्षात् ही व्यक्ति का पुरुषार्थ है और व्यक्ति का भौतिक स्तर तथा उसकी भौतिक उपलब्धियाँ व्यक्ति के पुरुषार्थ का ही प्रमाण हैं। व्यावहारवादी, प्रमाणवादी और उपयोगितवावादी आज के युग में इस प्रकार के चिन्तन की महत्त्वपूर्ण भूमिका होती हे। इस प्रकार के विचार क्रान्तिकारी न होते हुए भी नयी दिशाओं के शान्तिपूर्ण विस्तार होते हैं। प्राचीन सिद्धान्तों की ही पुनर्व्याख्या के रूप में यह सिद्धान्त हृदयग्राही और सर्वमान्य बन जाते हैं। श्री एम. एन. राय ने जिस मौलिक मानववाद का प्रतिपादन किया है और जिस राष्ट्रवाद का आधार प्रस्तुत किया है वे टैगोर और अरविन्दो के पूर्वगामी अध्यात्मवादी चिन्तन की ही व्यावहारिक और क्रियावादी प्रतिछवि है। अतिप्राचीन भारत में व्यक्ति और जगत मूल सत्ता के एकत्व की शोध अब उतनी प्रखर नहीं रही है किन्तु उसका यह सिद्धान्त आज भी स्वीकार्य है कि व्यक्ति एक पूर्ण इकाई होने के पश्चात् भी किसी अन्य विशाल सत्ता का अवयव है और वह सत्ता परिवार, नगर, प्रान्त या राज्य नहीं, वरन् सम्पूर्ण विश्व है। व्यक्ति की गरिमा को विश्व बन्धुत्व से कभी पृथक् नहीं माना गया। वर्तमान चिन्तन केवल एक नया मोड़ है जिसमें इस विशाल सत्ता को किसी दैवीय या काल्पनिक जगत से उतारकर व्यावहारिक धरातल पर ला दिया गया है और जहाँ कहीं भी कोई विसंगति है वह सिद्धान्त के कारण नहीं व्यवहार के कारण है।

विश्वमानव और विश्वबन्धुत्व की अवधारणाओं ने व्यक्ति की गरमिा को ज्योतिर्मय किया है और ये अवधारणाएँ अब राजनीतिक मतभेदों का विषय नहीं रही हैं। यहाँ व्यक्ति का व्यक्ति के प्रति सौजन्य और सहानुभूति का कर्त्तव्य के रूप में पालन किया जाता है। यह सत्य है कि शत्रु देश में भी यदि कोई भूकम्प, दुर्भिक्ष, महामारी या अन्य कोई दैवीय विपत्ति हानि पहुँचा गई हो तो प्रत्येक अन्य देश अपनी सामर्थ्यानुसार स्वेच्छा से सहायता प्रेषित कर व्यक्ति की गरिमा में योगदान करता है। किन्तु राज्य कोई सप्राण शरीर नहीं होता और राज्य कार्य का संचालन व्यक्ति ही करते हैं। परिणाम यह होता है कि जिन दोषों और अपूर्णताओं से व्यक्ति ग्रस्त रहा करता है वे दोष और वे अयोग्यताएँ राज्यगत हो जाती हैं। राज्य की स्वयं भौतिक,

आर्थिक, सामरिक व अन्य प्रकार की क्षेत्रीय दुर्बलताएँ होती हैं और जिस प्रकार कोई व्यक्ति अन्य किसी व्यक्ति की दुर्बलता का अपने स्वार्थों के निमित्त दुरुपयोग करने लगता है। उसी प्रकार का आचरण प्रायः राज्यों के मध्य भी पनपने लगता है और विदेशी तत्त्व अन्य राज्यों की आन्तरिक दुर्बलताओं से अनुचित स्वार्थ सिद्ध करने लगते हैं। भारत में इस प्रकार की स्वार्थसिद्धि का पर्याप्त अवसर है। पराधीन भारत में भारत की सनातन संस्कृति चरमरा गयी और नैतिक तथा आध्यात्मिक मूल्य धराशयी हो गये। अंग्रेजी शासन ने भारतीयों को दूषित और तामसी वृत्तियों की ओर हर प्रकार से आकृष्ट किया। सम्भ्रान्त प्रतिष्ठित और समाज के लिए जो व्यक्ति उपयोगी सिद्ध होते थे, उन्हें प्रलोभन, पदवियाँ और अन्य प्रकार की नगाकिर सुविधाएँ देकर समाज में यत्र-तत्र निहित स्वार्थों के प्रकोष्ठ स्थापित कर दिये। चरित्र का भयंकर ह्रास हुआ जिसे विकासशील भारत एक लिखित, सशक्त संविधान के होते हुए भी सफलतापूर्वक सम्भाल नहीं सका। जिन सामाजिक विकृतियों का संविधान ने शोधन करने का संकल्प लिया वे संकल्प चरित्र हनन के इस ज्वार में केवल राजनीतिक मंचाचार और औपचारिकताओं तक सीमित हैं। व्यवहार इन आदर्शों से असहयोग करता है और गरिमा शुद्ध संवैधानिक मूल्य के रूप में तो प्रतिष्ठित रहती है किन्तु उसकी व्यावहारिक उपयोगिता सदैव संदिग्ध और बहुधा असफल रहती है।

जन्म और जाति के भेद, समता के सिद्धान्त से मिटे नहीं वरन् दलित वर्ग, पिछड़ी और अनुसूचित जातियों के नाम पर ज्यों के त्यों विद्यमान हैं और इनकी अवधि प्रत्यक्षतः समाप्त होने वाली नहीं है। आरक्षण का सिद्धान्त व्यवहार में समता के आदर्श को स्वयं ध्वस्त कर देता है। जिस प्रकार दान देने के लिए दरिद्रता का अस्तित्व आवश्यक है, उसी प्रकार आरक्षण के चक्र को प्रवर्तित रखने के लिए समाज में दलित और निम्न वर्ग का अस्तित्व बनाये रखना राजनीति का व्यावहारिक पक्ष है। भारत के पंथनिरपेक्ष राज्य में हिन्दू और मुसलमान एक होटल में एक साथ भोजन कर सकते हैं। एक ही वायुयान से यात्रा कर सकते हैं, एही मंत्रिमण्डल में मंत्री रह सकते हैं, किन्तु उनके एक स्थल पर प्रार्थना करने में अनेको कृत्रिम बाधाएँ हैं। राम मन्दिर और बाबरी मस्जिद जैसे अनुत्तरित बिन्दु व्यक्ति की गरिमा पर प्रश्नचिह्न बने हुए हैं। यहाँ काम के अधिकार को मूल अधिकार का स्तर प्रदान करने का आश्वासन दिया जाता है किन्तु काम करना अभी तक एक कर्त्तव्य के रूप में प्रतिष्ष्ठित नहीं हो सकता है। संविधान ने विश्व के महानतम लोकतंत्र को जन्म दिया है और स्वतन्त्रता तथा निष्पक्ष चुनाव एक राष्ट्रीय शपथ है किन्तु किसी भी चुनाव के हिंसाविहीन सम्पन्न हो जाने की आशा नहीं की जाती। बिहार की अराजकता, कश्मीर में अलगाववादी तत्त्वों की सक्रियता और पंजाब में खुला आतंकवाद व्यक्ति की

गरिमा को गर्त में ले जा रहे हैं। इस प्रकार व्यक्ति की गरिमा का भविष्य अभी अन्धकार में है। व्यक्ति की गरिमा मानवतावादी दर्शन है, आदर्श और सिद्धान्त के रूप में यह आलोचना का विषय नहीं है। दर्शन कभी आलोचना का विषय होता भी नहीं है। आलोचना सदैव व्यवहार पक्ष की होती है और व्यवहार में ये उपर्युक्त विकृतियाँ अपने-अपने विशाल परिवार के साथ प्रत्येक संस्था और प्रत्येक स्थल में सक्रिय हैं। आचार संहिताएँ यहाँ अनेकों हैं किन्तु अनाचार और भ्रष्टाचार यहाँ एक सार्वजनिक सत्य के रूप में प्रचलित है, समाचार पत्र प्रायः उन्हीं विकृतियों की आलोचनाओं से रंगे होते हैं और भविष्य का समाकलन असम्भव है।

संविधान वैसे भी कोई व्यक्ति बंधी संविदा नहीं होता, संविधान राज्यबन्धी प्रलेख है जिसमें व्यक्ति के अधिकार प्रत्याभूत हुए हैं, व्यक्ति का व्यवहार प्रत्याभूत नहीं हुआ। व्यवहार को प्रत्याभूत करना संविधान का कार्य नहीं है, यह कार्य गुरुओं, उपाध्यायों, माता-पिताओं और अन्य स्वयंसेवी संस्थाओं का कार्य है। उस सामाजिक चेतना की आवश्यकता है जहाँ ये विषय राजनीतिक दलों के चुनावी बिन्दु के रूप में कभी प्रस्तुत न किये जायें। व्यक्ति का मानदण्ड और प्रतिमान व्यक्ति स्वयं है, उसकी गरिमा उसके आचार में है और उसका आचार उसका चरित्र है। व्यक्ति का चरित्र ही राष्ट्र का प्रतिबिम्ब होता है। व्यक्ति अपनी गरिमा का स्वयं ही रक्षक और स्वयं ही भक्षक है। अपना मित्र और शत्रु, भ्राता और बन्धु स्वयं व्यक्ति ही होता है। व्यक्ति की गरिमा संविधान में प्रतिष्ठित होकर, निस्सन्देह एक लाभ अवश्य अर्जित कर पायी है। गरिमा के संवैधानिक स्वरूप में जनमानस में व्याप्त इस अन्धकार को समाप्त कर दिया है कि ऊँच-नीच, सम्पन्न और विपन्न, समृद्धि और दरिद्रता आदि भाग्य के दोष या दैव का विधान हैं। भाग्यवाद जीवन से निराश होने का नाम है या पलायनवाद और अकर्मण्यता का मर्ग है। इससे व्यक्ति की महत्त्वाकांक्षाओं का दमन और उसका प्रयत्न अवरुद्ध होता है। अतः व्यक्ति की गरिमा ने नयी आस्था को जन्म दिया है कि, गौरवहीन जीवन न कोई भाग्यदोष, न कोई कर्मरेखा का फल और न ही किसी विधाता का लेख है, यह एक सामाजिक विकृति है और अवसर और प्रतिष्ठा की समता से इस विसंगति को समाप्त करना अनिवार्य है। व्यक्ति की गरिमा ने व्यक्ति के कर्म को प्रशस्त किया है। जीवन का गतिशील आत्म विश्वास ही व्यक्ति की गरिमा का आदि और अन्त है।